«Il massimo della letteratura d'intrattenimento.»
THE NEW YORK TIMES

James Rollins vive a Sacramento, in California, ed è uno degli autori più affermati della nuova narrativa avventurosa. Appassionato di speleologia e immersioni subacquee, si è dedicato alla scrittura dopo aver abbandonato la professione di veterinario e ha conquistato in breve un vasto consenso internazionale. I suoi romanzi, sempre ambientati in luoghi estremi, uniscono azione e tensione, tenendo il lettore incollato al libro dalla prima all'ultima pagina. Sempre ai primi posti delle classifiche americane dei best seller, ha ottenuto grande successo anche in Italia.
jamesrollins.com

Dello stesso autore in edizione TEA:

Le avventure di Grayson Pierce e degli agenti della Sigma
La mappa di pietra
L'ordine del Sole Nero
Il marchio di Giuda
La città sepolta
L'ultimo oracolo
La chiave dell'Apocalisse
Il teschio sacro
L'eredità di Dio
L'occhio dell'inferno
Estinzione
Labirinto d'ossa
La settima piaga
La Corona del Diavolo
Il segreto dell'inquisitore

Le avventure di Jake Ransom
L'ombra del re
Il risveglio della sfinge

Le avventure di Tucker Wayne
Orizzonte di fuoco
Il progetto fantasma

Altri romanzi
Amazzonia
Artico
Indiana Jones e il regno del teschio di cristallo
L'altare dell'Eden
La via d'oro
L'ultima eclissi
La città di ghiaccio

James Rollins

Il marchio di Giuda

Romanzo

Traduzione di
Marco Zonetti/Grandi & Associati

TEA

Per informazioni sulle novità
del Gruppo editoriale Mauri Spagnol visita:
www.illibraio.it

TEA – Tascabili degli Editori Associati S.r.l., Milano
Gruppo editoriale Mauri Spagnol

www.tealibri.it

Titolo originale
The Judas Strain

Prima edizione TEADUE ottobre 2008
Terza ristampa TEADUE febbraio 2010
Prima edizione TEA Best Seller maggio 2010
Quarta ristampa TEA Best Seller febbraio 2013
Prima edizione Best TEA ottobre 2014
Prima ristampa Best TEA ottobre 2016
Prima edizione TEA Più settembre 2019
Prima edizione SuperTEA ottobre 2021

IL MARCHIO DI GIUDA

A Carolyn McCray
che ha letto tutti i miei primi scarabocchi senza ridere troppo

Viaggio di ritorno di Marco Polo (1292-1295)

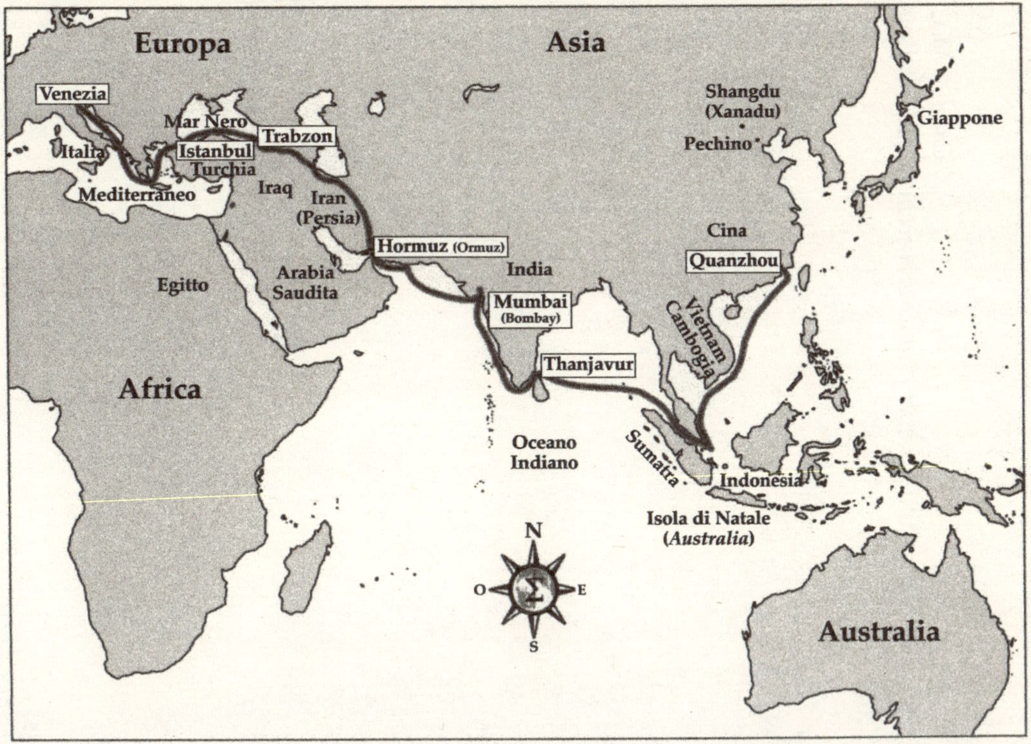

NOTA STORICA

Qui è sepolto un mistero. Nell'anno 1271, un diciassettenne veneziano di nome Marco Polo partì con il padre e lo zio per un viaggio alla volta dei palazzi di Kublai Khan in Cina. Il viaggio sarebbe durato ventiquattro anni e avrebbe dato vita a numerose storie sulle terre esotiche che si estendevano a oriente del mondo conosciuto: storie meravigliose di deserti sconfinati e fiumi ricchi di giada, di città brulicanti e vaste flotte di navi, di pietre nere che bruciavano e moneta fatta di carta, di animali impossibili e piante bizzarre, di cannibali e sciamani religiosi.

Nel 1295, dopo aver prestato servizio per diciassette anni alla corte di Kublai Khan, Marco tornò a Venezia; nel 1298 fu fatto prigioniero durante la battaglia navale di Curzola e rinchiuso nelle carceri di Genova. Qui dettò la propria storia al letterato Rustichello da Pisa, che la raccolse in un testo scritto in francese antico, *Le divisament dou Monde* (« La descrizione del mondo », meglio noto come il *Milione*). L'opera si diffuse in tutta Europa. Lo stesso Cristoforo Colombo portò con sé una copia del libro di Marco nella sua traversata verso il Nuovo Mondo.

Tuttavia, riguardo al suo viaggio, esiste una parte che Marco si rifiutò di narrare e che è citata solo vagamente nell'opera. Quando Marco Polo aveva lasciato la Cina, Kublai Khan aveva fornito ai veneziani quattordici navi e seicento uomini. Ma, dopo due anni, quando Marco entrò finalmente in porto, restavano solo due navi e diciotto uomini.

Il destino del resto della flotta resta a tutt'oggi un mistero. Fu naufragio, tempesta, pirateria? Marco non lo rivelò mai. A dire la verità, sul letto di morte, quando gli fu chiesto di approfondire o smentire la propria storia, rispose cripticamente: « Non ho raccontato neanche la metà di ciò che vidi ».

« La pestilenza comparve prima nella città di Caffa, sul Mar Nero, dove i possenti tartari stringevano d'assedio i mercanti e commercianti genovesi. La peste si abbatté sulle armate mongole con bubboni infiammati e sputi di sangue. Colpiti con grande virulenza, i signori mongoli usarono le catapulte per gettare i cadaveri degli appestati oltre le mura dei genovesi, e diffusero la piaga in uno strazio di cadaveri e rovine. Nell'anno dell'incarnazione del Figlio di Dio 1347, i genovesi tornarono in Italia, navigando sottovela con dodici galee nel porto di Messina, portando sulle nostre sponde la Morte Nera. »

Duca M. Giovanni, 1356

« Il motivo per cui, nel Medioevo, la peste bubbonica sia sorta all'improvviso nel deserto cinese del Gobi e abbia falcidiato un terzo della popolazione mondiale resta ignoto. In verità, nessuno sa perché tante piaghe e influenze dell'ultimo secolo – SARS, Influenza Aviaria – siano sorte in Asia. Ma sappiamo con assoluta certezza una cosa: la prossima, grande pandemia sorgerà di nuovo dall'Est. »

United States Centers for Disease Control and Prevention,
Compendium of Infection Diseases, maggio 2006

PROLOGO

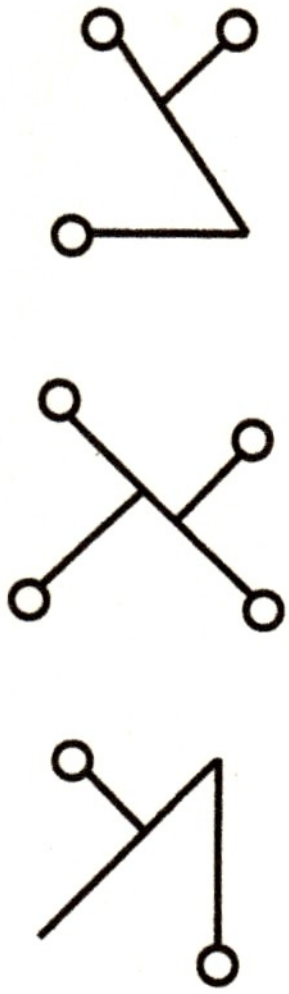

1293

Isola di Sumatra,
mezzanotte

Le grida erano finalmente cessate.

Dodici falò ardevano nel porto.

«Dio, perdonali...» mormorò suo padre accanto a lui, però Marco sapeva che il Signore non li avrebbe perdonati per i loro peccati.

Uno sparuto gruppo di uomini attendeva vicino a due barche spiaggiate, uniche testimoni delle pire funerarie sulla laguna nera. Non appena era sorta la luna, le dodici galee erano state date alle fiamme con tutti i marinai ancora a bordo, sia i morti sia quei pochi dannati che ancora respiravano. Gli alberi delle navi erano simili a feroci dita d'accusa puntate verso il cielo. Sulla spiaggia e su coloro che osavano assistere, si abbatteva una pioggia di ceneri incandescenti. La notte puzzava di carne bruciata.

«Dodici navi...» mormorò lo zio Matteo, stringendo in pugno il crocefisso d'argento. «Lo stesso numero degli Apostoli del Signore.»

Almeno le grida degli afflitti erano cessate. Ormai la riva sabbiosa era raggiunta solo dal crepitio e dal sordo ruggito delle fiamme. Marco avrebbe voluto distogliere gli occhi da quella visione. Altri non erano così forti e si erano inginocchiati sulla sabbia, la schiena rivolta all'acqua, i visi pallidi come scheletri.

Tutti si erano spogliati nudi. Ciascuno aveva cercato sul vicino qualche traccia del marchio. Persino la principessa del Gran Khan, che per pudore si schermava con una tela, indossava solo il copricapo ingioiellato. Marco notò le forme flessuose attraverso il tessuto, illuminato alle spalle dalle fiamme. Le sue ancelle, anch'esse nude, avevano esaminato la padrona. Si chiamava Kocacin, la Principessa Celeste, una fanciulla di diciassette anni, la stessa età di Marco quando aveva intrapreso il viaggio da Venezia. I Polo erano stati incaricati dal Gran Khan di portarla sana e salva al suo promesso sposo, il Khan di Persia, il nipote del fratello di Kublai Khan.

Era avvenuto in un'altra vita.

Possibile che fossero trascorsi solo quattro mesi da quando il primo membro della ciurma della galea si era ammalato, presentando delle tumefazioni all'inguine e sotto il braccio? Il morbo si era diffuso come l'olio incandescente, privando l'equipaggio di uomini abili, fino a quando le galee non si erano arenate su quell'isola di cannibali e strani animali.

Anche in quel momento, nella giungla nera, battevano i tamburi. Ma i selvaggi erano troppo scaltri per avvicinarsi all'accampamento, come il lupo che disdegna la pecora infetta, sentendo odore di marcio e corruzione. Gli unici segnali del loro sconfinamento erano i teschi appesi ai rami degli alberi, con le orbite intrecciate di viticci, che mettevano in guardia da ulteriori avanzate o predazioni.

La malattia aveva tenuto alla larga i selvaggi.

Ma non per molto.

Alla fine, grazie al fuoco spietato, il morbo era stato sconfitto, lasciando solo quel manipolo di sopravvissuti.

Quelli privi di bubboni rossi.

Sette notti prima, i malati erano stati trasportati in catene alle navi ormeggiate e lasciati con acqua e cibo. Gli altri si erano trattenuti a riva, attenti alla comparsa di eventuali segni d'una recente infezione. Nel frattempo, coloro che erano stati banditi imploravano, piangevano, pregavano, lanciavano maledizioni, urlavano. Ma la cosa peggiore erano le risate sporadiche, ardenti di follia.

Sarebbe stato meglio tagliar loro la gola con un rapido colpo di grazia, ma tutti avevano paura a toccare il sangue dei malati. E così erano stati mandati alle navi, imprigionati con i morti già presenti.

Poi, quella sera, mentre il sole s'inabissava, sull'acqua era comparso uno strano bagliore, che ristagnava intorno alle chiglie di due delle navi, diffondendosi come latte versato sulle acque nere. Avevano già visto quel bagliore, nelle pozze e nei canali sotto le torri di pietra della città maledetta da cui erano fuggiti.

Il morbo cercava di evadere dalla sua prigione di legno. Non aveva lasciato loro scelta.

Le navi – tutte le galee, a parte quelle serbate per la loro partenza – erano state date alle fiamme.

Lo zio di Marco, Matteo, si spostò fra gli uomini rimasti. Fece cenno di ricoprirsi le nudità, ma dei semplici abiti e tessuti di lana non potevano occultare la loro più intima vergogna.

« Quello che abbiamo fatto... » cominciò Marco.

« Non dobbiamo parlarne », ribatté il padre, porgendogli una veste. « Un solo fiato sulla peste e tutti i Paesi ci scacceranno. Nessun porto ci farà mai entrare nelle sue acque. Grazie al fuoco purificatore, abbiamo eliminato ciò che restava del morbo dalla nostra flotta e dalle acque. Non ci rimane che tornare a casa. »

Mentre Marco s'infilava la veste, il padre notò ciò che il figlio aveva tracciato sulla sabbia con un bastone. Stringendo le labbra, lo cancellò rapidamente con un tacco e alzò lo sguardo sul figlio. « Mai, Marco, mai... »

Ma il ricordo non poteva essere cancellato con altrettanta facilità. Aveva servito il Gran Khan in qualità di studioso, di emissario e persino di cartografo, tracciando la mappa dei suoi tanti regni conquistati.

Il padre tornò a parlare. « Nessuno dovrà mai sapere ciò che abbiamo scoperto... È maledetto. »

Marco annuì e non fece nessun commento su ciò che aveva disegnato. Si limitò a sussurrare: « La Città dei Morti ».

La carnagione del padre, già pallida, si sbiancò ulteriormente. Però Marco sapeva che non era solo la pestilenza a spaventarlo.

« Giuramelo », insistette il padre.

Marco fissò lo sguardo sul volto segnato dell'uomo. Era invecchiato di più negli ultimi quattro mesi che non durante gli anni passati con il Khan a Ciandu.

« Giurami sullo spirito benedetto di tua madre che non parlerai più di ciò che abbiamo scoperto e di quanto abbiamo fatto. »

Marco esitava.

Una mano si posò sulla sua spalla, stringendola fino all'osso. « Giuramelo, figliolo. Per il nostro bene. »

Riflesso negli occhi illuminati dalle fiamme, Marco riconobbe il terrore... e la preghiera. Non poteva rifiutare. « Manterrò il silenzio sino al mio letto di morte, e oltre. Lo giuro. »

Li raggiunse Matteo, che ascoltò di sfuggita il giuramento del giovane. « Non saremmo mai dovuti venire sin qui, Niccolò », rimproverò il fratello, ma in realtà le sue parole di accusa erano rivolte a Marco.

Fra i tre calò il silenzio, gravido di segreti condivisi.

Lo zio aveva ragione.

Marco ripensò al delta del fiume, quattro mesi prima. Volevano soltanto rinnovare le scorte di acqua potabile mentre due navi venivano riparate. Non avrebbero mai dovuto avventurarsi all'interno, ma Marco aveva sentito raccontare storie su una grande città. E, siccome erano previsti dieci giorni per le riparazioni, si era avventurato con una quarantina di uomini del Khan per scoprire cosa si nascondeva oltre le basse montagne. Da una cima, Marco aveva individuato nel folto della foresta una torre di pietra, che svettava scintillante alla luce dell'alba. Lui, sempre curioso, ne era stato attirato come da un faro.

Eppure, durante l'avanzata attraverso la fitta vegetazione, il silenzio avrebbe dovuto metterlo in guardia. Non c'erano tamburi, come in quella notte. Niente richiami di uccelli, niente strepiti di scimmie. La città dei morti si limitava ad attenderli.

Andare oltre era stato un errore atroce.

I tre scrutavano le galee bruciare lentamente sino alla linea di galleggiamento. Una ventina d'anni prima, padre, figlio e zio avevano lasciato l'Italia, sotto il vessillo di papa Gregorio X, per avventurarsi nelle terre mongole, sino ai palazzi del Khan e ai giardini di Ciandu, dove avevano alloggiato troppo a lungo, come pernici in gabbia. In qualità di favoriti della corte, i tre Polo si erano trovati intrappolati: non dalle catene, ma dall'amicizia immensa e soffocante del Khan, impossibilitati ad andarsene senza insultare il loro benefattore. Così, alla fine, avevano accolto con gioia la richiesta di scortare la nobile Kocacin dal promesso sposo persiano, prima di tornare in patria.

Se solo la loro flotta non avesse mai lasciato Ciandu...

«Presto sorgerà il sole», sentenziò Niccolò. «Andiamo, è tempo di tornare a casa.»

«E, in caso raggiungessimo quelle benedette rive, che cosa diremo a Tebaldo?» domandò Matteo, usando il nome secolare dell'uomo, un tempo amico e avvocato della famiglia Polo, che adesso era conosciuto come Gregorio X.

«Non sappiamo neanche se è ancora vivo... Siamo stati via troppo a lungo.»

«Ma se così non fosse, Niccolò?»

«Gli diremo tutto ciò che sappiamo dei mongoli, dei loro costumi e delle loro forze. Come ci diede istruzioni nel suo editto, tanto tempo fa. Ma della pestilenza non resta nulla di cui parlare. È cessata.»

Matteo sospirò, ma nel suo gesto c'era ben poco sollievo. Marco intuì le parole che si celavano dietro lo sguardo intenso dello zio.

La pestilenza non ha ancora preso tutti coloro che si sono perduti.

Suo padre lo ripeté in tono più risoluto, come se dirlo potesse farlo avverare. «È cessata.»

Marco alzò lo sguardo sui due uomini, che si stagliavano fra le ceneri incandescenti nel cielo notturno. Non sarebbe mai cessata, non finché loro ne avrebbero avuto memoria. Si guardò la punta dei piedi. Anche se i segni erano stati cancellati dalla sabbia, ardevano ancora luminosi nei suoi occhi. Aveva rubato una mappa tracciata sulla corteccia d'un albero abbattuto. Tracciata con il sangue. Templi e torri sparsi nella giungla.

Tutti deserti.

A parte i morti.

Il terreno era disseminato di uccelli, caduti sulle piazze di pietra, quasi fossero stati colpiti in volo. Non era stato risparmiato nulla. Uomini, donne e bambini. Buoi e animali dei campi. Persino i grandi serpenti erano caduti senza vita dai rami degli alberi, la carne purulenta sotto le scaglie.

Gli unici abitanti vivi erano le formiche. Di ogni dimensione e colore. Brulicavano sulle pietre e sui corpi, spolpando lentamente i cadaveri.

Ma lui si sbagliava... qualcosa attendeva ancora che il sole calasse.

Marco scacciò quei ricordi.

Alla scoperta di ciò che Marco aveva sottratto da uno dei templi, il padre aveva bruciato la mappa e ne aveva disperso le ceneri in mare. Nessuno dell'equipaggio si era ancora ammalato.

« Dimentichiamoci di tutto questo », lo aveva avvertito il padre. « Non ha niente a che vedere con noi. Lasciamo che venga eroso dal tempo. »

Marco avrebbe onorato la sua parola, il suo giuramento. Quella era una storia che non avrebbe mai raccontato. Eppure, continuava a sfiorare uno dei segni sulla sabbia. Era giusto distruggere una simile conoscenza?

Se solo esistesse un'altra maniera di custodirla...

Quasi leggesse nel pensiero di Marco, lo zio diede voce ai loro timori. « E se l'orrore dovesse risorgere e un giorno dovesse raggiungere le nostre rive? »

« Allora significherà la fine del dominio dell'uomo su questa terra », rispose amaramente Niccolò. Tamburellò sul crocefisso appeso al collo di Matteo. « Il frate ha avuto più buonsenso di tutti. Il suo sacrificio... »

Un tempo la croce era appartenuta a frate Agreer. Nella città maledetta, il domenicano aveva dato la vita per salvare la loro. Era stato stretto un patto oscuro. Lo avevano lasciato laggiù, lo avevano abbandonato, dietro suo espresso invito.

Il nipote di Gregorio X.

Mentre le ultime fiamme si estinguevano nelle acque scure, Marco mormorò: « Che cosa ci serberà Dio la prossima volta? »

Oceano Indiano,
10° 44′ 07.87″ S / 105° 11′ 56.52″ E,
22 maggio, ore 18.32

« Chi vuole un'altra bottiglia di Foster's? » gridò Gregg Tunis da sottocoperta.

Mentre saliva sul pozzetto, la dottoressa Susan Tunis sorrise alla voce del marito. Si sfilò il giubbotto ad assetto variabile e appese l'attrezzatura da sommozzatore sulla rastrelliera dietro la timoneria dello yacht di ricerca. Quindi prese l'asciugamano e si asciugò i capelli biondi, quasi sbiancati dal sole e dal sale. Infine si abbassò la cerniera della muta con un solo, lungo strattone.

«*Nu-da... nu-da...*» proruppe una voce dietro di lei.

Non si voltò neanche a guardare. Evidentemente qualcuno aveva passato troppo tempo nei club di spogliarelli di Sidney. «Professor Applegate, deve sempre fare così quando mi tolgo l'attrezzatura?»

Il geologo brizzolato si mise in equilibrio sul naso un paio di occhiali da lettura. «Non sarebbe da gentiluomini non sottolineare la presenza di una giovane donna procace che si libera di troppi indumenti.»

Susan si sfilò dalle spalle la muta abbassandosela in vita. Sotto indossava un costume intero. Aveva imparato suo malgrado che il reggiseno del bikini tendeva a venir via con troppa facilità. E, anche se non le importava che il professore in pensione, più vecchio di lei di trent'anni, se la mangiasse con gli occhi, non gli avrebbe offerto tutto quello spettacolo gratis.

Suo marito salì con tre bottiglie di Lager. Nel vederla fece un largo sorriso. «Mi era sembrato di sentirti zampettare quassù.» L'uomo indossava un paio di calzoncini Quicksilver e una camicia sbottonata. Impiegato come meccanico a Darwin Harbor, aveva conosciuto Susan nel bacino di carenaggio, durante le riparazioni di un'altra barca dell'Università di Sidney. Era successo otto anni prima. Solo tre giorni prima avevano festeggiato il quinto anniversario di matrimonio sullo yacht, a cento miglia dall'Atollo di Kiritimati, meglio noto come Isola di Natale. Le passò una bottiglia. «Hai avuto fortuna nelle tue perlustrazioni?»

Susan bevve una lunga sorsata. Dopo aver respirato per tutto il giorno da un boccaglio salato aveva la bocca impastata. «Non ancora. Non riesco a trovare la causa degli spiaggiamenti.»

Dieci giorni prima ottanta delfini *Tursiops aduncus*, una specie tipica dell'Oceano Indiano, si erano arenati sulle coste di Giava. Il campo di ricerca di Susan si focalizzava sugli effetti a lungo termine delle interferenze dei sonar sui cetacei, causa di parecchi spiaggiamenti suicidi in passato. Di solito aveva con sé una squadra di assistenti – dottorandi e laureandi –, ma in realtà quella crociera era una vacanza con il suo vecchio mentore. Era stato un puro caso che nella regione si fosse verificato quel massiccio spiaggiamento.

« Potrebbe essere qualcosa di diverso da un sonar artificiale », rifletté Applegate, tracciando dei cerchi con il polpastrello sulla condensa della bottiglia di birra. « La regione è continuamente squassata da microsismi. Forse un terremoto di subduzione in profondità ha emesso una tonalità particolare e li ha fatti fuggire in preda al panico. »

« Qualche mese fa c'è stato un bel terremoto », ribadì il marito, poi sedette accanto al professore e diede dei colpetti sulla sedia per indicarle di accomodarsi con lui. « Magari qualche scossa di assestamento? »

Susan non poteva obiettare alle loro supposizioni. Fra la serie di terremoti letali nei due anni appena passati e il poderoso tsunami, il letto marino era fortemente disturbato. Quanto bastava per spaventare chiunque. Ma lei non ne era convinta. Stava succedendo qualcos'altro. Gli scogli sottostanti erano stranamente deserti. Le poche forme di vita là sotto sembravano essersi ritirate nelle nicchie rocciose, nei gusci e nelle tane di sabbia. Pareva quasi che la vita sottomarina stesse trattenendo il fiato.

Susan trasalì e raggiunse il marito. Più tardi avrebbe contattato via radio l'Isola di Natale per vedere se avevano rilevato un'attività sismica inconsueta. Nel frattempo, voleva stuzzicare il marito. « Ho trovato qualcosa che aveva tutta l'aria del relitto di una nave antica. »

« Stai scherzando? » L'uomo si raddrizzò eccitato. In passato, a Darwin Harbor, Gregg aveva organizzato dei tour delle tante navi da guerra della seconda guerra mondiale affondate al largo della costa settentrionale australiana. Nutriva un fervido interesse per quelle scoperte. « Dove? »

Lei indicò vagamente dietro di sé, oltre l'estremità opposta dello yacht. « Circa cento metri a dritta rispetto a noi. Erano travi nere, e spuntavano dritte dalla sabbia. Probabilmente si sono liberate dopo una scossa dell'ultimo forte terremoto o forse sono addirittura emerse quando il silt è stato risucchiato dallo tsunami di passaggio. Non ho avuto molto tempo per esplorare. Ho pensato di lasciarlo agli esperti... » Gli diede un pizzicotto nelle costole, quindi si appoggiò al suo petto.

Osservarono il sole inabissarsi. Era il loro rituale. Non si erano mai persi un tramonto sul mare. La nave dondolava delicatamente. In lontananza, balenavano le luci di una cisterna di passaggio. Ma per il resto erano soli.

Un sonoro abbaio spaventò Susan, facendola sobbalzare. Non si era accorta di essere leggermente tesa. A quanto pareva, la strana diffidenza delle forme di vita della scogliera l'aveva contagiata.

« Ehi, Oscar! » gridò il professore.

Solo ora Susan notò la mancanza del quarto membro dell'equipaggio. Il cane abbaiò di nuovo. Il tozzo Queensland Heeler era del professore. Avanti con gli anni e un filino artritico, di solito il cane si faceva trovare spaparanzato in ogni chiazza di sole che riusciva a scovare.

« Ci penso io », disse Applegate. « Lascio voi due piccioncini alle vostre smancerie. E magari faccio tappa in bagno, per fare spazio a un'altra Foster's prima di andare a letto. »

Il professore si alzò con un grugnito e si diresse a prua. Ma si fermò subito, scrutando a est, nella parte più scura del cielo.

Oscar abbaiò di nuovo.

Applegate non lo rimproverò questa volta. Al contrario, si rivolse a Susan e Gregg, in tono basso e serio. « Venite a vedere. »

I due raggiunsero il professore.

« Cristo santo... » mormorò Gregg.

« Credo che abbiamo scoperto cos'ha spinto quei delfini verso le spiagge », commentò Applegate.

A est, un'ampia fetta di oceano brillava d'un bagliore spettrale, che si alzava e abbassava con le onde. La luminescenza argentea rollava e mulinava. Il vecchio cane sostava accanto alla battagliola di dritta e, a quella visione, i suoi abbai si trasformarono in un basso ringhio.

« Che accidenti è? » domandò Gregg.

« Ho sentito parlare di questi fenomeni », rispose Susan. « Vengono definiti *mari lattei.* Sono riportati avvistamenti che risalgono all'epoca di Jules Verne. Nel 1995, un satellite ha persino rilevato una delle fioriture che copriva centinaia di chilometri quadrati. Questa è ridotta. »

« Ridotta un corno », grugnì il marito. « Ma di che cosa si tratta esattamente? Una specie di marea rossa? »

« Non proprio. Le maree rosse sono fioriture di alghe. Questi bagliori sono causati da batteri bioluminescenti. Probabilmente alimentati dalle alghe o da qualche altro sostrato. Non c'è pericolo. Ma mi piacerebbe... »

Un improvviso schianto risuonò da sotto la barca, quasi fosse stata urtata da qualcosa di enorme. Oscar prese ad abbaiare con maggior foga. Il cane faceva la spola da una parte all'altra dell'imbarcazione.

Tutti e tre raggiunsero il cane e abbassarono lo sguardo.

L'orlo baluginante della marea lattiginosa lambiva la chiglia dello yacht. Dagli abissi, si profilò alla vista un corpo ampio, con il ventre rivolto verso l'alto, ma ancora intento a dimenarsi e digrignare i denti. Era un enorme squalo tigre, che superava i sei metri. Le acque luminescenti spumeggiavano sul suo corpo, ribollendo e trasformando la marea lattiginosa in vino rosso.

Susan si accorse che quella che gorgogliava sul ventre dello squalo non era *acqua,* ma la sua stessa *carne,* che suppurava in ampie chiazze. L'orribile visione sprofondò sino a scomparire. Ma, sul mare lattiginoso, altre forme apparvero in superficie, dibattendosi o già morte: focene, tartarughe di mare, centinaia di pesci.

Applegate indietreggiò d'un passo dalla battagliola. « A quanto pare, oltre alle alghe, questi batteri hanno trovato qualcos'altro di cui alimentarsi. »

Gregg si voltò. « Susan... »

La donna non riusciva a distogliere gli occhi da quella visione di morte. Nonostante l'orrore, non poteva negare una punta di curiosità scientifica.

« Susan... »

Alla fine volse lo sguardo all'uomo, leggermente indispettita.

«Tu sei rimasta in immersione in quell'acqua per tutto il giorno.»

«E allora? Abbiamo fatto tutti il bagno. Persino Oscar si è fatto una nuotata.»

Il marito non incrociava il suo sguardo. Restava concentrato su ciò che lei si stava grattando sull'avambraccio. La muta a volte irritava la pelle. Ma l'espressione preoccupata sul viso dell'uomo la spinse ad abbassare lo sguardo sul braccio. La pelle era sfigurata da una grave eruzione cutanea, esacerbata dallo strofinio.

Mentre osservava, sulla pelle le sbocciarono delle tumefazioni rosse.

«Susan...»

Lei guardava incredula. «Santo Dio...»

Ma conosceva anche l'orribile verità.

«È... *dentro* di me.»

ESPOSIZIONE

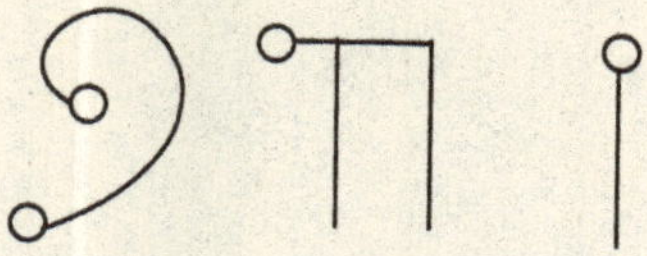

1

LA MADONNA NERA

Venezia, Italia,
1° luglio, ore 10.34

Era braccato.

Stefano Gallo stava frettolosamente attraversando la piazza. Il sole del mattino già arroventava il selciato, e i turisti cercavano dei luoghi all'ombra prima di affrontare la fila per entrare nella Basilica di San Marco. Ma il più superbo dei monumenti di Venezia, con la sua torreggiante facciata bizantina, gli imponenti cavalli di bronzo e le cupole a volta, non era la destinazione dell'uomo in fuga.

Neanche quel santuario benedetto poteva offrirgli protezione.

C'era una sola speranza.

I suoi passi si fecero sempre più affrettati. Inutile essere furtivi. Era già stato scoperto. Aveva notato il giovane egiziano con gli occhi neri e la barba curata comparire dalla parte opposta della piazza. I loro sguardi si erano incrociati. L'egiziano indossava un abito scuro che gli ricadeva come petrolio sulle spalle larghe e spigolose. La prima volta che aveva avvicinato Stefano, l'uomo aveva dichiarato di essere uno studente di archeologia giunto da Budapest, in rappresentanza d'un vecchio amico e collega dell'Università di Atene. Era venuto al Museo Archeologico in cerca di un oggetto di minore importanza. Un obelisco del suo Paese. L'egiziano, finanziato dal proprio governo, desiderava fosse restituito alla sua patria. Si era presentato con una somma cospicua in assegni bancari. Stefano, uno dei curatori del museo, non disdegnava simili tangenti: le terapie sempre più costose cui doveva sottoporsi la moglie lo avevano messo in grave difficoltà economica. Inoltre, accettare denaro in segreto non era cosa inaudita: negli ultimi vent'anni il governo egiziano aveva riacquistato molti tesori nazionali dalle collezioni private e faceva pressione sui musei perché restituissero ciò che apparteneva di diritto all'Egitto.

Così, all'inizio, Stefano aveva acconsentito, promettendo di consegnare l'oggetto. Che importanza aveva un anonimo obelisco di pietra? Secondo la distinta, era rimasto negli scatoloni per quasi un secolo. E la sua concisa descrizione ne spiegava probabilmente il motivo: *Obelisco di marmo privo di connotazioni, dissepolto a Tanis, risalente al periodo dinastico (26ma Dinastia, 615 a.C.)*. Non possedeva nulla d'insolito o di particolarmente intrigante, a meno che non si guardasse più attentamente e se ne rintracciasse la provenienza: i Musei Vaticani.

Come fosse finito nelle cripte di Venezia non si sapeva.

Poi, la mattina precedente, Stefano aveva ricevuto un ritaglio di giornale, spedito da un corriere privato in una busta con un unico simbolo impresso su un sigillo di ceralacca.

Σ

La lettera greca *sigma*.

Stefano non aveva capito il significato del sigillo, ma aveva subito intuito l'importanza del ritaglio accluso. Un articolo di tre giorni prima riportava la notizia del ritrovamento del cadavere di un uomo su una spiaggia dell'Egeo, la gola tagliata, il corpo tumefatto. Una mareggiata particolarmente forte aveva riesumato il cadavere dalla sua tomba d'acqua. Le impronte dentarie avevano svelato l'identità del cadavere: era il collega che aveva mandato l'egiziano.

L'uomo era morto da settimane.

Lo sconcerto aveva indotto Stefano ad agire in fretta. Si era stretto al petto il pesante oggetto, ancora avvolto nella tela da imballaggio, e aveva lasciato furtivamente la cripta, sapendo che quel gesto avrebbe messo lui, sua moglie e l'intera famiglia a rischio.

Non aveva avuto scelta. Assieme allo spaventoso articolo di giornale, la busta conteneva un biglietto non firmato, evidentemente scritto in fretta con una calligrafia femminile. Il contenuto del messaggio sembrava impossibile, incredibile, eppure lui aveva verificato l'affermazione di persona. Era autentica.

Mentre correva, era sull'orlo delle lacrime e i singhiozzi gli serravano la gola.

Non aveva scelta.

L'obelisco non doveva cadere nelle mani dell'egiziano, ma era un fardello che rifiutava di portare sulle spalle più del necessario. Sua moglie, sua figlia... Immaginava il corpo tumefatto del collega. Sarebbe accaduto lo stesso alla sua famiglia?

Solo una persona avrebbe potuto liberarlo da quell'incubo. La donna che aveva spedito la busta contrassegnata dalla lettera greca. In calce al messaggio, aveva segnalato un luogo e un orario.

Era in ritardo.

In un modo o nell'altro l'egiziano aveva scoperto il suo furto: doveva aver intuito che Stefano lo avrebbe tradito. Così lo aveva tenuto d'occhio fin dall'alba.

Stefano aveva cercato di seminarlo, ma inutilmente.

Si guardò alle spalle. L'egiziano era svanito nella folla di turisti.

Stefano attraversò vacillando l'ombra del Campanile di San Marco. Un tempo la torre di mattoni faceva la guardia alla città, dominando i moli vicini e sorvegliando il porto. Se solo avesse potuto proteggere lui in quel momento...

La sua destinazione era Palazzo Ducale. I due piani di arcate gotiche gli strizzavano l'occhio, offrendo un riparo di pietra istriana e marmo rosato veronese.

Arrancò dall'altra parte della strada.

La donna era ancora lì? Avrebbe preso l'obelisco?

Si affrettò verso il porticato, sfuggendo alla luce del sole e al riverbero del mare. Doveva nascondersi nel labirinto del palazzo. Oltre a ospitare la residenza privata del doge, Palazzo Ducale fungeva anche da sede governativa e persino da carcere. Dall'altra parte del canale sorgeva un'altra prigione, più recente, collegata al palazzo tramite il famigerato Ponte dei Sospiri, sul quale un tempo era fuggito Casanova, unico prigioniero che fosse mai evaso dai Piombi.

Mentre Stefano s'insinuava sotto la loggia, pregò il fantasma di Casanova di proteggere anche la sua fuga. Si concesse persino un breve sospiro di sollievo mentre s'immergeva nell'ombra. Conosceva bene l'edificio. Era facile perdersi nell'intrico dei suoi corridoi: un luogo ideale per un appuntamento clandestino.

O così si augurava.

Attraversò l'arcata occidentale, entrando assieme a qualche turista. Dinanzi a lui si apriva il cortile, con i suoi due antichi pozzi e la magnifica scalinata di marmo, la Scala dei Giganti. Stefano costeggiò la corte, varcò una porticina seminascosta e superò una serie di locali che culminava nelle stanze un tempo sede dell'Inquisizione, dove molte anime miserabili avevano subito interrogatori e sevizie. Senza fermarsi, proseguì nell'attigua camera di tortura.

Da qualche parte alle sue spalle sbatté una porta, facendolo sobbalzare.

Strinse ancora più forte l'obelisco.

Le istruzioni erano state precise.

Imboccò un'angusta scala di servizio e cominciò la discesa tortuosa nelle segrete più profonde del palazzo, i Pozzi. Era lì che venivano tenuti i prigionieri più famigerati.

Ed era lì che si sarebbe svolto l'incontro.

Stefano ripensò al sigillo greco.

Σ

Che cosa significava?

Entrò nel corridoio umido, punteggiato di celle troppo basse perché un prigioniero potesse stare ritto. In quel luogo i reclusi raggelavano d'inverno o morivano di sete nelle lunghe estati veneziane, in molti casi dimenticati da tutti tranne che dai topi.

Stefano accese una sottile torcia elettrica.

Il livello più basso dei Pozzi sembrava deserto. Mentre si addentrava oltre, i suoi passi riecheggiavano sui muri di pietra, come se qualcuno lo seguisse. Il petto si serrò per la paura. Rallentò. Era arrivato troppo tardi? Si accorse di trattenere il fiato e desiderò all'improvviso la luce del sole.

Si fermò, squassato da un tremito.

Come se avesse percepito la sua esitazione, balenò una luce, proveniente dall'ultima cella.

« Chi è? » domandò lui.

Rumore di tacchi sulla pietra, poi una voce sommessa, in italiano, con una lieve inflessione. « Sono stata io a inviarle il messaggio, signor Gallo. »

Una figura flessuosa uscì nel corridoio, con una piccola torcia elettrica in mano. La luce accecante rendeva difficile distinguerne i connotati. Era una donna con un vestito di pelle nera, attillato al petto e ai fianchi. Le fattezze del volto erano ulteriormente protette da un foulard, avvolto alla maniera dei beduini, che ne occultava completamente i tratti, a parte gli occhi, che riflettevano il chiarore della torcia. Si spostava con grazia e senza fretta, il che contribuì a quietare il battito martellante del cuore dell'uomo.

Uscì dall'ombra come una specie di Madonna nera. « Ha il manufatto? »

« Sì... » balbettò lui, facendo un passo verso la donna. Le porse l'obelisco, lasciando cadere la tela da imballaggio. « Non voglio averci più nulla a che fare. Lei ha detto che avrebbe potuto portarlo in un luogo sicuro. »

« Sì che posso. » Gli fece cenno di posarlo a terra.

Stefano posò la spira di pietra egiziana sul pavimento. L'obelisco, intagliato nel marmo nero, si ergeva da una base quadrata di dieci centimetri di lato e si restringeva in una punta piramidale alta quaranta.

La donna si accucciò di fronte a lui, in equilibrio sulla punta degli stivali neri. Fece passare la luce sulla superficie opaca. Il marmo era mal preservato e attraversato da una lunga crepa. Era evidente il motivo per cui fosse stato dimenticato.

Eppure, per colpa di quell'oggetto, era stato versato del sangue.

E lui sapeva perché.

La donna raggiunse Stefano e abbassò la torcia elettrica. Con uno scatto del pollice, spostò l'interruttore della pila. La luce bianca si affievolì sino ad assumere un intenso color viola. I granelli di polvere sui pantaloni dell'uomo s'illuminarono e le righe bianche della camicia presero a brillare.

Luce ultravioletta.

Il bagliore investì l'obelisco.

Stefano aveva fatto la stessa cosa in precedenza, verificando il messaggio della donna e assistendo al miracolo di persona. In quel momento, si avvicinò assieme a lei all'obelisco, esaminandone i quattro lati.

Le superfici non erano più vuote.

Su tutte e quattro le facce brillavano le righe di un'iscrizione composta di simboli blu e bianchi.

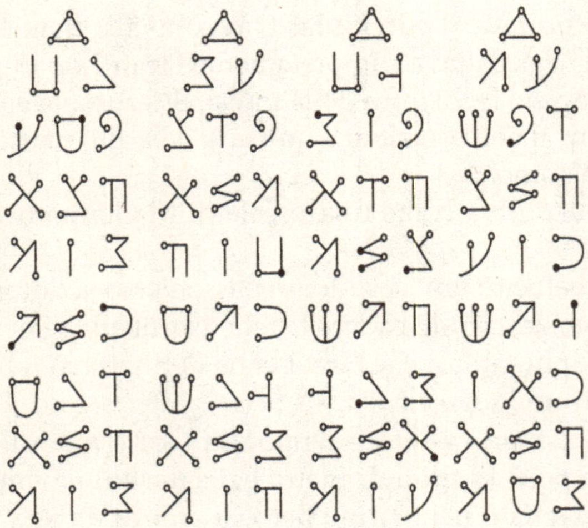

Non erano geroglifici. Era una scrittura precedente all'antico Egitto.

Stefano non riuscì a trattenere la soggezione nel tono della voce. « Possibile sia davvero la scrittura degli... »

Dal piano di sopra riecheggiarono delle parole sussurrate. Qualche pietra friabile stillò con un fruscio sulle scale di servizio.

L'uomo ruotò su se stesso, il sangue raggelato.

Riconobbe la cadenza pacata e concisa del sussurro nel buio.

L'egiziano.

Erano stati scoperti.

Forse percependo la stessa cosa, la donna spense la luce violetta. Su di loro calò l'oscurità.

Stefano alzò la sua torcia, cercando una speranza nel volto della sua Madonna nera. E, invece, nell'altra mano della donna, scorse una pistola nera, prolungata con un silenziatore, puntata proprio al suo volto.

Ingannato ancora una volta.

«Grazie, Stefano.»

Nel fatale intervallo fra il secco colpo di tosse e il lampo della canna, s'insinuò un solo pensiero.

Perdonami.

Città del Vaticano,
3 luglio, ore 13.16

Monsignor Vittorio Veroni saliva le scale con enorme fatica, tormentato dai ricordi delle fiamme e del fumo. Si sentiva dieci anni più vecchio dei suoi sessanta. Fermandosi su un ballatoio, si piegò all'indietro sostenendosi la zona lombare con una mano.

Sopra di lui, la tromba delle scale circolare era un angusto intrico di impalcature, attraversate da piattaforme. Benché sapesse che portava sfortuna, Vittorio s'infilò sotto una scaletta da imbianchino e continuò a salire i gradini bui che attraversavano la Torre dei Venti.

Gli effluvi di vernice fresca minacciavano di fargli lacrimare gli occhi. Ma s'insinuarono anche altri odori, fantasmi di un passato che preferiva dimenticare.

Carne carbonizzata, fumo acre, ceneri ardenti.

Due anni prima, un'esplosione e un incendio avevano ridotto la torre a una torcia incandescente nel cuore del Vaticano. Ma, dopo tanto lavoro, stava ritornando al suo pieno splendore. Vittorio non vedeva l'ora che arrivasse il mese successivo, quando sarebbe stata riaperta.

Ma soprattutto non vedeva l'ora di lasciarsi il passato alle spalle.

Persino la celebre Sala della Meridiana, in cima alla torre, dove Galileo aveva cercato di dimostrare che la terra girava intorno al sole, era quasi del tutto restaurata. C'erano voluti diciotto mesi, sotto la tutela e la perizia di una ventina di artigiani e storici dell'arte, per sottrarre in maniera certosina alla fuliggine e alla cenere i colori degli affreschi.

Se solo si potesse recuperare tutto con pennelli e colori.

In qualità di nuovo prefetto dell'Archivio Segreto Vaticano, Vittorio sapeva quanto era stato distrutto per sempre dalle fiamme, dal fumo e dall'acqua. Migliaia di codici antichi, documenti e i *regesta*... Nell'ultimo secolo, le sale della torre erano servite come deposito supplementare dei locali principali dell'Archivio, situati parecchi piani più sotto.

Adesso, purtroppo, la biblioteca era molto più spaziosa.

« Prefetto Veroni! »

Con un sobbalzo, Vittorio tornò al presente. Era il suo assistente, un giovane seminarista di nome Claudio, che lo chiamava dalla sommità delle scale. Attendeva il monsignore accanto alla Sala della Meridiana, visto che aveva preceduto il suo anziano superiore. Il giovane teneva sollevato un lembo del leggero telone di plastica che separava le scale dalla stanza.

Un'ora prima Vittorio era stato convocato dal responsabile dell'équipe di restauro. Il messaggio dell'uomo era stato tanto urgente quanto criptico: *Vieni subito. Abbiamo scoperto qualcosa di orribile e stupefacente.*

Così Vittorio aveva lasciato i propri uffici per affrontare una lunga scarpinata sino in cima alla torre tinteggiata di fresco. Non si era neanche cambiato l'abito talare nero, indossato per un precedente incontro con il segretario di Stato vaticano. Rimpiangeva la veste che aveva scelto, troppo pesante e calda per quell'impervia salita. Ma alla fine raggiunse il suo assistente e si deterse la fronte sudata con un fazzoletto.

« Da questa parte, prefetto. » Claudio scostò il telone.

« Grazie. »

La sala era un forno, quasi le pietre trattenessero ancora il calore dell'incendio di due anni prima. Ma era semplicemente il sole di mezzogiorno ad arroventare la torre più alta del Vaticano. Roma era assalita da un'ondata di caldo particolarmente torrido. Vittorio pregò che soffiasse un po' di brezza, che la Torre dei Venti si dimostrasse all'altezza del suo nome concedendo una raffica rinfrescante.

Ma il prelato sapeva pure che il sudore che gli imperlava la fronte non aveva niente a che vedere con il caldo. Dopo l'incendio, aveva evitato di salire lassù, impartendo istruzioni da lontano. Anche in quel momento rivolgeva le spalle a una delle camere laterali.

Prima di Claudio, aveva avuto un altro assistente.

Jacob.

Le fiamme non avevano distrutto solo i libri.

« Eccoti! » tuonò una voce.

Il dottor Baldassarre Pinosso, supervisore del progetto di restauro della Sala della Meridiana, attraversò ad ampie falcate la camera circolare. L'uomo era un gigante, sfiorava i due metri, ed era vestito di bianco, con le scarpe coperte da babbucce di carta. Aveva una maschera d'ossigeno abbassata sul collo. Vittorio lo conosceva bene: Baldassarre era preside del dipartimento di Storia dell'Arte dell'Università Gregoriana, dove un tempo lui aveva prestato servizio in qualità di responsabile del Pontificio Istituto di Archeologia Cristiana.

« Prefetto Veroni, grazie di essere venuto con tanta sollecitudine. » L'uomo diede un'occhiata all'orologio e alzò gli occhi al cielo, commentando in silenzio e con aria divertita la sua lenta salita.

Vittorio apprezzò quella leggera provocazione. Dopo aver assunto la carica di prefetto degli archivi, in pochi osavano parlare con lui in tono non reverenziale. « Se avessi le gambe lunghe come te, Baldassarre, avrei potuto fare due gradini per volta e arrivare prima del povero Claudio. »

« Allora meglio affrettarci a terminare, così potrai tornare alla consueta pennichella. Non vorrei disturbare un impegno tanto laborioso. »

Nonostante la giovialità dell'uomo, Vittorio riconobbe una leggera tensione nei suoi occhi. Notò pure che Baldassarre aveva congedato tutte le persone che lavoravano con lui al restauro.

Vittorio fece cenno a Claudio di tornare verso le scale. « Potresti lasciarci soli per qualche istante? »

« Certo, prefetto. »

Quando l'assistente svanì dietro il telone di plastica, Vittorio tornò a rivolgere l'attenzione al suo ex collega. « Perché tutta questa urgenza? »

« Vieni, ti faccio vedere. »

Mentre Baldassarre s'incamminava verso la parte opposta della sala, Vittorio notò che i restauri erano quasi conclusi. I celebri affreschi di Nicolò Circignani raffiguravano racconti biblici, sovrastati da cherubini fra le nuvole. Alcune scene erano ancora coperte da griglie di seta, in attesa di ulteriori ritocchi. Ma gran parte dei lavori era completata. Persino l'intaglio dello zodiaco sul pavimento era stato pulito e lucidato sino al marmo nudo. Sulla parete laterale, una lama di luce squarciava un foro grande come una moneta, trafiggeva le lastre del pavimento scuro e illuminava la linea meridiana di marmo bianco che lo attraversava, trasformando la sala in un osservatorio solare del XVI secolo.

Dalla parte opposta della stanza, Baldassarre scostò un drappo per rivelare un ripostiglio. Sembrava persino che la massiccia porta originaria fosse ancora intatta, a giudicare dall'evidente bruciacchiatura sulla spessa superficie di legno. Lo storico tamburellò le dita su uno dei bulloni di bronzo che ancoravano la porta. «Abbiamo scoperto che la porta ha un nucleo di bronzo, per fortuna. Ha preservato quanto c'era in questa stanza.»

Nonostante l'angoscia di Vittorio di trovarsi lì, la sua curiosità era stimolata. «Cosa c'è dentro?»

Baldassarre aprì la porta. Era uno spazio angusto e privo di finestre, appena sufficiente a ospitare due persone affiancate. Ai lati campeggiavano due scaffalature che occupavano tutta la parete, gremite di libri rilegati in pelle. Nonostante la fragranza di vernice fresca, nella stanza aleggiava un odore di muffa, che dimostrava il potere del tempo sull'umana fatica.

«Dopo aver ripulito questo posto, abbiamo inventariato ciò che vi era conservato», spiegò Baldassarre. «Ma non abbiamo trovato nulla di molto rilevante. Soprattutto testi storici di argomento astronomico e nautico che si stanno sgretolando.» Mentre si spostava all'interno, emise un sonoro sospiro con aria leggermente contrita. «Avremmo dovuto prestare maggiore attenzione, temo. Ma io ero concentrato sulla Meridiana. Abbiamo piazzato una delle guardie svizzere quassù di notte. Pensavo che tutto fosse al sicuro. Abbiamo anche usato la stanza come magazzino per riporre alcuni attrezzi.» Baldassarre indicò con il capo lo scaffale più basso di una rastrelliera. « Per toglierceli dai piedi. »

Vittorio scosse la testa, sempre più stanco per via del caldo e del peso che aveva nel cuore. « Non capisco. Perché mi hai fatto venire? »

« Una settimana fa, una guardia ha cacciato via un ficcanaso. Era qui dentro. »

« Perché non ne sono stato informato? » domandò Vittorio. « È stato rubato qualcosa? »

« No. Tu eri a Milano e io ho pensato si trattasse di un ladruncolo che voleva approfittare della confusione, con tutto quell'andirivieni di operai. In seguito ho piazzato una seconda guardia, per ogni evenienza. »

Vittorio gli fece cenno di continuare.

« Ma questa mattina uno dei restauratori ha riportato una lampada nel ripostiglio. Quando è entrato ce l'aveva ancora accesa. » Baldassarre allungò la mano alle spalle di Vittorio e chiuse la porta, impedendo alla luce di filtrare dall'altra sala. A quel punto accese una piccola lampada portatile. La sala s'imbevve di luce viola, che gli illuminò la tuta da lavoro bianca. « Durante i restauri artistici usiamo la luce ultravioletta. Aiuta a definire i dettagli che sfuggono all'occhio umano. »

Baldassarre indicò il pavimento di marmo, ma Vittorio aveva già notato la forma dipinta in modo approssimativo.

Un drago ricurvo, quasi avvolto sulla sua stessa coda.

Vittorio si sentì mozzare il fiato. Fece persino un passo indietro, vacillando, intrappolato fra l'orrore e l'incredulità.

Baldassarre gli posò una mano sulla spalla, sorreggendolo. « Tutto bene? »

Vittorio si scostò dalla presa dell'uomo. « Sto... sto bene. » Per provarlo, s'inginocchiò a esaminare da vicino la figura, che conosceva fin troppo bene. Era il simbolo dell'Ordo Draconis.

Baldassarre incrociò il suo sguardo, le sclere degli occhi che balenavano alla luce ultravioletta. Era stato l'Ordo Draconis a incendiare quella torre due anni prima, aiutato da un traditore, l'ex prefetto degli archivi, Alberto Menardi, ora morto. Era una storia che Vittorio sperava fosse chiusa per sempre, soprattutto adesso che la torre, come una fenice, era risorta dalle sue ceneri.

Che cosa ci faceva lì quel simbolo?

Vittorio s'inginocchiò. Il simbolo sembrava abbozzato in tutta fretta. Solo una volgare approssimazione.

Baldassarre incombeva alle sue spalle. «L'ho studiato con una lente d'ingrandimento. Ho trovato una goccia d'impasto per restauri *sotto* la tinta fluorescente, a indicare che è stato tracciato di recente. Questa settimana, credo.»

«Il ladro...» mormorò Vittorio.

«Forse non era un ladro, dopotutto.»

Quel simbolo poteva essere una minaccia o un avvertimento, forse un messaggio indirizzato a un'altra talpa dell'Ordo Draconis in Vaticano. Vittorio si guardò alle spalle. «Nel tuo messaggio dicevi di aver scoperto qualcosa di stupefacente.»

Baldassarre annuì. Tese la mano dietro di sé e aprì la porta del ripostiglio, permettendo alla luce di filtrare all'interno. Il drago fosforescente scomparve dal pavimento, quasi rifuggisse la luce del sole. «Guarda qua.» S'inginocchiò accanto a Vittorio. «Se non fosse stato per il disegno del drago sul pavimento ci sarebbe sfuggita.» Sfiorò con le dita la pietra nuda. «È sempre merito della lente d'ingrandimento. L'ho notata esaminando la tinta fluorescente. Mentre ti aspettavo, ho pulito l'incisione dalla patina di sporcizia di secoli.»

Vittorio studiò il pavimento. «Quale incisione?»

«Avvicinati di più. Tasta qui.»

Concentrandosi, Vittorio obbedì. Più che vederla la sentì con i polpastrelli, come un cieco che legge il Braille.

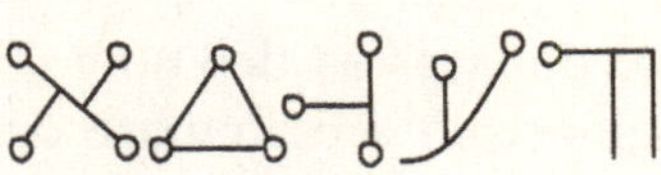

Vittorio non aveva bisogno della consulenza di Baldassarre per sapere che l'incisione era antica. I simboli erano netti come un attestato scientifico, ma quella non era certo la scrittura di un fisico. In qualità di ex responsabile del Pontificio Istituto di Archeologia Cristiana, Vittorio ne comprese subito la rilevanza.

Baldassarre doveva aver intuito la sua reazione. Abbassò la voce in un sospiro cospiratorio. « È davvero ciò che credo sia? »

Vittorio indietreggiò e si pulì le dita dalla polvere. « Una scrittura più antica dell'ebraico. La prima lingua, se dobbiamo credere alle leggende. »

« Perché è stata tracciata qui? Che cosa significa? »

Vittorio scosse la testa ed esaminò il pavimento, mentre sorgeva un altro interrogativo. Ricomparve il sigillo del drago, ma solo agli occhi della sua mente, illuminato dal timore anziché dalla luce ultravioletta. Sulla pietra, il drago si avvolgeva intorno all'iscrizione, quasi a proteggerla. Ricordò le parole dell'amico: *Se non fosse stato per il disegno del drago sul pavimento ci sarebbe sfuggita*. Forse il drago non serviva tanto a proteggere l'antica iscrizione, quanto a *illuminarla*, a gettarvi sopra una luce.

Ma a quali occhi era indirizzata?

Mentre Vittorio ripensava al drago contorto, sentì di nuovo fra le braccia il peso del corpo di Jacob, carbonizzato.

In quel momento, intuì la verità. Il messaggio *non* era rivolto a un altro agente dell'Ordo Draconis, a un altro traditore come il prefetto Alberto. Era teso ad attirare qualcuno legato a doppio filo alla storia dell'Ordo Draconis, a qualcuno che ne avrebbe riconosciuto la portata.

Il messaggio era stato lasciato per lui.

Ma perché? Che cosa significava?

Vittorio si alzò lentamente.

Conosceva una persona che avrebbe potuto aiutarlo, una persona che negli ultimi anni aveva evitato di chiamare. Fino a quel giorno, non c'era stato bisogno di mantenersi in contatto, soprattutto dopo che l'uomo aveva rotto i ponti con sua nipote. Ma Vittorio sapeva che, in parte, la sua reticenza non era dovuta a una questione di cuori infranti. L'uomo, come quella torre, gli ricordava un passato che voleva dimenticare.

Ma adesso non aveva scelta.

Il sigillo del drago gli balenava dinanzi agli occhi, gravido di spaventosi avvertimenti.

Aveva bisogno di aiuto.

Takoma Park, Maryland,
4 luglio, ore 23.44

« Gray, puoi svuotare il secchio della cucina? »

« Vengo subito, mamma. »

In soggiorno, il comandante Grayson Pierce prese l'ennesima bottiglia vuota di Sam Adams, un altro soldato morto ricordato nella festa dei suoi genitori per il Quattro luglio, e la gettò in un secchio di plastica che reggeva sotto il braccio.

Diede uno sguardo all'orologio. Quasi mezzanotte.

Gray raccolse altre due bottiglie di birra dal tavolo dell'ingresso e si fermò di fronte alla porta aperta, godendosi un filo di brezza attraverso la zanzariera. La notte odorava di gelsomino, oltre alla persistente traccia di fumo dei fuochi d'artificio sparati durante i festeggiamenti. In lontananza, qualche sibilo e crepitio continuava a punteggiare la notte. Un cane latrava dal cortile dietro quello di sua madre, esasperato dal rumore.

Sul portico del bungalow Craftsman dei genitori, restava solo qualche ospite, che poltriva sul dondolo o si appoggiava alla ringhiera, a godersi il fresco della notte dopo l'afa estiva del Maryland. Solo qualche ora prima, avevano osservato i fuochi artificiali da quel trespolo. Dopodiché gli invitati se n'erano andati alla spicciolata. Restavano solo i più irriducibili.

Come il capo di Gray.

Il direttore Crowe era appoggiato a una colonna, chino accanto al tutor che lavorava per la madre di Gray. Era un giovane austero originario del Congo, che frequentava la George Washington University grazie a una borsa di studio. Painter Crowe si era informato sullo stato delle ostilità nel suo Paese d'origine. A quanto pareva, persino a una festa, il direttore della Sigma Force tastava il polso del mondo.

La Sigma Force era il braccio operativo segreto della DARPA, Defense Advanced Research Projects Agency, la divisione di ricerca e sviluppo del dipartimento della Difesa. I membri erano incaricati di salvaguardare o neutralizzare le tecnologie vitali per la sicurezza americana. La squadra era composta di ex soldati delle Forze Speciali, che erano stati scelti con cura in segreto e piazzati in rigorosi programmi di studio, in modo da formare un team militarizzato di agenti tecnicamente addestrati. O come amava scherzare Monk, amico di Gray e membro della squadra, « scienziati killer ».

Con una simile responsabilità, l'unico comfort del direttore Crowe quella sera sembrava lo scotch di malto appoggiato sulla ringhiera del portico. Se l'era coccolato per tutta la festa. Quasi percepisse di essere studiato, Painter rivolse un cenno del capo a Gray dietro la porta.

Alla luce fioca delle candele di alcune lanterne, il direttore aveva un'aria da duro, con i suoi pantaloni neri e la camicia di lino stazzonata. Il fatto che fosse per metà nativo americano si leggeva nei tratti marcati del viso.

Gray studiava quei tratti, cercando qualche crepa nel suo portamento. La struttura organizzativa della Sigma era oggetto di una scrupolosa verifica interna da parte della NSA, National Security Agency, e della DARPA, e adesso in Asia sudorientale stava covando una crisi sanitaria. Era quindi un bene vederlo fuori dagli uffici sotterranei della Sigma. Anche se solo per quella notte.

Eppure, il dovere non era mai lontano dalla mente del direttore. A riprova di ciò, Painter prese a stiracchiarsi, si scostò dalla ringhiera e raggiunse la porta. « Devo andare. Pensavo di fare un salto in ufficio a vedere se Lisa e Monk sono arrivati sani e salvi. »

I due scienziati, la dottoressa Lisa Cummings e il dottor Monk Kokkalis, erano stati inviati a indagare su una crisi sanitaria nelle isole indonesiane. I due, che viaggiavano al seguito dell'Organizzazione Mondiale della Sanità, erano partiti quella mattina.

Gray aprì la zanzariera per stringere la mano al capo. Sapeva che l'interesse di Painter per il viaggio della coppia andava oltre il ruolo di direttore delle operazioni sul campo. Scorgeva la preoccupazione di un uomo innamorato.

« Sono certo che Lisa sta bene », lo rassicurò Gray, sapendo che, negli ultimi tempi, Lisa e Painter si separavano di rado. « Ovviamente, se si è portata i tappi per le orecchie. Per come russa, Monk fa impallidire il motore di un jet. E a proposito del trombettiere solitario, se hai qualche notizia, fa' sapere a Kat... »

Painter alzò una mano. « Stasera mi ha già lasciato due messaggi sul Blackberry, per informarsi se avevo notizie. » Trangugiò lo scotch. « Non appena so qualcosa la chiamo subito. »

« Sospetto che Monk chiamerà prima di te, visto che adesso ha *due* donne cui rispondere. »

Painter sorrise, anche se un po' stancamente.

Due mesi prima, Kat e Monk avevano portato a casa una nuova bambina di due chili e otto, battezzata Penelope Anne. Dopo che gli era stata assegnata quell'operazione sul campo, Monk aveva scherzato sul fatto che sarebbe sfuggito ai pannolini e alle poppate notturne. Ma Gray si era accorto che, per Monk, lasciare moglie e figlia era uno strazio.

« Grazie di essere venuto, direttore. Ci vediamo domattina. »

« Per favore, ringrazia i tuoi. »

Gray lanciò un'occhiata al fascio di luce sul lato sinistro della casa, proveniente dal garage sul retro. Suo padre si era ritirato lì poco prima. Quella sera, non tutti i fuochi d'artificio erano scoppiati per strada. Negli ultimi tempi, con il peggioramento dell'Alzheimer, il padre trovava le occasioni mondane sempre più impegnative, poiché si dimenticava i nomi delle persone e riformulava domande che avevano già avuto risposta. La sua frustrazione aveva portato a un'accesa lite tra padre e figlio. Dopodiché il padre si era spostato nella sua officina in garage.

Passava sempre più tempo rintanato lì dentro. Gray sospettava che non fosse tanto un modo di nascondersi dal mondo, quanto invece di difendersi, cercando un posto solitario per proteggere ciò che restava delle sue facoltà, trovando sollievo nel tagliare il legno di quercia con il piallatore o nel rimuovere una vite ben piazzata. Eppure, ogni giorno, Gray notava la paura crescere nei suoi occhi.

« Non mancherò », mormorò.

Mentre Painter se ne andava, gli ultimi invitati lo seguirono a ruota. Alcuni si fermarono in casa a salutare sua madre, mentre Gray si accomiatava dagli altri. Presto ebbe il portico tutto per sé.

«Gray!» esclamò la madre da dentro. «La spazzatura!»

Con un sospiro, si chinò e prese il secchio pieno di bottiglie vuote, lattine e tazze di plastica. Avrebbe aiutato la madre a fare pulizia, quindi avrebbe percorso in bicicletta il breve tratto di strada fino al suo appartamento. Mentre faceva sbattere la zanzariera dietro di sé, spense le luci del portico e attraversò il parquet verso la cucina. Udì il brusio della lavapiatti e il tintinnio delle padelle nel lavello.

«Mamma, finisco io», disse, entrando in cucina. «Tu va' a riposare.»

Lei si voltò dal lavello. Indossava dei pantaloni di cotone blu e un grembiule chiazzato. Nei momenti come quello, quando era stanca dopo una serata di festa, Gray si accorgeva di colpo dell'età avanzata della madre. Chi era quella donna con i capelli grigi nella cucina di sua madre?

Poi lei gli sventolò di fronte uno strofinaccio bagnato e ruppe l'illusione. «Prendi solo la spazzatura. Qui ho quasi finito. E di' a tuo padre di venire a casa. Agli Edelmann non piace che lavori il legno di notte. Ah, e ho incartato gli avanzi del pollo alla griglia. Puoi portarli nella ghiacciaia in garage?»

«Dovrò fare due viaggi.» Sollevò i due sacchi della spazzatura di plastica con una mano sola e si ficcò il secchio di bottiglie sotto il braccio. «Torno subito.»

Spinse la porta di servizio con il fianco e uscì nel cortile. Scendendo con cautela i due gradini, raggiunse il garage e la fila di cassonetti che lo costeggiava. Si accorse di muoversi con passo felpato, cercando di soffocare il rumore delle bottiglie. Uno sprinkler lo tradì.

Inciampò e, mentre ritrovava l'equilibrio, le bottiglie nel secchio tintinnarono. Lo Scottish Terrier del vicino abbaiò un lamento.

Merda...

Suo padre imprecò dal garage. «Gray, sei tu? Vieni a darmi una mano?»

Lui esitò. Dopo una quasi sfuriata con il padre quella sera, non voleva un bis di mezzanotte. Negli ultimi due anni, erano andati piuttosto d'accordo, trovando terreno comune dopo una vita di ostile distacco. Ma nell'ultimo mese, mentre alcuni test cognitivi del padre riprendevano a dare esiti preoccupanti, l'uomo taciturno aveva riesumato la sua fin troppo familiare e sgradita freddezza.

«Gray!»

«Aspetta!» Gettò la spazzatura in uno dei cassonetti e vi piazzò accanto il secchio delle bottiglie. Armandosi di coraggio, attraversò il fascio di luce del garage aperto.

Lo aggredì l'odore di segatura e lubrificante, che gli ricordò giorni più cupi. *Adesso prendo la cinghia, brutto pezzo di... Farò in modo che ci pensi due volte prima di usare uno dei miei attrezzi... Vedi di usare quella testa di rapa prima che ti dia tante di quelle botte da...*

Suo padre era inginocchiato sul pavimento accanto a un barattolo di caffè, da cui erano caduti dei chiodini. Li stava raccogliendo.

Gray notò la scia di sangue che sgocciolava dalla mano dell'uomo. Mentre entrava, il padre alzò la testa. Sotto le luci al neon, era impossibile negare la loro parentela. Negli occhi azzurri del padre balenava lo stesso sguardo inflessibile del figlio. Avevano tutti e due il viso spigoloso e marcato, a segnalare l'origine gallese. Impossibile evitarlo. Stava diventando suo padre. E, anche se i capelli di Gray erano ancora neri come il carbone, c'era qualche filo grigio a provarlo.

Gray si avvicinò e gli indicò il lavello sul retro. «Va' a lavarti la mano.»

«Non dirmi che cosa devo fare.»

Gray aprì la bocca per obiettare, ci ripensò e si chinò ad aiutarlo. «Cos'è successo?»

«Stavo cercando delle viti per il legno.» L'uomo indicò con la mano tagliata il tavolo da lavoro.

«Ma questi sono chiodi.»

Il padre gli lanciò uno sguardo incandescente. «Ma davvero, Sherlock?» Nel suo sguardo c'era una vena di rabbia, a malapena repressa, ma Gray sapeva che per una volta non era indirizzata a lui.

Riconoscendolo, tacque e si limitò a riporre i chiodi nel barattolo da caffè. Il padre si guardò le mani, una insanguinata, l'altra no.

« Papà? »

L'uomo robusto scosse la testa e infine disse sommessamente: « Maledizione... »

Quando Gray era ragazzo, suo padre lavorava nei campi petroliferi del Texas, prima che un incidente sul lavoro lo rendesse disabile, con una gamba amputata al ginocchio, trasformando così un lavoratore dell'industria petrolifera in una casalinga. Gray si era trovato a sopportare il peggio della sua frustrazione, veniva sempre trovato in difetto, non riusciva mai a essere l'uomo che il padre desiderava.

Gray lo osservò guardarsi le mani e riconobbe un'amara verità. Forse la rabbia del suo vecchio era stata sempre rivolta verso l'interno. Come in quel momento. Non tanto una delusione nei confronti del figlio, quanto invece la frustrazione di un padre per non essere stato l'uomo che *lui* avrebbe voluto essere.

Gray cercò qualche parola con cui ribattere.

In quel momento, il rombo di una motocicletta squarciò ogni ulteriore riflessione. Sulla strada, gli pneumatici cigolarono, segnando l'asfalto con la gomma.

Gray si raddrizzò e piazzò il barattolo da caffè sulla panca. Il padre imprecò contro il motociclista maleducato, probabilmente uno che aveva fatto bisboccia e aveva alzato troppo il gomito. Tuttavia Gray allungò un braccio per spegnere le luci del garage.

« Che cosa stai... »

« Resta giù », ordinò Gray.

C'era qualcosa che non tornava.

La motocicletta si avvicinò, una Yamaha V-Max nera. Comparve con un rombo, slittando di lato. Il faro era spento. Era quello che aveva fatto innervosire Gray. Nessun fascio di luce aveva illuminato la strada, precedendo il rombo del motore. La motocicletta viaggiava a luci spente.

Senza rallentare, la moto si piegò di lato. Lo pneumatico posteriore prese a fumare mentre il motociclista cercava di imboccare la curva stretta del loro viale. La moto esitò, trovò l'equilibrio, quindi scattò in avanti.

« Chi accidenti è? » ringhiò il padre.

Il guidatore compensò eccessivamente per la svolta. La motocicletta sobbalzò e il dosso la fece sbandare di lato. Il motociclista si sforzò di riprendere il controllo, ma il parafango posteriore urtò il bordo del gradino del portico.

La moto cadde slittando in una pioggia di scintille rosse, offrendo l'ennesimo spettacolo pirotecnico del Quattro luglio. Sbalzato dal veicolo, il motociclista rotolò sulla spalla, atterrando non lontano dal garage.

Più avanti, sul viale, il motore del veicolo tossì e si spense.

Calò il buio.

«Gesù Cristo...» mormorò il vecchio.

Con la mano, Gray fece cenno al padre di restare in garage. Con l'altra estrasse una Glock 9 mm dalla fondina alla caviglia. Raggiunse la figura prona, tutta vestita di nero: tuta di pelle, sciarpa e casco.

Un flebile grugnito rivelò due elementi: il motociclista era ancora vivo, ed era una donna.

Giaceva raggomitolata su un fianco, la tuta di pelle strappata.

Alla porta di servizio comparve la madre di Gray, ferma sotto la luce del portico di casa, attirata dal rumore. «Gray?»

«Resta lì», replicò lui.

Mentre Gray si avvicinava alla motociclista, notò qualcosa a qualche passo dalla moto, una forma nera che si stagliava sul cemento chiaro del viale. Sembrava una sorta di colonna di pietra nera e tozza, spezzata dall'impatto. Dal suo interno scuro, il barbaglio d'un nucleo metallico rifletteva il chiarore lunare.

Eppure, mentre Gray si affiancava alla motociclista, fu un altro bagliore argenteo ad attirare la sua attenzione.

Un piccolo pendente al collo della donna.

A forma di drago.

Gray lo riconobbe subito. Lui indossava lo stesso ciondolo al collo, il regalo di una vecchia nemica, un avvertimento e una promessa che le loro strade sarebbero tornate a incrociarsi.

Strinse la presa sulla pistola.

Lei rotolò sulla schiena con un altro lieve grugnito. Il sangue colava sul cemento bianco, un fiume nero che avanzava verso il prato tosato. Gray individuò la ferita.

Le avevano sparato alle spalle.

Una mano si tese verso l'alto e sfilò il casco. Un volto familiare, contratto dall'agonia, lo fissava, incorniciato dai capelli neri. La pelle scura e gli occhi a mandorla rivelarono l'origine euroasiatica e l'identità della donna.

«Seichan...» disse Gray.

Una mano lo cercò a tentoni. «Comandante Pierce... aiutami...»

Nella voce della donna lui percepì il dolore, ma anche qualcosa che non si sarebbe mai aspettato di sentire da quella glaciale nemica.

Terrore.

2

NATALE DI SANGUE

Isola di Natale,
5 luglio, ore 11.02

L'ennesima giornata pigra in spiaggia...

Monk Kokkalis seguiva la sua guida lungo la battigia. Tutti e due gli uomini indossavano delle tute biologiche Bio-3. Non era l'abbigliamento ideale per camminare su una spiaggia tropicale. Sotto la tuta, Monk portava solo un paio di boxer. Eppure si sentiva ancora troppo vestito mentre cuoceva a fuoco lento nella plastica sigillata. Schermandosi gli occhi dal bagliore del mattino, scrutò l'orrore nelle vicinanze.

La baia occidentale dell'Isola di Natale gorgogliava e ribolliva di morti, quasi l'inferno stesso si fosse riversato a riva dagli abissi. Montagne di carcasse di pesci segnalavano l'alta marea della notte precedente. La spiaggia era punteggiata da cumuli più vasti di squali, delfini, tartarughe e persino una balenottera... Ma era arduo determinare dove cominciasse uno e dove terminasse l'altro, carne e scaglie fuse in una massa graveolente di ossa e tessuti in putrefazione. Sulla spiaggia e in acqua campeggiavano anche enormi quantità di uccelli marini contorti e senza vita, forse attirati dalla carneficina, ma uccisi dallo stesso avvelenamento.

Con un acuto mugghio, come se l'oceano stesse esalando l'ultimo respiro, una cascata d'acqua marina limacciosa sgorgava da uno sfiatatoio nella roccia vicina.

Chinandosi sotto il getto, i due uomini si spostarono lungo la spiaggia in direzione nord, attraversando uno stretto sentiero di sabbia bianca fra la sozzura della battigia e la scogliera a strapiombo fitta di vegetazione.

« Mi ricordi di evitare il buffet di frutti di mare sulla nave », gracchiò Monk, attraverso il respiratore. Era lieto di approfittare della riserva d'aria della tuta. Riusciva solo a immaginare l'odore che doveva accompagnare quel cimitero.

Era anche sollevato che la sua collega, la dottoressa Lisa Cummings, fosse rimasta a bordo della nave da crociera dall'altra parte dell'isola. La *Mistress of the Seas* era ormeggiata nella baia di Flying Fish Cove, al sicuro e sopravvento rispetto alla coltre nauseabonda che aleggiava sull'isola, dovuta alla nube tossica sul lato occidentale.

Ma altri non erano stati ugualmente fortunati.

Al suo arrivo, all'alba, Monk aveva visto di persona centinaia di uomini, donne e bambini venire evacuati, tutti in vari stadi di contaminazione: alcuni ciechi, altri pieni di vesciche e i più gravi con la pelle che marciva di bubboni. E, anche se i valori di tossicità stavano declinando rapidamente, tutta l'isola era stata sgombrata per precauzione.

La *Mistress of the Seas*, un'imponente e lussuosa nave da crociera in viaggio inaugurale nelle isole indonesiane, era stata evacuata, dirottata e trasformata in una nave di emergenza sanitaria. Fungeva anche da centro operativo per la squadra dell'Organizzazione Mondiale della Sanità, convocata per scoprire la causa e la fonte dell'improvviso avvelenamento dei mari circostanti.

Ed era anche il motivo per cui Monk si trovava lì quella mattina, in cerca di risposte negli strascichi della tragedia. A bordo della nave veniva messa a dura prova l'esperienza medica di Lisa, mentre la formazione professionale di Monk lo aveva portato a scarpinare in quella fogna. Per via della sua specializzazione in medicina legale - clinica e biologica - era stato scelto appositamente per quel particolare incarico della Sigma. L'operazione era stata giudicata a basso rischio - una semplice inchiesta - ed era l'occasione per fargli riprendere gradualmente il lavoro dopo un'aspettativa di due mesi per motivi familiari.

Scacciò via quell'ultima riflessione. Non voleva pensare alla sua bambina mentre arrancava in quel marciume. Ma era inevitabile. Ripensò agli occhi azzurri di Penelope, alle guance paffute e a quell'incredibile corona di capelli biondi, tanto differenti dal cranio rasato e dai tratti marcati del padre. Com'era possibile che qualcosa di tanto bello condividesse i suoi geni? Ma del resto era probabile che in quel caso ci fosse lo zampino di sua moglie. Persino in quel luogo non riusciva a scacciare il desiderio fisico di averle accanto, quasi fosse vincolato da un cordone ombelicale, da una comunanza di sangue che li legava tutti e tre. Gli sembrava impossibile poter essere tanto felice.

Più avanti, la sua guida, il dottor Richard Graff, un ricercatore oceanico dell'Università del Queensland, si era chinato. Non aveva la minima idea della vera professione di Monk, sapeva solo che era stato reclutato dall'OMS per la sua competenza. Graff posò la cassetta di plastica per il prelievo di campioni su una piatta sporgenza rocciosa. Attraverso la maschera di protezione, il volto barbuto dell'uomo era teso di preoccupazione e concentrazione.

Era ora di mettersi al lavoro.

I due erano stati scaricati da un gommone. Il pilota, un marinaio della Royal Australian Navy, era rimasto sul natante oltre la zona di morte. Una lancia della Guardia Costiera australiana era giunta a supervisionare l'evacuazione dell'isola.

L'Isola di Natale, situata millecinquecento miglia a nordovest di Perth, era territorio australiano. Scoperta il 25 dicembre del 1643, l'isola disabitata era stata colonizzata dagli inglesi per sfruttarne i depositi di fosfati, scavando una serie di miniere e impiegando manodopera a contratto proveniente dall'arcipelago indonesiano. E, anche se le miniere erano ancora operative, l'industria principale dell'isola era diventata il turismo. Tre quarti dell'entroterra, occupati da foresta pluviale, erano stati dichiarati parco nazionale.

Ma i turisti non sarebbero più accorsi in massa tanto presto.

Monk raggiunse Richard Graff.

Con un ampio gesto, il ricercatore abbracciò la scena di morte. «Secondo i rapporti di alcuni pescatori locali, tutto è cominciato quattro settimane fa. Le trappole per aragoste sono state trovate piene di gusci vuoti di crostacei, con la carne dissolta all'interno. Le reti da pesca a strascico provocavano escoriazioni alle mani quando venivano issate. Poi la situazione è peggiorata.»

«Che cosa crede sia successo? Una fuoriuscita tossica?»

«Non c'è dubbio che si sia trattato di un attacco tossico, ma non certo di una *fuoriuscita.*» Graff aprì una cassetta per il prelievo, corredata dal segnale di pericolo chimico, e indicò la battigia vicina. Le acque gorgogliavano d'una spuma giallastra, una melma velenosa densa di carne e ossa. «Questa è tutta opera di Madre Natura.»

«Che cosa intende?»

«Si tratta di mucillagine, composta di *cianobatteri,* un antico predecessore dei batteri e delle alghe moderni. Tre miliardi di anni fa, tale mucillagine prosperava in tutti gli oceani del mondo. E adesso è di nuovo in aumento. Ecco perché sono stato mandato qui. Questi organismi rientrano nella mia sfera di competenza. Ho studiato fioriture simili nei pressi della Grande Barriera Corallina, in particolare un esemplare chiamato *Lyngbya majuscula.* Una miscela di alghe e cianobatteri in grado di ricoprire un campo di calcio in meno di mezz'ora. Quella stramaledetta creatura rilascia dieci differenti biotossine, sufficientemente potenti da escoriare la pelle. E quando si secca è in grado di disperdersi nell'aria con la forza urticante di uno spray al peperoncino.»

Monk ripensò alla devastazione a The Settlement, la cittadina dell'isola. Non era lontana da quella baia. «Sta dicendo che è avvenuta una cosa simile anche qui?»

«È probabile. La *Lyngbya majuscula* e altri cianobatteri stanno fiorendo in tutti i mari. Dai fiordi norvegesi sino alla Grande Barriera Corallina. Pesci, coralli e mammiferi stanno morendo mentre queste antiche mucillagini, assieme alle meduse, prosperano. È come se l'evoluzione stesse andando a ritroso e gli oceani stessero tornando dei mari primordiali. Ed è solo colpa nostra. Fertilizzanti, industrie chimiche e acque di scarico stanno avvelenando delta ed estuari. E il mutamento climatico sta acidificando e riscaldando le acque, riducendone la capacità di trattenere l'ossigeno e soffocando così la vita marina. Stiamo rapidamente uccidendo i mari, ben oltre la loro capacità di rigenerarsi.» Scuotendo la testa, scrutò la pozza di morte. «Di conseguenza, stiamo assistendo alla ricomparsa di mari di cento milioni di anni fa, brulicanti di batteri, alghe tossiche e meduse. Luoghi di morte simili si trovano in tutto il mondo.»

«Ma qual è stata la causa di questo fenomeno in particolare?»

Era quell'interrogativo ad averli attirati sul posto.

Graff scosse la testa. «Una nuova mucillagine non identificata. Qualcosa che non abbiamo ancora visto. Ed è questo che mi spaventa. Le biotossine e le neurotossine marine sono già i veleni più potenti al mondo. Tanto letali che l'uomo non è in grado di replicarli. Lo sa che la saxitossina, estratta dai batteri presenti in alcuni crostacei, è stata classificata dalle Nazioni Unite come arma di distruzione di massa?»

«Madre Natura sa essere una grande bagascia.»

«Una specie di terrorista... Meglio non farla arrabbiare.»

Monk non obiettò. Terminata la lezione di biologia, si chinò e aiutò a organizzare i kit di raccolta. Lottò faticosamente con i guanti di plastica della tuta, ed era ulteriormente ostacolato dalla mano sinistra intorpidita. Rimasto mutilato in una precedente missione, adesso disponeva di una protesi sperimentale, provvista di tutti gli ultimi ritrovati della DARPA, ma i materiali sintetici e bioelettronici non erano certo come la carne. Imprecò leggermente mentre trafficava per infilare una siringa nella sabbia.

«Faccia attenzione con quella siringa», lo avvertì Graff. «Non credo sia il caso di lacerarsi la tuta. Anche se i valori di tossicità sono in recessione, meglio essere cauti.»

Monk sospirò. Voleva tornare a bordo della nave. Durante il viaggio, si era dato da fare perché sulla nave da crociera fosse aerotrasportato un intero laboratorio di medicina legale. Era lì che avrebbe preferito essere.

Ma prima avevano bisogno dei campioni da laboratorio. E parecchi. Sangue, tessuti e ossa. Di pesci, squali, calamari, delfini.

«Che strano», mormorò Graff. Si alzò e perlustrò con lo sguardo tutta la spiaggia.

«Che cosa c'è?»

«Uno degli animali più diffusi sull'isola è il *Gecarcoidea natalis.*»

«Che nel linguaggio comune sarebbe...?»

«Mi sto riferendo al granchio rosso dell'Isola di Natale.»

Monk studiò la nauseabonda linea costiera. Si era informato in merito alla flora e alla fauna locali. Il granchio rosso era la star dell'isola, e cresceva sino a raggiungere le dimensioni di un vassoio. Le sue migrazioni annuali costituivano una delle meraviglie del mondo naturale. Ogni novembre, in base alle fasi lunari, cento milioni di granchi facevano una pazza corsa dalla giungla sino al mare - evitando gli uccelli marini e, negli ultimi anni, anche le automobili -, cercando di dimostrare il loro diritto a riprodursi.

Graff proseguì: «I granchi sono dei noti sciacalli. È lecito pensare che siano attratti da tutte queste carcasse. Come gli uccelli. E invece non ne vedo neanche uno, vivo o morto che sia».

«Forse avvertono la presenza della tossina e si trattengono nella giungla.»

«In tal caso, un simile fattore potrebbe custodire qualche indizio sull'origine della tossina o del batterio che la produce. Forse hanno già incontrato questa fioritura letale. Forse ne sono immuni. In entrambi i casi, più rapidamente ne isoliamo la fonte, tanto meglio sarà.»

«Per aiutare gli isolani...»

Graff scrollò le spalle. «Certo che sì. Ma, cosa più importante, per impedire la diffusione dell'organismo.» Studiò la mucillagine giallastra, abbassando la voce per la preoccupazione. «Temo possa essere ciò che temevano gli scienziati oceanici.»

Monk lo fissò, in attesa che continuasse.

«Un batterio che si riveli cruciale, un agente tanto potente da sterilizzare tutta la vita marina.»

«Potrebbe succedere?»

Graff s'inginocchiò per mettersi all'opera. «Potrebbe già essere sul punto di accadere.»

Con quella cupa affermazione, Monk trascorse l'ora successiva a raccogliere campioni in fiale, buste e contenitori di plastica. Nel frattempo il sole si era alzato a picco sulle scogliere, risplendendo nell'acqua e cuocendolo a fuoco lento nella sua tuta biologica. Cominciò ad agognare una doccia fredda e un drink ghiacciato con un ombrellino dentro.

I due lavorarono lentamente lungo la spiaggia. Accanto al versante roccioso, Monk notò un gruppetto di bastoncini d'incenso carbonizzati conficcati nella sabbia. Formavano una palizzata di fronte a un piccolo santuario buddhista, una statua seduta e senza volto, da tempo erosa dal mare e dalla sabbia. Ipotizzò che i bastoncini d'incenso fossero stati accesi per tenere lontana la cappa tossica, appellandosi a un intervento celeste.

Continuò a lavorare, infastidito da un brivido improvviso, domandandosi se i suoi sforzi si sarebbero rivelati utili.

Il grugnito gutturale di una barca in avvicinamento attirò il suo sguardo sul mare. Abbassò gli occhi sulla spiaggia. Nel raccogliere i campioni, lui e Graff avevano superato una lingua di terra. Il loro gommone giaceva spiaggiato oltre la punta rocciosa.

Monk si schermò gli occhi. Il pilota australiano si stava spostando verso di loro?

Graff lo raggiunse. « È troppo presto per tornare. »

La raffica di proiettili riecheggiò sull'acqua, mentre un motoscafo blu doppiava la punta a tutta velocità. Monk individuò sette uomini a poppa, con le teste avvolte nelle sciarpe. Il sole scintillava sui fucili d'assalto.

Graff rimase senza fiato, indietreggiando verso di lui. « Pirati... »

Monk scosse la testa. *Fantastico...*

La barca virò verso di loro e rimbalzò sul pelo dell'acqua.

Monk prese Graff per il braccio e lo trasse via dalla spiaggia.

La pirateria era in aumento in tutto il mondo, ma le acque indonesiane erano sempre state affollate di quei tagliagola. Le isole e i piccoli atolli, i mille porti segreti, le giungle fitte, tutto ciò creava un perfetto vivaio. E, dopo il recente tsunami nella regione, il numero di pirati era cresciuto rapidamente, approfittando del caos e della scarsità di forze dell'ordine.

I tempi disperati generano uomini disperati.

Ma chi era tanto disperato da rischiare la vita in quelle acque? Monk notò che i banditi erano coperti da capo a piedi da tute biologiche improvvisate. Avevano saputo che in quella zona i livelli di tossicità erano scesi e avevano deciso di rischiare un assalto?

Mentre si ritirava dal bagnasciuga, Monk lanciò un'occhiata al loro gommone. Nelle isole, il loro Zodiac avrebbe fruttato parecchio sul mercato nero, per non parlare della loro costosa attrezzatura di ricerca. Monk notò anche l'assenza di fuoco di risposta da parte del pilota dello Zodiac. Colto di sorpresa, il marinaio australiano doveva essere stato eliminato al primo assalto. Aveva con sé anche la loro unica radio. Tagliati fuori, adesso erano soli.

Monk ripensò a Lisa a bordo della nave. La lancia della Guardia Costiera australiana pattugliava le acque intorno al porticciolo. Almeno lei era al sicuro.

A differenza di loro.

Le scogliere impedivano ogni ritirata. Ai lati si estendeva la spiaggia vuota.

Monk trascinò Graff dietro un masso crollato, l'unico riparo.

Il motoscafo puntava verso di loro. Gli spari crivellarono la sabbia, disegnando una freccia verso il loro nascondiglio.

Monk si abbassò.

Altro che pigra giornata in spiaggia.

Ore 11.42

La dottoressa Lisa Cummings spalmò la crema anestetica sulla schiena della ragazzina in lacrime. La madre le teneva la mano. La donna era malese e parlava a delicati sussurri. La miscela di Lidocaina e Prilocaina alleviò rapidamente il bruciore sulla schiena della piccola, riducendo le sue grida di dolore a singhiozzi e lacrime.

« Dovrebbe migliorare », disse Lisa, sapendo che la madre lavorava come cameriera in uno degli alberghi locali e parlava inglese. « Si accerti che prenda gli antibiotici tre volte al giorno. »

La donna chinò la testa. « *Terima kasih.* Grazie. »

Lisa le indicò un gruppo di uomini e donne in divisa bianca e blu, lo staff della *Mistress of the Seas*. « Un membro dell'equipaggio troverà una cabina per lei e sua figlia. »

Un altro inchino con la testa, ma Lisa si stava già voltando per andarsene, sfilandosi i guanti con uno schiocco. La sala da pranzo sul Ponte Lido della *Mistress of the Seas* era diventata il principale centro di smistamento. Tutti gli evacuati dell'isola venivano visitati e divisi in base all'urgenza. Lisa aveva un'esperienza minima nella medicina di pronto soccorso. Ad assisterla, le avevano affiancato un allievo infermiere di Sydney, un giovane snello di origine indiana di nome Jesspal, volontario del personale medico dell'Organizzazione Mondiale della Sanità.

Formavano una strana coppia: una bionda e diafana, l'altro bruno con la pelle color caffè. Ma operavano come una squadra esperta.

«Jessie, come andiamo con la Cefalexina?»

«Dovrebbe bastare, dottoressa.» Con una mano agitò l'ampio flacone di antibiotici mentre riempiva dei documenti con l'altra.

Alzandosi leggermente i pantaloni verdi della divisa ospedaliera sui fianchi, Lisa si guardò intorno. Nessuno aveva bisogno di assistenza immediata. Il resto della sala da pranzo era una sorta di caos controllato, punteggiato di pianti e grida sporadiche, ma, per il momento, la loro stazione era un'isola di quiete.

«Credo che la maggior parte degli isolani sia stata evacuata», affermò Jessie.

«Ho sentito che gli ultimi due battelli sono arrivati pieni solo a metà. Credo che ormai siamo giunti agli sgoccioli dei paesini periferici.»

«Grazie a Dio.»

Nel corso di quell'interminabile mattinata, Lisa aveva curato più di centocinquanta pazienti, casi di bruciature, escoriazioni, tossi atroci, dissenteria, nausea, persino un polso slogato per una caduta dal molo. Eppure aveva visto solo una minima quantità della totalità dei casi. La nave da crociera era giunta sull'isola la notte precedente, e l'evacuazione era già iniziata quando lei era arrivata all'alba, trasportata in elicottero. Dall'isoletta sperduta erano stati imbarcati più di duemila abitanti. Anche se si stava stretti, la nave era in grado di ospitare l'intera popolazione, specie perché il numero dei morti aveva tragicamente superato la quota di quattrocento... e stava ancora salendo.

Rimase ferma per un istante e si cinse con le braccia, desiderando che fossero le braccia forti di Painter a stringerla, la guancia ruvida di barba sul suo collo. Chiuse gli occhi, esausta. Anche se lui non c'era, prese in prestito un po' della sua forza.

Mentre si dava da fare, caso per caso, le era stato facile assumere un atteggiamento scientifico, distaccato, limitandosi a curare e ad andare avanti.

Ma adesso, in quel momento di calma, l'enormità del disastro la impressionava. Nelle prime due settimane il contagio era cominciato in sordina, giusto qualche bruciatura per esposizione diretta. Poi, nel giro di due giorni soltanto, dai mari si era alzata una nube tossica, eruttando infine un gas urticante che aveva ucciso un quinto della popolazione e ferito il resto.

E, anche se la nube tossica si era dissipata, i malati avevano cominciato a essere colpiti da infezioni, influenze, febbri altissime, meningiti, cecità. La rapidità era inquietante. Tutto il terzo ponte era stato adibito a zona di quarantena.

Che cosa ci faceva lei lì?

All'inizio, quando era scoppiata la crisi sanitaria, Lisa aveva chiesto a Painter di assegnarle quell'incarico. Oltre alla laurea in medicina, aveva conseguito un dottorato in fisiologia umana, ma, cosa più importante, aveva una discreta esperienza sul campo, specie nelle scienze marine. Aveva lavorato per cinque anni a bordo di una nave di ricerca, la *Deep Fathom*.

Aveva un valido motivo per essere della partita.

Ma non era l'unico.

Nell'ultimo anno, Lisa era stata ancorata a Washington e si era trovata lentamente risucchiata nella vita di Painter. E, mentre una parte di lei si godeva quell'intimità, sapeva anche di avere bisogno di quella chance per allontanarsi, sia per sé sia per la sua relazione. Un po' di distanza per valutare la propria vita, lontana dall'ombra di Painter.

Ma forse adesso era troppo lontana...

Un grido attirò la sua attenzione verso le doppie porte della sala da pranzo. Due marinai trascinavano un uomo su una barella. Si dimenava e gridava, la pelle suppurante, rossa come il guscio di un'aragosta. Era come se tutto il corpo fosse stato sbollentato. I barellieri lo trasportarono di corsa alla sala adibita a terapia intensiva.

Di riflesso, Lisa ripassò la cura mentalmente: *Diazepam e una dose di morfina.* Eppure, in cuor suo, conosceva la verità. Tutti la conoscevano. La terapia per le sofferenze di quell'uomo sarebbe stata un mero palliativo per rendere le sue condizioni stazionarie. L'uomo sulla barella era già morto.

« Guai in vista », mormorò Jessie, alle sue spalle.

Lisa si voltò e vide il dottor Gene Lindholm avvicinarsi rapidamente. Era un uomo a forma d'ostrica, tutto gambe e collo, con i capelli bianchi sparati in testa. Il capo della squadra dell'OMS le rivolse un cenno del capo, indicando di avercela proprio con lei.

E adesso cosa era successo?

Il medico specializzato a Harvard non le era particolarmente simpatico. Aveva un ego spropositato. All'arrivo, invece di rendersi utile, si era rintanato con il proprietario della nave da crociera, il miliardario australiano Ryder Blunt. L'uomo, noto per il suo approccio diretto agli affari, era a bordo della nave in occasione del viaggio inaugurale. E, anche se avrebbe potuto andarsene quando la nave era stata requisita, era rimasto sul posto, trasformando l'operazione di salvataggio in un'occasione di marketing.

E Lindholm aveva collaborato.

Quella collaborazione, però, non si estendeva a Monk e Lisa. Il capo dell'OMS era indispettito dall'inclusione forzata della coppia nella sua squadra. Ma non aveva avuto altra scelta se non acconsentire, anche se ciò non significava che ne fosse compiaciuto.

« Dottoressa Cummings, sono lieto di vederla senza niente da fare. »

Lisa si rimangiò una replica. Jessie sbuffò.

Lindholm guardò l'allievo infermiere quasi non si fosse accorto della sua presenza, per poi ignorarlo con altrettanta rapidità e tornare a concentrarsi su Lisa. « Ho ricevuto istruzioni di dividere con lei e il suo collega ogni scoperta relativa all'epidemiologia di questo disastro. E, siccome il dottor Kokkalis è fuori sul campo, ho pensato di portare questo alla sua attenzione. »

Le porse una spessa cartella medica. Lisa riconobbe il logo del piccolo ospedale che serviva l'Isola di Natale. Con un personale di pochi medici reperibili e un paio di infermiere a tempo pieno, l'ospedale era stato rapidamente subissato e i casi più gravi venivano trasportati a Perth. Ma, dopo che la catastrofe biologica si era abbattuta sull'isola a piena forza, la situazione era diventata insostenibile. All'arrivo della nave da crociera, l'ospedale era stato il primo a essere evacuato.

Lisa aprì la cartella e vide che il nome del paziente era registrato come N.N. Esaminò rapidamente l'anamnesi, quel poco che c'era. Il paziente, un uomo di poco meno di settant'anni, era stato trovato cinque settimane prima a vagare nudo nella foresta pluviale; soffriva chiaramente di demenza. Non riusciva a parlare ed era gravemente disidratato. In seguito era scivolato in uno stato infantile, incapace di badare a se stesso, mangiando solo se imboccato. Avevano cercato di identificarlo dalle impronte digitali e setacciando negli archivi delle persone scomparse, ma non si era scoperto nulla. Restava un N.N.

Lisa alzò lo sguardo. « Non capisco... Cosa c'entra con quanto succede qui? »

Con un sospiro, Lindholm le si affiancò tamburellando sulle carte. « Veda sotto l'elenco dei sintomi presentati e dei riscontri fisici. In fondo. »

« *Segni di esposizione da moderati a gravi* », lesse lei. L'ultima riga indicava *profonde scottature solari cutanee di secondo grado sui polpacci, con conseguente edema e gravi escoriazioni.*

Lisa alzò lo sguardo. Si era occupata di sintomatologie analoghe per tutta la mattina. « Non era una semplice scottatura solare. »

« I medici dell'isola non hanno certo considerato altre possibilità », disse Lindholm, con evidente disgusto.

Lisa non poteva biasimare i dottori o le infermiere dell'isola. All'epoca, nessuno sapeva del disastro ambientale che covava. Controllò di nuovo la data.

Cinque settimane prima.

« Credo che potremmo aver trovato il Paziente Zero », sentenziò Lindholm, con aria tronfia. « O almeno uno dei primissimi casi. »

Lisa chiuse la cartella. « Posso vederlo? »

Lui annuì. « Questa è la seconda ragione per cui sono sceso qui. »

Quelle parole furono pronunciate in un tono esitante che turbò Lisa.

Attese che si spiegasse, e invece l'uomo si limitò a girare i tacchi e uscire. « Mi segua. »

Il capo dell'OMS attraversò la sala da pranzo raggiungendo uno degli ascensori. Premette il pulsante del Ponte Panoramico, al terzo piano.

« Il reparto di isolamento? » domandò lei.

Lui fece spallucce.

Un istante più tardi, le porte si aprirono in una camera sterile improvvisata. Lindholm le fece cenno di infilarsi una tuta biologica.

Lisa obbedì e, una volta che tutti e due furono pronti, si diressero verso una delle cabine. La porta era aperta e all'ingresso erano radunati altri medici.

Lindholm avvertì di lasciarlo passare. Ben addestrati dal loro capo, quelli si dispersero.

Lindholm condusse Lisa in una cabina interna priva di oblò. L'unico letto era addossato alla parete in fondo.

Sotto il lenzuolo era sdraiato un uomo. Sembrava più morto che vivo. Ma Lisa notò il leggero saliscendi del lenzuolo, un debole respiro ansimante. I tubicini delle endovenose correvano su un braccio scoperto. La pelle dell'arto era così esangue ed emaciata da sembrare traslucida.

D'istinto lo guardò in volto. Qualcuno lo aveva rasato, ma di fretta. Qualche graffio sanguinava ancora. I capelli erano grigi e radi, simili a quelli dei pazienti sottoposti a chemioterapia, ma gli occhi erano aperti e incrociarono i suoi. Per un istante le parve di notare un lampo di riconoscimento, un minimo sobbalzo. Persino una mano alzarsi debolmente verso di lei.

Ma Lindholm si frappose tra loro. Ignorando il paziente, scostò la metà inferiore del lenzuolo per scoprire le gambe dell'uomo. Lisa si aspettava di vedere la pelle ricoperta di croste in guarigione dopo un'ustione di secondo grado, come quelle che aveva curato per tutto il giorno, e invece vide una strana escoriazione violacea che si estendeva dall'inguine sino alle dita dei piedi, punteggiata di vesciche nere.

«Se fosse andata avanti a leggere nel rapporto», spiegò Lindholm, «avrebbe scoperto che questi nuovi sintomi sono comparsi quattro giorni fa. Lo staff dell'ospedale ha ipotizzato si tratti di cancrena tropicale, derivata dalla profonda infezione delle ferite. Mentre in realtà si tratta di...»

«Fascite necrotizzante», concluse lei.

Lindholm fece una smorfia sprezzante e abbassò il lenzuolo. «Esatto. È quello che pensiamo.»

La fascite necrotizzante, detta volgarmente *morbo mangiacarne*, era causata da batteri, di solito dallo streptococco beta emolitico.

«Qual è la diagnosi?» domandò Lisa. «Un'infezione derivata dalle prime ferite?»

«Ho convocato il nostro batteriologo. Ieri notte una veloce colorazione di Gram ha rilevato una massiccia proliferazione di *Propionibacterium*.»

Lei trasalì. «Non ha senso. È solo un ordinario batterio epidermico. Non è patogeno. È sicuro che non si trattasse semplicemente di una sostanza contaminante?»

«Non nelle quantità riscontrate nelle vesciche. Le colorazioni sono state ripetute su altri campioni di tessuto. Gli esiti sono stati gli stessi. È stato in occasione di queste seconde analisi che abbiamo notato una strana necrosi nel tessuto circostante. Un decadimento con caratteristiche riscontrate talvolta localmente. Può assomigliare alla fascite necrotizzante.»

«Da che cosa è provocato?»

«Dalla puntura di un pesce pietra, estremamente tossico. Il pesce ha le sembianze di una roccia, ma sul dorso ha delle spine provviste di ghiandole venefiche. Uno dei veleni più letali del mondo. Ho fatto venire il dottor Barnhardt a esaminare il tessuto.»

«Il tossicologo?»

Un cenno di assenso.

Il dottor Barnhardt, esperto in veleni e tossine, era giunto in aereo da Amsterdam. Sotto il patronato della Sigma, Painter aveva richiesto personalmente l'inclusione dell'uomo nella squadra dell'OMS.

« Gli esiti sono arrivati nell'ultima ora. Ha riscontrato del veleno attivo nei tessuti del paziente. »

« Non capisco. Dunque quell'uomo è stato avvelenato da un pesce pietra mentre vagava in preda al delirio? »

« No », rispose una voce alle sue spalle.

Lisa si voltò. L'ingresso era occupato da una figura imponente, un uomo dalla stazza di un orso strizzato in una tuta di contenimento troppo piccola. La barba brizzolata si addiceva alla sua mole, ma non alla sua mente sottile.

Il dottor Henrick Barnhardt entrò nella stanza. « Non credo che quell'uomo sia mai stato punto da un pesce pietra. Ma soffre del suo veleno. »

« Com'è possibile? »

Per il momento Barnhardt ignorò la domanda e si rivolse al capo dell'OMS. « È quello che sospettavo, dottor Lindholm. Ho preso in prestito le colture di *Propionibacterium* dal dottor Miller e le ho fatte analizzare. Adesso non c'è nessun dubbio. »

Lindholm sbiancò visibilmente.

« Di che cosa si tratta? » domandò Lisa.

Il tossicologo si avvicinò e raddrizzò leggermente il lenzuolo sul paziente N.N., un gesto delicato per un uomo tanto corpulento. « Il batterio, il *Propionibacterium*, sta producendo l'equivalente del veleno d'un pesce pietra, sprigionandolo in quantità sufficienti da dissolvere i tessuti di quest'uomo. »

« È impossibile. »

Lindholm sbuffò. « È quel che ho detto io. »

Lisa lo ignorò. « Ma il *Propionibacterium* non produce *nessuna* tossina. È innocuo. »

« Non posso spiegare come o perché », replicò Barnhardt. « Per effettuare altri accertamenti, mi occorrerebbe almeno un microscopio a scansione. Ma le assicuro, dottoressa Cummings, che questo batterio innocuo si è in qualche modo trasformato in uno dei virus più letali del pianeta. »

« Che cosa intende con *trasformato*? »

« Non credo che il paziente abbia contratto questo virus. Credo facesse parte della sua flora batterica naturale. Qualunque cosa lo abbia infettato ha mutato la biochimica del batterio, alterandone la struttura genetica di base e rendendolo virulento. L'ha trasformato in un mangiacarne. »

Lisa rifiutava ancora di crederci. Almeno non senza ulteriori prove. « Il mio collega, il dottor Kokkalis, dispone di un laboratorio forense portatile nella nostra suite. Se potesse... » Sentì qualcosa sfiorarle il dorso della mano guantata. Quasi sobbalzò, spaventata. Ma era solo l'uomo anziano sul letto, che tendeva di nuovo la mano verso di lei. Gli occhi incrociarono i suoi, con sguardo disperato. Le labbra, screpolate e crepate, tremavano con un roco respiro.

« Sus... Susan... »

Lei strinse le dita dell'uomo. Era ancora chiaramente in preda al delirio e la scambiava per un'altra.

« Susan... dov'è Oscar? Lo sento abbaiare nei boschi... » Gli occhi rotearono all'indietro. « ... sta abbaiando... aiutalo... ma non... non entrare in acqua... » Lisa sentì le dita dell'uomo indebolirsi sempre più nella sua presa. Le palpebre sbatterono sino a chiudersi, portando via con sé il breve istante di confusa lucidità.

Un'infermiera si fece avanti a controllare i segni vitali dell'uomo. Aveva di nuovo perduto conoscenza.

Lisa tornò a infilargli la mano sotto il lenzuolo.

Lindholm fece un passo avanti. « Questo laboratorio forense del dottor Kokkalis... Dobbiamo accedervi il più presto possibile. In modo da confermare o smentire la bislacca congettura del dottor Barnhardt. »

« Preferirei attendere il ritorno di Monk », disse Lisa, indietreggiando di un passo. « Alcune attrezzature sono sperimentali. Abbiamo bisogno di lui per usarle senza fare danni. »

Lindholm si adirò: non tanto con lei, quanto con la vita in generale. « Benissimo. » Si voltò per andarsene. « Il suo collega deve tornare entro la prossima ora. Dottor Barnhardt, lei nel frattempo raccolga i campioni di cui avrà bisogno. »

Un cenno d'assenso da parte del tossicologo olandese registrò l'ordine, anche se Lisa scorse Barnhardt alzare leggermente gli occhi al cielo quando il capo dell'OMS se ne andò. La donna seguì Lindholm fuori dalla stanza.

Barnhardt le gridò dietro: «Mi avvertirà sul cercapersone quando tornerà il dottor Kokkalis, *ja*?»

«Certo.» Era ansiosa come tutti gli altri di scoprire la verità. Ma aveva anche paura che fosse a malapena la punta dell'iceberg. Sul posto stava covando qualcosa di tremendo.

Ma cosa?

Sperava che Monk non si trattenesse fuori a lungo.

Mentre se ne andava, ricordò anche le ultime parole del paziente.

Non... non entrare in acqua...

Ore 11.53

«Dovremo scappare a nuoto», affermò Monk.

«Ma è impazzito?» replicò Graff, mentre si riparavano dietro la roccia.

Qualche istante prima il motoscafo dei pirati si era incagliato in uno scoglio sommerso, uno dei tanti che davano il nome a quella zona dell'isola: *Smithson's Blight*, il flagello di Smithson. Gli spari erano cessati, rimpiazzati dal rombo dei motori della barca che strattonava per liberarsi.

Monk aveva dato un'occhiata per valutare la situazione, e quasi aveva perso un orecchio per il proiettile di un cecchino. Erano ancora inchiodati, intrappolati, senza nessun posto in cui fuggire: a parte fra le braccia del nemico.

Monk abbassò la cerniera della tuta sul polpaccio e prese la Glock 9 mm dalla fondina alla caviglia.

Quando lo vide estrarre la pistola, Graff strabuzzò gli occhi. «Crede di riuscire a farli fuori tutti? Magari di colpire il serbatoio?»

Monk scosse la testa e alzò la cerniera. «Lei ha visto troppi film d'azione. Questa cerbottana servirà solo a fargli abbassare la testa. Forse quanto basta perché riusciamo a raggiungere il bagnasciuga laggiù.» Indicò una fila di massi che si estendeva nell'acqua. Se fossero riusciti a raggiungere il lato opposto, a frapporre i massi tra loro e la barca, avrebbero potuto doppiare la punta successiva. Poi, se fossero riusciti ad arrivare alla spiaggia dalla parte opposta prima che i pirati liberassero la barca... e se ci fosse stato un sentiero che s'inoltrava all'interno...

Cavolo, sono un bel po' di se...

Ma c'era solo una certezza. Se fossero rimasti lì a tremare come due conigli, sarebbero morti.

«Dovremo restare sott'acqua il più possibile», avvertì Monk. «Forse potremmo riuscire persino a fare un respiro o due se immagazziniamo l'aria nei cappucci biologici.»

Dall'espressione, Graff sembrava poco confortato all'idea. Anche se il peggio dell'evento tossico era passato, la baia restava una sentina velenosa. Persino i banditi ci pensavano due volte a lasciare il loro motoscafo. Per disincagliare il natante gli uomini mascherati stavano usando dei remi, anziché salire sulle rocce e alleggerire il carico.

Se persino i pirati si rifiutavano di entrare in acqua...

All'improvviso Monk cominciò a dubitare del suo piano. Inoltre, detestava immergersi. Era un ex Berretto Verde, non un SEAL della marina.

«Che cosa c'è?» domandò Graff, intuendo i dubbi di Monk. «Non crede che il suo piano funzionerà, vero?»

«Mi lasci pensare!»

Abbassandosi, Monk tornò a guardare la statua consumata del Buddha sotto la sporgenza, protetta dalla fila di bastoncini d'incenso. Non era buddhista, ma non aveva nessun problema a pregare una divinità qualsiasi che lo cavasse da quell'impiccio.

Gli occhi si posarono di nuovo sui bastoncini. Senza distogliere lo sguardo, parlò a Graff. «Come sono arrivati qui, questi fedeli? Sulla costa non ci sono villaggi per chilometri e chilometri, la spiaggia è protetta dagli scogli e i dirupi sembrano troppo ripidi da scalare.»

Graff scosse la testa. «Che differenza fa?»

«Qualcuno ha acceso questi bastoncini da preghiera.» Monk alzò lo sguardo. «Guardi la spiaggia. Non ci sono impronte a parte le nostre. Si vede il punto in cui si sono inginocchiati ad accendere l'incenso, ma nessuna impronta diretta verso l'acqua o lungo la spiaggia. Significa che devono essere scesi dall'alto. Dev'esserci un sentiero.»

«O forse qualcuno si è limitato a calarsi con una fune.»

Monk sospirò, desiderando un compagno più stupido e accondiscendente.

«Acqua o Buddha?» domandò Monk.

Graff deglutì visibilmente, mentre il motore del motoscafo andava su di giri. I pirati erano quasi liberi. «Non porta fortuna accarezzare il ventre a Buddha?»

Monk annuì. «Credo di aver letto qualcosa del genere su un biscottino della fortuna da qualche parte. Spero che Buddha abbia letto lo stesso biscotto.» Si voltò, alzando la pistola. «Al mio via, muova le chiappe. Io la seguirò a ruota, sparando alla barca. Lei cerchi solo di raggiungere quel Buddha e trovare quel sentiero.»

«E io pregherò che i fedeli non abbiano usato una fune per...»

«Non lo dica o ci porterà scalogna!»

Graff si zittì.

«Andiamo.» Monk si tirò su, saltellando leggermente per riattivare la circolazione nelle gambe. «Tre... due... uno...»

Graff scattò come una lepre. Un proiettile fischiò sulla roccia vicino ai piedi dell'uomo.

Monk imprecò e si alzò di scatto. «Doveva attendere il *via*...» mormorò, sparando verso la barca. «Questi civili...»

Crivellò la barca, costringendo i cecchini a mettersi al riparo. Osservò un uomo alzare le mani e ribaltarsi fuoribordo. Un colpo fortunato da parte di Monk. Il fuoco di risposta consisteva in qualche raffica sparata a casaccio, in preda alla rabbia e al panico.

Più avanti, Graff raggiunse il Buddha e scivolò sulla sabbia, superando i bastoncini d'incenso. Ruotò su se stesso, ritrovò l'equilibrio e saltò dietro la sporgenza.

Monk prese una strada più diretta e attraversò di corsa un cespuglio di rovi. Atterrò accanto a Graff.

«Ce l'abbiamo fatta!» esclamò quest'ultimo, quasi sorpreso.

«E li abbiamo anche fatti incazzare per bene.»

Le raffiche di proiettili squarciarono la sporgenza e fecero esplodere i viticci e le foglie che coprivano la parete rocciosa. Monk e Graff si ripararono assieme, protetti dall'ampio ventre di pietra del Buddha. Di sicuro l'ultimo gesto aveva un che di simbolico.

Ma era tutto ciò che Buddha aveva da offrire.

Monk studiò il dirupo.

Ripido e impossibile da scalare. Nessun sentiero.

« Forse uno di noi avrebbe dovuto accarezzargli subito il ventre », commentò Monk.

« La sua pistola? » domandò Graff.

« Un colpo solo. Comunque dopo potrei gettargli addosso la pistola. Funziona quasi sempre. »

In mare, la barca si era infine liberata. Peggio ancora, adesso procedeva decisa verso la spiaggia, aprendosi un varco fra le carcasse.

Presto ci sarebbero stati altri due cadaveri da aggiungere alla melma.

Una raffica di colpi crivellò il Buddha e frantumò la sporgenza. Un colpo di rimbalzo sfrecciò accanto al naso di Monk, ma lui non si mosse. Osservò cadere una frangia di viticci smembrati, scoprendo la bocca di una caverna.

Monk strisciò in avanti e spostò con delicatezza i viticci. La luce del sole rivelò uno scalino, poi un altro... « Un tunnel! Altro che fune, Graff! » Si voltò e vide il medico accasciato su un fianco, una mano premuta sulla spalla. Gli colava del sangue fra le dita. Tornò in fretta da lui. « Coraggio. Non c'è tempo per fasciarla. Riesce a camminare? »

Graff parlò a denti stretti. « Finché non mi sparano alle gambe... »

I due strisciarono sotto la frangia di viticci ed entrarono nel tunnel. La temperatura scese di dieci gradi buoni. Monk continuò a tenere Graff per il gomito. L'uomo tremava, ma si lasciò guidare, affrettandosi a salire i gradini al buio.

Alle loro spalle, Monk udì lo scafo strisciare sulla sabbia e le grida vittoriose dei pirati, sicuri che le loro prede fossero in trappola. Continuò a salire, fendendo l'oscurità.

I pirati non avrebbero impiegato molto tempo a trovare il tunnel. Ma li avrebbero seguiti o si sarebbero limitati ad andarsene? La risposta giunse presto.

Sotto di loro divamparono le luci...

Monk si affrettò.

Nelle voci più in basso percepiva la rabbia. Li aveva fatti infuriare per davvero.

Lentamente, l'oscurità sopra di loro assunse un colore grigiastro e le pareti si fecero più nitide. Aumentarono il passo. Graff mormorava fra sé, però Monk non riusciva a capire le parole dell'uomo. Una preghiera, una maledizione...

Finalmente comparve l'uscita del tunnel. Sbucarono fuori e si trovarono ai margini della foresta pluviale che costeggiava la scogliera. Mentre entrava nella giungla, Monk notò che la zona di morte tossica non si limitava solo alla spiaggia sottostante. Il letto della foresta era disseminato di uccelli morti. Accanto alla punta delle sue scarpe giaceva il corpo peloso di una rossetta, accartocciato come un aereo da caccia schiantato al suolo.

Ma non tutti gli abitanti della foresta erano morti.

Monk scrutò dinanzi a sé. Il terreno vorticava e mulinava d'una marea rossa. Ma non era una fioritura batterica. Il letto della foresta era ricoperto di milioni di granchi. Alcuni erano aggrappati ai rami e ai viticci.

Ecco dov'erano finiti i granchi rossi dell'Isola di Natale.

Monk sapeva che i granchi erano innocui. Finché non si eccitavano o diventavano inquieti. Durante la loro migrazione annuale, i granchi erano noti per lacerare le gomme delle auto di passaggio con le loro chele affilate come rasoi.

Monk fece un passo indietro.

Inquieti era la parola adatta a descrivere lo stato attuale dei granchi. Salivano l'uno sull'altro, agitati, impazziti. In piena frenesia alimentare.

Monk adesso capiva perché le creature non si erano riversate sulla spiaggia. Perché scendere, quando lassù c'era da mangiare in abbondanza?

I granchi non solo banchettavano sugli uccelli morti e sui pipistrelli, ma anche sui loro fratelli e sorelle in un gioco al massacro cannibalesco. Alla comparsa degli uomini, le massicce chele si alzarono in allarme, schioccando come dei bastoni spezzati.

Dal tunnel, echeggiavano delle voci eccitate. I pirati avevano individuato l'uscita.

Graff fece un passo avanti. Un enorme granchio, nascosto sotto la foglia di una felce, gli vibrò un colpo sulla punta della scarpa e restò aggrappato alla plastica.

Il dottore si ritrasse, mormorando di nuovo fra sé. Era lo stesso mantra che ripeteva sulle scale, solo che adesso Monk lo capiva: non avrebbe potuto essere più d'accordo.

« Avremmo dovuto davvero accarezzare il ventre di Buddha. »

3

IMBOSCATA

Takoma Park, Maryland,
5 luglio, ore 00.25

« Che accidenti succede? »

« Non lo so, papà. » Gray si affrettò a chiudere le porte del garage. « Ma ho intenzione di scoprirlo. »

I due avevano parcheggiato nel garage la motocicletta dell'assassina. Gray non voleva che restasse nessuna traccia di Seichan. Finora non c'erano segni di chi le aveva sparato, ma non significava che non stesse arrivando.

Si affrettò a tornare dalla madre. In qualità di professoressa di biologia della George Washington University, sua madre aveva insegnato a parecchi studenti impegnati nell'esame propedeutico a medicina e ne sapeva abbastanza da fasciare Seichan in modo da arrestare un'ulteriore emorragia.

L'assassina perdeva e riprendeva continuamente conoscenza.

« Ha perso molto sangue », osservò sua madre. « L'ambulanza sta arrivando? »

Qualche istante prima, Gray aveva fatto una chiamata di emergenza con il cellulare: ma non al Pronto Intervento. Seichan non poteva essere portata in nessun ospedale locale. Una ferita d'arma da fuoco avrebbe sollevato troppi interrogativi. Eppure doveva farla curare il più presto possibile.

Lungo la strada sbatté una portiera. Gray tese l'orecchio, sobbalzando a ogni rumore, teso come una corda di violino. Qualcuno strillò, ridendo.

« Allora, sta arrivando l'ambulanza? » insistette la madre, in tono più severo.

Gray si limitò ad annuire, rifiutandosi di dire una bugia ad alta voce. Almeno non a sua madre. Si rivolse al padre, che li raggiunse mentre si puliva le mani sui jeans. I genitori lo credevano un tecnico di laboratorio per una società di ricerca di Washington, un'umile posizione dopo che la corte marziale lo aveva espulso dai rangers per aver colpito un ufficiale superiore.

Ovviamente neanche quella era la verità. Solo una copertura.

I suoi genitori non sapevano nulla della sua vera professione alla Sigma, e Gray voleva che le cose restassero così. Il che significava levare le tende il prima possibile. Doveva darsi una mossa. « Papà, posso prendere in prestito la T-Bird? Con tutto questo casino del Quattro luglio, le linee dei servizi di emergenza sono sovraccariche. La donna posso portarla all'ospedale più velocemente da solo. »

Gli occhi del padre si strinsero di sospetto, ma indicò la porta di servizio della cucina. « Le chiavi sono sul gancio. »

Gray scattò di corsa e saltò i gradini del portico posteriore. Aprì la zanzariera e prese il portachiavi tintinnante dal gancio. Suo padre aveva restaurato una Thunderbird decappottabile del 1960, nera corvina con gli interni in pelle rossa, agghindandola con un carburatore Holly nuovo di zecca, accensione e valvola dell'aria elettroniche. Era stata spostata sul marciapiede in occasione della festa.

Gray corse all'auto parcheggiata con la capote abbassata, saltò al posto di guida e si mise al volante. Un istante più tardi, stava rombando in retromarcia nel viale, sobbalzando leggermente sul sedile mentre urtava il marciapiede. Suo padre doveva ancora risolvere qualche problemino alle sospensioni modificate.

Posteggiò lasciando il motore acceso e raggiunse i genitori inginocchiati a fianco di Seichan. Il padre la stava già sollevando.

« Faccio io », disse Gray.

« Forse non dovremmo muoverla », opinò la madre. « Ha fatto una gran brutta caduta. »

Il padre di Gray li ignorò entrambi. Sollevò di peso Seichan fra le braccia. Poteva anche aver perso una gamba e qualche rotella in testa, ma era ancora forte come un cavallo da tiro. « Apri la portiera. La sdraieremo sul sedile posteriore. »

Gray obbedì e lo aiutò a far salire Seichan. Il padre sdraiò la donna con delicatezza, quindi si piazzò sul sedile posteriore, reggendole la testa.

«Papà...»

La madre salì sul sedile anteriore del passeggero. «Ho chiuso casa. Andiamo.»

«Posso portarla da solo», disse Gray, facendo cenno di uscire a tutti e due.

Non era diretto in un ospedale. Prima aveva chiamato il centralino di emergenza, che l'aveva messo subito in contatto con il direttore Crowe. Grazie a Dio era ancora in ufficio.

Gray era stato indirizzato a un rifugio segreto, dove sarebbe arrivata una squadra di soccorso medico che avrebbe visitato e curato Seichan. In caso fosse stata tutta una trappola, la donna non doveva essere portata al quartier generale della Sigma. Seichan era sulla lista dei più ricercati dell'Interpol e di una ventina di servizi segreti di tutto il mondo. Si vociferava che il Mossad avesse l'ordine di spararle a vista.

I suoi genitori non potevano stare lì.

Gray notò lo sguardo inflessibile del padre. La madre aveva già le braccia incrociate al petto. Non si sarebbero spostati tanto facilmente.

«Voi non potete venire. Non è sicuro.»

«Come se qui fosse più sicuro», ribatté il padre, agitando un braccio verso il garage. «Chi ci dice che non stiano già arrivando i malviventi che le hanno sparato?»

Gray non aveva tempo di spiegare. Il direttore aveva già inviato una squadra di sicurezza a proteggere i genitori e a vegliare su di loro. Sarebbero arrivati nel giro di due minuti.

«L'auto è mia, comando io», terminò l'uomo, con un ringhio definitivo. «Adesso *muoviti,* prima che la donna cominci a perdere sangue dalla fasciatura e mi sporchi i sedili nuovi.»

Seichan grugnì, agitandosi in preda al dolore e alla confusione. Un braccio si alzò verso la fasciatura.

Il padre le prese la mano e l'abbassò. La tenne ferma, con gesto rassicurante ed energico. «Andiamo.»

Fu soprattutto l'insolita gentilezza dell'uomo a spezzare le riserve di Gray. «Allacciatevi le cinture.» Sapeva che, prima avesse portato Seichan al rifugio, meglio sarebbe stato per tutti. Avrebbe pensato alle conseguenze più tardi.

Mentre avviava il motore, notò che sua madre lo fissava. «Non siamo degli idioti, Gray», disse con aria critica, per poi distogliere lo sguardo.

Lui mise in moto l'auto e scattò lungo il viale. Imboccò la svolta sulla strada piuttosto bruscamente.

«Attento», ringhiò il padre. «Sono ruote a raggi Kelsey nuove! Se le graffi, maledizione...»

Gray sfrecciò sulla strada. Muoversi era una bella sensazione. Il V8 390 grugniva come una bestia. Suo malgrado, nonostante l'esasperazione, avvertiva una punta di rispetto per il lavoro del padre.

Mentre svoltava in direzione opposta rispetto all'ospedale più vicino, la madre fissò la strada ma restò in silenzio, appoggiandosi allo schienale. Avrebbe trovato la maniera di occuparsi dei suoi al rifugio.

Sfrecciando nella città notturna, Gray udiva scoppiare degli sporadici fuochi d'artificio. La festività era terminata, ma lui temeva che i veri fuochi dovessero ancora cominciare.

Washington, ore 00.55

Altro che ferie...

Il direttore Painter Crowe attraversava risoluto il corridoio, diretto nel suo ufficio. L'esiguo staff notturno del comando centrale stava rapidamente crescendo di numero. Era stato diramato un allarme generale. Aveva già evitato di dare una risposta diretta a due chiamate della Homeland Security. Non succedeva tutti i giorni che una terrorista internazionale ti cadesse in grembo. E non una terrorista qualsiasi, ma un membro dell'oscura rete nota come la Gilda.

Spesso avversaria della Sigma, la Gilda cercava e rubava tecnologie emergenti: militari, biologiche, chimiche, nucleari. Nell'attuale ordine mondiale, il vero potere era la conoscenza: più del petrolio, più di qualsiasi arma. Peccato che, nel loro caso, i membri della Gilda vendessero le loro scoperte al miglior offerente, compresi al-Qaeda e Hezbollah in Medio Oriente, Aum Shinrikyo in Giappone e Sendero Luminoso in Perú. La Gilda operava attraverso una serie di cellule isolate in tutto il mondo, con talpe piazzate nei governi, nei servizi segreti e persino nei centri di ricerca internazionali.

E, una volta, persino nella DARPA.

Painter sentiva ancora il bruciore di quel tradimento. Ma adesso avevano in custodia un'agente chiave della Gilda.

Mentre entrava nell'anticamera del proprio ufficio, il suo segretario e assistente Brant Millford indietreggiò dalla scrivania. L'uomo era costretto su una sedia a rotelle dopo essere stato ferito alla spina dorsale da una scheggia di un'autobomba esplosa in un posto di blocco in Bosnia.

« Signore, c'è una chiamata satellitare della dottoressa Cummings. »

Painter si fermò, sorpreso. Non era in programma che Lisa facesse rapporto tanto presto. Un filo di preoccupazione lacerò l'intrico di responsabilità di quella notte. « La prendo nel mio ufficio. Grazie, Brant. »

Alle pareti intorno alla scrivania erano appesi tre schermi al plasma. Al momento erano spenti, ma ben presto avrebbero trasmesso una gran quantità di dati, che confluivano tutti nel Comando Centrale. Per adesso, tutto ciò poteva aspettare. Premette il tasto lampeggiante sul telefono.

Secondo il programma, Lisa avrebbe dovuto fare rapporto solo intorno all'alba, quando in Indonesia sarebbe stata notte. Painter aveva stabilito il briefing a quell'ora perché così avrebbe avuto la possibilità di augurarle la buonanotte.

« Lisa? »

La connessione era disturbata.

« Dio, Painter, che bello sentire... voce. So che sei occupato. Brant mi ha accennato a una crisi... poco altro. »

« Non preoccuparti. Non è tanto una crisi, quanto un'opportunità. » Appoggiò il fianco al bordo della scrivania. « Perché chiami così in anticipo? »

« Sta succedendo qualcosa. Ho trasmesso un'ampia serie di dati tecnici a quelli delle Ricerche. Volevo che qualcuno ricontrollasse gli esiti riscontrati dal dottor Barnhardt, il tossicologo. »

«Mi accerterò che venga fatto. Ma che urgenza c'è?» Percepiva la tensione nella voce della donna.

«La situazione sul posto potrebbe essere più pericolosa di quanto previsto in origine.»

«Lo so. Ho saputo delle conseguenze della nube tossica che si è sprigionata sull'isola.»

«No... sì, insomma quella è stata atroce, sicuramente... ma la situazione sta peggiorando sempre più. Abbiamo isolato delle strane anomalie genetiche che si rilevano nelle infezioni derivate. Delle scoperte inquietanti. Ho ritenuto opportuno coordinarmi al più presto con i ricercatori e i laboratori della Sigma per portarmi avanti mentre il dottor Barnhardt completa i test preliminari.»

«Monk sta coadiuvando i tossicologi?»

«È ancora fuori a raccogliere campioni.»

«Avvertirò Jennings, al settore Ricerca e Sviluppo. Gli farò mobilitare la sua équipe.»

«Perfetto, grazie.»

Nonostante la determinazione, Painter non riusciva a sfuggire ai propri timori. Da quando aveva assegnato quella missione, stava facendo del suo meglio per non perdere di vista le sue responsabilità di direttore, per mantenere la necessaria distanza professionale, ma non riusciva a farlo, non con Lisa. Si schiarì la gola. «Come te la cavi, *tu*?»

Le sfuggì un piccolo sbuffo divertito, stanco ma familiare. «Me la cavo bene. Dopo tutto questo, però, è probabile che non farò mai più un'altra crociera in vita mia.»

«Ho cercato di avvertirti. Offrirsi volontari non paga. *Voglio dare il mio contributo. Incidere in qualche modo*», disse, imitandola con il barlume di un sorriso. «Ed ecco che cos'hai ottenuto. Il passaporto per un'infernale Love Boat.»

Lei lo ricambiò con una risata fiacca, ma subito abbassò la voce e assunse un tono più grave, esitante e insicuro. «Painter, forse è stato un errore venire. So che non sono un membro ufficiale della Sigma. Potrei essere qui senza meritarmelo.»

«Se io l'avessi ritenuto un errore, non ti avrei assegnato questo incarico. A dirla tutta, mi sarei aggrappato a una scusa qualsiasi per impedirti di andare. Ma, in qualità di direttore, avevo l'obbligo di inviare le persone più indicate a valutare una crisi sanitaria per conto della Sigma. Con le tue conoscenze in materia e le tue esperienze di ricerca sul campo, ho mandato la persona adatta.»

Seguì un lungo silenzio. Per un istante, Painter pensò che la linea fosse caduta.

«Grazie», disse infine Lisa.

«Perciò non deludermi. Ho una reputazione da mantenere.»

Lei sbuffò di nuovo. «Sei proprio negato nei discorsi di incoraggiamento.»

«E questo come ti sembra? Tieniti al sicuro, guardati le spalle e torna il più presto possibile.»

«Meglio.»

«Allora andrò semplicemente al sodo. Mi manchi. Ti amo. Ti voglio fra le mie braccia.» E gli mancava sul serio, al punto da avvertire un dolore fisico al petto.

«Vedi?» disse lei. «Con un po' di pratica, puoi diventare un guru della comunicazione.»

«Lo so», rispose lui. «Poco fa, la stessa frase ha funzionato con Monk.»

Seguì una sincera risata. Aiutò a dissipare i timori di un istante prima. Se la sarebbe cavata a meraviglia. Aveva fiducia in lei. E, inoltre, a fare le veci di Painter, ci sarebbe stato Monk a proteggerla. Sempre se Monk si fosse deciso a ricomparire...

Prima che potesse proseguire, alla porta comparve il suo assistente, bussando sommessamente. Painter gli fece cenno di parlare.

«Scusi se la disturbo, direttore. Ma ho un'altra chiamata in attesa. Sulla sua linea privata. Da Roma. Monsignor Veroni. Sembrava piuttosto urgente.»

Painter corrugò la fronte. «Lisa...»

«Ho sentito. Sei occupato. Una volta che mi sarò coordinata con Monk, terremo una conferenza con Jennings sulla situazione locale. Torna al lavoro.»

«Abbi cura di te.»

«Contaci. A proposito, anch'io ti amo.»

La luce smise di lampeggiare.

Painter trasse un respiro per ricomporsi, quindi si voltò a premere il pulsante della sua linea privata. *Perché Veroni ha telefonato?* Painter sapeva che il comandante Pierce era stato legato sentimentalmente alla nipote del monsignore, ma era finita quasi un anno prima.

« Monsignor Veroni, sono Painter Crowe. »

« Direttore Crowe, grazie per aver risposto alla mia chiamata. Da due ore cerco di contattare Gray, ma non mi risponde. »

« Mi dispiace. Vuole che gli inoltri un messaggio? » Painter non si prese la briga di spiegare la situazione contingente. Anche se in passato monsignor Veroni aveva aiutato la Sigma, la vicenda in questione era riservata solo a chi di dovere, già classificata codice nero.

« Si è verificato un incidente in Vaticano: per la precisione nell'Archivio Segreto. Non sono del tutto sicuro della sua portata, ma a me sembrerebbe un messaggio o un avvertimento. Lasciato a me e forse al comandante Pierce. »

Painter si alzò e girò intorno alla scrivania per raggiungere la poltrona. « Che genere di messaggio? »

« La scorsa settimana qualcuno ha fatto irruzione e ha dipinto il simbolo dell'Ordo Draconis sul pavimento. »

Painter sprofondò nella poltrona, turbato dalla coincidenza. Due anni prima Gray e monsignor Veroni avevano fatto squadra per sradicare e distruggere una brutale setta legata all'Ordo Draconis. Ci erano riusciti, ma non senza l'aiuto di una nemica, un'agente della Gilda.

Seichan.

Painter non era tipo da digerire facilmente le coincidenze. Non in passato, e di certo non adesso. Se non altro, il suo periodo come direttore della Sigma lo aveva reso più che mai paranoico. « Qualcuno ha visto in faccia l'intruso? »

« Brevemente. Chiunque fosse, era da solo. È sgusciato attraverso tutte le misure di sicurezza del Vaticano. Abbiamo solo registrato un'immagine indistinta su una delle telecamere di sicurezza. Non si trattava di un ladro qualunque. Solo una persona che conosco potrebbe aver raggiunto il santuario più protetto e uscirne senza lasciare traccia. La stessa persona legata al nostro comune coinvolgimento con l'Ordo Draconis in passato. »

A quanto pareva, il monsignore non era meno sospettoso di Painter.

« Riguardo al dipinto del drago sul pavimento », continuò Vittorio, « era chiaramente un messaggio, forse persino il monito di un vecchio debito. »

« Lei crede che sia stata quell'agente della Gilda, Seichan? » chiese Painter. « Quella che vi ha aiutato a sconfiggere l'Ordo Draconis? »

« Esatto. Se riuscissimo a trovarla, a domandarle... »

Painter sapeva che ogni ulteriore riservatezza avrebbe soltanto ostacolato la scoperta della verità. « Seichan è qui », disse, interrompendo il monsignore. « Si trova in nostra custodia. »

« Cosa? »

Painter riferì brevemente la ricomparsa notturna dell'assassina, spuntata dal nulla, insanguinata e in fuga.

Vittorio rimase sbigottito per un istante, quindi parlò in tono concitato. « Dev'essere interrogata. Se non altro per domandarle il motivo per cui ha dipinto il messaggio sul pavimento. »

« Lo faremo. Quando sarà stata curata, la sottoporremo a un interrogatorio approfondito. Dietro sbarre molto solide. »

« Non capisce. C'è qualcosa di più importante in ballo. Probabilmente più importante della stessa Gilda. »

« Che cosa intende? »

« Il simbolo del drago è stato dipinto intorno a un'antica iscrizione, incisa sul pavimento del ripostiglio dell'Archivio. Con ogni probabilità, incisa nel periodo dell'edificazione della Torre dei Venti. I simboli sono i caratteri di quella che, qualcuno congettura, potrebbe essere la più antica di tutte le lingue scritte. Più antica del proto-ebraico. Una grafia che potrebbe addirittura precedere il genere umano. »

« Che cosa intende con *precedere* il genere umano? Come può essere? »

Vittorio gli rispose.

Nella sua reazione, Painter non lasciò trapelare né lo sconcerto né l'incredulità. Terminò la chiamata accigliato. L'affermazione del monsignore era evidentemente impossibile, ma, che fosse vera o no, lui comprese subito il motivo dell'angoscia del prelato. Dovevano interrogare Seichan al più presto.

Painter confermò il tempo stimato per l'arrivo della squadra medica, quindi si fece passare dal suo assistente la guardia appostata al rifugio.

Chi era in servizio laggiù?

Ordinò a Brant di contattare la sicurezza, per far trasmettere le riprese del rifugio sugli schermi al plasma del suo ufficio.

Mentre Painter attendeva, gli riecheggiarono in mente le ultime parole di Vittorio.

Quei simboli... incisi nella pietra...

Painter scosse la testa.

Impossibile.

... è la lingua degli angeli.

Ore 01.04

Gray sfrecciò sulla Greenwich Parkway ed entrò nell'esclusivo quartiere di Foxhall Village. Svoltò a sinistra in una strada alberata e rallentò. Era arrivato al rifugio, un edificio di mattoni rossi a due piani in stile Tudor, con le persiane verdi intonate ai boschi di Glover-Archbold Park, cui la casa volgeva le spalle.

Avvicinandosi all'edificio, Gray controllò che la luce del portico fosse accesa, assieme a una lampada alla finestra d'angolo dell'ultimo piano.

Il segnale che era tutto a posto.

Imboccò il viale d'ingresso.

« Dove siamo? » domandò la madre.

Gray frenò di fronte alla saracinesca del garage sul lato sinistro della casa. A qualche passo di distanza c'era la porta laterale. Aveva tentato ripetutamente di far scendere i genitori dall'auto, ma, a ogni ospedale e centro medico che superavano, erano diventati solo più ostinati. O almeno sua madre. Il padre restava lo stesso testone di sempre.

« È un rifugio », ammise Gray. « L'ambulanza dovrebbe arrivare a momenti. Per adesso, voi restate qui. »

Spense il motore e scese.

La porta di servizio si aprì e un'ampia figura nera occupò l'ingresso. Una mano poggiava sulla pistola nella fondina.

«Sei Pierce?» domandò l'uomo, burbero e basso, lanciando un'occhiata sospettosa agli altri passeggeri.

«Sì.»

La figura uscì alla luce. Era un gorilla, con braccia e gambe robuste e capelli castani a spazzola. Indossava una tuta militare. Non manteneva esattamente un basso profilo. «Mi chiamo Kowalski. C'è Crowe al telefono per te.» Gli porse un cellulare.

Gray girò intorno all'auto. Non era entusiasta di parlare con il direttore e ammettere che la copertura era saltata. Portarsi dietro i genitori non era propriamente *segreto.*

Persino la guardia sembrava sconcertata dalla coppia anziana che occupava la decappottabile aperta. Studiava i nuovi arrivati con le sopracciglia contratte. Si grattava il mento.

«Tre e cinquantadue?» domandò, mentre Gray si avvicinava.

Gray non riusciva a immaginare cosa intendesse dire.

Dal sedile posteriore rispose suo padre. «No, è una block tre e *novanta.* V8 modificato da una Ford Galaxie.»

«Bella macchina.»

Evidentemente la guardia non stava studiando i suoi genitori. Solo l'auto.

Seichan si mosse sul sedile posteriore, forse notando l'assenza di vento e di movimento. Si sforzò debolmente di alzarsi a sedere.

«Puoi aiutarmi a portarla dentro?» domandò Gray alla guardia. Mentre prendeva il telefono, notò sul bicipite destro dell'uomo l'estremità inferiore di un'ancora della marina statunitense. Nessuna sorpresa. Se la voce *Marine* sul dizionario fosse stata corredata da un'illustrazione, ci sarebbe stata la foto segnaletica di quell'uomo.

La madre aprì la portiera del passeggero. «Dov'è l'ambulanza?» Sembrava nutrire qualche sospetto per la mole della guardia, e si strinse persino la borsetta al fianco.

Gray alzò una mano, chiedendole di pazientare.

«Signora, sul tavolo c'è un kit di pronto soccorso», disse Kowalski, indicando la cucina. «Qualche dose di morfina e sali. Ho preparato gli strumenti di sutura.»

La madre squadrò l'uomo, operando una valutazione più

accurata. « Grazie, giovanotto. » Poi, con uno sguardo più severo rivolto a Gray, entrò in casa.

Scostandosi dalla strada, Gray parlò al telefono. « Direttore Crowe, sono Pierce. »

« È tua madre quella che è appena uscita dall'auto? »

Come accidenti fa a...

Gray alzò lo sguardo e, sotto la saracinesca, individuò la telecamera nascosta. Doveva trasmettere in diretta al Comando Centrale.

« Signore... »

« Non importa. Rimandiamo le spiegazioni a più tardi. Abbiamo ricevuto delle informazioni riservate da Roma, relative alla nostra nuova arrivata. Come sta la prigioniera? »

Gray lanciò un'occhiata al sedile posteriore della decappottabile. La guardia e suo padre stavano discutendo sulla maniera migliore di spostare Seichan. Al centro della fasciatura, notò una macchia di sangue fresco.

« Dev'essere curata subito. »

« L'assistenza medica dovrebbe arrivare da un momento all'altro. »

Si udì lo sferragliare di un veicolo pesante: un enorme furgone nero svoltò l'angolo e imboccò la strada.

« Credo siano arrivati », disse Gray con un sorriso sollevato.

Il furgone si arrestò all'inizio del viale. Gray avvertì una punta di disagio: anche se aveva riconosciuto il furgone, detestava avere la via di fuga bloccata. Era la squadra di emergenza medica della Sigma. L'ambulanza mimetica era simile alla vettura che accompagnava il presidente degli Stati Uniti ed era in grado di gestire un'emergenza chirurgica in caso di necessità.

« Aggiornami non appena l'avranno visitata », disse Painter.

Le portiere laterali si spalancarono. Due uomini uscirono portando una barella con le gambe pieghevoli, seguiti da un terzo uomo e una donna, che andarono subito incontro a Gray.

L'uomo tese la mano. « Dottor Amen Nasser. »

Gray apprezzò la stretta energica. Il medico non doveva superare la trentina, eppure aveva un atteggiamento di risoluta autorità. Aveva la carnagione color mogano, a differenza della donna, che aveva un colore di pelle più vicino a quello del miele.

Gray la squadrò. La donna cercava evidentemente di attenuare la sua origine asiatica. Aveva i capelli tagliati cortissimi e tinti di biondo ghiaccio. I polsi erano circondati di tatuaggi intrecciati in un motivo celtico. Sebbene Gray non fosse mai stato attratto da quel genere di bellezza, la donna aveva qualcosa di stranamente seducente. Forse erano gli occhi verdi smeraldo, un tratto che non aveva bisogno di altri orpelli. Ma poteva anche essere il modo in cui si muoveva, felina, atletica, equilibrata. Come quasi tutti i membri della Sigma, doveva aver ricevuto un addestramento militare.

La donna rivolse un cenno del capo a Gray. Non vi fu nessuna presentazione.

«Sono stato informato della situazione», continuò il caposquadra, scandendo le parole. Era evidentemente di origine straniera, con una leggera inflessione. «Per il momento, vi chiedo di non interferire. Porteremo la paziente all'interno del furgone. Fra breve Anni vi farà rapporto sulle sue condizioni.» Finalmente accennava alla donna.

Gli altri due uomini li superarono di corsa con la barella. Il medico li seguì, mentre Anni restava dov'era, appoggiata su un fianco.

In quel momento, il caposquadra ricevette una telefonata sul suo cellulare e cominciò a parlare in tono concitato.

Gray ne riconobbe l'accento.

Dottor Amen Nasser.

Era egiziano.

Ore 01.08

Painter era di fronte al monitor alle spalle della scrivania. Gli schermi al plasma alle altre due pareti trasmettevano le riprese del primo e secondo piano del rifugio.

«Rispondi al telefono, Gray!» gridò rivolto allo schermo.

I controlli delle telecamere si trovavano al piano di sotto, nella postazione di sicurezza principale. Painter non aveva modo di far ruotare la telecamera. Aveva visto il furgone medico parcheggiare ai margini dello schermo, ma solo un secondo prima aveva notato la coppia comparsa di fronte a Gray.

Nessuno dei due lavorava per la Sigma.

Il furgone poteva anche appartenere alla Sigma, ma non gli uomini che lo occupavano.

Una trappola.

Sullo schermo, Gray aprì il cellulare e se lo portò all'orecchio. « Direttore Crowe? »

Prima che Painter potesse parlare, un calcio schiacciò il telefono contro la testa di Gray. Con un crepitio del cellulare, l'uomo piombò a terra, colto di sorpresa.

« Gray... »

Di colpo l'immagine sullo schermo sobbalzò, poi si annerì.

Ore 01.09

Il primo sparo mise fuori gioco la telecamera.

Gray udì il colpo soffocato e il rumore della frantumazione.

« Che accidenti succede? » gridò suo padre, investito dalla pioggia di frammenti della telecamera. Era ancora accucciato sul sedile posteriore con Seichan.

La guardia, Kowalski, si trovava dall'altra parte dell'auto. Si pietrificò come un cervo alla luce dei fari, un cervo brizzolato di novanta chili. Ma avere una pistola puntata alla nuca era un serio deterrente al movimento.

Gli inservienti avevano portato la barella nel viale laterale. Uno puntava una pistola contro Kowalski, l'altro faceva cenno al padre di Gray di scendere dall'auto.

« Resta dove sei. »

Gray si guardò alle spalle. La donna, Anni, gli puntava al volto una Sig Sauer nera, restando fuori dalla portata di un calcio, ma abbastanza vicina da non mancare un colpo alla testa.

Rendendosene conto, Gray tornò a guardare la Thunderbird.

Il dottor Nasser aveva una pistola identica.

In un modo o nell'altro, Gray intuì che era l'arma che aveva sparato a Seichan.

Nasser si spostò per affiancarsi al padre. Perquisì il punto in cui era stesa Seichan. Scosse la testa con aria avvilita, quindi si rivolse al sicario su quel lato. « Fa' uscire il vecchio dall'auto. Vedi se la troia ha addosso l'obelisco e trascinala nel furgone. »

Obelisco?

Gray vide il padre venire spostato di peso dal sedile posteriore. Pregò che non aggravasse la situazione, ma l'uomo, evidentemente sbigottito, non oppose resistenza.

« Addosso non ce l'ha », disse infine l'uomo sul sedile posteriore, raddrizzandosi.

Nasser controllò di persona l'interno dell'auto. Non trovò quello che stava cercando. L'unico segno di costernazione per quella mancata scoperta fu una ruga solitaria in mezzo agli occhi.

Si allontanò dalla macchina e si rivolse a Gray. « Dov'è? »

« Dov'è cosa? »

L'altro sospirò. « Sicuramente lei te l'ha detto, o non ti prenderesti tutta questa briga per una nemica. » Senza voltarsi, rivolse un segnale all'uomo che aveva perquisito Seichan, il quale premette la pistola sulla fronte del padre.

« Non faccio due volte la stessa domanda. Probabilmente non lo sai. Quindi ti concederò questo margine di tempo. »

Gray deglutì, notando il puro terrore negli occhi del padre.

« L'obelisco... » disse Gray. « L'aveva con sé, ma si è spezzato quando si è schiantata con la moto vicino a casa mia. È svenuta prima di poterne parlare. Per quanto ne so, si trova ancora là. »

In effetti, poteva essere così.

Nella concitazione per occuparsi di Seichan, se l'era scordato. Dov'era finito?

L'uomo continuò a fissare Gray. Lo studiava con sguardo calcolatore e determinato. « Credo che tu mi stia dicendo la verità, comandante Pierce. »

Tuttavia l'egiziano diede il segnale al suo sicario.

Lo sparo fu assordante.

Ore 01.10

Un minuto prima, Painter aveva notato un movimento sullo schermo al plasma, verso sinistra. Le telecamere interne del rifugio erano ancora attive. Individuò la signora Harriet Pierce accucciata dietro il tavolo della cucina.

Gli aggressori non si erano accorti di lei.

Nessuno a parte Gray sapeva di essere diretto al rifugio con altri due passeggeri. Il furgone era giunto dopo che la madre di Gray era entrata in casa. Con l'unica guardia del rifugio immobilizzata, avevano ipotizzato che l'ambiente fosse sicuro.

Painter sapeva che era il suo unico vantaggio.

Diede istruzioni di far scattare un allarme silenzioso in casa e di attivare una linea telefonica. Osservò la luce ambrata accanto al telefono di casa lampeggiare.

Guardi la luce... la incalzò a distanza.

Che fosse stata attratta dalla luce dell'allarme o dal semplice istinto di chiamare aiuto, Harriet strisciò verso il telefono della cucina e si portò il ricevitore all'orecchio.

« Non parli. Sono Painter Crowe. Non gli faccia sapere che si trova in casa. Io riesco a vederla. Annuisca se ha capito. »

Lei annuì.

« Ottimo. Ho chiamato aiuto, ma non so se vi raggiungeranno in tempo. È probabile che anche gli aggressori lo sappiano. Saranno spietati e rapidi. Mi occorre che lei sia più spietata di loro. Può farcela? »

Un cenno di assenso.

« Ottimo. Nel cassetto sotto il telefono dovrebbe esserci una pistola. »

Lo sparo fu assordante.

Assordante.

Non quello di una pistola con silenziatore, come prima.

Gray intuì la verità una frazione di secondo prima che il sicario che puntava la pistola alla testa del padre cadesse di fianco e metà cranio si spalmasse sulla Thunderbird.

Conosceva la persona che aveva sparato.

Sua madre.

Era nata in Texas, cresciuta da un impiegato del settore petrolifero che lavorava negli stessi campi del futuro marito. Anche se la donna organizzava sempre delle petizioni contro la vendita di armi, non ne aveva paura.

Gray aveva temuto e nello stesso tempo sperato che la madre creasse un diversivo. Si era tenuto pronto, puntellandosi con le gambe. Prima ancora che il corpo del sicario toccasse terra, Gray balzò all'indietro.

Lo sparo assordante e l'improvviso movimento di Gray colsero Anni di sorpresa. L'uomo le afferrò il braccio che reggeva la Sig Sauer. Mentre la colpiva, le schiacciò il piede con lo stivale e le tirò la testa all'indietro.

Udì qualcosa *scrocchiare* sotto e dietro.

Nel frattempo Kowalski aveva già sferrato una gomitata al sicario che lo minacciava e l'aveva preso per la collottola, sbattendogli la faccia contro il bordo della portiera della decappottabile.

« Ingoia l'acciaio, testa di cazzo. »

Il sicario cadde come un sacco di patate.

Senza esitare, Gray afferrò il pugno stretto di Anni e le ruotò il braccio verso il dottor Nasser. A quel punto strinse il dito della donna sul grilletto. Lei oppose resistenza. Sbilanciato, Gray perse la mira. Il colpo si abbatté sul muro di mattoni con una sonora scintilla.

Eppure funzionò quanto bastava. Il dottor Nasser si chinò verso destra e si gettò nei cespugli di fronte alla casa, scomparendo.

Gray strappò la pistola alla donna e l'allontanò, sferrandole un calcio all'indietro. Anni incespicò ma si mantenne in equilibrio. Il naso insanguinato, ruotò su se stessa e sfrecciò verso il furgone.

In cerca di altre armi.

Gray puntò la pistola verso di lei, ma, prima di riuscire a sparare, un colpo gli sibilò vicino alla punta del naso. Proveniva dai cespugli.

Nasser.

Gray indietreggiò di scatto e sparò alla cieca in mezzo ai cespugli, non sapendo dove si nascondeva il bastardo. Indietreggiò sino a urtare il parafango posteriore. Sparò altri due colpi verso il furgone, ma Anni era già svanita all'interno.

I colpi rimbalzarono sulla carrozzeria corazzata.

« Tutti in macchina! Subito! » gridò Gray.

Sua madre comparve sulla porta della cucina, con una pistola fumante. All'altro braccio aveva la borsetta, quasi fosse in procinto di uscire a fare spese.

Kowalski si gettò di testa sul sedile posteriore. Gray temette che con la sua stazza potesse far fuori Seichan prima di Nasser. Gray balzò sul sedile anteriore e accese il motore.

La portiera del passeggero si chiuse sbattendo. I genitori si strinsero sull'unico sedile.

Gray lanciò un'occhiata allo specchietto retrovisore.

Anni era aggrappata al portello del furgone. Reggeva in spalla un lanciarazzi.

Gray ingranò la marcia e premette l'acceleratore. Trecento cavalli incendiarono gli pneumatici posteriori, le gomme fumarono e ulularono.

Suo padre grugnì dal sedile vicino: più per il consumo delle gomme nuove di zecca che non per la sua pelle, sospettò Gray.

Finalmente le ruote fecero presa, la Thunderbird sterzò a sinistra e travolse lo steccato che delimitava il cortile. Quindi Gray evitò per un pelo un'imponente quercia centenaria. Le gomme scavarono una trincea profonda mezzo pneumatico sul prato.

Dietro di loro, una vampata fu seguita da una tremenda esplosione.

Il razzo si abbatté sulla quercia, facendola esplodere in uno strazio di rami e frammenti di corteccia fiammeggianti. I detriti incandescenti schizzarono verso l'alto e il fumo prese a mulinare.

Senza guardarsi alle spalle, Gray premette l'acceleratore.

La Thunderbird abbatté un'altra staccionata e uscì sbandando nei boschi del Glover-Archbold Park.

Ma Gray aveva una certezza.

La caccia era appena cominciata.

4

PIRATERIA IN ALTO MARE

Isola di Natale,
5 luglio, ore 12.11

Boxer e stivali.

Era tutto ciò che si frapponeva tra Monk e una marea di granchi affamati. La frenesia alimentare continuava per tutta la giungla, fra lotte, schiocchi e lacerazioni di chele. Il rumore ricordava il crepitio di un incendio.

Con la tuta biologica in mano, Monk tornò dal dottor Richard Graff, che era accucciato ai margini della giungla. Anche lui si era sfilato la tuta come da istruzioni di Monk. Almeno il ricercatore marino era più vestito di lui, in pantaloncini e camicia hawaiana.

Monk storse il naso mentre lo raggiungeva. Sotto la volta più fitta della giungla, l'aria bruciava e il fetore della pozza di cadaveri in basso era simile a uno schiaffo in pieno viso con un salmone marcio. «È ora di andare.»

Un grido riecheggiò dalla galleria che conduceva alla spiaggia tossica. I pirati si stavano avvicinando con maggiore cautela. Dalla sua postazione, Graff aveva lanciato nel tunnel dei massi di pietra calcarea. E inoltre i loro inseguitori non sapevano che nella pistola di Monk era rimasto un solo colpo. Ma la prudenza e il lancio di sassi li avrebbero tenuti a bada solo per poco tempo.

Per la centesima volta, Monk si domandò il motivo della strana insistenza dei loro aggressori. La fame e la disperazione spingevano sicuramente a gesti dissennati. Ma se i pirati volevano saccheggiare e rubare lo Zodiac, con l'intento di impossessarsi delle loro provviste e attrezzature per poi rivenderle sul mercato nero indonesiano, ormai niente li avrebbe fermati. Gran parte di quegli uomini, per quanto potessero essere brutali e spietati, aveva un *modus operandi* stile «mordi e fuggi».

Allora perché quella pervicacia? Solo per coprire le proprie tracce? O era qualcosa di più personale? Monk ripensò all'uomo mascherato che cadeva in acqua, colpito da uno dei suoi spari a casaccio. Volevano vendetta?

Qualunque fosse la ragione, il gruppo di predatori non si accontentava del semplice bottino: era assetato di sangue.

Raddrizzandosi, Graff tossì a causa del puzzo soffocante. « Dove andiamo? »

« Torniamo a far visita ai nostri amici. »

Monk condusse Graff verso la foresta. A qualche passo di distanza, la marea cremisi di granchi schiamazzava e tintinnava. Negli ultimi minuti erano pure aumentati di numero, forse attratti dalle voci o dal sangue fresco che colava dalla spalla di Graff.

Il ricercatore marino esitò sull'orlo della radura. « Non c'è modo di attraversare la foresta. Quelle chele gigantesche riescono a lacerare il cuoio. Li ho visti staccare delle dita. »

Ed erano veloci.

Monk indietreggiò mentre un paio di granchi, avvinghiati in un combattimento all'ultimo sangue, sfrecciavano accanto a loro, le zampe aguzze intrecciate, rapidi come lepri. « Non si può dire che abbiamo molta scelta. »

« E in questi granchi c'è qualcosa che non va », continuò il ricercatore. « Ho assistito ad alcune loro aggressioni durante le migrazioni, ma nulla di questa portata. »

« Può psicanalizzarli più tardi. » Monk indicò un imponente albero nelle vicinanze. Un noce tahitiano. Il sempreverde era ricoperto di rami bassi. « Riesce ad arrampicarsi? »

Graff si strinse il braccio ferito al ventre, in modo da non muoverlo troppo. « Avrò bisogno d'aiuto. Ma poi perché? Non ci nasconderà ai pirati. Saremo delle facili prede. »

« Lei pensi ad arrampicarsi. » Monk lo condusse all'albero e lo aiutò a scalare i primi rami. Erano fitti e facili da afferrare. Graff se la cavò bene da solo, inerpicandosi molto in alto.

Monk si lasciò cadere, atterrando vicino a un granchio. Quello alzò le chele con aria minacciosa. *È troppo presto per lasciare la festa, amico.* Con un calcio Monk lo ricacciò nell'orda dei suoi fratelli, quindi gridò dietro a Graff: «Riesce a vedere l'apertura del tunnel?»

«Credo... sì, la vedo.» Graff si spostò sull'albero. «Non mi lascerà qui, vero?»

«Lei pensi a fischiare quando vede i pirati.»

«Cosa sta...»

«Faccia come le dico, per Dio!» Monk si pentì dell'asprezza del suo tono. Dovette ricordare a se stesso che quell'uomo non era un militare. Ma era sotto pressione. Ripensò alla moglie e alla figlioletta. Non avrebbe perso la vita per un branco di tagliagola in una foresta piena di antipasti a base di polpa di granchio.

Si spostò e avanzò ai margini dell'orda mulinante e frenetica. Alzò la pistola e bilanciò la presa con la mano artificiale. Piegò la testa e respirò dal naso.

Avanti, vediamo come ve la cavate...

Udì un rumore proveniente dall'albero di noce alle sue spalle. Sembrava uno sfiato d'aria che usciva da un palloncino mezzo sgonfio.

«Stanno arrivando!» sussurrò l'uomo. Evidentemente la tensione gli mozzava il respiro e gli impediva di fischiare.

Monk puntò la pistola verso la radura. Aveva una pallottola, un colpo solo.

Dall'altra parte della foresta, due bombole d'ossigeno luccicavano appoggiate ai piedi di un masso. In precedenza, mentre si spogliavano, Monk si era fatto passare la bombola della tuta di Graff. Le riserve d'aria portatili erano leggere, realizzate in lega di alluminio. Usando la fondina da caviglia, Monk aveva rapidamente legato la bombola del dottore alla sua e aveva lanciato l'involto sul lato opposto della radura, nella giungla. Le bombole si erano schiantate in mezzo ai granchi, schiacciandone un paio e facendo fuggire quelli vicini.

«Sono arrivati!» gemette Graff.

Monk premette il grilletto.

Una bombola pressurizzata sputò una breve vampata di fuoco. Le bombole legate presero a ruotare e tintinnare, a sibilare e saltare. A quel punto l'ugello della seconda bombola si ruppe e il movimento si fece più frenetico, abbattendosi sui granchi, scattando e rimbalzando.

Fu sufficiente.

In passato, Monk aveva passeggiato lungo spiagge coperte di granchi, che – alla comparsa di un uccello o di uno sconosciuto – in un battibaleno si infilavano nelle loro tane di sabbia. Lì accadde lo stesso. I granchi più vicini alle bombole impazzite fuggirono, arrampicandosi sui vicini in preda al panico. Ben presto la confusione divenne un fuggifuggi.

La marea di granchi si diresse verso Monk, trasformandosi in un'onda impetuosa, mulinante di chele, che salivano l'una sull'altra per fuggire.

Monk tornò di corsa all'albero di noce, spiccò un salto e salì rapido fra i rami. Un granchio gli si attaccò allo stivale e lui lo schiacciò contro il tronco. La chela gli restò agganciata al piede. Sentì la punta lacerargli il tallone.

Intanto la marea rossa si spostava velocemente, obbedendo a un certo istinto, probabilmente legato agli schemi di migrazione annuale. I granchi sfrecciavano verso il mare.

Monk salì sino a raggiungere Graff, che continuava a tenere lo sguardo sulla fenditura nella roccia, nei pressi della bocca del tunnel.

I pirati – sei uomini – erano usciti dalla galleria, ma per il colpo di pistola si erano gettati a terra. Solo adesso si stavano alzando, incerti.

Poi, dalla giungla, proruppe la marea mulinante di granchi, che si abbatté sull'uomo più vicino ai margini della foresta. Prima che lui potesse reagire, gli salirono sulle gambe sino alle cosce. Gridò, incespicando all'indietro. Poi gli cedette una gamba.

Una volta, Monk aveva visto un proiettile lacerare il tendine di Achille a un suo compagno Berretto Verde. Era piombato a terra nella stessa maniera contorta del pirata.

L'uomo cadde su un braccio, gridando.

I granchi si arrampicarono sul corpo che si dimenava, travolgendolo. Le urla dell'uomo continuarono, soffocate sotto la massa. Per un istante, riemerse in superficie. La maschera gli era stata strappata e, con essa, il naso, le labbra e le orecchie.

Gli occhi erano uno strazio di sangue. Gridò per l'ultima volta e ricadde sotto la marea.

Atterriti, gli altri pirati fuggirono in preda al panico, tornando al tunnel e scomparendo. Un uomo fu tagliato fuori dalla galleria, inchiodato a uno sperone roccioso che spuntava dalla scogliera. I granchi si espansero verso di lui.

Con un ultimo grido, si voltò e si gettò dal precipizio.

Altre urla riecheggiarono dal cunicolo.

Come l'acqua in un canale di scolo, il flusso di granchi prese a vorticare nella bocca del tunnel, scendendo a spirale in un'onda rossa di chele affilate come rasoi.

Monk notò Graff ansimare accanto a lui, lo sguardo fisso.

Tese una mano per toccare l'uomo. Quello trasalì.

« Dobbiamo andare. Prima che i granchi decidano di tornare nella loro foresta. »

Graff si fece aiutare a scendere. C'erano ancora centinaia di granchi.

Monk staccò un ramo del noce e scacciò i granchi che si avvicinavano troppo.

Lentamente, Graff parve riprendersi. « Io... vorrei prenderne uno. »

« Mangeremo granchio quando torneremo alla nave. »

« No. Per i miei studi. In un modo o nell'altro sono sopravvissuti alla nube tossica. Potrebbe essere significativo. »

« D'accordo », disse Monk. « Visto che abbiamo lasciato dietro tutti i nostri campioni, non dobbiamo tornare a mani vuote. » Catturò uno dei granchi più piccoli con la mano artificiale, prendendolo per la parte posteriore del guscio. L'irascibile animaletto fece schioccare le chele verso di lui, cercando di afferrarlo. « Non rovinare la mercanzia, amico. Le nuove dita me le hanno scalate dalla paga. »

Monk stava per schiacciarlo contro un ramo, ma Graff lo bloccò. « No! Ci serve vivo. Come ho già detto, c'è qualcosa di strano nel loro comportamento. Anche questo richiede un esame. »

La mascella di Monk si serrò per l'irritazione. « D'accordo, ma, se questo pezzo di sushi mi dà un morso, ne risponderà lei. »

Attraversarono l'altopiano boscoso, inoltrandosi nell'isola.

Dopo una scarpinata di quaranta minuti, la foresta si diradò e si aprì uno scorcio panoramico sulla scogliera. Lungo la spiaggia si estendeva la cittadina principale dell'isola, chiamata semplicemente The Settlement. Oltre la baia di Flying Fish Cove, galleggiava il castello bianco della *Mistress of the Seas*, una nuvola in mezzo a un cielo blu notte.

Lo sguardo di Monk si focalizzò su un gruppo di imbarcazioni, una dozzina, che stavano doppiando il promontorio di Rocky Point. Le barche viaggiavano in un'ampia formazione a V, simile all'ala d'attacco degli aerei da caccia.

Un gruppo corrispondente comparve dall'altra parte del porto.

Anche da quella distanza, Monk riconosceva la forma e il colore delle imbarcazioni.

Motoscafi blu.

« Altri pirati... » mormorò Graff.

Monk osservava i due gruppi convergenti, simili a due chele, ancora più letali dei granchi rossi. Fissò a bocca aperta la vittima predestinata.

La *Mistress of the Seas*.

Ore 13.05

Lisa stava studiando la radiografia.

Il pannello per retroilluminazione portatile era posto sulla scrivania della cabina. Sul letto alle sue spalle, era sdraiato un paziente, completamente coperto da un lenzuolo.

Morto.

« Sembra tubercolosi. » Le radiografie dei polmoni dell'uomo erano schiumanti di vaste masse bianche. « O forse cancro polmonare. »

Il dottor Henrick Barnhardt, il tossicologo olandese, era a fianco di Lisa, un pugno appoggiato al tavolo. Era stato lui a farla scendere lì. « *Ja*, ma, secondo la moglie del paziente, prima di diciotto ore fa non presentava nessun sintomo di malattie respiratorie. Né tosse, né espettorazione. Inoltre non fuma e aveva solo ventiquattro anni.»

Lisa si raddrizzò. Erano soli in cabina. «Ha raccolto delle colture polmonari?»

«Ho usato un ago per aspirare del liquido da una delle masse polmonari. Il contenuto era decisamente purulento. Graveolente di batteri. Decisamente un ascesso polmonare, non un cancro.»

Lei studiò il viso barbuto di Barnhardt. L'uomo se ne stava in piedi con le spalle leggermente ricurve, quasi fosse un po' complessato per la sua stazza, ma quella posizione gli conferiva anche un'aria cospiratoria. Non aveva invitato il dottor Lindholm a quella discussione.

«I riscontri sono compatibili con la tubercolosi», disse lei.

La TBC era causata da un batterio estremamente contagioso, il *Mycobacterium tuberculosis*. E, anche se l'anamnesi era decisamente insolita, la TBC poteva restare latente per anni, crescendo a poco a poco. L'uomo poteva averla contratta qualche anno prima, poi, per via dell'esposizione al gas tossico, i polmoni potevano essersi affaticati quanto bastava da provocare la diffusione del morbo. Alla fine, il paziente doveva essere contagioso.

E né lei né il dottor Barnhardt indossavano la tuta biologica.

Perché non l'aveva avvertita?

«Non è tubercolosi», insistette lui. «Il dottor Miller, l'esperto di malattie infettive, ha identificato l'organismo come *Serratia marcescens*, un ceppo di batteri non patogeni.»

Lisa ricordò la discussione precedente, relativa al paziente con dei normali batteri epiteliali che stavano sprigionando veleni mangiacarne.

Il tossicologo confermò l'analogia. «Ci troviamo di nuovo di fronte a un innocuo batterio che diventa virulento.»

«Ma, dottor Barnhardt, la sua ipotesi...»

«Mi chiami Henri. E non è una semplice ipotesi. Ho trascorso le ultime ore in cerca di casi simili. Ne ho trovati altri due. Una donna affetta da dissenteria acuta, che le sta letteralmente staccando le pareti intestinali, causata dal *Lactobacillus acidophilus*, un fermento lattico che di norma è un sano organismo intestinale. Poi abbiamo una bambina che presenta delle crisi violente: dalla rachicentesi è risultata una gran quantità di *Acetobacter aceti*, un organismo innocuo che si trova nell'aceto. Le sta letteralmente mettendo in salamoia il cervello.»

A quelle parole, Lisa sentì un brivido correrle lungo la schiena.

«E questi non possono certo essere gli unici casi», concluse Henri.

Lei scosse la testa: non perché era in disaccordo, ma proprio perché era ormai convinta della teoria dell'uomo. «Allora qualcosa sta ritorcendo i batteri innocui contro di noi.»

«Trasformando l'amico in nemico. E, se diventasse una guerra totale, saremmo sicuramente sopraffatti. Il corpo umano è composto di cento trilioni di cellule, eppure solo *dieci* trilioni appartengono a noi. Il restante novanta per cento è costituito da batteri e da altri organismi opportunisti. Noi viviamo in simbiosi con questo ambiente estraneo. Ma se l'equilibrio dovesse spezzarsi, se dovesse ritorcersi contro di noi...»

«Dobbiamo fermarlo.»

«Ecco perché l'ho fatta venire qui. Il dottor Miller e io dobbiamo accedere al laboratorio forense del suo collega. È vitale trovare le risposte ad alcune domande fondamentali. L'alterazione di questi batteri è stata di natura tossica o chimica? Se così fosse, come possiamo curarla? E se fosse contagiosa? Come possiamo isolarla o metterla in quarantena?» Fece una smorfia tra la barba. «Abbiamo bisogno di risposte, subito.»

Lisa guardò l'orologio. Monk era già in ritardo di un'ora. Rivolse un cenno di assenso a Henri. «Dirò a qualcuno di contattare via radio il dottor Kokkalis per farlo tornare qui il più presto possibile. Ma lei ha ragione. Nel frattempo, cominciamo.»

Il laboratorio di Monk si trovava cinque ponti più in alto. Per ospitare la sua attrezzatura, la Sigma aveva bloccato una delle cabine più grandi. Alcuni membri dell'equipaggio avevano persino schiodato i letti e i mobili per fare maggiore spazio. La suite disponeva anche di un'ampia terrazza che si affacciava sul lato di dritta. In quel momento, Lisa avrebbe avuto bisogno di sentire la luce del sole, la fresca brezza sul viso che scacciasse la paura crescente.

Mentre si dirigeva all'ascensore, pensò che era il caso di richiamare Painter. Non poteva assumersi quella responsabilità da sola. Aveva bisogno del pieno sostegno del settore Ricerca e Sviluppo della Sigma.

Inoltre voleva sentire di nuovo la sua voce.

Premette il pulsante di chiamata dell'ascensore.

Quasi il pulsante fosse stato collegato a un detonatore, Lisa udì un fragoroso boato echeggiare verosimilmente dall'altro lato della nave, proveniente dal pontile dove i battelli traghettavano i passeggeri fra la terraferma e la nave.

Era stato un incidente?

Una seconda fragorosa esplosione, proveniente da prua, fece vibrare le pareti intorno a loro.

Poi Lisa udì un rumore familiare, il mitragliamento del fuoco automatico. «Siamo sotto attacco.»

Ore 13.45

Monk scendeva il ripido pendio, sobbalzando con la Land Rover arrugginita. Aveva collegato i fili del vecchio fuoristrada, abbandonato durante l'evacuazione in un parcheggio vicino alla miniera di fosfati. Sfrecciavano lungo un sentiero sterrato diretti alla cittadina sul litorale.

Il dottor Graff si reggeva al tettuccio con il braccio alzato. «Rallenti.»

Monk lo ignorò. Doveva raggiungere la costa.

I due avevano fatto irruzione in una delle officine della miniera e avevano provato a usare il telefono. Staccato. Ormai l'isola era completamente deserta. Almeno, nel capanno, erano riusciti a trovare un kit di pronto soccorso. La spalla di Graff era stata cosparsa di una pomata antibiotica ed era stata fasciata con della garza.

Il ricercatore se l'era sbrigata da solo, mentre Monk faceva partire la Land Rover. Graff stringeva ancora il kit di pronto soccorso con il braccio ferito. Una volta svuotato, era servito da gabbietta per il loro granchio.

Una curva sulla strada nella giungla costrinse Monk a scalare la marcia. Imboccò la curva, facendo sollevare il fuoristrada su due ruote di qualche centimetro. Ripiombarono a terra con uno schianto, sbalzati contro le cinture di sicurezza.

Graff restò a bocca aperta. «Non gioverà a nessuno se ci fa schiantare nella giungla.»

Monk rallentò, non per le parole di Graff, ma perché la strada culminava in un incrocio. Avevano raggiunto l'autostrada costiera, una stretta striscia asfaltata a due corsie. Il sentiero sterrato terminava esattamente a sud della baia di Flying Fish Cove. A nord sorgeva la parte predominante della cittadina, un miscuglio di alberghi sul mare, ristoranti cinesi, bar fatiscenti e trappole per turisti.

Ma l'attenzione di Monk restava concentrata in mare aperto. La *Mistress of the Seas* era circondata da imbarcazioni in fiamme, yacht esplosi e dal relitto di una lancia della Guardia Costiera australiana. Il fumo si levava nel cielo del primo pomeriggio. Simili a squali che circondavano la preda, una ventina di motoscafi blu sfrecciavano e ruggivano sulle onde.

Un elicottero giallo e rosso, un Eurocopter Astar, sorvolava la baia in cerchio, come un calabrone irritato che agitava il fumo. A giudicare dai lampi delle canne nel portello aperto, non era amico.

Mentre discendeva i tornanti dalle alture dell'isola, Monk aveva colto degli scorci dell'attacco sul mare: bagliori di armi da fuoco ed eruzioni di detriti incandescenti. Le esplosioni erano riecheggiate sino a loro, simili a fuochi d'artificio lontani.

A nord, una fragorosa esplosione proveniente dalla cittadina scatenò una vampata di fumo e fiamme. Abbastanza vicina da far crepitare i finestrini della Land Rover.

«Il distaccamento della Telstra», disse Graff. «Stanno facendo saltare tutti i mezzi di comunicazione.»

Altre zone di The Settlement erano già in fiamme.

Non erano dei pirati ordinari. Era un attacco a pieno regime. Chi accidenti erano?

Monk si allontanò dalla cittadina, lungo la strada costiera.

«Dove sta...» fece per domandare Graff.

L'altro imboccò una svolta. Dinanzi a loro, isolato in mezzo alla foresta pluviale, comparve un alberghetto sulla spiaggia.

Monk fece una curva stretta intorno a un cartello con la scritta MANGO LODGE AND GRILLE. Si profilò alla vista un edificio di due piani che svaniva in alcuni bungalow distaccati. Una piscina luccicava.

Sembrava deserto.

« Qui sarà al sicuro », disse Monk, fermandosi al riparo delle fronde dell'albero che dava il nome all'hotel, un mango.

Balzò fuori.

« Aspetti! » Graff trafficò con la portiera, riuscendo infine ad aprirla. Cadde quasi dalla Land Rover. Si mise all'inseguimento di Monk.

Lui non rallentò. Correva verso la spiaggia. Come ogni albergo sul mare, il Mango Lodge and Grille offriva tutte le attività balneari che potevano desiderare gli amanti degli sport acquatici: snorkeling, kayak, vela. Sul retro dello stabilimento, Monk individuò il centro ricreativo, un piccolo edificio esterno di cemento dal tetto di paglia. Era chiuso con le assi per via dell'evacuazione.

In men che non si dica, Monk stava già schiodando le assi e spaccando la porta a vetri per entrare.

Graff lo raggiunse.

Monk spinse il ricercatore all'interno, lontano dal sole. L'elicottero passò sopra di loro con un ruggito, lo spostamento d'aria del rotore sferzò le fronde delle palme. Poi si allontanò, continuando a pattugliare la battigia.

« Non si faccia vedere! » lo avvertì Monk.

Graff annuì vigorosamente.

Monk attraversò ad ampie falcate la zona anteriore del centro ricreativo, affollata di teli da mare, occhiali da sole, oli abbronzanti e una quantità di souvenir. Il luogo odorava di noce di cocco. Girò intorno al bancone e varcò un ingresso schermato da una tenda di perline tintinnanti.

Trovò quello che stava cercando.

Attrezzatura da sub appesa alla parete.

Monk scalciò via gli stivali.

Sul lato della costruzione che dava sulla spiaggia, era allineata una varietà di natanti per divertirsi sotto il sole. Monk ignorò i pedalò, un paio di kayak e si fermò di fronte all'unico

Jet Ski. Era posto su un carrello da rimorchio, pronto a essere trascinato dentro e fuori dall'acqua.

Almeno, in quella zona dell'isola, i mari erano sgombri dalla melma tossica.

Monk si voltò verso Graff. « Mi servirà il suo aiuto. »

Diciotto minuti più tardi, Monk strofinava il gomito su una finestra resa opaca dalla sporcizia. La muta stridette contro il vetro. Attese che l'elicottero circolasse sopra di loro e virasse di nuovo in direzione nord, verso Flying Fish Cove. La baia era al riparo dalla vista, nascosta dal promontorio di Smith Point. Tutto ciò che Monk riusciva a scorgere della zona di guerra era la cappa indistinta di fumo che si levava sulla cima delle scogliere.

Finalmente l'elicottero invertì la rotta e tornò a dirigersi verso la nave da crociera.

« Okay, ci siamo! »

Alle sue spalle, Graff alzò l'attacco del carrello da rimorchio e Monk afferrò la parte retrostante del Jet Ski. Assieme fecero scendere il carrello in acqua. Gli ampi pneumatici da sabbia velocizzarono l'operazione.

Con un braccio, Graff sciolse il natante dal carrello, mentre Monk rientrava a indossare il giubbotto equilibratore e le bombole d'ossigeno. Una volta equipaggiato, s'infilò sull'attrezzatura una giacca a vento del Mango Lodge.

Appesantito dal carico, Monk tornò in acqua e aiutò a spostare il Jet Ski. « Resti nascosto. Ma se riesce a trovare un mezzo di comunicazione, una radio o qualsiasi altra cosa, cerchi di chiamare le autorità. »

Graff annuì. « Stia attento. »

Nel giro di un minuto, Monk stava mandando il motore su di giri e scattava verso Smith Point con un sibilo penetrante. Dietro di lui, Graff riportava il carrello vuoto nel garage.

Monk si abbassò e spinse il natante a tutto gas. Mentre sfrecciava sempre più veloce, la giacca a vento crepitava, in mezzo agli spruzzi di acqua salata. Di fronte a lui, Smith Point si faceva sempre più grande. Alla fine raggiunse lo sperone roccioso e, senza rallentare, lo doppiò a tutta velocità.

Sul lato opposto della baia, la *Mistress of the Seas* svettava come una fortezza sotto assedio. Nelle immediate vicinanze, le acque ardevano di carburante incandescente e rottami di imbarcazioni in fiamme. E, in tutta la zona di guerra, ruggivano i motoscafi dei pirati.

A caccia.

Ci siamo.

Simile a un siluro che rasentava l'acqua, Monk si gettò nella mischia.

Ore 14.08

« Dobbiamo fare qualcosa! » esclamò Lisa.

« Per ora ce ne restiamo fermi qui », l'avvertì Henri Barnhardt.

Erano rintanati in una delle cabine esterne. Lisa sostava accanto a uno dei due oblò. Henri si era appostato vicino alla porta.

Un'ora prima avevano perlustrato la nave di corsa, solo per trovarla nel caos. I corridoi erano affollati di membri dell'equipaggio e passeggeri in preda al panico, malati e sani. Le esplosioni e gli spari erano quasi soffocati dalla snervante sirena d'allarme. Che fosse una misura di sicurezza automatica o un gesto deliberato, qualcuno aveva fatto scattare le porte antincendio, abbassandole e isolando le varie sezioni della nave.

Nel frattempo, dei sicari mascherati ripulivano le sale, una dopo l'altra, sparando a chiunque opponeva resistenza o si muoveva troppo lentamente. Lisa e Henri avevano udito le grida, gli spari, il trepestio dei passi sul ponte sottostante. Anche loro erano stati presi di mira. Solo una rapida corsa nei lussuosi saloni e in un altro corridoio li aveva salvati.

Non sapevano quanto potevano resistere ancora.

La rapidità del sequestro della *Mistress of the Seas* faceva sospettare il coinvolgimento di qualche membro dell'equipaggio.

Lisa scrutava dall'oblò. Il mare era in fiamme. Aveva osservato un manipolo di passeggeri disperati gettarsi in acqua dalle terrazze superiori, sperando di farcela sino a riva.

Ma le cannoniere spazzavano la baia, crivellando e mitragliando le acque.

I cadaveri galleggiavano fra i rottami in fiamme.

Non c'era via di fuga.

Perché avveniva tutto quello? Cosa stava succedendo?

Finalmente l'allarme tacque, spegnendosi con un ultimo lamento. Il silenzio che seguì era gravoso, quasi un fardello fisico. Persino l'aria sembrava più densa.

Da qualche parte sopra di loro qualcuno singhiozzava e piangeva.

Henri incrociò lo sguardo di Lisa.

All'altoparlante della nave una voce rigida cominciò a parlare in malese. Lisa ovviamente non capiva. Sempre fissando Henri, osservò il tossicologo scuotere la testa. Era smarrito quanto lei. Ma qualunque cosa fosse stata detta fu infine ripetuta in cinese. Erano le due lingue più parlate sull'isola.

Poi l'altoparlante passò all'inglese, con accento spiccato. « Adesso la nave è nelle nostre mani. Tutti i ponti sono pattugliati dalle guardie. Spareremo a vista a chiunque verrà scoperto nelle sale. Finché ci obbedirete non faremo del male a nessuno. Fine della trasmissione. »

Il discorso terminò con un crepitio di scariche statiche.

Henri controllò che la porta della cabina fosse chiusa a chiave, quindi raggiunse Lisa. « La nave è stata dirottata. Qualcuno doveva averlo progettato da tempo. »

Lisa ripensò all'*Achille Lauro*, una nave da crociera italiana dirottata dai terroristi palestinesi nel 1985. E in tempi più recenti, nel 2005, i pirati somali avevano preso d'assalto un'altra nave da crociera al largo della costa orientale africana.

Volse lo sguardo all'oblò, scrutando all'esterno e studiando le barche che pattugliavano le acque sottostanti, guidate da squadre di sicari mascherati. Sembravano pirati, ma lei sospettava che fossero qualcos'altro.

Forse Painter le aveva trasmesso un po' della sua paranoia.

Per essere un atto di pirateria ordinaria era troppo coordinato.

« Certo, saccheggeranno la nave e ruberanno tutto ciò che non è inchiodato, per poi scomparire fra le isole », ipotizzò Henri. « Se riusciamo a evitare ogni contatto... »

L'altoparlante riprese a crepitare e parlò una nuova voce. In inglese. Non ripeté il discorso in malese o cinese. «I seguenti passeggeri sono attesi sul ponte di comando entro i prossimi cinque minuti. Verranno con le mani sulla testa. Se non dovessero presentarsi, significherà la morte di due passeggeri per ogni minuto di ritardo. Spareremo prima ai bambini.»

Furono pronunciati i nomi.

Dottor Gene Lindholm.

Dottor Benjamin Miller.

Dottor Henri Barnhardt.

E infine: *dottoressa Lisa Cummings.*

«Avete cinque minuti.»

Lisa era ancora affacciata all'oblò. «Non è un dirottamento.» Prima di distogliere lo sguardo dalla finestra, individuò un Jet Ski sfrecciare sull'acqua verso la nave da crociera. Il natante si lasciava dietro un ventaglio d'acqua, che rendeva facile individuarlo. Fendeva con abilità i rottami. Lisa non riusciva a scorgere chi fosse alla guida. Il pilota era piegato su se stesso.

E a ragion veduta.

Due motoscafi gli stavano alle costole, sfrecciando tra le fiamme e le assi fumanti. Dalle imbarcazioni lampeggiavano le canne delle armi.

Lisa scosse la testa per la follia del pilota del Jet Ski.

Dalla sommità della nave da crociera comparve un elicottero, che si abbassò verso il natante. Lei non voleva guardare, ma si sentì obbligata. Una sorta di riconoscimento all'attacco suicida del pilota.

L'elicottero s'inclinò disegnando uno stretto arco, con il portello laterale aperto.

Dall'interno eruppe una nuvola di fumo.

Un lanciagranate.

Stringendo gli occhi, Lisa abbassò lo sguardo in tempo per vedere il Jet Ski esplodere in una palla di fuoco incandescente e metallo carbonizzato.

Ruotò su se stessa, intorpidita e tutta tremante. Guardò in faccia Henri. Non avevano altra scelta.

«Andiamo.»

Ore 14.12

Monk sprofondò negli abissi, trascinato dalla cintura e dalle bombole. Non oppose resistenza e trattenne il respiro. Sopra di lui, il blu del mare ardeva di fuoco. Le schegge del Jet Ski esploso sfrigolavano nell'acqua. A due metri di distanza, il natante s'inabissò di muso.

Mentre Monk lo seguiva a ruota, si sforzò di togliersi la giacca a vento del Mango Lodge. Non c'era più motivo di tenere nascoste le bombole. Alzò la maschera da sub, usò l'erogatore per pulirla e l'agganciò.

Gli abissi tornarono cristallini.

Posizionò l'erogatore e trasse il primo respiro.

Fu piuttosto un sospiro di sollievo.

Il suo piccolo stratagemma aveva funzionato?

Un istante prima, mentre l'elicottero si era abbassato su di lui, attratto come un falco da un topo, Monk aveva adocchiato il sicario nel portello aperto. Con il lanciagranate puntato su di lui, Monk si era gettato dal Jet Ski all'ultimo secondo. Alla fine l'esplosione l'aveva comunque colpito come un incudine, al punto da fargli quasi esplodere le orecchie.

Precipitava in fondo al mare. La baia di Flying Fish Cove disponeva di corpi morti a trenta metri di profondità. Ma lui non doveva andare tanto a fondo.

Regolò i compensatori di galleggiamento, riempiendo il giubbotto con l'ossigeno delle bombole. Rallentò la discesa sino a stabilizzarsi. Alzò la testa e osservò il fondo dei motoscafi, il turbinio delle eliche sbiancare l'acqua. Circolavano e circolavano, in cerca di qualche traccia del guidatore del Jet Ski, pronti a sparare in caso fosse riemerso.

Ma Monk non aveva intenzione di riemergere e, se il suo stratagemma aveva funzionato, nessuno sapeva che era munito di attrezzatura da sub. Ruotò su se stesso, controllando la luminosa bussola da polso, e si diresse lungo le coordinate che aveva già calcolato.

Verso la *Mistress of the Seas*.

Aveva sempre desiderato farsi una crociera.

5

OGGETTI SMARRITI

Washington,
5 luglio, ore 01.55

«Non oserei spingermi più lontano di così», disse Gray.

Negli ultimi sette minuti si era inoltrato furtivamente nel folto di Glover-Archibold Park con la Thunderbird, seguendo una vecchia strada di servizio coperta di erbacce, con i cespugli che graffiavano le fiancate della decappottabile. La gomma anteriore sinistra era bucata, e sterzare era maledettamente vicino all'impossibile.

Anche se quasi tutti ritenevano Washington un luogo di edifici governativi, spaziosi centri commerciali e musei, la capitale ospitava anche una lunghissima serie di parchi intersecati, che attraversavano il cuore della città e coprivano ben più di quattrocento ettari. Glover-Archbold Park ne delimitava un'estremità, che culminava nel Potomac.

Gray si era allontanato dal fiume. Era troppo lontano e troppo all'aperto. Seguendo un vicolo parallelo alle case nel parco, aveva piegato in direzione nord a fari spenti, scoprendo una vecchia strada antincendio che s'inoltrava nel folto dei boschi. L'aveva imboccata. Aveva bisogno di darsi alla macchia, ma la Thunderbird era allo stremo delle forze.

Rendendosi conto di non poter avanzare oltre, rallentò.

Erano in fondo a una scarpata. Ai lati sorgevano delle ripidissime colline boscose. Dinanzi a loro, la valle angusta era attraversata da un vecchio ponte ferroviario abbandonato. Gray si spostò con la Thunderbird sotto il ponte di ferro rosso arrugginito e di assi di legno. Si fermò accanto a uno dei piloni di cemento che reggevano il ponte.

«Fuori. Da qui in poi procederemo a piedi.»

Dalla parte opposta del ponte, illuminato dalle stelle e da una falce di luna, un cartello di legno indicava un sentiero per escursionisti. Il sentiero assomigliava più a un tunnel che tagliava la fitta vegetazione.

L'ideale per nascondersi.

Nella direzione opposta, ululavano le sirene dei mezzi d'emergenza. Gray notò un bagliore intermittente arancione nel cielo notturno. L'esplosione incandescente del razzo doveva aver incendiato una casa.

Nelle immediate vicinanze, i boschi erano bui, imbevuti di varie gradazioni di nero.

Gray sapeva che Nasser e la sua squadra di assassini potevano essere ovunque.

Dietro di loro, davanti a loro, già in avvicinamento.

Il cuore di Gray martellava. Era assediato dalla paura, non per sé, ma per i suoi genitori. Doveva portarli in un luogo sicuro, allontanarli dai pericoli che li circondavano. L'unico modo per farlo era portare Seichan a farsi curare.

E doveva farlo lontano dagli occhi di tutti.

Anche se il suo cellulare era munito di dispositivo antintercettazione, non osava contattare la Sigma o il direttore Crowe. Le linee di comunicazione erano compromesse, come dimostrava l'imboscata al rifugio. Il protocollo esigeva che dovesse nascondersi da tutto e da tutti. Da qualche parte c'era una falla e, finché non fosse riuscito a rintanare i genitori in un posto sicuro, non avrebbe neanche fatto capolino con la testa.

Ciò significava che avrebbero dovuto cercare dei mezzi alternativi per curare Seichan. La madre aveva suggerito un'opzione e aveva già messo in atto il suo piano, facendo due chiamate dal suo cellulare personale. Dopodiché, Gray aveva dovuto rimuovere la batteria dal telefono, per impedire di essere rintracciati.

« La morfina pare averla rilassata », riferì la donna dal sedile posteriore.

Durante una breve sosta, la madre di Gray si era spostata sul sedile posteriore con Kowalski. Seichan era sdraiata in mezzo a loro, sotto una coperta. La donna aveva iniettato a Seichan una siringa monodose di morfina, recuperata dalle scorte mediche del rifugio.

«Se vogliamo farcela, da qui in avanti dobbiamo trasportarla a braccia», informò Gray.

«La prendo io.» Kowalski fece cenno a tutti di scostarsi.

Il padre di Gray aiutò la moglie a scendere dalla decappottabile. Poi diede un'occhiata alle condizioni dell'auto e scosse la testa, imprecando fra sé.

Kowalski si alzò, prendendo Seichan fra le braccia. Anche nel buio sotto il ponte, Gray notò la macchia nera sul ventre fasciato. Il movimento destò la donna. Per un istante, mentre Kowalski scendeva a fatica dall'auto, Seichan si divincolò, sbigottita e intontita. Gridò e lo colpì sulla guancia con il palmo della mano.

«Ehi...» esclamò l'omone, evitando un altro colpo.

Seichan cominciò a urlare, un grido d'irritazione, un'incomprensibile miscela di inglese e dialetto asiatico.

«Fatela calmare», disse il padre, fissando lo sguardo sulla foresta buia.

Kowalski cercò di premerle la mano sulla bocca, ma lei gli morse un dito. «Figlia di puttana!»

L'agitazione di Seichan si fece più feroce.

La madre si avvicinò, frugando nella borsetta. «Ho un'altra dose di morfina.»

Gray scosse la testa. «Aspetta.» Con tutto il sangue che aveva perduto Seichan, temeva il calo respiratorio che accompagnava l'assunzione di morfina. Una seconda dose avrebbe potuto ucciderla e lui aveva ancora bisogno di risposte. «Usa i sali.»

La madre annuì. Cercò nella borsetta, quindi gli porse qualche capsula. Gray ne prese una e si affiancò a Kowalski.

Adesso la guardia aveva un lungo graffio sanguinante su una guancia. «Cristo, datele qualcosa!»

Gray le afferrò una ciocca di capelli, le inarcò il collo e le mise la capsula sotto il naso. Seichan scostò la testa, opponendo resistenza, ma lui le trattenne la capsula sul labbro superiore. Le grida deliranti cessarono, rimpiazzate da qualche strepito.

La donna alzò una mano per scacciarlo.

Lui rimase fermo dov'era.

«Basta...» tossì Seichan, afferrandogli il polso.

Gray rimase sorpreso dalla forza della sua stretta.

« Lasciami respirare. Mettimi giù. »

Gray rivolse un cenno del capo a Kowalski, che non se lo fece ripetere due volte. Mise Seichan in piedi ma la sostenne con un braccio sotto le spalle. Aveva sopravvalutato la forza della donna. Le gambe le cedettero e lei si aggrappò alle braccia robuste dell'uomo.

Stringendo gli occhi, si guardò intorno. Nell'espressione della donna, oltre al conflitto fra il dolore e gli effetti della morfina, Gray intravide un barlume di confusione.

Tornò subito a focalizzarsi su di lui. « Io... l'obelisco... »

Gray era stanco di sentir parlare di quello stramaledetto obelisco. « Lo recupereremo più tardi. Quando hai avuto l'incidente si è spezzato. L'ho lasciato a casa mia. »

Quelle parole parvero straziarla più della ferita. Ma, forse, il fatto che lui si fosse scordato dell'obelisco era stato un colpo di fortuna. Forse, anziché inseguirli, Nasser era andato a cercarlo.

Ascoltando di sfuggita la conversazione, sua madre si fece avanti. « State parlando di quella colonnina nera spezzata? » Diede dei colpetti alla borsa. « L'ho raccolta quando sono entrata a prendere le bende. Sembrava antica e forse di valore. »

Chiudendo gli occhi sollevata, Seichan annuì per entrambe le affermazioni. Chinò la testa, stremata. « Grazie a Dio. »

« Che cos'ha di tanto importante? » domandò Gray.

« Potrebbe... potrebbe salvare il mondo. Se non è già troppo tardi. »

Gray guardò la borsetta della madre, poi di nuovo Seichan. « Che accidenti vuoi dire? »

Lei agitò debolmente un braccio, di nuovo sul punto di perdere i sensi. « Troppo complicato. Ho bisogno del vostro aiuto... non posso... non da sola... dobbiamo fuggire... »

Il mento le ricadde sul petto mentre perdeva di nuovo conoscenza. Kowalski la sostenne con il fianco.

Gray era tentato di usare un'altra capsula di sali, ma temeva di affaticarla ulteriormente. Il sangue fresco le colava dalla fasciatura.

Sua madre parve giungere alla stessa conclusione. Indicò il sentiero. « Ormai non dovremmo essere molto lontani dall'ospedale. »

Gray rivolse lo sguardo al viottolo buio oltre il ponte. Era l'altro motivo per cui aveva attraversato i boschi con la Thunderbird in direzione nord, seguendo un suggerimento della madre. Dalla parte opposta del Glover-Archibold Park si estendeva il campus della Georgetown University. L'ospedale universitario costeggiava i margini della foresta. Ci lavoravano alcuni ex studenti della madre.

Se fossero riusciti a raggiungerlo...

Ma la loro destinazione era troppo ovvia?

C'erano migliaia di uscite dal parco, ma Nasser sapeva che le sue prede avevano con sé una donna gravemente ferita che aveva bisogno di immediata assistenza medica.

Era un rischio enorme, eppure Gray non sapeva come evitarlo.

Ricordò lo sguardo di Nasser mentre quel bastardo domandava dell'obelisco. Avido, spietato. Quando Gray gli aveva detto che l'obelisco era stato lasciato a casa sua, l'egiziano ci aveva creduto... Soprattutto perché ci credeva anche Gray. Ma cos'era più importante per quell'uomo: recuperare l'obelisco o cercare vendetta?

Si guardò intorno.

La vita di tutti dipendeva dalla risposta a quella domanda.

Ore 02.21

Mezz'ora più tardi, Painter camminava nervosamente per tutto l'ufficio, con un auricolare munito di microfono fissato all'orecchio. «Sono tutti morti?»

Lo schermo al plasma dietro di lui mostrava la ripresa diretta dell'incendio di tre case e di una sezione di parco limitrofa. Era stata un'estate secca, che aveva reso la foresta un attizzatoio. Le autopompe e i vigili del fuoco sciamavano nella zona separata dal cordone. I furgoni delle reti televisive stavano già alzando le antenne satellitari. In cielo circolava un elicottero della polizia, con il riflettore puntato verso il basso, in perlustrazione.

Ma era troppo tardi.

Fra i rottami non c'erano né la decappottabile che Gray aveva portato al rifugio né il furgone della Sigma. Gli incendi ritardavano ulteriori indagini.

L'unica notizia concreta era pessima. I cadaveri dei membri della vera squadra medica erano stati trovati in un campo abbandonato, tutti con un colpo sparato in testa. Painter aveva quattro cartelle sulla scrivania. Sprofondò nella poltrona. Oltre a tutto il resto, prima dell'alba avrebbe dovuto fare quattro telefonate difficili. Alle loro famiglie.

L'assistente di Painter, Brant, raggiunse la porta sulla sedia a rotelle. « Scusi, signore. »

Painter gli rivolse un cenno di assenso.

« C'è Sean McKnight in attesa sulla linea tre. È disponibile per una conferenza telefonica o una videoconferenza. »

Painter indicò con un pollice lo schermo in fiamme. « Per il momento ho visto abbastanza. Passami McKnight. » Si sfilò l'auricolare. Avrebbe potuto giurare che gli fosse stato impiantato chirurgicamente. Si girò verso lo schermo mentre la scena del disastro svaniva, rimpiazzata dal volto del suo capo.

Sean McKnight aveva fondato la Sigma, ma da allora era stato promosso a capo della DARPA. Painter gli aveva telefonato non appena Seichan era entrata in maniera dirompente nella vita di Gray. Sia per avere un consiglio sia per affidarsi alla sua esperienza. Ma anche per una ragione più pressante.

« Così la Gilda è di nuovo alle nostre porte... » esordì Sean. Si passò le dita fra i capelli tendenti al grigio. Era arruffato e dava l'idea che l'avessero appena tirato giù dal letto. Ma la camicia bianca era grinzosa e stazzonata. Sul bracciolo della poltrona c'era la giacca di un completo gessato. Pronto per una lunga giornata.

« La Gilda potrebbe essere già ben oltre le nostre porte », ribatté Painter. « A giudicare dagli indizi potrebbe già averle varcate. » Diede dei colpetti su una cartella dietro di sé. « Ha già letto il rapporto della situazione. »

« Evidentemente la Gilda era al corrente del rifugio. Sapeva che Gray era diretto lì con il loro agente disertore. Abbiamo una falla da qualche parte. »

«Temo che dovremo metterlo in conto.» Scosse la testa. Se fosse stato vero, era disastroso. Già una volta la Gilda si era infiltrata nella Sigma, ma Painter avrebbe giurato che adesso la sua organizzazione era pulita. Dopo la scoperta dell'ultima talpa, aveva bruciato la Sigma sino alle radici per ricostruirla dalle fondamenta, munendola di centinaia di protezioni e contromisure.

Tutto per niente.

Se c'era ancora una falla, le stesse fondamenta della Sigma potevano essere compromesse. Ciò avrebbe potuto significare lo scioglimento dell'organizzazione. Era già in corso una verifica interna, un'analisi costi-benefici della struttura di comando della Sigma: la scusa era voler unire tutti i servizi segreti statunitensi nell'ambito della Homeland Security, il dipartimento che si occupava della sicurezza nazionale americana.

Ma, cosa peggiore di tutte, c'era un costo ben più personale.

Painter aveva le quattro cartelle che attendevano sulla scrivania a ricordarglielo.

«Non è solo la nostra divisione a essere piagata dalla rete dei terroristi mercenari», continuò Sean. «Due mesi fa, l'MI6 ha scovato una cellula che si era infiltrata nelle operazioni segrete del progetto aerospaziale inglese nei pressi di Glasgow. Nell'operazione hanno perso cinque agenti. La Gilda è dappertutto e da nessuna parte. Qui in patria, la NSA e la CIA stanno ancora cercando di scoprire chi sia l'Osama della Gilda. Non sappiamo quasi niente del loro capo o dei loro principali giocatori. Non sappiamo neanche se si chiamano Gilda. Quell'appellativo si deve alla fantasia di un agente del SAS, ora morto. Eppure, a quanto pare, le varie cellule hanno assunto quel nome come proprio, prima per scherno, poi forse per comodità. Ecco quanto *poco* conosciamo di questa rete.»

Lasciò in sospeso le ultime parole.

Painter capì. «E adesso abbiamo un loro disertore.»

Sean sospirò. «Per anni abbiamo cercato di mettere un piede nell'organizzazione. Ho discusso diversi scenari. Ma nulla di così efficace come quello di avere un'agente, una dell'élite della Gilda, che ci cadesse in grembo. Dobbiamo proteggerla.»

« E la Gilda s'impegnerà con altrettanta diligenza per impedire che ciò accada. Per eliminarla, hanno deciso di rivelare la loro infiltrazione nella Sigma. Una scelta costosa. E, per portare avanti tutto ciò, hanno inviato il loro agente migliore e più inafferrabile. »

« Ho visto il video dell'uomo al rifugio e ho letto il suo dossier. »

Anche Painter l'aveva fatto. Il Macellaio di Calcutta. Non si sapeva da dove venisse realmente né da che parte stava. Di origine meticcia, in passato si era fatto passare per indiano, pakistano, iracheno, egiziano e libico. Se Seichan aveva una controparte maschile, era quell'uomo. « Abbiamo una pista. Siamo riusciti a captare il suo nome dalla ripresa video. Nasser. Ma non siamo riusciti a fare di più. »

Sean agitò una mano con gesto sprezzante. « Le sue identità sono numerose quanto i suoi omicidi. Si è lasciato dietro una scia di sangue in tutto il mondo, concentrata soprattutto in Africa e nel Medio Oriente. Anche se, di recente, ha operato nei Paesi del Mediterraneo. Lo strangolamento di un archeologo in Grecia, l'assassinio del curatore di un museo in Italia... »

L'attenzione di Painter si fissò di nuovo sullo schermo. « In Italia? Dove? »

« A Venezia. Il cadavere è stato trovato nelle prigioni sotto il Palazzo Ducale: gli avevano sparato. Nasser – o qualunque sia il suo vero nome – è stato visto nelle riprese del circuito di sorveglianza. »

Painter si strofinò il mento, con forza sufficiente da irritarsi la barba ispida. « Poco fa ho ricevuto una telefonata da monsignor Veroni, dal Vaticano. I dettagli dovrebbero essere nel rapporto. Ci sono ottime probabilità che in quei giorni Seichan stesse tentando anche qualche mossa in Italia. »

Gli occhi di Sean si strinsero. « È una coincidenza interessante. I due assassini in Italia. E adesso sono qui. Uno che dà la caccia all'altro. Due sicari, i migliori della Gilda. E, se non altro, Nasser ci ha portato Seichan fra le braccia. »

O piuttosto in quelle di Gray, corresse Painter tra sé. Ma conosceva bene il suo agente, sapeva come ragionava. Se c'era uno paranoico come lui, quello era Gray. La custodia poteva rivelarsi un problema.

«Signore, il comandante Pierce è in fuga. Dopo l'imboscata al rifugio, deve aver sospettato una falla come noi. Si è dato alla macchia con la donna, finché non giudicherà sicuro uscire allo scoperto.»

«Può darsi che non dovremo aspettare tanto. Non con il Macellaio di Calcutta che dà la caccia a entrambi.»

«Cosa devo fare?»

«Il comandante Pierce dev'essere riportato qui assieme alla donna. Non ho altra scelta se non quella di estendere la ricerca, contattare le autorità locali e l'FBI. Ho già ordinato di setacciare tutti gli ospedali e i centri medici. Non possiamo permettergli di nascondersi.»

«Signore, preferirei concedere al comandante Pierce un certo margine di libertà per risolvere la situazione. Più luce gli gettiamo addosso, più sarà probabile che attiri l'attenzione di Nasser.»

«Se è così, allora tenteremo di catturare *due* agenti della Gilda.»

Painter non riuscì a non far trapelare il proprio sconcerto. «Usando Gray come esca?»

Sean guardava fuori dallo schermo. Painter notò la rigidità della sua postura. Tornò anche a osservare la giacca e la camicia stazzonate. Di colpo, si rese conto di non essere stato il primo a parlare con McKnight quella notte.

«La decisione è stata presa dalla Homeland Security. E firmata dal presidente. Non ci saranno revoche.» Il tono di Sean si fece rigido. «Gray e quest'agente della Gilda devono essere trovati e portati al quartier generale.»

Painter non trovò le parole per obiettare. La scena era cambiata. Annuì lentamente. Avrebbe collaborato.

Eppure, in cuor suo, conosceva Gray.

In fuga, braccato da due parti, quell'uomo si sarebbe rivelato un osso duro.

Non si sarebbe fatto prendere tanto facilmente.

Ore 03.04

« Nell'atrio al piano di sotto c'è una caffetteria Starbucks », mormorò Kowalski. « Forse a quest'ora è aperta. Qualcuno vuole una tazza di caffè? »

« Ce ne restiamo fermi qui », replicò Gray.

Kowalski scosse la testa. « Scherzavo, cazzo. Era una battuta. »

Ignorandolo, Gray continuò a esaminare l'obelisco spezzato di Seichan. Erano radunati nella piccola reception di uno studio odontoiatrico. Accanto al suo gomito, una lampada da tavolo illuminava lo spazio angusto: riviste vecchie di mesi, acquerelli anonimi, un ficus anemico, un televisore scuro a parete.

Quaranta minuti prima, il gruppo aveva seguito il sentiero sino ai margini del Glover-Archbold Park. Culminava in una strada che separava il parco dal campus della Georgetown University. A quell'ora non c'era traffico. Avevano attraversato di corsa la strada, sgusciando fra due edifici bui, e avevano raggiunto il padiglione odontoiatrico dell'università. L'ospedale vero e proprio sorgeva poco oltre, tutto illuminato. Non avevano osato uscire così allo scoperto.

Perciò si erano organizzati in maniera diversa.

Kowalski imprecò sommessamente e incrociò le braccia, evidentemente annoiato, ma ancora sul chi vive. Adesso, tutti erano in attesa.

« Come mai ci vuole così tanto? » grugnì l'uomo.

Gray aveva saputo che era un ex ufficiale della marina. Era stato reclutato dalla Sigma dopo aver collaborato a un'operazione in Brasile, non come agente, ma come gorilla. Mentre attendevano, aveva cercato di mostrare a Gray le cicatrici della missione, ma lui aveva declinato. Quell'uomo non riusciva a tenere la bocca chiusa. Non c'era da stupirsi che l'avessero messo a fare la guardia. Da solo.

Ma i continui commenti di Kowalski non restavano inascoltati.

Dall'altra parte della sala, il padre di Gray giaceva sdraiato su tre sedie, con gli occhi chiusi, ma senza dormire. Ci voleva uno sforzo per mantenersi tanto accigliato.

« Quindi sei una specie di spione scientifico », aveva detto suo padre, in precedenza. « Figuriamoci... »

Gray non sapeva ancora che cosa intendesse con quelle parole, ma non era il momento di affrontare la questione. Prima fosse riuscito a far curare Seichan e ad allontanarsi dai genitori, meglio sarebbe stato per tutti.

Gray continuò la sua analisi. Rigirò l'obelisco, studiandone ogni superficie. La pietra nera era antica, butterata e piena di solchi, ma per il resto anonima. Sembrava egizia, anche se quella non era la sua sfera di competenza. Persino la sua valutazione sull'origine dell'oggetto poteva essere influenzata dall'accento egiziano dell'assassino.

Ma una caratteristica della pietra dell'obelisco era decisamente innaturale.

Voltò la sezione superiore. Dalla base spuntava una sbarra d'argento, spessa all'incirca come il suo mignolo. La toccò. Gray intuì che era la proverbiale punta dell'iceberg.

Nel cuore dell'obelisco era stato nascosto qualcosa. Scrutando più attentamente l'estremità spezzata, riuscì a scorgere una vecchia linea di giunzione nella pietra, invisibile dall'esterno. In realtà l'obelisco era costituito da due frammenti di marmo incollati a regola d'arte, che nascondevano qualcosa al loro interno.

Ricordò le parole di Seichan.

Potrebbe salvare il mondo. Se non è già troppo tardi.

Qualunque cosa intendesse, era sufficientemente importante da spingerla a tradire la Gilda e ad andare a cercarlo.

Aveva bisogno di risposte.

Il cigolio della porta attirò la sua attenzione. Era sua madre, che si sfilò una mascherina chirurgica dal viso.

Gray si alzò.

« È stata molto fortunata », disse la donna. « Abbiamo cauterizzato la ferita e le abbiamo agganciato una seconda sacca di sangue. Secondo Mickie, si rimetterà. Sta terminando di fasciarla. »

Mickie era il dottor Michael Corrin, un ex collaboratore di sua madre che si era iscritto a medicina. Il loro rapporto era tanto solido e basato sulla fiducia da giustificare una chiamata notturna a casa sua e un incontro segreto. Un rapido esame a ultrasuoni aveva rivelato la prima buona notizia della notte. Il proiettile non aveva perforato la cavità addominale di Seichan. Il colpo era passato solo lateralmente all'osso pelvico.

«Quando possiamo muoverla?» domandò Gray.

«Mickie preferirebbe che restasse qui almeno per qualche ora.»

«Non abbiamo tanto tempo.»

«Gliel'ho spiegato.»

«È sveglia?»

Un cenno di assenso. «Dopo la prima trasfusione, è diventata sempre più reattiva. Mickie l'ha bombardata di antibiotici e analgesici. Si è già alzata a sedere.»

«Allora bisogna andare.» Gray passò risoluto accanto alla madre. Aveva assistito all'esame a ultrasuoni, ma era stato cacciato via quando il medico si era messo al lavoro sulla ferita. Nessuna obiezione aveva fatto cambiare idea al medico.

A Gray non piaceva l'idea di perdere di vista Seichan, così si era allontanato con l'obelisco rotto. Senza quell'oggetto, Seichan non sarebbe andata da nessuna parte.

Gray imboccò il corridoio, seguito dalla madre. Raggiunse l'ambulatorio e per poco non urtò contro il dottor Corrin, che stava uscendo.

Il giovane medico era alto quasi quanto Gray, ma aveva i capelli biondo cenere e radi. Un filo di barba curata gli disegnava la mascella. «Si è strappata il catetere e mi ha chiesto di chiamarla. Vuole anche una luce ultravioletta.» Indicò con una mano il retro dell'ufficio. «Mio fratello ne usa una per i compositi dentari. Torno subito.»

Gray entrò nella stanza.

Seichan era seduta su una poltrona odontoiatrica e gli rivolgeva la schiena nuda, intenta a infilarsi a fatica una T-shirt dei Redskins. Anche se gli dava le spalle, Gray notò che stava faticando. Era costretta ad aggrapparsi al bracciolo della poltrona.

La signora Pierce le si affiancò. «Lasci che l'aiuti. Non può farcela da sola.»

Seichan resistette. «Ci penso io.» Alzò un braccio, ma sobbalzò con un rantolo.

« Basta così, signorina. »

La madre di Gray si spostò al suo fianco e l'aiutò ad abbassarsi la maglietta sui seni nudi e sul petto fasciato. Voltandosi, Seichan scoprì la presenza di Gray. Si accigliò, imbarazzata. Ma lui sospettava che l'imbarazzo non dipendesse dal fatto di essere stata colta seminuda, quanto invece di mostrarsi debole.

Si alzò lentamente e il volto s'irrigidì dal dolore. Appoggiandosi alla poltrona, si riabbottonò i pantaloni, ancora stretti ai fianchi. « Devo parlare con suo figlio. »

La madre gli lanciò uno sguardo. Gray le rivolse un cenno del capo.

In fondo al corridoio, si udì il rumore soffocato di un televisore. A quanto pareva, Kowalski aveva trovato il telecomando.

Rimasti soli, Gray e Seichan si fissarono. Nessuno dei due parlò, approfittando del momento per studiare l'altro.

Il dottor Corrin comparve sulla soglia con una lampada portatile. « È tutto ciò che abbiamo. »

« Andrà benissimo. » Seichan tentò di allungarsi per prenderla, ma le tremava la mano.

Gray afferrò la lampada, tenendo nell'altra mano i frammenti dell'obelisco. « Ci servirà un minuto. »

« Certo. » Il dottor Corrin seguì a ruota la madre di Gray, percependo la tensione nella stanza.

Gli occhi di Seichan non avevano mai lasciato il volto di Gray. « Mi dispiace di aver messo a rischio la tua famiglia. Ho sottovalutato Nasser. » Si toccò con circospezione la ferita fasciata. Il tono si fece acido. « Non commetterò di nuovo quest'errore. Pensavo di averlo seminato in Europa. »

« E invece no », ribatté Gray.

Gli occhi della donna si strinsero. « *No,* perché il comando della Sigma è compromesso. La Gilda ha usato le vostre fonti per rintracciarmi e scoprirmi. La colpa non è soltanto mia. »

Gray non aveva nulla da ribattere.

La donna si toccò la fronte quasi avesse dimenticato qualcosa, ma Gray sospettava che stesse prendendo tempo, soppesando che cosa dire e che cosa omettere. « Devi avere un migliaio di domande... »

«Solo una: che accidenti sta succedendo?»

Lei inarcò il sopracciglio sinistro. Un gesto stranamente familiare, un ricordo del loro passato condiviso. «Per rispondere a questa domanda, dobbiamo partire da quello.» Indicò l'obelisco. «Se lo posi sul tavolo degli strumenti...»

Gray obbedì, mettendo il frammento spezzato in equilibrio sulla base.

«La lampada», disse lei.

Un istante più tardi, dopo aver spento le luci, Gray si chinò a studiare le file di caratteri illuminati che brillavano sulla pietra nera.

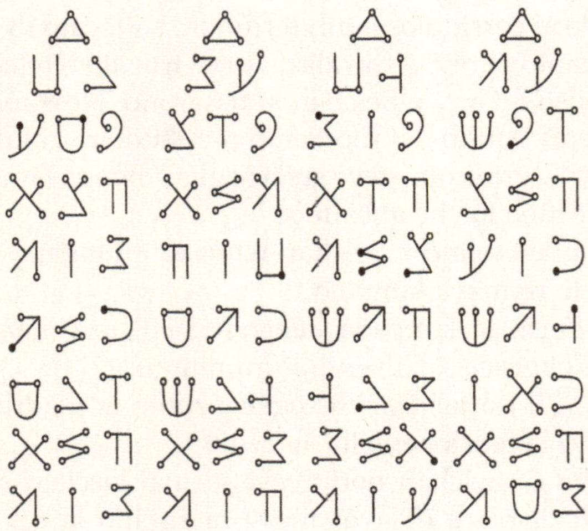

Non riconobbe nessun geroglifico o runa che avesse già visto. Lanciò un'occhiata alla donna. Le sclere degli occhi di Seichan balenavano al fascio di luce ultravioletta.

«Quella che hai di fronte è una scrittura *angelica*», disse lei. «La lingua degli angeli.»

La fronte di Gray si corrugò per l'incredulità.

«Lo so, è una follia. L'origine della scrittura risale all'antico misticismo ebraico. Se vuoi saperne di più...»

«Taglia corto. Preferirei sapere cosa intendevi quando hai detto che l'obelisco potrebbe salvare il mondo.»

La donna distolse per un attimo lo sguardo, poi gli occhi

guizzarono su di lui. «Gray, ho bisogno del tuo aiuto. Devo fermarli, ma da sola non posso farlo.»

«Cosa non puoi fare da sola?»

«Mettermi contro la Gilda. Quello che hanno in mente...» In lei balenò di nuovo quel lampo di terrore.

La prima volta che Gray l'aveva incontrata, Seichan stava tentando di far esplodere una bomba all'antrace su Fort Detrick. Visto che era tanto spietata, che cosa poteva spaventarla adesso?

«In passato ti ho aiutato», continuò lei, giocando la carta del senso di colpa.

«Per sconfiggere un nemico comune», ribatté lui. «E per salvare la pelle a tutti e due.»

«Ed è quello che sto cercando di fare di nuovo. Collaborare per sgominare un nemico comune. E questa volta non c'è solo a rischio la mia vita. Ne sono minacciate centinaia di milioni. Ed è già cominciata. I semi sono stati piantati.» Rivolse un cenno alla scritta luminosa dell'obelisco. «Ciò che può fermare la Gilda è nascosto in quell'enigma. Se riuscissimo a risolverlo prima noi, potrebbe esserci qualche speranza. Ma da sola sono arrivata fin dove posso. Mi occorre qualcuno più competente.»

«Forse, se coinvolgessimo tutta la Sigma...»

«Consegneresti la vittoria in mano alla Gilda. Alla Sigma c'è una talpa. Quello che sa la Sigma, la Gilda verrà a saperlo.»

Aveva ragione. Era preoccupante, a dir poco.

«Quindi proponi di cavarcela da soli. Solo noi due.»

«E un altro, se collaborerà.»

«Chi?»

«Quando si tratta di religione e archeologia, mi viene in mente una sola persona.»

Gray intuì subito a chi si stava riferendo. «Vittorio.»

Lei annuì. «Ho lasciato a monsignor Veroni un biglietto da visita, un enigma che dovrà cominciare a risolvere da solo. Se tu collabori, continueremo.» La donna toccò l'obelisco. «Fino al passo successivo sulla strada angelica.»

«E dove sarebbe?»

Lei scosse di nuovo la testa. Di certo non stava facilitando le cose. «Te lo dirò quando saremo lontani da qui. Perché è il caso che ce ne andiamo. Più restiamo nello stesso posto, maggiore sarà il rischio di essere scoperti.»

Tese la mano verso l'obelisco.

Gray la precedette. Staccò la parte più ampia del manufatto spezzato e la sollevò sopra la testa. Ne aveva abbastanza.

«Distruggilo pure, se vuoi», lo avvertì Seichan. «Io comunque non ti dirò nient'altro. Finché non saremo al sicuro e tu non avrai accettato di aiutarmi.»

«Immagino che tu abbia già realizzato qualche copia dell'iscrizione, probabilmente anche delle fotografie.»

«Diverse, a essere sinceri.»

«Ottimo.» Scagliò l'obelisco sul pavimento. La pietra si spaccò in diversi frammenti, che rimbalzarono sul linoleum.

A Seichan sfuggì un'esclamazione di sorpresa: non aveva idea di ciò che nascondeva l'obelisco.

«Cos'hai fatto?»

Gray si chinò a frugare tra i cocci, recuperando il frammento d'argento: lo strinse fra le dita e per un istante tacque sbalordito.

Poi alzò il crocefisso d'argento.

Seichan si piegò per avvicinarsi, dimentica di ogni dolore. «Non può essere. L'hai trovata.»

«Cos'ho trovato?»

«La croce di frate Agreer.» Abbassò la voce, irritata e mortificata. «L'ho avuta sempre con me...»

«Chi è frate Agreer?»

«Frate Antonio Agreer. Il padre confessore di Marco Polo.»

Marco Polo?

Stanco degli enigmi e delle dichiarazioni a metà, Gray ribatté bruscamente: «Seichan, che cavolo sta succedendo?»

«Dobbiamo andare.»

Gray si rifiutò di muoversi, bloccandola.

Lo sguardo di Seichan si fece duro. «Cerca di ragionare, maledizione. Non ho tempo.» Lo scostò.

Lui le afferrò il braccio. «E cosa m'impedisce di consegnarti alla Sigma?»

«Perché non sei stupido, Gray! Se la Gilda mi trova, sono morta. Se il tuo governo mi cattura, sarò incarcerata a vita e non potrò fermare ciò che sta per accadere. Ecco perché sono venuta da te. Ma, d'accordo, come vuoi. Addolcirò la pillola. Facciamo un affare. Tu mi aiuti e convinci Vittorio a fare lo stesso e io ti dirò il nome della talpa alla Sigma. Se salvare delle vite non è sufficiente... Sappi che alle porte della Sigma ci sono già i lupi. Tu potrai anche non saperlo, ma i poteri governativi stanno cercando di castrarvi, di mettervi tutti a riposo, e adesso che nelle vostre file è nascosta una talpa, una *seconda* talpa, vi faranno definitivamente fuori. Fine della Sigma, per sempre. »

Gray si accorse di vacillare. A dire il vero aveva sentito delle voci in merito, alimentate dall'indagine interna della NSA e della DARPA. Ma ricordava anche una Seichan diversa, china su di lui, che gli puntava la pistola in pieno volto. La prima volta che si erano incontrati aveva cercato di ucciderlo. Sino a che punto poteva fidarsi di lei?

Prima che lo stallo potesse risolversi, dalla sala d'attesa proruppe un grido. « Pierce! Vieni a vedere! »

Gray maledisse Kowalski. Quell'uomo conosceva il significato della parola *segretezza*?

Incrociò lo sguardo di Seichan. La donna stava ancora ardendo di rabbia, ma quell'atteggiamento non cancellava ciò che lui aveva percepito nella sua voce all'inizio, quando stava sanguinando sul viale di casa. Terrore.

Gray prese il giubbotto e glielo porse. « Per adesso faremo a modo tuo. Ma è tutto ciò che ti prometto. »

Lei annuì.

« Comandante! »

Scuotendo la testa, Gray uscì dalla stanza e udì il volume alto del televisore. Stringendo ancora il crocefisso d'argento nel palmo della mano, lo intascò prima di entrare nella sala.

Gli altri stavano tutti guardando la televisione. Gray notò il logo familiare della CNN. Sullo schermo, tre case bruciavano ai margini dell'incendio di una foresta.

« ... *probabile incendio doloso* », stava dicendo il giornalista. « *Ripetiamo, la polizia sta cercando quest'uomo. Grayson Pierce. Residente a Washington.* »

All'angolo dello schermo comparve una fotografia di Gray in divisa, i capelli neri a spazzola, lo sguardo accigliato, la bocca severa. Era la foto segnaletica che gli avevano scattato quando era stato incarcerato a Leavenworth. Una foto non certo lusinghiera. Aveva l'aria di un efferato criminale.

Il padre grugnì al suo fianco. « A quanto pare, il tuo passato ti ha appena morso le chiappe. »

Gray si concentrò sul notiziario.

« *Per il momento, la polizia definisce questo ex ranger dell'esercito 'una persona informata sui fatti'. Nient'altro. È ricercato esclusivamente per essere interrogato. La polizia chiede a chiunque sappia dove si trovi di contattare subito le autorità.* »

Kowalski azzerò il volume.

Il dottor Corrin indietreggiò dal gruppo. « Alla luce di tutto questo, non posso restare più in silenzio e... »

Kowalski puntò il telecomando verso il medico. « Abbiamo fatto trenta, facciamo trentuno, dottore. Favoreggiamento. Tenga la bocca chiusa o può dire addio alla sua carriera. »

Corrin sbiancò e indietreggiò di un altro passo.

La madre di Gray tese la mano e toccò il braccio del medico con aria rassicurante. « Sciocchezze. » Lanciò uno sguardo di rimprovero a Kowalski. « E lei smetta di spaventarlo. »

« Qualcuno sta cercando semplicemente di stanarci », affermò Gray.

« Ma non ha senso », obiettò sua madre. « Al rifugio ho parlato al telefono con Painter Crowe. Sa che ci hanno teso un'imboscata. Perché permette la diffusione di queste menzogne? »

La risposta giunse dalle loro spalle. « Perché in realtà è me che vogliono. » Seichan entrò nella sala. Si era infilata il giubbotto. « Non vogliono rischiare che io gli sfugga dalle mani. »

Gray si voltò a guardare gli altri. « Ha ragione. Stanno stringendo il cappio. Dobbiamo andarcene subito. »

Dopo essere stato rimproverato dalla madre di Gray, Kowalski aveva raggiunto l'unica finestra, sbirciando dalle tapparelle. « Amici, abbiamo compagnia. »

Gray lo raggiunse. La finestra si affacciava sull'ospedale. S'intravedeva la curva dell'area ambulanze. Quattro auto della polizia comparvero sbandando, silenziose, le luci roteanti. Le autorità locali avevano cominciato a setacciare gli ospedali. « Dottor Corrin, le abbiamo già chiesto parecchio, ma temo che dovrò chiederle qualcos'altro. Può portare i miei genitori in un luogo sicuro? »

« Gray... » fece sua madre.

« Mamma, niente discussioni. » Continuò a fissare il medico.

Corrin annuì lentamente. « Possiedo qualche appartamento affittato. Al momento, uno ammobiliato a Dupont Circle è libero. Nessuno penserebbe a cercare lì i suoi genitori. »

Era un'ottima scelta.

« Papà, mamma, niente comunicazioni con l'esterno, non usate carte di credito. » Si rivolse a Kowalski. « Puoi vegliare su di loro? »

Kowalski curvò le spalle, evidentemente deluso. « Basta con gli incarichi da gorilla, maledizione. »

Gray cominciò a impartire degli ordini, ma sua madre lo interruppe. « Sappiamo badare a noi stessi, figliolo. Seichan è ancora malridotta. A differenza nostra, potresti aver bisogno di altre due braccia. »

« E la palazzina dispone di ottime misure di sicurezza », aggiunse il dottor Corrin, un po' troppo bruscamente. « Guardiani, telecamere, allarmi antipanico. »

Gray sospettava che il medico offrisse il suo aiuto non tanto per proteggere i genitori quanto per tenere lontano Kowalski dalla sua proprietà. Persino in quel momento, il dottor Corrin faceva di tutto per restargli lontano di qualche passo.

E comunque sua madre aveva ragione. Con Seichan indebolita, potevano aver bisogno della forza di quell'uomo. Rappresentava il braccio della Sigma, dopotutto. A quel punto era meglio impiegarlo.

Kowalski doveva aver intuito qualcosa nello sguardo di Gray. « Era ora. » Si sfregò le mani. « Allora diamo inizio ai festeggiamenti. Per prima cosa, avremo bisogno di armi. »

« No, per prima cosa abbiamo bisogno di un'auto. » Gray si rivolse di nuovo al dottor Corrin.

Il medico non esitò. Estrasse un mazzo di chiavi. « Parcheggio riservato ai medici. Posto 104. Una Porsche Cayenne bianca. » Era più che felice di separarsi dalla loro compagnia.

A differenza di un'altra persona.

Sua madre lo abbracciò forte e gli mormorò all'orecchio:

« Abbi cura di te, Gray ». La voce si ridusse a un sussurro. « E non fidarti di lei... »

« Non preoccuparti... »

« Una madre si preoccupa sempre. »

Continuando a tenerla abbracciata, le sussurrò un'ultima istruzione, indirizzata solo alle sue orecchie. Lei annuì e, con una stretta finale, lo lasciò andare.

Gray si voltò e scoprì la mano tesa del padre. La strinse. Era fatto così. Niente abbracci. Era un texano.

Il padre si rivolse a Kowalski. « Non gli lasci fare delle stupidaggini. »

« Farò del mio meglio. » Kowalski indicò la porta. « Siamo pronti? »

Voltandosi per andarsene, il padre di Gray piazzò una mano sulla spalla del figlio e gli diede una stretta vigorosa, seguita da una pacca di arrivederci. Era la cosa più vicina a un *ti voglio bene* che Gray avesse ricevuto da lui. E lo rincuorò più di quanto non volesse ammettere.

Senza un'altra parola, condusse gli altri all'esterno.

Ore 03.49

« Ancora nessuna novità sulla posizione del comandante Pierce », riferì Brant sull'interfono. Painter era seduto alla scrivania. L'assenza di notizie lo scoraggiava e, nello stesso tempo, lo sollevava. Prima che potesse riflettere sulle proprie sensazioni, Brant proseguì. « È appena arrivato il dottor Jennings. »

« Fallo entrare. »

Il dottor Malcom Jennings, responsabile del settore Ricerca e Sviluppo, aveva chiamato mezz'ora prima, impaziente di incontrarsi con lui, ma Painter era stato costretto a rimandare per via della crisi al rifugio. Anche adesso, poteva concedergli soltanto cinque minuti.

La porta si aprì e Jennings entrò nell'ufficio a passi risoluti, una mano già alzata. « Lo so che sei occupato, ma questo non poteva aspettare. »

Painter gli indicò la poltrona di fronte alla scrivania.

L'ex patologo forense, alto e allampanato, si sedette sul bordo, chiaramente agitato. Stringeva una cartella di documenti. Jennings, vicino ai sessant'anni, faceva già parte della Sigma prima che Painter fosse nominato direttore. Si aggiustò gli occhiali a mezzaluna azzurrati, per prevenire l'astenopia durante l'uso del computer. Mettevano anche in risalto la sua carnagione olivastra e i capelli tendenti al grigio, conferendogli una fascinosa aria intellettuale. Ma in quel momento il patologo aveva l'aria semplicemente sfinita per la lunga notte, anche se negli occhi gli balenava una luce di smaniosa eccitazione.

«Immagino che questa riunione riguardi i file che Lisa ha trasmesso dall'isola», esordì Painter.

Jennings annuì e aprì la cartella. Fece scivolare due fotografie, dei macabri scatti che ritraevano le gambe di un uomo, apparentemente incancrenite. «Ho esaminato sia le annotazioni del tossicologo sia quelle del batteriologo. I batteri epiteliali di questo paziente sono diventati di colpo virulenti, sino a consumare i tessuti molli delle gambe. Non ho mai visto niente di simile.»

Painter studiò le foto, ma, prima di poter rivolgere una domanda, il dottore si era di nuovo alzato e aveva preso a camminare.

«So che all'inizio abbiamo attribuito una bassa priorità al disastro indonesiano, giudicandolo una semplice operazione di raccolta fattuale. Ma, alla luce di queste scoperte, dobbiamo passare a un livello superiore. E subito. Sono venuto qui di persona a richiedere un avanzamento dello scenario allo Stadio Critico di Livello 2.»

Painter si raddrizzò sulla sedia. Tale classificazione avrebbe significato un massiccio trasferimento di risorse.

«Per esaminare la zona ci occorrono più di due persone», continuò Jennings. «Voglio un intero team forense sul posto il più presto possibile, anche se dovremo appoggiarci all'esercito.»

«Non credi che sia una decisione precipitosa? Monk e Lisa si metteranno in contatto con noi fra poco più di tre ore. Potremo studiare una strategia allora, quando disporremo di una quantità superiore d'informazioni.»

Jennings si sfilò gli occhiali e si strofinò un occhio con una nocca. « Non credo di essermi spiegato. Se le congetture preliminari dei tossicologi si rivelassero fondate, potremmo trovarci di fronte a un disastro ecologico in grado di alterare l'intera biosfera terrestre. »

« Malcom, non credi di esagerare? Quei risultati sono preliminari. Sono quasi tutte semplici congetture. » Painter accennò alle fotografie. « Potrebbe trattarsi di un evento tossico già concluso. »

« Anche in quel caso, raccomanderei di distruggere quell'isola con delle bombe incendiarie e di isolare i mari circostanti per diversi anni. » Fissò intensamente Painter. « E, se in un modo o nell'altro questa minaccia si rivelasse trasmissibile, stiamo parlando di una potenziale catastrofe ambientale globale. »

Painter fissò il patologo a bocca aperta. Jennings non era uno che gridava al lupo.

« Ho accumulato tutti i dati necessari e redatto un breve sommario. Leggilo e richiamami. Prima è, meglio è. » E lasciò la cartella sulla scrivania di Painter.

« Lo farò subito e ti richiamerò fra mezz'ora. »

Jennings annuì, con aria di gratitudine e sollievo. Si voltò per andarsene, ma non prima di aggiungere un ultimo avvertimento. « Tienilo a mente: non sappiamo ancora per certo cos'abbia causato l'estinzione dei dinosauri. »

Con quell'inquietante riflessione, il patologo lasciò l'ufficio. Gli occhi di Painter si posarono sulle raccapriccianti fotografie ancora sulla scrivania. Pregò che Jennings si sbagliasse. Con tutto il caos delle ultime ore, si era quasi dimenticato dell'emergenza nelle isole indonesiane.

Quasi.

Per tutta la notte, Lisa non era mai stata lontana dalla sua mente.

Ma adesso sbocciavano nuovi timori, innescati dall'insistenza del patologo. Cercò di non farsi sopraffare. Nel corso della notte, Lisa non aveva fatto altri rapporti. A quanto pareva, la situazione laggiù non si stava aggravando al punto da giustificare un'altra chiamata di emergenza.

Eppure...

Painter premette il pulsante dell'interfono. « Brant, puoi fare uno squillo al telefono satellitare di Lisa? »

« Subito. »

Painter aprì la cartella. Mentre cominciava a leggere il rapporto, un brivido di terrore gli salì lungo la schiena.

« Direttore, continua a rimandarmi alla casella vocale. Vuole che lasci un messaggio? »

Painter guardò l'orologio. La sua chiamata era in anticipo di qualche ora. Lisa poteva essere impegnata in mille attività. Tuttavia dovette sforzarsi di controllare l'agitazione.

« Lasciale detto di chiamare il prima possibile. »

« Va bene, signore. »

« E, Brant, contatta il centralino della nave. »

Sapeva di essere paranoico. Tentò di rimettersi al lavoro sul dossier, ma trovava difficile concentrarsi.

« Signore... » La voce di Brant tornò un istante dopo. « Ho raggiunto il centralino in banda marina. Riferiscono di avere dei problemi di comunicazione a bordo, qualche caduta nella trasmissione satellitare. Stanno ancora cercando di risolvere degli errori di programmazione negli strumenti. »

Painter annuì. Quando era stata requisita per quell'emergenza medica, la *Mistress of the Seas* era nel suo viaggio inaugurale, noto anche come navigazione di rodaggio.

« Non riferiscono altri problemi più seri », terminò Brant.

Painter sospirò. Dunque era davvero troppo paranoico. Stava permettendo ai sentimenti che provava per Lisa di offuscare il suo raziocinio. Se si fosse trattato di un altro agente, forse, non avrebbe neanche telefonato.

Tornò alla lettura.

Lisa stava bene.

E, inoltre, Monk era con lei. L'avrebbe protetta.

6

PESTILENZA

A bordo della Mistress of the Seas,
5 luglio, ore 15.02

Lisa era con gli altri tre scienziati. Erano radunati nella suite presidenziale. Un maggiordomo in livrea versava whisky di malto in una fila di calici a tulipano, allineati su un vassoio d'argento. A Painter piaceva il whisky di malto, e Lisa riconobbe l'etichetta della bottiglia: un raro Macallan invecchiato sessant'anni. Le mani del maggiordomo tremavano, e spesso il whisky non finiva nel bicchiere. Quella goffaggine era causata dalla presenza dei due sicari mascherati, armati di fucili d'assalto. Montavano di guardia alle doppie porte che conducevano alla suite. Dall'altra parte della stanza, le portefinestre si aprivano su una terrazza tanto spaziosa che ci si sarebbe potuto parcheggiare un autobus, controllata da un altro uomo armato.

All'interno, l'enorme suite era arredata con mobili di tek e divani in pelle. L'impianto stereo mormorava sommessamente una sonata di Mozart. Gli scienziati erano raccolti al centro della stanza.

Poco prima, Lisa e Henri Barnhardt avevano obbedito all'ordine dei sequestratori. Cos'altro potevano fare? Sul ponte di comando avevano trovato il dottor Lindholm, con il naso che perdeva sangue, chiaramente colpito in pieno viso. Benjamin Miller, l'esperto in malattie infettive, era giunto poco dopo.

Quindi avevano incontrato un uomo imponente, il capo dei pirati. Aveva la stazza di un giocatore di football americano, tutto muscoli, con mani enormi e brutali. Indossava una divisa coloniale e dei pantaloni mimetici infilati negli stivali neri. Non si era preso neanche la briga di portare una maschera. Aveva i capelli color fango tagliati corti e la pelle brunita, a parte un tatuaggio verde e nero sul lato sinistro del volto. Era un disegno maori noto come Moko, un intrico di linee e ghirigori.

Aveva ordinato a tutti di entrare in quella suite e di attendere.

Lisa era rimasta stupita di trovare nella lussuosa cabina un ultimo prigioniero. Ryder Blunt, il proprietario della nave, era accanto al suo maggiordomo e raccoglieva i bicchieri di cristallo. Vestito in jeans e maglietta da rugby, assomigliava a un giovane Sean Connery abbronzato.

L'uomo li raggiunse e distribuì il whisky. « Credo che del Macallan caldo farà bene a tutti », disse, fra un tiro e l'altro del mozzicone fumante d'un sigaro. « Anche solo per rinsaldare i nervi. E, se non per quello, almeno ci scoleremo le mie migliori riserve prima che le scoprano quegli sporchi bastardi. »

Come quasi tutti, Lisa conosceva la storia di Ryder. Quarantottenne, l'australiano aveva fatto fortuna durante il boom informatico, sviluppando dei software criptati per scaricare materiale protetto da copyright. Quindi aveva reinvestito i profitti in una serie di fortunatissime speculazioni immobiliari e commerciali, comprese le navi da crociera. Scapolo impenitente, era anche noto per la sua eccentricità: nuotava con gli squali bianchi, praticava sci estremo nei luoghi più sperduti del mondo e il base jumping dai grattacieli di Kuala Lumpur e Hong Kong. Eppure era anche promotore di una marea di progetti filantropici.

Quindi non c'era da stupirsi che avesse prestato la sua nave per garantire assistenza in quella crisi sanitaria. Anche se, adesso, con il senno di poi, era probabile che si fosse pentito della propria generosità.

Offrì un bicchiere di whisky a Lisa. Lei scosse la testa.

« Ragazza, senza offesa », grugnì lui, continuando a tenderle il bicchiere di cristallo. « Chissà quando avrai di nuovo la possibilità di farlo. »

Lei accettò il bicchiere, soprattutto per farlo allontanare. Il fumo del sigaro le faceva bruciare gli occhi. Sorseggiò il liquido ambrato. Un'incandescente morbidezza le defluì nel ventre, scaldandola. L'aiutò a stabilizzarsi.

Una volta distribuiti i drink, il miliardario si lasciò cadere su una poltrona. Appoggiò i gomiti sulle ginocchia, lanciando delle occhiatacce alle guardie armate.

A fianco di Lisa, Henri rivolse infine la domanda che tormentava tutti. «Che cosa vogliono da noi questi pirati?»

Lindholm sbuffò, gli occhi arrossati, già lividi per via del pugno in faccia. «Tenerci in ostaggio.» Lanciò un'occhiata in tralice al miliardario.

«Forse nel caso di Sir Ryder», concordò Henri, abbassando la voce, usando il suo titolo di cavaliere. «Ma perché noi? Tutti i nostri stipendi messi assieme sono spiccioli in confronto.»

Lisa scacciò dal volto il fumo del sigaro. «È chiaro che vogliono qui riuniti tutti i principali scienziati. Ma come facevano a sapere chi chiamare?»

«Potrebbero aver ottenuto la lista dei passeggeri dai membri dell'equipaggio», disse Lindholm, in tono amaro. Lanciò un'altra occhiata torva a Ryder. «Non c'è dubbio che alcuni di loro siano in combutta con i predatori.»

Ryder lo udì e mormorò: «E, se mai scoprirò chi sono, li farò appendere ai pennoni della nave».

«Ma, aspettate... Se volevano gli scienziati, perché il dottor Graff non è con noi?» domandò Benjamin Miller. Poi si rivolse a Lisa. «O il suo collega, il dottor Kokkalis. Perché chiamare noi e non gli altri?» L'uomo sorseggiò il whisky, storcendo il naso per la forza del malto. Il batteriologo laureato a Oxford non era un brutto uomo, con i suoi folti capelli ramati e gli occhi verdi. Superava di poco il metro e sessanta, ma sembrava ancora più basso per via delle spalle curve e della postura gobba, probabilmente dovuta a decenni di lavoro al microscopio.

«Il dottor Miller ha ragione», concordò Henri. «Perché non sono stati chiamati?»

«Forse quei bastardi sapevano che non erano a bordo», ribatté Lindholm.

«O forse sono già stati catturati.» Miller fece una pausa. «O uccisi.»

Il petto di Lisa si strinse per la preoccupazione. Aveva sperato che Monk fosse sfuggito alla trappola e che in quel momento stesse addirittura chiamando aiuto, ma non doveva farsi illusioni. Prima dell'attacco, Monk era già in ritardo nel tornare alla nave.

Henri scosse la testa e trangugiò il whisky in un sol sorso. Si abbassò gli occhiali. « Inutile congetturare sul loro destino. Ma, se i nostri carcerieri sapevano che i nostri colleghi erano fuori sul campo, questo suggerisce che siamo vittime di un rapimento. »

« Ma che cos'altro potrebbero volere? » domandò Miller.

Il rumore di un elicottero in avvicinamento attirò gli sguardi di tutti verso le portefinestre della terrazza. Il rumore era troppo gutturale per essere il piccolo Eurocopter che aveva fornito supporto aereo alla battaglia in mare. Si spostarono in gruppo sulla soglia. Con un'ardente esalazione di fumo, Ryder si alzò e li raggiunse.

Dal mare soffiava una brezza fresca, fragrante di sale e di una flebilissima traccia di miasmi chimici, dovuti alla nube tossica o forse soltanto all'olio che bruciava sull'acqua. Nelle vicinanze, la lancia della Guardia Costiera australiana, distrutta dall'esplosione di un razzo, era mezza affondata.

Dalla sommità della nave s'inclinò un elicottero grigio munito di doppio rotore anteriore e posteriore, un modello militare. Virò sull'acqua, agitando il fumo. Si diresse verso il porto, ormai in fiamme in diversi punti, quindi, soddisfatto di ciò che aveva visto, invertì la rotta. Tornò a sfrecciare verso la nave e scomparve dalla vista. A giudicare dal rumore, doveva essersi posato sulla piattaforma di atterraggio in cima alla nave.

La sferza delle pale rallentò e tacque.

In assenza del rumore dell'elicottero, Lisa riconobbe un nuovo ronzio. Una leggera vibrazione le solleticò la pianta dei piedi.

« Ci stiamo muovendo », affermò Henri.

Ryder imprecò con il sigaro stretto fra i denti.

Molto lentamente, simile alle lancette di un orologio, il panorama dell'isola in fiamme si stava spostando.

« Ci stanno portando via », disse Miller.

Lindholm si strinse un pugno al petto.

Lisa avvertì una stretta alla bocca dello stomaco. Sapere di essere vicini alla terraferma infondeva un minimo di sicurezza.

Ma anche quella stava per essere strappata. Il suo respiro si fece più affannoso. Di sicuro, presto, qualcuno avrebbe intuito cosa era successo e sarebbe giunto a indagare. A dire il vero, era previsto che lei chiamasse Painter entro meno di tre ore. E qualora non lo avesse fatto...

Il movimento accelerò mentre la gigantesca nave da crociera lottava contro la forza d'inerzia e cominciava ad allontanarsi dall'isola.

Lisa controllò l'orologio, quindi si rivolse a Ryder. «Signor Blunt, qual è la velocità massima della sua nave?»

L'uomo spense il sigaro in un portacenere. «Il record di traversata atlantica da parte di una nave da crociera nell'Hales Trophy è di quaranta nodi, circa settantaquattro chilometri orari. Una gran bella velocità.»

«E la *Mistress of the Seas*?»

Ryder diede dei colpetti su una delle paratie. «L'orgoglio della flotta. Motori realizzati in Germania, imbarcazione monoscafo. È in grado di raggiungere i quarantasette nodi, ottantasette chilometri orari.»

Lisa fece dei calcoli mentali. Se nelle successive tre ore lei non avesse telefonato, quando avrebbe cominciato a preoccuparsi Painter? Dopo quattro o cinque ore? Scosse la testa. Painter non avrebbe atteso un minuto di più. «Tre ore...» mormorò. *Sarà comunque troppo tardi?* Si rivolse a Ryder. «C'è una mappa qui?»

Ryder fece strada. «Un mappamondo. Nella biblioteca.»

La condusse a una nicchia esterna alla stanza principale, ricoperta di scaffali di tek. Al centro campeggiava un mappamondo fisso di legno. Lisa si protese sul globo e lo fece ruotare fino al Sud-est asiatico. Calcolò mentalmente e misurò con le dita.

«Fra tre ore saremo perduti nell'arcipelago indonesiano.»

La regione, dominata dalle isole maggiori di Giava e Sumatra, era letteralmente un intrico di atolli e isolotti minuscoli. Più di diciottomila, sparsi su un'area grande quanto gli Stati Uniti. A parte le città principali come Giacarta e Singapore, il livello tecnologico della regione era da Età della Pietra. In alcune isole si praticava ancora il cannibalismo. Se si voleva nascondere una nave da crociera, era il luogo ideale.

«Non possono sperare di rubare un transatlantico», esclamò Lindholm, attratto in biblioteca sulla scia degli altri. «Che cosa mi dite dei satelliti di sorveglianza? Non si può nascondere una cosa enorme come una nave da crociera.»

«Non sottovaluti i nostri rapitori», obiettò Henri. «Per prima cosa è necessario che qualcuno sappia di doverci cercare.»

Lisa sapeva che aveva ragione. Vista la rapidità dell'attacco, senza contare la collusione con qualche membro chiave dell'equipaggio, il dirottamento doveva essere stato pianificato da settimane. Qualcuno sapeva ciò che stava avvenendo sull'Isola di Natale molto prima del resto del mondo. Lisa ricordò il paziente nel reparto di isolamento, l'N.N. dei batteri mangiacarne. Era stato trovato a vagare sull'isola *cinque* settimane prima.

Le informazioni dei loro rapitori risalivano sino a quel momento?

Un tramestio alle doppie porte della suite fece voltare tutti. Entrarono un paio di uomini. In testa, Lisa riconobbe il capo dei pirati con il volto tatuato.

Si fece avanti uno straniero alto, che superò il maori. Si sfilò un panama a tesa larga, porgendolo a una donna che comparve alle spalle del guerriero tatuato.

Il nuovo arrivato avanzava a larghe falcate e sembrava vestito per un party, tutto azzimato nel suo ampio completo di lino bianco e bastone da passeggio intonato, e con un taglio elegante dei capelli brizzolati lunghi fino al collo. La pelle levigata e gli occhi vicini lo etichettavano come indiano o forse pakistano.

Raggiunse il gruppo appoggiandosi al bastone, anche se evidentemente non aveva bisogno di nessun sostegno. Negli occhi gli balenava uno sguardo compiaciuto. «*Namaste.*» Li salutò in hindi, con un leggero inchino della testa. «Grazie per avermi raggiunto qui.»

Mentre si fermava, lo sconosciuto rivolse un cenno del capo al proprietario della *Mistress of the Seas*. «Sir Ryder, apprezzo la sua ospitalità e la disponibilità della sua bella nave. Faremo del nostro meglio per restituirgliela intatta.»

L'australiano si limitò a guardarlo in cagnesco, squadrandolo da capo a piedi.

«Nell'affrontare questa grandiosa impresa, è un privilegio avere dei simili esperti dell'Organizzazione Mondiale della Sanità raccolti in una sola stanza.»

Lisa notò le sopracciglia di Henri inarcarsi con aria circospetta e perplessa.

Gli occhi dello sconosciuto si posarono su di lei. «E, naturalmente, non dobbiamo dimenticare la nostra collega dei servizi di sicurezza statunitensi. Sigma Force, mi pare, giusto?»

Sbigottita, Lisa non poté far altro che fissarlo. Come faceva a...

L'uomo le rivolse un leggero inchino, gentile, non beffardo. «Sono spiacente che il suo collega non possa unirsi a noi. Pare abbia avuto un incidente mentre tentavamo di catturarlo. Qualcosa che ha a che vedere con dei granchi giganti. I dettagli restano vaghi. In quella missione abbiamo perduto diversi uomini. Solo uno è sopravvissuto.»

Monk...

Una mano le toccò la spalla, come per consolarla. Era Ryder Blunt. L'uomo affrontò lo sconosciuto. «Chi accidenti è lei?»

«Certo. Vi porgo le mie scuse. Sono il dottor Devesh Patanjali, responsabile delle acquisizioni, specializzato in biotecnologia, per la Gilda.»

Oltre lo sconforto, nello stomaco di Lisa si posò una pietra gelida. Da Painter aveva saputo tutto della Gilda. In particolare della scia di sangue che quell'organizzazione terroristica si lasciava alle spalle.

L'uomo tamburellò il bastone sul pavimento con una nota di chiusura. «E temo non sia il caso di perdere altro tempo nelle presentazioni. Abbiamo parecchio lavoro da fare prima di entrare in porto domani mattina.»

«Quale lavoro?» riuscì a chiedere Lisa, in tono amaro di dolore.

L'uomo inarcò un sopracciglio. «Mia cara, assieme dobbiamo salvare il mondo.»

Ore 15.45

Monk premette con forza il palmo della mano sulla bocca dell'avversario. Le dita dell'arto artificiale si strinsero sulla gola dell'uomo, proprio sotto la mascella, comprimendogli la carotide e arrestando il flusso del sangue al cervello. L'avversario oppose resistenza, ma le dita di Monk erano forti come schiaccianoci. Attese che le gambe scalcianti dell'uomo si fermassero, quindi lo abbassò a terra e lo trascinò in un piccolo ripostiglio.

Monk notò la vibrazione sotto i piedi e il rumore dei motori. La nave si stava muovendo. Si era imbarcato appena in tempo.

Dopo l'esplosione del Jet Ski, era salito a bordo arrampicandosi sulla catena di un'ancora stabilizzatrice dalla parte opposta della nave. Siccome gran parte dell'attenzione era concentrata sul lato rivolto alla terraferma, il suo punto di ingresso era scarsamente sorvegliato. Dalla catena, era riuscito a saltare all'interno di una scialuppa e quindi era atterrato sul Ponte Panoramico.

Si era subito accucciato per nascondersi.

Aveva atteso per un quarto d'ora il passaggio di una guardia solitaria, uno dei pirati, armato di fucile d'assalto Heckler & Koch.

Monk si abbassò la cerniera della muta e spogliò l'uomo degli ampi pantaloni e della camicia. Si cambiò in tutta fretta, ma non riuscì a infilare i piedi negli stivali rubati.

Troppo stretti.

Non avendo altra scelta, si avviò a piedi nudi, ma non a mani vuote.

Il peso del fucile lo aiutava a concentrarsi.

Entrando in una sala, si coprì il volto con la sciarpa, mascherandosi come gli altri pirati. Monk conosceva la nave, ne aveva memorizzato la planimetria durante il viaggio dagli Stati Uniti. Percorse in fretta un ponte e quindi il corridoio di dritta. Sulle scale incontrò altri due pirati, ma si limitò a farsi largo a spallate, dando l'impressione di essere occupato e infastidito.

Una delle guardie gli gridò qualcosa dietro. Monk non capiva la lingua, ma sapeva di essersi guadagnato un'imprecazione. Alzò il fucile per prenderne atto, ma non si fermò.

Percorse in fretta il corridoio.

Monk e Lisa avevano due cabine adiacenti. Era il primo posto in cui avrebbe cercato la collega. Mentre scendeva, aveva superato due corpi stesi a terra, colpiti alla schiena e lasciati dov'erano caduti. Doveva trovarla.

Contò le cabine. Udì qualcuno gridare dietro una porta, ma si affrettò a raggiungere gli alloggi a loro assegnati.

Provò la porta della sua cabina. Chiusa. Aveva lasciato la tessera elettronica della stanza sullo Zodiac spiaggiato. Si spostò alla cabina successiva, quella di Lisa. La maniglia si rifiutava di muoversi, ma sentiva qualcuno agitarsi dietro la porta.

Doveva essere lei.

Grazie a Dio...

Tamburellò sulla porta con una nocca e avvicinò le labbra all'uscio. « Lisa, sono io. »

Lo spioncino si scurì mentre qualcuno si spostava per sbirciarvi attraverso. Monk indietreggiò e si abbassò la sciarpa, rivelando la sua identità. Un istante più tardi, la catena strisciò di lato e la serratura si aprì con uno scatto.

Monk rialzò la sciarpa sul viso e controllò il corridoio da cima a fondo. « Sbrigati. »

La porta si spalancò.

Monk avanzò di un passo. « Lisa, dobbiamo... » Riconobbe subito il proprio errore e ruotò il fucile.

Illuminato alle spalle dalla luce del sole che filtrava nella cabina, un giovane si accucciò, seminascosto dalla porta. « No... La prego, non spari. »

Monk trattenne il fucile saldo come una roccia mentre esaminava la cabina. I cassetti erano aperti e gettati a terra, gli armadi svuotati. Ma la sua attenzione si fissò rapidamente sull'unico altro occupante della stanza: un cadavere, sdraiato sul letto a faccia in giù. Era uno dei pirati. A giudicare dalla pozza di sangue rappreso sulle lenzuola, gli avevano tagliato la gola.

Monk tornò a rivolgere l'attenzione all'intruso. « Chi sei? »

« Sono venuto a cercare la dottoressa Cummings. Non sapevo a chi altro rivolgermi. »

Monk riconobbe infine il giovane infermiere che stava aiutando Lisa. Non riusciva a ricordarne il nome.

«Jesspal, signore. Jessie», mormorò il giovane, vedendolo confuso.

Abbassando il fucile, Monk annuì ed entrò. «Dov'è Lisa?»

«Non lo so. Ero di sopra, nell'area di smistamento», spiegò, tremando tutto, quasi in stato di shock. «Poi quelle esplosioni... Quattro membri dell'equipaggio hanno aperto il fuoco nel reparto ospedaliero. Sono scappato. La dottoressa Cummings era andata a parlare con il tossicologo. Ho pregato Vishnu che fosse tornata di corsa nella sua cabina.» Il giovane lanciò uno sguardo al letto sporco di sangue, per poi distoglierlo con altrettanta velocità. «La dottoressa Cummings aveva lasciato la borsa nell'area di smistamento. L'ho presa. Ho trovato la sua chiave. Ma quell'uomo l'attendeva già all'interno. Quando ha visto che non ero lei si è infuriato. Mi ha costretto a inginocchiarmi sul pavimento. Aveva una radio.» Indicò la radio portatile sul pavimento.

«E che cosa gli è successo alla gola?» domandò Monk.

«Non potevo permettergli di fare rapporto. Nella borsetta, la dottoressa Cummings non aveva solo la tessera magnetica.» Jessie estrasse un bisturi. «Io... sono stato costretto...»

Monk gli strinse il braccio. «Hai fatto bene.»

Il giovane si lasciò cadere sull'altro letto. «Li ho sentiti all'altoparlante. Chiamavano dei dottori. Compresa la dottoressa Cummings.»

«Dove volevano che andassero?»

«Sul ponte di comando.»

«Hanno ripetuto l'ordine?»

Jessie lo fissò per un istante, poi scosse lentamente la testa.

Allora Lisa deve aver obbedito.

Adesso aveva un obiettivo.

Raggiunse la porta che collegava le due cabine. Era socchiusa. Una rapida occhiata rivelò che la sua camera non versava in condizioni migliori. Qualcuno gli aveva portato via l'attrezzatura personale, fra cui il telefono satellitare. Setacciò ancora un po' in giro, ma invano.

Monk esaminò anche il cadavere ed ebbe una sorpresa. La gradazione scura della pelle del pirata si estendeva solo alle mani e al volto. Per il resto, l'uomo aveva la pelle candida come la neve e spruzzata di qualche lentiggine. Non era un locale, ma un mercenario travestito.

Che cosa stava succedendo?

Monk tornò nella sua cabina a prendere un paio di scarpe. Mentre se le infilava, parlò con Jessie. «Non possiamo restare qui. Qualcuno verrà a cercare quel bell'addormentato. Troveremo un altro buco in cui rintanarti.»

«E lei cosa farà?»

«Vado a cercare Lisa.»

«Allora vengo anch'io.» Jessie si alzò, un po' incerto. Poi sollevò la camicia sulla testa, con la chiara intenzione di travestirsi anche lui da pirata. Il giovane era tutto ossa, ma aveva sopraffatto un uomo che era il doppio di lui.

Eppure...

«Mi trovo meglio da solo», affermò Monk.

Infine Jessie si tolse la camicia, mormorando qualcosa.

«Cosa?»

«Ho praticato ju-jitsu e karate. Cintura nera quinto dan in entrambi.»

«Non me ne importa se sei la versione indiana di Jackie Chan. Non vieni lo stesso.»

Un colpo alla porta li fece sobbalzare. Qualcuno si rivolse a loro gridando in malese, evidentemente una domanda. Monk non capiva una parola. Alzò il fucile. Disponeva di altri mezzi di comunicazione.

Jessie superò Monk, abbassandogli la canna del fucile, e gridò attraverso l'uscio in tono irritato, rispondendo in malese. Seguì uno scambio di battute, poi chiunque fosse alla porta se ne andò, chiaramente soddisfatto.

Jessie si volse a guardare Monk, inarcando un sopracciglio. «D'accordo, forse puoi tornare utile.»

Ore 16.20

Il gruppo di prigionieri era stato condotto a prua. L'enorme elicottero riposava sulla piattaforma d'atterraggio. I portelli erano aperti e il velivolo brulicava di attività. Alcuni uomini stavano scaricando delle pesanti casse.

Lisa notò alcuni nomi e marchi di aziende stampati sulle casse: Synbiotic, Welch Scientific, Genecorp. Una recava la scritta USAMRIID, US Army Medical Research Institute of Infectious Disease, l'istituto medico di ricerca dell'esercito americano per le malattie infettive.

Erano tutte attrezzature mediche.

Lisa incrociò lo sguardo di Henri Barnhardt. Anche il tossicologo aveva notato i marchi sulle casse. Si grattava il mento barbuto con aria assente. Discosti, Miller e Lindholm si limitavano a fissare nel vuoto, mentre Ryder tentava di accendersi un altro sigaro nel vento sferzante.

Fermo sotto i rotori dell'elicottero, il dottor Devesh Patanjali continuava a seguire di persona le ultime operazioni di scarico. Non aveva approfondito la sua dichiarazione criptica sul mondo da salvare. Aveva invece ordinato che si spostassero tutti lassù.

Il capo maori dei banditi restava da parte senz'armi in pugno, sebbene posasse il palmo su una pistola nella fondina. Sorvegliava con occhi concentrati l'attività a prua, simile a un cecchino che scrutava un campo di sterminio. Lisa sapeva che nulla sfuggiva alla sua attenzione, compresa l'accompagnatrice del dottor Devesh Patanjali.

Quella donna restava un mistero: non aveva proferito una sola parola, il volto una maschera imperturbabile. Era immobile con gli stivali neri e lucidi uniti, le mani giunte in vita, in una postura formale di attesa e servilismo. E, anche se il suo volto era imperscrutabile, le sue forme sinuose avevano calamitato l'attenzione del sicario maori.

Quando il dottor Patanjali era uscito dalla suite presidenziale, Lisa aveva ascoltato di sfuggita il suo nome: *Surina*. Nell'andarsene, il dottore le aveva schioccato un bacio casto sulla guancia, che era stato accettato senza un barlume di emozione. La donna aveva l'aria di una meticcia indiana, vestita con un lungo sari di seta arancione e rosa chiaro, su cui si stagliava una lunga treccia color ebano. Sciolti, i capelli dovevano arrivarle sino a terra. A denotare la sua origine, sulla fronte campeggiava un puntino cremisi, il tradizionale *bindi*. Ma la sua carnagione, simile al tek lucido, era molto più chiara di quella di Devesh Patanjali, suggerendo una linea di sangue occidentale.

Se fosse la sorella, la moglie o semplicemente un'amica di Devesh, Lisa non sapeva dirlo. Ma nel suo silenzio c'era anche qualcosa di minaccioso, forse accentuato dalla freddezza nel suo sguardo. Anche il braccio sinistro era guantato di nero, così attillato che era impossibile determinare se fosse cuoio o gomma. L'arto sembrava intinto nell'inchiostro nero.

Incrociando le braccia, Lisa si voltò a scrutare il profilo dell'Isola di Natale che svaniva. Nel breve lasso di tempo in cui erano stati trattenuti sottocoperta, l'isola si era ridotta a una sagoma verde velata di nebbia, che si lasciava dietro una coltre di fumo in cielo. Ma chi c'era a vedere quel segnale? Se lei o Monk non avessero chiamato per fare rapporto, Painter si sarebbe insospettito. Per il momento, lei puntava tutto sulla sua paranoia.

Fortunatamente era una scommessa sicura.

Il vento soffiava a raffiche. In cielo i gabbiani cavalcavano le correnti, calamitando lo sguardo di Lisa. Se solo avesse potuto volare via altrettanto facilmente...

Un grido tornò ad attirare la sua attenzione sull'elicottero.

Dalla stiva posteriore, due uomini calarono una barella. Le rotelle si abbassarono, bloccandosi. Devesh si avvicinò, controllando il paziente legato con le cinghie. Tutt'intorno al malato, erano sistemate alla rinfusa le apparecchiature di monitoraggio portatili. Il paziente era sigillato in una tenda a ossigeno. Dal saliscendi del petto, dava l'impressione di essere una donna. I tratti del viso erano nascosti da un respiratore e da un groviglio tentacolare di tubi e cavi.

Devesh puntò il bastone e i due inservienti guidarono la lettiga verso gli ascensori, seguendo la scia di attrezzature mediche.

Infine l'uomo tornò dai prigionieri. «Nelle prossime ore allestiremo i laboratori e gli ambulatori. Fortunatamente, la dottoressa Cummings e il suo collega sono stati così cortesi da portare con sé un equipaggiamento al di là della mia portata.

Chi poteva immaginare che il dipartimento della Difesa avesse perfezionato un microscopio a scansione elettronica portatile? E che dire dell'attrezzatura per l'elettroforesi e del sequenziatore di proteine? Una vera fortuna che ci siano caduti in grembo.» Si allontanò. «Venite. Vi mostrerò il vero volto di ciò che ci tormenta.»

Lisa lo seguì con gli altri. In quel caso, per obbedire, non ebbe bisogno di fucili puntati alla schiena. C'erano misteri su misteri, e lei voleva delle risposte, degli indizi sul motivo di quell'aggressione e sulle parole di Devesh.

Mia cara, assieme dobbiamo salvare il mondo.

Furono fatti scendere di tre ponti. Lungo il tragitto, Lisa notò stuoli di uomini in tuta biologica, che si spostavano nei corridoi inferiori spruzzando nuvole urticanti di disinfettante.

Devesh proseguì verso la sezione anteriore della nave. Il corridoio culminava in un ampio spazio circolare, oltre il quale si estendevano le cabine più lussuose. Per il suo laboratorio, Monk aveva requisito una delle suite più spaziose. A quanto pareva, Devesh aveva preso tutto il resto.

Chinandosi sotto un telone d'isolamento, fece cenno a tutti di entrare nell'affollata area operativa centrale. «Eccoci arrivati.»

Una ventina di uomini era intenta ad aprire delle casse, rimuovendo la paglia da imballaggio e la gommapiuma, e liberando le attrezzature mediche avvolte nella plastica. Un uomo svuotò una cassa di capsule di Petri, utilizzate per la coltura dei batteri. La porta del laboratorio di Monk era aperta. All'interno, Lisa notò un tizio intento a inventariare l'equipaggiamento della Sigma.

Devesh li condusse in una cabina attigua. Usò una tessera magnetica per aprire la porta. Quindi si rivolse al maori. «Per favore, Rakao, fa' portare il dottor Miller nell'ambulatorio batteriologico. Dottor Miller, ci siamo presi la libertà di trasferire quassù il suo centro batteriologico e di completarlo. Nuove incubatrici, media di coltura anaerobica, vetrini per le colture sanguigne. Gradirei che si coordinasse con la dottoressa Eloise Chénier, la virologa della mia squadra, per completare il laboratorio di malattie infettive in fondo al corridoio.»

Il capo maori fece cenno a uno dei suoi uomini di scortare Miller. Il batteriologo si guardò intorno cercando gli occhi degli altri; chiaramente non voleva lasciarli, ma il fucile alla schiena scoraggiava ogni obiezione.

« E, per favore, Rakao, vuoi scortare Sir Ryder e il dottor Lindholm di sopra in sala radio? Vi raggiungeremo a momenti. »

« Signore. » L'uomo tatuato non sembrava d'accordo con quella decisione e guardava con sospetto Lisa e Henri.

« Andrà tutto bene. » Devesh tenne aperta la porta della cabina e chinò la testa indicando alla giovane indiana di entrare. « Credo che la dottoressa Cummings e il dottor Barnhardt gradirebbero ascoltare ciò che ho da dire. E con me ci sarà Surina. »

Lisa e Henri furono invitati a entrare.

Devesh si stava per chiudere la porta alle spalle, quando si fermò e si rivolse di nuovo al maori. « Ah, sì, raduna i bambini, sii gentile. Quelli che ho scelto. »

Devesh chiuse la porta, ma non prima che Lisa notasse il volto di Rakao adombrarsi d'uno sguardo truce. I tatuaggi si stagliarono più nitidi, una mappa indecifrabile.

Mentre la serratura scattava, Devesh raggiunse risoluto la scrivania della cabina. In realtà si trattava di due scrivanie congiunte, in quanto una era stata schiodata e spostata da un'altra cabina. Le due scrivanie ospitavano tre monitor a cristalli liquidi collegati a due computer Hewlett Packard. Erano gli unici elementi aggiunti alla suite. Il resto della cabina consisteva in un comodo salotto di tek affacciato su una terrazza coperta.

Surina si accostò a uno dei divanetti e, piegando solo le ginocchia, si sedette sull'orlo di un bracciolo. Anche se quel movimento era pervaso da una certa eleganza, Lisa percepì un tratto di forza e minaccia: lo sguardo concentrato, la leggera risolutezza di una geisha, e soprattutto i due pugnali inguainati alle caviglie, che si erano scoperti mentre la donna si sedeva.

Lisa distolse lo sguardo. Dietro la scrivania si apriva una camera da letto. Ai piedi del letto erano posati due enormi bauli da viaggio. Doveva essere la stanza privata del dottor Patanjali. Ma perché aveva portato lì dentro anche loro?

Al tocco di qualche tasto, Devesh riattivò i computer, attirando di nuovo l'attenzione di Lisa. Tutti e tre i monitor presero vita con un acceso bagliore nella stanza fiocamente illuminata.

«Dottor Barnhardt... Henri, se posso...»

Il tossicologo si limitò a scrollare le spalle.

Devesh proseguì. «Henri, devo farle i miei complimenti per aver scoperto il pericolo che si nasconde sotto il velo dell'attacco tossico. I nostri scienziati hanno impiegato settimane ad appurare ciò che lei è riuscito a individuare in meno di ventiquattr'ore.»

La pelle di Lisa raggelò. *Settimane.* Quindi i loro rapitori sapevano tutto molto tempo prima dello scoppio della crisi. Ma cosa c'entrava la Gilda?

«Certo, non abbiamo apprezzato molto l'allarme che ha sollevato, arrivando sino a Washington. Ha richiesto l'accelerazione della nostra tabella di marcia e qualche improvvisazione. Come quella di impiegare il talento scientifico già a bordo, combinandolo con il mio. Comunque sia, dobbiamo muoverci in fretta, se esiste una speranza.»

«Una speranza per cosa?» domandò infine Lisa.

«Mi permetta di mostrarglielo, mia cara.» Devesh diede dei colpetti a una delle poltrone, invitandola a sedersi.

Lei rimase in piedi, ma l'uomo parve non offendersi, impegnato a digitare sulla tastiera. Sul monitor centrale partì un video. Raffigurava un campo microscopico di catene contorte di batteri bacilliformi.

«Cosa sapete dell'antrace?» domandò Devesh.

«*Bacillus anthracis*: infetta soprattutto i ruminanti», rispose Henri. «Mucche, capre, pecore. Ma le spore possono anche infettare l'uomo. Spesso si rivelano letali.»

Era una valutazione scientifica, priva di emozioni.

Devesh annuì. «Alcune specie del *Bacillus* si trovano nei terreni di tutto il mondo. Per la maggior parte innocue. Per esempio, qui abbiamo un organismo benigno, il *Bacillus cereus*.»

L'immagine sullo schermo passò al primo piano di un singolo batterio. I fili del DNA cellulare, bacilliformi e provvisti d'una sottile parete membranosa, erano stati colorati perché risaltassero al centro.

«Come altri membri della sua specie, questo piccolo batterio si può trovare nei giardini di tutto il mondo. E si alimenta beatamente dei microrganismi e delle sostanze nutritive del suolo. È innocuo per qualsiasi organismo più grande di un'ameba. Mentre suo fratello, il *Bacillus anthracis...*» Devesh cliccò per visualizzare un'altra immagine, affiancata alla prima, un altro batterio dall'aspetto identico al precedente.

«Ecco l'organismo che dà origine all'antrace. Possiede lo stesso codice genetico del fratello, il pacifico abitante dei giardini.» Devesh diede dei colpetti ai due fili ritorti di DNA colorati. «Gene dopo gene, pressoché identici. Allora perché uno uccide e l'altro è innocuo?»

Devesh si voltò a guardare Lisa e Henri.

Lei scosse la testa. Lui restò in silenzio.

Devesh annuì e premette un tasto: il batterio dell'antrace s'ingrandì sullo schermo. All'interno del citoplasma della cellula interna, separati dal raggruppamento principale del DNA, fluttuavano due cerchi perfetti di materiale genetico, simili a due occhietti che li fissavano.

«Plasmidi», affermò Henri.

Lisa corrugò la fronte. A quanto riusciva a ricordare, i plasmidi erano dei fili circolari di DNA separati dal DNA cromosomico principale. Quei frammenti di codice genetico che fluttuavano liberi erano unici dei batteri. Il loro ruolo era ancora scarsamente compreso.

«Sono questi due plasmidi - pX01 e pX02 - a mutare le specie ordinarie di *Bacillus* in efferate assassine», spiegò Devesh. «Rimuovendo questi due cerchi, l'antrace torna a essere un organismo saprofita, che vive felice e contento in ogni giardino. Ma, se s'introducono quei plasmidi in un qualsiasi *Bacillus* innocuo, questo diventa un assassino.» Si voltò per guardarli in faccia. «E, dunque, vi domando, da dove provengono questi frammenti estranei e letali?»

Fu Lisa a rispondere. «Non potrebbe darsi che i plasmidi siano direttamente condivisi da un batterio a un altro?»

«Certo. Ma io intendevo un'altra cosa: come fanno i batteri

in questione ad acquisire questi frammenti estranei di materiale genetico? Qual è la loro fonte *originaria*? »

Henri si avvicinò allo schermo per studiarlo. « L'origine evolutiva dei plasmidi resta un mistero, ma, secondo la teoria corrente, sono stati acquisiti dai virus. O in maniera più specifica dai *batteriofagi*, una categoria di virus che infetta solo i batteri. »

« Esatto! » Devesh tornò a guardare lo schermo. « Si è teorizzato che, in un certo periodo dell'antichità, un batteriofago virale abbia introdotto quella letale coppia di plasmidi in un pacifico *Bacillus*, creando un nuovo mostro nella biosfera e trasformando un dolce e piccolo organismo in un assassino. » Devesh digitò più in fretta sulla tastiera, sgombrando lo schermo. « E l'antrace non è l'unico batterio infettato in questa maniera. Il batterio che provoca la peste, la *Yersinia pestis*, per esempio. Anche la sua virulenza è accentuata da un plasmide. »

A Lisa tornarono subito in mente i pazienti sulla nave. La ragazzina vittima di crisi violente causate dai batteri dell'aceto, la donna affetta da dissenteria colerica provocata dai fermenti lattici, l'N.N. con le gambe divorate dai batteri epiteliali... « È ciò che si sta verificando nel nostro caso? La stessa corruzione dei batteri, intendo. »

« A dire il vero, sì. Dagli abissi marini è riemerso qualcosa, qualcosa in grado di rendere letale qualsiasi batterio. »

Lisa ricordò l'affermazione di Henri che il novanta per cento delle cellule del nostro corpo erano batteri. Non umani. *Se questa marea si dovesse ritorcere contro di noi...*

Devesh proseguì. « Dallo studio genetico dell'antrace e degli altri batteri tossici, i microbiologi hanno ipotizzato l'esistenza di un antico ceppo di virus. Un ceppo che diede vita ai primi antenati dell'antrace e ad altri batteri portatori di pestilenze. Gli scienziati hanno persino coniato un nome per questo virus che trasforma l'amico in nemico: il Ceppo di Giuda. »

Henri notò un lampo di eccitazione nel volto di Devesh. « Qualcosa mi dice che avete isolato l'agente scatenante dell'epidemia, o sbaglio? Il Ceppo di Giuda. Altrimenti non sareste qui. »

« In effetti, penso proprio di sì. » Digitò altri due tasti e il batterio svanì, rimpiazzato da una figura che ruotava sullo schermo, un'immagine al micrografo elettronico pervasa da sfumature argentee. Conferivano all'organismo raffigurato un aspetto meccanico anziché biologico. Ricordava una sorta di veicolo d'atterraggio lunare. Il guscio principale era geometrico, un icosaedro, composto di venti frammenti triangolari piatti. Da ciascun angolo si estendevano dei flebili tentacoli, atti a aderire e perforare.

Alla facoltà di medicina, Lisa aveva visto parecchie immagini simili.

Un virus.

« L'abbiamo scoperto in un campione di cianobatteri nella marea tossica. Ha trasformato gli innocui batteri marini fosforescenti in assassini urticanti e velenosi. E all'interno delle nubi sprigionanti tossine, trasportate dal vento, il virus si è propagato sulla terraferma, avviando così la lenta mutazione dei batteri dell'isola in mostri. »

« E adesso lo vediamo verificarsi tra i pazienti », disse Henri. « Ritorce il nostro stesso corpo contro di noi. »

Devesh tamburellò sullo schermo. « Il traditore assoluto della vita. Quest'organismo è in grado di propagarsi in tutta la biosfera, trasformando ogni batterio in un organismo letale e distruttore di vita. È la bomba al neutrone della natura, un'esplosione virale con le potenzialità di spazzare via tutte le forme di vita superiori, lasciandosi dietro soltanto una melma tossica di emissioni batteriche letali. Se non verrà tenuto sotto controllo, nella zona sopravvento dell'Isola di Natale abbiamo già visto un esempio di come potrebbe diventare il mondo. »

« E se dovesse diffondersi... » Il volto di Henri era sbiancato. « Non avremmo modo di fermarlo. »

Devesh si alzò e recuperò il bastone da passeggio. « Forse. Ma abbiamo appena iniziato ad analizzare l'organismo. Le buone notizie sono che, finora, il virus sembra avere vita breve e non infetta le cellule umane. Solo i batteri. Quindi il virus presenta scarsi rischi *diretti* per noi. All'esterno della cellula, il nuovo virus è fragile. Può essere facilmente eliminato con dei semplici disinfettanti e tenuto sotto controllo con un'igiene scrupolosa. »

Lisa ripensò alle squadre di operatori che si aggiravano per la nave. La stavano sterilizzando.

« Ma, sfortunatamente, il virus si lascia dietro degli assassini. Dei batteri letali che si dividono e moltiplicano, diventando ciascuno un nuovo sicario nel mondo microbico, contaminando per sempre la biosfera con forme di vita mai viste prima. »

Henri si mise una mano sulla fronte, con aria preoccupata. « Se l'esposizione virale si scatenasse nella biosfera... Stiamo parlando di migliaia di nuove malattie che affliggerebbero il mondo contemporaneamente. Una piaga in grado di cambiare volto a una velocità nettamente superiore al nostro tempo di reazione. L'umanità non ha mai visto nulla di simile. »

« Non è necessariamente vero », ribatté Devesh, in tono criptico. « I miei superiori e io riteniamo che questa non sia la prima epidemia del Ceppo di Giuda. Ci sono testimonianze storiche dello scoppio di un'epidemia simile nella regione che risalgono a quasi un millennio fa. » La voce si abbassò a un sussurro meditabondo. « Le testimonianze erano accompagnate da alcune dichiarazioni strane e inquietanti. »

« Di quali testimonianze storiche sta parlando? » domandò Lisa.

Devesh ignorò la domanda con un gesto della mano. « Non importa. Altri stanno indagando sulla questione. Noi dobbiamo restare focalizzati sul nostro scopo. La nostra missione a bordo della nave non riguarda il passato, ma il presente. I miei superiori hanno orchestrato l'evacuazione dell'isola, facendo in modo di dirottare qui la nave da crociera del signor Blunt. Ci occorreva isolare gli infettati in un unico luogo. Qui abbiamo l'opportunità di studiare l'evoluzione del morbo. La sua epidemiologia, la sua patologia, i suoi effetti fisiologici. E abbiamo un'intera nave di cavie da esaminare. »

Lisa indietreggiò di un passo, incapace di mascherare il proprio orrore.

Devesh si appoggiò al bastone. « Percepisco il suo disgusto, dottoressa Cummings. Adesso comprende perché la Gilda doveva entrare in azione? Di fronte a un organismo di tale virulenza, non possiamo lasciarci sopraffare dai sensi di colpa. Per una tale carneficina non esiste una risposta politicamente corretta. L'azione dev'essere rapida, ed è necessario prendere delle decisioni. A Tuskegee, il nostro governo non ha forse lasciato soccombere i malati di sifilide, mentre gli scienziati ne registravano spassionatamente le sofferenze, l'evoluzione dei sintomi e infine la morte? Per sopravvivere a tutto ciò, dobbiamo essere brutali e freddi. Perché, mi creda, questa è una guerra per la sopravvivenza della specie umana.»

Lisa cercò di ribattere, ma era troppo sconcertata. Volse lo sguardo al tossicologo.

Henri parlò, ma non come Lisa si era aspettata. «Ha ragione.» I suoi occhi restavano incollati allo schermo, fissi sull'immagine del Ceppo di Giuda. «Quello è un assassino di massa. Ed è già in libertà. Abbiamo una settimana di tempo, forse solo qualche giorno. Se non scopriremo la maniera di fermarlo, tutte le forme di vita - almeno quelle superiori - saranno cancellate dalla faccia della terra.»

«Sono lieto che ci troviamo d'accordo», commentò Devesh, chinando la testa in direzione di Henri. Incrociò lo sguardo di Lisa. «E, con ogni probabilità, quando rivelerò alla dottoressa Cummings il suo ruolo nella nostra impresa, anche lei potrebbe avere la stessa illuminazione.»

Lisa trasalì per l'inquietante commento dell'uomo.

Devesh si voltò per dirigersi alla porta. «Ma prima dobbiamo salire dai nostri amici in sala radio. Dobbiamo estinguere qualche incendio.»

Washington, ore 07.02

Painter seguiva sui tre schermi al plasma i notiziari: Fox, CNN, NBC. Tutti riferivano dell'esplosione vicino a Georgetown.

«Allora va tutto bene», disse Painter, in piedi dietro la scrivania. Tenne più saldo l'auricolare. La voce di Lisa era debole, arrivava dalla parte opposta della terra. «Hai spaventato Jennings. Stava quasi per distruggere l'isola con le bombe incendiarie.»

«Scusa per il falso allarme», ribatté Lisa. «Era una semplice contaminazione. Qui è tutto sotto controllo, almeno quanto può esserlo una nave piena di pazienti ustionati. Dai primi riscontri, si tratta di una fioritura di organismi chiamati cianobatteri. Sono anni che infestano queste acque. Insomma, si è trattato solamente di una 'tempesta perfetta' delle alghe. La questione dovrebbe risolversi entro un paio di giorni e, a quel punto, Monk e io torneremo. »

« È la notizia più bella che ho sentito in tutta la nottata », affermò Painter.

Con lo sguardo, continuava a fare la spola da uno schermo all'altro. A quanto pareva, nei boschi dietro il rifugio, gli incendi erano finalmente stati spenti. Vari getti d'acqua s'inarcavano dalle autopompe parcheggiate sulla strada antincendio nella foresta.

Lisa gli sussurrò nell'orecchio. « So che sei occupato. Farò di nuovo rapporto fra dodici ore, come da programma. »

« Grande. Dormi un po'. Immagino che laggiù i tramonti debbano essere splendidi. »

« Sì. Vorrei che tu fossi qui a goderteli con me. »

« Anch'io. Ma fra non molto sarai di nuovo qui. E adesso ho un incendio tutto mio da estinguere. »

Sullo schermo, un elicottero delle reti televisive riprendeva i resti carbonizzati del rifugio. Painter aveva già ascoltato il rapporto degli investigatori in merito all'incendio. Alcune tracce di pneumatici nel viale avevano condotto alla scoperta di una Thunderbird abbandonata, la stessa decappottabile con cui Gray era arrivato sul posto un paio d'ore prima. A quanto pareva, era fuggito nel bosco. Ma dov'era andato? Non c'era ancora nessuna traccia di Gray, dei suoi genitori e dell'agente della Gilda.

Dove si nascondono?

« Anch'io ho del lavoro da sbrigare qui », disse Lisa.

« Hai bisogno di qualcosa? »

« No... »

Percepì l'esitazione nella voce di lei. « Lisa? Cosa c'è? »

« Nulla. » La risposta fu leggermente brusca. « Sono solo un po' stanca. Sai come sono in questo periodo del mese. »

L'assistente Brant entrò con un faldone di fax. Painter notò la carta intestata del primo. Dipartimento di Polizia di Washington. Era un altro rapporto sulla ricerca negli ospedali.

« Allora cerca di riposarti », disse, leggendo già la prima riga del fax. « Abbi cura di te e non dimenticare di metterti le creme protettive. Non voglio sembrare un fantasma vicino alla tua abbronzatura tropicale. »

« D'accordo. » La voce di Lisa si era ridotta a un flebilissimo sussurro. Il collegamento satellitare era intermittente. Eppure Painter udì un tono deluso nella sua voce. Anche lui ne sentiva la mancanza.

« Ci vediamo presto », terminò lui. « Adesso va' a dormire un po'. »

La linea cadde senza altre parole. Painter si sfilò l'auricolare e si sedette alla scrivania. Stabilendo l'ordine di priorità dei vari rapporti, spostò di fronte a sé la pila di documenti. Li avrebbe esaminati e poi avrebbe informato Jennings che era tutto sotto controllo.

Almeno una catastrofe era stata scongiurata.

In mare, ore 18.13

Lisa abbassò il ricevitore. Il cuore le martellava in petto. A un segnale di Devesh Patanjali, la connessione era stata troncata. L'uomo sostava sulla soglia del centro di comunicazioni della nave, poggiando tutte e due le mani sul bastone. Scosse la testa, rivelando la propria delusione.

Lisa avvertì un senso di nausea. Si era accorto del suo stratagemma? Si alzò dalla sedia accanto al radiofonista. Una delle guardie la prese per il gomito.

« Avrebbe dovuto semplicemente attenersi al copione, dottoressa Cummings », disse Devesh, con la voce gravida di esasperazione. « Era una richiesta elementare e le conseguenze le sono state debitamente spiegate. »

Il panico le fece raggelare il sangue. « Ho... ho seguito il suo copione. Non ho detto nulla di compromettente. Painter crede che sia tutto a posto. Proprio come lei ha ordinato. »

« Sì, per fortuna. Ma non creda che il suo sottile tentativo mi sia sfuggito. »

Oh, Dio... Durante la conversazione aveva corso un rischio. Di certo lui non poteva saperlo. « Non capisco... »

« 'Sai come sono in questo periodo del mese' », la citò testualmente Devesh, interrompendola. Si voltò e si diresse alla porta che dava sul corridoio. « A essere precisi, il suo ciclo è terminato dieci giorni fa, dottoressa Cummings. »

Lisa si sentì attraversata da un gelido torpore.

« Abbiamo un dossier completo su di lei. E io l'ho letto. Ogni dettaglio. La invito a non sottovalutare un'altra volta le mie risorse. »

La guardia la spinse fuori dalla stanza. Lei incespicò lungo il tragitto. Era stata una sciocca a tentare di comunicare segretamente con Painter, a prescindere da quanto fosse stata cauta.

Cos'ho fatto?

Alla parete del corridoio erano allineati gli altri prigionieri: il dottor Lindholm, Ryder Blunt e un capitano australiano con la divisa insanguinata. Ciascuno aveva chiamato la rispettiva agenzia, riferendo che era tutto a posto e sotto controllo, facendo così guadagnare tempo ai dirottatori in modo da aumentare la distanza fra la nave e l'isola, prima che qualcuno subodorasse qualcosa.

Ma in corridoio erano radunati anche quattro bambini. Maschietti e femminucce dai sei ai dieci anni. Uno per ciascuno dei prigionieri mandati in sala radio. La vita di ogni bambino dipendeva dalla loro collaborazione. A Lisa era stata assegnata una bambina di otto anni, con gli occhi a mandorla terrorizzati, rannicchiata sul pavimento, le ginocchia strette al petto. Suo fratello, più grande di un paio d'anni, la cingeva con un braccio.

Il capo maori raggiunse la bambina, con la pistola in pugno.

Devesh si unì a lui e si voltò a guardare in faccia il gruppo. « Siete stati tutti avvertiti che, se aveste divagato in maniera significativa dal copione, o tentato un sotterfugio qualsiasi, ci sarebbero state delle conseguenze. Ma, siccome questo è il primo errore della dottoressa Cummings, con lei sarò indulgente. »

« Per favore », lo implorò Lisa. Non poteva tollerare di sporcarsi le mani del sangue della bambina. In sala radio, aveva reagito d'istinto. Era stato uno sciocco stratagemma.

Lo sguardo di Devesh si posò su di lei. « Invece della bambina, dottoressa Cummings, le farò scegliere un altro bambino da far morire al suo posto. »

Lisa sentì il respiro mozzarsi in petto.

« Non sono un uomo crudele, solo pratico. Questa è una lezione che ciascuno di voi deve imparare. » Fece un cenno della mano a Lisa. « Scelga un bambino. »

Lei scosse la testa. « Non posso... »

« Scelga o li farò uccidere tutti. Abbiamo qualcosa di troppo importante da portare a termine per tollerare l'insubordinazione, non importa quanto lieve. »

A un segnale del maori, la guardia la trasse in avanti.

« Scelga un bambino, dottoressa Cummings. »

Lisa ricacciò indietro un singhiozzo, fissando i volti dei quattro bambini. Nessuno parlava inglese, ma dovevano aver percepito qualcosa nel viso di lei e ne erano rimasti spaventati. Scesero nuove lacrime. Tutti si raggomitolarono più stretti.

Lisa incrociò lo sguardo di Devesh, implorandolo. « La prego, dottor Patanjali. È stato un errore mio. Punisca me. »

« È esattamente quello che sto facendo. Scelga. »

Lisa scrutò i quattro visi. Non poteva scegliere la bambina o il fratello. Alzò un braccio tremante e puntò il dito su un altro bambino, il più grande del gruppo con i suoi dieci anni.

Dio, perdonami...

« Ottimo. Rakao, esegui. »

Il sicario maori raggiunse il bambino, che alzò il viso con aria di speranza.

Lisa si lasciò sfuggire un gemito. Fece un passo in avanti, ma la guardia strinse la presa sul suo gomito. Bloccata, le gambe cominciarono a tremare e lei cadde in ginocchio, indebolita dal terrore e dalla sofferenza.

Il sicario alzò la pistola e la puntò alla testa del bambino.

« No... » mormorò Lisa con un rantolo.

L'uomo premette il grilletto: ma non ci fu una vampata di fuoco. Il cane della pistola schioccò a secco nello spazio angusto, scattando su un tamburo vuoto.

Rakao abbassò l'arma.

Nel silenzio, un grido strozzato si levò dall'altra parte del corridoio. Lisa si voltò in tempo per vedere il dottor Lindholm accasciarsi sulle ginocchia. L'uomo incrociò il suo sguardo, con gli occhi sgranati di sconcerto e dolore. Le mani si strinsero alla gola. Il sangue gli colò fra le dita.

Alle spalle dell'uomo, la compagna di Devesh, Surina, indietreggiò di un passo, la testa china quasi avesse appena servito il tè e stesse per congedarsi. Aveva le mani vuote, ma Lisa non aveva dubbi che la donna avesse tagliato la gola al dottore e che il pugnale fosse svanito con la stessa rapidità con cui lei aveva vibrato il colpo.

Lindholm si accasciò e cadde prono sulla moquette. Il sangue impregnò il tessuto e dilagò in una pozza scura. Una mano si torse spasmodicamente, poi si bloccò.

«Bastardo...» grugnì Ryder, con il volto pietrificato, distogliendo lo sguardo.

Devesh tornò da Lisa.

«Perché?» riuscì a sbottare lei, sconfortata e gelida.

«Come ho già detto, nulla sfugge alla nostra attenzione, dottoressa Cummings. Comprese le competenze del dottor Lindholm. O piuttosto la loro *mancanza*, se si tratta di ricerca e lavoro sul campo. Con la sua chiamata, Lindholm ha assolto il compito di toglierci dalle costole l'OMS. Ma, a parte questo, era più una zavorra che una risorsa. Almeno la sua morte ha avuto un senso. Non solo dimostrare il prezzo dell'insubordinazione.» Devesh la fissò con sguardo severo. «Posso presumere che lei abbia imparato quel prezzo, dottoressa Cummings?»

Lei annuì lentamente, fissando la pozza di sangue.

«Ottimo.» L'uomo si voltò a guardare gli altri. «La morte è la prova dell'importanza della nostra impresa. Le vostre vite dipendono dalla vostra utilità. È molto semplice. Assolverete il vostro scopo o morirete. Vi invito a riportare l'accaduto agli altri colleghi prima che si rendano necessarie ulteriori dimostrazioni.» Devesh batté le mani. «Ora, archiviata questa piccola sgradevolezza, possiamo metterci al lavoro.» Rivolse un cenno al capo maori. «Per favore, scorta ciascuno alle rispettive postazioni. Io condurrò personalmente la dottoressa Cummings dalla sua paziente.»

Riponendo la pistola nella fondina, Rakao disperse i suoi uomini. Devesh guidò Lisa in fondo al corridoio, lontana dagli altri. Superò la fila di bambini. Sconvolti, venivano radunati per essere ricondotti al centro di accoglienza.

Seguendo Lisa e Devesh, Surina si fermò accanto al fratellino e alla sorellina. Si chinò sulla bambina, sempre accucciata sotto il braccio del fratello. Surina tese una mano vuota; poi, con rapido gesto delle dita, fece comparire una caramella, come se fosse spuntata dal nulla. La offrì alla bambina terrorizzata, ma la piccola si limitò a stringersi più forte al fratello maggiore, che, più pratico, allungò la mano e prese la caramella dal palmo di Surina, quasi la strappasse da una trappola per topi.

La donna si raddrizzò in un elegante fruscio di seta ricamata, accarezzando leggermente la guancia della bambina. I polpastrelli s'inumidirono delle lacrime della piccola. Lisa si domandò se fosse la stessa mano che aveva tagliato la gola a Lindholm. Il volto di Surina rimase del tutto imperturbabile.

Lisa distolse lo sguardo, e seguì Devesh, che la condusse sino all'ultima cabina di quel ponte. Un'altra suite. Nella sala esterna erano state allestite numerose attrezzature, ma Devesh le ignorò e raggiunse la camera da letto.

Mentre entrava, Lisa individuò una figura familiare stesa sul letto, avvolta in una tenda da isolamento in mezzo a un groviglio di apparecchiature di monitoraggio. Aveva i capelli biondi come quelli di Lisa, ma erano stati rasati cortissimi. Era la donna scaricata dall'elicottero. I lineamenti erano ancora nascosti da una maschera d'ossigeno che le copriva il volto.

Due uomini, gli stessi inservienti che avevano trasportato la lettiga, erano impegnati ad agganciare e assicurare gli ultimi cavi che la collegavano a una serie di strumentazioni. Lisa abbracciò tutto con uno sguardo: elettroencefalogramma, elettrocardiogramma, monitor per la pressione sanguigna Doppler. Un cavo centrale era già stato agganciato al petto della paziente, collegato a una flebo endovenosa. Uno degli uomini raddrizzò il lembo di un catetere urinario.

Devesh indicò con una mano la donna sul letto. «Le presento la dottoressa Susan Tunis, biologa marina del Queensland. Una delle prime persone a imbattersi nella fioritura tossica di cianobatteri. Credo che lei abbia già incontrato un altro membro della sua comitiva. L'N.N. nel reparto di isolamento. »

Lisa restò accanto alla porta, incerta del motivo per cui era stata condotta lì, ancora sconvolta dall'uccisione di Lindholm. Anche se quella donna era una delle prime vittime, che cosa c'entrava con lei? Lei non era una virologa o una batteriologa. « Non capisco. A bordo ci sono medici più qualificati di me. »

Devesh scacciò la sua affermazione con un gesto della mano. « Abbiamo dei tecnici incaricati di occuparsi delle esigenze mediche della donna. »

« Allora perché... »

« Dottoressa Cummings, lei è una fisiologa competente. Con una significativa esperienza di ricerca sul campo. Ma, cosa più importante, nei suoi passati servigi alla Sigma si è dimostrata una donna dalle mille risorse. Adesso abbiamo bisogno del suo intuito e della sua esperienza. Mi assisterà per quanto riguarda il caso di questa donna. »

« Perché lei? Perché proprio questo caso? »

« Perché questa paziente è la chiave di tutto. » Per la prima volta Devesh strinse gli occhi dalla preoccupazione. « Racchiude un enigma che affonda le sue radici all'epoca di Marco Polo e dei suoi viaggi in questa parte del mondo... E in un mistero ancora più grande. »

« Marco Polo? »

« Come ho già detto, si tratta di una pista che lasciamo a un altro ramo della Gilda. » Accennò con il capo alla donna. « Tutti i nostri sforzi, tutte le ricerche a bordo della nave e tutti i sacrifici a venire si concentrano su questa donna. »

« Ancora non capisco. Cos'ha di tanto importante? »

La voce di Devesh si abbassò. « Questa donna sta mutando. Come il batterio. Il Ceppo di Giuda sta crescendo dentro di lei. »

« Ma lei ha detto che il virus non infetta le cellule umane. »

« No, infatti. Dentro di lei sta facendo qualcos'altro. »

« Cosa? »

« Sta incubando. »

INCUBAZIONE

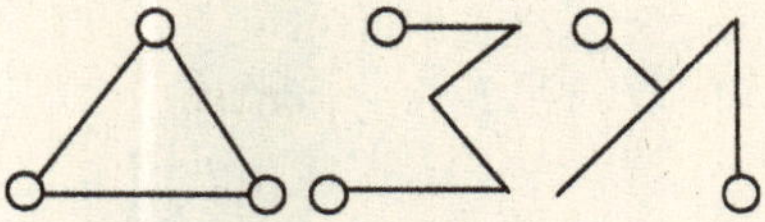

7

DI UN VIAGGIO MAI RACCONTATO

Istanbul,
6 luglio, ore 06.41

In meno di un giorno, Gray era fuggito in un altro mondo. Dai minareti delle infinite moschee di Istanbul, i muezzin chiamavano i fedeli alla preghiera del mattino. L'alba gettava lunghe ombre e illuminava le cupole e le guglie della città.

Gray aveva una vista panoramica dal ristorante sul tetto, dove attendeva con Seichan e Kowalski. Nessuno di loro aveva l'aria rilassata. Soffrivano per il jet-lag ed erano in costante tensione. Il senso d'oppressione che provava non era dovuto soltanto alle preoccupazioni. Braccato dagli assassini, inseguito dal suo stesso governo, aveva cominciato a dubitare dell'alleanza che aveva stipulato.

E adesso quella strana convocazione a Istanbul. Perché? Non aveva senso. Ma, almeno per una volta, Seichan sembrava altrettanto perplessa. Versò il miele in una tazzina di tè turco, profilata d'oro. Il cameriere, nella veste tradizionale blu e oro, offrì un bis a Gray.

Lui scosse la testa, che gli girava già per via della caffeina.

Il cameriere non si disturbò a fare lo stesso con Kowalski. L'uomo corpulento - che indossava jeans, maglietta nera e un lungo spolverino grigio - aveva evitato il tè ed era andato dritto al dessert. Cullava in mano un bicchiere di brandy di vino fresco, chiamato *raki*. «Sa di liquirizia e asfalto», aveva commentato increspando le labbra, ma ciò non gli aveva impedito di berne due bicchieri. Aveva anche scoperto il tavolo del buffet e quindi si era imburrato una pagnotta di pane, mettendoci sopra olive, cetrioli, formaggio e mezza dozzina di uova sode.

Gray non aveva appetito: la sua mente era affollata di troppi timori e di troppe domande. Si alzò e raggiunse la mezza parete che circondava la terrazza panoramica, attento a restare al riparo dell'ombrellone del tavolo. Istanbul, punto caldo del terrorismo, era sotto costante sorveglianza satellitare. Gray si domandava se i suoi connotati venissero già elaborati da un programma di riconoscimento facciale nella sede di qualche servizio segreto.

In quel preciso istante era la Sigma o la Gilda a convergere su di lui?

Seichan lo raggiunse, posando la tazza di tè sulla balaustra piastrellata. Aveva dormito per tutto il volo. Grazie al riposo, il suo colorito era migliorato, anche se lei zoppicava ancora, per evitare di sforzare il fianco ferito. A bordo del jet, aveva optato per un abbigliamento più comodo, indossando dei pantaloni coloniali e una camicetta blu notte svolazzante, ma aveva tenuto gli stivali da motociclista neri di Versace.

« Perché credi che monsignor Veroni ci abbia convocato a Istanbul? »

Gray appoggiò un fianco alla parete. « Bene... Adesso parliamo? »

Seichan alzò leggermente gli occhi al cielo, esasperata. Da quando avevano lasciato lo studio medico a Georgetown, si era rifiutata di fornire ulteriori spiegazioni. Non si poteva dire che avessero avuto tanto tempo. Durante la fuga, Seichan si era fermata solo lo stretto necessario per fare una telefonata. Al Vaticano. Gray aveva ascoltato la conversazione. A quanto pareva, Vittorio stava aspettando la chiamata della donna e non era stato tanto sorpreso di sapere che Gray era con lei.

« La voce è girata », aveva spiegato il monsignore. « Interpol, Europol, vi stanno cercando tutti. Immagino che sia stata lei, Seichan, a lasciarmi il messaggio nella Torre dei Venti. »

« Ha trovato l'iscrizione? »

« Sì. »

« Ha riconosciuto la scrittura? »

« Certo. »

« Allora non abbiamo molto tempo. Ci sono parecchie vite in pericolo. Se lei riuscisse a studiare la maniera di... »

« So cosa significa l'iscrizione, Seichan », aveva detto Vittorio, interrompendola. « E so che cosa comporta. Se vuole saperne di più, mi incontrerete tutti e due all'Hotel Ararat di Istanbul. Sarò lì alle sette di mattina. Al ristorante sul tetto.»

Dopo la chiamata, Seichan si era procurata in tutta fretta dei documenti falsi e aveva organizzato il viaggio. Aveva assicurato a Gray che la Gilda non sapeva nulla dei suoi contatti. «Qualcuno mi doveva dei favori», aveva spiegato la donna.

Seichan si voltò e strinse gli occhi per guardarlo in faccia, riportandolo al presente. Con il gomito urtò la tazza di tè. Gray l'afferrò prima che cadesse sulla strada sottostante. La donna osservò la tazza con la coda dell'occhio e con preoccupazione minima. Gray sospettò che quella noncuranza fosse rara in lei, che aveva sempre la situazione sotto controllo.

Con altrettanta rapidità, l'espressione della donna tornò a irrigidirsi. «È vero, ti ho tenuto all'oscuro. Ma, una volta arrivato monsignor Veroni, spiegherò ogni cosa.» Gli rivolse un cenno del capo. «Cosa mi dici di te? Hai fatto dei progressi con l'iscrizione sull'obelisco?»

Lui si limitò a scrollare le spalle, lasciandole intuire che sapeva qualcosa.

«Benissimo.» La donna sospirò e ritornò al loro tavolo.

Seichan gli aveva fornito delle fotografie e una copia stampata dell'iscrizione angelica. In viaggio, Gray aveva cercato di decifrare il codice racchiuso nei simboli, ma c'erano troppe variabili. Aveva bisogno di ulteriori informazioni. Inoltre sospettava di conoscere già il messaggio: *rompi l'obelisco e all'interno troverai il tesoro.*

Gray si era appeso il crocefisso al collo. L'aveva già esaminato. Era sicuramente antico, ma persino con la lente d'ingrandimento non era riuscito a individuare nessuna incisione, nessun dettaglio rilevante che confermasse l'incredibile affermazione di Seichan, secondo cui la croce apparteneva al confessore di Marco Polo.

Rimasto solo accanto alla balaustra, Gray studiò la città, che già ferveva di attività. Sotto di lui, gli autobus facevano concorrenza ad auto e pedoni. Il lamento dei clacson tentava di soffocare le grida più acute dei venditori ambulanti e il continuo cicaleccio dei turisti mattinieri.

Scrutò nelle immediate vicinanze, cercando con lo sguardo

eventuali segnali di minaccia o di avvicinamento sospetto. Si erano scrollati di dosso Nasser? Dopo aver messo mezzo mondo di distanza fra loro, Seichan sembrava fiduciosa. Ma Gray rifiutava di abbassare la guardia. Sotto, nel cortile dell'albergo, un paio di uomini terminarono le preghiere del mattino e svanirono all'interno dell'edificio. Rimasto solo, un bambino si tuffò con indifferenza nella fontana della lobby.

Soddisfatto, Gray lasciò vagare per un istante lo sguardo verso l'alto. L'Hotel Ararat sorgeva nel cuore del centro storico di Istanbul, il Sultanahmet. Da lì sino al mare, gli edifici antichi si stagliavano come isole dal gomitolo di strade. Dalla parte opposta dell'albergo, svettavano in cielo le maestose cupole della Moschea Blu. Più avanti, un'enorme chiesa bizantina era inghiottita per metà dalle impalcature nere, quasi i ponteggi di ferro cercassero di ancorare l'edificio al cuore della terra. Oltre le impalcature, fra i cortili e i giardini, si estendeva il Palazzo del Topkapi.

In quegli imponenti capolavori architettonici, Gray avvertiva il peso dei secoli. Con le dita tastò con aria assente la croce intorno al collo. Ecco un altro frammento di antichità, con un'origine gravida di rilevanza storica. Ma cos'aveva a che fare con la minaccia evocata da Seichan una croce che era appartenuta al prete di Marco Polo?

«Ehi, Alì Babà!» esclamò Kowalski. «Un altro di questi drink alla liquirizia.»

Gray ricacciò indietro un grugnito.

«Si chiama *raki*», lo corresse una voce autorevole.

Gray si voltò. Dalla scala ombreggiata della terrazza, uscì una presenza familiare e benvenuta.

Monsignor Vittorio Veroni si rivolse al cameriere in tono educato. «*Bir sise raki lütfen.*»

Il cameriere annuì con un sorriso e scomparve.

Vittorio si avvicinò al tavolo. Gray notò che non aveva indossato il colletto da prete. Evidentemente il monsignore viaggiava in incognito. Vittorio dimostrava dieci anni in meno dei suoi sessanta. Forse era per via dell'abbigliamento informale: jeans blu, scarponi da escursione e una camicia nera con le maniche arrotolate. In spalla portava anche uno zaino consumato.

Sembrava pronto a scalare il monte da cui prendeva il nome l'Hotel Ararat, in viaggio alla ricerca dell'Arca di Noè.

Magari, anni prima, il prelato aveva compiuto quell'escursione.

Prima di diventare prefetto degli archivi, Vittorio aveva lavorato per la Santa Sede in qualità di archeologo biblico. Quella carica gli aveva anche permesso di assolvere un'altra funzione per il Vaticano. Quella di spia. La copertura di archeologo aveva consentito a Vittorio di viaggiare in lungo e in largo, l'ideale per trasmettere informazioni riservate e segrete alla Santa Sede.

In passato, Vittorio aveva anche aiutato la Sigma.

E, a quanto pareva, la sua esperienza era di nuovo richiesta.

Il prelato si accomodò sulla sedia con un lungo sospiro. Il cameriere tornò e posò una tazza di tè fumante di fronte al nuovo arrivato.

« *Tesekkürler* », lo ringraziò Vittorio.

Kowalski si raddrizzò, fissando ora il suo bicchiere vuoto ora la veste ricamata del cameriere che se ne andava. Si accasciò nuovamente sulla sedia, imprecando per il servizio mediocre.

« Comandante Pierce, Seichan », esordì Vittorio. « Grazie per aver accettato la mia richiesta. E, marinaio Joe Kowalski, molto lieto di fare la sua conoscenza. »

Si scambiarono altri convenevoli. Vittorio nominò in tono esitante la nipote, Sara. Era un argomento imbarazzante. Sara e Gray si erano lasciati di comune accordo, ma Vittorio era ancora protettivo nei confronti della nipote. Non che lei ne avesse bisogno. A quanto pareva, Sara se la stava cavando alla grande come tenente dei carabinieri: aveva persino ottenuto un aumento.

Tuttavia Gray fu lieto quando Seichan interruppe Vittorio, dicendo: « Monsignor Veroni, perché ci ha convocato qui a Istanbul? »

Vittorio alzò una mano e sorseggiò il tè. « Sì, ci arriveremo. Ma, prima, voglio mettere due cose in chiaro sin dall'inizio. In primo luogo, ovunque porterà questa vicenda, io verrò con voi. » Inchiodò Gray con uno sguardo risoluto e imperturbabile, quindi spostò gli occhi su Seichan. « In secondo luogo, ma cosa non meno importante, voglio sapere che c'entra tutto questo con il nostro illustre esploratore veneziano Marco Polo. »

« Come fa lei a... Io non ho mai accennato a Marco Polo. »

Prima che Vittorio potesse rispondere, tornò il cameriere. Kowalski alzò lo sguardo, con gli occhi pieni di speranza. Speranza che venne soddisfatta quando l'uomo fece comparire una bottiglia di *raki* e la posò di fronte all'ex marinaio.

« Ne ho ordinato mezzo litro per lei », spiegò Vittorio.

Kowalski tese la mano per stringere il braccio del prelato. « Padre, lei mi è già simpatico. »

Gray rivolse l'attenzione a Seichan. « Allora, che cosa c'entra Marco Polo? »

Washington, mezzanotte

La BMW nera lasciò Dupont Circle e procedette silenziosa lungo una strada più buia. I fari allo xeno tracciavano un sentiero bluastro sul viale costeggiato da schiere di palazzine residenziali, che creavano una sorta di canyon urbano.

Nulla a confronto dei canyon della terra di Nasser, battuti solo dalle capre e dove le caverne e le gallerie offrivano rifugio alle tribù nomadi afghane. Eppure, neanche quella terra era davvero la sua patria. Suo padre aveva lasciato Il Cairo quando Nasser aveva otto anni, per raggiungere l'Afghanistan dopo la liberazione dalle forze russe e unirsi a chi agognava un Islam più puro. Anche il fratello e la sorella minori di Nasser erano stati trascinati laggiù. Non avevano avuto scelta. Alla vigilia della loro partenza, suo padre aveva strangolato la madre, usando la sciarpa che Nasser portava per andare a scuola. La madre non voleva lasciare l'Egitto e svanire per sempre sotto un burka. Aveva parlato e si era lamentata con le persone sbagliate.

I bambini erano stati costretti a guardare, inginocchiati in gesto di riverenza, mentre gli occhi della madre strabuzzavano e la lingua si gonfiava.

Era una lezione che Nasser aveva imparato bene.

Essere freddo. Sotto tutti gli aspetti.

Le luci allo xeno girarono un angolo. Dal sedile del passeggero, Nasser indicò il centro dell'isolato. «Fermati qui.»

L'autista, che aveva il naso bendato dopo il fallito rapimento, accostò la berlina al marciapiede. Nasser si girò a guardare il sedile posteriore, occupato da due persone.

Annishen, vestita di ogni gradazione di nero, scompariva quasi fra i sedili in pelle. Indossava anche un cappuccio sulla testa rasata, che le donava un aspetto monastico. Gli occhi le balenavano al buio. Cingeva con un braccio l'altro passeggero, appoggiandosi a lui con aria intima.

L'uomo piagnucolava ancora nel bavaglio. Il sangue gli anneriva un lato della faccia e del collo. Fra le mani legate, strette fra le ginocchia, teneva ancora l'orecchio destro. Nasser aveva scoperto il nome dell'uomo in una rubrica telefonica.

Un medico.

«Il posto è questo?» domandò Nasser.

L'uomo annuì con decisione, stringendo gli occhi dopo aver verificato l'indirizzo.

Nasser studiò l'ingresso dell'edificio. All'interno, dietro una scrivania, era appostato un guardiano notturno. Sopra le porte di vetro antiproiettile spuntava una telecamera. Misure di sicurezza rigorose. Nasser carezzò con il pollice il bordo di una tessera magnetica, una cortesia del loro passeggero.

Finalmente, dopo un'intera giornata, era di nuovo sulle tracce dell'americano e della traditrice della Gilda. La notte precedente aveva setacciato la casetta nel quartiere di Takoma Park. Nel garage aveva scoperto la motocicletta di Seichan, ma poco altro. Non c'era traccia dell'obelisco, a parte un piccolo frammento di marmo egiziano nel viale.

Ma, perquisendo la casa, Allah gli aveva sorriso.

Nasser aveva scoperto una rubrica telefonica con i recapiti di molti medici.

Aveva impiegato il resto della giornata a trovare quello giusto.

Tornò a guardarsi intorno. «Grazie, dottor Corrin. Mi è stato di grande aiuto.»

Nasser non ebbe bisogno di rivolgere un cenno del capo ad

Annishen. La lama scivolò fra le costole dell'uomo e gli aprì il cuore. Era una tecnica del Mossad che lui aveva insegnato ad Annishen. Nasser stesso l'aveva impiegata soltanto una volta prima di allora.

Mentre suo padre era inginocchiato in preghiera.

Non era la vendetta di un bambino. Solo giustizia.

Nasser scese dall'auto e aprì la portiera posteriore. Annishen scivolò fuori in un fruscio di pelle nera, radiosa in una giacca scamosciata di design italiano e un abito scuro, intonato al completo di Armani. Non c'era neanche una macchia di sangue, ulteriore dimostrazione della sua maestria. Nasser la cinse con il braccio e chiuse la portiera.

« La notte è ancora giovane », disse la donna, con un sospiro di soddisfazione.

Lui la trasse più vicina a sé. Due semplici innamorati che tornavano da una cena a tarda sera.

La notte d'estate era ancora afosa, ma l'atrio della palazzina disponeva di aria condizionata. A un passaggio della tessera magnetica del dottor Corrin, le porte si aprirono salutandoli con un sussurro. Il guardiano alzò lo sguardo dalla scrivania.

Nasser gli rivolse un cenno, camminando a lunghe falcate verso il vano degli ascensori attiguo. Annishen emise una risata argentina, facendo le fusa al suo fianco, chiaramente ansiosa di raggiungere il loro appartamento. La mano della donna sgusciò sulla Glock nella fondina.

Per ogni evenienza...

Ma il guardiano si limitò a ricambiare il cenno del capo e tornò a rivolgere l'attenzione alla rivista che stava leggendo.

Nasser scosse la testa mentre raggiungeva il vano degli ascensori. Tipico. In America, quelle che spacciavano per misure di sicurezza erano tutto fumo e niente arrosto.

Poco dopo, Nasser e Annishen sostavano di fronte all'appartamento 512. L'uomo fece scorrere la stessa tessera magnetica nella serratura della porta. La lucetta di segnalazione passò dal rosso al verde.

Diede uno sguardo ad Annishen. Notò il guizzo negli occhi della donna, dovuto all'omicidio di poco prima.

« Almeno uno di loro ci servirà vivo », l'avvertì lui.

Lei si finse imbronciata ed estrasse l'arma.

Lui aprì con delicatezza la porta. Neanche un cigolio. Entrò per primo, sgusciando nell'atrio di marmo. Una luce si riversava da una camera da letto sul retro.

Nasser si fermò nell'ingresso.

Nell'aria c'era qualcosa di troppo immobile. Troppo silenzioso. Doveva procedere oltre. Trattenne il respiro. Sapeva che l'appartamento era vuoto.

Eppure fece cenno ad Annishen di spostarsi su un lato. Lui occupò l'altro. Nel giro di qualche istante, setacciarono le stanze, controllando in ogni armadio.

Non c'era nessuno.

Annishen si fermò nella camera da letto. Il letto sembrava intatto. « Il medico ci ha mentito », disse con evidente irritazione e una moderata nota di rispetto. « Non ci sono. »

Nasser era nel bagno. Chino su un ginocchio. Sul pavimento aveva individuato qualcosa, rotolato sotto il mobile.

Raccolse il flacone di un farmaco. Vuoto.

Lesse l'etichetta e il nome del paziente. Jackson Pierce.

« Sono stati qui. »

Il dottor Corrin aveva detto la verità: o, almeno, quella che lui riteneva tale.

« Se ne sono andati », affermò Nasser, tornando in camera da letto.

Strinse in pugno il flacone di pillole, ingoiando la rabbia. Il comandante Pierce l'aveva giocato un'altra volta. Prima con l'obelisco, poi con lo stratagemma dei genitori.

« E adesso? » domandò Annishen.

Lui alzò il flacone.

Un'ultima possibilità.

Istanbul, ore 07.03

« Tanto per cominciare, cosa ne sai tu di Marco Polo? » chiese Seichan. Aveva inforcato un paio di occhiali da sole. Il ristorante dell'attico era screziato di ombre e luce intensa. Si erano spostati in un tavolo più appartato, protetto da un ombrellone.

Nella voce della donna, Gray udì una chiara esitazione e, forse, una traccia di sollievo. Era dibattuta fra il dovere di tenere per sé ciò che sapeva e l'impellenza di liberarsi di quel fardello.

« Polo era un esploratore del XIII secolo », rispose Gray. Aveva letto qualcosa su di lui in viaggio. « Assieme al padre e allo zio, Marco trascorse vent'anni in Cina come ospite privilegiato dell'imperatore mongolo Kublai Khan. E, dopo essere ritornato in Italia nel 1295, Marco narrò i propri viaggi a un letterato di nome Rustichello da Pisa, che scrisse ogni cosa. »

Il *Milione* ebbe immediato successo in tutta Europa, grazie ai suoi racconti fantastici: deserti persiani sconfinati e solitari, città tentacolari, lande remote popolate da idolatri nudi e streghe, isole affollate di cannibali e strani animali. Persino Cristoforo Colombo ne aveva con sé una copia quando partì alla volta del Nuovo Mondo.

« Ma cosa c'entra con quanto sta avvenendo oggi? » terminò Gray.

« Tutto », rispose Seichan.

Vittorio sorseggiava il tè, mentre Kowalski piazzò il gomito sul tavolo e appoggiò la testa al pugno. Anche se l'uomo aveva l'aria annoiata, Gray lo notò spostare gli occhi, intento a studiare tutti i presenti e a seguire la conversazione. Gray sospettava che in Kowalski ci fossero degli abissi ancora inesplorati. Con aria assente, dava da mangiare le briciole dei pasticcini ai piccioni.

« I resoconti di Marco Polo non sono così chiari come quasi tutti credono », proseguì Seichan. « Dell'opera dell'esploratore veneziano non esiste un testo originale, solo copie di copie. E, in ciascuna di queste traduzioni e riedizioni, sono saltate fuori delle nette differenze. »

« Sì, ho letto qualcosa in proposito », replicò Gray, cercando di spingere Seichan ad andare al sodo. « Tante di quelle discrepanze che, oggi, qualcuno si domanda se Marco Polo sia realmente esistito o se non fosse una creazione del letterato pisano. »

« È esistito », insistette Seichan.

Vittorio assentì. « Ho sentito parlare delle argomentazioni contro Marco Polo e delle sue significative lacune nelle descrizioni della Cina.» Il monsignore sollevò la tazza. «Come per esempio la passione dell'Estremo Oriente per il tè. Una mistura sconosciuta agli europei dell'epoca. O la pratica del bendaggio dei piedi e l'uso delle bacchette durante i pasti. Marco non cita neanche la Grande Muraglia. Si tratta chiaramente di eclatanti e sospettose omissioni. Eppure Marco ha azzeccato anche parecchie cose: la peculiare manifattura della porcellana, l'uso del carbone come combustibile e persino il primo utilizzo della carta moneta.»

«Va bene», ammise infine Gray. «Ma il punto è sempre cosa c'entra con noi...»

«Il fatto che in tutte le edizioni del libro di Marco Polo ci fu una seria omissione», disse Seichan. «Riguarda il viaggio di ritorno in Italia. Kublai Khan reclutò i Polo per scortare una principessa mongola di nome Kocacin dal suo promesso sposo in Persia. Per un'impresa tanto grandiosa, il Khan equipaggiò il gruppo di quattordici imponenti galee e di oltre seicento uomini. Tuttavia in Persia giunsero soltanto *due* navi con a bordo *diciotto* uomini.»

«Cos'è successo agli altri?» mormorò Kowalski.

«Marco Polo non lo disse mai. Rustichello da Pisa lo accenna brevemente nella prefazione del celebre testo: una tragedia nelle isole dell'Asia sudorientale. Ma cos'accadde non fu mai scritto. Persino sul letto di morte, Marco rifiutò di raccontarlo.»

«Ed è vero?» domandò Gray.

«È un mistero che non è mai stato risolto», rispose Vittorio. «Gran parte degli storici ipotizza che la flotta sia caduta vittima dei pirati o di qualche epidemia. Tutto ciò che si sa per certo è che le navi di Marco andarono alla deriva per cinque mesi nell'arcipelago indonesiano, riuscendo ad allontanarsi soltanto con una piccola parte della flotta del Khan.»

«E, allora, perché nella sua opera Marco ha tralasciato un aspetto tanto drammatico del viaggio?» domandò Seichan, per arrivare più in fretta al punto. «Perché se l'è portato nella tomba?»

Gray non aveva risposta. Ma quel mistero suscitò in lui un assillante timore. Cominciava a sospettare dove poteva portare tutto ciò.

Vittorio si era fatto anche più cupo. « Lei sa cos'è successo in quelle isole, vero? »

« Il *Milione* fu composto in francese », disse Seichan. « Secondo alcune fonti, però, anni dopo tradusse il libro nella lingua natia perché fosse apprezzato dai suoi conterranei. E anche perché venne ispirato da un suo illustre contemporaneo. »

« Dante Alighieri », spiegò Vittorio. « La *Divina Commedia* è considerata l'opera che ha stabilito i canoni della lingua italiana. I francesi chiamavano il volgare italiano la *langue de Dante.* »

Seichan annuì. « Nel frattempo, però, Marco redasse anche una copia segreta per sé. In quella copia raccontò finalmente cos'era accaduto alla flotta del Khan. »

« Non può essere », mormorò Vittorio. « Com'è possibile che un simile testo sia rimasto nascosto per tanto tempo? Dove si trova? »

« In un luogo sicuro. » Seichan fissò Vittorio.

« Non si riferisce... »

« I Polo furono inviati all'estero per ordine di Gregorio X. Secondo alcune voci, il padre e lo zio di Marco furono le prime spie della Chiesa, spediti in Cina come agenti doppiogiochisti per scoprire l'entità delle forze mongole. Sono stati i veri fondatori del servizio segreto in cui lei prestava servizio, monsignor Veroni. »

Vittorio sprofondò nella sedia, immergendosi nei propri pensieri. « Il diario segreto era nascosto nell'Archivio... »

« Senza essere registrato. Agli occhi di un osservatore qualsiasi era solo l'ennesima edizione del libro di Marco. Occorreva una lettura accurata per accorgersi che, in fondo al libro, era rilegato un capitolo aggiuntivo. »

« E la Gilda è venuta in possesso di quell'edizione? » domandò Gray. « Apprendendo così qualcosa di importante? »

Seichan annuì.

« Ma come ha fatto la Gilda a metterci le mani? »

Sfilandosi gli occhiali, Seichan lo fissò con aria accusatoria. « Sei stato tu a consegnargliela, Gray. »

«Di che accidenti stai parlando?» sbottò Gray.

Vittorio notò il lampo di soddisfazione negli occhi verdi smeraldo dell'assassina della Gilda. Pareva divertirsi un mondo a prendersi gioco di loro. Però notò anche il suo volto scavato e il leggero pallore delle guance. Era preoccupata.

«Siamo tutti colpevoli», rispose Seichan, accennando con il capo anche a Vittorio.

Il prelato non cadde nella provocazione e si mantenne tranquillo. Era troppo vecchio e non gli ribolliva tanto facilmente il sangue. Inoltre aveva già capito. «Il simbolo dell'Ordo Draconis. È stata lei a dipingerlo sul pavimento. Io lo credevo un avvertimento indirizzato a me, un invito a indagare sull'iscrizione angelica.»

Seichan annuì, adagiandosi alla sedia. Intuì che l'uomo aveva compreso la verità.

«Ma c'era dell'altro», continuò lui. Ripensò al suo predecessore: Alberto Menardi, un traditore che aveva lavorato in segreto per l'Ordo Draconis. Durante il suo mandato, l'uomo aveva sottratto parecchi testi chiave dall'Archivio, per custodirli nella sua biblioteca privata di un castello in Svizzera. Gray, Seichan e Vittorio erano stati determinanti per smascherarlo e distruggere la setta dell'Ordo Draconis. Il castello era diventato patrimonio della famiglia Veroni, una proprietà maledetta con una lunga storia sanguinosa. «La biblioteca. Quando la polizia ci diede il permesso di accedere al castello, dopo tutti quei massacri e quegli orrori, scoprimmo che la biblioteca non c'era più. Scomparsa.»

«Perché non ho saputo niente?» domandò Gray, sorpreso.

Vittorio sospirò. «Pensavamo si fosse trattato di un semplice furto o un giro di corruzione in seno alla polizia italiana. Nella biblioteca erano custodite antichità inestimabili. Compresi, per via degli interessi di Alberto, parecchi libri dell'occulto.»

Per quanto Vittorio disprezzasse l'ex prefetto, non poteva negare che fosse stato un uomo estremamente intelligente. E, in qualità di prefetto degli archivi per oltre trent'anni, Alberto ne conosceva tutti i segreti. Avrebbe custodito gelosamente una tale scoperta: un'edizione del *Milione* di Marco Polo con un capitolo aggiuntivo nascosto.

Ma cos'aveva letto l'ex prefetto? Cosa l'aveva spinto a sottrarre quel testo? Cos'aveva attirato l'interesse e l'attenzione della Gilda?

Vittorio scrutava Seichan. « Ma non furono dei ladri qualsiasi a ripulire la biblioteca, vero? *Lei*, Seichan, parlò alla Gilda dei tesori conservati lì. »

A quell'accusa, la donna non si degnò neanche di trasalire. « Non avevo scelta. Due anni fa la biblioteca mi ha salvato la vita, dopo aver aiutato voi due. Non avevo idea dell'orrore che nascondeva. »

Gray era rimasto in silenzio a osservarli. Vittorio lo intravedeva quasi spremersi le meningi, elaborare minuziosamente i dati. Come Alberto, Gray aveva una mente analitica, con la capacità di cambiare la disposizione dei tasselli sparsi di un enigma scoprendo nuove configurazioni. Non c'era da stupirsi che Seichan fosse andata a cercarlo.

Gray le rivolse un cenno del capo. « Hai letto quel testo, Seichan? Il vero resoconto del viaggio di ritorno di Marco Polo. »

A tutta risposta, lei indietreggiò con la sedia, si piegò e abbassò la cerniera dello stivale sinistro. Estrasse un faldone di tre fogli, ripiegati e infilati in una tasca interna nascosta. Lisciò i fogli e li fece passare sul tavolo. « Quando ho cominciato a sospettare le intenzioni della Gilda, mi sono fatta una copia del capitolo tradotto quasi alla lettera. »

Vittorio e Gray si avvicinarono, spalla a spalla, per esaminare assieme le carte. Anche il marinaio corpulento si protese in avanti, l'alito speziato d'anice dal *raki*.

Vittorio lesse il titolo e le prime righe.

CLXXXIV

Di un viaggio mai raccontato e di una mappa proibita

Ora avvenne che, trascorso un mese intero dall'ultimo approdo, cercammo di riparare due navi e di rinnovare le scorte d'acqua attingendo a un fiume fresco. Giungemmo a riva con delle scialuppe, e restammo sbalorditi per l'abbondanza di uccelli e dalla ricchezza di vegetazione. Anche le provviste di carne salata e frutta erano terminate. Partimmo con quarantadue uomini del Gran Can, armati di lance e frecce; tale protezione era ritenuta saggia, poiché le isole vicine erano popolate di idolatri nudi che si nutrivano della carne d'altri uomini.

Vittorio riconobbe la cadenza e la prosa rigida e arcaica. Possibile che quelle parole fossero davvero di Marco Polo? Se così fosse stato, era un testo su cui avevano posato gli occhi soltanto in pochi. Vittorio avrebbe voluto leggere l'originale, non fidandosi del tutto della traduzione. Ma, cosa più importante, avrebbe voluto esaminare l'idioma originario, per essere ancora più vicino al celebre viaggiatore.

Continuò a leggere.

Da un'ansa del fiume, uno degli uomini del Can gridò e indicò lo scosceso dirupo d'un altro picco che svettava sulla vallata. Sorgeva a venti miglia nell'entroterra e nel folto della foresta; ma non era una montagna. Era la guglia d'un immenso edificio; e allora avvistammo altre torri, mezze nascoste nelle nebbie. Siccome le riparazioni avrebbero richiesto dieci giorni e gli uomini del Can desideravano cacciare i tanti uccelli e animali per fare incetta di selvaggina, partimmo in cerca di quei creatori di montagne, popolo sconosciuto e inesplorato.

Alla fine della prima pagina, Vittorio avvertì crescere una palpabile minaccia. In parole chiare, la narrazione riferiva che *la foresta si faceva sempre più quieta d'uccelli e animali.* Marco e i cacciatori proseguirono, seguendo un sentiero che si addentrava nella giungla, *calcato da quei creatori di montagne.*

Dopo un lungo cammino, mentre si avvicinava il crepuscolo, la comitiva di Marco giunse a una città di pietra.

La foresta s'aprì su un'immensa città dalle molte guglie, tutte gremite di volti scolpiti di idoli. Quale fosse la demoniaca stregoneria impiegata da quel popolo, io non lo scoprii mai; ma, nella sua compassionevole vendetta, Dio aveva colpito quella città e la foresta stessa con il flagello di un'atroce pestilenza. Il primo ca-

davere fu quello di un bambino nudo. La carne era straziata di vesciche sino all'osso e pullulava d'enormi formiche nere. Ovunque ci voltassimo, l'occhio si posava su altri e altri ancora. Un conto di diverse centinaia non avrebbe potuto definire quel massacro; e la morte non era riservata ai peccati dell'uomo. Gli uccelli erano caduti dal cielo. Gli animali della foresta giacevano in cataste contorte. Enormi serpenti erano sospesi senza vita ai rami degli alberi.

Era una Città dei Morti. Temendo la pestilenza, cercammo di fuggire in tutta fretta. Ma il nostro passaggio non restò inosservato. Arrivarono dal folto della foresta: la loro carne nuda non era più sana di quella dei cadaveri disseminati sui gradini e sulle piazze di pietra, o a galla nei verdi fossati. Gli arti erano putrescenti, al punto di scoprire la carne sottostante. Altri recavano bubboni lividi e vesciche che ricoprivano quasi tutta la pelle; e altri ancora avevano il ventre tumefatto. Tutt'intorno, le ferite colavano e fumavano. Alcuni avanzavano ciechi; e altri camminavano carponi. Quella terra pareva afflitta da un migliaio di piaghe; una legione di pestilenze.

Sciamavano dalla fitta vegetazione con i denti snudati, simili ad animali selvaggi. Altri avevano le braccia e le gambe mutilate. Dio mi protegga anche ora, molti di quegli arti erano rosicchiati.

Benché la mattinata si facesse sempre più calda, Vittorio fu attraversato da un brivido. Lesse con orrore paralizzante il resoconto di Marco in merito alla fuga della sua comitiva, che si era addentrata nella città per rifugiarsi dall'esercito famelico. Il veneziano descriveva con dovizia di particolari la carneficina e il cannibalismo. Mentre calava il crepuscolo, la comitiva di Marco si era rifugiata in uno degli edifici più alti, ornato di raffigurazioni di serpenti contorti e re morti da tempo. Il gruppo aveva tentato un'ultima resistenza, sicuro che ormai sarebbe stato sopraffatto mentre la città era sempre più invasa da cannibali appestati.

Gray mormorò qualcosa e, anche se le parole non si udirono, il tono d'incredulità era palese.

Ormai il sole calava, e così tutte le nostre speranze. Ciascuno a modo suo rivolgeva preghiere all'alto dei cieli. Gli uomini del Can bruciarono dei bastoni e con la cenere si cosparsero il volto. Io avevo solo il mio confessore. Frate Agreer s'inginocchiò accanto a me e raccomandò le nostre anime a Dio con preghiere sommesse. Strinse il crocefisso e mi disegnò sulla fronte la croce della sofferenza di Gesù. Usò le stesse ceneri degli uomini del Can. Io gettai uno sguardo sui volti segnati degli altri uomini e mi domandai: in un simile cimento, eravamo forse tutti uguali? Pagani e cristiani. E, alla fine, quale preghiera sarebbe stata ascoltata? La preghiera che recò la Virtù per debellare quella pestilenza fra noi; una Virtù oscura che ci salvò tutti.

La storia terminava lì.

Gray girò il foglio, in cerca di altro.

Kowalski tornò a adagiarsi sulla sedia e diede il suo unico contributo alla discussione. « Non c'è abbastanza sesso. »

Gray indicò un nome nell'ultima pagina. « Qui. Questo accenno a frate Agreer. »

Vittorio annuì, aveva individuato lo stesso errore eclatante. Di sicuro quel testo era falso. « Nessun religioso andò in Oriente. Secondo i testi vaticani, con i Polo partirono due frati domenicani, in rappresentanza della Santa Sede, ma tornarono indietro dopo pochi giorni. »

Seichan raccolse la prima pagina e la ripiegò. « Come aveva fatto per questo capitolo segreto, Marco stralciò il frate dalle sue cronache. A dire il vero, con i Polo partirono *tre* domenicani. Uno per ciascun viaggiatore, secondo il costume dell'epoca. »

Vittorio si rese conto che aveva ragione. L'usanza era effettivamente quella.

« Tornarono solo *due* frati », proseguì Seichan. « La presenza del terzo è stata tenuta nascosta. Sino a oggi. »

Gray si tolse il crocefisso d'argento dal collo e lo posò sul tavolo. « E tu sostieni che questa sia davvero la croce di frate Agreer? Quella citata nella storia? »

Lo sguardo risoluto di Seichan rispose alla sua domanda.

Tacendo sbigottito per la rivelazione improvvisa, Vittorio prese dal tavolo il crocefisso e lo esaminò. Era autentico?

« Ma non capisco. Perché frate Agreer è stato omesso dalla narrazione? »

Seichan finì di sistemare i fogli. « Non lo sappiamo. Inoltre le pagine restanti del libro sono state strappate e rimpiazzate con una pagina nuova, chiaramente spuria rispetto al testo originario. »

Vittorio era incuriosito da quella stranezza. « Cosa c'era sulla nuova pagina? »

« Io non l'ho vista, ma mi è stato riferito che c'è un testo farneticante, pieno di citazioni bibliche e di riferimenti agli angeli. Chiaramente l'autore temeva la storia di Marco. Ma, cosa più importante, in quella pagina si parlava di una mappa contenuta nel testo, tracciata dallo stesso Marco. Una mappa ritenuta infausta. »

« E che fine ha fatto la mappa? »

« Chiunque ha modificato il testo aveva anche paura di distruggerla completamente. Così l'autore, probabilmente assieme ad altri, ha riscritto la mappa in un codice che l'avrebbe protetta e benedetta. »

Gray annuì. « E dunque l'hanno occultata in un'iscrizione angelica. »

« Ma chi ha inserito quella pagina? » domandò Vittorio.

Seichan scrollò le spalle. « Ovviamente non è firmata, ma i continui riferimenti suggeriscono che, in seguito alla peste che ha sconvolto l'Europa nel XIV secolo, i discendenti dei Polo avessero passato il libro segreto di Marco al papato. Forse la famiglia temeva che la peste fosse la stessa piaga che aveva colpito la Città dei Morti, venuta infine a distruggere il resto del mondo. Fu allora che il libro fu nascosto nell'Archivio. »

« Interessante », commentò Vittorio. « Se lei ha ragione, potrebbe spiegare perché all'epoca si persero tutte le tracce della famiglia Polo. Persino le spoglie di Marco svanirono dalla chiesa di San Lorenzo, dov'era stato sepolto. Sembrava fosse in atto un tentativo sistematico di cancellare il nome stesso della famiglia. Qualcuno ha mai attribuito una data a questa nuova pagina di farneticazioni? »

Seichan annuì. « È stata fatta risalire ai primi del Seicento. »

«Mmm... A quell'epoca, in Italia, è scoppiata un'altra grande epidemia di peste bubbonica.»

«Esatto», confermò Seichan. «E, in quello stesso periodo, un tedesco di nome Johannes Trithemius ideò la scrittura angelica. Benché dichiarasse che si trattava di una scrittura precedente alla comparsa dell'uomo sulla terra.»

Vittorio aveva fatto una ricerca storica sulla scrittura angelica. Il suo creatore riteneva che, usando l'alfabeto angelico - presumibilmente appreso grazie a una profonda meditazione -, si potesse comunicare con i cori celesti degli angeli. Trithemius si dilettava anche di crittografia e codici segreti. Il suo celebre trattato, *Steganographia,* era considerato di natura occulta, ma in realtà si trattava di una complessa miscela di angelologia e decrittazione.

«Quindi, se all'epoca si fosse voluto nascondere una mappa», concluse Gray, «una mappa ritenuta *infausta,* il suo occultamento in un'iscrizione angelica doveva sembrare la maniera ideale per neutralizzare le forze del male.»

«Ed è esattamente ciò che è arrivata a credere la Gilda. Quella pagina suggeriva degli indizi, come per esempio la posizione della mappa codificata, incisa su un obelisco egizio e nascosta nel Museo Gregoriano del Vaticano. Ma l'obelisco era svanito, perduto nel tempo. Per cercarlo, Nasser e io abbiamo giocato al gatto con il topo. Ma ho vinto io. E l'ho rubato sotto il suo naso.»

Vittorio trasalì e scrutò i volti degli altri. «Di quale obelisco state parlando?»

Ore 07.42

Gray informò Vittorio dell'obelisco egizio utilizzato per nascondere la croce del frate e descrisse il codice impresso con oli fosforescenti. «Ecco il testo.»

Vittorio studiò il garbuglio di simboli angelici e scosse la testa. «Per me non ha nessun senso.»

«Precisamente», disse Seichan. «La lettera farneticante nel testo di Marco riferisce anche di una *chiave,* a sua volta divisa in tre parti. La prima è l'iscrizione nella sala dove, in origine, era nascosto il testo segreto.»

«Nella Torre dei Venti!» esclamò Vittorio. «Un ottimo nascondiglio. In quel periodo la torre era in costruzione. Edificata per ospitare l'Osservatorio Vaticano.»

«E, secondo la pagina falsa nel testo di Marco, ciascuna chiave avrebbe condotto alla successiva», proseguì Seichan. «Dunque, tanto per cominciare, dobbiamo risolvere questo primo enigma: l'iscrizione angelica in Vaticano. Lei, monsignor Veroni, ha detto di esserci riuscito. È vero?»

Vittorio aprì la bocca per spiegare, ma Gray gli posò una mano sul braccio. Non aveva intenzione di scoprire tutte le loro carte con Seichan. «Non hai ancora detto perché la Gilda è coinvolta in tutta questa vicenda. A che pro seguire le tracce storiche di Marco Polo sino a oggi?»

Seichan esitò, poi trasse un respiro profondo: se per mentire o farsi coraggio, lui non seppe determinarlo. Quando la donna parlò, confermò le paure di Gray.

«Perché riteniamo che la piaga di Marco sia di nuovo scoppiata. Liberata da alcuni antichi fasciami delle galee originarie di Marco. La Gilda è già sul posto a occuparsi delle implicazioni scientifiche. Nasser e io eravamo incaricati di seguire la pista storica. Com'è abitudine della Gilda, il braccio destro non deve sapere ciò che fa il sinistro.»

Gray conosceva la compartimentazione in cellule della Gilda, uno schema appreso alla lettera da parecchie organizzazioni terroristiche.

«Ma io ho sottratto alcune informazioni...» continuò Seichan. «Ho scoperto la natura del morbo e la sua capacità di alterare per sempre la biosfera.» Seichan raccontò che la Gilda aveva isolato un virus - il Ceppo di Giuda - che aveva la capacità di trasformare i batteri in organismi letali. Citò il testo di Marco. «*Una legione di pestilenze*: ecco cos'ha colpito l'Indonesia. Ma io conosco la Gilda. So che cosa progettano di fare. Studiare questo virus per creare un'enorme quantità di nuove armi biologiche e batteriologiche.»

Mentre Seichan riferiva i dettagli, Gray si aggrappò al bordo del tavolo. Le nocche gli dolevano.

Prima che potesse parlare, Vittorio si schiarì la gola. « Ma, se il ramo scientifico della Gilda sta indagando su questo virus, cos'ha di tanto rilevante la storia di Marco Polo? »

Rispose Gray, citando l'ultima riga del testo di Marco Polo. « *Una Virtù oscura che ci salvò tutti.* A me dà l'idea di una cura. »

Seichan annuì. « Marco sopravvisse per raccontare questa storia. Neanche la Gilda oserebbe scatenare un simile virus senza avere i mezzi per controllarlo. »

« O almeno scoprirne la fonte », aggiunse Gray.

Vittorio scrutò il profilo della città. « E ci sono altre domande senza risposta. Che fine ha fatto frate Agreer? Cosa spaventava la Chiesa? »

Ma Gray aveva una domanda più pressante. « Precisamente in quale zona dell'Indonesia è scoppiata questa nuova epidemia? »

« In un'isola sperduta, fortunatamente. »

« L'Isola di Natale », affermò Gray.

Seichan spalancò gli occhi, sorpresa.

Una conferma sufficiente.

Gray si alzò. Tutti lo guardarono. Monk e Lisa erano andati laggiù per indagare su un'epidemia. Non avevano idea di ciò che avrebbero dovuto affrontare... Il respiro di Gray si fece più pesante. Doveva avvertire Painter. Ma, visto che la Sigma era compromessa, il suo allarme avrebbe reso i suoi amici dei bersagli per la Gilda? Aveva bisogno di ulteriori informazioni. « Da quanto tempo è partita l'operazione della Gilda in Indonesia? »

« Non lo so. »

« Seichan », l'apostrofò Gray, con un grugnito.

Gli occhi della donna si strinsero di preoccupazione. Nell'agitazione che lo assaliva, Gray arrivò quasi a crederla sincera. « Davvero, non lo so. Perché? Cosa c'è che non va? »

Gray si allontanò e raggiunse la balaustra: aveva bisogno di un minuto per riflettere e assorbire la portata di tutto ciò che aveva appreso.

Per il momento, sapeva solo una cosa per certa.

Doveva dare la notizia a Washington.

Washington, ore 01.04

Harriet Pierce si sforzava di calmare il marito. Era particolarmente difficile perché lui si era chiuso nel bagno dell'hotel.

La donna si premeva uno straccio inumidito sul labbro spaccato. «Jack! Apri la porta!»

L'uomo si era svegliato due ore prima, confuso e disorientato. Harriet c'era già passata. La Sindrome del Tramonto. Una condizione comune per i pazienti affetti da Alzheimer: uno stato di agitazione dovuto al buio, quando l'ambiente circostante diventa indistinto.

E la cosa peggiore era che non si trovavano a casa. Il Phoenix Park Hotel era la loro seconda sistemazione in meno di ventiquattr'ore. Prima l'appartamento del dottor Corrin, e adesso lì. Ma Gray era stato chiaro quando le aveva sussurrato delle istruzioni indirizzate solo a lei. Non appena il dottor Corrin li avesse lasciati all'appartamento, dovevano andarsene, scegliere un albergo dall'altra parte della città e pagare in contanti usando un falso nome.

Un'ulteriore precauzione.

Ma tutto quel movimento aveva aggravato le condizioni di Jack. Per tutto il giorno non aveva assunto il Tegretol, un farmaco stabilizzatore dell'umore, e aveva terminato il propranolo, che riduceva l'ansia.

Quindi non c'era da stupirsi che, poco prima, Jack si fosse svegliato disorientato e in preda al panico. Da mesi Harriet non lo vedeva in condizioni tanto gravi.

Era stata svegliata dalle grida e dai passi pesanti e incerti. Si era addormentata su una poltrona di fronte al piccolo televisore della stanza d'albergo. Il canale era sintonizzato sul notiziario della Fox. Teneva il volume abbassato, quanto bastava per sentire se veniva ancora nominato Gray.

Svegliandosi sbigottita per il grido del marito, era entrata di corsa in camera da letto. Un errore sciocco. Non si sorprende un paziente in quello stato. Jack l'aveva scacciata con uno schiaffo, colpendola sulla bocca. Aveva impiegato un intero minuto a riconoscerla. Poi si era chiuso in bagno.

Harriet l'aveva udito singhiozzare.

I maschi della famiglia Pierce non piangevano.

«Jack, apri la porta. Ho chiamato una farmacia: ci stanno portando le medicine. Va tutto bene.»

Harriet sapeva che farsi consegnare il farmaco era un rischio. Ma non poteva portare Jack all'ospedale e, se non avesse assunto qualcosa, le sue condizioni sarebbero soltanto peggiorate. Inoltre le urla avrebbero potuto insospettire gli altri clienti: se qualcuno avesse chiamato la polizia?

Senz'altra scelta, i denti che le dolevano per il pugno, aveva preso una decisione. Aveva consultato la guida telefonica e aveva chiamato una farmacia che faceva consegne a domicilio. Una volta che il marito avesse assunto le medicine, avrebbero lasciato l'albergo per scomparire un'altra volta.

Alle sue spalle squillò il campanello.

«Jack, è la farmacia. Torno subito.»

Uscì di corsa dalla camera da letto, ma si bloccò prima di aprire la porta. Sbirciò dallo spioncino, che offriva una visuale distorta del corridoio. Fuori c'era una donna, con i capelli neri tagliati corti. Indossava una giacca bianca con il logo della farmacia all'occhiello e reggeva un sacchetto, su cui era pinzata una ricetta.

La donna si spostò e il campanello suonò di nuovo. La donna controllò l'orologio e fece per andarsene.

«Aspetti!» esclamò Harriet.

«Farmacia Swan», disse la donna in risposta.

Harriet raggiunse il telefono sul tavolino all'ingresso. Si vide riflessa nello specchio a parete. Aveva l'aria stremata, simile a una candela di cera sciolta. Chiamò la reception nell'atrio.

«Phoenix Park. Reception.»

«Stanza 334. Volevo confermare la consegna di una farmacia.»

«Sì, signora. Ho controllato le credenziali tre minuti fa. C'è qualche problema?»

«No, niente. Volevo solo...»

Dalla camera da letto risuonò uno schianto, seguito da una raffica di imprecazioni. Jack era finalmente uscito dal bagno.

«C'è qualcosa che posso fare per lei, signora?»

« No. Grazie. » Riattaccò.

« Harriet! » gridò il marito, con una nota di angoscia in mezzo alla rabbia.

« Eccomi, Jack. »

Il campanello squillò di nuovo.

Esausta, Harriet sperava che Jack non avrebbe fatto storie per prendere le pillole. Aprì la porta.

L'addetta alle consegne alzò il viso, sorridendo: ma non c'era nessun calore, solo un divertimento ferino. Harriet raggelò, sconcertata. Era la donna che li aveva attaccati al rifugio. Prima che potesse muoversi, la donna spalancò la porta con un calcio.

Harriet fu colpita alla spalla dal bordo dell'uscio e cadde sul pavimento piastrellato. Cercò di ammortizzare l'impatto tendendo un braccio, ma il polso si ruppe con uno schiocco. Un dolore lancinante le attraversò l'arto.

Con un rantolo, leggermente appoggiata su un fianco, rotolò via.

Jack uscì dalla camera da letto con indosso solo i boxer. « Harriet! » Ancora confuso, impiegò troppo tempo a capire la situazione.

La donna varcò la soglia e puntò una pistola contro di lui. « Ecco la tua medicina. »

« No... » gemette Harriet.

La donna premette il grilletto. Dalla canna si sprigionò una sfrigolante scarica elettrica. Qualcosa sibilò accanto all'orecchio di Harriet e colpì Jack al petto nudo.

Un *taser*, una pistola elettrica.

L'uomo si contorse, allargando le braccia, quindi piombò a terra.

Non si muoveva.

Nel silenzio sbigottito, dal televisore con il volume abbassato, un annunciatore del notiziario della Fox sussurrò: « *La polizia metropolitana dà ancora la caccia a Grayson Pierce, ricercato in relazione all'incendio doloso e all'attentato a una casa di Washington* ».

Istanbul, ore 08.32

Appoggiato alla balaustra sul tetto, Gray si sforzò di pensare a un canale sicuro per comunicare con Washington. Avrebbe dovuto essere prudente: un contatto riservato con Painter. Ma come? Chi poteva dire che la Gilda non tenesse già sotto controllo ogni forma di comunicazione?

Al tavolo alle sue spalle, Seichan stava parlando. «Monsignore, non ha ancora spiegato perché siamo a Istanbul. Ha detto di aver decifrato l'iscrizione angelica.»

Gray si avvicinò e rimase in piedi fra Seichan e Vittorio.

Il prelato frugò all'interno del suo zaino ed estrasse un taccuino, aprendolo sul tavolo. Sulla pagina c'era una riga di caratteri angelici ricalcati con il carboncino.

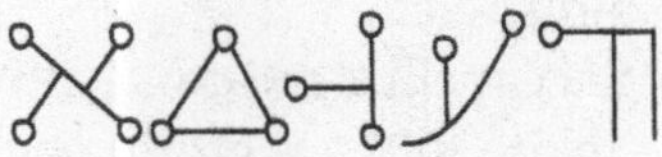

«È l'iscrizione incisa sul pavimento della Torre dei Venti», spiegò Vittorio. «Ciascun carattere di questo alfabeto corrisponde a una parola. Secondo l'inventore della scrittura angelica, Trithemius, se combinati nella giusta sequenza, tali raggruppamenti possono aprire una linea diretta con un angelo specifico.»

«Una specie di interurbana», mormorò Kowalski, dalla parte opposta del tavolo.

Con un cenno del capo, Vittorio voltò pagina. «Ho segnato il nome corrispondente a ciascun carattere.»

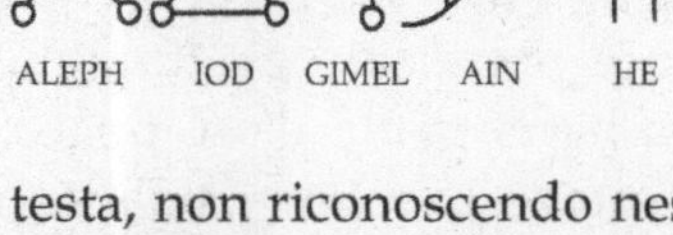

Gray scosse la testa, non riconoscendo nessuno schema.

Vittorio estrasse una penna e tracciò una riga sotto la prima lettera di ogni parola. «A. I. G. A. H.»

«È il nome di un angelo?» domandò Kowalski.

«No, non è il nome di un angelo, ma è un nome», rispose

Vittorio. « Trithemius ha basato il proprio alfabeto sull'ebraico, appellandosi alla potenza dei caratteri della lingua parlata dal popolo eletto. Ancora oggi, chi pratica la Kabbalah ritiene che, nelle forme e nelle curve delle lettere dell'alfabeto ebraico, sia racchiusa una forma di saggezza divina. Trithemius sosteneva semplicemente che la sua scrittura fosse il distillato più *puro* dell'ebraico. »

Gray si spostò più vicino, cominciando a capire dove voleva arrivare Vittorio. « E l'ebraico si legge da destra verso sinistra. »

Seichan fece correre un dito sulla carta e lesse a ritroso. « HAGIA. »

« Hagia », pronunciò Vittorio con cautela. « In greco significa 'santa'. »

Gli occhi di Gray si strinsero, poi si spalancarono. *Ma certo!*

« Allora? » domandò Seichan.

Kowalski si grattò i capelli a spazzola, altrettanto perplesso.

Vittorio si alzò e invitò tutti a seguirlo per ammirare la città. « Nel viaggio di ritorno, Marco Polo passò per Istanbul, all'epoca chiamata Costantinopoli. Qui giunse dall'Asia e rientrò finalmente in Europa: una sorta di crocevia. »

Il prelato indicò una chiesa imponente con la cupola piatta, in parte coperta dalle impalcature dei lavori di restauro.

« Hagia Sophia », disse Gray.

Vittorio annuì. « Un tempo era la chiesa più grande del mondo. Alcuni ritengono che Hagia Sophia sia intitolata a santa Sofia, ma in realtà il vero nome dell'edificio è chiesa della Santa Sapienza, che può anche diventare chiesa dell'*Angelica* Sapienza. »

« Allora è lì che dobbiamo andare! » esclamò Seichan.

« Calma, signorina », la rimproverò Vittorio. Frugò nuovamente nello zaino e prese un oggetto avvolto in un panno. Quindi scoprì una barra piatta d'oro opaco. Sembrava molto antica. Era forata a un'estremità e, sulla superficie, era incisa un'iscrizione in corsivo. « Non è angelico », spiegò a Gray, che stava tentando di decifrare i caratteri. « È mongolo: *Per la potenza dei cieli eterni, sia santificato il nome di Khan. Morte a chi non lo venera.* »

«Non capisco», disse Gray. «Apparteneva a Marco Polo? Cos'è?»

«In cinese viene definito *paitzu*. In mongolo, *gerege*. È una piastra del comando. Per usare un linguaggio moderno, si tratta di un lasciapassare universale. Un viaggiatore che mostrava questa piastra poteva chiedere cavalli, provviste, uomini, navi, qualunque cosa si trovasse nelle terre governate da Kublai Khan. Rifiutare una tale assistenza era punibile con la morte. Il Khan elargiva questi salvacondotti solo agli ambasciatori che viaggiavano al suo servizio.»

«Bello», fischiò Kowalski. Ma, a giudicare dal balenio negli occhi dell'uomo, Gray sospettava che non fosse tanto la storia, quanto l'*oro* a guadagnarsi la sua ammirazione.

«E ai Polo venne dato uno di questi lasciapassare?» domandò Seichan.

«Tre, a dire il vero. Uno ciascuno. Marco, suo padre e suo zio. In effetti, esiste un aneddoto riguardo questi salvacondotti. Quando i Polo tornarono a Venezia, si diceva che nessuno li avesse riconosciuti. I tre erano giunti affaticati, stanchi, su una sola nave. Sembravano poco più che mendicanti. Quando scesero a terra, però, i tre aprirono le cuciture delle vesti e mostrarono smeraldi, rubini, zaffiri e monili d'argento. In quel tesoro erano compresi i tre *paitzu* d'oro, descritti con dovizia di particolari. Ma in seguito i lasciapassare scomparvero. Tutti e tre.»

«Lo stesso numero delle chiavi della mappa», commentò Gray.

«Quello dove l'ha trovato?» domandò Seichan. «Nei Musei Vaticani?»

«No.» Vittorio tamburellò sul taccuino che recava l'iscrizione angelica. «Con l'aiuto di un amico, l'ho scoperto sotto una lastra di marmo su cui era incisa l'iscrizione.»

Come la croce del frate, collegò Gray. *Sepolta nella pietra.*

Seichan si lasciò sfuggire una leggera imprecazione. Ancora una volta, il tesoro era stato sempre sotto il suo naso.

Vittorio proseguì. «Sicuramente questo è uno dei *paitzu* rilasciati ai Polo. E credo che sia la prima chiave.»

«E quindi l'indizio che porta a Hagia Sophia...» cominciò Gray.

« Indica la *seconda* chiave », terminò Vittorio. « Altri due lasciapassare, altre due chiavi. »

« Ma come fa a esserne tanto sicuro? » domandò Seichan.

Vittorio rovesciò la piastra d'oro. La parte retrostante era ornata da un unico simbolo, inciso minuziosamente. Un simbolo angelico.

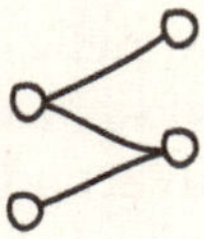

« Ecco la prima chiave. »

Gray era convinto che Vittorio avesse ragione. Alzò lo sguardo verso Hagia Sophia. La seconda chiave doveva essere nascosta lì, ma la chiesa era un edificio enorme. Sarebbe stato come trovare un ago d'oro in un pagliaio. Poteva richiedere giorni.

Vittorio doveva aver intuito la sua preoccupazione. « Ho già mandato avanti qualcuno a esaminare la chiesa. L'amico che mi ha aiutato con l'enigma angelico nella Torre dei Venti. »

Gray annuì. Mentre studiava il simbolo, non riusciva a scrollarsi di dosso un timore più profondo. Per i suoi due amici, Monk e Lisa. Erano già in pericolo. Se non fosse riuscito a contattare segretamente Washington, forse c'era un altro modo di aiutarli: arrivare prima della Gilda a rivelare il mistero di Marco Polo.

Trovare la Città dei Morti e scoprire la cura.

Gray ripensò alle parole di Vittorio, secondo cui Istanbul rappresentava il crocevia del viaggio di Marco. In effetti, sin dalla sua fondazione, quell'antica città era stata il crocevia del mondo conosciuto. A nord si estendeva il Mar Nero, a sud il Mediterraneo. In mezzo si apriva lo Stretto del Bosforo, un'importante via di commercio. Ma, cosa più importante, Istanbul era a cavallo di due continenti. Aveva un piede in Europa, l'altro in Asia.

Lo stesso si poteva dire del posto occupato dalla città nel golfo del tempo.

Un piede nel presente, l'altro nel passato.

Per lui non era molto diverso.

Mentre era impegnato in quelle riflessioni, un cellulare squillò nelle vicinanze. Vittorio prese il telefono e studiò con aria accigliata il numero di chi chiamava. « È un prefisso di Washington. »

« Dev'essere il direttore Crowe », lo avvertì Gray. « Non dire nulla. Sii il più breve possibile per evitare di farti rintracciare. In ogni caso, dopo dovremo staccare la batteria del cellulare. »

Vittorio alzò gli occhi al cielo per la paranoia di Gray e aprì il telefono. « Pronto. » Ascoltò per qualche istante, accigliandosi sempre di più. « Chi parla? » Qualunque cosa sentì parve scuoterlo. Si voltò e tese il telefono a Gray.

« È il direttore Crowe? » domandò lui sottovoce.

Vittorio scosse la testa. « Meglio che tu risponda. »

Gray si portò il telefono all'orecchio. « Pronto? »

La voce fu immediatamente riconoscibile, l'accento egiziano chiaro. Le parole di Nasser annullarono il caldo del primo sole.

« Tua madre e tuo padre sono in mano mia. »

8

PAZIENTE ZERO

A bordo della Mistress of the Seas,
6 luglio, ore 12.42

Altro che tentativi di salvataggio...

In ascensore, Monk reggeva un vassoio da pranzo. Sulla spalla portava il fucile d'assalto. Gli ABBA cantavano un loro successo in sottofondo. Il tragitto dalle anguste cucine della nave sino al ponte superiore era durato tanto che, quando raggiunse il piano, Monk aveva iniziato a fischettare.

Finalmente le porte si aprirono. Monk attraversò il corridoio in direzione delle guardie che fiancheggiavano le doppie porte in fondo. Per confondersi con gli altri pirati, si era spalmato in faccia e sulle mani del trucco che aveva trovato nella cabina di Lisa.

Per completare il travestimento, Monk si era avvolto la sciarpa intorno alla parte inferiore del viso. Paese che vai, usanza che trovi.

Nel corso della giornata e della notte precedente, Jessie gli aveva insegnato alcune fra le più comuni espressioni in malese. Sfortunatamente, Monk non ne aveva imparate a sufficienza da riuscire a superare il cordone di sicurezza stretto intorno a Lisa. Lui e Jessie avevano studiato la situazione, scoprendo che i ricercatori e i loro assistenti erano stati portati su un ponte, mentre lo staff medico aveva continuato a occuparsi dei malati nel resto della nave.

Purtroppo Lisa era stata isolata con gli altri scienziati. A quanto pareva, quel ponte era sorvegliato dagli uomini migliori, supervisionati direttamente dal loro capo, un maori tatuato di nome Rakao. La sala radio era altrettanto presidiata. Jessie aveva saputo tutto ciò infiltrandosi nel gruppo dei pirati grazie all'uso corrente della loro lingua.

Monk era diventato poco più del braccio armato di Jessie.

Non poteva fare molto altro. Anche se avesse tentato un assalto in stile Bruce Willis, come avrebbe fatto a fuggire con Lisa? E per andare dove? Navigavano ancora a velocità massima e avrebbero dovuto saltare fuoribordo. Non era certo il piano più saggio.

In precedenza, quella mattina, Monk aveva notato che la *Mistress of the Seas* navigava nei recessi dell'arcipelago indonesiano. Erano in mezzo a un dedalo di piccoli atolli, un migliaio di dita coperte di vegetazione. Anche se fossero riusciti a raggiungere a nuoto uno di quegli isolotti, sarebbero stati facilmente braccati.

Sempre che fossero riusciti a evitare gli squali tigre.

Perciò Monk doveva attendere il momento opportuno.

Ma ciò non significava che dovesse starsene con le mani in mano.

Come adesso.

Servire il pranzo.

Era un ottimo piano. Doveva entrare in contatto con Lisa. Per farle sapere che non era sola e, soprattutto, per potersi coordinare con lei non appena fosse stato pronto a entrare in azione. E, siccome non poteva raggiungerla direttamente, aveva bisogno di un intermediario.

Monk giunse di fronte alle doppie porte. Alzò il vassoio rivolto alle due guardie e si fece largo mormorando la versione malese di: « Il pranzo è servito ».

Una di loro si voltò e batté il calcio del fucile contro la porta. Un istante più tardi, una guardia appostata all'interno aprì. Squadrò Monk e gli fece cenno di entrare nella suite presidenziale.

Gli venne incontro un maggiordomo in livrea. Cercò di prendergli il vassoio ma, continuando la sua interpretazione del pirata, Monk grugnì e, con una spallata, scostò bruscamente l'uomo.

Entrò nel salone principale. Una zaffata di fumo proveniente da una sdraio sulla terrazza lo avvertì della presenza del suo obiettivo.

Ryder Blunt era sdraiato con indosso un accappatoio e un costume da bagno a fiori, i capelli biondi scarmigliati. Fumava un enorme sigaro, osservando il lento passaggio delle isole scoscese. La via di fuga era vicinissima, eppure lontanissima. Tanto per intonarsi all'atmosfera nefasta, all'orizzonte si levava una massa di nuvole nere.

Mentre Monk lo raggiungeva, il miliardario non si prese neanche la briga di guardare verso di lui. Era l'abitudine dei ricchi, sempre ciechi nei confronti della servitù. O forse era semplice disprezzo per il pirata che gli serviva il pranzo. Il maggiordomo di Ryder aveva già apparecchiato il tavolino.

Argenteria, cristalli e tovaglioli stirati.

Doveva essere bello fare il re.

Monk poggiò il vassoio sul tavolo e sussurrò all'orecchio dell'uomo: « Non reagisca. Sono Monk Kokkalis, uno degli inviati americani ».

L'unica reazione del miliardario fu un'esalazione di fumo più densa. « Il collega della dottoressa Cummings? La credevamo morto. I pirati mandati a cercarla... »

Monk non aveva tempo di spiegare. « Hanno fatto indigestione di granchi. »

Il maggiordomo sopraggiunse all'ingresso della terrazza.

Ryder lo scacciò con un gesto della mano. « È tutto, Peter. Grazie. »

Monk scaricò il vassoio. Alzò uno dei coperchi d'argento scoprendo due radioline. « Una portata extra per lei e Lisa. » Monk ricoprì il piatto e rivelò il contenuto dell'altra portata. « E, naturalmente, il dessert. »

Due pistole di piccolo calibro.

Gli occhi del miliardario si accesero d'interesse. « Quando? »

« Ci coordineremo con le radio, canale otto. I pirati non lo usano. » Monk e Jessie si erano sintonizzati su quella frequenza per tutto il giorno, senza che nessuno se ne accorgesse. « Può portare una radio e una pistola a Lisa? »

« Farò del mio meglio », rispose Ryder, ma poi seguì un cenno del capo risoluto.

Monk non osava trattenersi più a lungo o le guardie si sarebbero insospettite. « Sotto l'ultimo vassoio c'è il pudding di riso. »

Rientrando nella suite, udì il commento stizzito di Ryder.

« Che porcheria... Chi ha avuto l'idea di mettere il riso nel pudding? »

Monk sospirò. I ricchi non erano contenti se non avevano qualcosa di cui lamentarsi. Raggiunse le doppie porte e uscì. Una delle guardie gli domandò qualcosa in malese.

A tutta risposta, Monk si ficcò un dito nel naso con aria molto impegnata e risoluta, grugnì qualcosa d'incomprensibile e continuò verso l'ascensore, che fortunatamente era ancora al piano. Le porte si aprirono subito e lui sgusciò all'interno appena in tempo per sentir cominciare il brano successivo degli ABBA.

La radio crepitò.

« Cosa c'è? »

« Troviamoci in cabina », disse Jessie. « Ci sto andando ora. »

I due avevano trovato una cabina vuota e ne avevano fatto la loro base operativa.

« Che succede? »

« L'ho appena saputo. Il comandante della nave si aspetta di entrare in porto oggi. Stanno mandando le macchine a tutta forza per raggiungerlo prima del calare della notte. Un fronte di maltempo sta attraversando l'arcipelago indonesiano e si sta trasformando in un tifone. Quindi bisogna riparare in porto. »

« Ci vediamo in cabina », ribatté Monk, chiudendo la comunicazione.

Agganciandosi la radio alla cintura, chiuse gli occhi. Forse era il loro primo colpo di fortuna. Fece qualche calcolo mentre mormorava di riflesso le parole di *Take a Chance on Me* degli ABBA.

Punta su di me.

Era una bellissima canzone.

Ore 13.02

Lisa fissava la paziente. La donna indossava una vestaglietta blu, ed era intubata e collegata ad apparecchiature di monitoraggio d'ogni genere. Nell'altra stanza c'erano alcuni inservienti.

Lisa aveva chiesto di rimanere da sola.

Era ferma accanto al letto, lottando contro un lieve senso di colpa.

Conosceva i dati della paziente a memoria: donna bianca, un metro e sessantadue di altezza, cinquanta chili di peso, capelli biondi, occhi azzurri, la cicatrice di un'appendicectomia sul fianco destro. Le radiografie avevano rivelato una vecchia frattura dell'avambraccio sinistro. Le ricerche biografiche effettuate dalla Gilda avevano persino chiarito la causa della frattura: un incidente di gioventù con lo skateboard.

Lisa aveva memorizzato gli esiti dell'analisi del sangue – transaminasi, azotemia, creatinina, acidi biliari, conteggio globulare – e i risultati degli ultimi esami delle urine e delle colture fecali.

A lato campeggiava un vassoio su cui erano sistemati con cura gli strumenti di analisi: otoscopio, oftalmoscopio, stetoscopio, endoscopio. Li aveva utilizzati per tutta la mattinata. Su un comodino vicino, erano ripiegati a fisarmonica i tabulati dell'elettrocardiogramma e dell'elettroencefalogramma della notte precedente. Aveva esaminato ogni centimetro di strisciata. Il giorno prima aveva scorso tutta l'anamnesi della paziente e quasi tutti i riscontri dei virologi e batteriologi della Gilda.

La paziente non era in coma. La diagnosi più precisa era stupore catatonico. Presentava una marcata *flexibilitas cerea,* o flessibilità cerea. Gli arti restavano nella posizione che gli veniva imposta, come quelli di un manichino.

A quel punto, Lisa sapeva tutto del corpo della donna.

Esausta, tentò di conoscere più accuratamente la paziente.

Non con gli strumenti e i test, ma con l'empatia.

La dottoressa Susan Tunis era stata una ricercatrice stimata, destinata a una brillante carriera. Aveva persino trovato l'uomo dei propri sogni. E, a parte il fatto che la donna era sposata da cinque anni, la sua vita era simile a quella di Lisa. Il suo destino attuale era un monito della fragilità delle nostre vite e aspettative, delle nostre speranze e dei nostri sogni.

Lisa tese le dita guantate e strinse la mano della donna sdraiata sotto il lenzuolo.

Nessuna reazione.

Poi udì la voce del dottor Devesh Patanjali, il capo dell'équipe scientifica della Gilda. Lasciò la mano di Susan e si voltò mentre Devesh entrava nella cabina. La sua ombra, Surina, si accomodò nell'altra stanza, le mani accuratamente giunte in grembo. La compagna perfetta: e letale.

Devesh appoggiò il bastone accanto alla porta e raggiunse Lisa. « Vedo che ha fatto amicizia con la Paziente Zero. »

Lei si limitò a incrociare le braccia. Dopo averla lasciata alle sue analisi, era la prima volta che Devesh le rivolgeva un'attenzione degna di nota. L'uomo aveva trascorso molto tempo con Henri nel laboratorio tossicologico e con Miller in quello di malattie infettive. Lisa aveva persino consumato i pasti da sola nella sua stanza.

« Adesso che ha acquisito il quadro completo della mia preziosa paziente, che cosa sa dirmi di lei? »

Anche se l'uomo sorrideva, Lisa avvertì la minaccia dietro le sue parole e ripensò all'omicidio a sangue freddo di Lindholm. Tutto per impartire una lezione: rendersi utili. Devesh si aspettava da lei dei risultati, intuizioni sfuggite agli altri ricercatori. Inoltre Lisa si rendeva conto che il periodo di tempo in cui era stata lasciata da sola con la paziente aveva lo scopo di isolarla da qualsiasi preconcetto e pregiudizio.

Devesh voleva il suo parere sulla situazione. Tuttavia lei ricordava le prime parole dell'uomo in merito al virus e a ciò che stava facendo nel corpo della donna: *Sta incubando.*

Lisa scoprì l'avambraccio della paziente. Secondo i referti medici, gli arti erano ricoperti di bubboni ed eruzioni cutanee. Invece, al momento, la pelle era integra. A quanto pareva, oltre a incubare nel corpo della donna, il virus stava facendo qualcosa di *più.*

« Il Ceppo di Giuda la sta curando », affermò Lisa, sapendo di essere sotto esame. « O, più precisamente, il virus sta riportando i batteri allo stato originario. »

L'uomo annuì. « Sta espellendo i plasmidi che ha introdotto in precedenza nei batteri. Ma perché? »

Lisa scosse la testa. Non lo sapeva. Non per certo, almeno.

Devesh sorrise, un'espressione stranamente calda e cordiale. « Ha disorientato anche noi. »

« Ma io ho un'ipotesi. »

« Davvero? » Nella voce dell'uomo risuonò una nota di sorpresa.

« Sta guarendo dal punto di vista fisiologico, ma è ancora in uno stato catatonico. Questo tipo di stupore insorge esclusivamente in casi di trauma cranico, malattie cerebrovascolari, malattie metaboliche, reazioni ai farmaci o encefalite. »

Sottolineò l'ultima causa.

Encefalite.

Infiammazione del cervello.

« In tutti i rapporti ho notato l'assenza di un test », continuò Lisa. « Una rachicentesi con esame del liquido cerebrospinale. Non c'era. Immagino però che sia stata eseguita per analizzare i liquidi cerebrali. »

« *Bahut sahi.* Ottimo. L'analisi è stata effettuata. »

« E avete trovato il Ceppo di Giuda nel liquido? »

Un cenno di assenso.

« Lei ha detto che il virus agisce esclusivamente sui batteri, trasformandoli in armi micidiali, e che non è in grado d'infettare le cellule umane. Ma ciò non significa che il virus non possa sopravvivere nel liquido cerebrale. Era ciò che lei intendeva per *incubazione*. Il virus si trova nella testa della paziente. »

L'uomo assentì con un sospiro. « E pare sia lì che voglia arrivare. »

« Quindi non si tratta solo di un unico caso. »

« No, a dire il vero, avviene per tutte le vittime: almeno quelle sopravvissute all'iniziale attacco batterico. »

Le fece cenno di spostarsi in un angolo della stanza, dov'era stata allestita una stazione di computer. Cominciò a scorrere diverse pagine sul monitor.

Mentre l'uomo era impegnato, Lisa continuò a parlare. « Nessun organismo è maligno per il gusto di esserlo. Neanche un virus. La sua tossificazione dei batteri deve avere uno scopo. Considerata la vasta gamma di batteri che converte, non può essere solo un caso. Perciò mi domando: cosa ci guadagna con questo comportamento? »

Devesh annuì, incalzandola a proseguire. Ma, evidentemente, le sue conclusioni non erano inedite. Stava continuando a metterla alla prova.

Lisa scrutò la paziente. « Cosa ci guadagna? Un accesso al territorio proibito; il cervello umano. Il dottor Barnhardt ha affermato che il novanta per cento delle cellule del nostro corpo sono in gran parte cellule batteriche. Uno dei pochi luoghi che restano inaccessibili alle infezioni virali o batteriche è il nostro cranio. Il cervello è protetto dalle infezioni, viene mantenuto sterile. Il nostro organismo ha sviluppato una barriera di sangue cerebrale quasi impenetrabile. Un filtro che permette al cervello di essere raggiunto dall'ossigeno e dalle sostanze nutritive, ma da poco altro. »

« E, dunque, se qualcosa volesse penetrare nel nostro cranio... » incalzò Devesh.

« Per superare le barriere del sangue cerebrale occorrerebbe un attacco significativo. Come per esempio la ritorsione della nostra flora batterica contro di noi, indebolendo l'organismo quanto basta da permettere al virus d'insinuarsi nel liquido cerebrale. Ecco il vantaggio biologico ottenuto dal virus nel rendere tossici i batteri. »

« Lei è stupefacente », commentò Devesh. « Sapevo che c'era una ragione per tenerla in vita. »

Nonostante il celato complimento, Lisa trasse scarso conforto da quell'affermazione.

« Quindi la domanda definitiva è: *Perché?* » continuò Devesh. « Perché il virus vuole entrarci in testa? »

« La fasciola epatica », disse Lisa.

Quella risposta fu abbastanza inconsueta da calamitare finalmente tutta l'attenzione di Devesh. « Può ripetere? »

« Le fasciole epatiche sono un esempio della forza della natura. Quasi tutte le fasciole hanno un ciclo vitale che coinvolge tre ospiti. La fasciola epatica umana si riproduce per mezzo di uova che fuoriescono dal corpo tramite le feci, che sono poi scaricate nelle fogne o nei corsi d'acqua e infine ingerite dalle lumache. A quel punto le uova si schiudono liberando dei vermicelli, che lasciano le lumache in cerca dell'ospite successivo: magari qualche pesce di passaggio. Infine il pesce viene pescato e mangiato dagli esseri umani; il verme si sposta nel fegato dove cresce sino a diventare una fasciola adulta, vivendo felice e contento. »

«Dove vuole arrivare?»

«È possibile che il Ceppo di Giuda si comporti in maniera analoga. Soprattutto se consideriamo una particolare specie di fasciola epatica, il *Dicrocoelium dendriticum*. Anche quest'ultimo sfrutta tre ospiti: bovini, lumache e formiche. Ma è il suo comportamento nello stadio delle formiche che trovo più intrigante.»

«E sarebbe?»

«Una volta presente nel corpo della formica, il parassita assume il controllo dei centri nervosi dell'insetto, mutandone il comportamento. In maniera specifica, ogni volta che il sole tramonta, il parassita obbliga la formica ad arrampicarsi su un filo d'erba e ad attendere di essere ingerita da una mucca al pascolo. Se non viene mangiata, all'alba la formica torna al suo nido, solo per ripetere la stessa cosa la notte successiva. Il parassita guida letteralmente la formica come un'auto.»

«E lei ritiene che il virus si stia comportando così?» chiese Devesh.

«È probabile, per certi versi. Ma ho sollevato questo argomento soprattutto per ricordarle quanto la natura possa essere insidiosa nella sua ricerca di territori da sfruttare. E il cervello, sterile e inaccessibile, è sicuramente un terreno vergine. La natura cerca di sfruttarlo, come fa il *Dicrocoelium* con la formica.»

«Geniale. Decisamente una pista da seguire. Ma può esserci un piccolo dettaglio a rovinare tutto.» Devesh tornò al computer. Aveva caricato un video. «Ho già detto che il virus è penetrato nel liquido cerebrospinale di tutti i pazienti sopravvissuti all'attacco batterico iniziale. Ecco cosa si verifica quando ciò avviene.»

Partì un video senza audio. Due uomini in camice bianco lottavano per legare un uomo nudo che si dimenava, la testa rasata, i cavi collegati agli elettrodi applicati al cranio e al petto. Lottava, ringhioso e schiumante di rabbia. Anche se era chiaramente debilitato e coperto di piaghe e bubboni anneriti, riuscì a liberare un braccio dalle cinghie ai polsi e artigliò uno degli uomini che lo immobilizzavano. A quel punto si alzò e gli morse l'avambraccio.

Il video terminò.

«Stiamo già ricevendo rapporti in merito ad analoghe reazioni ossessive da parte di alcuni pazienti, i primi soggetti all'esposizione.»

«Potrebbe trattarsi di un'altra forma di catatonia. Lo *stupore* è solo una delle varie forme.» Lisa indicò la paziente sul letto. «Ma esiste anche la reazione opposta: l'*eccitazione* catatonica, caratterizzata da estrema iperattività, rigide contrazioni facciali, grida belluine e violenza psicotica.»

«Due facce della stessa medaglia», mormorò Devesh, studiando la donna immobile.

«Chi era l'uomo nel video?» domandò Lisa. Aveva notato che la registrazione non era stata effettuata a bordo della nave.

«Il marito della donna.»

Suo marito...

«La coppia è stata esposta nello stesso momento», spiegò Devesh. «Sono stati trovati su uno yacht arenato in un atollo vicino all'Isola di Natale. Il suo N.N. al piano di sotto, quello affetto dal morbo mangiacarne, deve aver nuotato fino a riva. Abbiamo recuperato loro due ancora a bordo. Moribondi.»

Allora era così che la Gilda aveva saputo tutto da principio.

«Il che, come ovvio, solleva il seguente interrogativo», proseguì Devesh. «Perché il marito ha subito un decisivo crollo schizoide, mentre la nostra paziente sta guarendo dalle ferite cutanee e se ne resta calma e tranquilla? Riteniamo che nella risposta a questa domanda risieda la possibilità di una cura.»

Lisa non obiettò. Non era una sciocca. Nonostante le dichiarazioni di Devesh, sapeva che l'operazione della Gilda non era motivata da ragioni altruistiche. La loro ricerca di una cura non aveva lo scopo di salvare il mondo. Avevano dei progetti per quel virus, ma, prima di poterlo sfruttare, dovevano sviluppare un antidoto. E, fino ad allora, l'obiettivo di Lisa non era in conflitto con quello dei terroristi. *Bisognava* scoprire una cura. Unico problema: come trovarla senza farlo sapere alla Gilda?

Devesh si diresse alla porta. «Ha compiuto dei progressi eccellenti, dottoressa Cummings. Mi complimento con lei. Ma domani è un altro giorno e avremo bisogno di ulteriori progressi.» Si voltò a guardarla, inarcando un sopracciglio. «Intesi?»

Lei annuì.

« Eccellente. Il nostro stimato proprietario della nave, Sir Ryder Blunt, ha invitato tutti nella sua suite per un cocktail pomeridiano. Una piccola festicciola. »

« Una festicciola per quale occasione? »

« Di benvenuto, mentre entriamo in porto », spiegò Devesh, raccogliendo il bastone. « Siamo quasi a casa. »

Lisa non era dell'umore di brindare a un simile evento. « Ho molto lavoro da sbrigare. »

« Sciocchezze. Lei verrà. Non ci vorrà molto e l'aiuterà a ricaricarsi. Sì, è deciso. La farò scortare da Rakao. La prego di indossare qualcosa di appropriato. »

Se ne andò, con Surina alle costole.

Lisa tornò a guardare il letto.

La dottoressa Susan Tunis.

« Mi dispiace », mormorò.

Per il marito, per ciò che era ancora in serbo.

Ripensò a quell'uomo, selvaggio e inferocito. Per la millesima volta desiderò di essere a casa con Painter.

Aveva parlato di nuovo con lui quella mattina. Questa volta ci aveva pensato bene prima di tentare un altro sotterfugio e aveva riferito che andava tutto bene. Eppure, quando era stata scortata fuori dalla sala radio, era in lacrime.

Voleva essere tra le sue braccia.

Ma c'era un unico modo per farlo accadere.

Rendersi utile.

Prese l'oftalmoscopio. Prima di partecipare al cocktail, voleva indagare su un'anomalia che aveva nascosto a Devesh.

Qualcosa di impossibile.

Washington, ore 02.02

Un passo indietro.

Painter scendeva due gradini alla volta diretto alla hall del Phoenix Park Hotel, troppo impaziente persino per attendere l'ascensore. Una squadra della Sigma si trovava ancora al piano di sopra, intenta a setacciare la stanza 334. Painter aveva lasciato un paio di agenti dell'FBI a discutere con le autorità locali.

Un fastidioso conflitto giurisdizionale.

Era una follia.

In ogni caso, dubitava che si sarebbe trovata una prova concreta.

Un'ora prima, era stato svegliato mentre schiacciava un sonnellino al comando della Sigma. Le loro ricerche avevano dato un indizio. L'acquisto di un farmaco per Jackson Pierce. Il codice di previdenza sociale corrispondeva. Era la prima traccia, da quando Gray e compagnia erano scappati.

Painter aveva spedito una squadra d'emergenza alla farmacia, mentre lui si era fiondato con un altro team al recapito di consegna riportato sulla ricetta: il Phoenix Park Hotel. La farmacia aveva confermato l'ordinazione, ma l'addetto alle consegne non era ancora tornato. I tentativi di contattarlo al cellulare erano ancora senza esito. La farmacia aveva persino tentato di chiamare l'hotel, ma dalla camera non aveva risposto nessuno.

Giunto a destinazione, Painter aveva scoperto che la stanza era deserta. Chiunque l'avesse occupata se n'era già andato. Il registro era firmato a nome di Fred e Ginger Rogers, una coppia anziana, secondo l'addetta alla reception. Erano arrivati in albergo da soli e avevano pagato in contanti. Quindi Gray non era con loro. Inoltre non avrebbe commesso un errore tanto grossolano, ordinare un farmaco, innescando l'allarme.

E, se così era, cos'aveva spinto i suoi genitori a compiere una mossa tanto rischiosa? Harriet era una donna intelligente. La necessità doveva essere stata pressante. Allora perché non avevano atteso? E perché erano fuggiti in fretta e furia? Era un semplice espediente per metterli fuori strada?

Painter era sicuro che Gray non avrebbe usato i suoi genitori come esca. Li avrebbe nascosti nella discrezione più assoluta. Niente di più. C'era qualcosa che non tornava. Nessuno aveva visto la coppia anziana andarsene.

E poi c'era la faccenda del fattorino scomparso.

Painter entrò nella lobby.

Il direttore notturno gli rivolse un cenno del capo, torcendosi le mani. « Ho recuperato il filmato della telecamera di sicurezza della hall. »

Painter fu condotto nell'ufficio del direttore. « Lo faccia partire da un'ora fa. »

L'uomo avviò il nastro e lo fece avanzare a velocità doppia sino all'ora fissata. La lobby era deserta, a parte una donna sola dietro la scrivania, intenta a sbrigare delle pratiche.

« Louise », la presentò il direttore, tamburellando sullo schermo. « È rimasta molto scossa da tutto ciò. »

Painter ignorò il commento e si avvicinò allo schermo.

La porta della hall si spalancò, una figura in camice bianco avanzò verso il bancone della reception, presentò un documento e raggiunse gli ascensori.

Louise tornò al lavoro.

« La sua impiegata del turno di notte ha visto l'addetto alle consegne uscire? »

« Posso domandare... »

Painter mise in pausa il nastro mentre la figura si aggiustava il camice.

Una donna.

Non l'*uomo* della farmacia.

La ripresa era sgranata, ma i tratti asiatici della donna erano evidenti. Painter la riconobbe. L'aveva vista sulla telecamera di sorveglianza del rifugio.

Una della squadra di Nasser.

Painter premette il pulsante di espulsione e prese il nastro. « Di questo nessuno sa nulla », disse in tono risoluto, fissando il direttore e facendo del proprio meglio per sembrare minaccioso. « Né la polizia, né l'FBI. »

L'uomo annuì vigorosamente.

Painter si diresse alla porta, stringendo un pugno, desideroso di colpire qualcosa.

Aveva intuito cos'era successo.

Nasser aveva rapito i genitori di Gray.

Sotto il loro naso.

Quel bastardo aveva battuto la Sigma soltanto di qualche minuto. Painter non poteva incolpare nessuna talpa per aver perduto quella corsa. Conosceva il motivo. Burocrazia. Il curriculum di Seichan aveva messo tutti in allarme e ciò significava sovrapposizione di competenze. Troppi stramaledetti cuochi in cucina: e tutti con gli occhi bendati.

A differenza di Nasser.

Per tutto il giorno Painter aveva incontrato una serie di ostacoli burocratici. Siccome la Sigma era sottoposta a una revisione di vigilanza governativa, le altre agenzie avevano sentito l'odore del sangue. Chiunque fosse riuscito ad acciuffare la voltagabbana della Gilda, avrebbe potuto fregiarsi di un grande risultato. Di conseguenza la cooperazione era scarsa, tutta apparenza.

Se Painter sperava di neutralizzare Nasser, doveva aggirare le lungaggini burocratiche che gli legavano le mani. C'era solo un modo per farlo. Prese il cellulare. Al diavolo la diplomazia.

Digitò il numero del comando centrale.

Rispose il suo assistente.

« Brant, passami McKnight della DARPA. Su una linea sicura. »

« Certo, signore. Stavo proprio per chiamarla. Al reparto comunicazioni hanno appena ricevuto una strana notizia. Riguarda l'Isola di Natale. »

Painter impiegò un istante a passare da un problema all'altro. « Cos'è successo? » Si fermò di fronte alla porta girevole dell'hotel.

« I dettagli sono vaghi. Ma pare che la nave da crociera usata per evacuare l'isola sia stata dirottata. »

« Cosa? » ribatté senza fiato.

« Un medico dell'Organizzazione Mondiale della Sanità è riuscito a fuggire. Ha usato una radio a onde corte per mettersi in contatto con una nave cisterna di passaggio. »

« Lisa e Monk? »

« Nessuna notizia, ma i dettagli stanno arrivando in questo momento. »

« Vengo subito. »

Con il cuore in gola, chiuse la comunicazione e varcò la porta girevole. L'aria fresca non servì a calmarlo.

Lisa...

Ripassò mentalmente l'ultima conversazione con lei. Dalla

voce sembrava stanca, forse un po' nervosa, tesa perché in debito di sonno. Era stata costretta a effettuare quelle chiamate?

Non aveva senso.

A chi sarebbe mai venuto in mente di dirottare una nave da crociera?

Non si poteva nascondere un transatlantico.

A bordo della Mistress of the Seas,
ore 15.48

Monk scrutava il panorama a bocca aperta.

Era sul ponte di dritta, da solo, in attesa di Jessie. Dinanzi a lui sorgeva un'isola avvolta dalle nebbie. Le scogliere irte di picchi aguzzi scendevano a strapiombo sull'oceano, senza offrire nessuna spiaggia o porto sicuro. Il luogo aveva le sembianze di un'antica corona di pietra, avvolta dai viticci e dalla giungla.

Illuminata dal cielo nero, aveva un aspetto particolarmente minaccioso. La nave aveva costeggiato in velocità una tempesta. In lontananza, delle chiazze di pioggia scura si abbattevano dalle nuvole basse e spazzavano i cavalloni dell'oceano. Il vento si era rinforzato.

Monk si aggrappava con una mano alla battagliola, mentre l'imponente nave ballava sulle onde tempestose che facevano rullare gli stabilizzatori.

Che diavolo aveva in testa il comandante?

Avevano rallentato la velocità, ma la loro rotta restava la stessa. Dritti verso l'isola inospitale. Non sembrava più accogliente delle centinaia che avevano superato. Che cosa la rendeva tanto speciale?

Sempre pieno di risorse e spigliato nella lingua, Jessie aveva appreso alcuni dettagli da un cuoco, che conosceva il posto. L'isola si chiamava *Pusat*, o Ombelico. A sentire quel tizio, le navi evitavano quel luogo. Si riteneva che la strega balinese Rangda fosse nata da quell'ombelico e che l'isola fosse ancora protetta dai suoi demoni, fiere che sorgevano dagli abissi per trascinare i malcapitati nel loro inferno sommerso.

Quasi fossero usciti dalla scogliera, si profilarono alla vista tre motoscafi. Blu, a chiglia lunga.

Altri pirati.

Non c'è da stupirsi che nessuno osi avventurarsi qui, pensò Monk. *I morti non parlano.*

Si guardò intorno mentre alcuni uomini gli passavano accanto in tutta fretta, gridando in malese. Si sforzò di capire le parole. Diede un'occhiata all'orologio. Dov'era Jessie? In quel momento una traduzione sarebbe tornata utile.

Monk studiò l'isola di fronte a lui. Di solito, le isole indonesiane erano disseminate di centinaia di baie segrete. L'arcipelago era formato da più di diciottomila isole, di cui solo seimila erano popolate. Di conseguenza restavano dodicimila posti in cui nascondersi.

Monk osservò il trio di natanti ronzare verso la nave per poi disperdersi, virando bruscamente. Due si posizionarono ai lati della prua e uno direttamente davanti alla nave. Si diressero di nuovo verso l'isola.

I natanti più piccoli stavano scortando in porto la loro sorella più grande.

Mentre la scogliera si avvicinava sempre più, Monk riuscì a individuare una stretta fenditura nel versante roccioso, con un'inclinazione che rendeva difficile individuarla. La cavità sembrava troppo angusta per la nave: come far passare un cammello nella cruna di un ago.

La nave avanzò fra i due versanti di roccia nera. Il lato di sinistra strisciò sferragliando sulla roccia e prese a traballare. Monk indietreggiò mentre, di fianco a lui, uno spuntone roccioso schiacciava un paio di scialuppe di salvataggio, che si spaccarono in una pioggia di frammenti.

L'intera nave cigolò.

Monk trattenne il respiro. Ma non dovevano andare lontano. La *Mistress of the Seas* sgusciò dalla fenditura ed entrò in un'ampia laguna aperta, delle dimensioni di un piccolo lago.

Che mi venga un accidente... Non c'è da stupirsi che considerino questo posto un ombelico.

In realtà l'isola era un vecchio cono vulcanico con un'enorme laguna al centro, circondata da pareti frastagliate che formavano la corona dell'isola. All'interno, le scogliere erano meno ripide, lussureggianti di vegetazione, attraversate da cascate argentee e costeggiate da spiagge sabbiose. Il lato opposto dell'ampia laguna era affollato di edifici dal tetto di paglia e case di legno. La cittadina era gremita di moli di legno e pontili di pietra. Diverse barche erano state tratte a riva per essere riparate; altre erano arrugginite fino al sartiame.

Casa dolce casa, per i pirati.

Altre barche sfrecciarono per andare incontro alla nave in arrivo.

Monk si accorse che, da quando erano entrati nella laguna, la luce si era smorzata. Quasi le nuvole della tempesta si fossero di colpo ammassate.

Ma non erano le nubi a adombrare la laguna.

Qualcuno si è dato da fare, pensò Monk.

Intrecciata sul cono aperto del vulcano, era stata stesa una rete. Sembrava piuttosto un patchwork, costruito un po' alla volta, sicuramente nel corso di decenni. Mentre le sezioni principali erano sorrette da cavi d'acciaio e tralicci, stesi da un picco all'altro, in altri punti la volta era formata da corde e reti da pesca, e alcune parti più vecchie sembravano composte semplicemente di erba e paglia intrecciata. L'intera struttura abbracciava la laguna come un tetto reticolare, un capolavoro di ingegneria, camuffato a regola d'arte con foglie, viticci e rami. Dal cielo, la laguna sarebbe apparsa come un tratto di giungla ininterrotta.

E adesso la vasta rete aveva catturato la *Mistress of the Seas* nascondendola per sempre da occhi indiscreti.

Si metteva male.

La nave si fermò e Monk udì il ronzio e la delicata vibrazione delle ancore che venivano gettate.

Un trambusto attirò la sua attenzione a prua.

Monk avanzò in quella direzione, mentre altri pirati lo superavano di corsa alzando i fucili d'assalto, con aria festante.

«Qui si mette davvero male...» mormorò.

Tenendosi appartato, scorse i pirati ammassati sul ponte di prua intorno alla piscina e al bagno turco. Si sentiva una martellante musica giamaicana, cortesia di Bob Marley e dei suoi riff. Molti avevano in mano bottiglie di birra, whisky, vodka. A quanto pareva, era in corso una festa di benvenuto.

Comprensiva di giochi.

L'attenzione dei pirati era focalizzata sul lato di dritta della nave. Agitavano i fucili, mentre risuonavano dei colpi di incoraggiamento. Qualcuno aveva svitato il trampolino e l'aveva fatto sporgere dalla battagliola, sull'acqua. Un uomo veniva trascinato in avanti, con le braccia legate dietro la schiena. Era stato picchiato, aveva il naso sanguinante e il labbro spaccato.

Mentre lo facevano girare, Monk colse un barlume del suo viso in mezzo alla folla.

Oh, no...

Jessie balbettava disperato in malese, ma le sue parole cadevano nel vuoto. Sotto la minaccia dei fucili, venne costretto a scavalcare la battagliola e a salire sul trampolino. A quanto pareva, erano dei pirati integralisti, attaccati alle tradizioni.

Jessie traballava, pungolato e sollecitato verso l'estremità del trampolino.

Monk fece un passo nella sua direzione.

Ma tra lui e il giovane infermiere si frapponeva una massa di pirati. E cosa avrebbe potuto fare? Niente.

Tuttavia la sua mano si spostò sul fucile.

Non avrebbe mai dovuto coinvolgere il ragazzo. Era arrivato a dipendere troppo da lui. Un'ora prima, Jessie era andato in cerca di qualche mappa della regione. Sicuramente qualcuno aveva una cartina e i pirati dovevano ricevere le provviste da qualche parte nei dintorni. Monk aveva preteso cautela, ma Jessie si era avviato sgambettando, gli occhi ardenti.

Ed ecco che cosa ci aveva guadagnato.

Con un lamento finale, il ragazzo precipitò in acqua. Monk si affrettò alla battagliola, assieme a gran parte dei pirati, spalla a spalla con loro mentre urlavano, festeggiavano e imprecavano. Si piazzavano le scommesse.

Monk esalò un sospiro quando Jessie riemerse in superficie battendo vigorosamente i piedi, sdraiato sulla schiena, senza fiato. Un paio di pirati a prua abbassarono i fucili sulla vittima che si dibatteva.

Gli spari emisero dei forti crepitii, che risuonarono particolarmente intensi sotto la protezione del reticolato.

Degli spruzzi d'acqua segnalarono l'impatto dei proiettili.

Accanto a Jessie.

Altre risate.

Il ragazzo batté i piedi con più forza e prese ad annaspare, allontanandosi dalla nave.

Non ce l'avrebbe mai fatta a raggiungere la riva.

Uno dei motoscafi blu puntava dritto verso il corpo che si dimenava, pronto a investirlo. Ma all'ultimo momento deviò, sommergendo Jessie con la scia d'acqua.

Lui sputò, con l'aria più irritata che spaventata.

Cominciò a sforbiciare con le gambe e usò le mani legate come timone. Il ragazzo era forte e tonico.

Ma il motoscafo era più veloce. Invertì nuovamente la rotta, sfrecciando per un altro passaggio.

Un uomo armato che rideva a poppa mirò con il mitragliatore. Prese a crivellare l'acqua mentre il motoscafo passava fra la nave e il ragazzo.

Monk indietreggiò per la paura, sapendo che quella volta Jessie non avrebbe potuto sopravvivere.

Il motoscafo si allontanò.

Ecco di nuovo Jessie, che tossiva e sputava. Annaspava e batteva i piedi. Dalla folla di pirati si levarono delle grida di giubilo.

Monk si aggrappò alla battagliola. Quegli stramaledetti idioti stavano giocando con il ragazzo, prolungandone la tortura.

Anche se non poteva reagire e rifiutava di voltarsi, le sue dita si serrarono. Il volto, che ardeva d'un fuoco rovente, doveva brillare sotto il trucco marrone.

È tutta colpa mia...

Jessie arrancava verso riva, adesso girato su un fianco, cercando di capire quanto avrebbe dovuto nuotare per raggiungere la spiaggia. Il motoscafo virò. Sull'acqua riecheggiarono delle risate.

Jessie batté i piedi più velocemente. All'improvviso si alzò, trovando la sabbia sotto i piedi. Corse, cadde, si alzò e si tuffò.

Poi superò a lunghe falcate la battigia. Attraversò di corsa la spiaggia verso la giungla.

Vai, ragazzo...

Il motoscafo sfrecciò nelle vicinanze. Furono sparati dei colpi. La sabbia esplose. Poi Jessie fece gli ultimi passi di corsa e si lanciò nella foresta, le mani ancora legate dietro la schiena.

Altre grida di giubilo, altri grugniti di delusione.

Il denaro passò da una mano all'altra.

Ma quasi tutti stavano ancora ridacchiando, quasi si fossero raccontati una barzelletta.

Monk diede una gomitata al vicino. «*Apa*?»

Siccome quella banda di pirati era un'accozzaglia di indigeni e mercenari stranieri, Monk aveva imparato che il malese stentato poteva passare comunque. Non tutti lo parlavano correntemente.

Al gentiluomo al suo fianco mancavano diversi denti, ma fu lieto di mostrare quanti ne erano rimasti con un largo sorriso. Puntò il dito verso riva, ma indicava più in alto, dove s'intravedeva un filo di fumo. Lassù c'era un accampamento.

«*Pemakan daging manusia.*» Il pirata notò la sua confusione e si limitò ad allargare il sorriso, mostrando i denti del giudizio marci. «*Kanibals.*»

Era una parola malese che Monk sapeva tradurre da solo. Tornò a volgere lo sguardo alla spiaggia vuota, poi verso le tracce di fumo. A quanto pareva, i pirati condividevano l'isola con una tribù locale di cannibali. E, come ogni ospite educato, i pirati avevano gettato un osso ai loro custodi.

Letteralmente.

Il pirata al suo fianco continuava a blaterare e a indicare l'acqua. Monk colse solo qualche frase, una parola qua e là.

«... fortunato... di notte... male...» L'uomo mimò con la mano, alzando un artiglio come ad afferrare qualcosa e strattonarlo giù. «*Iblis.*»

Quell'ultima era un'imprecazione, però Monk era quasi certo che l'uomo stesse utilizzando il significato letterale.

Demone.

«*Raksasa iblis*», ripeté, quindi blaterò ancora per qualche tempo, terminando con un nome sussurrato, che ridusse il suo ghigno a una smorfia di dolore. « Rangda. »

Monk trasalì, ricordando la storia raccontata da Jessie. Rangda era il nome della strega balinese, i cui demoni infestavano quelle acque.

« Di notte... » mormorò l'uomo in malese, indicando l'acqua. « *Amat, amat buruk.* » Molto, molto male.

Monk sospirò. Fantastico. Scrutò preoccupato in direzione della foresta, verso il punto in cui era svanito Jessie.

Demoni e cannibali.

E poi? Il Club Med?

9

HAGIA SOPHIA

Istanbul,
6 luglio, ore 09.32

« Se non segui le mie istruzioni alla lettera, ucciderò i tuoi genitori. »

Gray stringeva il cellulare di Vittorio come una morsa. « Se succede loro qualcosa... »

« Qualcosa succederà, te lo prometto. Te li spedirò a pezzi. Per posta. Ogni mese. »

Gray rivolse la schiena agli altri: aveva bisogno di concentrarsi e riflettere.

« Se tenti di contattare la Sigma, io verrò a saperlo », continuò Nasser, in tono spassionato. « Sarai punito. Con il sangue di tua madre. »

« Bastardo... Voglio essere sicuro che sono vivi e che non gli è stato fatto del male. »

Nasser non si degnò di rispondere. Gray udì un fruscio e delle voci soffocate.

« Gray? » Era sua madre. « Mi spiace... Tuo padre aveva bisogno delle pillole... » Le parole terminarono in un singhiozzo.

Tutto il corpo di Gray tremò, in bilico tra la furia e il dolore. « Non importa. Stai bene? Papà? »

« Stiamo... sì... »

Le fu strappato il telefono, e tornò in linea Nasser. « Li lascerò in custodia alla mia collega Annishen. Credo che tu l'abbia conosciuta al rifugio. »

Anni l'asiatica.

Nasser continuò. « Vi raggiungerò in Turchia. Alle diciannove. Non muovetevi di lì. »

Gray controllò l'orologio. Mancavano poco più di nove ore.

« Mentre parliamo, i miei uomini stanno convergendo sulla

vostra posizione. Non fate i furbi. Siamo sulle tracce del cellulare di monsignor Veroni sin da quando ha lasciato l'Italia. »

L'improvvisa partenza di Vittorio dal Vaticano doveva aver innescato l'allarme. Gray avrebbe voluto inveire contro il prelato per essere stato tanto sventato, ma sapeva che Veroni non era prudente - meglio dire paranoico - come lui. E, al momento, Gray sapeva di chi era la colpa.

Era stato lui a lasciare soli i suoi genitori.

« Adesso vorrei parlare con Seichan », disse Nasser.

Gray fece cenno alla donna di avvicinarsi. Poi si sistemò accanto a lei per sentire la loro conversazione.

Con la testa vicina a quella di Gray, orecchio a orecchio, Seichan parlò al telefono. « Amen », esordì, usando il nome di battesimo di Nasser. « Cosa vuoi? »

« Puttana... Ti farò soffrire in modi che... »

« Certo, picchierai il mio cane e prenderai a calci il gatto. Ho capito, tesoruccio », sospirò Seichan, solleticando il collo di Gray con il fiato. « Credo sia il caso di salutarci. Quando arriverai, io me ne sarò già andata da tempo. »

Gray si voltò leggermente a guardarla. Lei alzò un palmo della mano per zittirlo e scosse la testa. Non sarebbe andata da nessuna parte.

« I miei uomini vi hanno già circondato », avvertì Nasser. « Prova a fuggire e ti ficcheranno una pallottola in mezzo a quegli occhi di ghiaccio. »

« Come vuoi. Quando questa chiacchieratina sarà terminata, me ne andrò da questa stramaledetta *chiesa.* » Seichan lanciò un'occhiata a Gray e indicò in direzione della città. « Tanto qui a Hagia Sophia non facciamo nessun progresso. Ci sono troppi fottutissimi affreschi. È tutta tua, bimbo. Non mi rivedrai più. »

Gray trasalì. Stava mentendo spudoratamente. Ma perché?

Nasser fece una pausa, la freddezza stava lasciando il posto alla furia. « Non riuscirai neanche a fare dieci passi! Ho fatto coprire tutte le uscite della chiesa! »

« Ne sono certa, Amen », terminò Seichan. « Ciao, bimbo. Baci. »

Gray stette al gioco. «Cosa diavolo le hai detto? Seichan è appena corsa via. Cosa avete in mente tu e quella troia?»

Seichan annuì sorridendo.

Mentre ascoltava Nasser imprecare, Gray tentò di recuperare un po' di razionalità: la rabbia e i sensi di colpa adesso non avrebbero giovato né a lui, né ai suoi genitori.

Incrociò lo sguardo di Seichan. La Gilda poteva anche aver rintracciato il cellulare di Vittorio, ma la loro triangolazione non era perfetta. Ecco cosa aveva svelato Seichan, affermando di essere a Hagia Sophia. Nasser sapeva che si trovavano da qualche parte nel vecchio quartiere di Istanbul, ma non esattamente dove.

Almeno non ancora.

Gray scrutò un parco oltre l'imponente sagoma di Hagia Sophia.

«Cosa state facendo?» domandò Nasser.

Per essere convincente, Gray doveva dire una parte di verità. «Stiamo cercando la chiave di Marco Polo. Monsignor Veroni ha decodificato l'iscrizione in Vaticano. Conduceva qui.»

«Quindi Seichan vi ha detto cosa stiamo cercando.» Un'altra imprecazione. «Per averla lasciata fuggire, sarò costretto a dimostrarti quanto facciamo sul serio.»

«Seichan non ha più importanza», lo interruppe bruscamente Gray, proteggendo i genitori nell'unica maniera possibile. «Ho quello che state cercando. Il codice angelico sull'obelisco egizio. Ne possiedo ancora una copia.»

Nasser restò in silenzio. Gray lo immaginò chiudere gli occhi per il sollievo. Il terrorista aveva bisogno dell'iscrizione angelica più di quanto avesse bisogno di punire Seichan.

«Ottimo, comandante Pierce.» Dalla voce dell'uomo era scomparsa la tensione di un istante prima. «Continua a collaborare e i tuoi genitori vivranno il resto della loro vita in pace e serenità.»

Gray sapeva che una promessa simile era evanescente come l'aria che respirava.

«Ci vediamo a Hagia Sophia alle diciannove», continuò Nasser. «Tu continua pure la ricerca della chiave di Marco Polo, se ti va. Ma ho piazzato dei cecchini a tutte le uscite.»

Gray evitò di replicare.

« E, comandante Pierce, se hai in mente di tendermi qualche trappola, sappi che mi metterò in contatto con Annishen a ogni ora. In caso ritardassi anche solo di un minuto, comincerà dalle dita dei piedi di tua madre. »

La linea cadde e Gray chiuse di scatto il telefono. « Dobbiamo raggiungere Hagia Sophia, prima che gli uomini della Gilda scoprano la nostra vera posizione. » Si rivolse a Seichan. « È stato rischioso. »

La donna scrollò le spalle. « Gray, se vuoi sopravvivere, non sottovalutare la Gilda. Sono potenti e dispongono di parecchi alleati. Ma, allo stesso tempo, non *sopravvalutarli.* Faranno leva sul tuo timore della loro onnipotenza. Tu pensa a restare concentrato, sii cauto e usa il cervello. »

« E se ti fossi sbagliata? » domandò Gray.

Seichan chinò la testa. « Non mi sono sbagliata. »

Gray fece un respiro profondo, cercando di scacciare la tensione. Se avessero commesso errori, avrebbero pagato i suoi genitori.

« Inoltre avevo bisogno di una scusa per non farmi trovare da Nasser », continuò Seichan. « Tu e monsignor Veroni gli siete utili: con i tuoi genitori come garanzia, Nasser è certo di potervi manovrare come pupazzi. Mentre a me sparerebbe a vista. Questo ovviamente se fossi fortunata. Perciò è meglio che mi tenga in disparte, con la libertà di agire per conto mio e magari aiutarvi. »

Gray riuscì finalmente a controllare la propria rabbia. Non erano i genitori di Seichan quelli in pericolo. Per lei era più facile essere fredda e assumersi dei rischi. Aveva preso una decisione giusta agendo con prontezza.

Eppure...

Seichan distolse lo sguardo e puntò il dito. « Avrò bisogno di lui. »

« Chi? Io? » domandò Kowalski.

« Come ho già detto, Nasser mi ucciderebbe subito. Anche Kowalski farebbe una brutta fine. »

« Che accidenti gli ho fatto? »

« Sei inutile. »

« Ehi! »

« Nasser non ha bisogno di altri ostaggi, non con i signori Pierce in pugno. Non vedrà nessuna utilità nell'averti intorno. »

Gray alzò una mano. « Ma se Nasser sapesse già che Kowalski è con noi? »

Seichan si limitò a fissarlo, esasperata.

Non sopravvalutare la Gilda.

Si sforzò di scrollarsi di dosso l'idea che la Gilda fosse onnipotente. Minacciava di compromettere le sue azioni. Calmandosi e considerando la faccenda da ogni angolazione, si rese conto che lei aveva ragione.

Si rivolse a Kowalski. « Andrai con Seichan. »

« E io ne farò buon uso », affermò la donna, dando una pacca sul sedere all'ex marinaio.

« Almeno qualcuno mi trova utile », grugnì Kowalski.

Dopo aver radunato tutta l'attrezzatura, cominciarono a scendere. Seichan e Gray erano gli ultimi. Lui afferrò la donna per il braccio mentre gli passava accanto.

« Cos'hai intenzione di fare? » le domandò, una volta rimasti soli. « Aiutarci? »

« Non lo so. Non ancora. »

Seichan mantenne lo sguardo un istante di troppo, poi cercò di distoglierlo. Evidentemente avrebbe voluto dire qualcos'altro, ma non aveva trovato il coraggio.

« Cosa c'è? » domandò Gray sommessamente, con aria preoccupata.

La gentilezza dell'uomo parve soltanto indurla a ritrarsi ulteriormente. Ma poi sospirò. « Gray, mi dispiace... » Distolse di nuovo lo sguardo. « I tuoi genitori... »

L'atteggiamento di Seichan lasciava trapelare qualcosa in più della preoccupazione. Era evidente anche un certo senso di colpa. Perché? Il coinvolgimento dei genitori di Gray da parte di Seichan era stato accidentale. Allora da dove veniva quell'improvviso rimorso?

Con la mente scorse diverse possibilità, ripassando le recenti conversazioni. Con Nasser, con Seichan. Che cosa la turbava...

Poi, di colpo, se ne rese conto.

Seichan gliel'aveva praticamente detto un istante prima.

Non sopravvalutare la Gilda.

Strinse la presa e spinse la donna contro la parete. Si avvicinò al suo viso, le labbra quasi a contatto. « Alla Sigma *non* c'è una talpa. Non c'è mai stata. »

Seichan balbettò per spiegare.

Gray non glielo permise. « Nasser mi ha avvertito di non chiamare la Sigma, è arrivato persino a minacciarmi... Perché? Sapeva che ero al corrente della presenza di una talpa. A meno che non esista nessuna talpa. »

Lei trasalì e tentò di divincolarsi, ma lui la strinse più forte.

« Cosa volevi dirmi? » domandò Gray.

La donna trovò finalmente la voce. Il tono però era infuriato. « Te l'avrei detto dopo che tutto fosse finito. » Sospirò irritata. « Ma con il sequestro dei tuoi genitori... Non posso più mantenere il segreto, se esiste una speranza di salvarli. Non sono così insensibile. »

Seichan cercò di distogliere lo sguardo, ma Gray si spostò per tenerlo fisso su di lei. « Se non c'è nessuna talpa, come ha fatto Nasser a sapere del rifugio? »

« Si è trattato di un mio errore. » Lo sguardo della donna si fece sempre più duro. « Ma non dirò altro. Dovrai fidarti di me, del fatto che ho agito in buona fede. »

« Fidarmi di te? » ribatté lui, in tono di scherno. « Se io avessi potuto contare sulla Sigma sin dall'inizio... »

Il viso di lei si indurì. « Ti saresti impantanato, Gray. E io sarei in prigione. Inutile. Mi occorreva che fossimo liberi entrambi e che ce ne andassimo nella maniera più sicura possibile. Così ti ho lasciato credere quello che già sospettavi. »

Gray cercò negli occhi della donna un guizzo fugace che la tradisse. Ma Seichan manteneva uno sguardo fisso, limpido, di sfida. Non si prendeva neanche la briga di nascondere che c'era qualcos'altro da rivelare.

Gray si maledisse per non essere stato più cauto. « Avrei dovuto lasciare che Nasser ti sparasse. »

« E a quel punto chi ti avrebbe guardato le spalle? Chi avresti qui con te? Kowalski? Meglio da solo, a quel punto. Hai me, ed è un bene. Comunque possiamo continuare a discutere e sprecare il poco tempo che ti resta per chiamare la Sigma. C'è un telefono nella lobby dell'hotel. È un'altra delle ragioni per cui volevo che Nasser ci credesse altrove. Per ora, probabilmente, tiene sotto controllo tutti i telefoni pubblici intorno a Hagia Sophia. Quello nella hall dovrebbe essere sicuro. Cerca di essere breve. »

Gray la lasciò andare, spingendola via.

Sul viso di Seichan balenò un'ombra di delusione.

Che si offenda pure...

Se avesse saputo che la Sigma non era compromessa, avrebbe potuto contattare Painter sin dall'inizio. Almeno il direttore avrebbe protetto i suoi genitori.

Seichan intuì il motivo della sua rabbia. « Pensavo anch'io che fossero al sicuro. Sul serio. »

Gray avrebbe voluto ribattere, ma rimase in silenzio. Perché era infuriato e, cosa più importante, perché non poteva scaricare tutti i suoi sensi di colpa su Seichan.

Non poteva negare la verità.

Era stato lui a lasciarli soli.

Washington, ore 03.04

« Direttore, ho una chiamata protetta da Istanbul. »

Painter distolse lo sguardo dalle riprese satellitari e lo rivolse al responsabile delle comunicazioni. Chi chiamava dalla Turchia?

Nell'ultima ora, Painter aveva discusso con i dirigenti del National Reconnaissance Office e della National Security Agency, tentando di ottenere pieno accesso a Echelon, il sistema di sorveglianza globale, per assegnare la priorità a una ricerca nei dintorni dell'Isola di Natale. Ma un territorio tanto remoto e scarsamente popolato era giudicato a basso rischio e non era oggetto di monitoraggio costante. Agendo in maniera non ortodossa, Painter aveva finalmente convinto l'Australian Joint Defence Facility di Pine Gap ad assegnare uno dei loro satelliti a quella zona. Ma ci sarebbero voluti altri quattordici minuti.

« È il comandante Pierce, signore. »

Painter afferrò il telefono. « Sono Crowe. Dove sei? »

« Capo, non ho molto tempo e ho parecchie informazioni riservate da comunicare. »

« Ti ascolto. »

« Primo, i miei genitori sono stati rapiti da un agente della Gilda. »

« Amen Nasser. Lo sappiamo e stiamo già effettuando una ricerca a tappeto. »

Seguì un istante di silenzio, poi Gray continuò. « Bisogna contattare Monk e Lisa. Sono in pericolo. »

« Sappiamo anche quello. Sto cercando di ottenere un passaggio satellitare. Se hai finito di dirmi quello che già so, perché non cominci dall'inizio? »

Gray trasse un respiro profondo e riferì in tutta fretta ciò che era accaduto da quando Seichan era rientrata prepotentemente nella sua vita. Painter fece alcune domande e i tasselli cominciarono a incastrarsi come quelli di un puzzle. Mentre attendeva la risposta della NSA, aveva ipotizzato diversi scenari. Sospettava già che nell'incidente all'Isola di Natale fosse coinvolta la Gilda. Chi altri disponeva delle risorse per sequestrare l'intera popolazione di un'isola e scomparire? Gray aveva appena confermato quella congettura e chiarito il perché stava succedendo tutto ciò, fornendo persino un nome.

Il Ceppo di Giuda.

Due ore prima Painter aveva convocato il dottor Jennings, tirandolo giù dal letto. Durante il tragitto in auto dal Phoenix Park Hotel alla Sigma, aveva ripensato alle ultime conversazioni con Lisa. Il fatto che fosse sotto minaccia rendeva sospette tutte le sue dichiarazioni. Come per esempio l'affermazione che il morbo che prima l'aveva sconcertata adesso fosse solo un falso allarme. Painter ricordava perfettamente il panico di Jennings in merito alla minaccia di una catastrofe. E l'ultima affermazione inquietante dell'uomo: *Non sappiamo ancora per certo cos'abbia causato l'estinzione dei dinosauri.*

Evidentemente in quel caso c'era qualcosa che interessava la Gilda.

Painter aveva persino ipotizzato che l'improvvisa comparsa di Seichan e la fuga di Gray potessero essere collegate all'Indonesia. Due operazioni significative della Gilda che avevano luogo nello stesso momento. Painter non credeva alle coincidenze. Ma non avrebbe mai immaginato quale fosse il collegamento.

« Marco Polo? » domandò.

Gray terminò la sua storia. « La Gilda sta operando su due fronti. Un'équipe scientifica sta studiando l'epidemia, in cerca di una cura. Nello stesso tempo... »

« Altri agenti stanno ripercorrendo le orme di Marco Polo per lo stesso motivo: la ricerca di una cura », terminò Painter.

Adesso tutto acquistava senso.

« E in questo momento Nasser è diretto a Istanbul? » chiese Painter.

« Probabilmente è già in volo. »

« Posso mobilitare degli uomini sul territorio in meno di due ore. »

« No. La Gilda verrebbe a saperlo. A sentire Seichan, Istanbul è uno dei loro principali centri d'attività. Sono infiltrati in tutte le agenzie locali. Se si accorgessero di strani movimenti, intuirebbero che tu e io ci siamo parlati. I miei genitori... insomma, non puoi. Dovrò occuparmi di Nasser da solo. »

« Ma hai già corso un rischio enorme, Gray. La Sigma è compromessa. Farò del mio meglio per impedire che la talpa... »

« Non c'è nessuna talpa. »

Painter trasalì. Impiegò un istante a ricomporsi. « Ne sei certo? »

« Quanto basta per rischiare la vita dei miei genitori. »

Painter si fidava dell'intuito di Gray. La preoccupazione d'essere costretto a trattare con tutto quel bisticcio fra agenzie svanì. Se non c'erano talpe...

La voce di Gray si fece sempre più debole. « Non posso rischiare di restare ancora in linea. Devo andare. Farò del mio meglio per seguire questa pista e scoprire dove porta. »

La comunicazione tacque per un istante. Painter pensò che Gray avesse interrotto la chiamata, ma poi tornò in linea. « Trovi i miei genitori... »

« Lo farò, puoi starne certo. Di' a Vittorio di aspettarsi una chiamata dalla nipote. Farà qualche squillo, poi attaccherà: sarà il segnale che i tuoi genitori sono in salvo.»

«Grazie, signore.»

La telefonata si chiuse con un *clic*.

Painter si adagiò sulla poltrona.

«Signore, dovremmo ricevere i dati nel giro di due minuti», lo informò il responsabile delle comunicazioni

Istanbul, ore 10.15

Nonostante la fretta, Gray rallentò il passo mentre si avvicinava alla facciata di Hagia Sophia, impressionato dalle sue dimensioni.

«Stupefacente, vero?» commentò Vittorio.

Non si poteva negare.

Il monumentale edificio era da molti considerato l'Ottava Meraviglia del mondo. Situato su una collina dove una volta sorgeva un tempio dedicato ad Apollo, dominava la magnifica distesa azzurra del Mar di Marmara e quasi tutta Istanbul. Il suo tratto più straordinario, l'imponente cupola bizantina, brillava come rame lustro al sole del mattino. A oriente e occidente la sostenevano alcune semicupole inferiori, e altre ancora si estendevano ai lati come le ancelle di una regina, espandendo ulteriormente la maestosa struttura.

Vittorio continuò la lezione di storia e indicò il gigantesco arco che conduceva all'interno dell'edificio. «La Porta Imperiale. Fu attraverso quella porta che, nel 537, l'imperatore Giustiniano consacrò la chiesa e dichiarò: 'Ti ho superato, o Salomone'. E fu sempre da quella porta che, nel XV secolo, il sultano Mehmed, il conquistatore che aveva saccheggiato Costantinopoli, si cosparse il capo di cenere in gesto di umiltà. Fu tanto impressionato da Hagia Sophia che, invece di distruggerla, la convertì in una moschea.» Con ampio gesto della mano, il monsignore abbracciò i quattro imponenti minareti che sorgevano agli angoli della struttura.

«E oggi è un museo», intervenne Gray.

«Dal 1935», confermò Vittorio, indicando le impalcature.

«Da allora i lavori di restauro sono quasi costanti. E non solo all'esterno. Quando il sultano Mehmed convertì la chiesa in moschea, fece intonacare tutti i mosaici cristiani, poiché la legge islamica proibisce la raffigurazione umana. Ma, negli ultimi decenni, c'è stato un lento e meticoloso tentativo di recuperare gli inestimabili mosaici bizantini. Nello stesso tempo, però, si cerca di preservare l'antica arte islamica del Quattrocento e del Cinquecento: impressionanti distese di iscrizioni e pulpiti decorati. Per essere all'altezza di un tale progetto, i responsabili dei lavori hanno consultato luminari di storia dell'arte di tutto il mondo. Compresi studiosi del Vaticano.» Vittorio fece strada attraverso la piazza, seguendo la marea di turisti. «Così, ho pensato di portare con me una persona che ha lavorato qui in passato.»

Mentre raggiungevano l'ingresso, Gray notò sulla soglia un gigante barbuto. Era immobile, con i pugni sui fianchi, e lanciava sguardi torvi a tutti i visitatori. Ma, quando individuò Vittorio, alzò un braccio per salutarlo.

Il prelato gli fece cenno di tornare dentro la chiesa.

Gray seguì a ruota, ansioso di togliersi dalla strada, non sapendo se un agente della Gilda li avesse raggiunti. Finché i suoi genitori non fossero stati in salvo, non voleva irritare Nasser in nessun modo.

Varcando la soglia, Gray si girò a guardare la piazza. Non vedeva tracce di Seichan o Kowalski. I due gruppi si erano separati non appena avevano lasciato l'albergo. Seichan aveva acquistato un cellulare e una scheda prepagata. Era l'unico modo per contattarla.

«Comandante Gray Pierce», lo presentò Vittorio, «questo è il mio caro amico Baldassarre Pinosso, preside del dipartimento di Storia dell'Arte dell'Università Gregoriana.»

La mano di Gray fu inghiottita dalla presa di Baldassarre. Era alto più di due metri.

«Baldassarre è stato il primo a trovare il messaggio di Seichan nella Torre dei Venti e mi ha aiutato con l'iscrizione angelica. Ed è anche in ottimi rapporti con il curatore del museo.»

«Per fortuna...» borbottò Baldassarre, con la sua voce profonda da baritono. Indicò di fronte a sé. «Dobbiamo camminare un po'.»

L'uomo si fece da parte e lasciò libera la visuale.

Gray rimase a bocca aperta. Vittorio notò la sua reazione e gli diede una pacca sulla spalla.

Dinanzi a loro si estendeva una lunga navata sormontata da una volta a botte. Sopra di loro, una serie di archi e cupole saliva fino alla cupola principale. Un colonnato al secondo piano incorniciava ciascun lato. Ma la visione più impressionante non era la struttura di pietra, quanto il gioco di luce che si creava all'interno. Le finestre costeggiavano la base delle cupole, lasciando riflettere la luce del sole sul marmo colorato e sui mosaici d'oro.

In silenzio, Gray seguì i due uomini lungo la navata. Al centro della chiesa, alzò lo sguardo sulla volta merlata della cupola principale. La superficie a costoni era decorata d'iscrizioni dorate e purpuree. Intorno alla base circolare, quaranta finestre arcuate filtravano la luce del mattino, creando l'illusione che la cupola si librasse nell'aria.

«Sembra che fluttui sopra di noi», mormorò.

«Un'illusione ottica architettonica», spiegò Baldassarre, puntando il dito verso l'alto. «Vede quei costoni nella parte inferiore del tetto, che assomigliano alle stecche di un ombrello? Distribuiscono il peso che grava intorno alle finestre sui pennacchi svasati in cima ai massicci pilastri delle fondamenta. Persino il tetto è più leggero di quanto appaia: è costruito con mattoni cavi d'argilla porosa, cotti nelle fornaci di Rodi. È un capolavoro d'illusionismo. Pietra, luce e aria.»

Vittorio annuì. «Si dice che anche Marco Polo sia rimasto sbalordito dall'apparente assenza di peso della cupola.»

L'unico neo erano i ponteggi, che si ergevano dal pavimento di marmo fino alla sommità della cupola.

Gray controllò l'orologio. Nasser sarebbe arrivato prima di sera. Avevano poche ore per risolvere l'enigma.

Se il suo piano avesse funzionato...

Ma da dove cominciare?

Vittorio stava domandando la stessa cosa al suo amico. «Baldassarre, sei riuscito a interrogare il personale del museo? Hanno notato qualcosa che assomigli a un'iscrizione angelica?»

L'uomo si accarezzò la barba e sospirò. «Ho parlato con il

curatore e il suo staff. Il curatore conosce ogni centimetro quadrato della chiesa e sostiene che non è possibile trovare nessuna iscrizione angelica. Però... c'è una cosa che non vi farà piacere. »

« Cioè? » domandò Vittorio.

« Quando Hagia Sophia fu convertita in una moschea, gran parte dell'edificio fu intonacato. Quello che cerchiamo potrebbe essere stato coperto. O potrebbe essere stato inciso su una parte d'intonaco in seguito scrostato. » Baldassarre scrollò le spalle. « Quindi esiste una possibilità concreta che l'iscrizione non esista più. »

Gray rifiutava di crederlo. Mentre Vittorio e Baldassarre approfondivano l'argomento, si allontanò. Aveva bisogno di riflettere. Controllò di nuovo l'orologio: un riflesso condizionato. Era nervoso e inquieto. In realtà non si accorgeva neanche dell'ora. Raggiunse i ponteggi. Non avrebbe mai dovuto lasciare i suoi genitori. Le parole di sua madre lo tormentavano.

Mi spiace... Tuo padre aveva bisogno delle pillole...

Gray non aveva considerato la malattia del padre. Il suo errore era causato dal rifiuto di accettare le vere condizioni del genitore?

Alzò lo sguardo sulla cupola e si sforzò di chiarirsi le idee. Le preoccupazioni, i timori e i dubbi non avrebbero giovato né a lui, né a loro. Trasse un respiro profondo e lasciò che il brusio dei turisti svanisse in sottofondo.

Cercò d'immaginarsi la chiesa nel XVI secolo. Mentalmente, coprì i mosaici d'oro con l'intonaco. Anche se solo agli occhi della sua mente, l'antica moschea tornò a vivere. Udì il muezzin chiamare dai minareti che dominavano la città antica. Immaginò i fedeli impegnati nella preghiera.

In un posto simile, dove poteva essere nascosta la chiave successiva? In che punto di quella vasta distesa di nicchie e cupole?

Gray studiò la chiesa da ogni angolazione come un modello tridimensionale al computer. Quasi inconsapevolmente, tracciò un segno nella polvere d'intonaco sul pavimento. Alla fine riconobbe ciò che stava disegnando: il simbolo angelico inciso sul retro del lasciapassare di Marco Polo.

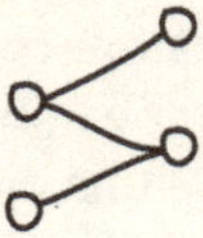

Mentre continuava la panoramica mentale della struttura di Hagia Sophia, abbassò lo sguardo sul simbolo.

« Era già una moschea », mormorò.

Tamburellò sui quattro cerchi, quelli che Vittorio chiamava « segni diacritici ».

Quattro cerchi, quattro minareti.

E se il simbolo non fosse stato soltanto la prima chiave per risolvere l'enigma della mappa codificata? Se fosse stato anche un indizio che conduceva alla seconda chiave? Seichan non aveva forse detto che una chiave avrebbe condotto a quella successiva?

Con gli occhi della mente, sovrappose sul simbolo un prospetto schematico di Hagia Sophia, posizionando i minareti in corrispondenza dei segni diacritici. Forse il simbolo era una mappa schematica della chiesa...

In tal caso, da dove cominciare?

Nella polvere, Gray aggiunse una linea tratteggiata.

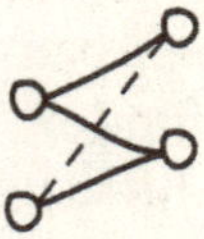

« La X segna il punto preciso », mormorò.

Ore 11.02

Vittorio scorse Gray al centro della navata, carponi, intento a spazzare con le mani il pavimento.

Seguito da Baldassarre, si avvicinò.

« Cosa sta facendo? » chiese Baldassarre. « Se pensa di esaminare tutto il pavimento con le mani, resterà qui per settimane. »

Gray sollevò lo sguardo sulla cupola per determinare la propria posizione, quindi riprese a tastare il pavimento, seguendo il margine del ponteggio. « Dev'essere qui da qualche parte. »

« Cosa? » domandò Vittorio.

Gray indicò il punto in cui aveva tracciato il simbolo angelico. Vittorio studiò il disegno, perplesso.

« È una mappa rudimentale della chiesa, indica dove cercare il prossimo indizio », spiegò Gray.

Il prelato rimase ancora una volta sorpreso dalle doti analitiche dell'agente della Sigma. A dire il vero, lo spaventavano un po'.

Gray continuò a strisciare, seguendo lentamente una zona specifica del pavimento e guadagnandosi qualche strana occhiata dei turisti di passaggio.

Baldassarre gli stava alle costole. « Crede che qualcuno abbia inciso un'iscrizione nel marmo? »

Gray si fermò di colpo, toccando il ponteggio con la spalla. Le dita tornarono su un punto che aveva già esaminato. Si chinò e soffiò sulla piastrella. « Non un'iscrizione. »

Vittorio e Baldassarre s'inginocchiarono accanto alla piastrella e il prelato tastò il marmo.

Sul marmo consunto dal tempo ed eroso da secoli di calpestamenti, era inciso il flebilissimo profilo di una croce.

Gray prese la croce d'argento che aveva al collo. La croce di frate Agreer. Combaciava perfettamente con quella incisa sul pavimento.

« L'hai trovato », affermò Vittorio.

Baldassarre aveva già in mano un martelletto di gomma. Tamburellò sulla piastrella.

« È così che abbiamo trovato la cavità sotto l'incisione nella Torre dei Venti », spiegò Vittorio.

Baldassarre batteva sulla piastrella con gesti meticolosi, ma era insoddisfatto. « Niente. »

« Ne sei sicuro? » chiese Vittorio. « Dev'essere qui. »

« No », esclamò Gray. Si sdraiò sulla schiena, alzando gli occhi. « Cosa guarda Gesù? »

Vittorio diede un'occhiata alla vaga raffigurazione argentea di Cristo sul crocefisso, quindi tornò a fissare in alto.

« Sta guardando la cupola », proseguì Gray. « La stessa cupola che deve aver sbalordito Marco Polo. Una cupola composta di mattoni *cavi*. Se si voleva nascondere qualcosa per i secoli a venire... »

Vittorio rimase a bocca aperta. « Certo! Ma quale mattone? »

Baldassarre balzò in piedi. « Ho un'idea. » Corse verso il retro dell'edificio, facendosi largo fra una comitiva di visitatori tedeschi.

Vittorio aiutò Gray a rialzarsi. « Geniale, ragazzo. »

« Non abbiamo ancora trovato il secondo *paitzu* », replicò lui, riappendendo il crocefisso al collo.

Vittorio sapeva che, prima di separarsi, Gray aveva preso da parte Seichan per scambiare qualche parola con lei. « Che urgenza c'è? Nasser arriverà tra poche ore, perché disturbarci a cercare la seconda chiave? »

« Perché voglio farlo contento. »

Vittorio scorse nello sguardo del giovane la preoccupazione per i genitori.

« Dobbiamo mostrarci utili, altrimenti ci ucciderà. »

Vittorio intuì che Gray aveva un piano. Ma, prima che potesse chiedere dei chiarimenti, ricomparve Baldassarre.

A corto di fiato, tese un piccolo strumento. « Con tutti questi restauri in corso, ho immaginato che qualcuno avesse un puntatore o un livellatore laser. Sono indispensabili, quando si lavora in ambienti molto grandi. » Quindi s'inginocchiò, posizionò lo strumento laser sulla croce incisa e lo accese. Non successe nulla. Baldassarre raccolse un pizzico di polvere e lo gettò sul dispositivo. La polvere si accese d'un bagliore rosso rubino. « Bene, funziona. Ma qualcuno dovrà salire sull'impalcatura per trovare il mattone illuminato dal puntatore. »

« Ci penso io », affermò Gray.

Baldassarre gli passò martello e scalpello. « Ho preso anche questi. » Fece cenno a Gray di nascondere gli strumenti. « Deve agire con discrezione. A nessuno è permesso salire lassù senza una speciale licenza rilasciata dal governo turco. Ho ottenuto dal curatore il permesso di far salire uno di noi a scattare qualche fotografia. Ma le guardie » – indicò con il capo la sentinella armata nei pressi della scala dei ponteggi – « per scongiurare attentati terroristici sono addestrate prima a sparare e poi a fare le domande. Se la vedono portare uno scalpello... » Non terminò la frase.

« Comunque non dobbiamo attirare l'attenzione », lo avvertì Vittorio. « Se qualcuno chiamasse la polizia... »

Nasser lo scoprirebbe e s'infurierebbe.

« Non ci sono soltanto le nostre vite in pericolo », ribadì Vittorio.

Gray lo sapeva sin troppo bene. « Serve un diversivo. »

Ore 11.48

A metà dell'impalcatura, Gray abbassò lo sguardo e scorse Baldassarre. I lineamenti del gigante erano a malapena distinguibili. Poi cercò d'individuare la guardia: l'uomo in divisa aveva lasciato la propria postazione per tenere d'occhio i suoi movimenti.

Riprese a salire e raggiunse l'anello di finestre lungo il bordo inferiore della cupola. La luce del sole splendeva dai vetri arcuati. Gray colse uno scorcio del Mar di Marmara. Quindi superò le finestre e l'ambiente si fece subito più buio. Dopo altri due minuti di salita, giunse finalmente alla sommità dell'impalcatura e arrivò a toccare la cupola. A dire il vero, fu obbligato ad accucciarsi per non sbattere la testa.

Tutt'intorno a lui, vaste distese d'iscrizioni islamiche ricadevano a cascata lungo le pareti merlate. Immediatamente sopra, il vertice centrale della cupola formava una coppa su una spirale d'iscrizioni dorate, dipinte su un ricco sfondo purpureo.

Alla sinistra di Gray aleggiavano dei granellini di polvere, illuminati dal puntatore laser. Lui individuò il suo bersaglio: un puntino luminoso rosso rubino proiettato su una sezione di intonaco purpureo. Il colore era abbastanza scuro da rendere difficile l'individuazione di eventuali cavità all'interno.

Siccome il tetto a cupola s'inarcava verso il basso, Gray fu costretto a procedere carponi per raggiungere il mattone illuminato.

Si accucciò e tastò l'intonaco. Non erano presenti incisioni, né iscrizioni angeliche. Nessun segno.

E se si fosse sbagliato? C'era solo un modo per scoprirlo.

Gray agitò la mano sul fascio del laser.

Era il segnale.

Baldassarre raccolse il puntatore con aria indifferente e lo indirizzò lungo l'immensa navata.

Quasi la luce avesse colpito un gong, dal fondo della chiesa si udì un fischio squarciare la quiete solenne e riecheggiare tutt'intorno. Seguirono delle grida confuse.

Gray vide una vampata di fuoco. Una bottiglia molotov, preparata con l'alcol usato per pulire i mosaici. Vittorio l'aveva accesa in un cesto della spazzatura.

Altre grida.

Gray coprì con il proprio corpo l'atto vandalico che stava per compiere. Piazzò lo scalpello nel punto precedentemente segnalato dal laser e attese. Si udì un secondo fischio.

Nello stesso istante, Gray sferrò un colpo vigoroso.

L'intonaco si ruppe con uno schiocco sordo.

Un frammento rimbalzò sul suo petto. Gray si tese di scatto e, prima che cadesse di sotto, afferrò la scheggia con la mano in cui stringeva lo scalpello, poi la infilò nella camicia.

Usando lo scalpello, scavò rapidamente nel cuore del mattone vuoto, attento ai frammenti che si sbriciolavano. Esaminò la cavità con le dita. All'interno, anziché lo strato d'argilla, sentì una superficie vitrea, liscia come l'acqua.

C'era qualcosa.

Gray si aspettava di trovare il *paitzu* d'oro, invece estrasse un tubo di rame o bronzo di una ventina di centimetri, tappato alle estremità, non molto diverso dal bocchino di un sigaro. L'oggetto scomparve nella camicia.

Con la coda dell'occhio, Gray notò che il piccolo incendio nel cesto dei rifiuti era già stato spento con un estintore.

Riprese a frugare nella cavità e con l'indice sfiorò qualcosa di pesante. Impiegò qualche altro secondo per estrarre un secondo oggetto: un *paitzu* d'oro.

Il pesante lasciapassare gli sfuggì e cadde tintinnando sui gradini dell'impalcatura ai suoi piedi. Il metallo rimbombò come una campana, amplificato dalla volta della cupola. Purtroppo, riecheggiò in un momento di pausa nel trambusto sottostante.

Mentre l'eco si diffondeva, Gray raccolse il lasciapassare e lo infilò nella camicia. Poi fece l'unica cosa che poteva fare. Scalciò via il martello e si gettò subito dietro l'attrezzo, mulinando con le braccia a mezz'aria, un grido sulle labbra.

Ore 11.58

Dal colonnato del secondo piano, Vittorio vide Gray precipitare dalla cima del ponteggio.

Oh, no...

Qualche minuto prima, aveva fischiato dall'estremità opposta della chiesa e aveva lasciato cadere la bottiglia molotov in un cestino dei rifiuti. Era riuscito a malapena a togliere il braccio in tempo, allontanandosi in tutta fretta. Quindi aveva usato di nuovo il fischietto, per poi gettarlo in un vaso. Si era già infilato il colletto da prete: doveva limitarsi a sembrare confuso e leggermente spaventato. Le guardie lo avevano ignorato mentre attraversava il livello superiore dell'edificio.

Era giunto al centro della chiesa in tempo per udire Gray gridare e cadere a testa in giù dal ponteggio. Un martello urtò il pavimento di marmo con uno schiocco rimbombante.

Gray fece una giravolta e si aggrappò a un puntello dell'impalcatura. Mentre cercava un appiglio con il piede, urtò violentemente contro le putrelle. Al secondo tentativo riuscì a spingersi al centro dell'impalcatura. Rimase sdraiato sulla schiena, evidentemente per riprendersi dalla paura.

La guardia responsabile del ponteggio ordinò a un collega di salire per sincerarsi delle sue condizioni.

Gray si stringeva il braccio sinistro, gemendo.

Vittorio scese le scale e si unì a Baldassarre e al curatore del museo, mentre il guardiano aiutava Gray ad alzarsi e ad affrontare la discesa.

Gray si avvicinò agli altri zoppicando e assunse un'espressione livida di rabbia. Indicò il martello, quello che gli aveva dato Baldassarre. «I suoi operai non mettono a posto le loro cose? Stavo per scendere dopo aver sentito tutto quel trambusto e sono inciampato in questo stramaledetto aggeggio. Avrei potuto ammazzarmi! »

Il curatore, un uomo snello con il ventre leggermente pronunciato, prese il martello. « Ha ragione, le devo le mie scuse. Per quanto riguarda il suo braccio... »

Gray lo teneva al petto. « Slogato, forse lussato. »

« Comunque abbiamo chiamato la polizia... per l'incendio », li informò il curatore.

Gray e Vittorio si scambiarono un'occhiata preoccupata. Se Nasser fosse venuto a sapere dell'arrivo della polizia...

Il prelato si schiarì la gola. « Ah, l'incendio. Di sicuro è stata una sigaretta gettata da un turista maleducato. O forse uno scherzo innocuo. »

Ma il curatore si era già rivolto a uno dei guardiani e parlava concitato in turco.

Vittorio capì. Era anche peggio. « No, no », insistette, lanciando un'occhiata a Gray. « Sono sicuro che il nostro amico non ha bisogno di essere portato all'ospedale. Non occorre un'ambulanza. »

« Il monsignore ha ragione. » Gray piegò e ruotò il braccio. Vittorio lo notò trasalire: si era ferito sul serio. « È solo leggermente slogato. Mi riprenderò. »

« Mi spiace, ma devo insistere. È il regolamento: se qualcuno si ferisce all'interno del museo è obbligatoria una visita in ospedale. »

« Mi pare giusto », intervenne Baldassarre. « Ma, nel frattempo, potremmo riposarci da qualche parte. Il suo ufficio si trova nel seminterrato, vero? »

« Certo. Lì nessuno vi disturberà. Parlerò io con la polizia e vi chiamerò all'arrivo dell'ambulanza. E, dottor Pinosso, la prego di accettare le mie scuse più sincere. In passato è stato così generoso nel dedicarci il suo tempo e le sue conoscenze, e guardi come la ripago. »

« Non si preoccupi, Hasan. Va tutto bene. Abbiamo solo i nervi un po' scossi. »

In lontananza risuonarono delle sirene.

« Da questa parte », disse il curatore.

Poco dopo, i tre erano da soli nell'ufficio di Hasan. Era scarsamente ammobiliato. Sulla parete dietro la scrivania, erano affissi i prospetti della chiesa e, sopra una fila di schedari, era appesa una fotografia del curatore che stringeva la mano al presidente turco. Alla parete opposta campeggiava un'antica mappa del Medio Oriente.

Baldassarre chiuse la porta a chiave. « Il seminterrato è un labirinto di stanze. Voi due potete nascondervi finché non arriverà Nasser. Ci penserò io a convincere il curatore che avete preferito andarvene. »

« Va bene, faremo così. » Vittorio si lasciò cadere su un divano accanto a Gray, che si stava massaggiando la spalla. « Non abbiamo molto tempo. Hai trovato qualcosa? »

Gray prese la piastra d'oro e il tubo di bronzo, poi scosse la camicia e fece cadere una scheggia di mattone. La raccolse e la piazzò sul tavolo.

Vittorio fece per distogliere lo sguardo, ma il colore della scheggia attirò la sua attenzione.

« È un pezzo del mattone cavo », spiegò Gray. « Non volevo lasciarlo lassù: le cose si erano già messe abbastanza male. »

Vittorio lo esaminò per qualche istante. Su un lato era ancora attaccato un frammento d'intonaco purpureo, mentre l'altro era rivestito da un denso strato di vernice vitrea celeste. Perché verniciare l'interno di un mattone cavo? « Hai notato qualche iscrizione angelica? » domandò, riponendo il frammento sul tavolo.

« No. Niente di insolito. »

Baldassarre si chinò e ribaltò il *paitzu*. « Ma qui c'è un'iscrizione angelica. »

Il lato posteriore era decorato con un simbolo angelico, circondato da un cerchio abbozzato.

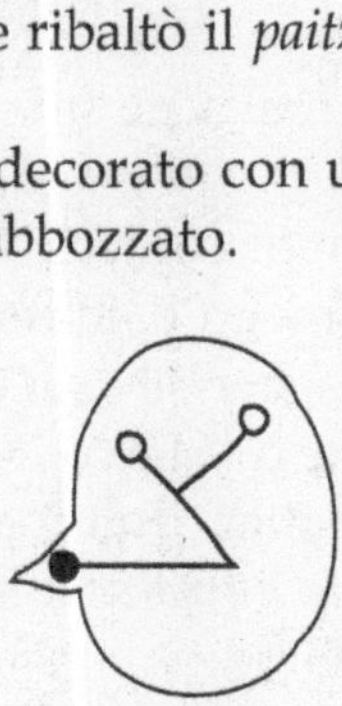

« La seconda chiave », commentò Vittorio.

« Ma cos'è questo? » domandò Baldassarre, indicando il tubo.

Vittorio lo raccolse. Era largo come il suo pollice, disadorno, a parte i vecchi segni del martello che l'aveva forgiato. « Potrebbe essere il contenitore di una pergamena. » Una moneta di bronzo ne sigillava un'estremità.

« Apriamolo », affermò Gray.

Vittorio era pur sempre un archeologo, perciò non era entusiasta di rovinare un manufatto tanto antico. Occorreva fotografarlo, prenderne le misure, catalogarlo.

Gray prese un coltellino dalla tasca e lo porse a Vittorio. « Il tempo sta scadendo. »

Facendo un respiro profondo, Vittorio usò la punta della lama per rimuovere il sigillo dall'estremità del tubo. Si staccò in maniera netta, come se fosse stato inserito solo il giorno precedente.

Il prelato fece spazio sulla scrivania e rovesciò il contenuto del tubo. Un rotolo bianco.

« Una pergamena », sentenziò Gray.

Senza toccarla, Vittorio operò una rapida valutazione. « Non è pergamena, né vello e neanche papiro. »

« Allora cos'è? » domandò Baldassarre.

Vittorio non voleva maneggiare il rotolo senza guanti, così prese una matita e usò il gommino per srotolare il bordo.

« Sembrerebbe un tessuto », disse Gray.

« Seta. » Vittorio continuò a srotolare la pezza, stendendola su tutto il tavolo. « È ricamata », aggiunse, notando la raffinata impuntura di filo nero.

Ma il ricamo non formava né un'immagine né un motivo decorativo. Era un testo.

Gray provò a leggerlo, ma non riconosceva nessuna parola.

« È italiano antico », spiegò Baldassarre.

Vittorio non riusciva a staccare gli occhi dallo scritto. « Con stilemi tipici della regione di Marco Polo. » Seguì la prima riga con il gommino della matita, traducendola ad alta voce. « *La nostra preghiera fu ascoltata in maniera bizzarra.* »

Lanciò un'occhiata a Gray.

« È il resto della storia di Marco Polo », disse quest'ultimo.

« Prosegue dal punto in cui terminava il testo in mano alla Gilda. »

« Le pagine mancanti », concordò Vittorio.

Gray scoccò uno sguardo alla porta, inquieto. « Continua a leggere. »

Vittorio tradusse accuratamente la parte successiva a quando Marco e i suoi uomini erano rimasti intrappolati nella Città dei Morti, circondati da un'orda di cannibali.

La nostra preghiera fu ascoltata in maniera bizzarra. Ed ecco ciò che accadde.

Sulla Città dei Morti calarono le tenebre. Visti dal nostro rifugio, i fossati e le pozze della città sotto di noi risplendevano d'una luce sepolcrale; la tonalità e il lucore erano quelli della muffa e dei funghi. Conferivano all'ambiente l'aria d'uno spaventoso festino uscito dalle viscere del Demonio, mentre i morti si nutrivano dei morti. Non scorgevamo nessuna speranza di salvezza. Quale angelo avrebbe osato avventurarsi in quelle terre blasfeme?

E invece accadde che, dall'oscura foresta, emersero tre presenze. Le loro sembianze erano queste: la pelle emanava lo stesso bagliore delle paludi e dei fossati, e i temuti cannibali fuggirono come il vento che spazza un campo di grano. I tre attraversarono la città a passo lento, ma risoluto. Una volta che quelle apparizioni furono giunte ai piedi della torre, notammo che facevano parte dello stesso popolo che banchettava sulla carne. Eppure la loro pelle brillava di luce Benedetta.

In preda a un sacro terrore, gli uomini del Can gettarono le armi e s'inginocchiarono. I tre penetrarono nel nostro rifugio e giunsero da noi senza farci nessun male. Avevano il volto emaciato e consunto dalla febbre; ma, a differenza dei loro fratelli, la pelle era intatta. Eppure non era umana. La sua lucentezza pareva insinuarsi nel profondo dei corpi, rivelando anche le viscere e l'indistinto battito del cuore. Accadde poi che uno dei tre sfiorasse uno degli uomini del Can. Questi gridò e piombò a terra; e, nel punto in cui era stato toccato, la pelle si riempì di vesciche, annerendosi tutta.

Frate Agreer alzò la croce contro di loro; ma il primo dei tre avanzò con scarso timore e toccò la croce domenicana. Pronun-

ciò parole che nessuno comprese, ma con i gesti comunicò il suo desiderio: farci bere dal guscio di una noce.

Uno degli uomini del Can doveva aver compreso quella strana lingua quanto bastava e riuscì a comunicare. Ci venne offerta una grande virtù balsamica; attingendovi, saremmo stati protetti dalla pestilenza che affliggeva quel luogo. Ma il Cielo ci perdoni tutti per quanto ci sarebbe costata, per ciò che infine ci avrebbe reso.

La storia s'interrompeva lì.

Vittorio era deluso. « Dev'esserci qualcos'altro. »

« Nascosto con la terza e ultima chiave », suggerì Gray.

Vittorio annuì e tamburellò sul diario di seta. « Ma, anche da quel poco che abbiamo letto, è evidente che questa storia non è stata mai raccontata. »

« Perché? » domandò Gray.

« La descrizione delle strane apparizioni », sottolineò Vittorio. « Brillavano di una *luce Benedetta.* Che offriva la salvezza. »

« Sembrerebbero degli angeli », commentò Baldassarre.

« Ma degli angeli *pagani* », sottolineò Vittorio. « Un'idea simile non sarebbe stata accolta di buon grado dal Vaticano. E ricordate: chiunque abbia diviso la storia di Marco l'ha fatto nel XVII secolo, durante un'altra epidemia di peste in Italia. Nonostante il contenuto inquietante, il Vaticano non ha osato distruggere il messaggio. Alcuni teologi della Chiesa devono aver diviso il testo per preservarlo e nasconderlo. Ma resta l'interrogativo più cruciale: cosa non è stato ancora rivelato? »

« Se vogliamo scoprirlo, dobbiamo trovare la terza chiave », ribatté Gray. « Ma da dove cominciamo a cercare? Non ci sono iscrizioni angeliche da nessuna parte. »

« Forse non riusciamo a vederle a occhio nudo », suggerì Vittorio.

Gray annuì e cominciò a rovistare nello zaino. « Ho portato una torcia ultravioletta. » L'accese ed esaminò i manufatti. Persino la scheggia del mattone. « Niente. »

Vicolo cieco.

Ore 12.43

Gray era teso come una corda di violino. Non nutriva più nessuna speranza nel suo piano originario, anche se era sempre stato un azzardo. « Non possiamo più aspettare », ammise infine, dando un'occhiata all'orologio. « Raduniamo tutto e troviamo un posto dove nasconderci. »

Avevano passato gli ultimi cinque minuti a spremersi le meningi in cerca di un indizio del luogo in cui cercare la terza chiave. Vittorio tentava di decifrare un significato nascosto nel testo, ripassandolo continuamente. Baldassarre aveva studiato la superficie del *paitzu* d'oro. Tutti concordavano che il cerchio abbozzato intorno al simbolo angelico fosse significativo, ma non riuscivano a immaginare di cosa potesse trattarsi.

Vittorio sospirò e cominciò ad arrotolare il testo. « La risposta dev'essere qui. Seichan ha detto che la copia in mano alla Gilda accennava al fatto che ciascuna chiave avrebbe condotto alla successiva. Dobbiamo solo capire cosa ci sfugge. »

Gray prese il frammento di mattone. « Potrebbe avere un significato il fatto che il mattone sia rivestito di intonaco rosso? In fondo, poteva benissimo essere di un colore qualunque. Avevano a disposizione l'intera gamma di colori della cupola fra cui scegliere. »

Mentre infilava il rotolo nel tubo di bronzo, Vittorio pareva non ascoltarlo. Tuttavia mormorò: « Il porpora è il colore della regalità o della divinità ».

Riponendo il frammento nello zaino, Gray sfiorò con il pollice la spessa mano di vernice blu sul lato opposto. Ricordò che, al tatto, l'interno del mattone sembrava vitreo. « Il blu... Abbinato alla regalità. »

Poi ebbe un'illuminazione.

Vittorio capì nello stesso momento e si raddrizzò di scatto. « La Principessa Celeste! »

Baldassarre spinse il *paitzu* verso Gray. « Stai parlando di Kocacin? La ragazza mongola che viaggiò con Marco? »

Vittorio annuì. « Era chiamata così perché il suo nome, tradotto, significa appunto 'celeste'. Aspettate, ricominciamo dall'inizio. » Vittorio fece la spunta con le dita. « La prima chiave si trovava in Vaticano, più in generale in Italia, dove Marco terminò il suo viaggio. Seguendo a ritroso la rotta di Polo, arriviamo qui a Istanbul, la porta d'ingresso per l'Europa.»

«E se torniamo ancora più indietro sulla sua rotta...» fece Gray.

«La tappa significativa precedente dovrebbe trovarsi nel luogo in cui Marco ha portato a termine il compito assegnatogli da Kublai Khan, la vera ragione del viaggio: portare Kocacin in Persia.»

«Ma dove, esattamente?» domandò Gray.

«Hormuz», rispose Baldassarre. «Nell'Iran meridionale. L'isola di Hormuz si trova nel Golfo Persico.»

Gray diede un'occhiata al *paitzu* e seguì con le dita la linea intorno al simbolo angelico. «Possibile che sia la mappa approssimativa di un isola?»

«Controlliamo.» Vittorio si avvicinò alla mappa sulla parete.

Gray gli si affiancò.

Il prelato indicò un'isoletta stretta fra l'Iran e gli Emirati Arabi. Aveva la stessa forma arrotondata e una punta netta, simile a una lacrima. Combaciava quasi perfettamente con il disegno intorno all'incisione.

«L'abbiamo trovata», sentenziò Gray. «Sappiamo qual è la nostra prossima tappa.»

E quello significava che il suo piano poteva ancora funzionare.

«Ma che mi dici di Nasser?» chiese Vittorio.

«Non mi sono dimenticato di lui.» Gray guardò in faccia il prelato e lo afferrò per la spalla. «La prima chiave. Dalla a Baldassarre.»

Vittorio trasalì. «Perché?»

«In caso qualcosa andasse storto, non possiamo permettere che Nasser ci metta le mani sopra. Gli faremo credere che la seconda chiave che abbiamo trovato qui sia la *prima*. Nasser non può sapere che hai trovato una chiave in Vaticano.» Gray guardò ora l'uno ora l'altro uomo. «Immagino che non l'abbiate detto a nessuno.»

I due annuirono.

Eppure Vittorio continuava a non essere convinto. «Di sicuro, quando Nasser verrà qui, cercherà Baldassarre e troverà l'altra chiave d'oro.»

«Non se Baldassarre se ne sarà già andato», ribatté Gray. «Come nel caso di Kowalski, dubito che Nasser sappia che il tuo collega ha viaggiato con te. Perché dovrebbe sospettare della sua presenza? Rintracciando il tuo cellulare, Nasser sa solo che *tu* sei partito per incontrarti con noi. Manderemo Baldassarre da Seichan. Assieme a Kowalski, potranno adoperarsi per raggiungere l'isola di Hormuz. Toccherà a loro trovare l'ultima chiave. Quando Nasser arriverà qui, dovremo temporeggiare con quel bastardo il più a lungo possibile. Ma, per non mettere a rischio i miei genitori, è probabile che alla fine dovremo indirizzarlo sulla pista giusta.»

«Dove, con un po' di speranza, Seichan avrà già trovato l'ultima chiave», affermò Vittorio.

«A quel punto avremo qualcosa da barattare», ribatté Gray. In realtà sapeva che tutti quei piani erano imperniati su un'ultima speranza: che Painter trovasse il modo di liberare i suoi genitori.

E, naturalmente, quella di non aver sbagliato i calcoli.

Ore 13.06

Seichan attendeva nella stanza d'albergo adiacente a Hagia Sophia. Sedeva alla finestra del quinto piano, con la guancia appoggiata al fusto del fucile da cecchino Heckler & Koch PSG1. Abbassò lo sguardo nel mirino telescopico, puntato sulla piazza di fronte alla chiesa.

Aveva osservato la polizia andare e venire, fermandosi solo per breve tempo.

Cos'era successo?

Kowalski era sdraiato sul letto, intento a rimpinzarsi di olive e a pulire cinque pistole e un fucile d'assalto 5.56 mm A-91 della NATO.

Avevano fatto spese.

Dalla sua postazione, Seichan aveva una visuale chiara della strada, del parco e della piazza. Osservava chiunque mostrasse un interesse inconsueto per la chiesa, qualcosa in più della solita toccata e fuga dei turisti. Aveva anche cercato qualche segno rivelatore di qualcuno che portasse delle armi.

Fino a quel momento tutto bene. O, in caso contrario, stava perdendo colpi.

In particolare, teneva sotto controllo la Porta Imperiale sul lato occidentale di Hagia Sophia. Regolò la messa a fuoco per avere una visuale nitida delle facce dei passanti. Teneva il conto. Per vedere se le *stesse* facce andavano e venivano più volte, a indicare che il luogo era sotto sorveglianza.

Voleva conoscere la posizione del maggior numero possibile di nemici, in caso si fosse rivelato necessario un attacco.

Nulla. Era illogico.

Dov'erano gli uomini di Nasser? A quel punto avrebbero dovuto già essere lì, a prendere posizione. A Istanbul la Gilda disponeva di parecchie risorse e uomini. Le armi nella stanza ne erano una prova. O forse Nasser stava operando con una squadra ridotta? Era più facile piazzare uno o due uomini anziché mezza dozzina.

« C'è qualcosa che non va », mormorò, regolando la visuale.

A che gioco stava giocando Nasser?

Dalla chiesa uscì un uomo corpulento, che procedeva a lunghe falcate, senza cercare di nascondersi. Seichan si concentrò su di lui, mettendone a fuoco il viso.

Non ne conosceva il nome, ma due anni prima aveva già visto quell'uomo incontrarsi con Nasser. Si erano scambiati una busta. Nasser non sapeva che Seichan l'aveva seguito e spiato durante l'incontro. Nella sua cassetta di sicurezza in una banca svizzera, la donna custodiva una serie di fotografie dell'egiziano.

Qualcosa da tenere in serbo per i giorni di pioggia.

O per una giornata di sole come quella.

Quel bastardo aveva fatto appostare qualcuno *dentro* Hagia Sophia. Non prometteva bene. Se quell'uomo se ne stava andando, significava che qualcun altro l'aveva già congedato. Lo osservò fermarsi sulla piazza ed estrarre un telefono.

Probabilmente chiamava Nasser per fargli sapere che il tesoro era sano e salvo all'interno della chiesa.

Le squillò il cellulare.

Strano.

Premette il tasto di risposta. « Sì? »

« Vorrei parlare con una certa Seichan », rispose la persona che chiamava, con la voce squillante. « Mi è stato detto di chiamare questo numero per fissare un appuntamento. Un vescovo e un americano gradirebbero farci incontrare. »

Seichan era confusa e... spaventata.

« Sono Baldassarre Pinosso, lavoro per il dipartimento di Storia dell'Arte del Vaticano. »

Almeno adesso Seichan conosceva il nome dell'uomo che si era incontrato con Nasser. Baldassarre Pinosso. Un agente della Gilda.

Non era la Sigma ad avere una talpa. Era il Vaticano.

« Pronto? » ripeté l'uomo, con un filo di preoccupazione.

Seichan prese la mira.

Era il momento di tappare la falla.

« Kowalski... »

« Sì? »

« Sta per scoppiare un gran casino. »

« Era ora, Cristo! »

Seichan premette il grilletto.

10

DALLA PADELLA NELLA BRACE

A bordo della Mistress of the Seas,
6 luglio, ore 19.12

Grazie a Dio, il cocktail era finalmente terminato.

Lisa si sbottonò in tutta fretta la giacca che indossava sull'abito nero, in charmeuse di seta a pieghe. Il completo di Vera Wang superava di gran lunga il suo budget, ma lei l'aveva trovato steso sul letto quando era tornata a prepararsi per la soirée di Ryder Blunt, per festeggiare l'arrivo della nave da crociera nel porto dei pirati.

Il dottor Devesh Patanjali doveva averlo scelto di persona nei lussuosi negozi sul Ponte Lido. Bastava quel motivo per togliersi quell'abito di dosso. Lisa non avrebbe voluto partecipare al party, ma Devesh non le aveva lasciato scelta. Così si era unita agli altri ricercatori nella suite di Ryder.

C'erano fiumi di champagne e vino fresco. Gli antipasti giravano su vassoi d'argento, serviti da camerieri in livrea, mentre il buffet era decorato da montagne di tartine al caviale. C'era addirittura un quartetto d'archi. Il gruppo aveva suonato sommessamente sulla terrazza mentre il sole tramontava, ma erano stati costretti a separarsi quando il vento si era alzato e la pioggia aveva cominciato ad abbattersi con sferzanti goccioloni.

Anche in quel momento rimbombavano i tuoni, mentre la tempesta si faceva sempre più intensa. Almeno la nave restava ferma, protetta dalla cresta del vulcano sommerso. Comunque il tifone imminente e gli infiniti incarichi da sbrigare avevano fatto terminare presto la festa organizzata da Ryder.

Era durata solo un paio d'ore.

Lisa s'infilò i jeans e indossò un'ampia camicetta. Prese la borsetta: un altro dono del dottor Patanjali, una frame bag di Gucci con nappine argentate.

C'era ancora l'etichetta del prezzo: più di seimila dollari.

Ma il suo contenuto aveva un valore maggiore. Durante il party, Ryder le aveva gentilmente passato un paio di regalini per gli invitati, infilandoglieli di nascosto nella borsa.

Una radiolina e una pistola.

E la notizia che accompagnava i doni era ancora più gradita.

Monk era vivo e si trovava a bordo.

Lisa nascose rapidamente la pistola nei jeans e la coprì con il lembo dell'ampia camicetta. Radio alla mano, raggiunse la porta e vi premette contro l'orecchio.

La sua cabina non era sorvegliata. L'intera ala era stata isolata con un cordone alla tromba delle scale e al vano degli ascensori. A Devesh era stata assegnata una cabina interna, a sole due porte di distanza dalla camera in cui la sua paziente giaceva ancora in stato di stupore catatonico.

Lisa si sintonizzò sul canale otto e s'infilò le cuffiette provviste di microfono. «Monk, ci sei? Passo.»

Gracchiò una scarica statica, poi parlò una voce familiare. «Lisa? Grazie a Dio Ryder ti ha dato la radio. Hai preso la pistola? Passo.»

«Sì.» Era curiosa di sapere com'era sopravvissuto, ma non aveva tempo. «Ryder ha detto che hai un piano.»

«Il termine 'piano' potrebbe essere troppo generoso. È più un tentativo di salvarci la pelle.»

«Mi pare grandioso. Quando?»

«Mi coordinerò con Ryder fra pochi minuti. Saremo pronti alle ventuno. Preparati e portati la pistola.» Quindi le spiegò brevemente quali erano le sue intenzioni.

Lisa gli comunicò alcuni dettagli necessari per aiutarlo, quindi diede un'occhiata all'orologio. Meno di due ore.

«Devo dirlo a qualcun altro?» domandò Lisa.

Una lunga pausa. «No, mi spiace. Se abbiamo speranza di fuggire, dovremo filarcela con meno persone possibile, usando la copertura della tempesta. Ryder ha una barca in uno scivolo per alaggio sul lato di dritta. Ho una mappa del tuo amico Jessie. A una trentina di miglia nautiche da qui, c'è una cittadina. La speranza è quella di raggiungerla e dare l'allarme.»

«Jessie viene con noi?»

Seguì una pausa ancora più lunga.

« Monk? »

Un sospiro. « Hanno preso Jessie. L'hanno gettato fuoribordo. »

« Cosa? » Lisa ripensò al suo viso sorridente e alla propensione per le battutine sciocche. « È morto? »

« Non lo so. Ti dirò di più quando ci incontreremo. »

Avvertì una fitta di dolore per un ragazzo che aveva frequentato solo per poche ore.

« Alle ventuno », ripeté Monk. « Portati la radio, ma nascondila. Ti contatterò di nuovo a quell'ora. Chiudo. »

Un rombo di tuono.

Lisa ripiegò le cuffiette e intascò la radio, nascondendo la protuberanza sotto la camicia.

Se fossero riusciti a fuggire, non voleva andarsene a mani vuote. Nella stanza della paziente c'erano risme di dati e documenti. In più c'era un computer provvisto di masterizzatore DVD.

Al cocktail aveva parlato con Henri e il dottor Miller. Avevano discusso del fatto che Devesh e la sua squadra stavano raccogliendo dei campioni di vari batteri tossici prodotti dal Ceppo di Giuda, quelli più virulenti, immagazzinandoli nelle incubatrici di un laboratorio inaccessibile, gestito dai virologi di Devesh.

« Inoltre credo che stiano sperimentando gli effetti del virus su organismi patogeni conosciuti », aveva riferito il dottor Miller. « Ho visto scomparire dal laboratorio cumuli di vetrini contrassegnati *Bacillus anthracis* e *Yersinia pestis.* »

I batteri dell'antrace e della peste.

Secondo Henri, con ogni probabilità Devesh stava effettuando esperimenti per produrre un superceppo di quegli organismi patogeni letali. Nelle loro discussioni, una parola non era stata pronunciata: la ragione di tutto.

Bioterrorismo.

Lisa diede un'occhiata all'orologio e si accostò alla porta. Se il mondo aveva una chance per fermare la miriade di malattie che la Gilda voleva produrre, avevano bisogno di estrapolare il maggior numero di dati possibile dalla paziente. Il corpo della donna stava guarendo, espellendo i batteri tossici dai tessuti.

Ma come e perché?

Quella paziente era la chiave di tutto.

Lisa non poteva andarsene senza raccogliere informazioni vitali. Doveva correre il rischio.

Aprì delicatamente la porta e fece i cinque passi che la separavano dalla stanza di Susan Tunis. Più avanti lungo il corridoio si apriva l'area adibita a laboratorio, affollata da un viavai di tecnici. Una radio diffondeva della musica pop, anche se il cantante si sgolava in cinese. L'aria sapeva di disinfettante.

Lisa incrociò brevemente lo sguardo della guardia armata, che si aggirava intorno alla pila di casse abbandonate e strumenti inutilizzati.

Fece passare la tessera magnetica che le aveva consegnato Devesh ed entrò nella suite di Susan Tunis. La stanza era presidiata da due inservienti. Devesh non lasciava mai la paziente incustodita. Uno era seduto nella poltrona del salone principale, intento a guardare il film hollywoodiano che veniva trasmesso in tutta la nave. L'altro si trovava nella camera da letto assieme alla paziente, tabella alla mano, a registrare i segni vitali ogni quarto d'ora.

«Gradirei restare per un istante da sola con la paziente», disse Lisa.

L'uomo corpulento, rasato a zero e con indosso una divisa ospedaliera, avrebbe potuto essere il fratello gemello dell'altro. Lisa non aveva imparato i loro nomi: fra sé li chiamava Tweedledee e Tweedledum, come i due personaggi di Lewis Carroll.

Almeno parlavano inglese.

L'inserviente scrollò le spalle, le porse la tabella e raggiunse il suo collega.

Fuori balenavano i fulmini e rimbombavano i tuoni. Oltre le portefinestre della terrazza, la laguna si stagliò nettamente, per poi svanire nell'oscurità con uno schianto fragoroso. La pioggia era sempre più intensa.

Lisa s'infilò una mascherina e un paio di guanti chirurgici, quindi prese l'oftalmoscopio.

Negli occhi della paziente aveva notato una strana anomalia che aveva tenuto segreta a Devesh. Prima di andarsene voleva controllarla un'altra volta.

Scostò il lembo della tenda da isolamento e con un polpastrello alzò delicatamente la palpebra sinistra della donna. Accese la luce dell'oftalmoscopio e regolò la messa a fuoco.

La superficie retinica sembrava normale e sana: macula, disco ottico, vasi sanguigni. Non essendo strutturale, l'anomalia era facile da trascurare. Lisa spense la luce dell'oftalmoscopio, ma continuò a scrutare nella lente dello strumento.

La retina emanava una leggera luminescenza lattiginosa. I tessuti retinici erano pervasi da una strana fosforescenza. Era cominciata intorno al disco ottico, dove il fascio nervoso principale del cervello si collegava all'occhio. Ma, nelle ultime ore, il bagliore si era diffuso all'esterno e adesso abbracciava l'intera superficie retinica.

Aveva letto com'era iniziata l'epidemia: una fioritura di alghe intrise di cianobatteri fosforescenti.

E adesso gli occhi della paziente brillavano.

Doveva essere un indizio. Ma dove portava?

Qualche ora prima, Lisa aveva eseguito con grande discrezione un'ulteriore analisi del liquido cerebrospinale della paziente. Ormai gli esiti dovevano essere pronti.

Si sfilò guanti e mascherina, raggiunse il computer e avviò il menu dei test da laboratorio. I risultati della sua analisi cerebrospinale erano effettivamente tornati. Studiò i valori chimici: i livelli proteici stavano salendo, ma era cambiato poco altro. Passò all'esame microscopico. I batteri erano stati identificati.

Cianobatteri.

Come aveva sospettato.

Quando le barriere del sangue cerebrale erano state indebolite per consentire al Ceppo di Giuda di entrare nel cervello, il virus aveva portato con sé compagnia.

Una compagnia che cresceva e si moltiplicava.

Lisa aveva effettuato delle ricerche. I cianobatteri erano uno dei ceppi batterici più antichi, forse una delle prime forme di vita sulla terra. Erano anche unici perché fotosintetici, come le piante, in grado di ricavare il proprio nutrimento dalla luce. A dire il vero, molti scienziati consideravano i cianobatteri gli antenati delle piante moderne. Ma quegli antichi batteri rivelavano anche un elevato grado di adattabilità e si diffondevano ovunque: acqua salata, acqua dolce, terreno e persino la nuda roccia.

E, a quanto pareva, con l'aiuto del Ceppo di Giuda, anche nel cervello umano.

Il bagliore negli occhi della paziente suggeriva che i cianobatteri presenti nel cervello avevano viaggiato lungo la guaina del nervo ottico, dove adesso si stavano accasando.

Perché?

Lisa notò che, usando quel campione, un tecnico aveva eseguito una nuova scansione microscopica del virus del Ceppo di Giuda. Incuriosita, visualizzò l'immagine sullo schermo. Ancora una volta, si trovò di fronte al colpevole di tante morti: la struttura icosaedrica munita di tentacoli, simili ai rami di un albero, che spuntavano ovunque.

Nel file erano anche allegate le fotografie originarie del virus.

Vecchie e nuove. Fianco a fianco. Tutte uguali.

Stava per chiudere il documento, ma...

No...

La mano cominciò a tremare.

Il fulmine sfrigolò – una luce accecante dalle portefinestre –, seguito da un immediato rombo di tuono che la fece sobbalzare.

L'intera nave vibrò e le luci della cabina tremolarono. Lisa alzò lo sguardo mentre si spegnevano. Nella cabina calò l'oscurità.

Gli inservienti presero a sbraitare.

Lisa si alzò.

Mio Dio...

Le luci tornarono, accecanti. Il computer emise un lamento soffocato e un sonoro schiocco. Il televisore nell'altra stanza crepitò, poi tornò a trasmettere il film.

Lisa restò dov'era, raggelata dallo sconcerto.

Continuava a guardare la figura sul letto. Nessuno aveva mai spento le luci in quella stanza? O forse quel fenomeno era nuovo?

Non erano solo gli *occhi* a brillare.

Al buio, con indosso soltanto una sottile vestaglia, il corpo e il volto della donna avevano emanato un leggero bagliore, una patina fosforescente invisibile alla luce.

I cianobatteri non si erano diffusi solo negli occhi, ma ovunque.

Lisa era così sbalordita che, per un istante, non riuscì a notare un altro dettaglio: gli occhi della paziente erano aperti e ricambiavano il suo sguardo.

Le labbra riarse si mossero.

Lisa non sentì le parole, ma gliele lesse sulle labbra.

«Chi è lei?»

Ore 20.12

Monk ascoltava l'auricolare della radio mentre saliva dai ponti inferiori. Era andato a controllare l'accesso alla barca di Ryder Blunt. Era incustodita. Pochi sapevano dello scivolo privato.

«Ho la chiave elettronica del boccaporto del pontile», disse Ryder. «Una volta libero, farò il pieno alla barca e sarò pronto. Ma riuscirai a liberare la dottoressa Cummings da solo?»

«Sì», disse Monk al microfono. «Meno trambusto faremo meglio sarà.»

«E hai preparato tutto?»

«Certo...» sospirò Monk. «Mezz'ora. Al mio ordine, sai cosa devi fare.»

«Ricevuto. Chiudo.»

Monk salì l'ultima rampa di scale, raggiunse un ripostiglio e prese la coperta, il cuscino e gli abiti che aveva nascosto in precedenza.

L'auricolare emise un altro brusio. «Monk?»

«Lisa?» Controllò l'orologio. Era presto. Il cuore prese a martellargli più forte. «Qualcosa non va?»

«Non proprio. C'è un cambio di programma. Dobbiamo portare un'altra persona.»

«Chi?»

«La mia paziente. È sveglia.»

«Lisa...»

«Non possiamo lasciarla qui», insistette lei. «Qualunque cosa le stia succedendo è d'importanza cruciale. Non possiamo lasciarla in mano alla Gilda.»

Monk rifletté per un istante. «È in grado di camminare?»

«È debole, ma penso di sì. Comunque non posso esserne sicura con gli inservienti nell'altra stanza. Sono tornata in camera mia per chiamarti. L'ho lasciata di là, chiedendole di fingersi ancora in stato catatonico.»

«Sei sicura che quella donna è tanto importante?»

«Sicurissima.»

Monk le rivolse qualche altra domanda e decise di modificare il suo piano. Lisa chiuse la comunicazione per prepararsi.

«Ryder?» chiamò Monk.

«Ho sentito», ribatté il miliardario australiano. «Avevo ancora la radio accesa.»

«Dobbiamo cambiare la tabella di marcia.»

«Niente scherzi, cazzo. Quando sarete qui?»

Monk disinserì la sicura dall'arma. «Sto arrivando.»

Ore 20.16

Lisa tornò nella suite della paziente. Si era infilata un maglione. Prima si era lamentata di avere freddo, una scusa banale per tornare brevemente nella sua stanza e contattare Monk.

Tweedledee e Tweedledum erano ancora concentrati sul loro film. Sullo schermo era in corso una sparatoria. La vita stava per imitare l'arte. Se tutto fosse andato bene.

Lisa avanzò per raggiungere la camera da letto... Si bloccò.

Il dottor Devesh Patanjali era fermo ai piedi del letto, le mani dietro la schiena. Susan era sdraiata sotto la tenda da isolamento, gli occhi chiusi, il respiro regolare.

Devesh non doveva essere lì.

«Dottoressa Cummings», disse senza voltarsi. «Come sta la sua paziente?»

Ore 20.17

Le porte dell'ascensore si aprirono al ponte della suite presidenziale. Monk percorse il corridoio tenendo in mano delle coperte e un cuscino.

Raggiunse le due guardie appostate alla porta.

Una era seduta; l'altra, appoggiata alla parete, si raddrizzò.

« Ora », disse seccamente Monk al microfono della radio.

Era il segnale.

Da dietro la porta della suite risuonò uno sparo soffocato: Ryder aveva tolto di mezzo l'uomo appostato all'interno.

Sbigottito, il guardiano in piedi si girò verso la porta.

Monk aveva due pistole: una nascosta dal cuscino e l'altra avvolta nelle coperte. Spinse il cuscino contro la schiena dell'uomo e fece fuoco. Mentre la guardia cadeva, le sparò un secondo colpo in testa.

Prima ancora che il corpo toccasse terra, Monk si voltò verso l'uomo seduto e sollevò l'altro braccio.

Premette il grilletto.

Due volte.

Ore 20.19

« Dottor Patanjali, sono lieto che lei sia qui », esordì Lisa.

In realtà Devesh doveva togliersi dai piedi al più presto. Aveva detto a Monk che ci sarebbero stati solo due inservienti.

Lisa si scostò alcune ciocche ribelli dall'orecchio, fingendosi stanca, mentre il cuore le martellava in petto. « Sono venuta a prendere gli esiti di un'analisi cerebrospinale che ho eseguito poco fa. Dopo il salto di corrente ho dovuto riavviare il computer. Speravo di esaminare i risultati prima di andare a letto. »

« Perché non chiede a uno degli uomini di andarli a prendere dal laboratorio del dottor Pollum? »

« Purtroppo non c'è nessuno. Magari lei potrebbe velocizzare le cose. »

Devesh sospirò. « Certo. Stavo andando nella mia stanza a

dormire. Chiamerò di sotto e le farò portare una copia da Pollum. »

« Grazie. »

Devesh fece per andarsene, ma si fermò sulla soglia.

Lisa trasalì.

« Al cocktail aveva un aspetto incantevole. »

Lei mantenne il volto impassibile per pura forza di volontà. « Grazie. »

Poi l'uomo se ne andò.

Lisa si accostò subito a Susan. « Ora ti stacco tutti gli strumenti. Ce ne andiamo di qui. »

La donna annuì, poi le labbra si mossero, esalando un delicato: « Grazie ».

Mentre le staccava una flebo, Lisa notò le lacrime colare sul cuscino. Poco prima, aveva comunicato a Susan il destino del marito. Le avevano consegnato il rapporto dell'autopsia dell'uomo.

Per fortuna, Devesh non aveva notato le lacrime luminescenti.

Ore 20.25

Monk uscì in tutta fretta sul ponte di dritta, accucciandosi per contrastare la pioggia e il vento. Le nuvole nere rasentavano la gigantesca rete tessuta sull'isola. I lampi dei fulmini balenavano come una lontana zona di guerra e il rombo dei tuoni era quasi costante.

Dopo la prima conversazione con Lisa, Monk aveva preparato tutto ciò di cui avrebbe avuto bisogno. Ma poi non aveva avuto tempo di procurarsi una seconda imbracatura. Avrebbe dovuto issare le donne una alla volta.

Per velocizzare l'operazione, aveva bisogno di altre braccia.

Ryder lo seguiva a breve distanza, travestito da pirata come Monk.

Secondo il piano originario, il miliardario avrebbe già dovuto essere sulla sua barca.

« Da questa parte! » gridò Monk, in mezzo alla pioggia battente e alle raffiche di vento.

Dovevano andarsene entro un'ora per sfuggire alla piena furia del tifone.

Monk raggiunse il settore del ponte in cui aveva fissato una cima e un'imbracatura antincendio. « Fissala alla battagliola », gridò, mentre si sporgeva dal bordo.

La curva dello scafo della nave copriva la visuale, ma due ponti più sotto c'era la terrazza della cabina in cui Lisa si stava occupando della paziente. Era la loro via di fuga.

Ancora più sotto, leggermente increspata e riparata dalla furia del vento dalle alte pareti vulcaniche, la laguna nera rifletteva le poche luci della nave. Quando stava per distogliere lo sguardo, Monk notò dei lampi nell'acqua. Non erano riflessi, ma qualcosa di più profondo. D'un colore bluastro e cremisi intenso.

Un fulmine si abbatté sul reticolato che copriva la laguna, illuminandola. Monk si piegò per la forza del tuono. Lungo le putrelle d'acciaio della rete, s'irradiarono delle scariche di scintille bluastre, innescando momentaneamente degli sfrigolii di fuoco di Sant'Elmo. L'intera struttura agiva da immenso parafulmine.

Ryder si accostò alla battagliola, si arrotolò la cima intorno alla spalla e lanciò l'imbracatura oltre il parapetto.

« Io scendo », gli gridò nell'orecchio Monk. « Devo ripulire la cabina. Poi torno su in un lampo. Dovremo issare le donne in due. »

L'agente della Sigma scavalcò la battagliola, si agganciò con la gamba e si aggrappò alla cima bagnata. Controllando la discesa con la mano artificiale, si calò sino a toccare l'imbracatura con i piedi.

Si affacciò sulla terrazza, dondolando nel vento. Le tende erano accostate a metà, ma la luce intensa all'interno disegnava la silhouette di Lisa. Un uomo enorme la teneva premuta contro le portefinestre e le stringeva una mano intorno al collo, sollevandola in punta di piedi.

Le cose stavano già andando a meraviglia.

Ore 20.32

Lisa era aggrappata al braccio di Tweedledee.

« Che cazzo stavi facendo con la flebo, troia? »

L'ultima parola le fu sputata addosso con un inglese dall'inflessione marcata.

Lisa stava ancora armeggiando per liberare Susan da tutti gli strumenti di monitoraggio, quando il film era terminato. Tweedledee si era alzato per andare in bagno e aveva capito che c'era qualcosa di strano.

Nel frattempo, Tweedledum controllava la paziente. Si voltò e parlò concitato in russo. Lisa non capì, ma era chiaro che qualcosa andava decisamente storto.

Le cose si mettevano male.

Sempre premuta contro la portafinestra, Lisa sentì qualcuno tamburellare sulla vetrata.

Ti prego, fa' che sia Monk.

Allungò la mano dietro di sé e riuscì a sollevare la maniglia.

La porta cominciò a scorrere e quindi a spostarsi di lato.

Sorpreso e sbilanciato, Tweedledee inciampò e la lasciò cadere.

Un braccio s'insinuò rapido nella stanza, afferrò l'uomo per il colletto della divisa ospedaliera e lo tirò sulla terrazza: uno sparo, seguito da un grido che si affievoliva.

Tweedledum, dal canto suo, era rimasto accanto al letto, una mano sulla fondina ascellare, sbigottito e ancora troppo sconvolto per gridare. Lisa provò a prendere la propria arma, ma ci era seduta sopra.

Comparve Monk, illuminato alle spalle dal lampo di un fulmine. Aveva la pistola alzata. Lo sparo si sarebbe sentito, ma non c'era modo di evitarlo.

Poi, dietro Tweedledum, una figura si alzò vacillando e si inginocchiò sul letto.

Susan.

La donna conficcò un bisturi nel collo dell'uomo, che si portò subito le mani alla gola.

Monk scattò in avanti, lo afferrò e lo spinse sulla terrazza.

Questa volta non si udì neanche un grido.

Monk tornò dentro, pulendosi le mani. « Allora, chi è pronta ad andare? »

I pochi secondi successivi furono frenetici.

Lisa corse a chiudere a chiave la porta della cabina, mentre Monk aiutava Susan a liberarsi degli ultimi cavi: elettrocardiogramma, elettroencefalogramma e pulsazioni Doppler.

Lisa si tolse il maglione e aiutò Susan a infilarlo, poi le fece indossare un altro paio di pantaloni da chirurgo. Anche se incerta sulle gambe, la donna si rivelò più energica di quanto Lisa si sarebbe aspettata, dopo cinque settimane in stato catatonico.

Forse era l'adrenalina, forse qualcos'altro.

In ogni modo, presto furono sulla terrazza e in mezzo alla tempesta.

Monk afferrò l'imbracatura e lanciò un'occhiata a Susan, esitando per la sorpresa. « Lisa, ti dispiace dirmi perché la tua amica brilla? »

Susan cercò di coprirsi meglio il braccio con il maglione. Poco prima, Lisa aveva spento le luci della camera da letto e le aveva mostrato lo straordinario effetto.

« Ne parliamo più tardi », replicò lei.

Monk annuì e cominciò ad arrampicarsi.

Lisa aiutò Susan a infilarsi nell'imbracatura. « Riesci a reggerti? »

« Sono costretta. » La donna era scossa da brividi intensi.

Dopo qualche manovra, Monk e Ryder cominciarono a issarla, usando un pilone della nave come puntello.

A Lisa non rimase che attendere il suo turno.

Poi sentì un colpo alla porta della cabina, che la fece raggelare.

Si avvicinò e distinse delle imprecazioni.

Il dottor Devesh Patanjali.

Aveva capito che la stanza era chiusa dall'interno. Altri colpi alla porta.

Lei indietreggiò, si sporse dalla battagliola e alzò lo sguardo.

Susan batteva i piedi. Stavano per aiutarla a scavalcare il parapetto.

Lisa estrasse la pistola e gridò: « Presto! Sta arrivando qualcuno! »

Il vento e il tuono divorarono le sue parole.

Un crepitio di schegge eruppe dalla cabina. Stavano facendo irruzione. Seguì un colpo di fucile, fragoroso come lo schianto di un cannone.

Un grido riecheggiò sopra di lei.

Almeno Monk aveva udito lo sparo.

L'imbracatura scese all'altezza della sua spalla. Lisa scattò verso la cabina, afferrò la tenda interna e l'accostò del tutto. Chiuse anche la porta.

Che scoprissero la stanza vuota. Forse avrebbe guadagnato qualche secondo.

Afferrò l'imbracatura e s'insinuò all'interno. Un'improvvisa raffica di vento le fece urtare la mano contro il parapetto.

La pistola volò nell'oscurità.

Maledizione...

Con gesti frenetici, salì sulla ringhiera della terrazza e si slanciò con i piedi.

Sentì l'imbracatura strattonarla sotto le braccia mentre gli uomini la issavano.

Tornò a dondolare verso la terrazza proprio nel momento in cui la tenda veniva strappata. Un fulmine lampeggiò e lei vide il volto di Devesh, sorpreso e arrabbiato.

L'uomo indietreggiò.

Al suo posto comparve Surina, in abito da sera, i lunghi capelli neri sciolti. Spalancò la porta e, con gesto furtivo, strappò il bastone a Devesh.

Lisa raggiunse il culmine dell'arco di oscillazione e sferrò un calcio in direzione di Surina, ma Monk e Ryder l'avevano già tirata verso l'alto, facendole mancare il colpo.

L'imbracatura si allontanò, oscillando.

I capelli agitati dal vento in un furioso turbinio, Surina afferrò con tutte e due le mani il bastone di Devesh, lo ruotò e vibrò un'ampia sferzata. Una guaina di legno bianco e levigato volò verso la cabina, rivelando la lunga lama d'acciaio nascosta nel bastone.

Il fulmine illuminò il cielo, facendo ardere l'arma d'un fuoco bluastro.

Disarmata, Lisa oscillò di nuovo verso la donna in attesa con la spada.

Ore 20.46

Al primo colpo di fucile, Monk aveva intuito che Lisa era nei guai, quindi aveva lasciato il robusto australiano a issarla da solo.

Monk si calò usando un'altra cima, la cui estremità era legata a una ciambella di salvataggio, incastrata fra due colonnette della battagliola della nave. La mano artificiale stringeva la fune in una morsa d'acciaio. La mano sana stringeva la pistola.

Si slanciò all'esterno e vide Lisa dondolare verso una donna armata di spada.

Mirò e sparò.

Una raffica di vento lo sbilanciò e il colpo scheggiò la ringhiera di legno della terrazza.

Tuttavia la donna indietreggiò con una fluida rotazione del corpo.

Ryder urlò mentre strattonava con forza la cima fissata all'imbracatura.

Nel frattempo, con energia scaturita dall'adrenalina e dal terrore, Lisa prese ad arrampicarsi da sola a forza di braccia. Adesso, anziché sospesa, era in piedi sull'imbracatura. A quel punto si trovava sopra la terrazza. Urtò con forza contro lo scafo della nave e rimbalzò via.

Ryder la issò di un altro metro.

Monk svuotò il resto del caricatore, altri tre colpi, per tenere tutti indietro.

Si sbagliava.

La spadaccina ricomparve e saltò sulla ringhiera come una ginnasta che saliva sulla sbarra. Quindi spiccò un balzo, puntando la spada verso l'alto.

Lisa urlò.

Ore 20.47

La lama le scivolò accanto al tacco dello stivale e le lacerò i jeans, penetrando in profondità nel polpaccio sinistro.

Surina atterrò con eleganza sulla terrazza e si allontanò. Non tornò neanche ad alzare lo sguardo.

Ryder issò Lisa fuori portata.

Aggrappata alla cima, rabbrividiva e tremava. Il sangue le colava dalla gamba, entrandole nello stivale.

Di lato, individuò Monk risalire sulla battagliola.

Qualche istante più tardi, qualcuno l'afferrò per le spalle e la trasse di peso oltre il parapetto.

Ryder srotolò un foulard che aveva al collo. «Farà male.»

Avvolse il foulard intorno al polpaccio ferito e lo strinse con gesto repentino.

Lisa fu attraversata dal dolore ed emise un rantolo strozzato. Ma l'agonia la riscosse dallo shock. I suoni intorno a lei tornarono dal pozzo senza fondo in cui erano precipitati.

Ryder l'aiutò ad alzarsi. «Dobbiamo andare. Saranno qui da un momento all'altro.»

«D'accordo... andiamo...»

Ryder la prese in spalla, mentre Monk aiutava Susan.

Si diressero verso la poppa della nave.

«Dove...» domandò Lisa, zoppicando più veloce che poteva.

«Non ce la faremo mai a raggiungere la barca», la interruppe Ryder. «Sicuramente hanno messo qualcuno a sorvegliare le scale e gli ascensori.»

A conferma di ciò, un allarme prese a ululare: prima risuonò nel profondo della nave, poi irruppe sui ponti esterni.

Monk indicò in basso, oltre la battagliola. «Un'ora fa, mentre controllavo se c'erano delle guardie appostate sul tuo scivolo privato, ho notato uno dei motoscafi blu ormeggiato là sotto.»

«Okay, ma bisogna scendere parecchio...»

Monk si sporse dal parapetto. «Non se prendiamo la via più diretta.»

Lisa riusciva appena a scorgere l'estremità del piccolo pontile mobile. C'era ormeggiato un motoscafo con motore fuoribordo. Doveva essere stato usato per traghettare i pirati dal loro villaggio alla nave.

Sembrava incustodito.

« Dobbiamo saltare? » domandò Susan, sgomenta.

Monk annuì. « Sa nuotare? »

« Certo, sono una biologa marina. »

Lisa era meno convinta. Si trovavano a una quindicina di metri d'altezza.

Le grida riecheggiavano, provenienti da prua.

Monk lanciò un'occhiata alla gamba di Lisa, poi la guardò in viso.

Lei annuì. Non c'era altra scelta.

« Salteremo assieme », affermò Monk. « Un tonfo solo attirerà meno attenzione di quattro. »

Scavalcarono la battagliola e si aggrapparono con forza.

Monk si protese in avanti. « Pronti? »

Un cenno di assenso generale.

Lisa avvertì un senso di nausea, la gamba le pulsava. A causa del dolore, vedeva sull'acqua delle stelle bluastre, dei brevi lampi elettrici.

Monk diede il via e tutti saltarono.

Agitando le braccia per mantenere l'equilibrio, Lisa si slanciò di piedi. In passato si era tuffata qualche volta dagli scogli. Eppure, quando urtò l'acqua, le parve di atterrare sulla terra compatta. Sprofondò velocemente nel mare tiepido. Dopo il freddo della pioggia e del vento, la laguna sembrava accogliente come un bagno caldo.

La spinta rallentò e Lisa tese le braccia per ridurla ulteriormente. Poi cominciò a risalire e riemerse boccheggiando. Quindi individuò gli altri tre.

Monk era già diretto alla barca.

Ryder aiutò Susan e lanciò uno sguardo a Lisa.

Lei gli fece cenno di nuotare verso il motoscafo.

Stivali e abiti fradici rendevano tutto più difficile, ma Lisa riuscì a tenere il passo.

Monk raggiunse il motoscafo per primo e s'issò a bordo. Poi si accucciò controllando il pontile.

Non c'era nessuno.

Sulla nave risuonavano ancora gli allarmi. Con ogni probabilità, tutti gli uomini erano diretti al ponte superiore.

Ryder sopraggiunse assieme a Susan e Monk li aiutò a salire a bordo.

Lisa era quasi arrivata, ma poi...

Qualcosa le toccò la gamba.

Spaventata, annaspò leggermente. Qualcosa le sfregava contro il fianco, lasciando nell'acqua una scia di fuoco verde, che lampeggiava per poi svanire.

Delle mani l'afferrarono per le spalle.

Per poco non urlò. Non si era accorta di aver raggiunto il motoscafo. Ryder la issò a bordo e lei ricadde sul fondo del motoscafo. Alcuni attrezzi abbandonati le pungevano la schiena e sentiva dell'olio fra i capelli. Ma non si mosse. Respirò profondamente, rallentando i battiti del cuore.

Il fuoribordo emise di colpo un grugnito. Ryder liberò le cime di ormeggio e Monk spinse via l'imbarcazione per fare meno rumore possibile.

Lisa si alzò a sedere e guardò il pontile. Una figura uscì dalla nave. Anche se il volto era in ombra, lei immaginò i tatuaggi: Rakao. Il maori non si era lasciato ingannare. Sapeva che c'era soltanto una via di fuga.

« Vai, Monk! » gridò Lisa.

Il motore prese i giri e cominciò a ruggire.

Rakao alzò il braccio.

« Tutti giù! » avvertì Lisa.

Un lampo di fuoco. Il lato dell'imbarcazione risuonò, colpito di striscio. Il motoscafo aumentò la velocità, agitando una densa spuma.

Rakao sparò di nuovo, ma anche lui doveva aver capito che era fatica sprecata. Si era già portato una radio alle labbra.

Monk sfrecciò via dalla *Mistress of the Seas*.

Lisa notò un altro motoscafo aggirare la poppa della nave. Probabilmente stava tornando dal villaggio nei pressi della spiaggia. Di colpo prese a sfrecciare più veloce, puntando verso il pontile mobile.

Doveva averlo chiamato Rakao.

Comunque loro avevano un ottimo vantaggio.

Ciò finché il motore non emise un tonfo sordo e una zaffata di fumo oleoso. Il motoscafo si scosse e rallentò. Lisa abbassò lo sguardo sugli strumenti sopra cui si era sdraiata e lo straccio unto buttato sul retro del motoscafo.

La barca non era in attesa di traghettare i passeggeri fra la nave e il villaggio... Era in riparazione.

Il fumo aumentò e il ruggito del motore si ridusse a uno scoppiettio.

Ryder imprecò e controllò il fuoribordo. «Questa lattina è andata.»

Rakao saltò sull'altro motoscafo e iniziò a inseguirli.

«Non abbiamo scelta», disse Monk, virando bruscamente. Scoppiettando, il motore prese un po' di velocità. «Dobbiamo raggiungere la riva e sperare in un po' di fortuna.»

Lisa scrutò la spiaggia, poi di nuovo la barca di Rakao.

Sarebbe stata di nuovo una fuga sul filo del rasoio.

Dinanzi a loro sorse la foresta buia. Almeno sembrava abbastanza fitta da nasconderli.

Mezzo minuto più tardi, il motore morì del tutto.

«Raggiungiamola a nuoto», propose Ryder.

La spiaggia non era lontana: meno di cinquanta metri.

«Okay», concordò Monk. «Muoviamoci.»

Ancora una volta, saltarono in mare. Lisa si liberò degli stivali e seguì gli altri. La barca di Rakao ruggiva verso di loro.

Solo dopo aver toccato l'acqua, Lisa ricordò che, poco prima, qualcosa l'aveva toccata. Ma adesso era soprattutto Rakao ad atterrirla.

Mentre nuotava, lanciò un'occhiata dietro di sé e notò degli strani lampi nella laguna.

Color smeraldo, rubino, zaffiro.

Scintillii, simili a fuochi sommersi.

Sfrecciavano nell'acqua, puntando verso di loro.

Di colpo, Lisa intuì cos'era: un branco di cacciatori, che comunicavano con dei lampi.

«Presto!» gridò.

Non ce l'avrebbero fatta.

Segue la traccia olfattiva del sangue. Le pinne laterali ondeggiano e scivolano silenziose. I muscoli pompano l'acqua attraverso il pallio e la espellono dal rigido imbuto posteriore, spingendo la massa di un metro e ottanta. Stringe le otto braccia formando una punta, simile a una freccia flessuosa. Le punte dei due tentacoli più lunghi emanano dei bagliori. Lungo i fianchi si sprigionano delle strisce luminescenti.

Per guidare il branco.

Degli enormi occhi globulari interpretano i messaggi dei suoi fratelli.

Alcuni di loro procedono in formazione più ampia, altri si immergono a maggiore profondità.

L'odore del sangue diventa più intenso.

Lisa cercava di nuotare senza agitarsi troppo.

Il panico l'avrebbe soltanto rallentata.

A pochi metri di distanza si estendeva la spiaggia, una striscia frastagliata fra l'acqua nera e la giungla oscura. Era un traguardo che voleva superare.

La barca di Rakao ruggiva dietro di loro. Ma non era il pirata maori che lei cercava di seminare.

Delle scie di fuoco subacqueo si avvicinavano veloci.

Attratte dal polpaccio ferito.

Sangue.

Quattro metri più avanti, Monk e Ryder uscirono dall'acqua, trascinando Susan in mezzo a loro.

Lisa batté i piedi con più forza. «Monk!»

Con un'ultima pressione muscolare, sfreccia verso il turbinio dell'acqua. Dispiega gli arti, mulinandoli con gesto ampio. I due tentacoli più lunghi scattano in avanti, serpeggiando, gremiti di ventose irte di uncini chitinosi.

Ore 21.05

Monk udì gridare il proprio nome.

Lisa annaspava verso riva. Sembrava disperata.

Solo tre metri di distanza.

La barca del maori si avvicinava a tutto gas. La pioggia intensa increspava la superficie della laguna. Sott'acqua, dei lampi di fuoco intermittente, simili a traccianti nella notte, sfrecciavano verso Lisa.

Monk ricordò le storie del pirata sdentato.

I demoni degli abissi.

Saltò di nuovo in acqua: nel giro di due passi era già immerso fino alla vita. « Lisa! »

I loro occhi s'incrociarono.

Poi, d'improvviso, Lisa s'arrestò con un sobbalzo, strattonata. « Vai... »

Monk si allungò per prenderla. « Dammi la mano! »

Troppo tardi.

Dall'acqua proruppe uno sciame di tentacoli. Con una rapidità mozzafiato, Lisa venne rivoltata e scagliata con forza sott'acqua. Il mostro comparve brevemente, luminoso e munito di alette laterali. Un enorme occhio nero ricambiò lo sguardo di Monk, poi svanì.

Un braccio umano comparve in superficie, già a due metri di distanza. Poi, con incredibile velocità, sfrecciò nell'acqua, simile a un pesce tratto da una lenza. L'arto tornò di scatto negli abissi.

Lisa...

Monk fece un altro passo, preparandosi a tuffarsi, ma alcune raffiche di spari lo riscossero. I colpi crivellarono l'acqua, ricacciandolo indietro, sulla spiaggia.

« Qui! » urlò Ryder.

Altri colpi alzarono sbuffi di sabbia.

Monk non aveva scelta.

Corse verso Ryder, nella foresta buia.

Lisa cercava disperatamente di trattenere il respiro.

Dei giganteschi uncini le laceravano la carne, ma il panico cancellava ogni dolore.

Batteva i piedi e si dimenava.

Aveva gli occhi aperti.

Nell'oscurità sfrigolavano dei lampi di luce.

Ecco come sarebbe morta.

Ore 21.06

Monk si lasciò trasportare nel folto della giungla. Non c'era nulla che potesse fare per Lisa.

Si volse a guardare l'acqua scura.

La barca dei pirati aveva rallentato nei pressi della spiaggia. I fucili erano puntati verso riva. Ma Rakao restava fermo a prua, una silhouette scura con una lunga lancia in mano.

Con uno slancio poderoso, il maori spinse l'asta d'acciaio in acqua.

Nel punto in cui colpì, s'irradiarono degli archi di fulmini bluastri che baluginarono nel buio, illuminando la notte e gli abissi della laguna. Le acque sfrigolarono, ribollendo di vapore intorno alla lancia.

Che cosa stava facendo?

A malapena cosciente, Lisa trattenne quel poco d'aria che aveva ancora nei polmoni. Era squassata da un dolore atroce. La stretta del calamaro s'intensificò, mentre il mostro marino sperimentava la sua stessa agonia, forse ancora più lancinante.

Poi i tentacoli della creatura la liberarono con un'ultima torsione spasmodica.

L'acqua del mare le irritò il naso.

Con gli occhi aperti, vide la creatura immergersi negli abissi come una freccia infuocata verde smeraldo. Altre la seguirono.

Lisa tornò a galla.

A quel punto l'afferrarono delle mani, strattonandola per i capelli.

Erano troppo lente.

Lisa soffocò, aprendo e chiudendo la bocca come un pesce, mentre l'oscurità la inghiottiva.

Ore 21.07

Al riparo di un masso e della giungla, Monk guardava Lisa che veniva trascinata via dall'acqua per i capelli. La testa ciondolava inerte.

« Che colpo! » commentò Ryder, accennando a Rakao. « Ha fatto schizzar fuori tutto l'inchiostro a quei bastardi. »

Il maori issò Lisa a bordo e la distese sulla schiena. Un getto d'acqua salata le uscì dal naso e dalla bocca.

Alzò un braccio per colpire l'uomo.

Era viva.

Il pirata la fece girare e la tenne ferma. Scrutò in direzione della giungla e quindi più in alto, verso le scogliere. Un fulmine crepitò, colpendo la rete distesa sul cono del vulcano.

Rakao alzò un braccio e fece un movimento circolare.

Il motoscafo girò su se stesso alzando un'ondata di spuma e ripartì. Stavano tornando alla nave.

Lisa era nelle loro mani.

Ma almeno era viva.

« Perché se ne vanno? » mormorò Susan.

Monk la guardò. Nel buio della foresta, il volto e le mani della donna emanavano un bagliore diafano, a malapena percettibile. Era simile al chiarore della luna attraverso un velo di nubi.

« Non abbiamo molte possibilità », affermò Ryder in tono amaro. « Non appena farà giorno, verranno a cercarci. »

Monk indicò nel folto della foresta. « Allora è meglio muoversi. » Con Susan al suo fianco, s'inoltrò nella giungla. Lanciò un ultimo sguardo alla laguna. « Cos'erano quelle creature? »

« Calamari predatori », rispose Susan. « Spesso i calamari bioluminescenti cacciano in branco. Nel Pacifico, i calamari di Humboldt hanno attaccato e ucciso alcune persone. Esistono anche degli esemplari più grandi, come la *Taningia danae*. Questa laguna isolata dev'essere l'habitat di una sottospecie. Che sale in superficie per nutrirsi di notte, quando il loro sistema di comunicazione e coordinazione luminescente è più efficace. »

Monk ripensò alla storia dei demoni degli abissi. Ma ne ricordava anche un'altra.

Alzò la testa verso le scogliere frastagliate, che svettavano nel cielo scuro. In mezzo al rombo dei tuoni, si udiva il battito dei tamburi.

Cannibali.

« E adesso? » domandò Ryder.

Monk fece strada. « È il momento di conoscere i vicini. E scoprire cosa stanno cucinando... »

Ore 21.12

Sul pontile della nave, Lisa era sorretta da un pirata. Era troppo debole per opporre resistenza e troppo stanca per curarsene. Fradicia sino all'osso, sanguinante da una serie di ferite, attendeva il suo destino.

Rakao era impegnato in un'animata discussione con Devesh.

In malese.

Ma Lisa sospettava che la lite fosse nata perché il pirata tatuato non aveva inseguito Susan Tunis nella giungla. Afferrò una sola parola.

Kanibals.

Dietro i due uomini c'era Surina, al riparo dalla pioggia, le braccia conserte, la schiena dritta, paziente. Aveva gli occhi fissi su Lisa. Non freddi: quello avrebbe comportato una qualche emozione. Gli occhi di Surina erano del tutto vuoti.

Infine Devesh si voltò e puntò un braccio verso Lisa. Parlò in inglese, come atto di cortesia per la sua prigioniera. « Sparatele. Subito. »

Lisa si raddrizzò fra le braccia del pirata e parlò con voce ridotta a un roco mormorio.

Offrì allo scienziato della Gilda l'unica cosa che poteva salvarle la vita.

« Il Ceppo di Giuda. So cosa sta facendo il virus. »

11

VETRI INFRANTI

Istanbul,
6 luglio, ore 13.55

Come una scena al rallentatore.

Da una finestra del secondo livello di Hagia Sophia, Gray osservò la nuca di Baldassarre Pinosso esplodere in uno spruzzo di sangue e ossa. Il corpo si accartocciò e le braccia si allargarono sui fianchi. Il cellulare, che un istante prima aveva all'orecchio, volò via e rimbalzò sull'asfalto.

A fianco di Gray, Vittorio emise un suono di sconcerto, spezzando il quadro vivente. «Mio Dio... no...»

I suoni tornarono in maniera prorompente: l'eco di uno sparo, le grida provenienti dalla piazza.

Gray indietreggiò, tentando di riflettere. *Se hanno sparato a Baldassarre...*

«Nasser sapeva di lui», disse Vittorio, terminando il suo stesso pensiero. Sbigottito, il prelato si aggrappò al davanzale della finestra. «Nasser sapeva che Baldassarre era qui e l'ha fatto uccidere da un cecchino.»

Gray si sentiva in colpa. Aveva spedito quell'uomo di fronte a un plotone di esecuzione.

All'esterno, le grida e gli strepiti si fecero sempre più intensi, diffondendosi all'interno della chiesa. La gente correva in preda al panico verso il riparo più vicino: la chiesa.

Qualche minuto prima, Gray e Vittorio erano saliti al secondo piano dell'edificio, meno frequentato dai visitatori, e si erano nascosti. Prima di uscire, Baldassarre aveva informato il curatore del museo che i suoi colleghi se n'erano già andati perché non avevano bisogno di un'ambulanza. I due erano saliti per accertarsi che tutto procedesse per il meglio.

«La polizia arriverà a momenti», affermò Gray. «Dobbiamo sparire.»

Vittorio lo afferrò per un braccio. « Tuo padre e tua madre... »

Lui scosse la testa. Nasser l'aveva avvertito di non tentare stratagemmi. Il respiro si fece più faticoso, gli girava la testa. Anche i suoi genitori avrebbero pagato per quell'errore.

Come aveva fatto Nasser a sapere di Baldassarre?

Vittorio continuava a guardare fuori dalla finestra. Le sue dita si strinsero sul braccio di Gray. « Adesso cosa sta facendo quella donna? »

Gray rivolse di nuovo l'attenzione alla piazza. Mentre i passanti scappavano o si accucciavano impauriti, solo una figura correva risoluta attraverso tutta quella confusione. Zoppicava leggermente, per evitare di sforzare il lato sinistro del corpo.

Seichan.

Perché stava venendo lì?

Aveva quasi raggiunto la chiesa, quando un'esplosione di scintille le sfiorò i talloni. Qualcuno le stava sparando. Gli uomini di Nasser. Evidentemente la sua improvvisa comparsa aveva colto di sorpresa i cecchini. Avevano ricevuto l'ordine d'impedire a Gray e ai suoi compagni di lasciare la chiesa, ma non si aspettavano che qualcuno corresse *verso* l'edificio.

Seichan accelerò il passo, cercando di battere la morte sul tempo.

Ore 13.58

Colta alla sprovvista, Seichan imprecò. Quindi Nasser aveva piazzato dei cecchini. Prima non era riuscita a individuarli. Del resto, i cecchini avevano avuto tutto il tempo per trovare ottimi nascondigli. Seichan non aveva previsto la presenza di un traditore nel loro gruppo. Baldassarre era rimasto a Hagia Sophia per tutta la mattinata, forse per preparare una trappola.

Seichan sfrecciò verso la Porta Imperiale e si chinò a ridosso della parete interna. C'erano dei sicari anche nell'edificio?

Scrutò l'immensa navata. La gente, terrorizzata dalla sparatoria, era rintanata negli angoli o si spostava in massa, in preda al panico e alla confusione. Doveva trovare Gray e Vittorio.

Le sirene risuonavano in lontananza.

Una mano l'afferrò per la camicia. Di riflesso, Seichan ficcò una pistola nelle costole di chi la strattonava.

L'uomo non batté ciglio. «Seichan, cos'è successo?»

Era Gray, il volto teso e pallido.

«Dobbiamo uscire di qui. Subito. Dov'è monsignor Veroni?»

Gray indicò una tromba delle scale vicina. Vittorio si teneva seminascosto ai piedi dei gradini.

Gli andarono incontro.

«Nasser ha sparato a Baldassarre», balbettò il prelato.

«No», replicò Seichan, stroncando ogni equivoco. «Sono stata io.»

Vittorio indietreggiò d'un passo.

«Lavorava per Nasser», spiegò la donna.

L'anziano era infuriato. «Ma come fa a...»

«Ho delle fotografie di due anni fa. Ritraggono Nasser e Baldassarre mentre si scambiano del denaro.» Fissò Vittorio con sguardo duro. «Lavorava per lui sin dall'inizio.» Seichan intuì che nessuno dei due le credeva. Il suo tono di voce s'irrigidì. «Monsignore, chi è stato a farle notare l'iscrizione nella Torre dei Venti?»

Vittorio lanciò uno sguardo verso l'uscita della chiesa, in direzione del cadavere in quel momento non visibile.

«Prima di coinvolgervi», proseguì Seichan, «Nasser e io abbiamo giocato al gatto e al topo in tutta Italia, cercando i primi tasselli dell'enigma. Nessuno avrebbe dovuto scoprire il mio disegno invisibile in Vaticano finché io non l'avessi chiamata, avvertendola di controllare nel ripostiglio della torre con una luce ultravioletta. Crede che il suo amico l'abbia trovato *accidentalmente*?»

«Ha detto che... uno dei suoi restauratori...»

«Stava mentendo. Gliel'ha detto Nasser. Quel bastardo ha seguito la mia stessa pista. Ha usato Baldassarre per reclutare lei e indurla a risolvere l'enigma.»

Vittorio si lasciò cadere sulle scale, coprendosi il volto.

Gray si manteneva a un passo di distanza, gli occhi vitrei, mentre riviveva gli avvenimenti della mattinata alla luce di quella rivelazione. « Allora Nasser sapeva che stavamo cercando di tradirlo. Sapeva che avevamo la prima chiave. Sa tutto. »

« Non necessariamente. » Seichan sollevò Vittorio per la spalla e spinse Gray verso la navata. « Ecco perché sono stata costretta a eliminare il suo complice. Non credo abbia avuto il tempo di chiamare Nasser dopo che vi ha lasciato. L'ho fatto fuori prima che avesse la possibilità di peggiorare la situazione. »

« Peggiorare? » Gray si arrestò, gli occhi furiosi. « Avresti potuto catturarlo. Avremmo potuto utilizzarlo contro Nasser. C'erano mille alternative! »

« Tutte troppo rischiose! Ficcatelo in quella testa dura, Gray. Il piano di Nasser, i nostri piani... sono andati tutti al diavolo. È il momento di fare tabula rasa. E dobbiamo agire subito. »

L'uomo si oscurò in volto mentre ribolliva di rabbia. Persino il suo sguardo si fece burrascoso. « Quando quel bastardo scoprirà cos'hai fatto... cosa *noi* abbiamo fatto... Hai appena condannato a morte i miei genitori! »

Lei lo interruppe con un sonoro schiaffo sul viso, che lo ricacciò indietro di un passo. Sbigottito, lui l'afferrò alla gola. L'altra mano stretta in un pugno.

Nonostante l'aggressività di Gray, Seichan assunse un tono pacato. « Con la morte di quel bastardo si è creata una situazione confusa. Dobbiamo approfittarne. »

« Ma i miei... »

« Sono già morti. »

La mano che la stringeva prese a tremare. Il volto di Gray si contrasse.

« Ma, se non sono ancora morti, abbiamo una sola speranza... »

L'uomo le lasciò la gola.

« Abbiamo bisogno di una merce di scambio », proseguì Seichan. « Qualcosa di altrettanto prezioso della vita dei tuoi genitori. »

La rabbia di Gray cominciò a placarsi. « Ma la seconda chiave, da sola, non funzionerà. »

La donna scosse la testa. « Dobbiamo agire indisturbati. Veroni deve staccare la batteria del suo cellulare in modo che non venga rintracciato. »

« E come ci contatterà Nasser? »

« È il momento di sparire. »

« Ma quando cercherà di chiamarci... »

« Nasser sarà furibondo. Può darsi che faccia del male a uno dei tuoi genitori, forse a tutti e due, magari arriverà persino a ucciderne uno. Ma, finché non ci troverà, ne terrà uno in vita. Non è un pazzo. Ed è la nostra sola speranza. »

Il cellulare di Vittorio cominciò a squillare. Per un istante tutti rimasero pietrificati. Poi Vittorio prese il telefono, lanciò un'occhiata al numero di chi chiamava e lo passò a Gray.

« Nasser », confermò lui.

« Parli del diavolo e spuntano le corna », sibilò Seichan. « Deve averlo chiamato uno dei cecchini. Sta cercando di capirci qualcosa. Probabilmente è l'unica ragione per cui non hanno ancora fatto irruzione qua dentro. La morte di Baldassarre li ha colti alla sprovvista. Dobbiamo approfittarne. »

Gray abbassò lo sguardo sul telefono.

Seichan attese. Fino a che punto era forte quell'uomo?

Ore 14.04

Le dita di Gray rifiutavano di muoversi, strette intorno al telefono.

Il cellulare riprese a vibrare e a squillare.

L'uomo sentiva quasi la rabbia sprigionarsi dall'apparecchio, una rabbia pronta a scatenarsi contro sua madre e suo padre. Provava un desiderio disperato di rispondere: di gridare, implorare, maledire, trattare.

Ma non aveva nessuna autorità per farlo.

Non ancora.

« Nasser dev'essere ancora a metà del volo », mormorò infine Gray, guardando il telefono.

« Dovrebbe atterrare fra cinque ore », concordò Seichan.

Gray cercò di assumere un atteggiamento freddo, ma la stretta sull'apparecchio si fece più intensa. « Dubito che prenderà decisioni definitive prima di arrivare qui. »

« E se a quel punto non avrà ricevuto notizie da te... »

Gray non riusciva a dirlo. Annuì per confermarlo: Nasser avrebbe ucciso i suoi genitori. Non avrebbe atteso oltre. Avrebbe punito Gray e avrebbe adottato un nuovo piano.

Cinque ore.

« Ci servirà qualcosa di più importante della seconda chiave. Forse persino della terza. »

Seichan annuì.

Gray alzò lo sguardo su di lei. « Dobbiamo risolvere l'enigma dell'obelisco. »

Seichan si limitò a fissarlo, in attesa.

Lui sapeva cosa doveva fare. Spense il telefono.

Vittorio si fece avanti e mise il palmo della mano sulle dita di Gray. « Ne sei sicuro? »

« No, non sono sicuro di niente, maledizione. » Staccò la batteria. « Ma non significa che non agirò. » Si rivolse a Seichan. « E adesso? »

« Hai appena lanciato il guanto di sfida. Nasser chiamerà i suoi tirapiedi. Abbiamo meno di due minuti di tempo. » Indicò il retro della chiesa. « Da questa parte. Kowalski ha un'auto. Ci verrà incontro all'uscita del lato orientale. »

La donna fece strada lungo la navata, che brulicava di gente confusa e disorientata. Le sirene convergevano sulla loro posizione. Seichan estrasse qualcosa dalla tasca.

« Nasser avrà piazzato dei cecchini anche a quell'uscita », disse Gray, affiancandola.

Seichan aprì il palmo della mano. « Una granata accecante. La faremo esplodere al centro della chiesa. Quando tutti correranno verso le uscite, ce ne andremo anche noi. »

Mentre giravano intorno a una scolaresca terrorizzata, Vittorio diede voce alla sua preoccupazione. « Se i cecchini vedono uno di noi, apriranno il fuoco sulla folla. »

« Non c'è altro modo. » Seichan accelerò il passo. « Correremo il rischio. È probabile che gli uomini di Nasser stiano già arrivando... »

Nella chiesa crepitò uno sparo fragoroso.

La folla fu presa dal panico, scattando in tutte le direzioni.

Vittorio fu urtato a un ginocchio. Gray lo aiutò a riprendere l'equilibrio, mentre un secondo colpo sprizzava scintille su una colonna di marmo.

Restando accucciati, i tre si spostarono al lato della navata e presero a costeggiarla. Mentre raggiungevano l'angolo, Seichan si preparò a staccare la spilla della granata.

Gray le afferrò la mano, bloccandola. « No. »

« È l'unica possibilità. Fuori potrebbero esserci altri sicari. »

E, se ci individuassero in mezzo alla folla, quanti innocenti verranno uccisi? pensò lui.

« C'è un altro modo. » Stringendo ancora la mano in quella di lei, li guidò sul lato meridionale, verso la parete coperta dalle impalcature che aveva scalato in precedenza. « Saliamo! »

Ma c'era ancora un ostacolo.

Il guardiano non aveva lasciato la sua postazione. Era accucciato dietro una barriera di legno, il fucile alzato, pronto a sparare.

Gray strappò la granata dalle dita di Seichan e gettò l'ordigno dietro la barriera. « Chiudi gli occhi! » gridò a Vittorio, facendolo abbassare. « E copritevi le orecchie! »

Seichan si cinse la testa con le braccia.

L'esplosione parve un calcio allo stomaco. Un boato intrappolato nella pietra. Anche se Gray aveva la testa voltata, il lampo gli fece bruciare gli occhi.

Poi era tutto finito.

Le grida tutt'intorno sembravano soffocate a causa del ronzio nelle orecchie. Gray scattò verso l'imponente impalcatura. La folla si divise: alcuni fuggirono verso l'uscita orientale, altri verso quella occidentale.

Ma loro non li avrebbero seguiti.

Il guardiano era steso a terra supino, sbigottito. Avrebbe avuto un atroce mal di testa, ma sarebbe sopravvissuto.

Gray gli prese il fucile e fece cenno a Seichan e Vittorio di salire sulla scala dei ponteggi. Dovevano muoversi in fretta. La confusione generale avrebbe rallentato i sicari, ma non per molto.

« Dove andiamo? » esclamò Seichan. « Quassù saremo delle facili prede! »

« Vai! » la esortò Gray. « Non fermarti! »

Erano giunti a metà scala quando si scatenò una raffica di

fuoco automatico. Furono costretti a spostarsi al centro del ponteggio.

«Da questa parte!» Correndo accucciato, Gray raggiunse la parete più vicina.

Si trovavano all'altezza in cui la cupola poggiava sulla chiesa. Una fila di finestre arcuate circondavano ad anello la base della cupola.

Gray puntò il fucile e frantumò una vetrata. Poi usò il calcio dell'arma per staccare gli ultimi frammenti. «Fuori!»

Seichan e Vittorio gli sfrecciarono accanto, inseguiti da altri spari, che rimbalzarono sulle sbarre d'acciaio e lacerarono il legno.

Gray li seguì all'esterno, appollaiandosi su un cornicione circolare.

Il sole pomeridiano risplendeva nel pieno del suo fulgore.

Istanbul si estendeva sotto di loro in tutta la sua confusa bellezza. Il Mar di Marmara brillava d'un blu zaffiro. Più avanti s'intravedeva il Ponte del Bosforo, che attraversava lo stretto che conduceva al Mar Nero.

Ma non era quell'opera d'ingegneria ad attirare l'attenzione di Gray. Indicò l'estremità meridionale a forma di I della chiesa, il lato in restauro e avvolto dalle impalcature. «Là!»

Vittorio li precedette intorno alla cupola, percorrendo con cautela lo stretto cornicione. Una volta giunti all'altezza dei ponteggi, Gray spiccò un salto verso il tetto spiovente sotto di loro. Scivolò seduto lungo il ponteggio, tenendo il fucile sollevato.

Urtò contro le putrelle e si voltò. Seichan era già in arrivo e si teneva in piedi, per metà correndo e per metà scivolando, incurante del rischio. Vittorio era più cauto e scese seduto, fra scatti e sobbalzi.

Seichan si fermò, allungando le braccia per afferrare un contraffisso dell'impalcatura.

Aveva preso il cellulare e gridava nell'apparecchio.

Gray bloccò Vittorio e lo aiutò a raggiungere le scale dei ponteggi. Fortunatamente su quel lato non c'erano guardie. Il trambusto doveva averle attirate altrove.

Una volta giunti a terra, Seichan li guidò oltre una piccola transenna, accedendo a una strada laterale. All'angolo opposto comparve sbandando un taxi giallo, che entrò in testacoda e scattò verso di loro. Seichan indietreggiò, sorpresa.

Il taxi malridotto si spostò di lato all'ultimo momento e si fermò inchiodando.

Il guidatore si tese verso il finestrino del passeggero aperto. « Che accidenti state aspettando? »

Kowalski.

Gray salì sul sedile anteriore, Seichan e Vittorio su quello posteriore.

Kowalski partì e si allontanò a tutta velocità.

Seichan si protese in avanti. « Non è l'auto che avevi quando ti ho lasciato! »

« Quella merda giapponese... Questa è una Peugeot 405 Mi16. Primi anni '90. Fatta per correre. »

Per dimostrarlo, Kowalski mise il motore su di giri, scalò in vista della svolta successiva e sterzò scagliandoli tutti a sinistra, quindi tornò a premere sull'acceleratore e superò la curva a razzo.

Seichan si tirò su, rossa in volto. « Dove... »

Dietro di loro si udirono delle sirene.

« L'hai rubata! » esclamò Gray.

Kowalski scrollò le spalle. « Per te sarà rubata, per me invece è presa in prestito. »

Gray si voltò. L'auto della polizia stava svanendo alle loro spalle, battuta in velocità.

Kowalski imboccò la svolta successiva a tutto gas, mentre elencava le caratteristiche dell'auto. « Ha un rapporto peso-potenza perfetto, il servosterzo si irrigidisce a velocità elevate... Oh! Ha il tettuccio apribile. » Tolse la mano dal cambio per indicare in alto. « Carino, eh? »

Gray si adagiò sul sedile.

Nel giro di altre due svolte, Kowalski seminò la polizia. Un minuto più tardi erano immersi nel traffico intenso in uscita dal vecchio quartiere di Istanbul, perduti in una marea di taxi.

Alla fine Gray ritrovò la calma e si rivolse a Seichan. « Cinque ore. Dobbiamo raggiungere Hormuz. »

« L'isola di Hormuz », precisò Vittorio. « Alla bocca del Golfo Persico. »

Seichan si reggeva il fianco con una mano. Probabilmente la ferita le faceva ancora male. Aveva l'aria pallida, ma annuì. «Conosco il posto. L'isola è utilizzata da parecchi contrabbandieri e trafficanti d'armi, che si spostano dall'Oman in Iran. Non dovrebbe essere un problema.»

«Quanto tempo occorre per arrivarci?»

«Tre ore. Con un jet privato e un idrovolante. Conosco l'uomo giusto.»

Gray controllò l'orologio. Avrebbero avuto soltanto due ore per trovare l'ultima chiave e utilizzarla assieme alle altre per risolvere l'enigma dell'obelisco. Il cuore riprese a battergli più forte. L'eccitazione aveva arginato la paura per i suoi genitori. Ma adesso... «Mi serve il tuo cellulare.»

«Per chiamare il comando della Sigma?»

«Devo aggiornarli su quanto è successo.»

Seichan sapeva che le stava tacendo la vera ragione della telefonata. Eppure gli porse il cellulare.

Nel giro di qualche istante, Gray era in linea con il direttore Crowe. Lo aggiornò sugli ultimi sviluppi, a partire dalla scoperta della seconda chiave sino alla loro fuga.

«Dunque la talpa della Gilda era infiltrata in Vaticano», disse Painter, le parole che andavano e venivano. «Ma non credo di poter fare granché per te su quell'isola, Gray. È territorio iraniano. Soprattutto in un lasso di tempo così breve. Non senza allertare i servizi segreti di tutto il Medio Oriente.»

«Non voglio l'intervento della Sigma», replicò Gray. «Ma i miei genitori...»

«Ho capito. Li troveremo.»

Nonostante la promessa, Gray percepì l'esitazione nella voce del direttore.

Se i tuoi genitori sono ancora vivi.

Arlington, Virginia,
ore 08.02

Stavano per trasferirli di nuovo.

Harriet portò un bicchiere d'acqua alle labbra del marito. Indossava giacca e pantaloni della tuta ed era legato a una sedia. «Jack, devi bere. Inghiotti.»

Lui opponeva resistenza.

«Fagli buttar giù quella pillola!» abbaiò la donna.

La mano di Harriet tremava. «Per favore, Jack, bevi.»

Annishen stava perdendo la pazienza. La donna, tutta vestita di pelle nera, aveva ricevuto una telefonata qualche minuto prima e aveva fatto entrare le altre guardie, persino quelle appostate sulla strada. Harriet era stata trascinata fuori dalla vecchia cella frigorifera dov'era stata rinchiusa per tutta la notte. Era un luogo spaventoso. Una sola lampadina illuminava una doppia fila di ganci da macellaio, appesi a dei binari sul soffitto. Il pavimento era chiazzato di sangue fresco, spazzato alla bell'e meglio verso il tombino centrale.

Poi la telefonata.

Avevano fatto uscire Harriet perché si occupasse del marito. Non le avevano permesso di restare con lui. Aveva trascorso tutta la notte a temere per la sua vita. Dopo essere stato colpito dalla pistola elettrica nella camera d'albergo, aveva ripreso a malapena conoscenza. Harriet era rimasta atterrita trovandolo legato alla sedia e imbavagliato, ma per il resto sembrava incolume.

Quando all'inizio l'aveva rivista, si era dimenato. Ma non la riconosceva davvero, non del tutto. Era in stato confusionale, provocato da tutta quella tensione, dal fatto di essere rimasto quasi fulminato e di aver camminato legato e imbavagliato.

«Non importa», disse infine Annishen, afferrando la spalla di Harriet. «Le pillole che gli hai dato prima non gli hanno fatto nulla.»

«Era già agitato», ribatté lei, implorante. «Occorre tempo e un dosaggio costante... Ha bisogno di un'altra pillola.»

«Un ultimo tentativo.»

Harriet si appoggiò alla guancia del marito, reggendogli la testa con una mano, il bicchiere nell'altra. L'uomo indietreggiò di scatto con la testa, ma lei resistette.

«Jack, ti voglio bene. Ti prego, bevi. Fallo per me.»

Gli fece gocciolare dell'acqua sulla bocca e finalmente lui

aprì le labbra. Doveva avere sete. Infine cominciò a bere. Parve persino calmarsi.

Harriet sospirò di sollievo.

« L'ha presa? » domandò Annishen.

« Fra meno di un'ora dovrebbe stare meglio. »

« Non abbiamo un'ora a disposizione. »

« Capisco, ma... » Harriet sapeva che qualcuno li stava cercando. Più si fossero trattenuti nello stesso posto, più possibilità c'erano che li rintracciassero. Dovevano far perdere le loro tracce in continuazione.

« Adesso levati! » ordinò Annishen. La donna afferrò Harriet per il colletto della camicia e la spinse verso l'uscita posteriore.

Due gorilla armeni slegarono e sollevarono di peso il marito. Uno teneva la pistola nella tasca della giacca, puntata alla schiena di Jack.

Annishen prese Harriet per il gomito.

Jack gridò mentre cominciavano a muoverlo. « Lasciatemi! »

« Forse è il caso di dargli un'altra scossa », disse la guardia.

« No, vi prego », implorò Harriet. « Posso farlo calmare io. »

La guardia la ignorò.

« È giorno », disse Harriet. « Se lo trasportate fuori privo di sensi... »

« Ci sono dei bar lungo la strada », replicò una guardia. « Se gli verso della vodka sulla camicia, nessuno ci farà caso. »

Quella proposta irritò Annishen. Forse perché non era sua, ipotizzò Harriet. La donna la spinse verso Jack. « Tienilo tranquillo o uso la pistola elettrica e lo faccio diventare un bambino moccioloso. »

Harriet corse a fianco del marito e lo cinse alla vita con un braccio. Con l'altra mano gli accarezzò il petto.

« Va tutto bene, Jack. Tutto bene. Dobbiamo andare. »

L'uomo la guardò con aria sospettosa, ma l'espressione rabbiosa negli occhi e nelle labbra si addolcì. « Voglio andare a casa. »

« Ci stiamo andando... Adesso forza, basta lagnarsi. »

L'uomo si lasciò guidare verso l'uscita. Sbucarono in un vicolo che ospitava a malapena un cassonetto della spazzatura traboccante.

Erano stati trattenuti in una macelleria sbarrata con assi di legno, uno dei negozi chiusi del quartiere. Harriet si guardò intorno in cerca di punti di riferimento. Si trovavano da qualche parte ad Arlington. Harriet sapeva che, dopo essere stati rapiti, avevano oltrepassato il Potomac.

Ma dove?

A mezzo isolato di distanza, era parcheggiato un furgone Dodge nero.

Il traffico del mattino era già intenso. Nella rientranza di una lavanderia a gettone, erano radunati dei senzatetto, uomini e donne. Avevano di fronte un carrello della spesa ricolmo di borse di plastica piene di roba.

Annishen ignorò i barboni e condusse il gruppo al furgone. Fece scattare le serrature con il telecomando e la portiera laterale posteriore si aprì da sola.

Jack camminava stordito, notando a malapena ciò che lo circondava.

Harriet attese di essere all'altezza dei senzatetto. Mise la mano destra sul ventre di Jack.

Mi dispiace.

Attraverso la camicia, gli afferrò un lembo di pelle con due dita e lo torse.

Jack sobbalzò, riscuotendosi di colpo dal torpore. « No! » Lottò contro la guardia. « Io non vi conosco. Lasciatemi stare! »

Harriet lo strattonò. « Jack... Jack... calmati. »

« Ehi », fece un barbone. Era scheletrico e aveva la barba ispida. Stringeva una bottiglia infilata in un sacchetto di carta. « Cosa state facendo a quell'uomo? »

Alcuni volti si alzarono a guardare dalle finestre appannate e striate della lavanderia a gettone.

Annishen indietreggiò di un passo verso Harriet. Aveva un sorrisetto stampato in faccia, indirizzato proprio a lei. E una mano nella tasca della felpa con cappuccio: una palese minaccia.

Harriet carezzò il ventre a Jack e si voltò a guardare il senzatetto. « È mio marito. Soffre di Alzheimer. Lo stiamo portando all'ospedale. »

Quelle parole addolcirono lo sguardo vigile sul volto dell'uomo. « Mi dispiace, signora. »

« Grazie. »

Harriet fece entrare Jack nel furgone. La portiera si chiuse.

Annishen si accomodò sul sedile del passeggero. Mentre partivano, si rivolse a Harriet. « Meglio che quelle pillole facciano effetto. O la prossima volta lo appenderemo a uno di quei ganci da macellaio. »

Harriet annuì.

Annishen tornò a voltarsi.

Uno degli uomini mise un cappuccio nero in testa a Harriet. La donna udì un gemito di protesta da parte di Jack mentre subiva lo stesso trattamento. Allungò una mano e prese quella del marito. Le dita dell'uomo ricambiarono la stretta, anche solo per un riflesso d'amore.

Mi dispiace, Jack...

L'altra mano di Harriet sgusciò nella tasca della felpa. I polpastrelli sfiorarono il flacone di pillole: le pillole che aveva semplicemente *finto* di somministrare al marito. Doveva tenere Jack in uno stato di agitazione.

Per essere notato e ricordato.

Chiuse gli occhi.

Perdonami, Signore.

12

LA MAPPA PROIBITA

Stretto di Hormuz,
6 luglio, ore 16.44

L'idrovolante russo, un Beriev 103, lasciò l'isola di Qeshm e prese a sorvolare le acque turchesi dello Stretto di Hormuz.

Gray era rimasto impressionato dalla rapidità del cambio di velivoli all'aeroporto. Il loro jet partito da Istanbul era atterrato solo qualche minuto prima. Il mezzo anfibio era già in attesa rifornito di carburante, i motori scaldati, le due eliche che ruotavano lentamente. L'idrovolante ospitava solo sei persone, compreso il pilota.

Ma era veloce.

La traversata per l'isola di Hormuz non avrebbe richiesto più di venti minuti. Erano in tempo. Tuttavia restavano solo due ore per trovare l'ultima chiave e utilizzarla assieme alle altre per decifrare l'iscrizione sull'obelisco.

Gray aveva approfittato del breve viaggio a bordo del jet privato, ottenuto grazie ai contatti di Seichan nel mercato nero, per studiare il complesso codice dell'obelisco. Ogni minuto contava. Seduto da solo nella fila posteriore, aveva preso il taccuino, pieno di annotazioni e supposizioni. Aveva già cercato di convertire in lettere i simboli dell'obelisco, come aveva fatto Vittorio con l'iscrizione angelica del Vaticano, quella da cui era risultata la parola HAGIA. Ma non aveva compiuto nessun progresso significativo.

Neanche con l'aiuto di Vittorio, il quale era più ferrato nelle lingue antiche. Non era servito a nulla. La decodifica era particolarmente difficile perché non sapevano da quale delle quattro superfici dell'obelisco partire e in quale direzione dovesse essere letto, in senso orario o antiorario.

Ciò determinava otto alternative.

Alla fine Vittorio si era sfregato gli occhi, ammettendo la sconfitta. «Senza la terza chiave, non lo risolveremo mai.»

Gray rifiutava di crederci. Fra i due era nata una breve discussione. Di comune accordo avevano deciso di separarsi per qualche tempo e di prendersi una pausa. Gray sapeva che gran parte della sua suscettibilità era dovuta al nodo che aveva allo stomaco.

Persino in quel momento sentiva i conati di vomito. Ogni volta che chiudeva gli occhi, ripensava al volto della madre e vedeva lo sguardo di biasimo del padre.

Così aveva continuato a lavorare.

Era tutto ciò che poteva fare.

Gray tornò a guardare una delle pagine di conversione dei caratteri.

	I			I			I			I	
C	N		B	A		C	G		M	A	
A	S	P	Z	Z	P	B	V	P	S	P	Z
A	Z	H	A	L	M	A	Z	H	Z	L	H
M	V	B	H	V	C	M	L	Z	A	V	C
T	L	C	S	T	C	S	T	H	S	T	G
S	N	Z	S	N	G	G	N	B	V	A	C
A	L	H	A	L	B	B	L	A	A	L	H
M	V	B	M	V	H	M	V	A	M	S	B

Le pagine successive erano occupate da altre sette possibilità.

Qual era quella giusta? Da dove partire?

Un sonoro sbuffo attirò la sua attenzione. Kowalski si era già addormentato. Probabilmente prima ancora che il velivolo fosse decollato.

Vittorio era ancora una volta concentrato sul diario di seta. Era sicuramente un vicolo cieco. Il prelato alzò gli occhi al cielo per il chiasso di Kowalski e sganciò la cintura di sicurezza. Sgusciò dietro per raggiungere Gray e si lasciò cadere sul sedile vicino. Aveva in mano il rotolo.

Seguì un istante di silenzio imbarazzato.

Gray chiuse il taccuino. « Io... prima... »

« Lo so. Siamo tutti preoccupati. Ma volevo esaminare una cosa con te. Sapere cosa ne pensi. »

«Certo.»

«Stiamo per atterrare, quindi è il momento giusto per capire in quale punto dell'isola di Hormuz potrebbe trovarsi la terza chiave.»

«Credevo che sapessimo già dove cercare», replicò Gray. Riaprì il taccuino e indicò il simbolo angelico inciso sul *paitzu* d'oro.

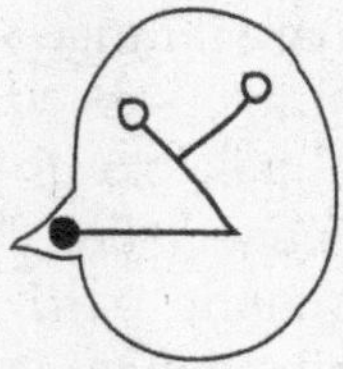

L'avevano messo a confronto con una mappa dell'isola e avevano scoperto che il cerchio annerito segnava la posizione delle rovine di un vecchio castello portoghese, costruito circa un secolo prima dell'occultamento delle chiavi. Edificato su un istmo e separato da un fossato, dominava la città di Hormuz e i porti di ancoraggio più strategici. Agli studiosi vaticani intenzionati a nascondere una chiave per i secoli a venire, il castello doveva essere sembrato il luogo ideale.

Vittorio annuì. «Sì, il castello portoghese. Ma io mi riferivo al *perché* stiamo cercando proprio lì. Se lo sapessimo, potremmo intuire *cosa* cercare fra le rovine.»

«D'accordo, allora da dove partiamo?»

Vittorio indicò l'oblò accanto a Gray: dinanzi a loro s'intravedeva l'isola. «Hormuz era un porto molto frequentato dove si commerciavano pietre preziose, spezie e schiavi. Così importante da indurre i portoghesi a invadere l'isola nel XVI secolo e a costruirci il loro castello. Ma, all'epoca di Marco, era anche abbastanza importante da spingere Kublai Khan a mandarvi una giovane donna della sua famiglia a maritarsi.»

«Kocacin, la Principessa Celeste.»

«Si trattava di un mero accordo commerciale. A dirla tutta, il re persiano cui era promessa morì mentre Marco e Kocacin erano in viaggio. Lei finì per sposare il figlio dell'uomo. Ma fu comunque un matrimonio di convenienza. La donna morì solo tre anni più tardi. Qualcuno dice per mano propria, qualcuno perché era consumata dall'amore per un altro.»

«Non intenderai...»

«Lo stesso Marco non si sposò fino alla morte di Kocacin. E, quando Marco morì, nella sua stanza custodiva due tesori. Il *paitzu* d'oro che gli aveva consegnato Kublai Khan e un copricapo d'oro e gemme. Il copricapo di una principessa.»

Gray cercò d'immaginare il lungo viaggio di Marco, durato due anni, in cui aveva attraversato ed esplorato terre esotiche. Quando aveva lasciato il palazzo di Kublai Khan, Marco era ancora relativamente giovane, meno che quarantenne. Kocacin aveva diciassette anni quando partì, diciannove all'arrivo in Persia. Non era impossibile immaginare che si fossero innamorati, un amore che avrebbe potuto durare oltre Hormuz.

Ripensò al mattone a Hagia Sophia, allo strato interno d'un blu regale, un segreto nascosto nella pietra. Possibile che quel mattone rappresentasse anche il cuore di Marco, un simbolo del suo amore segreto per Kocacin?

«E così abbiamo trascurato un altro indizio che ci è stato lasciato», continuò Vittorio. Alzò il rotolo. «La storia è stata ricamata sulla seta. Perché la seta?»

Gray scrollò le spalle. «È un tessuto originario dell'Estremo Oriente, dove aveva vissuto Marco.»

«Sì, ma se significasse qualcosa in più?»

«Cos'hai scoperto?»

«Quando vi è stato ricamato sopra il testo, la seta non era nuova. Era consunta e irregolare. Ho trovato delle tracce di untuosità e delle macchie antiche.»

«Allora era una pezza di seta usata.»

«Ma usata per che cosa? La seta era costosa e veniva spesso impiegata per i sudari funebri delle famiglie reali.»

Vittorio restò in attesa. Gray lentamente capì. «Credi possa trattarsi del sudario funebre di Kocacin?»

«È probabile. Ma, se ho ragione io, so cosa dobbiamo cercare fra le rovine.»

Anche Gray lo sapeva. «La tomba di Kocacin.»

Ore 16.56

Dal sedile del copilota, Seichan aveva un'estesa visuale della piccola isola. Al centro era rocciosa e collinosa, con qualche macchia verde. Le coste erano caratterizzate soprattutto da scogliere e baie frastagliate, spesso nascondigli di contrabbandieri. Ma, a nord, i declivi digradavano più dolcemente verso il mare. Lì la terra era più verde, con le palme da dattero e i campi coltivati che incorniciavano una cittadina di capanne dal tetto di paglia.

Dal cielo, s'intravedevano le testimonianze di una città più antica e vasta: imponenti fondamenta, qualche edificio diroccato e un maestoso minareto solitario, usato un tempo come faro dai portoghesi.

Ma nessuna di quelle vestigia era la loro destinazione.

L'idrovolante virò verso l'istmo che si estendeva a nord della città vecchia. Sulla lingua di terra riposavano le rovine dell'antico castello. Un tempo lo separava dalla città un ampio fossato, che adesso era ostruito e segnalato da una semplice linea tracciata da oriente a occidente.

Mentre l'aereo sorvolava le rovine, Seichan studiò il loro obiettivo. La possente fortezza era circondata da alti frangiflutti, ma il lato occidentale aveva da tempo perduto la sua battaglia contro il mare ed era stato eroso e abbattuto dalle onde sferzanti. Il lato orientale, protetto da una baia tranquilla, versava in condizioni migliori.

Il velivolo s'inclinò per atterrare in quella baia, abbassandosi di colpo per rasentare l'acqua. Seichan vide di sfuggita i cannoni sul tetto della fortezza e altri sei sulla spiaggia, adesso usati come bitte per l'attracco delle barche. A uno dei cannoni, in effetti, era fissata una barchetta. Una figura marrone, che indossava solo un paio di pantaloncini, agitò un braccio al loro avvicinamento.

Seichan ipotizzava fosse la guida che aveva mandato a chiamare dal villaggio. Con sole due ore a disposizione, avevano bisogno di qualcuno che conoscesse il castello.

L'idrovolante toccò la superficie del mare, spruzzando un forte getto d'acqua dietro di sé mentre entrava nella baia protetta. Seichan fu spinta in avanti contro la cintura di sicurezza, guadagnandosi una fitta di dolore al fianco. Prima, nei bagni dell'aeroporto, aveva dato uno sguardo alla ferita. Le bende erano macchiate di sangue, ma sarebbe sopravvissuta.

Il pilota fece girare il velivolo mentre la barca sfrecciava verso di loro, sobbalzando nella scia dell'aeroplano.

Qualche istante dopo i portelli si aprirono e la comitiva scese dall'aereo per salire sulla barchetta. La loro guida si rivelò un ragazzino di dodici o tredici anni, tutto costole e sorrisi. Ed era chiaro che voleva far pratica del suo inglese.

« Buoni signori, gentile signora, essere i benvenuti a Hormuz! Io sono chiamato Fee'az! »

Gray aiutò Seichan a salire a bordo, inarcando un sopracciglio. « E questa sarebbe la tua guida esperta? »

« A meno che tu non voglia fondere uno di quei lasciapassare d'oro, è il meglio che si possa trovare nei dintorni pagando. »

Aveva già speso fior di dollari per farli arrivare lì in tutta fretta.

Seichan osservò Gray, che stava già studiando il castello. Dalle spalle curve, la donna intuì che era preoccupato. I tratti del suo profilo erano tesi. Del resto era stanco e in ansia per i suoi genitori.

Scuotendo leggermente il capo con aria sprezzante, Seichan distolse lo sguardo. Lei non riusciva neanche a rammentare i propri genitori. Aveva un solo ricordo: una donna trascinata oltre una porta, in lacrime, che tendeva la mano verso di lei. Non era neppure sicura fosse sua madre.

Fee'az avviò il piccolo fuoribordo e procedette scoppiettando verso la spiaggia costeggiata dalle palme e dalle imponenti rovine del castello. Kowalski infilò una mano nell'acqua, sbadigliando. Vittorio lanciò un'occhiata in direzione del castello. Erano in corso dei festeggiamenti, c'era musica nell'aria.

Gray tornò a guardare Seichan, come a domandare se fosse pronta.

Lei annuì.

Il caldo era soffocante. Gray si sfilò il giubbotto e rimase con una semplice maglietta coloniale. Seichan notò un lampo di luce al collo dell'uomo. Con un gesto indifferente, Gray tornò a infilare il ciondolo d'argento sotto la maglietta.

Un drago.

Era stata lei a darglielo un paio d'anni prima: una specie di scherzosa provocazione. Ma Gray l'aveva tenuto e lo portava ancora. Perché? Per qualche motivo inspiegabile lei si sentì avvampare in uno stato di confuso imbarazzo. Gray pensava forse che gli avesse dato quel ciondolo come pegno, come simbolo della sua attrazione per lui? Avrebbe dovuto esserne divertita, e invece ne era irritata.

In quel momento la barca grattò sulla sabbia, riscuotendola dalle sue riflessioni.

Cominciarono a scendere.

Seichan gettò a Kowalski una sacca che conteneva un computer portatile, altre granate accecanti e sei scatole di munizioni per le loro pistole.

Gray tese una mano per aiutarla a scendere dalla barca. Lei lo scostò e saltò fuori.

Fee'az legò la barca a un cannone arrugginito e indicò un'apertura squadrata sulle mura del forte. Più in alto, i rampari erano punteggiati da strette finestre a battenti da cui un tempo i cannonieri portoghesi difendevano il bastione.

Il gruppo passò sotto il muro ed entrò nella corte interna. Dalle crepe crescevano degli arbusti spinosi, a qualche passo di distanza un'ampia cisterna aperta minacciava di abbattersi al suolo e da un vecchio giardinetto spuntavano un paio di stente palme da dattero. Per il resto, fra le pietre erose sussurravano ovunque le voci sibilanti dei fantasmi.

Fee'az alzò un braccio in direzione della struttura principale del castello. Si ergeva di sei piani verso i rampari dentellati, da cui spuntavano ancora le bocche dei cannoni arrugginiti. « Vi farò vedere tutto. Molto da vedere! »

Il ragazzino fece per incamminarsi, ma Vittorio lo fermò. « Nel castello c'è una cappella? »

Il ragazzino si adombrò per un istante, per poi illuminarsi di nuovo con il suo sorriso. « Una cannella! Avete sete. »

Vittorio sorrise. « No. Una chiesa. »

La fronte del ragazzino si contrasse, ma il sorriso rifiutava di svanire. « Ah, siete cristiani! D'accordo. Tutto bene. Ai musulmani piace Bibbia. Anche per noi testo sacro. Anche noi abbiamo i santi. Santi musulmani. Ma il profeta Maometto è il migliore. »

Vittorio capì che il ragazzo era dibattuto fra il desiderio di essere una buona guida e quello di essere un buon musulmano. « La chiesa? »

Il ragazzo annuì vigorosamente. « La stanza delle croci. » Li condusse verso un'apertura buia, continuando a parlare.

Kowalski scosse la testa per il chiacchiericcio del ragazzino e s'incamminò dietro di loro. « Deve smetterla con la caffeina. »

Gray sorrise, una rarità, un raggio di sole fra le nubi di tempesta.

« Andiamo », disse sommessamente a Seichan mentre le passava accanto. La sfiorò. La mano rasentò quella della donna.

Di riflesso, lei fece quasi per stringergliela. Invece, in collera con se stessa, serrò le dita. Ma la sua reazione non era dovuta alla rabbia o alla frustrazione.

Era anche per il senso di colpa.

Detestava mentire a quell'uomo.

Ore 17.18

« Oh, questa sarà una gran bella seccatura », affermò Kowalski.

La cappella si trovava al primo piano e si estendeva sino al retro del castello. Dopo aver superato l'atrio d'ingresso, avevano dovuto ricorrere alle torce elettriche per attraversare i bassi corridoi. Più s'inoltravano più tutto diventava silenzioso. L'aria si fece immobile. Gli unici movimenti erano provocati da qualche topo nascosto, che fuggiva zampettando dai fasci delle loro torce.

L'ultimo corridoio terminava di fronte a una porta bassa. Vittorio era stato il primo a entrare assieme alla loro guida. Una volta all'interno, mentre si raddrizzava, si era lasciato sfuggire un gemito.

Gray lo aveva seguito e adesso era fermo. Indirizzava il fascio di luce tutt'intorno alla cappella buia.

Scavata nella parete opposta, una finestra a forma di croce lasciava leggermente filtrare la luce del sole, ma non molta. Era formata da due strette feritoie incrociate.

La finestra gettava una croce di luce su una lastra di pietra. L'altare della cappella.

Per il resto la stanza era vuota, ma non disadorna.

Su ogni superficie di pietra - le pareti, il tetto, persino sull'altare - erano state incise delle croci. Centinaia, se non migliaia. Alcune non erano più grandi di un pollice, altre erano enormi.

« Ecco perché la chiamano la stanza delle croci », commentò Vittorio.

« Sì, fa molto serial killer », commentò Kowalski in tono acido. « Sarà perché sull'isola si sposano tutti fra di loro. »

Gray studiò la distesa di croci, ricordando quella incisa sulla piastrella di marmo a Hagia Sophia. Prese la croce d'argento di frate Agreer. « Dobbiamo trovare la croce corrispondente a questa. »

Vittorio chiese a Fee'az di lasciarli soli. Il ragazzino parve confuso, finché il prelato non indicò il crocefisso fra le dita di Gray. « Vogliamo pregare. Usciremo quando avremo terminato. »

Il ragazzo se ne andò subito, con un cenno di assenso. Chiaramente timoroso di essere scoperto durante la celebrazione di una cerimonia cristiana, non avrebbe potuto uscire più velocemente. A giudicare dalla rapidità con cui era scattato, doveva sospettare che sacrificassero i bambini.

Una volta rimasti soli, Gray si grattò la testa sconsolato. « Una di queste croci deve combaciare alla perfezione con il crocefisso di frate Agreer. Mettiamoci al lavoro. »

Divise il gruppetto.

Loro erano in quattro e c'erano quattro pareti.

Restavano ancora pavimento e soffitto.

Gray posò la croce sull'altare, in modo da renderla disponibile per i raffronti. Strappò anche quattro pagine del suo taccuino e ricalcò la forma della croce per ognuno di loro.

Mentre erano impegnati nella ricerca, Gray notò lo spostamento della luce del sole sull'altare. Si muoveva in maniera impercettibile mentre il sole tramontava e il tempo gli sfuggiva. Terminò la sua parete. Nulla. Era in un bagno di sudore. Cominciò a esaminare il pavimento. Gli altri, uno alla volta, si unirono a lui. Seichan lavorò sull'altare.

La croce più importante - quella formata dal sole - continuava a spostarsi inesorabilmente.

«Neanche sul pavimento», sentenziò Vittorio con il volto arrossato. Si alzò, massaggiandosi la zona lombare.

Dietro l'altare, Seichan scosse la testa.

Anche lì niente da fare.

Gray alzò lo sguardo. Il tetto era basso, ma non abbastanza da poterlo toccare per confrontare le croci.

«Forse mi sono sbagliato», ammise Vittorio. «Forse la tomba di Kocacin si trova da qualche altra parte. Tutte queste croci potrebbero essere una falsa pista.»

Gray scosse la testa. Avevano già perduto un'ora intera. Non avevano tempo per esaminare ogni angolo della fortezza. Dovevano rimanere nella cappella. «La tomba di Kocacin dev'essere qui.»

Vittorio sospirò. «Allora non ci resta che il soffitto.»

Gray incaricò Kowalski di aiutare il monsignore a salire, mentre lui avrebbe sorretto Seichan.

«Ragazzi, qui sono sempre io a rimetterci», si lagnò l'ex marine.

Ignorandolo, Vittorio indicò le mura. «Noi partiremo dai bordi esterni. Voi due esaminate il centro.»

Seichan salì sull'altare. «Le croci qui sopra posso raggiungerle da sola.»

Una croce di luce le illuminò la schiena. Si era sfilata il giubbotto e indossava solo una maglietta nera. Mentre la donna si tendeva verso l'alto, Gray notò le sue curve e il cotone attillato sui seni.

Certamente non era il momento adatto, ma...

«Credo ci sia qualcosa...» mormorò Seichan, alzandosi in punta di piedi. Poi strinse gli occhi e mise la mano sul fianco sinistro. Aveva sforzato la ferita.

«Lascia che ti aiuti.» Gray salì accanto a lei e intrecciò le mani per formare una staffa.

Lei raccolse il crocefisso d'argento e mise il piede fra le sue mani.

Mentre Gray si raddrizzava e la sollevava, Seichan si appoggiò con una mano sulla sua testa e avvicinò il crocefisso al soffitto. Aveva la natica sinistra premuta contro la guancia di Gray.

Oh, sì, sarebbe andato all'inferno...

«Credo...» mormorò Seichan. «Combacia! Questo segno è inciso in profondità e il crocefisso s'incastra perfettamente!»

Gray alzò la testa, ma riusciva a vedere solo i seni della donna. «Riesci a capire dove guarda Cristo?»

«Sull'altare», rispose lei, ma sembrava distratta. «Il crocefisso è incastrato in un blocco di pietra circolare. Quando l'ho spinto all'interno, mi è parso di sentire qualcosa scattare. Provo a ruotarlo.»

«Credo che tu non debba...»

Si sentì un forte rumore metallico, ma non proveniva dall'alto. Gray si guardò la punta delle scarpe.

L'altare crollò sotto i suoi piedi, portandolo con sé.

Seichan gli cadde fra le braccia, stringendosi al suo collo.

La lastra di pietra toccò terra con un forte scossone, facendo cadere Gray su un ginocchio. Si sollevò una nuvola di polvere. Una pietra del pavimento si staccò, urtò contro l'altare e rimbalzò nell'oscurità di fronte a loro.

Benché si fossero spaventati a morte, erano caduti solo di un metro e mezzo circa.

Vittorio e Kowalski li guardavano dall'alto.

«Credo che tu abbia trovato qualcosa, Indiana», commentò il gorilla con un ghigno compiaciuto. Gli passò una torcia elettrica.

Seichan si staccò da lui e si ripulì dalla polvere. Gray indirizzò il fascio di luce e illuminò un'arcata buia. Poi avanzò con la donna al suo fianco.

Vittorio e Kowalski scesero per seguirli.

Due archi incrociati formavano il tetto di una camera, grande circa la metà della cappella sovrastante. Illuminata dalla torcia di Gray, comparve una bassa nicchia scavata nella parete posteriore, incorniciata da un altro arco.

« Un loculo », spiegò Vittorio. « Una tomba. »

All'interno della nicchia, sulla pietra nuda, giaceva un corpo, coperto dai lembi di un tessuto bianco.

« La tomba di Kocacin! » esclamò Vittorio. « L'abbiamo trovata. »

Nonostante l'eccitazione, si avvicinarono con prudenza.

Il prelato benedisse la loro profanazione facendosi il segno della croce e mormorando una preghiera. Poi tese una mano verso il sudario.

« Se qualcosa si muove, scappo », sussurrò Kowalski, con aria del tutto seria. « Siete avvertiti. »

Vittorio lo ignorò e con gesto rispettoso scostò un lembo del tessuto. « Seta. »

Apparve la sommità di un teschio, sormontata da un copricapo d'oro. I rubini e gli zaffiri riflettevano la luce. I diamanti luccicavano.

« Il copricapo della principessa. »

Gray sapeva che Marco Polo aveva con sé il copricapo sul letto di morte.

Le mani di Vittorio tremavano. « Con ogni probabilità, Marco voleva che fosse restituito. Può darsi che abbia persino disposto di rimuovere il corpo della donna e custodirlo in segreto in un posto sicuro. »

« Vittorio, dobbiamo trovare il *paitzu*, la terza chiave », disse Gray.

Il tempo stava scadendo.

Scostò il sudario di seta dal resto delle ossa.

Vittorio indietreggiò di un passo.

Persino Gray raggelò, sbalordito.

Sotto la seta non c'era solo *un* corpo.

Nella tomba giacevano due scheletri, l'uno nelle braccia dell'altro.

Gray ricordò quello che Vittorio gli aveva raccontato della chiesa di San Lorenzo, del fatto che Marco Polo vi era stato sepolto nel 1324, ma che un successivo restauro aveva rivelato la scomparsa delle sue spoglie.

« Non abbiamo trovato soltanto la tomba di Kocacin... » mormorò Vittorio.

Gray annuì. « Abbiamo trovato anche quella di Marco Polo. »

Abbassò lo sguardo sulla coppia abbracciata.

Ciò che i due non erano riusciti ad avere nella vita, l'avevano finalmente ottenuto nella morte.

Restare assieme. Per sempre.

Gray si domandava se avrebbe mai provato un amore tanto grande. Gli ricordava quello dei suoi genitori, che avevano affrontato tanti sacrifici e che stavano combattendo contro una malattia spietata. Eppure non si erano mai lasciati.

Qualcuno doveva salvarli.

Washington, ore 11.01

Painter avrebbe voluto partecipare all'operazione, ma sarebbe stato solo d'impaccio alla squadra d'assalto. Dal centro di comunicazioni della Sigma, osservava le riprese in diretta. Erano trasmesse dalla videocamera sul casco di uno dei membri del reparto.

Dieci minuti prima, era arrivata la svolta.

Per l'intera mattinata, Painter aveva rotto le scatole per risalire dai tabulati telefonici internazionali del cellulare di monsignor Veroni a un recapito statunitense. Gray aveva accennato al fatto che Amen Nasser aveva telefonato a Vittorio. Per rintracciare quella chiamata, Painter aveva dovuto scomodare tutti: dalla curia vaticana sino al direttore delle operazioni della Homeland Security. Per fortuna, visto il coinvolgimento di Seichan, aveva potuto giocare la carta del terrorismo. Tuttavia ci era voluto più tempo del previsto, anche se adesso sapeva finalmente da dove era partita la chiamata.

La squadra d'assalto attendeva il suo ordine per iniziare l'attacco.

« Via. »

Le portiere del furgone si aprirono. La ripresa della videocamera vacillò e sobbalzò. I membri della squadra presero a convergere da varie direzioni, correndo accucciati, i fucili in mano.

La porta anteriore venne sfondata con un ariete in un colpo solo.

La ripresa si fece scura mentre l'uomo munito di videocamera seguiva gli altri nell'edificio. La squadra si divise.

Painter non riuscì a rimanere seduto e si alzò di scatto, appoggiando i pugni all'impianto di comunicazione. Tutt'intorno a lui c'erano i tecnici impegnati con le riprese satellitari dell'Indonesia. Un'imponente tempesta oscurava quasi tutta la regione, intralciando le ricerche della *Mistress of the Seas*. A causa del forte vento, numerosi velivoli di ricognizione australiani e indonesiani erano rimasti bloccati a terra.

L'assenza di progressi aveva fatto ribollire Painter di frustrazione.

Poi era stata rintracciata la chiamata.

Aveva bisogno di un successo.

Nell'auricolare gli giungevano i rapporti della squadra d'assalto. Infine si udì una voce chiara, proveniente dal cameraman. Era entrato in una sorta di cella frigorifera.

« Direttore, abbiamo terminato la ricerca. Responso negativo riguardo agli obiettivi. La macelleria è deserta. » La ripresa traballò mentre l'uomo si chinava... « Signore, c'è del sangue. »

Oh, no...

Una voce proveniente dalla porta lo distolse dai pensieri di morte.

« Direttore Crowe... »

Era una donna. Aveva i capelli ramati scostati dal volto, teso per la paura e la preoccupazione.

Painter capiva perfettamente lo sguardo tormentato negli occhi della donna. « Kat... »

Era la moglie di Monk.

« Mia zia sta badando a Penelope. Non riuscivo più a restare a casa. »

« Va bene. Potrebbe servirci il tuo aiuto. »

Lei sospirò e annuì.

Era tutto ciò che potevano fare.

Continuare a lottare.

Con ogni mezzo possibile.

Hormuz, ore 18.04

Vittorio abbassò lo sguardo sugli scheletri abbracciati.

Marco e Kocacin.

Lui e Gray erano come pietrificati di fronte a quella scoperta.

Ma altri non erano così emozionati.

« Il terzo lasciapassare d'oro », intervenne Seichan.

Gray scostò del tutto il sudario funebre. Coperto dalle mani scheletriche, un barbaglio d'oro luccicava accanto alle ossa.

Era il terzo *paitzu*.

E, appoggiato alla piastra, campeggiava un familiare tubo di bronzo.

Un altro rotolo.

Con estrema cautela, Gray rimosse gli oggetti. Sfilò anche il copricapo dal teschio. « Potrebbe custodire un indizio... »

Vittorio non obiettò. Se fosse stato lasciato incustodito, con la camera di sepoltura aperta, sarebbe stato presto rubato.

Risalirono nella cappella e si raccolsero in un angolo della sala.

Gray girò il lasciapassare per rivelare un terzo simbolo angelico.

« Adesso abbiamo i tre simboli », disse Seichan.

« Ma non tutta la storia », ribatté Gray. Estrasse il taccuino e rivolse un cenno a Vittorio. « Ascoltiamola. »

Con un taglio netto, il prelato aprì il tubo di bronzo ed estrasse il rotolo. « È seta. »

L'ultimo frammento era piuttosto lungo. Il racconto riprendeva con la comparsa delle figure angeliche luminose, che avevano raggiunto la comitiva di Marco intrappolata in una sala della torre.

Vittorio tradusse ad alta voce:

Quelle strane apparizioni ci porsero il calice sbozzato e con gesto deciso e manifesto insistettero a farci bere. In tal modo, sa-

remmo stati preservati dalla spaventosa pestilenza che aveva tramutato la Città dei Morti in una visione infernale, dove l'uomo consumava la carne del proprio fratello.

Forte d'una simile promessa, ciascuno di noi condivise la bevanda che, a un esame più attento e al sapore, si rivelò sangue. Fummo anche invitati a mangiare frattaglie di carne cruda su una foglia di palma che, sempre a un'analisi più accurata e al sapore, si rivelarono animelle. Solo dopo tale pasto pensai di chiedere da dove provenissero tale offerte. L'uomo del Can rispose, rivelando che eravamo già dei cannibali; poiché erano sangue e animelle strappati a un uomo.

E così fummo medicati in quella maniera insana, che più tardi si sarebbe rivelata virtuosa, poiché in verità ci protesse da una grande pestilenza. Ma quella cura aveva un prezzo. A frate Agreer non fu permesso di condividere il sangue e le animelle. Parlarono della croce e dell'uomo che la recava, e li indicarono più volte. Alla fine ci fu concesso di andare, ma solo se avessimo lasciato dietro frate Agreer.

Nella sua immensa Grazia e Benedetta assistenza, frate Agreer insistette affinché fuggissimo. Io piansi calde lacrime, ma obbedii al mio confessore. Con le sue ultime parole, m'affidò il crocefisso, perché lo riportassi alla Santa Sede. L'ultima volta che vidi quel nobiluomo, veniva condotto nella direzione opposta; e io mi figurai la loro destinazione. Illuminata dalla luna piena, sulla foresta svettava un'immensa montagna, su cui erano incisi un migliaio di volti demoniaci.

« Buon Dio... » mormorò Vittorio.

Lesse lentamente il resto.

Marco Polo riferiva che, dopo essere fuggiti dalla città, una pestilenza si era abbattuta sulla sua flotta. Solo chi aveva consumato il medicamento offerto dagli uomini luminosi era rimasto incolume. Marco lasciò la Città dei Morti con una quantità di medicamento sufficiente a curare il padre e lo zio, oltre a Kocacin e due sue ancelle. Finirono per bruciare le navi e i corpi dei malati, molti di loro ancora vivi.

Vittorio tradusse la parte conclusiva.

Possa il Signore aver pietà della mia anima per aver disobbedito a una promessa fatta a mio padre, ora morto. È necessario ch'io faccia un'ulteriore confessione. In quel luogo spaventoso, trovai una mappa della città, una carta che distrussi per volontà di mio padre; ma la impressi nella mia mente per non dimenticare. L'ho trascritta di nuovo qui, per impedire che una simile conoscenza sia per sempre perduta. Sia avvertito chiunque legga questo mio scritto: in quella città è stata aperta la porta dell'Inferno; ma ignoro se sia mai stata chiusa.

Ore 18.22

Mentre Gray ascoltava il racconto, fissò lo sguardo sui simboli disegnati sul suo taccuino. Sentire quella storia lo aiutava a concentrarsi.

E cominciò a capire.

Era stato uno sciocco.

Studiò il taccuino, intuendo la risposta nascosta nel codice. E, forse, con le tre chiavi, il modo per decifrarlo.

Sfogliò le pagine. Poi trovò quello che cercava.

Possibile fosse la soluzione?

Diede uno sguardo all'orologio. Meno di mezz'ora.

Improvvisamente, riecheggiò sino a loro una raffica di fuoco automatico, simile a uno scoppio di petardi.

Nasser li aveva trovati?

Gray si avvicinò alla porta della cappella e scrutò nelle sale in penombra. « Radunate tutto. Subito! »

Illuminata alle spalle dalla fioca luce del sole, Gray scorse una figura snella correre verso di lui.

I piedi nudi battevano sulla pietra, poi una voce urlò: « Presto! »

Era Fee'az.

Provenienti dalla corte del castello, si udirono delle grida in farsi.

« Presto... Contrabbandieri... » affermò il ragazzo, a corto di fiato. Poi tornò di corsa nel corridoio e prese la direzione opposta, parallela al retro del castello.

Gray si rivolse agli altri. «Non c'è più tempo, andiamo!»

Seguirono Fee'az.

Il ragazzino attese a metà dell'atrio, quindi scattò in avanti. Mentre correva, continuò il suo resoconto. Evidentemente neanche la minaccia dei contrabbandieri lo faceva tacere. «Ci avete messo tanto. Con vostre preghiere. Io dormivo. Sotto le palme. Non mi hanno visto. Quasi mi sono venuti addosso. Mi sono svegliato e ho corso. Hanno sparato. *Bang, bang*. Ma io ho gambe veloci.»

Dietro di loro, le grida cambiarono timbro, indicando che i contrabbandieri erano entrati nel castello.

Fee'az li condusse sino a una rampa di scale sbozzate che scendevano. «Da questa parte.»

Raggiunsero un tunnel stretto e basso, a malapena più alto di una nicchia per strisciare. Si estendeva verso sud. Dopo trenta metri, il passaggio culminò di fronte a un vecchio cancello di ferro arrugginito. Le sbarre erano state da tempo segate. Lo superarono e si trovarono nel fossato. Alcune pareti di pietra crollate delimitavano il confine.

Gray si guardò alle spalle. L'angusto passaggio doveva essere il vecchio canale di scolo del castello.

Fee'az fece cenno di restare accucciati e li guidò lungo il fossato, verso la baia. Dal castello giungevano ancora le grida. I contrabbandieri non si erano resi conto che i topi erano fuggiti.

Quando arrivarono al mare, Gray vide l'idrovolante in attesa, indisturbato.

«Contrabbandieri non rubano mai aereo», spiegò Fee'az. «Prendono cose piccole. A volte uccidono. Gettano corpi agli squali. Ma non portano mai via cose grosse. Il governo manderà aerei più grandi, armi più grandi.»

Comunque preferirono usare i remi per portare la barca del ragazzo sino all'idrovolante.

«Venite di nuovo! Venite di nuovo!» disse Fee'az, stringendo formalmente la mano a ciascuno.

Gray voleva dargli un premio per aver salvato la vita a tutti. Infilò la mano nello zaino e gli porse il copricapo d'oro della principessa.

Il ragazzo strabuzzò gli occhi, tenendo il tesoro con tutte e due le mani. Poi lo restituì a Gray. «Non posso prendere.»

«Ti costerà solo una promessa.»

Fee'az gli lanciò uno sguardo interrogativo.

«Nel castello ci sono due scheletri. Sotto la stanza delle croci.» Indicò la fortezza, quindi le colline lontane. «Portali via, scava una fossa profonda e seppelliscili. Assieme.»

Lui sorrise, incerto se Gray stesse scherzando.

«Me lo prometti?»

Il ragazzo annuì. «Porterò miei fratelli e zii ad aiutare.»

Gray spinse il copricapo d'oro verso di lui. «È tuo.»

«Grazie, signore.» Fee'az gli strinse la mano e, con tutta la solennità di una benedizione, disse: «Venite di nuovo».

Gray salì sull'idrovolante.

Qualche minuto più tardi, erano in volo e si allontanavano dalla baia.

Vittorio si era seduto accanto a Gray. «Hai dato al ragazzino il copricapo della principessa?»

«Per seppellire Marco e Kocacin.»

«Ma una simile scoperta... La Storia...»

«Marco ha già fatto abbastanza per l'umanità. Il suo ultimo desiderio era quello di riposare in pace con la donna che amava. Credo che glielo dobbiamo. E, inoltre, il copricapo non ci occorre.»

«Ma avevi detto che poteva essere un indizio...» Vittorio sgranò gli occhi e alzò la voce. «Hai decifrato il codice angelico!»

Gray prese il taccuino. «Quasi.»

«Come?»

Seichan aveva sentito l'esclamazione di Vittorio e li raggiunse, restando in piedi fra i sedili. Kowalski si voltò, sbirciando dallo schienale.

«Ho ignorato le nostre vecchie supposizioni. Continuavamo a cercare un codice di sostituzione monoalfabetica.»

«Come l'iscrizione in Vaticano da cui è risultata la parola HAGIA.»

«Credo che sia stato fatto di proposito per trarre in inganno. Il grande mistero inciso sull'obelisco *non* è un codice di sostituzione monoalfabetica.»

«Mostracelo», intervenne Seichan.

«Fra un momento.» Gray controllò l'orologio. Mancavano otto minuti. «Devo ancora risolvere parte del rompicapo: le tre chiavi. Sono organizzate in un certo ordine.»

Aprì il taccuino e tamburellò sui tre simboli angelici.

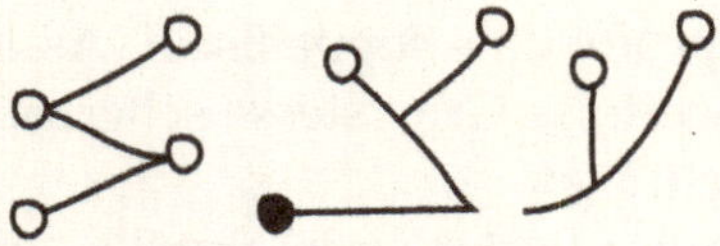

«Le chiavi servono a rivelare la maniera esatta di leggere il codice. L'obelisco ha quattro lati, ma da quale lato si deve partire? In quale direzione bisogna leggerlo?» Gray sfogliò il taccuino e trovò la pagina con la copia dell'iscrizione. «I tre simboli incisi sui lasciapassare devono essere riportati da qualche parte sull'obelisco. Infatti.»

Gray li cerchiò.

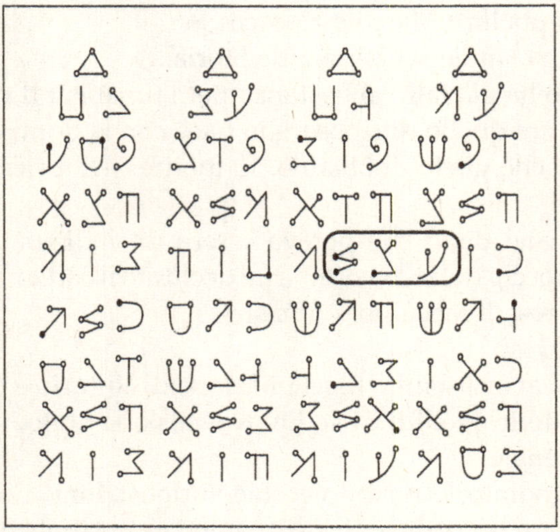

«Questa sequenza compare una sola volta. È unica. Notate come avvolge l'obelisco da una superficie all'altra. Indica da dove cominciare a leggere e in quale direzione.»

Aggiunse una freccia.

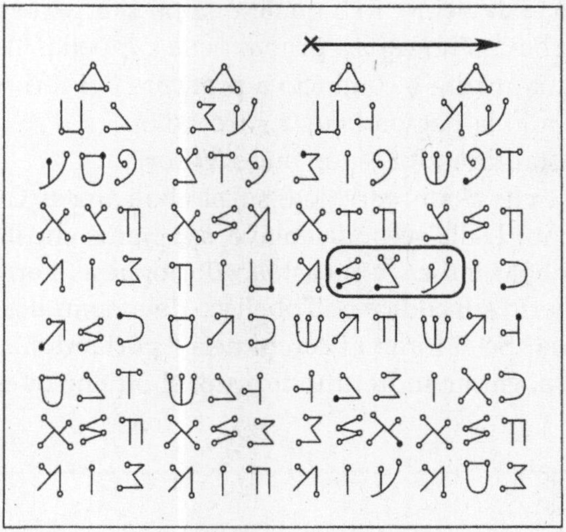

« Quindi occorre riordinare la sequenza per farla corrispondere alle chiavi. » Girò le pagine del taccuino, scorrendo le otto variazioni che lui e Vittorio avevano tracciato in precedenza. Trovò quella giusta e cerchiò i simboli delle chiavi. « Questa è la maniera adeguata di stendere la mappa per leggerla correttamente. »

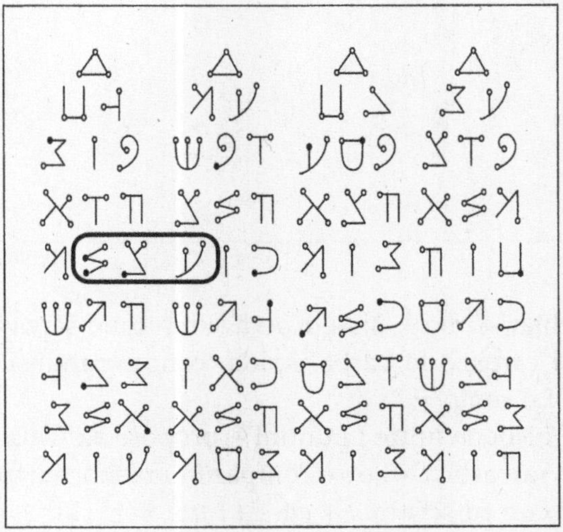

Seichan si avvicinò. « Di quale mappa stai parlando? »

« Ecco che cos'ho capito prima, nella cappella. Osservate. »

Prese una matita e cominciò a praticare dei fori nella carta, punteggiando la pagina bianca successiva.

« Cosa stai facendo? » domandò Vittorio.

« Vedete che alcuni cerchietti sui simboli angelici sono anneriti e altri no? Dalla seconda chiave, sappiamo che il punto nero del simbolo indicava il castello portoghese. Perciò anche i cerchi anneriti sul codice dell'obelisco devono indicare qualcosa. Ma cosa? Se si forano i cerchi neri riportandoli su una pagina bianca, eliminando tutto il resto, si ottiene questo. »

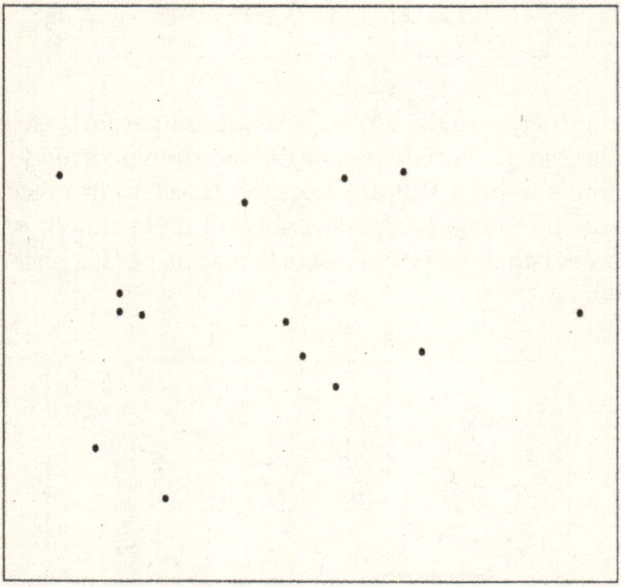

« Be', chiarissimo », disse Kowalski in tono sarcastico.

Gray si carezzò la barba ispida, concentrandosi. « Qui c'è qualcosa. Lo sento. »

« Forse bisogna unire i puntini », propose Kowalski con aria non meno sarcastica. « Forse comparirà un'enorme freccia lampeggiante con su scritto: *Da questa parte.* »

« E forse è ora che tu chiuda quella boccaccia », intervenne Seichan.

Kowalski era un autista coi fiocchi, un ottimo tiratore, ma Gray aveva bisogno di consigli veri, e non di suggerimenti degni di un bambino petulante.

Poi lo vide.

« Mio Dio! Kowalski ha ragione! »

« Ho ragione? »

« Ha ragione? » ribatté Seichan.

Gray si rivolse a Vittorio, stringendogli l'avambraccio. « Il primo indizio! Nella Torre dei Venti! »

Vittorio sgranò gli occhi. « Che ospita l'osservatorio astronomico vaticano, dove Galileo dimostrò che la terra girava intorno al sole... » Vittorio tamburellò sulla pagina. « Sono stelle! »

« Si tratta di una costellazione. » Gray la disegnò.

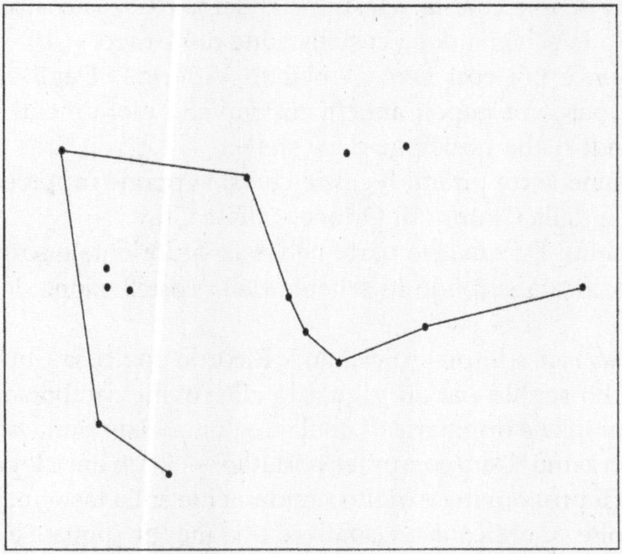

Anche Vittorio la riconobbe. « È la costellazione del Drago. »

«State dicendo che si tratta di una mappa di navigazione?» chiese Seichan.

«Così pare.» Gray si grattò la testa con il gommino della matita. «Ma come può una costellazione indicarci dove andare?»

Nessuno rispose.

«Non può», ammise infine.

Gray aveva il cuore in gola. Il tempo stava per scadere. Li aveva portati sulla pista sbagliata?

«Aspettate», mormorò Vittorio. «Nel suo racconto, Marco dice di aver tracciato una mappa *della* città, non una mappa per arrivare *alla* città.»

«E quindi?» domandò Gray.

Vittorio prese la carta e la ruotò. «Queste non possono essere delle stelle. Dev'essere la *disposizione* della Città dei Morti. Probabilmente gli studiosi vaticani hanno commesso il nostro stesso errore. Anche loro l'hanno ritenuta una mappa stellare di navigazione.»

Gray scosse la testa. «È strano che una città sia costruita seguendo lo schema della costellazione del Drago.»

«Non è poi così vero...» obiettò Vittorio. «Dagli egizi ai maya, parecchi popoli antichi costruivano monumenti e città ispirandosi alla posizione delle stelle.»

«Come le tre piramidi egizie che si suppone rappresentino le stelle della Cintura di Orione», disse Gray.

«Esatto! Da qualche parte nell'Asia sudorientale sorge una città edificata secondo lo schema della costellazione del Drago.»

«*Choi mai!*» imprecò Seichan. «Ricordo qualcosa... qualcosa di cui ho sentito parlare riguardo alle rovine cambogiane. La mia famiglia è originaria di quella regione.» La donna tirò fuori dallo zaino il suo computer portatile. «Ho un'enciclopedia.» Avviò il programma e digitò rapidamente sulla tastiera. Cliccò due volte su un'icona e visualizzò una mappa digitale a schermo intero. «Questo è il complesso templare di Angkor, costruito dai khmer nel IX secolo.»

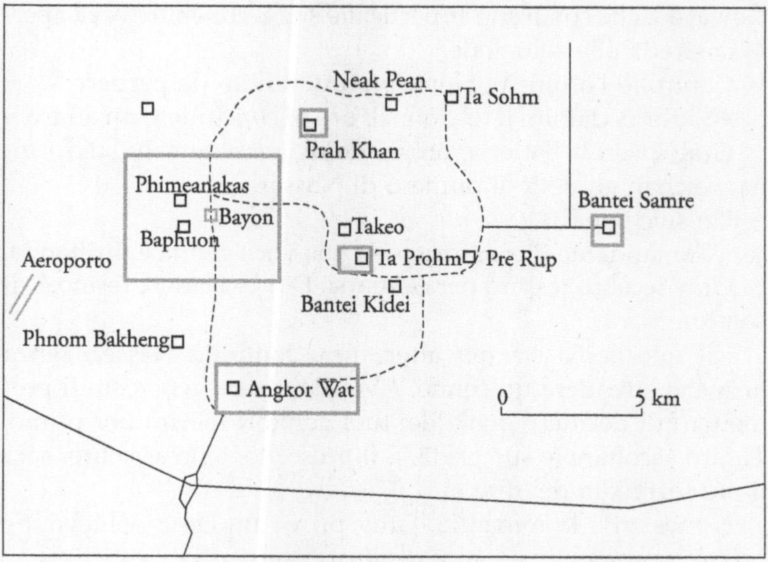

«Notate la disposizione dei templi», continuò Seichan. «A quanto ho sentito raccontare, si ritiene che la configurazione di queste rovine sia ispirata alle stelle.»

Gray sollevò la mappa stellare e la piazzò accanto al computer.

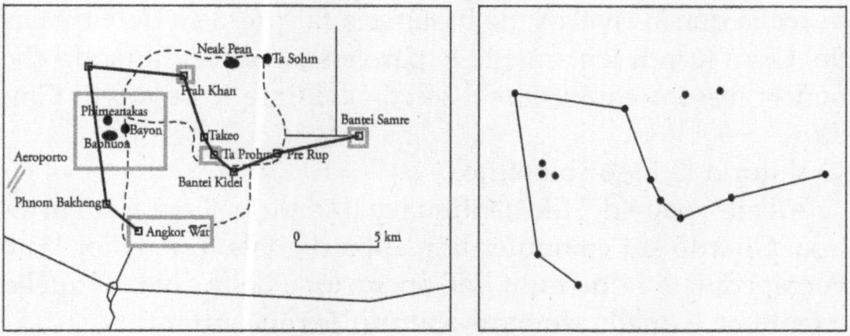

«Combaciano perfettamente», sentenziò Vittorio. «La Città dei Morti è l'antica città di Angkor Wat.»

Gray strinse il braccio di Seichan. Lei si tese, ma non si scostò. Gray aveva un debito di gratitudine con tutti, persino con

Kowalski, che con il suo superficiale suggerimento aveva aperto la strada alla soluzione.

Controllò l'orologio. Non c'era un minuto da perdere.

« Vittorio, dammi il telefono. È ora di concludere un affare. »

Gray inserì la batteria, pregando di avere un colpo di fortuna. Seichan gli dettò il numero di Nasser.

Un solo squillo.

« Comandante Pierce », rispose una voce gelida e furibonda.

Gray fece un respiro per calmarsi. Doveva essere fermo e risoluto.

« Il mio aereo sta per atterrare », continuò Nasser, senza neanche attendere un cenno. « Voglio essere generoso: ti permetterò di decidere quale dei tuoi genitori morirà per primo. Ti farò ascoltare le sue grida. E il prescelto, te lo assicuro, sarà il più fortunato dei due. »

Nonostante la minaccia, Gray provò un certo sollievo. Se Nasser non mentiva, i suoi genitori erano ancora vivi.

Confortato da quel pensiero, mantenne un tono pacato, anche se i muscoli della mascella gli dolevano per lo sforzo. « Ti offro qualcosa in cambio della loro vita. »

« Non hai nulla da offrire », ringhiò Nasser.

« E se ti dicessi che ho risolto il codice dell'obelisco? »

Silenzio.

« Nasser, so dove sorge la Città dei Morti. » Temendo che neanche quella rivelazione bastasse a far presa su quel bastardo, Gray scandì lentamente le parole successive, in modo che non vi fossero equivoci. « E so come curare il Ceppo di Giuda. »

Vittorio lo fissò sbigottito.

All'altro capo del filo continuava il silenzio. Gray restò in attesa. Guardò sul computer la mappa digitale di Angkor Wat. Percepiva che i due rami dell'operazione della Gilda - quello scientifico e quello storico - stavano per incontrarsi.

Ma chi sarebbe stato schiacciato nel mezzo?

Infine Nasser rispose, con voce tremante di rabbia: « Cosa vuoi? »

EPIDEMIA

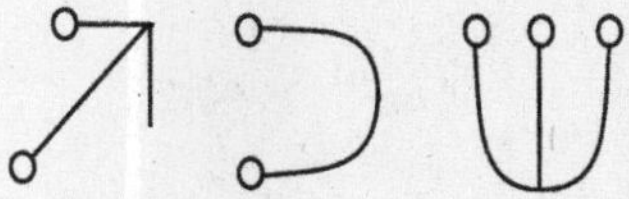

13

STREGA REGINA

Isola di Pusat,
7 luglio, mezzanotte

Il battito dei tamburi era più forte del rombo dei tuoni. I fulmini illuminavano la giungla di intensi bagliori verdi e neri, profilati dai riflessi argentei delle foglie bagnate.

A petto nudo, Monk percorreva un'ansa ripida, trascinando per mano Susan. Nelle ultime due ore avevano seguito quel sentiero al buio, attendendo a volte che un fulmine rivelasse dove compiere il passo successivo. A causa della pioggia, la curva si era trasformata in un torrente in piena, mentre il resto della giungla era un fitto intrico di viticci avvinghiati, cespugli spinosi e tronchi soffocati dalle radici e dal fango.

E così continuavano a seguire il sentiero, diretti in alto, sempre più in alto.

Ryder era dietro di loro. Portava l'unica pistola a disposizione, una Sig Sauer 9 mm P228 con rifiniture in Teflon. Sfortunatamente non aveva munizioni di riserva. Solo i tredici colpi del caricatore nella pistola.

Non si metteva bene.

Monk sapeva che, quando la tempesta fosse cessata, la giungla sarebbe stata setacciata dagli uomini di Rakao. Quell'isola era la loro base operativa e lì erano di casa. Monk non s'illudeva di riuscire a evitare di essere catturati.

Si voltò a guardare un'apertura nella giungla. Erano saliti di circa trecento metri. A un chilometro e mezzo di distanza, al centro della laguna, campeggiava la colossale nave da crociera. Da qualche parte a bordo c'era la sua collega, strappata alla morsa dei letali calamari.

Ma era ancora viva?

Finché non l'avesse saputo per certo, Monk non avrebbe abbandonato la speranza.

Per Lisa e per sé.

Aveva bisogno di alleati.

I tamburi continuavano il loro battito costante, sempre più intenso e incalzante, quasi servisse a scacciare il tifone.

Monk attraversò una frangia di rami, carichi d'acqua e curvati verso il basso. Dinanzi a lui scorse un bagliore tremolante.

Falò.

Fece altri due passi e si arrestò.

Solo in quel momento si rese conto che non erano soli. Ai lati del sentiero sostavano delle sentinelle, seminascoste dalla fitta vegetazione, ma chiaramente appostate all'aperto, per essere notate. Gli uomini erano a petto nudo e portavano ampi copricapi d'erba intrecciata. Avevano i volti cosparsi di grasso e cenere, che ne oscuravano completamente i tratti. Avevano i nasi perforati da zanne di verro bianche e lustre e da costole ingiallite. Le braccia erano circondate da fili di piume variopinte e gusci di lumache.

Con un grido, Ryder alzò la pistola.

Le sentinelle rimasero immobili.

Monk abbassò il braccio di Ryder. « Non spaventare gli indigeni. » Quindi fece un passo avanti, alzando le mani.

Un uomo della tribù si spostò sul sentiero. Indossava un corsaletto d'ossa e cuoio, ed era cinto in vita da un gonnellino di piume. Aveva gambe e piedi cosparsi di grasso e cenere. Era armato della scapola aguzza di qualche animale. Almeno Monk sperava fosse un animale.

Udì un fruscio dietro di sé e intuì che la strada alle loro spalle era già stata sbarrata. Il falò si fece per un istante più luminoso.

« Pare che ci abbiano invitato a una festa », disse Monk, cingendo Susan con un braccio.

Ryder li seguì, la pistola in mano.

Se si fosse messa male, avrebbero usato i tredici proiettili del miliardario per fuggire a suon di spari. Ma, per il momento, Monk sapeva che la migliore linea di condotta era la collaborazione.

Il sentiero culminava in un ripido versante di roccia vulcanica, nel quale era stato ricavato un anfiteatro naturale, coperto da un fitto tetto di palma. L'acquazzone drenava in una cascata di pioggia dal bordo della copertura, creando una cortina d'acqua.

Oltre lo scroscio, illuminati da un enorme falò, Monk individuò alcuni uomini impegnati a battere e ribattere su due immensi tamburi appesi alle pareti di roccia. Ogni battito scuoteva la lieve cascata che, dal tetto di palma, scendeva sul pavimento di roccia vulcanica.

Nella spianata di fronte a loro grufolava un verro, che all'avvicinarsi degli estranei indietreggiò con un grugnito. Altri maiali ammassati sotto una sporgenza si strinsero assieme, groppa a groppa.

Monk fece strada a Susan oltre la cortina di acqua e sotto la spaziosa sporgenza. Rabbrividì mentre la pioggia gli cadeva sul petto nudo. Il calore del fuoco all'interno era accogliente, a differenza del fumo che era soffocante e fastidioso per gli occhi, mentre usciva a fatica da un'angusta canna fumaria sul tetto di palma.

Intorno al fuoco si era radunata una folla di persone, alcune in piedi, altre accovacciate. Monk giudicò che fossero più di un centinaio. Uomini e donne a seno nudo. Ma le pareti erano punteggiate di caverne, da cui facevano capolino altri volti. Alcuni bambini nudi guardavano a bocca aperta, con gli occhi spalancati. Uno cullava un porcellino pezzato.

A un segnale, i tamburi tacquero di colpo con una nota rimbombante. Il silenzio era intimidatorio.

« Monk! »

Sbigottito, lui si voltò. Premuta contro le sbarre di bambù di una gabbia, campeggiava una figura snella. Indossava una camicia lacera e un paio di boxer bianchi sporchi di fango.

« Jessie? »

Il giovane infermiere era ancora vivo!

Ma, prima che potessero continuare la loro lacrimevole e accorata riunione, si fece avanti una presenza imponente. Anche se *imponente*, per la tribù, significava poco più di un metro e mezzo. A guardare quel vecchio con la barba grigia, sembrava che gli avessero venduto un vestito di pelle di due taglie più grande. Pure lui era unto e cosparso di cenere. Portava una sorta di zucca rovesciata sul membro e un'accozzaglia di piume purpuree fra i capelli, dritti in testa come per uno spavento. Nient'altro.

Monk capì che era il capo.

Era il momento di esibirsi per guadagnarsi la cena... O, piuttosto, per non *diventare* la cena.

Alzò il braccio verso l'anziano. « *Boogla-boogla rah!* » intonò solennemente, quindi azionò la levetta sul polso dell'altra mano.

Libera dai contatti elettromagnetici, la mano artificiale cadde sulla roccia vulcanica.

Dalla folla si levò un suono meravigliato.

Il capo indietreggiò d'un passo.

Monk abbassò il braccio, guardando la mano a terra.

Oltre a sembrare di pelle autentica, la protesi era un capolavoro d'ingegneria della DARPA: incorporava un sistema di controllo dei nervi periferici tramite i punti di contatto in titanio del polso. Disponeva anche di meccanismi all'avanguardia nel campo della bioingegneria, in modo da permettere un riscontro sensoriale e dei movimenti di altissima precisione.

Ma era solo metà della storia.

Il moncherino era incassato in una polsiera polisintetica, fissata chirurgicamente al braccio di Monk e collegata ai fasci nervosi e ai tendini muscolari. A dire il vero, costituiva l'altra metà della sua protesi. La mano poteva anche essere il *braccio,* ma la polsiera era a tutti gli effetti la *mente.*

Con le dita sane, manovrò i contatti in titanio della polsiera.

Monk eseguiva sempre quel numero alle feste. Perché quella doveva essere diversa?

La polsiera e la mano disponevano di collegamento wireless.

La mano mozzata si alzò sulle dita e cominciò a spostarsi sulla roccia come un ragno a cinque zampe.

Questa volta il cannibale fece un salto all'indietro e finì nel falò. Urlò e si allontanò con un balzo.

Monk gli sguinzagliò dietro la mano.

Adesso, intorno a loro tre, si era fatto il vuoto.

Nel frattempo, Ryder aveva spinto Susan sotto il versante della scogliera.

Monk avanzò verso il fuoco. Ipotizzando che nessuno dei presenti parlasse inglese, era costretto ad arrangiarsi con urla e con colpi sul petto nudo. Tuttavia non bastavano a spaventare quel popolo superstizioso. Doveva conquistarli. Era il momento di attuare un colpo di Stato americano sull'isola dei cannibali.

Indicò Susan. Al suo segnale, la donna aprì la camicia presa in prestito da Monk, mentre Ryder le sfilò dalle spalle la vestaglia ospedaliera. Susan alzò le braccia, rimanendo a seno nudo come le donne locali.

Peccato che lei brillasse nell'ombra.

Fra la gente della tribù si diffuse una soffocata meraviglia.

Lo stesso Monk fissava Susan a bocca aperta. Era ancora più luminosa di quando l'aveva vista per la prima volta. Molto più luminosa. La pelle brillava d'un chiarore interno che la rendeva quasi traslucida.

Ryder gli rivolse un cenno del capo, incalzandolo a continuare.

Frastornato, lui si ricompose, avanzò verso Susan, s'inginocchiò e gridò l'unica parola che conosceva del linguaggio dei cannibali, insegnatagli da un pirata sdentato.

Un nome.

« *Rangda!* »

La regina dei cannibali dell'isola, la signora dei demoni *luminosi* della laguna.

Luminosi come Susan.

« Rendiamo omaggio alla strega regina! »

Ore 01.04

Devesh entrò nella stanza di Lisa e batté il bastone.

Lei sapeva di non poter più tergiversare. Prima, mentre veniva trascinata sulla nave dal pontile, era svenuta fra le braccia delle guardie, cogliendole di sorpresa e piombando sul ponte con un tonfo.

Nella caduta si era squarciata il labbro, ma aveva agito così per sembrare convincente. Non era stato difficile. Con il polpaccio ferito, il corpo escoriato in centinaia di punti dagli artigli dei calamari predatori e i polmoni ancora sofferenti per il quasi annegamento, solo l'adrenalina l'aveva tenuta in piedi.

Così si era accasciata a terra, perdendo addirittura conoscenza per qualche istante.

Grazie a quel trucco, era stata trasportata di corsa nella suite adibita ad ambulatorio, dov'era stata curata dal medico della nave e da un membro dello staff dell'Organizzazione Mondiale della Sanità. La sua gamba era stata pulita e suturata, assieme agli altri tagli più profondi. Le era stata applicata una flebo a base di liquidi, antibiotici e antidolorifici. Adesso era sdraiata nella sua vecchia stanza, una cabina interna priva di oblò, e sorvegliata. Sotto il leggero lenzuolo, il corpo era un intreccio di bende, garze e cerotti.

Le cure non le erano state somministrate per pietà o compassione. Avevano un solo scopo: accertarsi che potesse parlare della dichiarazione che aveva fatto a Devesh.

Il Ceppo di Giuda. So cosa sta facendo.

Devesh aveva bisogno di Lisa, soprattutto dopo che Susan Tunis era svanita nell'isola sferzata dalla tempesta. Lei aveva temporeggiato, chiedendo a Devesh di affidare alcuni incarichi al responsabile dei laboratori clinici.

La giustificazione: verificare e confermare le sue ipotesi.

Ma non avrebbe potuto tirarla ancora per le lunghe.

«Allora», esordì Devesh. «Gli esiti sono arrivati. È il momento di fare la nostra chiacchieratina. In caso non gradissi ciò che sento, cominceremo a invertire le sue cure mediche. Immagino che la riapertura delle ferite la convincerà a collaborare.» Quindi fece un cenno all'infermiera in attesa.

Il deflussore della flebo fu subito estratto e le venne applicato un cerotto sul braccio.

Lisa si alzò a sedere. La stanza vacillò leggermente, poi si stabilizzò.

Da gentiluomo qual era, Devesh le allungò uno spesso accappatoio di cotone con il logo della nave. Lisa si alzò, nuda sotto una leggera vestaglia ospedaliera. Accettò l'accappatoio per coprirsi e strinse con forza la cinta.

«Da questa parte, dottoressa Cummings.»

A piedi nudi, Lisa fu condotta verso il reparto di malattie infettive.

La porta era aperta. Si udivano delle voci.

Seguendo Devesh all'interno, Lisa riconobbe subito due volti familiari: il batteriologo Benjamin Miller, suo confidente sin dall'arrivo, e il tossicologo olandese Henri Barnhardt. I due specialisti erano seduti a un lato dello stretto tavolo.

Lisa si guardò intorno. Parte della suite era ingombra di apparecchiature scientifiche, quasi tutte sottratte all'attrezzatura di Monk: microscopi a fluorescenza, spettrometri a scintillazioni e gamma, incubatrici al diossido di carbonio, centrifughe refrigerate, microtiter e lettori per piastre ELISA (*Enzyme Linked Immuno Sorbent Assay*, Prova di Immunoassorbimento Enzima-coniugato) e, a ridosso di una parete, un piccolo collettore di frazioni.

Molte università non disponevano di tutti quegli strumenti.

All'altro lato del tavolo c'era la dottoressa Eloise Chénier, virologa della Gilda e responsabile del laboratorio di malattie infettive. Vicina alla sessantina, i capelli brizzolati e un paio di occhiali da lettura appesi a una catenina al collo, sembrava una sorta di maestrina d'altri tempi.

La virologa indicava un paio di computer alle sue spalle. Su uno schermo confluivano i dati, mentre sull'altro erano visualizzate varie finestre sovrapposte.

Stava terminando una spiegazione rivolta a Henri e Miller, con spiccata inflessione francese. « Abbiamo acquisito un'eccellente quantità di virus immergendo un campione del liquido cerebrospinale in una serie di tamponi, per poi fissarlo con glutaraldeide e pellettizzarlo tramite centrifuga. »

La Chénier notò il loro arrivo e fece cenno di avvicinarsi al tavolo.

Devesh si unì alla collega mentre Lisa si sedeva su uno sgabello accanto a Henri. L'uomo le piazzò una mano sul ginocchio con aria rassicurante. Quindi le lanciò un'occhiata, come a domandarle: *Tutto bene?*

Lei annuì.

« Abbiamo completato le analisi secondarie che ha richiesto, dottoressa Cummings », disse Devesh. « Forse adesso potrebbe spiegarcene il motivo. »

Il suo sguardo accusatorio gravava pesantemente su di lei.

Lisa trasse un respiro profondo. Se voleva sopravvivere, doveva dire la verità, sperando che bastasse a far dimenticare il suo tradimento.

Ricordava la prima lezione di Devesh: rendersi utili.

Lisa procedette per gradi, riferendo di aver scoperto lo strano bagliore retinico negli occhi di Susan. Ma, mentre parlava, scorgeva già un balenio d'incredulità nello sguardo di Devesh.

Quindi si rivolse a Henri, cercando conferma. « È riuscito a eseguire l'analisi di fluorescenza sul campione di liquido spinale? »

« *Ja*. Il campione di liquido ha rivelato una bassa fluorescenza. »

La Chénier concordò. « Ho esaminato il campione io stessa. Il pellet batterico era luminescente. Si tratta di cianobatteri. »

Miller, il batteriologo, concordò.

Lo scetticismo di Devesh mutò in interesse. Tornò a concentrare lo sguardo su Lisa. « E, da questo, lei ha determinato che i batteri si sono spostati dal cervello, passando per il nervo ottico, sino a colonizzare i liquidi oculari. Perciò ha ordinato la seconda rachicentesi. »

Lei annuì. « Vedo che il dottor Pollum non è presente. È riuscito a completare l'analisi proteica della struttura virale? »

In realtà quel test non era necessario, ma le aveva fatto guadagnare un paio d'ore di tregua.

« Ho i risultati », intervenne la Chénier, avvicinandosi a un computer. « Potrebbe interessarle sapere che, dalle analisi genetiche, siamo riusciti a classificare il virus nella famiglia dei *Bunyavirus*. »

« Ne stavamo discutendo prima del suo arrivo », spiegò Henri. « Di norma i *Bunyavirus* infettano le specie aviarie e mammifere, provocando febbri emorragiche, ma di solito il vettore della trasmissione è l'artropode. Tramite il morso di mosche, zecche o zanzare. »

Fece scivolare di fronte a lei un taccuino. Aveva tracciato il diagramma del percorso dell'infezione.

Uomo → Insetto (artropode) → Uomo
(infetto) *(portatore sano)* *(infetto)*

«Per la diffusione del morbo sono necessari gli insetti», proseguì Henri. «È raro che i *Bunyavirus* si trasmettano direttamente da un essere umano all'altro.»

Lisa si strofinò le tempie. «A differenza del Ceppo di Giuda.» Prese una matita e alterò il diagramma. «Invece di un insetto, utilizza una cellula batterica.»

Uomo → Batteri → Uomo
(infetto) *(infetto)*

Henri trasalì. «Sì, ma per quale motivo...»

Le sue parole furono interrotte dagli spari. Tutti sobbalzarono.

Persino Devesh lasciò cadere il bastone. Con un'imprecazione, lo recuperò e si diresse alla porta. «Voi restate qui.»

Seguirono altri spari, accompagnati da grida gutturali.

Lisa si alzò. Cosa stava succedendo?

Ore 01.24

Devesh radunò due guardie e raggiunse in fretta la postazione di sicurezza a metà ponte, accanto agli ascensori. Il fuoco automatico si scatenava a raffiche sporadiche, che nello spazio ristretto risuonavano fragorose come detonazioni.

In mezzo alle esplosioni riecheggiavano le grida.

Tenendo le guardie di fronte a sé, Devesh procedette con maggiore cautela. Il cordone di sicurezza era presidiato da sei uomini.

Il capo, un imponente soldato originario della Somalia, notò Devesh e si avvicinò. «Signore, dai reparti a poppa è uscita una dozzina di malati. Si sono lanciati contro di noi. Siamo stati attaccati.»

Il capo indicò una delle guardie, con in mano un'arma insanguinata. Aveva la manica arrotolata, rivelando la ferita profonda di un morso.

Devesh avanzò di un passo e, con aria indifferente, rivolse un cenno all'uomo ferito. «Isolatelo.»

Oltre la postazione di sicurezza, si estendeva un corridoio che conduceva a poppa. Alcune porte erano aperte, altre chiuse. Lungo il corridoio c'erano corpi crivellati di proiettili, il sangue inzuppava il pavimento. I due più vicini - una donna obesa nuda e un adolescente a torace scoperto - erano avvinghiati. Sui cadaveri, Devesh notò le eruzioni delle vesciche e i bubboni neri.

Si sforzò di mantenere il controllo. La sezione poppiera di quel ponte ospitava i pazienti più debilitati, in modo che fossero subito disponibili per la squadra di ricercatori. Devesh aveva delineato delle norme rigide per il trattamento di quei pazienti. Errori simili non erano tollerati. Non quando era così vicino al successo.

«Ho chiamato rinforzi», disse il capo delle sentinelle. «Quando abbiamo aperto il fuoco, alcuni dei malati si sono gettati nelle stanze aperte. Dovremo snidarli.»

Nel corridoio, si levò un gemito.

Un uomo si alzò su un gomito. L'altra spalla era un lago di sangue. Indossava un camice ospedaliero: un medico colpito durante la sparatoria.

«Aiutatemi», implorò.

Alle sue spalle spuntò una mano che lo afferrò per il colletto. Un'altra gli artigliò i capelli. L'uomo gridò mentre veniva trascinato attraverso la porta. In corridoio spuntavano ancora le gambe.

Il capo delle sentinelle lanciò uno sguardo a Devesh, chiedendo il permesso di procedere.

Devesh scosse la testa.

Le grida del medico cessarono di colpo, ma le gambe continuarono a battere con ritmo agonizzante.

Devesh non provava nessuna compassione. Udì un trepestio di stivali sulla tromba delle scale: stavano arrivando i rinforzi.

Devesh distolse lo sguardo, ma agitò un braccio in direzione del corridoio. «Sterminateli.»
«Signore?»
«Il ponte intero. Ripulitelo. Cabina per cabina.»

Ore 01.54

Lisa ascoltava le raffiche di fucile e le grida.
Nessuno parlava.
Infine tornò Devesh. Aveva l'aria imperturbata, solo il volto era un po' arrossato. Puntò il bastone verso Lisa. «Venga con me. C'è una cosa che vorrei farle vedere.» Girò i tacchi e si allontanò risoluto.
Lei si alzò e lo seguì, affrettandosi per tenersi al passo.
Devesh la condusse oltre il cordone di sicurezza, in fondo al corridoio successivo.
Era un mattatoio. I muri erano schizzati di sangue e i corpi giacevano ammucchiati a ridosso delle pareti, massacrati dal fuoco automatico.
Lisa tentò di deglutire, soffocata dal fetore.
Ai lati del corridoio, le porte delle cabine erano tutte aperte. Passando, Lisa diede un'occhiata all'interno e individuò altri cadaveri contorti e insanguinati. Qualcuno era stato colpito ancora ammanettato al letto.
Altri spari...
Più avanti, da una cabina uscirono due guardie con i fucili fumanti che si spostarono nella stanza successiva.
«Sta massacrando i pazienti...» sussurrò Lisa.
«Stiamo facendo pulizia, tutto qui.» Devesh alzò un braccio e rivolse un cenno vago di fronte a loro. «Questa è la seconda evasione. Un'ora fa, un paio di pazienti sono fuggiti mozzandosi le dita per liberarsi. Hanno attaccato il loro medico, uccidendolo prima di poter essere fermati. In un tale stato di follia, questi pazienti sono forti, drogati di adrenalina, dimentichi del dolore.»
Lisa ripensò al video del marito di Susan Tunis, delirante e aggressivo. E adesso cominciava anche lì.

Devesh tornò a guardarla. « A giudicare dagli esami elettroencefalografici, pare che lei avesse ragione. La patologia sembrerebbe una forma di eccitazione catatonica, accompagnata da gravi attacchi psicotici. »

Si udirono altri spari, che la fecero sobbalzare.

In risposta alla sua reazione, l'uomo sospirò. « È per la salvezza di tutti. È in corso un rapido peggioramento delle condizioni dei pazienti. In tutta la nave. Con la penuria di scorte mediche, dobbiamo essere efficienti. Una volta che i malati sviluppano un tale livello di debilitazione, rappresentano una seria minaccia per chi li circonda e non servono più a nulla. »

Lisa comprese il significato recondito di quelle parole. Devesh e la Gilda stavano usando i pazienti della nave come coltura per il Ceppo di Giuda, raccogliendo gli organismi patogeni letali come potenziali armi biologiche. E, come dei campi che avevano dato tutti i loro frutti, Devesh li stava ripassando con l'aratro.

« Perché mi ha portato qui? »

« Per mostrarle questo. » Devesh si fermò davanti all'unica porta ancora chiusa. Aprì l'uscio con la chiave e lo tenne aperto per lei.

L'aggredì un odore più intenso.

Lisa varcò la soglia buia, non sapendo cosa aspettarsi. Era una cabina interna, simile alla sua: un bagnetto, un divano, un televisore e una cuccetta.

Devesh accese le luci. Le lampadine emanarono un tremolante luccichio, per poi stabilizzarsi con un basso ronzio fluorescente.

Lisa indietreggiò, portandosi la mano alla bocca.

Fra le lenzuola e i cuscini fradici, era sdraiato un corpo. Le gambe nude erano legate ai piedi del letto, le mani alla testiera. Sembrava che gli fosse esplosa una bomba nel ventre, scavandogli l'addome. I soffitti e le pareti erano macchiati di sangue rappreso.

Dov'erano finiti i suoi organi interni?

« Abbiamo trovato dei pazienti che si cibavano di lui », spiegò Devesh. « La loro mente era marcita oltre misura. »

Lisa fu scossa da un brivido violento. Di colpo provava fastidio per essere scalza, seminuda sotto l'accappatoio.

« Avevamo già assistito a un simile fenomeno », continuò Devesh. « In questo stato di eccitazione catatonica, il virus sembra stimolare un appetito vorace. Insaziabile, a dire il vero. Abbiamo osservato una di queste vittime ingozzarsi al punto da farsi scoppiare lo stomaco. Eppure continuava a mangiare. »

Oddio...

Lisa ebbe bisogno di un altro istante per assimilare il significato di quelle parole. « L'avete *osservato*? Dove... »

« Dottoressa Cummings, non crederà che stessimo studiando solo Susan Tunis. Per essere precisi, stiamo cercando di comprendere il morbo in tutte le sue sfaccettature. Anche il cannibalismo. La fame insaziabile presenta una straordinaria analogia con la sindrome di Prader-Willi. Le è familiare? »

Lisa scosse la testa con aria assente.

« Si tratta di una disfunzione dell'ipotalamo che scatena un appetito insaziabile. Una sensazione di inedia infinita. È una rara imperfezione genetica. In parecchi casi, chi ne è affetto muore in giovane età per ernia intestinale dovuta a ingozzamento. »

La fredda spiegazione di Devesh aiutò a riportarla al presente, anche se faticava ancora a respirare.

« L'autopsia cerebrale di uno di questi pazienti psicotici ha rivelato un danno all'ipotalamo, simile alla patologia degli individui affetti da Prader-Willi. E, combinato all'eccitazione catatonica e allo stimolo adrenalinico, insomma... » Devesh indicò il letto.

Lisa sentì lo stomaco rivoltarsi. Poi notò il viso della vittima: le labbra agonizzanti, gli occhi fissi e assenti, la corona di capelli grigi... Era il paziente N.N., quello che soffriva del morbo mangiacarne. Grazie a Susan, adesso conosceva persino il cognome del paziente.

Applegate.

Lisa uscì di corsa dalla stanza.

Gli occhi di Devesh brillarono di oscuro divertimento. Lei comprese che quel bastardo l'aveva portata lì di proposito, seminuda, stremata, sapendo che avrebbe identificato l'uomo. Era solo un'orribile forma di sadismo.

« Così adesso sa cos'abbiamo davvero per le mani. Immagini gli eventi amplificati a livello mondiale. È questa la minaccia che sto cercando di prevenire. »

Lisa si trattenne dal ribattere bruscamente.

« Ci troviamo di fronte a una pandemia », continuò Devesh, percorrendo il corridoio in direzione dell'ala scientifica. « Prima che l'Organizzazione Mondiale della Sanità fosse avvertita della crisi, i primi pazienti sono stati trasportati in aereo a Perth, in Australia. Prima ancora, i turisti in visita all'Isola di Natale si sono spostati ai quattro angoli del globo: Londra, San Francisco, Berlino, Kuala Lumpur. Non sappiamo quanti sono stati infettati dalla prima esposizione come la dottoressa Susan Tunis, ma non ne occorrono molti. Senza un'adeguata disinfezione come quella che applichiamo qui, la diffusione del virus potrebbe essere già in atto. » Devesh la riaccompagnò nel laboratorio di virologia. « Così, adesso, forse lei sarà un po' più sincera e collaborativa. »

Il loro ingresso fu accolto da sguardi interrogativi.

Lisa si limitò a scuotere la testa, lasciandosi cadere sullo sgabello.

Una volta che si furono accomodati, la dottoressa Eloise Chénier si alzò dalla sedia di fronte al computer. « In vostra assenza, ho aperto i file del dottor Pollum. Ecco lo schema proteico che lei ha richiesto. Tratto dal virus presente nella melma tossica. »

La dottoressa indietreggiò perché tutti potessero vedere l'immagine che ruotava sul monitor.

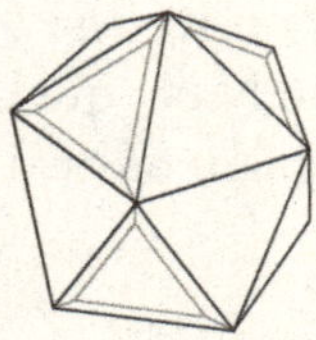

Raffigurava la struttura icosaedrica del virus: venti sezioni triangolari che formavano una sfera, simile a un pallone da calcio. Solo che alcuni triangoli sporgevano per via delle proteine alfa, mentre altri erano infossati dalle proteine beta.

«Può arrestare la rotazione?» chiese Lisa.

La Chénier cliccò sul mouse e l'immagine si fermò.

«Adesso, sull'altro monitor, può visualizzare la mappa proteica del virus ricavata dal liquido cerebrospinale di Susan Tunis?»

Un istante più tardi, comparve un secondo pallone da calcio che ruotava. Lisa si avvicinò per studiarlo. Questa volta cliccò sul mouse da sola, fermando l'immagine dove voleva.

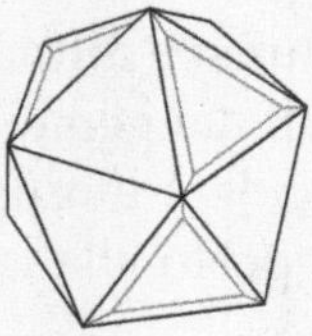

Guardò gli altri.

Devesh scrollò le spalle. «Allora? Mi pare identica all'altra.»

«Provate a immaginarle affiancate.»

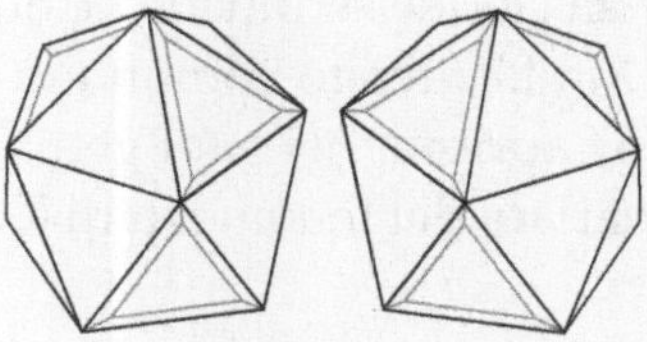

Henri si alzò, con gli occhi sgranati. «*Non* sono identiche!»

Lisa annuì. «Sono immagini speculari. A uno sguardo superficiale potrebbero sembrare uguali, ma in realtà sono l'esatto opposto. Isomerismo geometrico. Due aspetti della stessa struttura geometrica, che si rispecchiano a vicenda.»

«*Cis* e *trans*», commentò la Chénier, usando il termine medico che definisce due facce della stessa medaglia.

Lisa indicò il primo schermo. «Questa è la forma *trans*, la forma maligna del virus. Infetta i batteri e li trasforma in assassini.» Rivolse un cenno all'altro schermo, che raffigurava il virus estratto dal cranio di Susan. « Questa è la forma *cis*, ovvero il virus benigno, in grado di curare. Come già sappiamo, il virus *trans* rende tossici i batteri, per indebolire le barriere del sangue cerebrale e penetrare così nel territorio vergine del cervello. Si porta addirittura compagnia. »

« I cianobatteri », affermò Miller. « I batteri luminescenti. »

« E, di norma, le tossine prodotte dai batteri corrompono il cervello in maniera tale da innescare l'eccitazione catatonica unita alla psicosi. Invece, nel caso di Susan, è accaduto qualcos'altro. Quando ha aggredito il suo liquido cerebrale, il virus è mutato dalla forma maligna *trans* alla forma benigna *cis*. Una volta mutato, il nuovo virus si è diffuso e ha cominciato a riparare tutti i danni perpetrati dal gemello cattivo, curando la paziente e facendola sprofondare in uno stato di stupore che ne agevola la guarigione, opposto alla fase di eccitazione maniacale degli altri pazienti. »

« Anche se la sua opinione fosse corretta », intervenne Henri, « e credo che lo sia, cos'ha di tanto speciale la struttura biochimica di Susan per innescare un tale mutamento? »

Lisa scrollò le spalle. « Scommetto che, nei prossimi giorni, osserveremo la stessa trasformazione anche in altri pazienti. Susan è stata infettata cinque settimane fa, quindi è troppo presto per giudicare. Ma lo ritengo comunque un evento rarissimo. Uno sporadico capriccio nei suoi geni. Per fare un esempio, lei ha sentito parlare del fenomeno di Eyam durante l'epidemia di peste? »

La Chénier alzò una mano quasi fossero in un'aula scolastica. « Io sì. »

Lisa annuì. Era ovvio che un'esperta in malattie infettive conoscesse quel caso.

« Eyam era un paesino inglese », spiegò la Chénier. « Nel XVII secolo, il villaggio è stato colpito dalla peste. Ma, un anno più tardi, gran parte degli abitanti era ancora viva. La genetica moderna ha rivelato il motivo. Gli abitanti presentavano una rara mutazione in un gene chiamato Delta 32. Era un'anomalia benigna trasmessa da un familiare all'altro e, complice l'endogamia in una comunità tanto isolata, una bella porzione della popolazione aveva acquisito la mutazione. Quella particolarità genetica li ha resi immuni alla peste.»

«State suggerendo che la nostra paziente presenta l'equivalente del Delta 32 contro il Ceppo di Giuda?» intervenne Devesh. «Un'accidentale proteina che ha mutato, dal punto di vista enzimatico, il virus dentro di lei da *trans* a *cis*?»

«Forse non è tanto accidentale», mormorò Lisa. «Solo una piccolissima percentuale del nostro DNA è funzionale a tutti gli effetti. Il tre per cento, a essere precisi. Il restante novantasette per cento è considerato spazzatura genetica. Non è codificato. Ma una parte del DNA spazzatura presenta una notevole somiglianza con il codice *virale*. È opinione corrente che tale codifica possa assolvere un ruolo protettivo, per aiutarci a sopravvivere a future malattie.» Mentre Lisa proseguiva, ripensava al corpo dell'amico di Susan, attaccato e divorato. «Come il cannibalismo, per esempio. I marcatori genetici riscontrati in tutto il mondo dimostrano che gran parte degli esseri umani dispone di un apparato di geni specifico contro le malattie, che può essere stato acquisito soltanto attraverso l'ingestione di carne umana. Tali scoperte suggeriscono che i nostri antichi predecessori potessero essere tutti cannibali. Forse Susan presentava un simile marcatore genetico che ha protetto il suo cervello dall'attacco del Ceppo di Giuda. Un residuo della nostra storia genetica, sepolto nel nostro passato collettivo.»

«Intrigante come sempre, dottoressa Cummings.» Devesh dondolava avanti e indietro sulle dita dei piedi, chiaramente eccitato. «Ma, se la mutazione è stata un caso sporadico o è stata innescata da un eventuale marcatore genetico virale che ha radici nel nostro passato, non conta davvero. Adesso possiamo sfruttare queste conoscenze per produrre una cura!»

La Chénier sembrava meno sicura. «È probabile. Saranno necessari altri studi. Per fortuna abbiamo una nave traboccante di pazienti su cui testare potenziali regimi di trattamento. Ma, prima, ci occorreranno altre quantità di virus *cis*.»

«Non si preoccupi», replicò Devesh. «Rakao e i suoi uomini stanno già setacciando l'isola e presto avremo di nuovo con noi Susan Tunis.» Devesh si rivolse a Lisa. «Adesso è il momento di discutere della sua punizione.»

Quasi avesse ricevuto l'imbeccata, una figura avanzò di un passo, con una sacca in mano.

I lunghi capelli neri erano raccolti in una treccia.

Surina.

Ore 03.14

Monk risaliva lo scosceso tornante, seguendo il posteriore nudo di un cannibale. Un'altra dozzina di uomini della tribù percorreva il sentiero scavato nella roccia dinanzi a lui. Alle sue spalle, seguiva almeno una quarantina di uomini.

Il suo esercito di cannibali.

La pioggia si riversava dai cieli bui. Ma almeno il vento si era placato e sui picchi frastagliati soffiava solo qualche sporadica raffica. Monk aveva scelto di proposito quel momento per salire: erano nell'occhio del ciclone.

Continuò ad avanzare. Sebbene il sentiero fosse scavato nel profondo della roccia, lo scroscio di pioggia rendeva le pietre scivolose e insidiose al punto che, talvolta, erano costretti a strisciare carponi.

Monk si guardò alle spalle.

Ryder e Jessie erano esattamente dietro di lui. In fila alle loro spalle, seguivano gli uomini della tribù, vestiti di piume, conchiglie, cortecce d'albero, artigli d'uccello e ossa.

Parecchie ossa.

La squadra d'assalto improvvisata era armata di lance corte, archi e mazze appuntite. Ma c'erano anche fucili da caccia e una piccola quantità di vecchie armi russe e statunitensi, oltre a sacche zeppe di caricatori e cartucce. A quanto pareva, i cannibali non avevano scambiato solo carne di bipedi con i pirati che condividevano la loro baia.

Da quell'altura, Monk disponeva di un'ampia visuale della laguna. Al centro, la *Mistress of the Seas* brillava come una torta di nozze inzuppata. Era il loro obiettivo.

Sembrava che i cannibali fossero fermamente intenzionati a soddisfare ogni desiderio della regina Rangda.

E Rangda voleva quella nave da crociera.

I suoi ordini erano tradotti dal giovane Jessie. Parlava malese, che, in quanto lingua ufficiale dei pirati, era compresa da quasi tutti i cannibali. Fissavano con enorme soggezione il giovane infermiere, che capiva la lingua della loro regina ed era in grado di trasmettere i suoi desideri. La donna aveva persino schioccato un bacio sulla guancia dell'interprete, benedicendo il giovane infermiere.

Nessuno osava disobbedirgli.

Sebbene Jessie fosse stato determinante per organizzare l'attacco, il piano era di Monk.

Si volse a guardare la nave da crociera. Con le acque sicuramente sorvegliate, non sarebbero mai riusciti a sferrare un attacco via mare. E arrivarci a nuoto non era certo un'opzione da prendere in considerazione. Anche da quell'altezza, Monk notava gli sporadici lampi sfrecciare per tutta la laguna sottostante. La tempesta ne aveva risvegliato gli abitanti e li aveva indotti a cacciare nei fondali bassi.

Quindi era rimasta una sola possibilità.

Monk salì fino al tetto del mondo. Raggiunse i giganteschi supporti e le corde massicce che ancoravano il reticolato che copriva la bocca del vulcano.

Osservò la parte inferiore della rete. La pioggia si riversava da quel punto, filtrando dalla vegetazione mimetica intrecciata nella parte superiore. Quelle foglie dovevano essere cambiate spesso, e Monk ipotizzava che non fosse compito dei pirati.

A riprova di quella teoria, un cannibale scattò verso la fune più vicina e cominciò a scalarla a piedi nudi. Svanì attraverso la rete. All'improvviso, comparve una scaletta di corda.

Iniziarono a salire.

«Jessie, puoi ancora tornare da Susan, sulla spiaggia», disse Monk. «Vi recupereremo più tardi.»

Il ragazzo si scostò dagli occhi i capelli zuppi di pioggia. «E chi ti farà da interprete?» Prima che Monk potesse obiettare, l'infermiere si aggrappò alla scala e prese a salire in tutta fretta.

Ryder lo seguì a ruota, dando una pacca sulla spalla a Monk mentre passava. Una volta che il miliardario ebbe attraversato la rete, Monk salì sul gradino inferiore della scala, tornando a guardare il suo oscuro esercito: coperto di piume, armato sino ai denti, pronto a esaudire i desideri della sua regina.

Per un istante, Monk provò un certo disagio ad abusare delle loro superstizioni. Parecchi sarebbero morti. Ma, se Lisa aveva ragione, il mondo intero era in pericolo. Lui non aveva altra scelta.

Dovevano raggiungere la nave di Ryder. Per portare Susan lontano da quella isola... e, con un po' di speranza, salvare Lisa.

Monk rifiutava di credere che la sua collega fosse morta.

S'issò sulla scala, attraverso lo sferzante intrico mimetico. Persino nell'occhio del ciclone, le raffiche di vento minacciavano di farlo volare dal suo trespolo. Si fermò su una stretta striscia di assi di legno, inchiodate sul reticolato. Era una specie di ponteggio che si estendeva lungo la rete.

L'avanguardia del suo esercito stava già avanzando, aggrappandosi alle assi del ponte.

Di tanto in tanto, il vento sibilava attraverso la rete, facendola sobbalzare e arrotolare sotto di lui. Era come cavalcare il tappeto volante di Aladino.

Monk si affrettò a seguire i cannibali. Sopra di lui, la cortina di nubi si era diradata a sufficienza da scoprire qualche stella, ma tutt'intorno le nuvole nere mulinavano in un turbinio costante. L'occhio del ciclone era più piccolo di quanto avesse sperato. Ovunque lampeggiavano i fulmini e rimbombavano i tuoni.

Quando l'occhio del ciclone si fosse allontanato dall'isola, lui e il suo esercito dovevano aver già lasciato la rete. Non voleva essere investito da una cascata d'elettricità causata da un fulmine.

Trovarsi lassù durante il pieno della tempesta avrebbe significato la morte.

Procedevano passo passo verso la loro meta.

Monk guardò sotto di sé, fra le assi. Almeno Susan era lontana dal pericolo.

Ore 04.02

Con il volto cosparso di cenere per nascondere il bagliore, Susan era seduta su un masso, sepolta nella giungla, non lontana dalla spiaggia.

Ma non era sola.

Una dozzina di uomini della tribù, la sua scorta regale, montava la guardia. Solo una donna di nome Tikal le teneva compagnia nelle vicinanze, inginocchiata accanto al masso, la fronte premuta sul fango. Non si era mossa da quando si erano fermati.

Susan aveva cercato di parlare con lei, ma la donna si era limitata a rabbrividire.

Così Susan attendeva, seduta sul suo masso. Indossava un mantello di pelle di cinghiale essiccata, coperta di piume, conchiglie e pietre levigate. In testa portava una corona di costole, legata alla fronte con una fibra di corteccia. Le ossa si allargavano verso l'esterno, simili a petali di un macabro fiore. L'avevano munita di un bastone levigato, su cui era infilzato un teschio umano.

Nonostante i macabri ornamenti, il mantello era caldo e il bastone si era rivelato utile per scendere dalle alture. La sua scorta aveva anche intrecciato un temporaneo riparo di foglie di palma, per tenere la regina all'asciutto.

Susan osservò il reticolato sopra la laguna. Sapeva di essere troppo debole per tentare di attraversarlo con gli altri. Non aveva obiettato quando Monk le aveva ordinato di scendere in spiaggia e di attendere l'esito dell'attacco dei cannibali alla nave.

Sarebbe stata una lunga veglia.

Troppo lunga.

Cominciò ad avvertire il peso di tutto ciò che era successo dopo il risveglio. Anche se lei era viva, quelli che aveva nel cuore non erano sopravvissuti.

Gregg.

Le tornò in mente il marito: il suo sorrisetto malizioso, la risata contagiosa, gli occhi scuri, il profumo muschiato della pelle, il sapore delle labbra...

Si sentì sopraffatta.

Com'era possibile che fosse svanito tutto?

Si sentiva fisicamente lacerata, sino al midollo. Avvertì la gola serrarsi e prese a tremare. Gli occhi si riempirono di lacrime luminose, che le rigarono il volto annerito dalla cenere.

Gregg...

Si dondolò a lungo, lasciandosi travolgere dal dolore. Era impossibile fermarlo. L'ondata di sofferenza aveva la forza delle maree, ineluttabile come la trazione della luna.

Ma, dopo qualche tempo, anche una marea è obbligata ad affievolirsi. Nel suo doloroso risveglio, restava un'altra sensazione primigenia, scaturita da recessi ancora più profondi, qualcosa che sino ad allora aveva evitato di riconoscere. Ma era presente, inevitabile come il suo lutto.

Susan scostò il mantello, fissandosi la pelle, luminosa per la presenza dei cianobatteri nel sudore, nei pori. Girò la mano, rivolgendo il palmo verso l'alto. Il bagliore non riscaldava la pelle, ma c'era uno strano calore: più simile a quello della febbre che non a quello della luce del sole.

Cosa le stava succedendo?

Era una biologa marina, e sapeva che i cianobatteri, comunemente noti come *alghe blu-verdi*, erano onnipresenti come il mare stesso. Si raggruppavano in miriadi di conformazioni: filamenti sottili, lamine piatte, sfere cave. Erano strumentali all'evoluzione, in quanto predecessori delle piante moderne. In passato, i cianobatteri avevano generato anche la primordiale atmosfera del pianeta, rendendo il mondo abitabile. E, da quel momento, si erano adattati ai mutamenti ecologici.

Allora cosa significava la colonizzazione del suo corpo? Che rapporto aveva con la sua esposizione al virus del Ceppo di Giuda? Non aveva nessun senso.

Nonostante tutte quelle domande, Susan intuiva una verità.

Qualcosa doveva ancora avvenire.

Lo sentiva nel profondo di sé, una sensazione che cresceva e che sfuggiva a ogni descrizione.

Scrutò la foresta, poi la laguna. Così com'era certa che il sole sarebbe sorto, Susan sapeva che la sua mutazione non era cessata.

Ore 04.18

Da un centinaio di metri di distanza, Rakao spiava la sua preda. Nascosto sotto un poncho impermeabile, teneva sulla fronte i visori notturni. Contava i bagliori rossastri, le impronte di calore corporeo, sparse ai margini della spiaggia. I suoi uomini erano il doppio dei cannibali.

Con un pugno alzato, Rakao segnalò alla squadra di schierarsi sull'altro lato, per mantenere le distanze. I suoi sgherri sapevano di doversi muovere solo al rombo dei tuoni. Gli uomini della tribù avevano i sensi sviluppati e lui non voleva spaventare la sua preda.

Rakao studiava Susan Tunis, seduta su un masso. L'uomo aveva seguito il gruppo di cannibali dalle alture sino alla laguna. Dov'erano i compagni della donna? Non potevano essere lontani.

Anche se avrebbe potuto rapirla in qualsiasi istante, era un cacciatore paziente. Mentre i suoi uomini si schieravano per l'agguato, Rakao sapeva come usare la donna nella maniera più adeguata.

Come esca.

14

LE ROVINE DI ANGKOR

Siem Reap, Cambogia,
7 luglio, ore 05.02

Sei ore di viaggio catapultarono Gray in un altro secolo e in un'altra cultura. Scese dal taxi nel cuore del vecchio quartiere francese di Siem Reap, una piccola cittadina sulle rive di un fiume, annidata fra una distesa di risaie e un enorme lago. Mancava un'ora all'alba e il luogo sonnecchiava nell'aria umida, fra il ronzio delle zanzare e il sibilo dei lampioni a gas.

Un paio di barchette venivano sospinte sulle secche del fiume, con le lampade a olio agganciate alle pertiche, mentre i pescatori coperti da ampi cappelli di bambù controllavano le trappole per i granchi o infilzavano le rane, fresco rifornimento per i ristoranti e caffè della città.

Vittorio, ingobbito e con gli occhi gonfi, aveva l'aria stremata, mentre Seichan si stirava come un gatto sonnolento, proteggendosi con una mano il fianco ferito. Con sguardo di brace, lanciò un'occhiata al loro alloggio.

Era stato Nasser a organizzare tutto.

E lì avrebbero atteso il suo arrivo. Di lì a due ore.

L'albergo, un edificio di tre piani in legno con il tetto in pietra rossa, si estendeva lungo il fiume, circondato da un curatissimo giardinio alla francese. Un tempo si chiamava Grand Hôtel des Ruines, e ospitava i turisti francesi e inglesi desiderosi di visitare il vicino complesso monumentale di Angkor, che sorgeva a soli otto chilometri di distanza. L'albergo e la cittadina erano infine caduti in disgrazia durante il sanguinoso regime dei Khmer Rossi, quando milioni di persone erano state uccise e un quarto della popolazione cambogiana era stato sterminato in uno dei più efferati genocidi di tutti i tempi. Tali atrocità, ovviamente, avevano scoraggiato il turismo. Ma, alla caduta dei Khmer Rossi, la gente era tornata. L'albergo era risorto dalle proprie ceneri, meticolosamente restaurato e ribattezzato Grand Hôtel d'Angkor.

Anche Siem Reap aveva vissuto un periodo di crescita, ma incontrollata. Sulle rive orientale e occidentale del fiume si erano moltiplicati gli alberghi e gli ostelli, assieme a ristoranti, bar, Internet café, agenzie di viaggi e miriadi di bancarelle che vendevano oggetti intagliati, cartoline, magliette e ninnoli cambogiani.

Ma, in quel momento, nelle prime ore del mattino - quando né i turisti né il sole si erano ancora alzati -, il mélange architettonico di stile asiatico e francese era ancora molto affascinante. Sulla strada per il Mercato Vecchio procedeva a passo lento un carro bestiame carico di durian dalla scorza appuntita, mentre un inserviente in giacca bianca spazzava lentamente il portico dell'hotel.

Quando Gray si avvicinò all'ingresso, l'uomo sorrise timidamente e aprì la porta.

La hall brillava di marmo e boiserie tirati a lucido ed era pervasa dal profumo degli ampi bouquet di rose, orchidee, gelsomini e loto. La cabina di un ascensore antiquato con la grata in ferro battuto era ferma accanto alla rampa di scale.

« L'Elephant Bar è dietro l'angolo », spiegò Seichan. Era lì che dovevano incontrarsi con Nasser.

Gray guardò l'orologio per la centesima volta.

« Vado a registrarci », disse Vittorio.

Gray studiò la hall. Gli agenti della Gilda erano già arrivati? Quella domanda l'aveva tormentato da quando erano atterrati a Bangkok e avevano cambiato aereo per il breve viaggio sin lì. Seichan aveva confermato che la Gilda disponeva di agenti in tutto il Sud-est asiatico, comprese la Cina e la Corea del Nord.

Gray non dubitava che Nasser avesse piazzato delle spie lungo il loro tragitto dall'isola di Hormuz alla Cambogia. Per salvare la vita ai propri genitori, era stato costretto a rivelare il luogo dove portavano le tracce risalenti al viaggio di Marco Polo: le rovine di Angkor. Quell'ammissione aveva convinto Nasser a ritardare ogni progetto immediato di eliminare gli ostaggi. Ma, con una spada di Damocle ancora sospesa sulla testa dei genitori, Gray aveva soltanto accennato alla seconda notizia bomba: la cura per il Ceppo di Giuda. Finché Nasser non fosse stato faccia a faccia con lui, fornendo prove concrete che i genitori erano stati rilasciati sani e salvi, lui non avrebbe parlato.

Così si erano accordati di incontrarsi in Cambogia.

Un baratto. Informazioni in cambio della libertà degli ostaggi.

Tuttavia Gray non era uno sciocco. Sapeva che l'egiziano non li avrebbe mai liberati. Quella era una trappola di Nasser... e una semplice tattica di temporeggiamento da parte di Gray. Lo sapevano tutti e due. Ma non avevano altra scelta se non continuare quel gioco delle parti. Tutto ciò che Gray poteva fare era tenere sulle corde Nasser, continuando ad agitargli la carota davanti agli occhi, in modo da far guadagnare più tempo possibile al direttore Crowe per trovare sua madre e suo padre.

Dopo aver parlato con Nasser, Gray aveva arrischiato una breve chiamata intercontinentale, utilizzando il telefono usa e getta di Seichan. Temendo che Nasser potesse mettere velocemente sotto controllo i ripetitori dei cellulari in quella remota regione, Gray era stato costretto ad aggiornare Painter in breve tempo. In cambio, il direttore gli aveva riferito solo brutte notizie. La Sigma non aveva rintracciato i suoi genitori e la situazione di Lisa e Monk era sconosciuta.

Painter si era di nuovo offerto di inviare dei rinforzi sul posto, ma, finché i suoi genitori non fossero stati sani e salvi, Gray non osava fare mosse azzardate. Seichan l'aveva avvertito: quello era territorio della Gilda. Qualsiasi mossa falsa avrebbe rivelato che Gray manteneva ancora dei contatti segreti con Washington. Era un vantaggio minimo, ma lui non voleva rischiare di perderlo. E, cosa più importante, se Nasser avesse subodorato che si era aperta una linea di comunicazione fra Gray e il comando della Sigma, avrebbe immediatamente ucciso i suoi genitori.

Comunque aveva corso un lieve rischio e aveva chiesto a Painter una piccola concessione. Dopodiché, doveva soltanto utilizzare bene il tempo a sua disposizione.

Aveva ancora due ore.

La porta dell'ascensore si aprì con uno scampanio. «Vedo che siete arrivati sani e salvi.»

Gray si voltò.

Nasser avanzò nella hall, con indosso un completo nero, senza cravatta. « A quanto pare possiamo anticipare la riunione. »

Dai corridoi comparvero degli uomini in divisa coloniale e berretto nero. Alle sue spalle, sul portico, Gray udì un trepestio di stivali: una ventina di soldati. Anche se non si vedevano pistole o fucili, Gray non aveva dubbi che fossero tutti armati.

Pure Kowalski lo aveva capito. Aveva già le mani alzate.

Seichan si limitò a scuotere la testa. « Neanche un bagno caldo... »

Vittorio si affiancò a Gray.

Nasser li raggiunse. « Bene, è il momento di discutere di questa cura. »

Washington,
6 luglio, ore 18.18

« A giudicare da quanto mi hai detto, Gray non ha niente da offrire alla Gilda », esclamò il dottor Malcom Jennings. « Niente che abbia un valore reale. »

Painter ascoltava in silenzio, lasciando che l'uomo terminasse il suo ragionamento. Aveva convocato nel suo ufficio il capo del dipartimento di Ricerca e Sviluppo per avere la sua opinione.

« A sentire la sua storia », proseguì Jennings, camminando di fronte alla scrivania di Painter, « Marco Polo e una manciata di altre persone sono stati protetti dal Ceppo di Giuda consumando sangue e animelle, una prelibatezza estratta dalla ghiandola del timo. E, sempre secondo il racconto, il sangue e la ghiandola erano stati presi da un altro uomo. »

« Fondamentalmente si tratta di cannibalismo. »

« O come Gray ha letto nel testo – e io ritengo sia corretto – potrebbe rappresentare una forma approssimativa di *vaccinazione*. La ghiandola del timo è una fonte *importantissima* di globuli bianchi, la difesa cellulare dalle malattie. E il sangue è un veicolo *importantissimo* di diffusione degli anticorpi contro le infezioni. Ingerendoli, in teoria, si potrebbe ottenere l'equivalente di un vaccino. »

Painter assentì. « È quello che Gray ritiene abbia protetto i compagni di Polo. »

« Ma una simile rivelazione non offre una cura reale », obiettò Jennings. « Da dove provenivano la ghiandola e il sangue? Non certo da uno dei malati. Servirebbe solo a infettarsi. Manca un tassello del rompicapo. Perché tale cura funzioni, sarebbe necessario raccogliere globuli e anticorpi di un individuo guarito, sopravvissuto al Ceppo di Giuda. È un circolo vizioso. Occorre una cura per trovare una cura. »

« E nella storia di Marco Polo non c'è nulla che possa fornire qualche indizio? »

Il dottore scosse lentamente la testa.

Come Painter temeva, Gray stava portando avanti un pericoloso bluff. Amen Nasser non era certo uno sciocco. Con il suo inganno, Gray poteva solo sperare di prendere tempo. Ma, da quando lui aveva perso le tracce degli ostaggi dopo l'irruzione nella macelleria, era un rischio inutile. Painter sperava che Jennings potesse avere qualche nuova intuizione.

Invano.

« Quindi pare che la storia di Marco porti a un vicolo cieco », ammise infine Painter.

« Non necessariamente. Comunque c'è qualcos'altro di cui vorrei discutere. Potrebbe persino ricollegarsi a questo argomento. Se hai un minuto... »

In realtà Painter non aveva neanche trenta secondi. Fissò la pila di rapporti sulla sua scrivania. In fondo al corridoio, la moglie di Monk, Kat, monitorava la sorveglianza satellitare dell'arcipelago indonesiano. Grazie alla sua esperienza pregressa nei servizi segreti, Kat si era rivelata abilissima a ottenere assistenza dalle altre agenzie e a orchestrare delle ricognizioni di piattaforme satellitari incrociate. Tuttavia, ostacolati dalla tempesta in corso, non erano ancora riusciti a localizzare la nave da crociera.

Agitato e teso come una corda di violino, Painter confidava che Jennings non gli avrebbe fatto perdere tempo con delle banalità. « Cosa vuoi farmi vedere? »

L'altro indicò uno degli schermi al plasma. « Vorrei tenere

una videoconferenza con Richard Graff. Sta aspettando la mia chiamata.»

«Graff?» domandò Painter. «Il ricercatore che lavorava con Monk sull'Isola di Natale?»

«Esatto.»

Era stato il dottor Graff ad avvertire le autorità del dirottamento della nave da crociera. Al momento, l'oceanografo era in quarantena a Perth.

«Hai letto il suo rapporto alle autorità australiane?» domandò Jennings.

Painter annuì.

«Ma da allora ha scoperto qualcosa di strano.»

Painter accennò allo schermo. «D'accordo. Fammi vedere.»

Jennings girò intorno alla scrivania e avviò la videoconferenza. «Ci siamo.»

Sullo schermo comparve l'immagine tremolante dello scienziato. Il dottor Graff indossava una divisa ospedaliera blu e aveva il braccio al collo.

Furono fatte le presentazioni... anche se Jennings spacciò lui e Painter per due ricercatori dello Smithsonian Institute.

«Può mostrare ciò che ha scoperto?» domandò Jennings. «Credo sia il caso che lo veda anche il mio collega.»

«L'esemplare è proprio qui.» Graff sgusciò via dallo schermo, per ricomparire subito dopo con in mano un enorme oggetto rosso.

«È un granchio?» domandò Painter.

«*Gecarcoidea natalis*», specificò Jennings. «Il granchio rosso dell'Isola di Natale.»

Graff confermò con un cenno del capo e posò il granchio sul tavolo. Le enormi chele erano bloccate con degli elastici. «Questo bastardello - o meglio un'orda di suoi simili - ha contribuito a salvarmi la vita.»

Incuriosito, Painter si alzò e si avvicinò allo schermo.

Graff afferrò il granchio e lo liberò. Subito l'animale cominciò a zampettare sul tavolo e Graff si affrettò all'estremità opposta per intercettarlo.

«Non capisco», commentò Painter. «Cosa volete farmi vedere?»

«Il dottor Kokkalis e io trovavamo strano che questi granchi non fossero morti durante l'esposizione tossica, però il loro comportamento ne era rimasto sicuramente influenzato. Si attaccavano e si mangiavano a vicenda. Così ho pensato di studiarne il comportamento.»

Mentre parlava, Graff aveva posato due volte il granchio, ma, a prescindere dal punto in cui lo posizionava, l'animale si voltava puntando dritto allo stesso angolo del tavolo.

Strano.

Graff illustrò la propria supposizione. «Il granchio dell'Isola di Natale ha un sistema nervoso estremamente ricettivo che lo guida durante le migrazioni annuali. Come gran parte dei crostacei. Ma, a quanto pare, l'esposizione tossica ha alterato il sistema nervoso del granchio, trasformandolo nell'equivalente di una bussola fissa. Il granchio si muove sempre nella stessa direzione.» L'uomo depositò il granchio in una cassetta. «Una volta che sull'isola si saranno calmate le acque, gradirei effettuare dei test su altri granchi per vedere se sono mutati in maniera analoga. È uno studio affascinante. Sarei lieto di redigere quella proposta di assegnazione di fondi per la ricerca cui ha accennato prima, dottor Jennings.»

«Si tratta certo di un'anomalia intrigante, dottor Graff», ribatté Jennings. «Il mio collega e io ci consulteremo in merito e la ricontatteremo. Grazie di averci dedicato il suo tempo.»

La chiamata venne interrotta e lo schermo tornò nero. Ma Jennings continuò a digitare sul computer di Painter. Sul monitor si visualizzò una nuova immagine computerizzata, un globo terrestre. «Quando ho saputo di questa anomalia, ho raccolto i dati del dottor Graff e ho tracciato la traiettoria del granchio.» Intorno al globo comparve una linea punteggiata. «Credevo che i miei risultati non provassero nulla, finché non mi hai mandato il rapporto del comandante Pierce.»

Il globo ruotò e sullo schermo comparve l'immagine ingrandita dell'Asia sudorientale. La linea punteggiata attraversava l'Indonesia e procedeva dritta sino in Cambogia.

Jennings tamburellò sullo schermo, sottolineando un punto attraversato dalla traiettoria del granchio. «Angkor Wat.»

«Stai suggerendo che...»

«Una coincidenza piuttosto strana. Mi spinge a domandarmi se questo granchio non sia stato riprogrammato per andare laggiù.»

«Se hai ragione, la pista di Marco potrebbe non essere un vicolo cieco, dopotutto. Laggiù dev'esserci qualcosa.»

Jennings annuì. «Ma cosa?»

Siem Reap, ore 05.32

Vittorio ricordò a se stesso di non giocare mai a poker con Gray.

Il comandante sedeva su una chaise longue di giunco nel bar dell'hotel. A quell'ora il locale era chiuso, ma Nasser aveva affittato la sala per avere privacy. L'Elephant Bar prendeva il nome dalle due enormi zanne ricurve vicine all'ingresso. Sempre su quel tema, la lounge era arredata con mobili di bambù con stampe zebrate e tigrate.

Gray era seduto di fronte a Nasser, dalla parte opposta di un tavolino di vetro.

Seichan era sdraiata su un divano, mentre Kowalski era al bancone, scrutando la distesa di bottiglie simili a gemme. Vittorio notò che l'omone continuava a spiare Gray e Nasser dallo specchio del bar.

Non che si potesse fare granché.

Gli uomini di Nasser erano appostati a tutte le uscite e costeggiavano le pareti.

Con uno stridore metallico sul vetro, Nasser ripose sul tavolo uno dei *paitzu* d'oro. Prima ancora di cominciare a discutere della cura, l'egiziano voleva verificare che le rovine di Angkor fossero effettivamente il luogo in cui Marco Polo aveva incontrato per la prima volta il virus del Ceppo di Giuda. Gray aveva posizionato gli oggetti ritrovati di fronte a lui, spiegando i passaggi della loro ricerca.

Vittorio era in piedi e guardava dall'alto l'iscrizione angelica, la carta stellare e la mappa delle rovine.

« E questa cura? » chiese infine Nasser.

Vittorio si sforzò di non trasalire. Durante il volo, Gray aveva espresso il suo parere in merito alla storia di Marco Polo: la teoria della vaccinazione attraverso il cannibalismo. Era intrigante, ma, in ultima analisi, non offriva una cura reale.

A Bangkok, Gray aveva tentato di far salire Vittorio su un altro volo. « È troppo pericoloso. Torna in Italia. »

Ma lui aveva rifiutato. Oltre al fatto che Nasser aveva richiesto la presenza di *tutti*, Vittorio aveva le proprie ragioni per continuare. Da qualche parte fra quelle rovine era scomparso frate Agreer, un religioso che si era sacrificato per salvare Marco e gli altri. Vittorio non poteva ignorare un gesto tanto coraggioso e altruistico. Ma aveva avanzato anche un'altra obiezione a Gray. « Gli indigeni che hanno offerto la cura individuarono qualcosa in frate Agreer, una certa comunanza. Perché lui? Al di là del racconto di Marco Polo, potrebbe essere utile un altro religioso per trovare tutte le risposte. »

Benché non fosse affatto convinto, Gray aveva acconsentito.

Inoltre Vittorio aveva un'ultima ragione per stargli accanto. Qualcosa che aveva notato negli occhi del giovane. Disperazione. Gray stava giocando il tutto per tutto. La loro presenza in Cambogia, alla mercé di Nasser, ne era la prova. Le ultime speranze erano riposte in Painter Crowe e nel fatto che avrebbe trovato il modo di salvare gli ostaggi, concedendo libertà d'azione al suo agente sul campo.

Ma Gray avrebbe retto la pressione?

Sicuramente la sua capacità analitica era compromessa.

Vittorio abbassò lo sguardo sulla distesa di mappe e iscrizioni angeliche.

Per esempio, come aveva fatto Gray a lasciarsi sfuggire quell'elemento?

« La cura », insistette Nasser. « Dimmi cosa sai. »

Gray restò freddo e controllato, senza neanche una goccia di sudore sulla fronte. « Ti darò il numero di un armadietto dell'aeroporto di Bangkok. Dentro c'è il terzo rotolo di seta. In quell'ultimo documento, Marco descrive la cura. È divisa in due parti. Io ti comunicherò la prima parte, gratis. »

Nasser si spostò sulla sedia e sollevò un sopracciglio.

«Dopodiché, in segno di buona fede, tu libereresti uno dei miei genitori. A quel punto, ti rivelerò il numero dell'armadietto e potrai verificare le mie parole. Siamo d'accordo?»

«Dipende da quello che sentirò.»

Gray si limitò a fissarlo, senza battere ciglio.

Vittorio sapeva che era una tattica per ritardare il più possibile la rivelazione. Il rotolo era stato effettivamente riposto in un armadietto dell'aeroporto di Bangkok, ma non esisteva una seconda metà della cura.

«Ecco la storia raccontata nel terzo rotolo», esordì Gray.

Mentre il suo compagno parlava, Vittorio continuava a studiare i reperti allineati sul tavolo. L'agente della Sigma si attenne alla verità, sapendo che avrebbe guadagnato più tempo esponendo la realtà dei fatti anziché mentendo. Quando Gray avesse terminato, Nasser avrebbe fatto le chiamate necessarie, disposto che il rotolo fosse recuperato dall'armadietto e tradotto. La scoperta del rotolo avrebbe confermato in parte la storia di Gray, aumentando le probabilità che Nasser si bevesse qualsiasi menzogna successiva. Ma, anche se non fosse stato convinto, a quel punto almeno uno degli ostaggi sarebbe stato in salvo.

Quello era il piano.

Gray terminò la narrazione. «Quindi è chiaro che il cannibalismo è servito come mezzo per vaccinarsi dal morbo. Ma, prima di rivelare il procedimento esatto, voglio avere la prova che uno dei miei genitori è stato liberato.»

Nasser tacque per un istante, quindi parlò in tono pacato. «Così, in realtà, ci occorre qualcuno che sia guarito dal Ceppo di Giuda. Allora potremo produrre il vaccino dai suoi globuli bianchi e anticorpi.»

Gray non proferì parola: diede solo una leggera scrollata di spalle, facendo intendere che prima di tutto si aspettava la liberazione di un ostaggio.

Nasser aprì il telefono e digitò un tasto. «Annishen, scegli un ostaggio.» L'egiziano restò in ascolto. «Perfetto... Uccidilo.»

Ore 05.45

Gray reagì d'istinto e si allungò sul tavolo.

Ma Nasser aveva già rivolto un segnale a uno degli uomini. Nella testa di Gray esplose un dolore lancinante. Perse la vista in un lampo accecante e rotolò sul pavimento con un tonfo.

Adesso aveva cinque pistole puntate su di lui.

E altre tenevano Seichan e Kowalski sotto scacco.

Vittorio restò in piedi a braccia conserte.

Nasser non si era mosso e aveva ancora il cellulare all'orecchio. «Rimani in attesa, Annishen. Per il momento.» Abbassò il telefono, coprendo metà del ricevitore con una mano. «Pare che sia la fine, comandante Pierce. L'ultimo rotolo di Marco Polo conferma soltanto ciò che ho già saputo dagli agenti della Gilda in Indonesia. L'équipe scientifica è giunta alla stessa conclusione. Una potenziale cura risiede nel corpo di una sopravvissuta. Una donna che, si dà il caso, *brilla*, come rivela la storia di Polo.»

Gray scosse la testa. Non per negare, ma perché gli era difficile capire le parole di Nasser. Il sangue gli martellava nelle orecchie, assordandolo. Il suo piano era fallito.

«Quindi pare che la nostra ricerca storica si sia ricongiunta a quella scientifica. È la fine dei giochi. Per te e per i tuoi genitori.»

Gray sentì il mondo crollargli addosso.

«Basta!» intervenne Vittorio, fissando Nasser. «Lei avanza parecchie ipotesi, giovanotto. Ipotesi che non saranno utili né a lei né ai suoi compagni.»

«Sarebbe a dire?» Nasser mantenne un tono civile.

«I suoi scienziati hanno già testato la cura?» Vittorio si lasciò sfuggire un lieve sbuffo. «Scommetto di no. Le vostre sono soltanto congetture, forse supportate dal racconto di Marco Polo. Ma siamo ben lontani dalla certezza. Mi spiace, ma sono costretto a confutare la sua affermazione secondo cui la ricerca storica è conclusa. Sì, è probabile che si sia ricongiunta a quella scientifica, ma, anziché terminare, credo sia il caso di dire più precisamente che le due piste si sono *fuse*. Non abbia tanta fretta di mettere da parte la Storia. Non ancora, giovanotto. La ricerca continua.»

Gray cercava di interpretare le parole di Vittorio: stava bluffando o diceva la verità?

Nasser sospirò. «Apprezzo il suo tentativo. Ma non vedo perché proseguire questa ricerca. Da qui in avanti, è lavoro per gli scienziati.»

Adesso fu Seichan a sbuffare. «Ecco perché non arriverai mai ai vertici della Gilda, Amen. Scarichi sempre la responsabilità sugli altri. Ti suggerisco di ascoltare monsignor Veroni.»

Nasser la guardò con astio, ma poi tornò a rivolgersi a Vittorio. «La mappa di Marco punta alle rovine. Fine.»

Vittorio prese la mappa del parco archeologico di Angkor. «Questo sito si estende per circa centosessanta chilometri quadrati. È un territorio molto esteso. A lei sembra un punto d'arrivo?»

«E lei propone di setacciare tutto il sito? A che scopo? Abbiamo la cura.»

Vittorio scosse la testa. «Non c'è bisogno di setacciare l'intero complesso. Marco ha indicato espressamente il luogo che più ci interessa.»

Nasser si girò verso Gray, pronto a minacciarlo, gli occhi neri fissi su di lui.

Vittorio si frappose tra loro. «Il comandante Pierce non sta nascondendo nulla. Non conosce questa scoperta. Lo giuro sulla mia anima.»

Nasser si accigliò. «E invece lei sì.»

«Esatto. Le dirò tutto, se mi dà la sua parola che lascerà vivere i genitori del comandante Pierce.»

I tratti del volto di Nasser si irrigidirono di sospetto.

«Non le chiedo di liberarli. Mi ascolti, sono sicuro che la convincerò della mia buona fede.»

Gray notò una traccia d'incertezza nell'atteggiamento di Nasser.

«Va bene», disse infine l'egiziano. «Mi convinca.»

«E lei, da uomo d'onore, terrà in vita i genitori di Gray?»

Nasser agitò una mano. «D'accordo. Per ora. Ma se si sta prendendo gioco di me...»

« Non sto mentendo. » Vittorio sistemò sul tavolo tre fogli di carta: la mappa di Angkor, il codice angelico dell'obelisco e la riproduzione dei tre simboli incisi sui *paitzu*. Indicò il codice angelico.

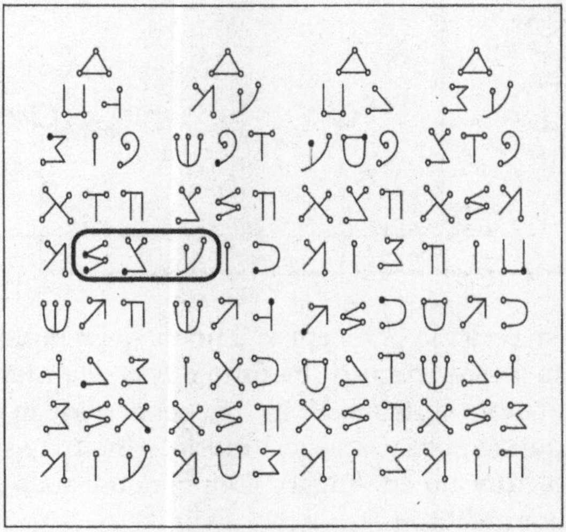

« Come ha già riferito il comandante Pierce, i segni diacritici anneriti rappresentano i templi del sito di Angkor. »

Nasser annuì.

« Ed ecco di nuovo i tre simboli delle chiavi. »

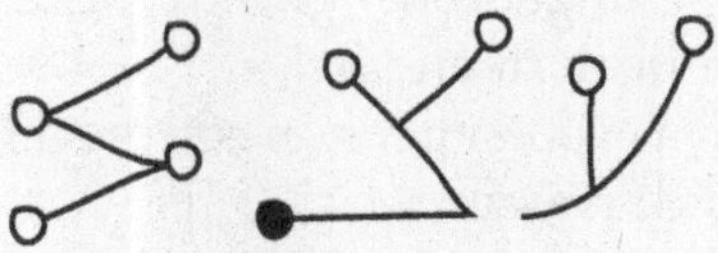

« Adesso metta a confronto i tre simboli con quelli cerchiati nell'iscrizione. Cosa nota di diverso? »

« Sui simboli dell'obelisco ci sono tre cerchi anneriti », rispose Nasser.

« Che rappresentano tre templi », ribatté Vittorio. « Ora, quanti cerchi anneriti ci sono fra i simboli delle chiavi? »

« Uno solo », rispose Gray. Prima era stato così sicuro di aver risolto l'enigma, da non riuscire a vedere appena oltre l'apparenza. « Quel cerchio annerito non rappresenta solo il castello portoghese, ma anche un tempio! » Prese la mappa ed evidenziò il monumento corrispondente.

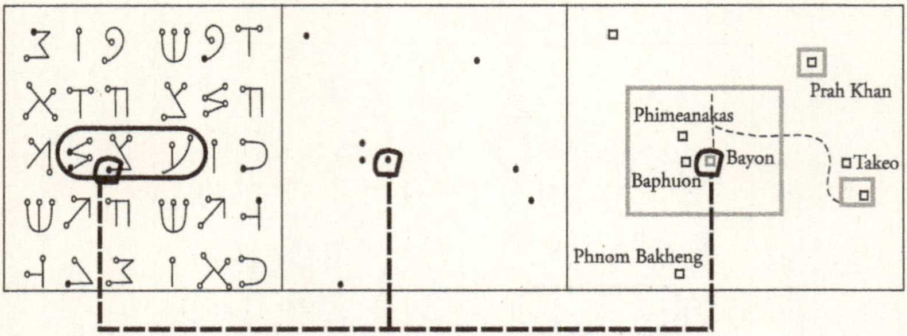

Nasser si avvicinò per leggere il nome del tempio. « Bayon. Ma come fa a essere sicuro che tutto questo sia rilevante? »

« Bayon è stato costruito all'incirca nel periodo in cui Marco perlustrò questa zona », spiegò Vittorio. « Inoltre è stato l'ultimo tempio edificato ad Angkor. Dopo, non è stato eretto più nessun monumento. »

« Ma cosa c'è in quel tempio? » domandò Nasser.

Vittorio scrollò le spalle. « Non ne ho idea. Forse c'è la sorgente del Ceppo di Giuda... In ogni caso, perché interrompere la ricerca proprio quando si è giunti a due passi dalla meta? »

Nasser si guardò intorno.

« Possiamo raggiungerlo nel giro di mezz'ora », intervenne Seichan. « Vale la pena di andarci. »

Gray non voleva esporsi per non correre il rischio di alimentare la diffidenza di Nasser.

Vittorio non era così pavido. « Marco ha fatto di tutto perché il tempo non cancellasse la sua avventura proprio in quel luogo. I teologi vaticani hanno escogitato una serie di trucchi raffinati per nasconderne le prove senza però distruggerle. Persino la gente del luogo sostiene che il tempio custodisce ancora molti tesori nascosti. Tutto ciò richiede un'indagine. »

Kowalski alzò la mano. « E io devo fare un goccio d'acqua. Non sto scherzando. »

Nasser si alzò. « Va bene, andiamo. Ma, se per mezzogiorno

non avremo scoperto nulla, fine dei giochi.» Si portò il telefono all'orecchio. «Annishen, sospendi l'esecuzione.»

Gray tese la mano e strinse il ginocchio di Vittorio sotto il tavolo.

Grazie.

Il prelato ricambiò con uno sguardo che diceva: *Non siamo ancora in salvo...*

«Ho dato la mia parola a monsignor Veroni», proseguì Nasser. «Ma dobbiamo essere sicuri di poter contare su una sincera collaborazione da parte del comandante Pierce.» Gli occhi dell'egiziano si fissarono su Gray. «Per ogni ora in cui non otterremo risultati soddisfacenti, taglierai un dito. E, visto che siamo rimasti bloccati qui per più di un'ora, puoi tagliare quel dito anche subito.»

Nasser chiuse il telefono.

Gray sapeva che sarebbe stato meglio tacere, ma le parole gli uscirono di bocca prima che potesse fermarle. «Maledetto bastardo, ti ammazzerò.»

Imperturbabile, Nasser distolse lo sguardo. «A proposito, l'ostaggio che Annishen ha scelto è tua madre.»

Washington, ore 18.55

Quando le sfilarono il cappuccio dalla testa, Harriet intuì che c'era qualcosa che non andava.

Sino a quel momento era rimasta rinchiusa in una stanzetta. Adesso si trovava in un seminterrato di un magazzino abbandonato. Lo spazio era immenso, con pavimenti e pareti di cemento. Al soffitto correvano travi e tubi d'acciaio, e delle catene pendevano da pulegge arrugginite. Il locale puzzava d'olio di motore e gomma bruciata.

Non c'era nessuna finestra, solo qualche lampadina che gettava chiazze di luce nell'oscurità. Su un lato saliva una scala di metallo. Accanto, un vecchio montacarichi aperto.

A un paio di metri di distanza da lei, Annishen era appoggiata a un tavolo, con il cellulare all'orecchio. A quanto pareva, stava ascoltando qualcuno parlare. Sul tavolo, vicino a un paio di tenaglie e una piccola fiamma ossidrica, campeggiava una pistola. Altri tre uomini pattugliavano il seminterrato buio.

Direttamente di fronte a Harriet, su una sedia simile alla sua, era accasciato il marito. Aveva i polsi ammanettati, come lei. Lo sorvegliava uno dei tre uomini. Ma Jack non era una minaccia. La testa ciondolava e un rivolo di saliva gli correva lungo il mento. Gli avevano sfilato i pantaloni. Si era urinato addosso, bagnandosi la parte anteriore dei boxer. Alla gamba sinistra, dal ginocchio in giù, era fissata la protesi.

Harriet sentiva il peso delle pillole nella tasca della felpa.

Gli occhi le si velarono di lacrime.

Terminando la chiamata con uno schiocco del cellulare, Annishen fece un cenno a uno dei suoi uomini. «Toglile le manette.»

Dopo essere stata liberata, Harriet si strofinò i polsi.

Cosa stava succedendo?

Obbedendo a un segnale di Annishen, l'uomo trascinò vicino al tavolo la sedia su cui era seduta Harriet.

Lo stridio dell'acciaio sul cemento risvegliò il marito. «Harriet... Che ore sono?»

«Va tutto bene, Jack», mormorò lei teneramente. «Torna a dormire.»

«Ha dormito abbastanza», affermò Annishen. «Alla fine le pillole che gli hai dato hanno fatto effetto. Ma è giunto il momento di svegliarsi, dormiglione.» Gli sollevò il viso con una mano, poi si rivolse alla guardia. «Tienilo così. Deve vedere lo spettacolo.»

Jack non oppose resistenza.

Annishen tornò accanto al tavolo, pulendosi la saliva di Jack sul pantalone. Dopo un cenno del capo della donna, la guardia appostata dietro la sedia di Harriet le afferrò la mano e le bloccò il polso sulla scrivania.

D'istinto, Harriet cercò di resistere, ma l'uomo si limitò a strattonarle ulteriormente il braccio, sino a bloccarle l'ascella contro il bordo del tavolo. Harriet avvertì sulla guancia il freddo della canna di una pistola, tenuta dal terzo guardiano.

«A quanto pare, siamo obbligati a dare una lezione a tuo figlio, signora Pierce.» Annishen prese la fiamma ossidrica e l'accese. Con un sibilo acuto, dal cannello spuntò una fiamma bluastra. «Per cauterizzare la ferita.»

«Cosa vuole fare?»

Annishen sollevò le tenaglie. «Quale dito tagliamo per primo?»

Siem Reap, ore 06.01

Gray viaggiava sul sedile posteriore di un furgone nero. Seichan era premuta contro il suo fianco: erano inchiodati fra due guardie armate. Nasser era sul sedile anteriore, affiancato da altre guardie.

Kowalski e Vittorio li seguivano sulla vettura alle loro spalle. Altri due furgoni viaggiavano davanti e dietro, gremiti di uomini in divisa coloniale.

Nasser non correva rischi.

Attraverso il parabrezza, Gray osservava con aria assente le guglie di Angkor Wat sorgere dalla foschia: cinque imponenti torri a forma di pannocchia di granturco, illuminate dai raggi del sole nascente. Angkor Wat era il primo dei tanti templi che si estendevano per circa centosessanta chilometri quadrati di rovine. Era anche quello più grande e meglio conservato: era considerato il simbolo della Cambogia, con il suo immenso dedalo di camere, mura, torri merlate, sculture e statue. Solo quel tempio copriva due chilometri quadrati ed era circondato da un ampio fossato.

Ma non era la loro meta. Erano diretti più a nord, ad Angkor Thom. Anche se non era grande come Angkor Wat, le rovine di Thom ospitavano il grande tempio di Bayon.

Un tonfo scosse il furgone.

Gray si vide riflesso nello specchietto retrovisore. Aveva le guance infossate, le labbra screpolate e la barba incolta sembrava un'escoriazione nera. Solo negli occhi balenava un'espressione dura, alimentata dalla rabbia e dal desiderio di vendetta. Ma, in fondo al cuore, gli restavano solo il dolore e il senso di colpa.

Forse percependo che l'uomo stava sprofondando in una disperazione paralizzante, Seichan gli prese la mano. Non era un gesto di tenerezza. La strinse con forza, scavando con le unghie, strappandolo dall'orlo di quel baratro.

Nasser notò il gesto e comparve l'ombra di un sorriso sprezzante, che svanì subito. « E io che ti credevo più furbo, comandante. Ti sta già fottendo? »

« Chiudi quella cazzo di bocca », replicò Gray.

Nasser rise, una volta sola, secco, divertito. « No? Peccato. Almeno ne ricaveresti qualcosa. »

Seichan sfilò la mano da quella di Gray. « Fottiti tu, Amen. »

« Non più, Seichan. Non dopo averti cacciata a calci dal mio letto. » Gli occhi di Nasser si puntarono su Gray. « Lo sapevi che una volta eravamo amanti? »

Lui scoccò uno sguardo a Seichan. Di sicuro Nasser stava mentendo. Come poteva lei... con quel bastardo che aveva appena ordinato di torturare sua madre?

Seichan rifiutava di incrociare lo sguardo di Gray e fissava con astio Nasser.

« Ma è tutto finito », esclamò Nasser. « Eravamo in competizione per fare carriera nella Gilda. Ci mancava l'ultimo gradino per raggiungere il vertice. Ma abbiamo avuto una divergenza di opinioni, su come arrivare a te. »

« Di che accidenti stai parlando? »

« Seichan voleva usare qualche stratagemma per indurti a collaborare di tua spontanea volontà e convincerti ad aiutare la Gilda nella ricerca relativa a Marco Polo. Io, invece, volevo un approccio più diretto. Sangue e coercizione. Un metodo da uomini. Quando il suo piano è stato rifiutato dall'organizzazione, Seichan ha cercato di prendere le redini del gioco. Ha ucciso il curatore veneziano, ha rubato l'obelisco ed è salita su un volo per gli Stati Uniti. »

Seichan incrociò le braccia, ricambiandolo con uno sguardo disgustato. « E tu sei ancora incazzato nero perché sono arrivata prima di te sulla preda. Ancora una volta. »

Gray studiò Seichan. *Tutte le chiacchiere sul fatto di salvare il mondo, possibile fossero menzogne?*

« Così io l'ho seguita negli Stati Uniti », continuò Nasser. « Sapevo dov'era diretta. È stato abbastanza facile tenderle una trappola.»

«Ma non sei riuscito a uccidermi», lo schernì lei. «Dimostrando ancora una volta la tua incompetenza.»

Lui fece un gesto con le dita. «Per tanto così. Comunque ti sei attenuta al tuo piano, non è vero? Sei andata dal comandante Pierce. Sapevi che sarebbe venuto a salvarti. Tu e Gray contro il resto del mondo!» Scoppiò in una risata volgare. «O lo stai ancora prendendo in giro?»

Seichan si limitò a una smorfia di derisione.

Nasser tornò a rivolgersi a Gray. «È soltanto ambiziosa. Spietata. Passerebbe sopra la madre morente per arrivare ai vertici della gerarchia.»

Seichan si protese in avanti. «Almeno non sono rimasta inginocchiata in silenzio mentre mia madre veniva uccisa di fronte ai miei occhi.»

Il volto di Nasser s'irrigidì.

«Vigliacco», mormorò Seichan, ricadendo indietro sul sedile con un ghigno di soddisfazione. «Hai persino ucciso tuo padre mentre ti voltava le spalle. Non sei riuscito neanche a guardarlo in faccia.»

Nasser si distese verso di lei, una mano dritta alla gola della donna.

D'istinto, Gray lo bloccò.

Forse non avrebbe dovuto.

Eppure Nasser si tirò indietro da solo. «Meglio che tu sappia con chi te la fai», disse a Gray, con aria furiosa. «Devi stare attento a quello che dici a quella cagna.»

Gray lanciò un'occhiata di traverso a Seichan, rendendosi conto che lei non aveva mai negato le affermazioni di Nasser. Ripensò agli eventi degli ultimi giorni, ma era difficile concentrarsi con la testa martellante e la paura che gli strisciava nel profondo del ventre.

Seichan aveva ucciso il curatore veneziano per arrivare all'obelisco. A sangue freddo. E, quando si erano incontrati qualche anno prima, aveva persino cercato di uccidere lui.

Le parole di Nasser gli riecheggiarono in mente.

Meglio che tu sappia con chi te la fai...

No, non lo sapeva.

In ultima analisi, non era certo di chi fidarsi.

Gray sapeva solo una cosa. Da quel momento in poi non si potevano più commettere passi falsi. Qualunque fallimento non avrebbe messo a rischio soltanto la sua vita.

Washington, ore 19.05

Harriet lottava, singhiozzando dal terrore. « La prego, no... »

Il polso era stretto nella morsa della guardia, la mano appiattita sotto il pugno dell'uomo. La fiamma ossidrica sfrigolava a qualche centimetro di distanza.

Annishen teneva le ganasce delle tenaglie aperte sulle dita di Harriet. « *An-ghin-go, tre civette...* »

Abbassò l'attrezzo verso l'anulare. Il diamante della fede di nozze scintillò.

« No... »

Si udì un sonoro *crac*.

Harriet voltò la testa mentre Annishen si raddrizzava. A due metri di distanza, la guardia che reggeva il mento di Jack per costringerlo a guardare l'imminente mutilazione gridò e indietreggiò di un passo. Le colava il sangue dal naso.

Mentre si voltava, Jack estrasse la pistola dell'uomo dalla fondina e se la rigirò fra le mani ammanettate.

« Harriet, abbassati! » avvertì, sparando nello stesso momento.

La guardia che teneva la pistola contro la guancia della donna venne colpita al petto e volò all'indietro. La pistola tintinnò nel buio. La seconda guardia lasciò il braccio di Harriet e tese la mano verso la propria arma.

Un altro sparo.

Con la coda dell'occhio, Harriet vide la guancia e l'orecchio dell'uomo esplodere in una nebbia rosso sangue. Ma la sua attenzione era tutta per Annishen. La donna aveva già preso la pistola dal tavolo. Veloce come lo schiocco di una frusta, si volse verso Jack.

Harriet, con il braccio ancora sul tavolo, afferrò la fiamma ossidrica e diresse la fiamma sulla mano e sul polso di Annishen. La donna gridò. La pistola fece fuoco. Un colpo alla cieca si abbatté sul pavimento di cemento e rimbalzò via. La manica della felpa di Annishen prese fuoco mentre lei lasciava cadere la pistola.

Jack sparò di nuovo, ma il dolore aveva reso la terrorista più veloce.

Con agilità, la donna si spostò di lato, fece ribaltare il tavolo e si tuffò in una scia di fiamme oltre una porta di servizio.

Jack sparò altri due colpi, poi si affiancò a Harriet. La strinse forte a sé, quindi corse con lei verso le scale. « Dobbiamo uscire di qui... »

Sopra di loro risuonavano già delle grida.

« Il montacarichi », disse Jack.

Una volta dentro la cabina, Jack chiuse la grata e premette il pulsante per il sesto piano. Il penultimo.

« Il piano terra sarà sicuramente sorvegliato. Meglio salire. Cercheremo un'uscita antincendio... un telefono... o troveremo un posto in cui rintanarci. »

All'altezza del piano terra, sentirono delle voci concitate. Le torce elettriche balenavano nell'oscurità. Almeno venti uomini. Jack aveva ragione. Avrebbero dovuto trovare un'altra via d'uscita o un modo per chiamare aiuto. In caso non ci fossero riusciti, avrebbero dovuto nascondersi.

Il montacarichi continuava a salire.

« Jack, come hai fatto... eri così... »

« Stordito? » Lui scosse la testa. « Cristo, Harriet, credi che sia già così malandato? So di aver avuto una crisi in albergo, scusa se ti ho colpito. »

La voce si era fatta leggermente più roca.

Harriet si strinse a lui, accettando le sue scuse. « Quando ti hanno colpito con la pistola elettrica, credevo avessi subito un danno neurologico... »

« Mi ha fatto un male cane. Ma, più tardi, quando ho capito che stavi solo fingendo di darmi le pillole, ho intuito che mi stessi suggerendo di fare la commedia, in modo che abbassassero la guardia. »

« Quindi è stata sempre una messinscena? »

« Be', mi sono pisciato addosso per davvero », ammise lui, irritato. « Ma quelli non mi portavano al gabinetto, maledizione. »

L'ascensore si fermò.

Jack le fece cenno di uscire, poi infilò la mano fra le assi della grata di legno e premette il pulsante del seminterrato, rimandando giù la cabina. « Non voglio che sappiano a quale piano siamo scesi. »

Il locale era pieno di vecchi attrezzi.

« Direi che siamo in un vecchio conservificio », disse Jack. « Non dovrebbe essere difficile trovare un posto in cui nasconderci. »

Da qualche parte, molto più sotto di loro, si levò un nuovo rumore.

Un ringhio: agitato, eccitato.

« Hanno i cani », sussurrò Harriet.

15

DEMONI DEGLI ABISSI

Isola di Pusat,
7 luglio, ore 04.45

Avevano impiegato troppo tempo ad attraversare la rete sopra la laguna.

Mentre Monk e il suo esercito strisciavano sul tetto del mondo, l'occhio del ciclone era passato sull'isola. A est, il tifone si sollevava come un'onda possente, pronto a infuriare di nuovo su di loro.

Il vento si stava già rinforzando. I tuoni rimbombavano come cannonate e i fulmini crepitavano illuminando il cielo. La pioggia si abbatteva a raffiche sferzanti.

Monk si aggrappò alle assi del ponteggio mentre la rete tremava.

La *Mistress of the Seas* galleggiava placida nella laguna, luminosa e invitante.

Le funi calavano serpeggiando dalla parte inferiore del reticolato sulla piattaforma di atterraggio in cima al Ponte Panoramico. Monk avrebbe desiderato che ci fossero ancora gli elicotteri, ma i passerotti avevano lasciato il nido prima che la nave entrasse nella laguna.

Restava solo la lancia privata di Ryder.

Calarono altre funi, in tutto una dozzina, agitate dal vento.

Jessie gridava ordini in malese. Il giovane infermiere era a soli trenta metri di distanza, ma il vento spazzava via gran parte delle sue parole. Fece cenno agli altri di calarsi. Gli uomini della tribù più vicini si gettarono di testa dalla rete, scendendo come pellicani in picchiata sul mare. Monk sbirciò sotto la rete. I tre uomini erano aggrappati alle funi. Scivolarono giù con affinata agilità mentre venivano legate altre cime.

Lentamente l'armata cominciò a calarsi dalle funi.

Monk si avvicinò a Jessie, mentre Ryder afferrava una corda e saltava attraverso la rete. Il miliardario non esitò.

Monk aveva intravisto la ragione di tanta fretta.

Il fulmine si schiantò all'estremità opposta della rete. Il tuono rimbombò, assordante. Delle scariche bluastre si sprigionarono lungo lo scheletro della volta intrecciata, ma si dissiparono prima di raggiungerli. Nell'aria c'era odore di ozono.

«State alla larga dal metallo!» gridò Monk.

Jessie annuì, ripetendo l'avvertimento in malese.

Poi Monk lo raggiunse. «Scendi.»

Jessie annuì e si apprestò ad aggrapparsi a una fune. In quel momento si formò una tromba d'aria che spazzò la cresta dell'isola. Colto alla sprovvista, il ragazzo fu spinto giù dal ponteggio e rotolò sul reticolo mimetico.

Ma la rete non resse il suo peso e si lacerò.

Monk lo afferrò per la caviglia con la mano artificiale, ma la sua spalla venne attraversata da una fiammata di dolore per lo sforzo. Il giovane infermiere era sospeso a testa in giù e urlava una litania di imprecazioni... o forse di preghiere.

«La fune!» gridò Monk.

Una delle cime era sospesa a tre metri di distanza dal ragazzo.

Monk cominciò a far dondolare Jessie, che allargò le braccia cercando di artigliare la corda. Era ancora troppo lontana, ma solo di una trentina di centimetri.

«Sto per lanciarti!»

«Cosa? No!»

Non aveva scelta.

La spalla di Monk bruciò di dolore mentre faceva dondolare Jessie per l'ultima volta. «Ora!»

Jessie arrivò all'altezza della cima. Cominciò a precipitare, scivolare, scalciare. Poi agganciò una gamba, trovò la presa e arrestò la caduta. Le labbra si mossero in una silenziosa preghiera di ringraziamento... o forse un'imprecazione diretta a Monk.

Quest'ultimo riprese a strisciare con cautela sul ponteggio.

Un altro fulmine esplose dietro di lui.

Monk lanciò un'occhiata alle sue spalle mentre la rete scattava come un trampolino. Il colpo sollevò la parte posteriore del ponteggio, le assi di legno in fiamme. Uno degli uomini della tribù fu scagliato in aria, mentre ai lati della rete crepitava una scarica elettrica bluastra... Ma l'acrobata atterrò sano e salvo in mezzo ai fratelli.

Era stato fortunato, però adesso non era più possibile tornare indietro.

C'era solo una direzione da prendere.

Monk afferrò la fune più vicina e si calò verso la piattaforma di atterraggio.

Il resto dell'esercito seguì a ruota.

Monk raggiunse la scala che scendeva al livello inferiore, dove si erano radunati gli altri. Jessie stava già impartendo direttive agli uomini della tribù, indicando lui e Ryder. Da lì in avanti si sarebbero separati. Monk sarebbe andato a cercare Lisa. Ryder e Jessie avevano il compito di liberare la strada e preparare la barca.

« Pronti? » chiese Monk ai suoi due compagni.

« Come sempre », rispose Ryder.

Monk lanciò uno sguardo alla squadra d'assalto, armata di asce d'osso e AK-47. Un fulmine lampeggiò, delineando l'esercito in una vampata di fuoco. Gli occhi brillavano sui volti anneriti dalla cenere.

Monk avvertì un cattivo presentimento. Lo scacciò via. Era solo la tempesta ad alimentare le sue paure. « Andiamo a prendere la mia collega e tagliamo la corda. »

Ore 05.02

Lisa era legata al tavolo chirurgico d'acciaio, inclinato a quarantacinque gradi. Era appesa per le braccia, i polsi imprigionati dalle cinghie sopra la sua testa. Le gambe erano libere, ma lei non riusciva a toccare il pavimento. Indossava solo la vestaglia ospedaliera. Il sudore freddo le faceva aderire il cotone sottile alla pelle, mentre l'acciaio del tavolo le raggelava la schiena.

Era lì da più di un'ora. Sola.

E, si augurava, dimenticata.

Al suo fianco era stato sistemato il carrello su cui erano ordinati gli strumenti per le autopsie: seghetto per la cartilagine, uncini da dissezione, forbici, aghi necroscopici, scalpelli per il midollo spinale.

Il dottor Devesh Patanjali aveva estratto gli strumenti da una sacca di pelle nera, tenuta aperta da Surina. Aveva allineato con cura ogni strumento su un panno chirurgico verde. Ai piedi del tavolo inclinato era appeso un secchio d'acciaio, pronto a raccogliere il flusso del sangue.

Lisa aveva tentato di tutto per dissuaderlo dal torturarla. Aveva cercato di appellarsi al raziocinio dell'uomo, spiegando che poteva ancora essergli utile. Che, quando Susan fosse stata di nuovo catturata, Lisa avrebbe garantito piena assistenza per ricavare una cura dal sangue e dal sistema linfatico della donna. Lisa non aveva forse già dimostrato la propria sincerità?

Nonostante le sue obiezioni, Devesh l'aveva ignorata. Si era limitato a disporre gli strumenti, l'uno dopo l'altro, sul vassoio.

Infine, le perorazioni di Lisa si erano trasformate in implorazioni. « Per favore... »

Siccome Devesh le dava le spalle, lei si era girata verso Surina. Ma quella donna era soltanto un volto impassibile scavato nel marmo gelido. L'unica nota di colore era il *bindi* rosso rubino sulla fronte, che a Lisa ricordò una goccia di sangue.

Poi Devesh aveva ricevuto una chiamata e aveva cominciato a parlare concitato in arabo. Lei aveva capito solo la parola *Angkor*. Devesh aveva lasciato la stanza a passi risoluti, seguito come un'ombra da Surina. Non si era neanche voltato.

Così Lisa era sospesa lì, senza sapere cosa stava succedendo.

Ma conosceva il suo destino. Gli strumenti chirurgici lucidi scintillavano.

Era in bilico fra la spossatezza e una fitta lancinante di terrore. Avrebbe quasi accolto di buon grado il ritorno di Devesh. L'attesa minacciava di farla impazzire.

Eppure, quando la porta finalmente si aprì, Lisa si spaventò e trattenne a stento un gemito. Non riusciva a vedere chi era entrato, ma udiva il cigolare di ruote.

Comparve una lettiga su cui era sdraiata una piccola figura, legata come un'aquila ad ali spiegate.

«Scusi il ritardo, dottoressa Cummings», esordì Devesh. «La telefonata è stata più lunga del previsto e mi ci è voluto del tempo per portare qui la nostra cavia.»

«Dottor Patanjali», implorò Lisa, guardando la lettiga. «La prego, no...»

Devesh raggiunse gli strumenti. Si era sfilato la giacca e aveva indossato un camice bianco. «Allora, dov'eravamo rimasti?»

Discosta, comparve Surina, le mani giunte, discreta. Ma negli occhi le ardeva un raro barlume di fuoco. Era infuriata.

«Dottoressa Cummings, prima aveva proprio ragione. Le sue conoscenze potrebbero essere ancora preziose. Tuttavia è necessaria una punizione. Qualcuno deve pagare il debito di sangue che non posso riscuotere da lei.»

Lisa abbassò lo sguardo sulla lettiga, sulla figura imbavagliata con gli occhi sgranati.

Era la bambina che Devesh aveva già minacciato in precedenza, per poi lasciarla andare e uccidere invece il dottor Lindholm. Ma questa volta non c'era un altro capro espiatorio. Devesh intendeva sacrificare quell'agnellino, costringendo Lisa ad assistere.

L'uomo s'infilò un paio di guanti in lattice e prese la sega. «Il primo taglio è sempre il peggiore.»

Mentre Devesh si voltava, risuonarono degli spari, distanti ma comunque intensi. Si fermò.

Eruppe un'altra raffica, che riecheggiò dal piano di sotto. «Di nuovo... Possibile che non riescano a immobilizzare quei pazienti?»

Altre raffiche.

Devesh sbatté la sega sul tavolo, facendo tremare gli altri strumenti. Lui stesso si tagliò e si portò un dito insanguinato alle labbra.

Con uno sguardo di profonda irritazione, si apprestò a uscire. «Surina, sorveglia le nostre ospiti. Torno subito.»

La porta si chiuse sbattendo.

Quasi fosse stata sospinta dall'aria della porta che ruotava, Surina scattò verso il carrello degli strumenti. Prese il seghetto e si accostò alla bambina.

« Non farle del male », l'avvertì Lisa, in tono minaccioso, benché fosse impotente.

Gli occhi di Surina brillarono per un istante, poi la donna rivolse l'attenzione sulla bambina, alzò il seghetto, e vibrò dei violenti colpi... Le cinghie caddero a terra. Surina prese la bambina fra le braccia e sgusciò verso la porta.

Lisa udì gli scatti silenziosi della porta che si apriva e si chiudeva: era di nuovo sola.

Ripensò a quando Surina aveva offerto una caramella alla stessa bambina, un raro gesto di compassione. E poi gli occhi della donna quando era entrata nella stanza, ferini e selvaggi, come quelli di una leonessa. A quanto pareva, quella leonessa provava compassione per gli innocenti. Forse quello era un piccolo gesto di pietà per compensare altre efferatezze.

In ogni caso, la donna se n'era andata.

Lisa immaginò la rabbia di Devesh quando fosse tornato, già esasperato da un'altra evasione. Sarebbe rimasta una sola persona su cui sfogare le proprie frustrazioni. Lisa lottò contro i lacci al polso. Il secchio sobbalzò e tintinnò.

Gli spari continuavano, alcune raffiche più forti delle altre, provenienti da direzioni diverse. Lisa si guardò intorno. Cosa stava succedendo?

Eruppe del fuoco automatico, accompagnato da rumori di vetri infranti. Poi altri spari, seguiti da strani ululati. Il combattimento si protrasse per un lungo minuto.

La porta venne spalancata.

Lisa raggelò.

Di fronte a lei comparve una figura seminuda, striata di nero, il naso perforato da una zanna appuntita e avvolta da un tripudio di piume verdi smeraldo. Sollevò una lama aguzza.

Lisa si premette contro il tavolo, immobilizzata dalla paura.

« Qui! » urlò una voce familiare.

Era Henri.

Si udì un trepestio di stivali. Una lama fredda le scivolò fra i polsi e le cinghie cedettero con uno scatto. Lisa si accasciò sul tavolo inclinato, cercando di non cadere.

Qualcuno l'afferrò e le parlò all'orecchio. « Allora, se hai finito di perdere tempo, che ne pensi di dire addio a questa Love Boat?»

Lisa si lasciò cadere fra le braccia dell'uomo. «Monk...»

Ore 05.19

Devesh capì che qualcosa non andava quando udì una raffica di spari provenire dal ponte superiore: quello che ospitava i laboratori scientifici.

Lui era fermo a metà del corridoio, circondato da un gruppo formato da sette guardie e dal loro capo somalo. Il sangue dilagava sulla moquette, ma non avevano trovato corpi.

E adesso quegli spari al livello superiore.

Prima di poter reagire, le sirene dell'allarme generale risuonarono per tutta la nave.

Cosa stava succedendo?

Altri spari. Ancora dai laboratori.

«Andiamo su», ordinò Devesh, puntando il bastone verso la tromba delle scale.

Le guardie obbedirono ma, arrivati in fondo al passaggio, notarono un uomo attraversare un corridoio trasversale: era basso, vestito di piume e ossa tintinnanti.

Un cannibale dell'isola. E imbracciava un fucile d'assalto.

Dietro di loro crepitarono gli spari. Una delle guardie piombò a terra come colpita da un pugno. Il sangue le sgorgò dal naso e dalla bocca. Gli altri uomini si appiattirono ai lati, rispondendo al fuoco. Il somalo spinse Devesh dietro di sé, accucciandosi e facendo fuoco con una pistola.

Ma non c'era nessuno.

Si aprì una porta e un'ascia d'osso si abbatté sul cranio di un'altra guardia. Poi la porta venne richiusa con un tonfo. L'uomo barcollò, con il manico dell'ascia che gli spuntava dalla nuca, quindi stramazzò al suolo.

Spararono contro la porta, ma Devesh aveva letto l'insegna: RISERVATO AL PERSONALE. Conduceva ai passaggi interni della nave. L'assassino era sicuramente fuggito.

Un altro cannibale.

Da altre zone della nave esplosero nuove raffiche di spari. Stavano per essere sopraffatti.

«Signore, dobbiamo portarla in un posto sicuro», ringhiò il somalo.

«Dove?» chiese Devesh, quasi gemendo.

«Via di qui. Possiamo prendere un battellino per raggiungere il villaggio sull'isola. Poi radunerò un altro centinaio di uomini e ritorneremo a fare piazza pulita.»

Devesh annuì. Finché la situazione non si fosse sistemata, voleva starsene alla larga da quella nave.

Si affrettarono a scendere le scale, sebbene ogni tanto dovessero superare i cadaveri dei loro compagni mercenari.

Quando raggiunsero il livello del pontile dei battelli, Devesh si fermò.

«Signore?»

«Non ancora.» Per ogni ponte che scendeva, Devesh era sempre più in collera. Non avrebbe abbandonato la nave senza reagire. E sapeva cosa fare.

Tornò alle scale.

Verso le sentine. Nel luogo in cui custodiva una serie speciale di reparti chiusi a chiave.

Prima di andarsene, avrebbe reso le cose più difficili agli aggressori. Avrebbe combattuto il fuoco con il fuoco.

L'isola non era l'unica riserva di cannibali.

Ore 05.22

Susan sedeva ai margini della giungla, scrutando la *Mistress of the Seas*.

L'attacco era in corso.

La donna si strinse le mani al ventre, atterrita.

Nella foresta intorno a lei udiva dei rumori furtivi: rametti che si spezzavano sotto il peso della pioggia, il fango che scivolava sulle pietre. Gli uomini della tribù le si avvicinarono, per proteggere la loro regina, ma anche curiosi di vedere i fuochi d'artificio.

Esattamente di fronte a lei, una piroga era stata issata sulla spiaggia, pronta a traghettarla sulla barca di Ryder.

Se mai sarebbe arrivata.

Ti prego, fa' che vengano...

Ore 05.23

Rakao attendeva nel suo nascondiglio, osservando attraverso i visori infrarossi la propria squadra stringere la trappola.

Adesso sapeva che fine avessero fatto gli altri prigionieri fuggiti. Qualche minuto prima, un suo uomo aveva notato dei movimenti sospetti sulla nave da crociera. Rakao aveva distolto l'attenzione dal suo bersaglio e aveva visto calare delle funi sulla piattaforma di atterraggio.

Rakao aveva subito intuito cosa stava per succedere.

Un attacco...

Il maori viveva su quell'isola da dieci anni e, grazie alla propria abilità e al proprio carisma, era arrivato ad assumere la guida del clan dei pirati locale, la cui storia risaliva a un secolo prima. Ma lui aveva obiettivi più grandi di una nave da crociera e della vendita di schiavi sul mercato nero. C'era un intero mondo da saccheggiare e il medico gli offriva l'accesso a un'organizzazione potentissima. Dove l'ambizione e la spietatezza erano riconosciute e premiate.

Così, quando aveva capito di essere stato superato in astuzia, Rakao si era sentito ribollire di rabbia, ma ci aveva pensato due volte prima di attaccare. Inchiodate all'architrave della porta di casa sua al villaggio c'erano le lingue disseccate dei suoi predecessori. Non aveva raggiunto la sua posizione con azioni avventate.

Mantenendo la concentrazione, Rakao aveva ordinato di avvertire via radio i suoi uomini sulla nave del pericolo imminente. Poi erano risuonati gli spari, seguiti dalle sirene d'allarme. Ormai era troppo tardi.

Rakao mantenne la sua posizione. Se l'attacco a bordo della nave fosse fallito, tanto meglio. Altrimenti, lui sapeva dove si sarebbero diretti i vincitori.

La vera preda era lì.

Rakao osservò il suo bersaglio.

Non avrebbe dovuto attendere a lungo.

Ore 05.33

Monk scese a perdifiato l'ultima rampa di scale. Lisa lo seguiva con un paio di scienziati dell'Organizzazione Mondiale della Sanità: un tossicologo olandese e un batteriologo americano.

In fondo alle scale due cadaveri giacevano avvinghiati in una pozza di sangue.

Un cannibale che sostava a un passo di distanza fece cenno di non fermarsi. Era uno degli uomini disposti da Ryder per indicare loro il percorso sicuro per arrivare alla barca.

Gli spari continuavano a raffiche sporadiche.

L'allarme, invece, finalmente si era zittito.

Ma era una buona o una cattiva notizia?

Monk fece strada lungo il corridoio principale. Avevano raggiunto il ponte all'altezza della linea di galleggiamento, dove c'era la lancia privata di Ryder.

L'agente della Sigma si fermò un istante per orientarsi. Quel ponte ospitava anche il pontile dei battellini della nave, oltre a un cinema, un ambulatorio, una sala giochi e la discoteca Midnight Blue. La lancia di Ryder era vicina alla prua della nave.

«Da questa parte!» Si diresse a destra, si bloccò e tornò a voltarsi. «No, di qua!»

Ripresero la corsa, seguiti dagli uomini della tribù.

Monk notò un movimento sulla tromba delle scale di mezzo ponte, non distante dal pontile di servizio.

Pirati.

Monk spinse Lisa nella sala giochi. «A terra!»

Il gruppo si riparò dietro altre porte o ai pilastri di sostegno. Un cannibale fu centrato alla testa. Gli uomini di Monk risposero con prontezza al fuoco. Tre pirati caddero. Gli altri si accalcarono nella tromba delle scale e corsero via.

Un cannibale strappò un'arma dalla mano di un pirata morto e l'affiancò al proprio fucile fumante. Un altro pizzicò le guance di uno dei cadaveri. Per testare se era tenero.

« Era Devesh », affermò Lisa, raggiungendo Monk e indicando la tromba delle scale mentre passavano. « Il responsabile della Gilda. »

« Volevano scappare e raggiungere il villaggio, per radunare rinforzi », ipotizzò Monk. Era meglio sbrigarsi: probabilmente erano già in arrivo altri pirati, avvertiti via radio.

Il corridoio piegava a destra, seguendo il profilo dell'estremità anteriore della nave. Poco più avanti, Monk individuò l'ingresso allo scivolo privato di Ryder.

Ce l'avevano fatta.

Poi, alle loro spalle, si levarono grida spaventose.

Dalle scale balzò in corridoio una dozzina di persone seminude con indosso vestaglie ospedaliere strappate e sudicie. Gli arti erano suppuranti di vesciche. Le labbra insanguinate erano contratte in ringhi selvaggi. Anche da una cinquantina di metri di distanza, Monk riconobbe il barlume di follia negli occhi incrostati di pus.

« Pazienti », sussurrò Lisa. « Sono affetti da psicosi catatonica. Attaccheranno tutti. Deve averli liberati Devesh. »

« Bastardo... » Monk fece cenno agli ultimi del gruppo di allontanarsi e varcò la porta che conduceva alla lancia di Ryder.

Da quella direzione si udirono voci concitate e il rumore di passi in avvicinamento.

Monk alzò l'arma, ma una figura familiare comparve correndo. Il volto di Jessie si illuminò per il sollievo. Era seguito da sette cannibali. Gli ultimi due reggevano un terzo uomo, che sanguinava copiosamente da uno squarcio sul collo. A giudicare dal camice, doveva essere uno dei medici dell'Organizzazione Mondiale della Sanità.

I due gruppi s'incontrarono all'ingresso dello scivolo privato.

« Ce l'avete fatta », disse boccheggiando il giovane infermiere.

Ryder comparve sulla soglia. Odorava di benzina. « Cosa succede? »

« Hai fatto il pieno? »

« La barca è pronta a volare. »

Jessie abbracciò brevemente Lisa, poi rivolse un cenno del

capo agli altri medici. « Dottor Barnhardt, dottor Miller, ho bisogno di una mano. » Indicò l'uomo in divisa chirurgica verde.

I cannibali abbassarono a terra il ferito. Dal collo sgorgava del sangue nero e denso.

Lisa s'inginocchiò accanto al moribondo. Jessie le aveva già passato la sua camicia. Lei l'appallottolò e la premette contro la ferita.

L'uomo fu scosso da un tremito e tossì sangue. Poi giacque immobile, con gli occhi aperti. Solo il petto si afflosciò leggermente.

Tenendogli sempre la camicia premuta sulla ferita, Lisa controllò le pulsazioni sul collo dell'uomo. Scosse la testa. Per lui non c'era più niente da fare.

Nel frattempo, Jessie aveva raccontato la sua storia. « L'abbiamo salvato. Era stato attaccato da una paziente. Abbiamo dovuto spararle. Ma da sotto ne stavano arrivando altri. Si erano già scatenati sui ponti inferiori e stavano salendo a centinaia. »

Proprio in quel momento, in mezzo ad altre sparatorie si levarono delle grida selvagge.

« È il momento di abbandonare la nave », disse Ryder.

« Quante persone può ospitare la tua barca? »

« Sei. Ma possiamo starci anche in otto. » Ryder lanciò un'occhiata al gruppo di persone radunato di fronte a lui.

L'infermiere scosse la testa e indietreggiò di un passo. « Io non vengo. »

« No, Jessie... » sussurrò Lisa.

« Qualcuno deve difendere le persone, compresi i bambini, ancora a bordo. Sia dai pirati sia dagli altri pazienti. Gli uomini della tribù sono la loro unica speranza. Loro mi conoscono e mi ascolteranno. »

Il dottor Barnhardt si affiancò al giovane infermiere. « Lo aiuterò io. Approntaremo delle barricate e raccoglieremo quante più persone potremo. »

Il dottor Miller guardò con aria riluttante il boccaporto aperto, quindi abbassò lo sguardo sul medico morto. « Sono nostri amici e colleghi. Non possiamo lasciarli. »

« Henri... » implorò Lisa.

L'anziano la spinse delicatamente verso l'uscita. « Andate a recuperare Susan, è più importante di noi. Non deve cadere nelle grinfie della Gilda. »

Lisa annuì e si allontanò.

Scorgendo la barca di Ryder, Monk barcollò. « Santa Madre di Dio! »

Ore 05.43

Devesh attraversò il palcoscenico del teatro. Il sipario di lustrini cremisi era calato.

Dopo essersi scontrati con i cannibali sul ponte inferiore, lui e la guardia somala erano risaliti di corsa.

La via per il pontile ormai era sbarrata. Le grida e le urla non lasciavano dubbi.

Devesh aveva liberato tutti i pazienti rinchiusi nella stiva. Si divoravano a vicenda, i più forti si cibavano dei più deboli.

Più di duecento cavie per gli esperimenti.

Devesh voleva intralciare gli aggressori quanto bastava perché potesse organizzare un contrattacco con granate e mitra.

A quel punto avrebbe massacrato tutti e riconquistato la sua nave.

Ma, per il momento, era stato tratto nella sua stessa trappola.

Era stata la guardia somala a proporre il nuovo piano di fuga. Anziché raggiungere il pontile di servizio passando per le scale principali, aveva condotto Devesh nella galleria del teatro, alto tre piani. Stavano usando le scale del teatro per scendere al livello del pontile.

Ancora poche decine di metri, e avrebbero raggiunto una via di scampo.

Devesh si aiutò con il bastone per scendere gli ultimi gradini.

La guardia somala alzò una mano e si diresse all'uscita del teatro. « Resti indietro. »

Socchiuse la porta e controllò il corridoio. Attese lo spazio di un respiro, quindi aprì l'uscio e, voltandosi, annunciò in tono sollevato: « Il corridoio è deserto ».

Devesh fece un passo avanti, ma un movimento alle spalle dell'uomo lo fece arrestare.

Un cannibale uscì dal suo nascondiglio, dietro il boccaporto che conduceva al pontile.

Il selvaggio stava tendendo un arco.

Il somalo doveva aver intuito qualcosa dall'espressione di Devesh. Prima ancora di voltarsi del tutto, l'uomo prese a sparare alla cieca.

Il cannibale venne centrato tre volte al petto... ma aveva già rilasciato la corda dell'arco.

La freccia penetrò nella gola della guardia, spuntandole dalla nuca come una lingua insanguinata. Il somalo vacillò e cadde su un fianco.

Devesh si precipitò verso di lui.

« Mi aiuti », gracchiò l'uomo, gli occhi stretti dal dolore, issandosi su un gomito. L'altro braccio tremava per tenere alzata la pistola.

Devesh gli diede un calcio. L'uomo cadde di nuovo, sbigottito. La punta della freccia cigolò sul parquet lucido. Devesh s'inginocchiò sopra la spalla del somalo: aveva bisogno di un'arma. Cercò di strappargli la pistola.

La guardia rifiutava di cedere, stringendo le dita in preda alla furia e al dolore.

« Lasciala! » Devesh si spostò per conficcargli la freccia più in profondità.

Uno schianto fragoroso arrestò la lotta.

Dalla parte opposta del teatro, le porte di legno si erano spalancate. Devesh infine prese la pistola e si voltò. In un fruscio di seta, comparve una donna.

« Surina! »

Ma non era sola.

La inseguiva una massa informe di uomini che, sospinti dall'adrenalina e dalla fame, si riversarono all'interno del teatro. Alcuni scivolarono sul parquet lucido, cadendo sulle ginocchia, per poi tornare ad alzarsi, bestiali nella loro caccia. Ma quell'intoppo li fermò quanto bastava perché Surina riuscisse ad arrivare a metà strada.

Devesh si alzò precipitosamente, sollevato e nel contempo atterrito per l'arrivo della donna.

Non voleva restare solo.

Surina raggiunse il suo superiore e afferrò il suo bastone. In una frazione di secondo, il legno sgusciò via dall'acciaio.

« Da questa parte! » Tenendo la pistola con tutte e due le mani, Devesh scavalcò con un salto il somalo, che grugnì in stato di semincoscienza. Per fortuna il corpo della guardia avrebbe distratto i malati impazziti.

Poi l'uomo sentì due morsi acuti dietro le ginocchia.

Fece un passo, sbigottito, ma di colpo le gambe non lo ressero più. Cadde su un ginocchio, quindi su un gomito, lasciando la pistola. Con la coda dell'occhio, osservò Surina mentre si sollevava dopo essersi piegata sulle gambe. La punta della lama era insanguinata.

Devesh cercò di alzarsi, ma non riusciva a controllare le gambe. Mentre Surina lo superava, capì cos'era successo. Quella troia gli aveva lacerato i tendini delle ginocchia, azzoppandolo.

La donna sfrecciò nel corridoio e svanì nell'oscurità del pontile.

« Surina! »

Devesh tentò di trascinarsi verso la pistola.

Ma delle mani si abbatterono su di lui, attratte dal sangue, e gli artigliarono la carne. Devesh fu trascinato dentro il teatro, strisciando le mani sulla scia del proprio sangue, cercando con le dita un appiglio, un ultimo gesto di pietà.

Non ne trovò nessuno.

Ore 05.45

Lisa rabbrividì nella brezza umida e si affiancò a Monk.

Lo scivolo privato di Ryder era angusto e odorava di benzina. Al centro campeggiavano dei binari che puntavano verso un boccaporto aperto nella murata della nave.

Ma era quello fissato sui binari a calamitare la piena attenzione di Monk. « Questa non è una barca, maledizione! »

Ryder li spinse in avanti. « È una *barca volante,* amico. Metà idrovolante, metà motoscafo. »

Il natante assomigliava a un falco in picchiata con le ali arretrate. A prua, la cabina chiusa culminava in una punta aerodinamica. A poppa, erano agganciati due motori a propulsione.

« È stata realizzata dalla Hamilton Jet in Nuova Zelanda », spiegò Ryder, mentre faceva correre una mano sullo scafo e li conduceva a un portello laterale aperto. « L'ho chiamata *Sea Dart*. In navigazione, i due motori a benzina V-12 pompano acqua nella parte anteriore e la espellono dai due ugelli a poppa. Poi, una volta che è in piena velocità, basta semplicemente far scattare i sistemi idraulici per spiegare le ali, così si solleva in aria, spinta dalle eliche posteriori. » Ryder diede dei colpetti sulla fiancata. « Ed è anche veloce. In volo raggiunge una velocità di circa duecentocinquanta nodi. »

Ryder aiutò Lisa a salire nella cabina. Non era tanto differente da un Cessna: un paio di sedili anteriori per il pilota e il copilota, e altri quattro sedili posteriori.

Monk entrò per ultimo, chiudendo il portello.

Il miliardario si sistemò al posto del pilota. « Allacciatevi le cinture. »

Lisa si sedette accanto a Ryder.

L'uomo innescò lo sbloccaggio elettronico e la *Sea Dart* scivolò sui binari, cadendo nella laguna con un leggero scossone. L'acqua sommerse il parabrezza mentre la prua del natante sprofondava.

Lisa udì il rombo dei motori alle sue spalle.

« Ci siamo », mormorò Ryder.

La barca si dimostrò all'altezza del suo nome e partì come una freccia sull'acqua sferzata dalla tempesta, ricacciando Lisa contro il sedile.

Dietro di lei, si levò un fischio di apprezzamento da parte di Monk.

Ryder virò intorno alla prua della nave da crociera. Lontano dagli spari e dalle urla, la *Mistress of the Seas* sembrava tranquilla, delicatamente illuminata dal chiarore della tempesta.

Mentre si adagiava sul sedile, Lisa non poté non provare un leggero senso di colpa. Per Jessie, per Henri e per il dottor Miller. E per tutti gli altri. Le sembrava di fuggire da una battaglia per salvarsi la pelle.

Ma non aveva scelta.

Ripeteva silenziosamente le ultime parole che le aveva rivolto Henri.

Susan non deve cadere nelle grinfie della Gilda.

Non potevano fallire.

Ore 05.50

Rakao osservò lo strano natante girare intorno alla nave e sfrecciare dritto verso la sua posizione. Attraverso il visore notturno, l'imbarcazione era una macchia cremisi incandescente sull'acqua più fredda.

Segnalò alla sua squadra di tenersi pronta. Per sferrare l'attacco, attendevano il primo sparo.

Rakao abbassò il binocolo e si portò agli occhi il mirino telescopico del fucile. Si focalizzò di nuovo sul suo bersaglio. La paziente fuggita adesso attendeva sulla spiaggia.

La donna alzò un braccio e, nel sollevarsi, l'arto parve catturare il chiarore lunare. Peccato che non ci fosse la luna.

A quella visione, Rakao provò un brivido, però non si lasciò distrarre. Aveva una missione da compiere.

Nel frattempo, uno degli uomini della tribù spinse la piroga in acqua. Fece cenno alla donna di muoversi. Lei salì a bordo e si sedette sul retro.

Fermo a poppa, il cannibale era pronto a sospingere la donna verso la lancia in arrivo.

Non dovettero attendere a lungo.

Il natante sopraggiunse e si fermò con il motore acceso a meno di dieci metri di distanza.

Il portello laterale era già aperto.

Rakao scorse un uomo all'interno.

Perfetto.

Rakao mirò e fece fuoco.

Ore 05.51

Monk sobbalzò.

Da dietro il portello osservò l'uomo della tribù alle spalle di Susan piombare in acqua. Cadendo, il corpo urtò la piroga spingendola verso di lui.

Seguì una raffica di spari, delle minuscole vampate di fuoco nella giungla buia.

Un altro cannibale vacillò, con il petto insanguinato. Tese una mano verso Susan sull'acqua, sperando che la strega regina potesse salvarlo. Ma, a un altro crepitio di fucile, la testa gli ricadde all'indietro e la parte inferiore del volto esplose.

Piombò sulla sabbia.

Era una trappola...

Una raffica di colpi crivellò la fiancata della *Sea Dart*, ricacciando Monk all'interno. Si allungò verso il mitragliatore adagiato sul sedile posteriore, ma un urlo arrestò la raffica di spari contro la barca.

Nel silenzio, Monk tornò a sbirciare fuori. Un uomo con un familiare volto tatuato era immerso in acqua sino alle ginocchia. Rakao teneva una lancia sollevata in una mano e una Sig Sauer nell'altra. L'arma era puntata alla nuca di Susan.

Gli occhi della donna, baluginanti nel buio, ricambiarono con terrore lo sguardo di Monk.

«Spegnete i motori!» gridò Rakao. «E gettate tutte le armi! Poi, uno alla volta, nuotate verso di me.»

«Lisa, vieni qui», disse Monk. «Ryder, non spegnere i motori. Quando grido *vai*, fila via di qui come un lampo.»

Lisa trafficò con le cinture di sicurezza e, alla fine, si liberò.

Monk prese il fucile per il calcio e lo mostrò fuori dal portello. Un colpo solitario rimbalzò sulla fiancata della *Sea Dart*. Infuriato, Rakao inveì contro il cecchino. Con ogni probabilità, il maori sapeva riconoscere un oggetto prezioso che valeva la pena di preservare.

Allora Monk si affacciò dal portello.

«Cosa stai facendo?» sussurrò Lisa.

«Mi tengo pronto.»

«Per che cosa?»

Ci sarebbe voluto troppo tempo per spiegare.

Rakao lo vide comparire e avanzò nell'acqua, tenendo la canna a soli trenta centimetri dalla nuca di Susan.

«Stiamo uscendo!» gridò Monk.

Per dimostrare che voleva collaborare, gettò il fucile con uno scenografico lancio dal basso. Come aveva sperato, gli occhi di Rakao si spostarono sull'arma.

Monk saltò una frazione di secondo più tardi e atterrò sulla prua della piroga. A causa del peso, la poppa della canoa venne spinta verso l'alto e Susan volò sopra la testa di Monk...

Risuonò uno sparo, ma il bordo della piroga aveva urtato la mano del maori, facendogli volare la pistola.

Monk udì un tonfo dietro di sé: era Susan che ricadeva in acqua.

Poi, con uno schianto, la piroga tornò ad abbassarsi, scagliando Monk in fondo alla barca. Si alzò su un gomito e scorse le gambe di Susan mentre Lisa la issava a bordo.

Brava.

«Ryder! Vai!»

Ma la *Sea Dart* restava ferma.

Monk stava per gridare di nuovo, quando la piroga cominciò a ondeggiare.

Rakao si era aggrappato all'imbarcazione. La piroga ruotò, ma l'uomo si mantenne abilmente in equilibrio e puntò la lancia contro Monk.

Lui reagì d'istinto e cercò di afferrare l'asta. Le dita artificiali si strinsero sull'arma.

Un errore.

Una scossa elettrica gli attraversò il corpo.

Gli spasmi muscolari erano tanto intensi da spezzare quasi le ossa. Tuttavia lui riuscì a sentire la nuova raffica di spari che crivellava la *Sea Dart*.

Perché Ryder era ancora lì?

Monk lottava contro la scossa elettrica. Avrebbe dovuto morire sul colpo, arrostito dall'alto voltaggio. Ma era sopravvissuto grazie al materiale isolante della mano artificiale. Adesso però sentiva odore di plastica bruciata.

Ryder, vattene, per Dio...

Ore 05.54

« Aspetta! » urlò Lisa, in mezzo al crepitio dei proiettili.

Era sdraiata con Susan e intravedeva Rakao che tentava di conficcare la punta d'acciaio elettrificata della lancia nel petto di Monk.

La piroga ruotava, vicina... O, almeno, vicina a sufficienza.

« Adesso! »

Risuonò lo scatto fragoroso dei sistemi idraulici. La *Sea Dart* spiegò le ali, che sferzarono l'aria come la lama di un'ascia. L'ala urtò la spalla di Rakao, scagliandolo lontano dalla piroga.

La raffica di fuoco cessò per un istante.

« Monk! Sopra di te! »

Stordito, Monk udì l'ordine di Lisa.

Impiegò un istante a intuire cos'aveva in mente la donna. Sopra la sua testa c'era qualcosa. Un'ala della *Sea Dart*. Squassato da tremiti incessanti, spiccò un salto.

Non si fidava della mano sana. Le dita di plastica fumante si serrarono su un puntello dell'ala. Monk si aggrappò con forza, segnalando spasmodicamente di andare via.

« Vai! » gridò Lisa, aggrappandosi ai sedili.

Sotto il ventre sentì le vibrazioni dei due motori. La *Sea Dart* partì, ruotando la poppa in direzione della spiaggia mentre i cecchini riprendevano a sparare.

Monk venne colpito alla gamba destra. Dal polpaccio gli sgorgò un fiotto di sangue. La gamba disegnava un angolo contorto. Il proiettile doveva avergli attraversato la tibia, spezzandola.

Ryder portò la barca fuori tiro.

Lisa avrebbe voluto piangere.

Ce l'avrebbero fatta.

Ore 05.55

Rakao uscì dall'acqua tossendo. Prima le dita dei piedi, poi i talloni toccarono gli scogli e la sabbia. Rimase immerso nella laguna sino al petto. Il rombo di un motore lo spinse a guardarsi intorno.

La barca del nemico sfrecciava sulla laguna, con una persona aggrappata alla punta di un'ala. Furibondo, Rakao avanzò verso la spiaggia. Aveva il braccio sinistro in fiamme, irritato dall'acqua salata. Si tastò la parte superiore del braccio e sentì l'osso aguzzo spuntargli dalla pelle, spezzato dal colpo che lo aveva scagliato via.

Strinse la lancia nell'altra mano.

Per fortuna non l'aveva persa. Gli poteva essere ancora utile.

Aveva già notato i lampi sott'acqua puntare verso di lui, attratti dal sangue. Voltò le spalle alla spiaggia e indietreggiò passo passo. Teneva l'arma sollevata, pronto a usarla. Dato che era in acqua, la scossa elettrica avrebbe investito anche lui, ma l'importante era che scacciasse i calamari.

A pochi metri dalla riva, Rakao si concesse un sospiro di sollievo.

Una volta giunto sulla spiaggia, avrebbe riorganizzato i suoi uomini e ripreso la caccia.

Non importava in che punto del mondo sarebbero atterrati, lui li avrebbe trovati.

Lo giurò.

Un fulmine illuminò per un istante le acque scure, quanto bastava per rischiarare gli abissi. Intorno alle sue gambe si estendeva un intrico di tentacoli. Quelle più lunghe emanavano un bagliore giallastro intermittente. Il corpo del mostro restava fermo sulla sabbia a un solo passo di distanza. Poi il lampo cessò, mutando il lago in uno specchio scuro.

Rakao vibrò un colpo con la lancia, attivando la carica al massimo con un gesto del pollice.

Sull'acqua sfrigolarono delle vampate di fuoco bluastre. L'uomo boccheggiò dal dolore, come se una trappola d'acciaio si fosse chiusa su di lui. Ma durò solo una frazione di secondo... La lancia prese a crepitargli in mano. Con un'ultima scarica elettrica e un acre fiotto di fumo, l'arma entrò in corto circuito, sovraccaricata dopo lo scontro con l'americano.

Rakao indietreggiò d'un passo.

La carica era stata sufficiente?

La risposta giunse con una frustata di fuoco su una coscia. Degli uncini chitinosi gli lacerarono la carne. Lottò mentre la creatura lo trascinava verso le acque più profonde. Il mostro emerse in superficie, roteando un occhio.

Rakao lo colpì con la lancia. L'arma poteva anche non essere carica, ma aveva una punta aguzza. Sentì la lama penetrare in profondità. I tentacoli del calamaro si contrassero, quindi si fecero inerti.

Con tetra soddisfazione, l'uomo riprese a indietreggiare.

Ma, di colpo, nell'acqua intorno a lui, s'irradiarono delle scie di fuoco; vampate bluastre e verdi smeraldo, ma soprattutto cremisi. Il resto del branco si era appostato in attesa.

I tentacoli gli serrarono la caviglia.

Rakao sapeva che era la fine.

Erano troppi.

I suoi uomini non l'avrebbero mai raggiunto in tempo.

Rakao lanciò un'ultima occhiata alla barca in fuga. Scagliò via la lancia e afferrò la fondina ascellare. La teneva sempre con sé. Non conteneva armi. Solo una misura di sicurezza. Ruotò la maniglia a T che spuntava dalla fondina di pelle ed estrasse il detonatore.

Un tentacolo lo avvolse intorno alla vita, lacerandogli la carne.

Se lui non poteva fuggire, non l'avrebbero fatto neanche gli altri.

Rakao premette il detonatore mentre tentacoli sferzanti come fruste si avventavano su di lui da tutte le direzioni. Spinto sott'acqua, si sentì strappare l'orecchio destro.

Tuttavia udì le esplosioni mentre i mostri lo trascinavano negli abissi.

Ore 05.57

Lisa osservò le esplosioni illuminare le alture dell'isola. All'inizio, le credette dei fulmini... Ma detonavano in sequenza, costeggiando la cresta dell'antico vulcano.

« Che accidenti è? » chiese Ryder.

Cominciarono a piovere dei frammenti incandescenti.

« Qualcuno sta facendo saltare la rete! Sta crollando tutto! » avvertì Lisa.

La catena di esplosioni continuava. Se non avessero aumentato la velocità e raggiunto l'uscita della laguna, sarebbero rimasti schiacciati sotto la rete.

« Devo alzarmi in volo », ribatté Ryder.

Ma era un bel problema.

Ore 05.57

Monk capì subito.

La rete.

La *Sea Dart* accelerò di colpo, cercando di battere le esplosioni sul tempo. Lo scafo si alzò dall'acqua di qualche centimetro, dopo aver superato la velocità di decollo.

Ma il peso di Monk sbilanciava la barca. Ryder corresse l'assetto, diminuendo la velocità. Urtarono l'acqua, rimbalzarono, quindi si posarono di nuovo.

La gamba rotta era attraversata da ondate di puro dolore, eppure Monk si teneva aggrappato all'ala.

Anche se avesse voluto, non avrebbe potuto staccarsi. I dispositivi elettronici della mano artificiale erano fusi. Adesso le dita erano bloccate.

Monk si voltò, osservando le esplosioni proseguire tutt'intorno all'isola. La metà posteriore della rete prese a fluttuare verso il basso, scatenando una pioggia di fuoco fra gli scrosci della tempesta.

Si girò di nuovo verso la loro unica via d'uscita: la stretta fenditura nella caldera vulcanica. La *Sea Dart* doveva raggiungerla prima che le esplosioni completassero il loro giro e facessero precipitare la rete sulla laguna. Monk calcolò le probabilità. Non ce l'avrebbero mai fatta... Almeno non trascinandosi un tizio appeso a un'ala.

«Puoi ritrarre le ali?» chiese Lisa.

Forse avrebbero potuto portare Monk più vicino, farlo entrare e spiegare di nuovo le ali. Tutto senza rallentare.

«Quando si è in movimento, le ali sono bloccate!» replicò Ryder. «È una misura di sicurezza!»

Lisa notò che Monk stava armeggiando nel polso artificiale con la mano sana. Cosa stava facendo?

Poi capì. «No, Monk! No!»

Non sapeva se lui l'avesse udita in mezzo alle esplosioni e al vento.

Tuttavia l'uomo si girò e la guardò in viso. Indicò la spiaggia della laguna, ormai distante. Gridò qualcosa, ma una fragorosa esplosione divorò le parole.

Monk, per favore, no...

Maledizione! Perché non riesco a staccarmi?

Le dita di Monk scavavano nel polso di plastica. Il giunto che sbloccava la mano dalla polsiera si era liquefatto.

Ma, alla fine, si aprì con uno scatto.

Grazie a Dio...

«Monk!» gli gridò Lisa.

Lui indicò di nuovo la spiaggia. Avrebbe raggiunto la riva.

Lisa s'inginocchiò accanto al portello, i capelli sferzati dal vento. Monk percepì la disperazione della donna. Non c'erano alternative.

Manovrò nel giunto aperto e premette il pulsante di rilascio.

La polsiera si staccò dalla mano.

Monk precipitò nella laguna, saltando sul pelo dell'acqua come un sasso. Poi s'inabissò. Batté la gamba sana per raggiungere la superficie; quanto all'altra, gli sembrava di avere un attizzatoio rovente conficcato nel polpaccio.

Tornato in superficie, osservò la *Sea Dart* procedere spedita sulla laguna.

Ryder non aveva esitato. Aveva compreso il suo sacrificio.

Mentre le ultime esplosioni costeggiavano l'isola, Monk guardò la rete cadere come un sudario incandescente sulla *Mistress of the Seas.*

Nel giro di qualche secondo, la nave da crociera era presa come un delfino in una rete per tonni. E il crollo continuava, verso di lui. Monk non avrebbe raggiunto nessuna spiaggia.

Lanciò un'ultima occhiata alla *Sea Dart* che spiccava il volo e scompariva nella fenditura.

Ce l'avrebbero fatta.

Quel pensiero lo aiutò a mettersi il cuore in pace mentre la rete gli cadeva addosso. Lo trascinò giù, giù, giù...

Monk lottò per aprirsi un varco e tornare in superficie. Ma la gamba rotta lo ostacolava e la rete si era ripiegata leggermente su se stessa. Non riusciva a trovare un punto dove attraversarla.

Aveva un unico rimorso... una promessa infranta.

Aveva giurato a Kat che sarebbe tornato da quella missione, e aveva baciato Penelope facendole la stessa promessa.

Mi spiace...

Alzò un braccio, pregando che qualcuno lo salvasse.

La mano trovò un foro nella rete. Usò il moncherino dell'altro braccio per allargarlo. Batté tutte e due le gambe, ignorando il dolore al polpaccio destro, e si sforzò di sgusciare come un verme attraverso l'apertura.

Poi qualcosa gli afferrò la gamba rotta, serrandogli la caviglia con un forte strattone. Il dolore s'irradiò dalla gamba alla spina dorsale.

Monk abbassò lo sguardo.

Le luci nell'acqua sfrecciavano verso di lui.

Dei tentacoli gli salirono sul corpo. Un arto gommoso si serrò sul suo volto, sulle stesse labbra che una volta avevano preso un impegno e che avevano baciato una bambina.

I lampi di luce balenavano tutt'intorno a lui mentre veniva trascinato negli abissi.

Tuttavia Monk si tese ancora una volta verso l'alto.

Mentre il bagliore della nave svaniva e l'oscurità si chiudeva su di lui, indirizzò con tutto il cuore un addio alle due donne che avevano dato un significato alla sua vita.

Kat.

Penelope.

Vi amo, vi amo, vi amo...

Ore 06.05

Lisa era scossa dai singhiozzi.

Seduta accanto a lei, Susan le posava una mano sulla schiena.

Nessuno parlava.

Ryder lottava contro la forza del vento, mentre faceva volare la *Sea Dart* in mare aperto. L'isola di Pusat svanì nell'oscurità.

La tempesta li sballottava come una foglia d'autunno. Era inutile lottare. Si limitarono a fuggire a favore di vento, procedendo rapidamente verso nord.

La radio era stata messa fuori uso da un proiettile.

«Il sole sta sorgendo», mormorò Susan, guardando fuori dal finestrino, ignorando la mappa di navigazione che aveva appoggiato sulle gambe.

«Forse è riuscito a raggiungere la riva», azzardò Ryder.

Lisa sapeva che Monk non ce l'aveva fatta. Eppure si asciugò gli occhi. Monk si era sacrificato perché loro potessero fuggire, perché le persone a bordo della *Mistress of the Seas* avessero una possibilità di essere soccorse e il mondo avesse la speranza di trovare una cura.

Ma, dentro di sé, Lisa sentiva solo un torpore mortale.

«Il sole...» ripeté Susan.

Ryder virò a est. All'orizzonte, s'intravedevano le avvisaglie della fine della tempesta. Le nuvole nere si erano diradate quanto bastava da lasciar filtrare la luce del sole.

Lisa fissò quel chiarore in cerca di un'assoluzione, per scacciare via l'oscurità che le serrava l'anima.

Poi Susan emise un grido terrificante.

Lisa sobbalzò e si voltò. Susan si raddrizzò di scatto sul sedile, fissando il sole con gli occhi spalancati. Ma nei suoi occhi c'era qualcosa che brillava più intensamente.

Puro terrore.

« Che c'è? »

La donna continuava a fissare dinanzi a sé. La bocca si muoveva, senza fiato.

Lisa fu costretta a leggerle le labbra.

« Non devono andare laggiù. »

« Chi? Dove? »

Susan non rispose. Senza abbassare lo sguardo, posò un dito sulla mappa di navigazione.

Lisa lesse il nome sotto il dito.

Angkor.

16

BAYON

Angkor Thom, Cambogia,
7 luglio, ore 06.35

Gray marciava con gli altri verso l'imponente cancello del complesso templare di Angkor Thom. Il sole del mattino, basso all'orizzonte, gettava ombre lunghe sul sentiero rialzato. Le cicale frinivano, unendosi al coro delle rane.

A quell'ora, a parte una manciata di turisti e un paio di monaci avvolti nelle vesti color zafferano, il ponte era tutto per loro. Era lungo quanto un campo di football ed era costeggiato da due file di statue: cinquantaquattro divinità su un lato e cinquantaquattro demoni sull'altro. Dominavano un fossato, adesso in gran parte secco, dove una volta nuotavano i coccodrilli, proteggendo la grande città e il palazzo reale interno. Al momento, il profondo fossato, affiancato da argini di terra, languiva in distese di pozze verde smeraldo ricoperte d'alghe e gramigna.

Vittorio posò la mano sulla testa della statua di un demone. « Cemento. Le teste originarie sono state quasi tutte rubate, anche se ne resta qualcuna nei musei cambogiani. »

« Speriamo non sia stato rubato quello che stiamo cercando », replicò Seichan con aria cupa, evidentemente ancora turbata dalla conversazione con Nasser sul furgone.

Gray si teneva a distanza da lei. Non era sicuro di quale dei due agenti della Gilda fosse più pericoloso.

I quaranta uomini della squadra di Nasser erano sparsi davanti e dietro di loro. L'egiziano camminava un metro alle loro spalle, guardandosi continuamente intorno con aria vigile. Ogni tanto, qualche turista li scrutava incuriosito, ma in realtà quella strana comitiva veniva ignorata. Le rovine calamitavano l'attenzione di tutti.

All'estremità del sentiero rialzato, le mura di blocchi di laterite, alte trenta metri, racchiudevano i centosessanta chilometri quadrati del complesso monumentale, al cui interno sorgeva la loro meta: Bayon. Le rovine erano avvolte da una fitta foresta. Palme colossali incombevano sull'imponente cancello di venticinque metri. Nella torre di pietra erano stati scolpiti quattro volti giganteschi, affacciati sui quattro punti cardinali.

Gray studiò quei volti, sfigurati dai licheni e consumati dalle crepe. Nonostante l'inclemenza del tempo, la loro espressione manifestava serenità: le fronti ampie ombreggiavano gli occhi rivolti verso il basso, mentre le labbra spesse si curvavano in un delicato sorriso, enigmatico come quello della Gioconda.

«Il Sorriso di Angkor», spiegò Vittorio, notando la sua attenzione. «Il volto è quello di Lokesvara, il bodhisattva della compassione.»

Gray controllò l'orologio. Venticinque minuti alla scadenza dell'ora, quando Nasser avrebbe ordinato di tagliare un altro dito alla madre.

Dovevano compiere qualche progresso per tenere a bada quel bastardo. Ma cosa?

Il respiro di Gray si fece più faticoso. Era dibattuto fra due strategie opposte: quella di affrettarsi a scoprire gli indizi che avrebbero fermato la mano di Nasser *e* la necessità di ritardare l'egiziano il più possibile, per concedere a Painter Crowe il tempo di trovare i suoi genitori.

Gray si sforzò di concentrarsi sul proprio obiettivo e di trovare un punto d'equilibrio.

«Guardate, gli elefanti!» esclamò Kowalski, indicando il cancello in tono un po' troppo eccitato.

Accanto all'ingresso, Gray individuò un paio di elefanti indiani, con le proboscidi che pendevano indolenti sulle pietre, gli occhi coperti di mosche. Un turista, gravato da una massiccia videocamera al collo, veniva aiutato a montare in groppa all'animale, su cui era legata una variopinta sella chiamata *howdah*. Su un cartello era scritto a mano in varie lingue: GIRO DI BAYON A DORSO D'ELEFANTE.

«Solo dieci dollari», lesse Kowalski.

«Credo che cammineremo», replicò Gray.

«Sì, dritti nella merda di elefante. Fra non molto ti pentirai di non aver pagato quei dieci verdoni.»

Gray alzò gli occhi al cielo e fece cenno a Kowalski di seguire gli uomini di Nasser, che avevano varcato il cancello ed erano entrati ad Angkor Thom.

Più avanti si estendeva un sentiero lastricato e riparato dagli imponenti kapok, gli alberi del cotone, con le loro radici contorte e avviticchiate ai blocchi di pietra. Le capsule dei semi erano sparpagliate sulla strada e scricchiolavano sotto i piedi. Adesso la foresta era più fitta.

«Quanto dista ancora?» domandò Nasser, avvicinandosi, ma tenendosi sempre a un metro di distanza, con una mano nella tasca della giacca.

Vittorio indicò la giungla. «Il tempio di Bayon si trova a poco più di un chilometro e mezzo.»

Nasser controllò l'orologio, quindi lanciò un'occhiata minacciosa a Gray.

Accanto a loro passò ronzando uno degli onnipresenti tuk-tuk, dei taxi a tre ruote con motore a due tempi. Una coppia di turisti scattò qualche fotografia alla loro legione di berretti neri, chiacchierando fra loro in tedesco. Quindi svanirono più oltre.

Gray seguì la scia del gas di scarico del veicolo, mantenendosi al passo.

Kowalski scrutò nella fitta foresta di palme e bambù. Il volto si contrasse di sospetto.

«Un tempo, ad Angkor Thom vivevano più di centomila persone», disse Vittorio.

«E dove?» domandò Kowalski. «In tre case?»

Vittorio puntò il braccio in direzione della foresta. «Quasi tutte le abitazioni, persino il palazzo reale, erano fatte di bambù e legno, e così sono marcite, ingiottite dalla giungla. Solo i templi sono stati costruiti in pietra. Secoli fa questa era una metropoli molto ricca, con i mercati che offrivano pesce e riso, frutta e spezie, e le case affollate di maiali e polli. Chi ha progettato la città aveva architettato un grandioso sistema di canali di irrigazione per sostentare lo sviluppo della popolazione. Angkor Thom era una città piena di vita, variopinta ed esuberante. In occasione delle festività i cieli erano illuminati dai fuochi d'artificio. I musicanti superavano per numero i guerrieri e suonavano cimbali, campanelli e tamburi, pizzicavano arpe e liuti, e soffiavano in corni o conchiglie.»

«Una bella orchestra...» borbottò Kowalski, per niente impressionato.

Gray tentò di immaginare una città simile, mentre osservava la giungla.

«Allora cos'è successo a tutta quella gente?» domandò Kowalski.

Vittorio si accarezzò il mento. «Nonostante ciò che sappiamo della vita quotidiana di Angkor, gran parte della sua storia resta un mistero. I loro testi erano scritti su foglie di palma, che, ovviamente, sono andate distrutte nel corso dei secoli. Il poco che sappiamo è stato estrapolato interpretando i bassorilievi scolpiti sui templi. Il resto è ancora un enigma. Come ciò che è accaduto alla popolazione.»

«Pensavo fossero stati invasi dai thailandesi, che schiacciarono l'antica civiltà khmer», disse Gray.

«Sì, ma molti storici e archeologi ritengono che, prima dell'invasione dei thailandesi, la civiltà khmer fosse già entrata in una spirale di decadenza. Secondo alcuni, i khmer avevano indebolito le loro difese dopo essersi convertiti a una forma di buddhismo più pacifica. Mentre, per altri, il sistema d'irrigazione e gestione idrica era entrato in crisi, impoverendo la città. Ma esiste anche la prova storica di ripetute e sistematiche epidemie di peste.»

Gray ripensò alla Città dei Morti di Marco Polo. Stavano attraversando quegli stessi campi di sterminio, adesso ricoperti di vegetazione. La natura era tornata, cancellando la mano dell'uomo.

«Comunque sappiamo che, dopo Marco, Angkor esisteva ancora», continuò Vittorio. «Ci è giunta un'interessante descrizione della regione da parte di un esploratore cinese, Zhou Daguan, composta un secolo dopo il viaggio di Marco. Quindi la cura che fu offerta a Marco deve aver permesso alla civiltà di sopravvivere, ma la sorgente virale dev'essere persistita, continuando a scatenare serie ininterrotte di epidemie. Neanche gli invasori thailandesi occuparono Angkor. Abbandonarono il vasto sistema di infrastrutture alle cure del tempo e della giungla. Avevano forse sentito le storie che circondavano questo luogo? L'avevano evitato di proposito, ritenendolo in qualche modo maledetto?»

«Quindi lei suggerisce che la sorgente possa ancora trovarsi qui?» chiese Seichan.

Vittorio scrollò le spalle. «Le risposte ci attendono a Bayon.»

Incorniciata dalla rigogliosa vegetazione, comparve un'imponente montagna di arenaria, che il sole del mattino screziava di sporgenze rocciose luccicanti di rugiada. Era circondata da cime più piccole, tutte ammassate in un unico strapiombo. A Gray ricordava qualcosa di organico, una sorta di termitaio, come se i secoli di pioggia avessero liquefatto la pietra e prodotto quella massa butterata e fluida.

Poi una nuvola oscurò il sole e le ombre si addensarono. Si delinearono dei giganteschi volti di pietra, che si stagliarono con i loro sorrisi di sfinge coprendo ogni superficie. L'accozzaglia di cime si rivelò una serie di torri, che svettavano ad altezze differenti, vicine e strette, tutte decorate dai volti imponenti di Lokesvara.

«*Illuminata dalla luna piena, sulla foresta svettava un'immensa montagna, su cui erano incisi un migliaio di volti demoniaci*», mormorò Vittorio.

Gray aveva la pelle d'oca. Riconobbe le parole del testo di Marco. Era il luogo in cui era stato visto per l'ultima volta il padre confessore di Polo, frate Agreer, diretto verso una montagna incisa di volti.

Avevano seguito le tracce di Marco sin lì. Adesso era il momento di ripercorrere le orme del suo confessore.

Ma dov'era andato frate Agreer?

Ore 06.53

Sul gruppo calò un silenzio pesante. Quasi tutti avevano lo sguardo alzato sulle rovine. Vittorio approfittò di quel momento per studiare i suoi compagni. Sin da quando erano giunti ad

Angkor Thom, aveva percepito una tensione latente fra Gray e Seichan. Anche se i due non erano mai stati amici per la pelle, fra loro c'era sempre stata una certa complicità. E nell'ultimo giorno la distanza fisica tra i due si era ridotta.

Invece, da quando erano scesi dal furgone, era come se dentro di loro si fosse invertita una sorta di polarità, che li respingeva lontano. Non solo si tenevano a debita distanza, ma Gray guardava Seichan con aria avvilita quando lei gli voltava le spalle, mentre l'espressione della donna era tornata dura, spietata.

Seichan era rimasta accanto a Vittorio, quasi avesse bisogno della sua protezione. Il suo sguardo era fisso sulle rovine. Adesso erano abbastanza vicini da scorgere la reale estensione di Bayon.

Cinquantaquattro torri raggruppate su tre livelli.

Ma la caratteristica più evidente era la quantità di volti scolpiti.

Ben oltre duecento.

La luce cambiava al passaggio delle nuvole, creando l'illusione che i volti fossero vivi e che si muovessero, osservando chi si avvicinava.

«Perché così tanti?» chiese finalmente Seichan.

Vittorio intuì che si riferiva ai volti di pietra. «Nessuno lo sa. Probabilmente sono guardie che custodiscono misteri segreti. Si dice pure che le fondamenta di Bayon siano state edificate su una struttura precedente. Gli archeologi hanno scoperto delle stanze murate, dove altri volti sono stati nascosti nell'oscurità. Bayon è stato l'ultimo tempio costruito ad Angkor: segnò la fine di un periodo di edificazione continua che durava da secoli.»

«E perché hanno smesso di costruire?» domandò Gray, facendosi più vicino.

Vittorio gli lanciò un'occhiata. «Forse hanno scoperto qualcosa che ha scoraggiato ulteriori scavi. Quando gli ingegneri khmer hanno costruito Bayon, hanno scavato in profondità. Un quarto del tempio è sepolto.»

«Sepolto?»

«Esatto. Quasi tutti i templi di Angkor si basano sulla struttura dei mandala. Una serie di rettangoli in successione, che rappresentano l'universo fisico, contornano una torre centrale a base circolare. La torre mediana simboleggia la magica montagna della mitologia indù, il Monte Meru, la dimora degli dei. Con il tempio parzialmente sepolto, la torre raffigura la penetrazione della montagna sacra dall'alto dei cieli fino alla terra. Persistono ancora storie di tesori e di orrori nascosti ai livelli inferiori di Bayon.»

Nel frattempo, avevano raggiunto la fine del sentiero, che si allargava in una piazza di pietra. La mole del tempio incombeva su di loro, sotto l'occhio vigile di dozzine di volti. Si vedevano i turisti risalire i vari livelli dell'edificio.

Continuarono ad avanzare, passando accanto a una serie di tuk-tuk parcheggiati. Sul ciglio della strada, una fila di bancarelle offriva frutti d'ogni tipo: manghi, frutti del pane, tamarindi, datteri cinesi, persino delle angurie piccole come palle da baseball. Fra le bancarelle sfrecciavano dei bambini, che riportavano un po' dell'antica vitalità con le loro risate e grida. Sull'altro lato, sei monaci sedevano su materassi intrecciati, la testa china, pregando in mezzo a una nuvola d'incenso.

Mentre li superava, Vittorio pregò di ricevere forza, saggezza e protezione.

Più avanti, Kowalski si era fermato di fronte a una bancarella. Un'anziana donna dal volto rugoso e perfettamente tondo era china su un braciere di ferro, intenta a cuocere degli spiedini. Il pollo e il manzo arrostivano accanto alla tartaruga e alla lucertola.

L'uomo annusò uno spiedino appetitoso. «Questo è granchio dal guscio morbido?» Sullo spiedino era infilzata della carne munita di zampe, annerite e accartocciate dal fuoco.

La donna gli rivolse un vigoroso cenno del capo e un largo sorriso. Parlò rapidamente in khmer.

Seichan affiancò Kowalski, piazzandogli una mano sulla spalla. «È tarantola fritta. In Cambogia è molto popolare a colazione.»

Kowalski trasalì e indietreggiò. «Grazie, ma preferisco il bacon.»

Un ladro meno schizzinoso – un macaco – uscì dalle rovine,

afferrò una pannocchia di granturco alle spalle della donna e schizzò via di fronte a Kowalski. L'omone indietreggiò sbigottito, urtando contro Gray, che si affrettò a togliersi di mezzo.

La mano di Kowalski scattò sotto lo spolverino.

Gray lo fermò, stringendogli il gomito. « Era solo una scimmia. »

Kowalski si liberò dalla stretta. « Sì, be', le scimmie non mi piacciono. » Con uno sguardo torvo, l'uomo avanzò risoluto. « Una volta ho avuto una brutta esperienza. Ma non voglio parlarne. »

Vittorio scosse la testa e li condusse all'entrata orientale del tempio. Il sentiero di pietra rialzato era un'accozzaglia di massi crollati, costellato da gigantesche palme da dattero e alberi del cotone. Accucciati, varcarono in fila l'ingresso del primo livello, passando sotto lo sguardo vigile di altri volti del bodhisattva.

Si trovarono in un cortile interno, incorniciato di gallerie. Alle pareti erano scolpiti degli intricati bassorilievi. Vittorio lanciò uno sguardo ai più vicini. Raffiguravano scene quotidiane: un pescatore che gettava le reti, un contadino che raccoglieva il riso, due galli che combattevano in mezzo a una folla, una donna che cuoceva spiedini su una brace. Quest'ultima ricordò a Vittorio l'anziana donna dietro la bancarella, a dimostrazione che passato e presente erano ancora intrecciati.

« Da dove cominciamo? » domandò Gray, scoraggiato dall'estensione del complesso monumentale.

In effetti il tempio era un autentico labirinto tridimensionale di passaggi angusti, arcate squadrate, gallerie buie, scale ripide, cortili soleggiati e stanze simili a grotte. E, tutt'intorno a loro, le torri, o *gopuras*, svettavano simili a lance e coni giganteschi, decorate con gli onnipresenti volti di pietra.

Sarebbe stato facile smarrirsi.

Persino Nasser parve accorgersene. Rivolse un cenno a un gruppetto di suoi uomini perché si stringessero intorno alla comitiva di Gray. Poi ordinò che venissero sorvegliate tutte le uscite del tempio.

Vittorio sentì stringersi il cappio intorno al collo, ma c'era una sola strada da percorrere. « Secondo la mappa che ho studiato, il livello successivo è costituito da un'altra corte squadrata, simile a questa. Ma credo che dovremmo procedere direttamente al terzo livello, dove sorge il santuario centrale. Possiamo raggiungerlo passando da questa parte.»

Mentre giravano intorno al cortile, Vittorio si fermò accanto a uno spettacolare bassorilievo sulla parete settentrionale, molto più grande degli altri. Raffigurava dei e demoni, esattamente come le statue lungo il sentiero rialzato. Erano impegnati in una sorta di tiro alla fune usando un enorme serpente come corda. Il serpente era attorcigliato su una montagna posta sulla schiena di una tartaruga.

«Cos'è?» domandò Gray.

«Uno dei principali miti indù, la Zangolatura dell'Oceano di Latte. Da questa parte ci sono i *devas*, gli dei, dall'altra i demoniaci *asuras*. Utilizzano il dio serpente Vasuki per far ruotare la grande montagna magica. Avanti e indietro, avanti e indietro, agitando così l'oceano cosmico in una spuma lattiginosa. È da questa spuma che si formerà l'elisir dell'immortalità chiamato *amrita*, o ambrosia. La tartaruga sotto la montagna è un'incarnazione del dio Vishnu, che aiuta dei e demoni tenendo sollevata la montagna affinché non sprofondi.» Vittorio indicò la torre centrale di Bayon. «E si presume che quella sia la montagna. O almeno la sua rappresentazione in terra.»

Gray lanciò un'occhiata alla torre di quindici piani, poi di nuovo al bassorilievo. Passò un dito sulla montagna scolpita. «E poi cos'è successo? Hanno ottenuto l'elisir?»

Vittorio scosse la testa. «Secondo il mito, a causa di tutti quegli scuotimenti il serpente Vasuki vomitò veleno, con cui infettò sia gli dei sia i demoni, minacciando di ucciderli. Vishnu li salvò bevendo il liquido letale e, durante l'operazione di svelenimento, assunse una colorazione bluastra. Ecco perché è sempre raffigurato con la gola blu. Con il suo aiuto, la zangolatura continuò e non soltanto diede origine all'elisir dell'immortalità, ma anche alle ninfe celestiali danzanti chiamate *apsaras*.»

Vittorio voleva proseguire, ma Gray restava dov'era, gli occhi fissi sul bassorilievo e una strana espressione in volto.

Nasser lo raggiunse. «Il tempo è scaduto», disse, tamburellando sull'orologio da polso con il cellulare. «Hai avuto qualche improvvisa intuizione?»

Nella freddezza dell'uomo, Vittorio percepì un sadico divertimento. Fece per intromettersi fra loro, temendo che Gray potesse reagire bruscamente.

Invece l'uomo si limitò ad annuire.

Nasser sgranò gli occhi, sorpreso.

Gray posò il palmo di una mano sul bassorilievo. « Questo non è un mito della creazione. È la storia del Ceppo di Giuda. »

« Di cosa stai parlando? » domandò Nasser.

« Secondo quanto ci hai detto dell'epidemia sull'Isola di Natale, il morbo ha avuto origine da mari baluginanti di batteri. Mari bianchi e spumeggianti, come il latte zangolato. »

Vittorio studiò il bassorilievo da un nuovo punto di vista. Seichan lo raggiunse.

Più in là, Kowalski era intento a fissare la raffigurazione di una fila di donne a seno nudo.

Gray indicò il serpente. « A quel punto si è sprigionato un grande veleno che ha minacciato la vita di tutti, buoni e cattivi. »

Seichan annuì. « Come i batteri tossici, che sputavano veleno lasciandosi dietro una scia di morte. »

« Ma *qualcuno* è sopravvissuto all'esposizione e ha salvato il mondo: Vishnu. Ha bevuto il veleno, detossificandolo, e ha assunto una colorazione bluastra... »

« Quasi stesse brillando », mormorò Vittorio.

« Come i sopravvissuti descritti nel libro di Marco », aggiunse Gray. « E come la paziente che hai descritto tu, Nasser. Che emana un bagliore bluastro. »

« È troppo perfetto per essere una coincidenza », commentò Vittorio. « E parecchi miti antichi hanno avuto origine da storie vere. »

Gray si rivolse a Nasser. « Se ho ragione, questo è il primo indizio che siamo sulla pista giusta. Che forse c'è ancora dell'altro da scoprire. »

Gli occhi di Nasser si strinsero, con sguardo irritato, ma poi annuì lentamente. « Credo che potresti aver ragione, comandante Pierce. Ottimo. Hai appena rimesso indietro le lancette dell'orologio di un'altra ora. »

Gray cercò di nascondere il proprio sollievo.

« Procediamo », disse Nasser.

Vittorio li condusse verso una ripida rampa di scale ombreggiata. Gray indugiò ancora un istante, studiando l'incisione nella pietra. Tese la mano e fece correre un dito lungo la montagna scolpita, poi di nuovo sulla torre centrale.

Vittorio scorse Gray scuotere leggermente la testa.

Sapeva qualcos'altro?

Ma il volto dell'agente della Sigma esprimeva anche un'altra emozione.

Paura.

Isola di Natuna Besar, ore 07.32

« Non devono andarci... » gemette di nuovo Susan.

La donna giaceva sdraiata sui sedili posteriori della *Sea Dart*, perdendo e riprendendo continuamente conoscenza, vicina a ricadere in stato di stupore catatonico. Lottava per scostare la coperta ignifuga che Lisa le aveva steso sopra.

« Resta sdraiata », la incalzò Lisa. « Cerca di riposare. Ryder tornerà presto. »

La *Sea Dart* dondolava urtando l'estremità del pontile di rifornimento. Erano atterrati nella baia riparata di un'isoletta al largo della costa del Borneo. La pioggia cadeva senza sosta dalle nuvole basse, ma la furia del tifone si era dissipata. I tuoni continuavano a rimbombare, ma erano sempre più lontani.

Ancora afflitta dal dolore per Monk, le riflessioni di Lisa erano facilmente scivolate nelle recriminazioni. Avrebbe potuto fare di più. Agire più prontamente. Pensare a qualcosa d'intelligente all'ultimo momento. E invece la mano artificiale di Monk pendeva ancora dal puntello dell'ala. Ryder non era riuscito a staccarla.

Lisa diede un'occhiata al portello, desiderando che il miliardario tornasse presto. Aveva rifornito di benzina la barca ed era andato in cerca di un telefono.

Ma non sarebbe stato semplice. Il villaggio era stato devastato. La tempesta aveva divelto i tetti, abbattuto le palme e disseminato la spiaggia di barche ribaltate. Sul pontile mancava la corrente elettrica. Ryder aveva dovuto mettere la benzina a mano, passando una mazzetta di contanti a un uomo in bermuda e ciabatte con l'aria da cane bastonato. L'uomo si era allontanato in moto con Ryder, assicurandogli che avrebbe potuto trovare un telefono nei pressi del piccolo aeroporto nell'entroterra dell'isola.

Natuna Besar era una rinomata meta turistica per gli amanti dello snorkeling e della pesca sportiva. Ma era stata evacuata a causa del tifone. Il luogo sembrava deserto.

Gran parte delle isole che avevano sorvolato versava nelle stesse condizioni.

« Sicuramente laggiù qualcuno avrà un telefono satellitare », aveva detto Ryder, dopo aver individuato l'aeroporto di Natuna Besar.

Avevano comunque bisogno di carburante e così erano atterrati.

Adesso Lisa attendeva con Susan.

Nella luce fioca della cabina, il volto di Susan brillava d'un bagliore più intenso, che sembrava irradiarsi dalle ossa anziché dalla pelle. Preoccupata, Lisa posò la mano sulla fronte madida della donna.

Avvertì un bruciore.

Ma non era febbre.

Si scostò. La mano continuava a bruciarle.

Che diavolo era?

Si sciacquò vigorosamente il palmo con l'acqua di una borraccia e si asciugò con la coperta ignifuga. Il bruciore si placò.

Lisa fissò la pelle lucente di Susan. Quella era una novità. Probabilmente i cianobatteri producevano una sostanza chimica caustica, da cui Susan era immune o comunque protetta.

Cosa stava succedendo?

Quasi le leggesse nel pensiero, Susan tese la mano verso il riquadro di flebile luce che filtrava dal finestrino del portello. Il bagliore della pelle si spense.

Quel contatto parve placare Susan, che si lasciò sfuggire un lungo sospiro.

La luce del sole.

Possibile?

Incuriosita, Lisa toccò con un dito la mano illuminata dal sole, ma ritrasse subito il braccio. Era come toccare un ferro rovente. Di nuovo si sciacquò il polpastrello già escoriato.

«È la luce del sole», commentò Lisa.

Conosceva una delle caratteristiche peculiari dei cianobatteri. Erano i precursori delle piante moderne. I batteri ospitavano dei rudimentali cloroplasti, dei microscopici motori in grado di convertire la luce solare in energia. Con il sorgere del sole, i cianobatteri diventavano più attivi, come attraversati da una qualche energia.

Ma a quale scopo?

Diede un'occhiata alla mappa di navigazione sul pavimento. Ripensò alla precedente crisi di Susan, quando aveva indicato un punto sulla mappa.

«Angkor.»

Lisa aveva pensato si trattasse di una coincidenza. Ma adesso ne era meno sicura. Le ritornò in mente la conversazione telefonica di Devesh, mentre lei era legata al tavolo chirurgico.

Aveva capito una sola parola.

Angkor.

E se non fosse stata una coincidenza?

In tal caso, cos'altro sapeva Susan?

Forse esisteva un modo per scoprirlo. Cinse le spalle di Susan, tenendo fra loro la coperta ignifuga, e sollevò la donna finché non fu esposta al fascio di luce che filtrava dal parabrezza di fronte a loro.

Non appena il suo viso fu illuminato dal sole, Susan trasalì. Gli occhi si aprirono e si spostarono verso la debole luce. Ma, anziché restringersi, le pupille si dilatarono, come se volessero catturare più energia solare possibile.

«Lisa...»

«Sono qui.»

«Devo... dovete portarmi laggiù... prima che sia troppo tardi.»

«Dove?» Ma Lisa lo sapeva.

Angkor.

«Non c'è più tempo...» Susan distolse gli occhi dalla luce solare, rifuggendola. Terrorizzata. E non solo per il pericolo imminente. Aveva paura di quanto stava succedendo al suo corpo. Conosceva la verità, ma era incapace di fermare quel processo.

Lisa l'abbassò sul sedile, allontanandola dalla luce del sole.

Per un istante la voce di Susan si stabilizzò. Una mano strinse il polso di Lisa. Lontana dalla luce solare diretta, il tocco bruciava, ma non era urticante. « Io *non* sono la cura. So cosa credete tutti. Ma non lo sono... non ancora... »

« Cosa intendi? »

« Devo andare laggiù. Sento una specie di trazione nelle ossa. Una certezza, simile a un ricordo sepolto al di là della mia capacità intellettiva. So di avere ragione. Solo non riesco a spiegare il perché. »

Lisa ricordava la discussione in merito al DNA spazzatura, all'antica storia genetica collettiva presente nel nostro codice. I batteri stavano risvegliando qualcosa in Susan?

Lisa osservò la donna ritrarre l'altra mano dal fascio di luce solare e schermarsi il viso con il lembo della coperta ignifuga. Lo sapeva anche lei?

Mentre Susan si avvoltolava nella coperta per sfuggire alla luce del sole, la sua voce si fece più debole. « Non sono pronta... » Eppure una mano restava stretta intorno al polso di Lisa. « Portatemi laggiù... Il mondo sarà perduto. »

Uno schiocco raggelò Lisa.

Al finestrino del portello comparve il volto arruffato di Ryder. Lei si protese in avanti e aprì la serratura.

L'uomo salì a bordo, bagnato fradicio, ma con un largo sorriso in volto. « Ho trovato un telefono satellitare! La batteria ha solo un quarto di carica, e questa robaccia mi è costata l'equivalente di una villetta a Sydney Harbour. »

Lisa prese l'ingombrante aggeggio e si sedette al posto del copilota, accanto a Ryder. Persino fradicio sino al midollo, l'uomo sembrava il concorrente di un divertente reality show, con gli occhi luccicanti di entusiasmo. Ma Lisa sapeva che quella era solo apparenza. Ryder poteva anche godersi le proprie avventure mozzafiato, ma non si otteneva tanto successo nella vita senza un inflessibile senso pratico.

« Il segnale satellitare sarà più forte lontano dagli scogli », disse lui, accendendo i motori.

Si allontanarono lentamente dalle alture rocciose.

Nel frattempo, Lisa gli riferì quanto aveva detto Susan.

Non sono la cura... non ancora.

I due giunsero a un accordo.

Ryder aprì la carta di navigazione. «Angkor si trova circa settecento chilomentri a nord. Saremo lì in un'ora e mezzo.»

Lisa accese il telefono satellitare.

Aveva un'ultima persona da convincere.

Washington, ore 20.44

«Lisa!» esclamò Painter al microfono delle cuffie. Il segnale era debole, ma l'agitazione dell'uomo non aveva nulla a che vedere con le difficoltà di comunicazione. Era pura gioia e inebriante sollievo. Era in piedi dietro la scrivania. «Stai bene?»

«Sì, per ora. Non ho molto tempo, Painter. Il telefono si sta scaricando.»

Painter assunse un tono risoluto, frenando l'entusiasmo. «Ti ascolto.»

Lisa riferì velocemente tutto l'accaduto, parlando in maniera concisa, quasi stesse esponendo la diagnosi di un malato terminale. Eppure Painter avvertiva un tremito nella sua voce. Avrebbe voluto attraversare il telefono con la mano per accarezzarla e scacciare le sue paure.

Invece, mentre Lisa parlava di malattie, follia e cannibalismo, l'uomo si lasciò cadere sulla poltrona. Rivolse delle domande e colmò qualche lacuna. Lei diede le coordinate di un'isola: Pusat. Lui passò le annotazioni al suo aiutante, perché le inoltrasse al suo superiore, Sean McKnight. I membri di un commando australiano dell'antiterrorismo, di stanza a Darwin, erano in attesa della comunicazione di un obiettivo, pronti a effettuare un'operazione di salvataggio. Prima che Painter avesse terminato quella conversazione, i jet sarebbero già stati in volo.

Ma il problema non era soltanto la nave da crociera dirottata.

«Il Ceppo di Giuda?» domandò Lisa. «Il morbo si è diffuso?»

Painter aveva solo delle cattive notizie da comunicarle. Secondo i primi rapporti, si erano già riscontrati dei casi a Perth, a Londra, a Bombay.

« Abbiamo bisogno di quella donna », terminò Painter. « Jennings ritiene che una sopravvissuta sia la fonte della cura. »

« Lei non è ancora la cura », replicò Lisa.

« Cosa vuoi dire? »

« Ci manca qualcosa, qualcosa che si trova in Cambogia. »

« Stai parlando di Angkor? »

Seguì una lunga pausa. « Sì... Come fai a saperlo? »

Painter le raccontò della seconda operazione della Gilda, quella incentrata sulla ricerca storica.

« Gray si trova già laggiù? » domandò Lisa, in tono improvvisamente concitato. Lui la udì mormorare, quasi citasse le parole di qualcuno: « *Non devono andarci* ». La voce di Lisa si fece sempre più risoluta. « Painter, è possibile contattare Gray? »

« Perché? »

« Non lo so. » La voce cominciava ad andare e venire. Il telefono si stava scaricando. « I batteri stanno influendo sul cervello di Susan. Lo stanno energizzando attraverso la luce del sole. Ha una strana impellenza di raggiungere Angkor. »

« Come i granchi... »

« Cosa? »

Painter le riferì ciò che sapeva dei granchi dell'Isola di Natale.

« Susan dev'essere stata riprogrammata in maniera analoga », sentenziò Lisa. « Un impulso migratorio chimicamente indotto. »

« Se è così, allora forse si sbaglia sulla necessità di andare ad Angkor. Potrebbe essere un banale impulso cieco. Non c'è motivo che rischiate di persona. Almeno finché le acque non si saranno calmate. Lascia che sia Gray a occuparsene. »

« Credo tu abbia ragione in merito a un impulso biologico latente. E, nel caso di una forma di vita più semplice, come un granchio, potrebbe trattarsi soltanto di un istinto cieco. I granchi, come gli artropodi, possiedono soltanto dei rudimentali... »

Painter temette di aver perso il contatto. Ma, a volte, lei faceva così quando aveva un'intuizione improvvisa.

« Lisa? »

Impiegò un altro istante per rispondere. « Susan potrebbe avere ragione... Devo portarla laggiù. »

Painter parlò in fretta, sapendo che stavano per perdere il contatto. Inoltre, sentendo il tono risoluto di Lisa, era sicuro di non avere il tempo di dissuaderla. Se fosse andata ad Angkor, lui la voleva lontana dal pericolo. « Allora atterrate nell'ampio lago nei pressi delle rovine. Il Tonle Sap. C'è un villaggio sull'acqua da quelle parti. Trovate un telefono e ricontattatemi, ma restate nascosti. Organizzerò un'operazione di recupero. »

Painter riuscì a malapena a capire le parole successive della donna: diceva più o meno che avrebbe fatto del proprio meglio.

« Lisa, cos'hai scoperto? »

Le parole andavano e venivano. « Non sono sicura... le fasciole epatiche... il virus deve... »

Poi la linea s'interruppe.

Kat si precipitò nella stanza, rossa in volto. « Ho saputo della dottoressa Cummings! Come sta Monk? »

Painter alzò lo sguardo. Lisa lo aveva informato. Era stata la prima cosa che gli aveva detto. Ma poi, nella concitazione del momento, lui aveva archiviato quell'informazione.

Ora, di fronte a Kat, alla sua speranza, al suo amore, la verità lo colpì come un macigno.

Si alzò e girò intorno al tavolo.

Kat glielo lesse in volto. Indietreggiò, quasi potesse sfuggire alla verità. « Oh, no... »

Si aggrappò al bracciolo di una sedia, ma non riuscì a reggersi. Cadde su un ginocchio. Quindi si accasciò sull'altro, coprendosi la faccia con le mani. « No... »

Painter si chinò su di lei.

Non aveva parole da offrirle, poteva solo abbracciarla.

Non bastava.

La strinse a sé, domandandosi quanti altri sarebbero morti prima che tutto fosse finito.

Ore 20.55

Non sapevano più dove nascondersi.

Harriet attendeva il marito ai piedi delle scale che salivano sull'attico. Jack era andato a lasciare altre false tracce per i cani. Harriet aveva già sfilato la camicia al marito e l'aveva aiutato a posizionarne dei frammenti in punti strategici dei due piani inferiori: dentro uffici sbarrati con assi di legno, in mezzo a pile di rifiuti, tra gli scaffali metallici in un dedalo di cubicoli amministrativi. Avevano fatto del loro meglio per confondere gli inseguitori.

Jack era andato a caccia per tutta la vita: anatre, fagiani, quaglie, cervi. Prima dell'incidente all'impianto petrolifero, aveva avuto diversi retriever. Conosceva i cani.

E nella pistola che aveva rubato alla guardia aveva ancora tre colpi. Harriet si aggrappava a ogni speranza. Ma aveva sentito i cani abbaiare. Annishen aveva sistematicamente setacciato ogni piano. Sapeva che erano lassù e di tanto in tanto li chiamava, per schernirli.

Tutte le uscite erano ben sorvegliate, persino quelle antincendio. E l'intero quartiere sembrava da tempo abbandonato. Non c'era una sola luce accesa, a parte quelle molto lontane. Non c'era nessuno a sentire le loro grida d'aiuto. Avevano controllato qualche polveroso telefono a parete, ma erano tutti staccati.

Non potevano fare altro che salire. Restavano solo l'ultimo piano e il tetto.

Harriet udì un fruscio.

Dalla penombra comparve il marito, con indosso solo i boxer e armato di pistola. Zoppicò verso di lei. « Cosa ci fai ancora qui? » Aveva il volto imperlato di sudore. Harriet intuì che il suo tono irritato mascherava il timore per lei. « Ti ho detto di salire. »

« Non senza di te. »

Lui sospirò e la cinse con un braccio. « Allora andiamo. »

Salirono sino all'attico. Nella tromba delle scale sotto di loro era stato gettato molto tempo prima un inceneritore di rifiuti, che ostruiva l'accesso.

Doveva essere sicuro.

Un grugnito scacciò quella speranza. In basso, sul ballatoio dietro l'inceneritore, si udì un trepestio.

Raggelarono entrambi.

« Cosa fiuti, piccola? » Dei passi risuonarono nella tromba delle scale. Il bagliore di una torcia elettrica si alzò verso di loro.

Harriet e Jack si appiattirono alle pareti.

Il ringhio si fece più forte.

Jack spinse Harriet su per la rampa.

Intanto il ringhio aveva lasciato il posto a un intenso rumore di fiutamento, accompagnato dal ticchettio di unghie sulle piastrelle.

« Brava », disse la voce. « Snidali. Io salgo dall'altra parte. » Chi parlava si affacciò dal pozzo delle scale, cercando evidentemente un'altra strada per salire. Si sentì il crepitio di una radio, oltre a qualche borbottio mentre l'uomo faceva rapporto.

Quando Harriet e Jack stavano per raggiungere il ballatoio successivo, riecheggiò un ringhio brusco, a metà fra il trionfante e il selvaggio. Qualcosa di enorme salì pestando i gradini.

« Corri! » esclamò Jack.

Lei salì più in fretta e raggiunse il ballatoio. La porta dell'attico era a un metro di distanza, chiusa. Jack perse l'equilibrio al buio e cadde, piombando due gradini più sotto. La pistola gli sfuggì di mano e scivolò accanto a Harriet. Lei la raccolse e, mentre si raddrizzava, notò le luci filtrare da una finestrella del ballatoio.

Le torce elettriche brillavano nell'attico buio.

« Cercheremo qui e poi scenderemo. Li faremo uscire. » Era Annishen.

Harriet si voltò. Jack la raggiunse di corsa. Alle sue spalle, comparve una figura scura. Si levò un grugnito rauco.

Harriet puntò la pistola. Se avesse fatto fuoco, Annishen avrebbe capito dove si nascondevano.

Esitò troppo a lungo.

Con un ringhio selvaggio, l'enorme cane balzò sul marito.

Angkor Thom, ore 07.58

Seichan rimase a un passo di distanza, mentre Gray girava intorno all'altare centrale.

Erano stati necessari quasi venti minuti per scoprire la strada che saliva al santuario di Bayon. Il complesso era un intrico di gallerie buie, cortili improvvisamente illuminati dalla luce del sole e passaggi angusti, che spesso culminavano in vicoli ciechi.

Quando erano finalmente arrivati al piccolo santuario interno, erano tutti impolverati e madidi di sudore. L'umidità appesantiva l'aria scaldata dal sole.

«Qui non c'è nulla», affermò Nasser in tono acido.

Seichan conosceva quell'atteggiamento e dubitava che la pazienza dell'uomo sarebbe durata sino a mezzogiorno. A meno che non avessero compiuto subito qualche progresso, Nasser avrebbe chiuso la faccenda entro l'ora seguente. Ordinando l'uccisione dei genitori di Gray ed eliminando tutti quelli sul posto.

Sempre pratico, il ragazzo.

Mai un briciolo d'immaginazione.

Infatti era un amante monotono.

Gray girò intorno all'altare per la terza volta. Era pallido, coperto di polvere e terra, con i capelli neri appiccicati sulla fronte e scarmigliati in ciocche umide. Aveva del sangue rappreso sul colletto dietro l'orecchio, nel punto in cui era stato colpito in albergo.

Non le aveva ancora rivolto uno sguardo.

Quel comportamento la faceva irritare, soprattutto perché l'addolorava. E lei detestava ancora di più quella sensazione. Cercò di ritrovare la fredda indifferenza in cui un tempo sguazzava, un'indifferenza che le permetteva di andare a letto con Nasser per ottenere ciò che voleva, com'era stata addestrata a fare.

Seichan rivolse l'attenzione alle guardie, cercando di studiare una strategia per andarsene di lì. Erano ex soldati dei Khmer Rossi, da tempo reclutati dalla Gilda dopo la caduta del loro dittatore genocida, Pol Pot. Erano combattenti brutali. Sorvegliavano le quattro uscite della camera, una per ogni punto cardinale. Altri uomini si erano appostati lungo le rovine, per scoraggiare i turisti dall'intralciarli.

« A quanto ho letto, qui c'era una gigantesca statua di Buddha », disse Vittorio, seguendo Gray intorno all'altare. Indicò due lastre rettangolari, poste a gradino l'una sull'altra. « Ma, quando in questa zona ha prevalso l'induismo, il Buddha è stato smantellato e gettato in quel largo pozzo che abbiamo superato per salire quassù. »

Le uniche decorazioni nella sala erano quattro volti misteriosi del bodhisattva Lokesvara. Solo che in quel caso erano tutti affacciati verso l'interno, in direzione dell'altare e del Buddha mancante.

Kowalski si appoggiò a uno dei volti, alzando lo sguardo.

L'imponente torre centrale di Bayon svettava al di sopra dell'altare, ergendosi di quaranta metri. Dalla cima della torre filtrava un fascio di luce squadrato, che puntava dritto sull'altare. Era l'unica fonte d'illuminazione.

« Il posto è questo », sentenziò Gray, fermandosi. « Dev'esserci una strada per scendere da qui. »

« Scendere dove? » domandò Nasser.

« Vittorio ha accennato al fatto che la torre continua sottoterra, in profondità. Dobbiamo trovare un accesso alle sale inferiori. E io scommetto che l'altare è il luogo ideale dove cercare. »

« Perché credi sia rilevante? » chiese il prelato.

Gray si scostò i capelli dalla fronte.

Nasser notò l'esitazione dell'uomo. « Abbiamo superato un'altra ora. Tic tac, tic tac, comandante. »

Gray sospirò. « Il bassorilievo che raffigura la Zangolatura del Latte. Ogni elemento del mito era significativo. Il serpente, i mari spumeggianti, il veleno, la minaccia al mondo, il sopravvissuto luminescente. Ma uno mi sembrava inspiegabile. Non s'incastrava con gli altri. »

« Quale? » domandò Nasser.

Seichan intuì che Gray soffriva a parlare. Ogni parola gli usciva con lacerante riluttanza.

« La tartaruga », ammise infine.

« La tartaruga sul bassorilievo rappresenta un'incarnazione di Vishnu », intervenne Vittorio. « Sotto quella forma sostiene il Monte Meru per impedire che sprofondi. »

Gray annuì. « Sul bassorilievo, la tartaruga è scolpita sotto la montagna. Perché una tartaruga? » Si chinò e, sulla polvere dell'altare, abbozzò lo schizzo di una montagna con sotto un guscio tondeggiante.

Tamburellò sul guscio. « Cosa vi pare questa? »

« Una caverna », rispose Vittorio.

Gray alzò lo sguardo sul fascio di luce. « E la torre, qui, rappresenta quella montagna. »

Seichan si avvicinò. « Dici che c'è una caverna sotto la torre? »

Gray posò brevemente gli occhi su di lei, per poi distoglierli. « Il solo modo per scoprirlo è scendere e cercare un accesso alla grotta. »

« Ma cosa può esserci di tanto importante nella caverna? » chiese Nasser.

« Potrebbe esserci la sorgente del Ceppo di Giuda », rispose Vittorio. « Forse, durante gli scavi del tempio, sono entrati in quella grotta, scatenando qualcosa che giaceva sepolto là sotto. »

Gray sospirò, sfinito. « Parecchie malattie si sono diffuse quando l'uomo ha raggiunto zone fino a quel momento spopolate. Febbre gialla, malaria, malattia del sonno. Persino l'AIDS è comparso quando è stata costruita una strada che attraversava una regione remota dell'Africa, esponendo il mondo a un virus riscontrato solo in qualche scimmia. Forse, quando i khmer hanno popolato questa giungla, è stato liberato un virus. »

Gray mantenne lo sguardo fisso su Nasser.

Troppo fisso.

Seichan sentiva che Gray nascondeva ancora qualcosa. Studiò di nuovo il suo schizzo. La montagna e il guscio rappresentavano la torre e la caverna. Quindi cos'altro poteva esserci? Poi capì.

La tartaruga stessa.

Alzò gli occhi, incrociando quelli di Gray.

Il suo sguardo era severo. Sapeva che lei aveva intuito ciò che lui non aveva rivelato. Si augurava che tacesse.

Seichan indietreggiò, incrociando le braccia.

Gray la fissò per un altro istante, poi distolse lo sguardo.

Seichan provò una certa soddisfazione. Più di quanto si aspettasse.

Nasser annuì. « Va bene, scendiamo laggiù. »

« Speravo ci fosse un passaggio segreto », ammise Gray.

« Non importa », replicò Nasser. « Faremo saltare l'entrata. »

« Non sono sicuro che sia saggio », intervenne Vittorio, esterrefatto. « Se si tratta veramente della sorgente del Ceppo di Giuda, là sotto l'aria potrebbe essere spaventosamente tossica. »

Nasser restò imperturbato. « Ecco perché prima farò scendere voi. »

Seichan incrociò di nuovo lo sguardo di Gray. Lui non sollevò obiezioni. Sapeva che là sotto c'era qualcosa di più importante della sorgente del Ceppo di Giuda.

Il guscio della tartaruga poteva anche rappresentare la caverna, ma la tartaruga in sé rappresentava il dio Vishnu: sotto il tempio non c'era solo una grotta...

Gray avanzò verso Nasser. « Ho dimostrato collaborazione sufficiente a far risparmiare mia madre per quest'ora? »

Nasser scrollò le spalle in assenso. Si spostò verso il fascio di luce, cercando una ricezione migliore per il cellulare. « Allora forse è meglio che mi affretti. L'ora è già passata e Annishen ha poca pazienza. Nessuno sa cosa potrebbe fare. »

Washington, ore 21.20

Harriet restò pietrificata sul ballatoio.

Il cane balzò sul corpo di Jack, sdraiato sui gradini. Al buio, era impossibile determinarne la razza, ma sicuramente era enorme e muscoloso. Pit Bull o Rottweiler. Jack rotolò sulla schiena e scalciò, ma il cane era più veloce di lui, addestrato all'attacco. Con un ringhio schiumante, gli affondò un morso nell'anca.

Jack strattonò il ginocchio e con l'altra gamba assestò un calcio al petto del cane.

L'animale volò giù dalle scale, ancora attaccato alla gamba artificiale.

Jack aveva sganciato la protesi, liberandosi.

Harriet lo aiutò a salire sul ballatoio.

Di sotto, il cane urtò contro la parete e si rialzò in fretta. Non mollava la presa sulla protesi, impregnata dell'odore della sua preda. Irritato e confuso, dimenava la testa avanti e indietro, scuotendo l'arto catturato.

Harriet trascinò Jack sulla rampa successiva, superando la porta del ballatoio. Diede un'occhiata dalla finestrella. Le torce continuavano a setacciare l'attico.

Avevano una sola strada da prendere.

Il tetto.

Intanto il cane continuava a devastare la protesi, trionfante per il bottino conquistato.

Jack si appoggiò alla spalla di Harriet e procedette saltellando fino alla porta del tetto. Avevano già controllato l'uscita: era chiusa con una catena. Ma qualcuno aveva già usato un piede di porco per ripiegare l'angolo inferiore della porta d'acciaio. C'era spazio appena sufficiente a contorcersi sotto la catena allentata e passare attraverso il battente ricurvo.

Una volta fuori, Jack usò un tubo abbandonato per puntellare la porta. Non avrebbe retto a lungo, ma non importava. C'era almeno un'altra mezza dozzina di accessi al tetto. Non avrebbero potuto bloccarli tutti.

«Da questa parte.» Jack aveva già controllato il tetto, scoprendo un vecchio vano di ventilazione, sufficiente a nascondere due persone.

Ma nessuno dei due nutriva molte speranze.

Di lì a poco i cani avrebbero fiutato il loro odore.

Raggiunsero il vano e si lasciarono cadere sulla copertura di carta catramata. In cielo splendevano le stelle, assieme a una falce di luna. Un aeroplano passò sopra di loro, con le luci intermittenti.

Jack cinse Harriet con un braccio. « Ti amo. »

Era un'ammissione inconsueta, espressa di rado ad alta voce. Non che Harriet ne avesse mai dubitato. Ma, persino in quel momento, Jack pronunciò quelle parole in tono pratico. Quasi avesse detto che la terra era rotonda. Una banalissima verità.

« Anch'io ti amo, Jack. »

Harriet si strinse al marito. Non sapeva quanto tempo restava. Alla fine, Annishen sarebbe salita sul tetto.

Attesero in silenzio, dopo una vita trascorsa assieme, condividendo gioie e dolori, tragedie e successi. Anche se non fu pronunciata una sola parola, sapevano tutti e due cosa stavano facendo, con le dita intrecciate.

Si stavano dicendo addio.

17

DOVE NON OSANO GLI ANGELI

Angkor Thom, Cambogia,
7 luglio, ore 09.55

Gray era appoggiato alla parete della camera simile a una grotta.

Oltre l'angusta apertura, montava di guardia una mezza dozzina di uomini. I più vicini tenevano le armi in bella vista, come aveva ordinato loro Nasser, che si era poi allontanato per sovrintendere alla sistemazione delle cariche per far esplodere l'altare di pietra.

Gray controllò il quadrante luminoso dell'orologio subacqueo. Erano lì da quasi un'ora.

Pregò che Nasser fosse tanto occupato da dimenticare la minaccia ai suoi genitori. Qualcosa lo aveva sicuramente turbato. Infatti se n'era andato in tutta fretta, con il telefono all'orecchio. Aveva parlato di una nave da crociera, forse collegata con il ramo scientifico dell'operazione della Gilda. Painter gli aveva riferito la storia della nave dirottata e del fatto che non si sapeva dove fossero Monk e Lisa.

Evidentemente qualcosa era andato storto.

Ma erano buone o cattive notizie sui suoi amici?

Gray si staccò dalla parete e prese a camminare nella cella. Seichan era seduta su una panca di pietra, accanto a Vittorio.

Kowalski si protese vicino all'apertura. Una guardia gli puntò un fucile al ventre, ma lui la ignorò e, mentre Gray si avvicinava, disse: «Ho appena visto salire un tizio con un martello pneumatico».

«Devono essere quasi pronti», borbottò Vittorio, alzandosi.

«Perché ci mettono tanto?» chiese Gray.

«Per via delle bustarelle», commentò Seichan. «Ho sentito delle grida in khmer. Gli uomini di Nasser stanno cacciando i turisti dalle rovine. Pare che la Gilda abbia affittato Bayon in modo da far proseguire in pace questa festicciola privata. Siamo in una regione povera e non ci vuole molto a far chiudere un occhio alle autorità locali. »

Gray annuì. Infatti le guardie non si prendevano più la briga di nascondere le armi.

Vittorio si appoggiò a una colonna accanto alla porta. « Nasser deve aver convinto la Gilda che la pista storica va seguita sino in fondo. »

Ma Gray sospettava che si trattasse di qualcos'altro. Ricordava l'agitazione in merito alla nave da crociera. Se la ricerca scientifica si era arenata, quella storica avrebbe acquisito un peso più rilevante.

Ne ebbe conferma qualche istante più tardi.

Nasser si fece largo fra le guardie. Sembrava di nuovo calmo e controllato. « Siamo pronti. Ma, prima di continuare, pare che sia passata un'altra ora... »

Gray avvertì una contrazione allo stomaco.

« Ci ha tenuto chiusi qui dentro », protestò Vittorio. « Non può certo aspettarsi ulteriori progressi da parte nostra. »

Nasser inarcò un sopracciglio. « Non è affar mio. E Annishen diventa sempre più impaziente. Ha bisogno di qualcosa che la intrattenga. »

« Per favore... » mormorò Gray. Le parole gli uscirono di bocca prima che potesse fermarle.

Negli occhi di Nasser si accese un lampo divertito.

« Non fare l'idiota, Amen », intervenne Seichan alle sue spalle. « Se hai intenzione di farlo, procedi. »

I pugni di Gray si strinsero. Dovette resistere all'impulso di avventarsi su di lei, di farla tacere. Non aveva davvero bisogno d'istigarlo. Non in quel momento.

Il volto di Nasser si oscurò per un istante, poi, in silenzio, lui si voltò, rifiutando di abboccare all'esca della donna.

« Nasser! » gli gridò dietro Gray, con voce rotta.

« Va bene, ma mi aspetto risultati più che soddisfacenti, non appena avremo fatto breccia nell'altare », disse Nasser, senza voltarsi. « Per qualcosa in meno, non farò tagliare soltanto un dito a tua madre. È ora che ti sbrighi, comandante Pierce. » Poi alzò un braccio e le guardie li condussero fuori dalla cella.

Seichan si affiancò a Gray, urtandogli la spalla. «Lo stavo mettendo alla prova», sibilò. «Stava bluffando... me ne sono accorta.»

Gray avrebbe voluto schiaffeggiarla. Quella donna stava giocando con la vita dei suoi genitori.

Forse avvertendo la sua rabbia, Seichan gli lanciò uno sguardo in tralice. «Quello che devi domandarti, Gray, è: perché? Perché sta bluffando?» chiese in tono più duro.

Lui si rese improvvisamente conto che Seichan aveva ragione. Poi avvertì il tocco della donna contro la sua mano e allora tese le dita, cercando di farle capire che gli dispiaceva essersi comportato così. Ma Seichan era già andata avanti.

Nasser li stava riconducendo al santuario centrale. La squadra di guastatori era già al lavoro: nella doppia lastra di arenaria massiccia si scorgevano alcuni fori da cui uscivano vari cavi, uniti in una sorta di treccia. Alle quattro uscite, erano appostati degli uomini, con estintori rossi legati alla schiena.

Gray trasalì. Perché mai si aspettavano un incendio? Lì non c'era che pietra...

Nasser stava parlando con un nanerottolo che indossava un giubbotto da cui spuntavano numerosi strumenti e che reggeva sulla spalla un rotolo di cavo. Evidentemente si trattava dell'esperto in demolizioni. Poi, in risposta a un cenno d'assenso dell'uomo, annunciò: «Siamo pronti».

Furono condotti all'uscita occidentale e si appostarono dietro l'angolo.

«Un'esplosione potrebbe farci crollare tutto addosso», esclamò Vittorio.

«Lo sappiamo, monsignor Veroni», ribatté Nasser, comunicando via radio l'ordine di procedere.

Un istante più tardi, il petto e le orecchie dei presenti vennero come squassati da uno schianto fragoroso, simile a un rombo di tuono e accompagnato da un lampo accecante. Un odore pungente e acre si diffuse tutt'intorno.

Vittorio tossì. Gray gli agitò una mano di fronte al viso.

«Che diavolo era?» domandò Kowalski, sputando.

Ignorandolo, Nasser continuò ad avanzare.

Vennero allora raggiunti da uno degli uomini muniti di estintore. Dopo essersi abbassato una maschera sul viso, l'uomo attivò la manichetta, sprigionando una nebbia che investì pavimenti, pareti e soffitti. Lo stretto corridoio si riempì di una nuvola di polvere sottile, che coprì ogni superficie.

Giunsero così al santuario. In mezzo alla nebbia, Gray notò altri quattro uomini muniti di estintore convergere nella camera di fronte. Sotto il loro getto combinato, era quasi impossibile distinguere qualcosa. Infine il getto terminò e la polvere prese a depositarsi, rivelando la camera. La luce del sole filtrava dal comignolo della torre.

Nasser fece strada. « Una base neutralizzante », spiegò, togliendosi dal volto la patina di polvere.

« Neutralizzante per cosa? » domandò Gray.

« Per l'acido. La demolizione consta di una carica incendiaria abbinata a un acido corrosivo. Un'idea messa a punto dai cinesi durante la costruzione della Diga delle Tre Gole. Minima concussione, massimo danno. »

Gray entrò nella camera dietro Nasser e restò a bocca aperta.

Le pareti coperte di polvere bianca sembravano aver subito un drastico cambiamento. Le fattezze dei quattro volti del bodhisattva parevano liquefatte, ridotte a una colata di lava. Nel pavimento si aprivano squarci giganteschi.

L'altare al centro, illuminato dal basso, era in rovina. Una sezione d'angolo era crollata in una camera inferiore.

Là sotto c'era qualcosa.

Gran parte della lastra, però, reggeva ancora.

Nella camera entrarono due membri della squadra di guastatori: il primo con una mazza in spalla, il secondo con un martello pneumatico.

Per ogni evenienza.

Il primo ruotò la mazza, colpendo dritto al centro. Dalla testa del martello si alzò una nuvola di scintille e l'enorme massa di arenaria cedette.

L'altare precipitò nel pozzo.

Sul sedile posteriore, Susan gridò.

Bloccata dalle cinture di sicurezza al posto del copilota, Lisa si voltò di scatto. Stava scrutando l'enorme distesa del lago nell'entroterra, mentre la *Sea Dart* lo sorvolava, preparandosi ad atterrare. Sotto di loro, lontano dalla riva, sorgeva un villaggio sull'acqua, un intrico di giunche vietnamite e case galleggianti.

Era lì che Painter le aveva detto di nascondersi. Il villaggio di pescatori distava una trentina di chilometri da Angkor. Era lontano dal pericolo.

Mentre Susan continuava a urlare, Lisa armeggiò con l'imbracatura del sedile. Una volta libera, si diresse sul retro dell'aereo.

Susan scostò il lenzuolo, dimenandosi e boccheggiando. « Troppo tardi! Siamo arrivati troppo tardi! »

Lisa recuperò il lenzuolo e la invitò a sdraiarsi. Aveva dormito tranquillamente per l'intero tragitto. Cos'era successo? Poi Susan le artigliò il braccio e quella presa le scottò la pelle, bruciandone la peluria sottile.

Lisa scostò il braccio. « Susan, che c'è? »

Susan si alzò a sedere. Il barlume di follia nei suoi occhi quasi si spense, ma lei continuava a essere scossa dai brividi. « Dobbiamo andare laggiù. »

La solita litania.

« Stiamo atterrando in questo momento », disse Lisa, cercando di calmarla.

« No! » Susan si tese ancora verso di lei, ma poi ritrasse la mano, notando che Lisa si era scostata. Con un respiro tremolante, sgusciò di nuovo sotto la coperta. « Siamo troppo lontani. So che ti sembro matta. Ma ci sono rimasti solo pochi minuti. Dieci, quindici al massimo. »

« Rimasti per cosa? » Lisa ricordava di aver parlato con Painter dei granchi dell'Isola di Natale e dei mutamenti neurologici chimicamente indotti, mutamenti che innescavano folli urgenze migratorie. Ma, nel cervello sofisticato di un essere umano, che effetto avevano quelle sostanze chimiche? Quali altri mutamenti si verificavano? Ci si poteva fidare dell'ansia di Susan?

«Se non raggiungiamo quel luogo...» mormorò la donna, scuotendo la testa, come se stesse cercando di recuperare un ricordo. «Hanno aperto qualcosa. Sento la luce del sole. Come un paio di occhi incandescenti che bruciano dentro di me. Tutto ciò che so... e lo so con assoluta certezza... è questo: se non arrivo laggiù in tempo, non ci sarà una cura.»

Lisa esitò, girandosi a fissare Ryder.

Il lago saliva, mentre la *Sea Dart* procedeva verso il basso.

Susan gemette. «Non sono stata io a volere tutto questo.»

Lisa avvertì la sofferenza contenuta in quelle parole, intuendo che il dolore di Susan non si riferiva soltanto al fardello biologico. Quella donna aveva perduto il marito, tutto il suo mondo.

Sul volto di Susan si leggevano paura, dolore, disperazione e una profonda solitudine. «Io non sono un granchio. Lo vedi?»

Lisa annuì. Poi gridò a Ryder: «Prendi quota!»

«Come?»

Lei alzò il pollice. «Non atterrare! Dobbiamo avvicinarci alle rovine.» Si alzò, incerta, e raggiunse il posto del copilota. «C'è un fiume che attraversa la città di Siem Reap.» Si lasciò cadere sul sedile. Aveva studiato le mappe di navigazione della zona. La città si trovava a una decina di chilometri. Pochi minuti. *Dieci, quindici al massimo,* aveva detto Susan.

Erano abbastanza vicini? Ormai anche lei avvertiva la necessità di quel cambiamento di programma. Impiegò un istante per capirne il motivo. Le ultime parole di Susan.

Non sono un granchio.

Susan non sapeva nulla dei granchi dell'Isola di Natale. Lisa non aveva riferito a nessuno, neanche a Ryder, la conversazione avuta con Painter. Forse, nel suo stato di semincoscienza, Susan aveva colto qualche frase. Ma Lisa non riusciva a ricordare se avesse usato la parola *granchio.* In ogni caso, aprì la carta di navigazione e cominciò la ricerca.

Avevano bisogno di un luogo di atterraggio più vicino.

Un altro lago o un fiume.

«Oppure qui», esclamò, avvicinando la carta.

« Che c'è? » domandò Ryder, alzando il muso della *Sea Dart*.

Lisa gli passò la carta e ci tamburellò sopra. « Puoi atterrare qui? »

« Sei impazzita, maledizione? » chiese lui, sgranando gli occhi.

Lei non rispose. Soprattutto perché non conosceva la risposta.

Sul volto di Ryder si disegnò un largo sorriso. « Al diavolo, proviamoci! Mi piace come ragioni. Hai una relazione stabile a casa? »

Lisa si adagiò al sedile. Quando l'avesse saputo Painter... Scosse la testa. « Vedremo... »

Washington, ore 23.22

« Signore, quell'obiettivo GPS che mi ha detto di seguire si sta spostando fuori rotta. »

Painter si era accordato con i membri della squadra australiana dell'Antiterrorismo. Erano giunti sull'isola di Pusat un quarto d'ora prima, seguendo le coordinate di Lisa. Le prime informazioni provenienti dall'isola erano confuse. La *Mistress of the Seas* era stata trovata in fiamme, avvolta in un intrico di reti e cavi d'acciaio. Era quasi inclinata a quarantacinque gradi. A bordo della nave era in corso un violento conflitto a fuoco.

Di fianco a lui c'era Kat, che indossava un paio di cuffie. Si era rifiutata di andare a casa, almeno finché non avesse saputo per certo cosa stava succedendo. I suoi occhi erano arrossati e gonfi, ma lei rimaneva concentrata, aggrappandosi a una flebile speranza. Forse, in un modo o nell'altro, Monk era ancora vivo.

« Signore », disse il tecnico, indicando un altro monitor. Visualizzava una mappa dell'altopiano centrale cambogiano, al centro del quale c'era un enorme lago. Un puntino luminoso intermittente seguiva la rotta della *Sea Dart*.

Sino a poco prima, l'idrovolante sorvolava la riva del lago; adesso invece se ne stava allontanando.

« Che stanno facendo? » sbottò Painter. Osservò il puntino

ancora per qualche secondo, cercando d'individuare una traiettoria. Il loro sentiero di volo conduceva dritto ad Angkor.

Che succede?

Un movimento alla porta attirò la sua attenzione. Nella stanza irruppe Brant, il suo assistente, frenando con la sedia a rotelle in un cigolio di gomma e linoleum. « Ho cercato di contattarla », disse, ansimando. « Non ci sono riuscito. Ho pensato che fosse ancora impegnato nella videoconferenza con l'Australia. »

Painter annuì.

Brant gli tese un fax accartocciato.

Painter lo scorse rapidamente, quindi lo rilesse con maggiore attenzione. *Oh, Dio...* Di slancio, si diresse alla porta, ma poi si bloccò. « Kat? »

« Tu vai. Ci penso io », replicò lei, tornando a fissare la mappa della Cambogia e il puntino luminoso intermittente che si avvicinava alle rovine di Angkor.

Lisa, spero che tu sappia quello che fai, pregò Painter. Poi corse nel suo ufficio.

Per il momento, Lisa avrebbe dovuto contare soltanto sulle sue forze.

Angkor, ore 10.25

« Reggetevi! » esclamò Ryder. Più che un avvertimento, sembrava un grido di guerra.

Lisa strinse con forza i braccioli del sedile.

Nel cielo di fronte a loro svettavano le torri nere di Angkor Wat, simili a un gigantesco alveare. Ma quel tempio straordinario non era la loro meta.

Ryder abbassò la *Sea Dart,* puntando al verde fossato artificiale di Angkor Wat. A differenza di quello di Angkor Thom, era ancora colmo d'acqua. Circondava il tempio per più di sei chilometri, con una striscia d'acqua lunga oltre millecinquecento metri su ciascun lato. L'unico problema...

« Il ponte! » gridò Lisa.

« È così che lo chiami? » commentò Ryder in tono sarcastico, stringendo fra i denti un sigaro.

Era il suo unico sigaro, conservato per emergenze come quella. Prima di accenderlo, aveva dichiarato: « Persino a un condannato a morte è concesso un ultimo tiro ».

Si alzò sul fossato, regolando l'altezza del sentiero di volo quanto bastava per superare il ponte.

Mentre lo sorvolavano a tutta velocità, Lisa trattenne il respiro. I turisti presero a correre in ogni direzione.

Una volta superato il ponte, Ryder abbassò la *Sea Dart*, procedendo a pelo del fossato e trascinandosi dietro una piuma d'acqua. A quel punto, si abbassò ulteriormente. Lo slancio li spinse verso l'angolo opposto, troppo velocemente per poter effettuare una virata.

L'argine sfrecciò verso di loro.

Ryder afferrò una leva. « Questa si chiama curva Hamilton! Reggetevi forte! »

Con una zaffata di fumo del sigaro, strattonò e sterzò il timone.

La *Sea Dart* girò su se stessa, neanche fosse sul ghiaccio. I due motori identici emisero un ruggito, mentre i jet posteriori frenavano.

Lisa non poteva far altro che guardare, atterrita. Era convinta che si sarebbero schiantati contro l'argine.

Invece Ryder ruotò il timone e fece scivolare di lato la *Sea Dart*, che sollevò un'ondata sul bordo dell'argine inclinato e poi si fermò delicatamente.

Buttando fuori una nuvola di fumo, Ryder spense i motori. « Ah, che spasso. »

Lisa si sganciò immediatamente dal sedile e raggiunse Susan.

« Presto », disse Susan, lottando per liberarsi dalla cintura di sicurezza.

Ryder raggiunse le due donne e aprì il portello.

« Sai cosa devi fare? » gli domandò Lisa, mentre saltavano nell'acqua bassa e avanzavano sciaguattando verso l'argine, accompagnati dalle grida dei turisti.

« Me l'hai detto almeno sedici volte », replicò Ryder. « Trovare un telefono, chiamare il tuo direttore, fargli sapere cos'hai in mente e dove stai andando.»

Risalirono il pendio, arrivando a una strada che costeggiava il fossato. Susan si stringeva addosso la coperta ignifuga e aveva inforcato gli occhiali scuri, cercando di proteggersi il più possibile dai raggi del sole.

La gente continuava a gridare e a indicarli.

Ryder fece cenno a una motocicletta che trainava un carretto coperto e sventolò una mazzetta di banconote. Nella lingua universale, significava: *Fermati!* e il motociclista parlava correntemente quella lingua. Sterzò e si fermò accanto a loro.

Ryder aiutò Lisa e Susan a salire nel carretto posteriore e chiuse la minuscola portiera. «Il tuk-tuk vi porterà dritte al tempio. Fate attenzione.»

«Tu pensa a contattare Painter», disse Lisa.

Lui fece un cenno, come se stesse dando il segnale di partenza di una gara, e la motocicletta scattò via, trainando le due donne.

Lisa fece in tempo a vedere che alcuni poliziotti stavano raggiungendo Ryder, il quale agitava il sigaro per attirare la loro attenzione.

Nessuno si curò del loro piccolo tuk-tuk.

Lisa si adagiò al sedile.

Accanto a lei, Susan si strinse ancora di più nella coperta. E disse soltanto: «Dobbiamo far presto».

Ore 10.35

In ginocchio, Gray scrutava verso il basso. A meno di quindici metri sotto di lui, qualcuno lo fissava di rimando. Un altro bodhisattva di pietra. Si ergeva dal pavimento, scolpito in un gigantesco blocco di arenaria. Dal comignolo della torre giungeva un fascio di luce, che illuminava i granelli di polvere, scendeva nel pozzo e imbeveva di calda luminosità solare il volto di pietra scura.

Quell'enigmatico sorriso pareva un messaggio di benvenuto.

Dal bordo dell'altare distrutto venne lanciata una scala da

speleologo, con i gradini in acciaio e alluminio. La scala si srotolò cigolando e urtò la base delle fondamenta. Poi l'estremità superiore fu inchiodata al tetto di pietra del santuario.

Nasser raggiunse Gray. «Scendi prima tu. Uno dei miei uomini ti seguirà. Per ora, i tuoi amici rimarranno qui.»

Gray si pulì le mani dalla polvere e si alzò. Vittorio era appoggiato alla parete, imbronciato in volto. Era probabile che la sua aria cupa fosse dovuta anche al fatto che quella profanazione, per un archeologo come lui, era una cosa davvero ripugnante.

Al suo fianco, Kowalski e Seichan si limitavano ad attendere il loro destino.

Gray rivolse un cenno del capo a tutti e tre e cominciò la lunga discesa. Anziché di polvere, il pozzo odorava di umido. Per la prima decina di metri, era formato da una colonna di pietra larga circa due metri e costeggiata da massi, non molto diversa da un ampio pozzo. Negli ultimi tre metri, tuttavia, le pareti si svasavano, formando una cripta del diametro di dodici metri circa e perfettamente circolare.

«Mantieniti in vista», gli gridò Nasser dall'alto.

Gray sollevò lo sguardo sull'anello di fucili puntati contro di lui e si rese conto che uno dei soldati era già sulla scala. Allora saltò sul pavimento, atterrando accanto al volto di pietra del bodhisattva. La cripta era sostenuta da quattro massicce colonne equidistanti, con ogni probabilità i piloni di sostegno della torre sovrastante. Il pavimento era composto di blocchi di pietra calcarea. Erano arrivati al substrato roccioso. Di certo quelle erano le fondamenta strutturali di Bayon.

Il cigolio della scala spostò la sua attenzione sul soldato che si avvicinava. Avrebbe potuto aggredirlo e prendergli il fucile... ma poi? I suoi amici erano ancora di sopra e i suoi genitori erano nelle mani di Nasser. Inutile. Così si avvicinò al bodhisattva e gli girò intorno. Era scolpito nell'arenaria come tutti gli altri. Ricavato da un unico blocco che gli arrivava alla vita, riposava, disteso sulla schiena.

Il volto non sembrava diverso dagli altri: gli stessi angoli della bocca rivolti verso l'alto, lo stesso naso, la stessa fronte ampia, gli stessi occhi ombrosi e meditabondi.

La guardia balzò pesantemente a terra.

Gray si raddrizzò... e scorse qualcosa con la coda dell'occhio.

C'era qualcosa di strano nel volto di pietra, in quello sguardo enigmatico. Al centro degli occhi s'intravedevano dei cerchi scuri, simili a pupille. Neanche la luce del sole riusciva a cancellarli.

Si appoggiò sulla guancia di pietra e allungò la mano sulla pupilla scura, sondandola con un dito.

« Cosa stai facendo? » gridò Nasser.

« Ci sono dei fori! Scavati negli occhi, al posto delle pupille. Credo che attraversino la pietra. » Alzò lo sguardo. La luce del sole che si riversava dal comignolo della torre non era più schermata dall'altare e colpiva il volto fino ad allora nascosto.

Forse la luce scendeva ancora più in basso?

Gray si arrampicò sul bodhisattva e si sdraiò sul viso di pietra. Poi appoggiò il proprio occhio sulla pupilla di pietra. Infine, chiudendo l'altro occhio, mise le mani a coppa intorno al bulbo oculare di arenaria. Impiegò qualche istante a regolare la vista.

Molto più in basso, illuminato dalla luce del sole che attraversava l'altra pupilla, intravide il luccichio dell'acqua. Una pozza in fondo alla caverna. Gray riusciva quasi a immaginare la forma della grotta, tondeggiante come il guscio di una tartaruga.

« Cosa vedi? » gridò Nasser.

Gray rotolò sulla schiena. « È qui! La caverna! Sotto il volto di pietra! »

Come l'altare, il bodhisattva sorvegliava un ingresso nascosto.

Gray ricordava la spiegazione di Vittorio riguardo alla presenza di centinaia di volti di pietra: *Probabilmente sono guardie che custodiscono misteri segreti*. Poi rammentò le parole di un altro uomo, parole ben più antiche e minacciose, tratte dal testo di Marco. L'*ultimissima* riga della sua storia.

Le parole lo raggelarono nel profondo.

In quella città è stata aperta la porta dell'Inferno, ma ignoro se sia mai stata chiusa.

Gray alzò lo sguardo sull'altare distrutto e intuì la verità.

La porta era stata chiusa, Marco.

Ma adesso loro si accingevano a riaprirla.

Ore 10.36

Il tuk-tuk si fermò in fondo a una strada asfaltata.

Lisa scese e si ritrovò davanti una spianata di pietra in rovina, per metà divelta da alberi giganteschi. Oltre la spianata, incorniciato dalla giungla, sorgeva Bayon, un gruppetto di torri di arenaria frastagliate e ricoperte di volti sgretolati, corrosi dai licheni e percorsi da crepe.

C'erano alcuni turisti, intenti a scattare fotografie. Un paio di giapponesi si avvicinarono al tuk-tuk, con la chiara intenzione di salirvi. L'uomo chinò la testa verso Lisa e indicò il tempio, parlando in giapponese.

Lisa scosse la testa, senza capire.

L'uomo sorrise timidamente, chinò di nuovo la testa e borbottò: «*Closed*».

Chiuso?

Lisa aiutò Susan, ancora avvolta nella coperta ignifuga, a scendere dal tuk-tuk. Allora il giapponese indicò il veicolo, chiedendo silenziosamente se poteva prendere il loro posto. Lisa annuì e si allontanò, sempre sorreggendo Susan. Di fronte a lei scorse alcuni uomini, appoggiati alle torri e in piedi sopra i recinti. Indossavano una divisa coloniale e un berretto nero.

Appartenevano all'esercito cambogiano?

Susan si trascinava in avanti, arrancando verso l'entrata orientale. Lì, gli uomini con il berretto erano due e avevano i fucili in spalla. Quello a sinistra, chiaramente cambogiano, aveva un viso devastato da diverse cicatrici oblique. L'altro era bianco, con la pelle ruvida e la barba incolta. Gli occhi di entrambi erano duri come il diamante.

Non erano soldati cambogiani.

Erano mercenari.

«La Gilda», sussurrò Lisa, ricordando l'informazione che Painter le aveva riferito sulla cattura di Gray. *Sono già qui.*

Lisa strattonò Susan per fermarla, ma la donna si divincolò, decisa ad andare avanti. «Susan, non possiamo riportarti dalla Gilda.» *Di certo non dopo che Monk ha sacrificato la vita per liberarti*, pensò.

La voce di Susan era soffocata dalla coperta, ma aveva un tono risoluto. «Non ho scelta... devo... Senza la cura, *tutto* sarà perduto...» Scosse la testa. «Una sola possibilità. La cura dev'essere trovata.»

Lisa ricordava l'avvertimento di Devesh e la conferma di Painter. La pandemia si stava già diffondendo. Il mondo aveva *bisogno* della cura, prima che fosse troppo tardi. E se fosse caduta in mano alla Gilda... Be', ci avrebbero pensato in seguito.

Eppure...

«Sei sicura che non ci sia un altro modo?» domandò.

Susan tremava di paura e dolore. «Dio sa quanto vorrei che ci fosse. Forse è già troppo tardi.» Scostò delicatamente la mano di Lisa dal braccio e avanzò, vacillando, con la chiara intenzione di procedere da sola.

Lisa la seguì. Anche lei non aveva scelta.

Si avvicinarono alle guardie.

Lisa non sapeva cosa dire per superarle.

Ma, a quanto pareva, Susan aveva un piano.

Scostò la coperta, lasciandola cadere a terra. Alla luce del sole, sembrava normale... forse solo più pallida, con la pelle sottile e diafana. Si sfilò gli occhiali scuri e si voltò in direzione del sole.

Poi cominciò a vibrare e Lisa immaginò la luce accecante attraversarle le pupille, percorrere il nervo ottico e arrivare al cervello.

Ma non bastava.

Allora Susan si strappò la camicetta e si sbottonò i pantaloni che caddero a terra di colpo, anche perché, dopo tutte quelle settimane, lei era assai dimagrita. Rimasta in reggiseno e mutandine, si avvicinò alle guardie.

Palesemente sconcertati da quella donna seminuda, i due avanzarono comunque a sbarrarle la strada. In tono aspro e tagliente, il cambogiano strillò: «*D'tay! Bpel k'raowee!*»

Susan lo ignorò, continuando a camminare.

L'altra guardia la afferrò per le spalle, voltandola per metà. Ma subito dopo il viso dell'uomo si contrasse in una smorfia di dolore e lui ritrasse il braccio di scatto. Il palmo della sua mano era rosso come una barbabietola e dai polpastrelli usciva del sangue. Infine lui ricadde all'indietro, accasciandosi contro il muro.

Il cambogiano alzò il fucile, puntandolo alla nuca di Susan, sempre decisa a proseguire.

« No », gridò Lisa.

Il cambogiano la fissò.

« Portaci... » disse lei, sforzandosi di ricordare il nome che Painter aveva usato riferendosi alla storia di Gray. Poi ricordò. « Portaci da Amen Nasser! »

Ore 10.48

« Venite a vedere! » gridò Vittorio, non riuscendo a trattenere lo stupore. Si guardò alle spalle, cercando gli altri.

Gray era a qualche metro da lui, intento a esaminare una colonna delle fondamenta. I piloni erano formati da dischi di arenaria non cementati, dello spessore di una trentina di centimetri e del diametro di circa un metro. Gray tastò varie crepe profonde, fratture dovute alla tensione di quella antica « spina dorsale ».

Seichan e Kowalski si trovavano accanto al bodhisattva e osservavano la squadra di guastatori di Nasser che preparava il blocco scolpito.

Ancora una volta, nella cripta cilindrica, riecheggiò il lamento penetrante della punta del trapano che scavava. Nel volto di pietra, a una profondità di trenta di centimetri, fu praticato un altro foro di due centimetri circa. Negli altri fori erano già state piazzate le cariche, il doppio di quelle usate per l'altare, ed erano state collegate ai cavi. Nel pozzo erano fissate le corde per far salire e scendere le attrezzature e gli esplosivi.

Un fascio di luce rischiarava la fatica degli uomini.

A differenza di Seichan e Kowalski, Vittorio non era riuscito a guardare quello scempio e si era messo invece a studiare una parete. Lontana dal fascio di luce centrale, la cripta era avvolta nell'ombra, ma a Vittorio era stata data una torcia elettrica con cui cercare un altro ingresso alla caverna sotterranea. Ovviamente detestava l'idea di aiutare Nasser, ma, se fosse riuscito a trovare un'altra strada, forse avrebbe limitato la profanazione delle antiche rovine.

A Vittorio, però, non era stato concesso tutto quel tempo.

Dieci minuti.

Nasser era uscito dalla cripta. Vittorio l'aveva visto prendere il cellulare, in cerca di segnale. Apparentemente non c'era riuscito e quindi si era allontanato, ordinando di tenersi pronti per il suo ritorno.

Gray raggiunse Vittorio. « Hai trovato l'ingresso che stavi cercando? »

« No », ammise Vittorio. Aveva girato intorno alla cripta, ma inutilmente. Sembrava che l'unico modo per scendere passasse attraverso il volto di pietra del bodhisattva Lokesvara. « Però ho trovato questo. »

Vittorio attese che una guardia di pattuglia li superasse, quindi indirizzò il fascio della torcia elettrica sulla parete, rivelando incisioni che ricordavano i bassorilievi sovrastanti. Però quelle non raffiguravano nulla: erano soltanto motivi intrecciati a cascata.

« Cosa sono? » domandò Gray, sfiorando le incisioni.

Anche Seichan e Kowalski si erano avvicinati.

« All'inizio, pensavo che si trattasse soltanto di una decorazione. Copre tutte le pareti... » spiegò Vittorio, allargando le braccia. « Ogni superficie. »

« Allora che diavolo sono? » mormorò Kowalski.

« Il diavolo non c'entra affatto », disse Vittorio. « Direi piuttosto il contrario. » Indirizzò la luce su un minuscolo frammento dell'arazzo scolpito. « Esaminate più da vicino. »

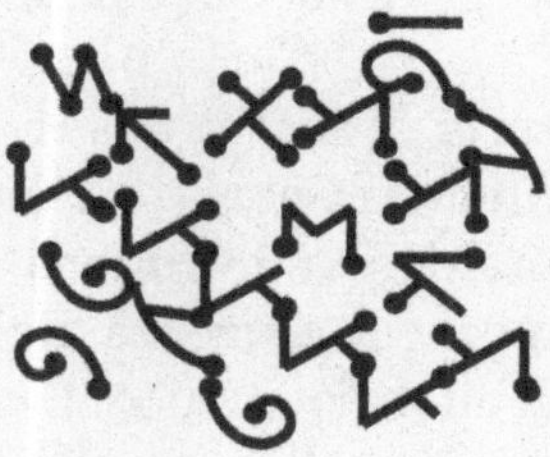

Gray si appoggiò alla parete e sfiorò i disegni. « Si tratta di simboli angelici, tutti affastellati. »

Seichan lo raggiunse. « È impossibile. Non ha detto che la scrittura angelica è stata ideata nel XVII secolo? »

Vittorio annuì. « Da Johannes Trithemius. »

« E come può essere qui? » domandò Gray.

« Non lo so », ribatté Vittorio. « Non si può escludere che, in un lontano passato, il Vaticano abbia inviato qualcuno in Cambogia a seguire le orme di Marco, come abbiamo fatto noi. E forse quel qualcuno è tornato con il calco di questa iscrizione e, chissà come, Trithemius ne è venuto in possesso. E da lì ha concepito la sua scrittura. Inoltre, se conosceva la storia di Marco riguardo agli esseri angelici, questo potrebbe essere il motivo per cui lui affermava che la scrittura era angelica. »

« Ma tu non credi che sia così, vero? » domandò Gray. Poi, sempre fissando la parete, prese ad arretrare lentamente.

Lo vede anche lui, pensò Vittorio, sforzandosi di non rivelare ciò che sospettava. « Trithemius ha sostenuto di essere giunto a conoscenza della scrittura dopo diverse settimane di digiuno e di profonda riflessione », disse con un sospiro. « Ecco, io ritengo che sia successo esattamente questo. »

« Ma no! » esclamò Seichan in tono derisorio. « È semplicemente successo che Trithemius ha almanaccato il tutto, copiando questa antica iscrizione. »

« È proprio quello che sto dicendo », replicò Vittorio. « Come vi ho già detto, la scrittura angelica possiede una sbalorditiva rassomiglianza con la lingua ebraica. Persino Trithemius sosteneva che la propria scrittura fosse il puro distillato dell'alfabeto ebraico. »

Seichan scrollò le spalle.

« Che cosa ne sapete della Qabbaláh, della Cabala? » domandò Vittorio.

« Solo che è una sorta di studio mistico ebraico. »

« Esatto. I praticanti della Cabala cercano di comprendere in senso mistico la natura divina dell'universo, studiando la Bibbia ebraica. Ritengono che la saggezza divina si trovi nelle forme e nelle curve dell'alfabeto ebraico. E che, meditandoci sopra, si possa ottenere un'assoluta comprensione dell'universo, di ciò che noi siamo al livello più fondamentale. »

Seichan scosse la testa. « Sta dicendo che questo Trithemius ha meditato a lungo e se ne è uscito con una forma più pura di lingua ebraica? Che si è imbattuto in una lingua... che permette una straordinaria saggezza interiore? »

Gray si schiarì la gola. « In questo caso, credo che *interiore* sia la parola chiave. » Fece cenno a Seichan di affiancarsi a lui. « Cosa vedi? Dai un'occhiata all'intero schema. Non ti sembra familiare? »

Lei osservò per qualche istante, poi sbottò: « Non saprei. Che sto guardando? »

Con un sospiro, Gray fece scorrere un dito lungo uno dei motivi a cascata. « Osserva la spirale di ellissi spezzate. Immagina questa sezione da sola. »

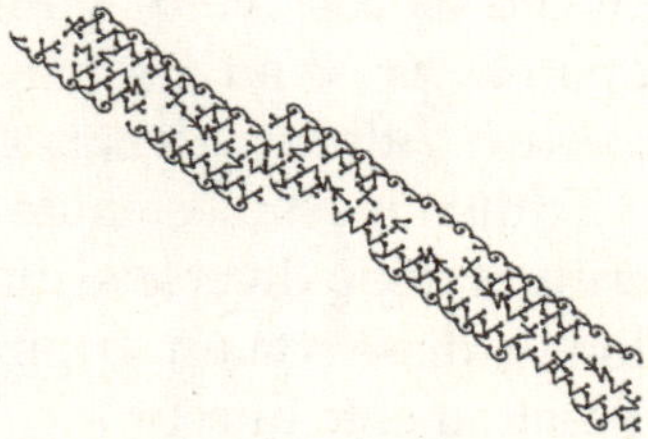

«Ha un aspetto quasi biologico», borbottò Seichan.

Gray annuì. «Segui i diversi fili. Non ti sembrano doppie eliche di DNA? Non ci riconosci una sorta di mappa genetica?»

Seichan era dubbiosa. «Scritta in lingua angelica?»

«Forse. A dire il vero, uno studio scientifico ha messo a confronto gli schemi del codice del DNA con gli schemi riscontrati nei linguaggi. Secondo la legge di Zipf – uno strumento statistico – tutte le lingue presentano uno schema specifico basato sull'uso ripetuto di certe parole, come la frequenza degli articoli *il* o *un*. O sulla rarità di altre, come *oritteropo* o *ellittico*. Tracciando un grafico che confronta la diffusione delle parole con la frequenza del loro uso, si ottiene una linea retta. E questo vale per l'inglese, il russo o il cinese: lo schema lineare è sempre lo stesso.»

«E il codice del DNA?» domandò Vittorio, intrigato.

«Presenta *esattamente* lo stesso schema. Persino il nostro cosiddetto 'DNA spazzatura', quello che gran parte degli scienziati giudica un rifiuto biologico. Lo studio è stato ripetuto e verificato. Per qualche ragione, nel nostro codice genetico è sepolto un linguaggio. Non sappiamo cosa dice. Ma questa potrebbe essere la forma scritta di quel linguaggio.»

Senza fiato per la meraviglia, Vittorio fece scorrere un dito sull'incisione. «Mi domando... è possibile che Trithemius abbia carpito quella lingua durante le sue meditazioni? Pensate all'ebraico antico, al fatto che i suoi caratteri sono simili alla scrittura angelica. Possibile che le prime lingue scritte siano in un modo o nell'altro derivate da questa, scaturite da una certa memoria genetica innata? In effetti, è lecito chiedersi se questo linguaggio non sia la Parola di Dio, che descrive qualcosa di più grande in ognuno di noi.» Mosse la torcia all'intorno. «E, in ogni caso, tutta questa lingua angelica... cosa ci dice?»

«Credo che sia un progetto genetico», ribatté Gray.

«Ma un progetto per cosa?» domandò Seichan.

«Probabilmente per una tartaruga», mormorò Kowalski.

Vittorio sbuffò, irritato dalla battuta, ma Gray e Seichan reagirono con sorpresa, fissando l'uomo con un'espressione incredula.

«Che succede?» chiese Vittorio, incuriosito da quella reazione.

Gray si avvicinò. «Credo che abbia ragione.»

«Io?» esclamò Kowalski.

«Il guscio della tartaruga rappresenta la caverna», spiegò Gray. «Ma che dire della tartaruga in sé? Secondo il mito, rappresenta un'incarnazione di Vishnu, una creatura angelica.» Indicò la parete. «E qui abbiamo la prova di uno strano processo biologico, di una conoscenza segreta che trascende un semplice morbo virale. Credo che il codice sulle pareti sia una specie di diario del processo. Probabilmente ancora incompleto.»

Monsignor Veroni tornò a fissare la parete. Un progetto...

D'un tratto, sopra di loro, si udì un forte trambusto. Sembrava proprio che gli uomini di Nasser stessero finendo il loro lavoro. Il capo aveva arrotolato i cavi delle cariche, fissandoli a un detonatore elettronico in modo da far esplodere tutto dall'alto.

Poi qualcuno cominciò a scendere la scala. Si trattava di una donna, ma, avvolta com'era dal fascio di luce, era difficile scorgerne i tratti.

Eppure Gray la riconobbe. «Lisa...?»

Più in alto, comparve Nasser, accompagnato da una donna agitata e seminuda, che sembrava decisa ad avanzare, quasi volesse gettarsi nel pozzo, ma era bloccata dalle canne di quattro fucili.

Vittorio alzò lo sguardo su di lei.

Brillava.

La sua pelle era luminescente.

Impossibile.

«Coprite gli occhi», gridò la donna. «Coprite gli occhi!»

Vittorio non riusciva a capire di cosa stesse parlando.

Invece Gray lo capì e scattò via, prendendo un telone e gettandolo sugli occhi della scultura come se fosse una benda. La luce scomparve.

Neanche fosse una marionetta cui avessero tagliato i fili, la donna sopra di loro si accasciò, cadendo su una lastra dell'altare spezzato.

Nasser la guardò con aria truce.

Lisa saltò giù dalla scala e li raggiunse. Il suo sguardo era fisso verso l'alto, ma le sue parole erano rivolte a tutti. « Mi dispiace. »

Ore 11.05

Due minuti più tardi, l'ultimo uomo di Nasser si aggrappò alla scala e prese a salire. In alto, un anello di fucili teneva il gruppetto sotto tiro. L'ultima sacca degli attrezzi da demolizione svanì oltre il bordo, sollevata grazie a una corda. « Perché ci lasciano qui sotto? » domandò Lisa.

Gray lanciò un'occhiata al volto di arenaria pieno di cariche esplosive. « Credo che siamo appena diventati inutili », commentò.

« Non avevo scelta », mormorò Lisa.

Aveva già spiegato il motivo della sua inattesa comparsa. Un gesto disperato, un tentativo necessario... anche se significava consegnare la cura nelle mani della Gilda.

« E Monk ha dato la sua vita... per questo », continuò Lisa con un singhiozzo.

« No. » Gray le cinse le spalle. Non riusciva neanche a prendere in considerazione quell'idea. Non ancora. « No. Monk vi ha portato qui. E, finché siamo vivi, c'è ancora speranza. »

Nasser tornò sull'orlo del pozzo. « Qui abbiamo quasi terminato », annunciò in tono più pratico che trionfante. Ormai aveva tutte le carte in mano. « Monsignor Veroni, prima lei ha detto che la pista scientifica e quella storica si sono fuse in queste rovine. È stato molto lungimirante. Ecco riunite le due metà della Sigma. » Indicò sotto di lui... quindi si rivolse a Susan, riversa a terra in stato catatonico. « E pare che anche gli obiettivi della Gilda si siano riuniti. La sopravvissuta della pista scientifica qui... e la sorgente del Ceppo di Giuda là sotto. »

Gray si allontanò da Lisa e fece un passo avanti. « Potresti ancora aver bisogno del nostro aiuto », gridò a Nasser. Ma sapeva che era fiato sprecato.

« Sono sicuro che ce la caveremo. La Gilda dispone di abbondanti risorse per recuperare gli ultimi tasselli dell'enigma e metterli al loro posto. Siamo arrivati fin qui partendo semplicemente da poche parole su un antico testo. Un testo, mi pare di capire, che è giunto in nostro possesso grazie a te, comandante Pierce. »

Gray strinse i pugni. Avrebbe dovuto bruciare la biblioteca dell'Ordo Draconis quando ne aveva avuto la possibilità.

« Certo, ci sono voluti archeologi marini e immagini satellitari per scoprire la nave affondata al largo della costa di Sumatra. »

Gray impiegò qualche istante per afferrare l'allusione di Nasser. « Avete trovato una delle navi di Marco Polo? »

« E siamo stati fortunati. Una delle travi della chiglia, incassata nella creta isolante, ospitava ancora una certa attività biologica. Ma non potevamo comprenderne appieno le potenzialità senza un esperimento in un ambiente reale. »

Se Nasser stava dicendo la verità, l'epidemia sull'Isola di Natale non era stata frutto del caso.

« Avete contaminato deliberatamente l'Isola di Natale? » chiese Gray, interdetto. Poi lanciò un'occhiata a Seichan per avere una conferma.

Lei non incrociò il suo sguardo.

« Partendo dallo studio delle correnti marine e degli schemi delle maree, è bastato piazzare la trave al largo della costa e osservare cosa succedeva », proseguì Nasser. « A dire il vero, stavamo monitorando e raccogliendo dei campioni, quando è entrata in scena Susan, la nostra paziente. Anzi quando sono entrate in scena lei e la sua comitiva. Le prime cavie umane, insomma. Comunque alla fine le correnti hanno spinto la marea sull'isola, come pianificato. Un ambiente ideale, localizzato e raccolto. »

« E così, con la nave da crociera, la Gilda ha avuto la possibilità di raccogliere ciò che aveva seminato », concluse Lisa.

« Adesso sai perché dovevo fermarli », disse Seichan, rivolta a Gray.

Lui le lanciò un'occhiata.

Ma aveva fallito... *Tutti* avevano fallito.

Susan andava alla deriva in una sorta di nebbia.

Il fuoco le attraversava la mente.

Da quando si era spogliata alla luce del sole, aveva superato un confine. Ne era consapevole. Non era più completamente se stessa... o forse era più se stessa di quanto non fosse mai stata.

Si era distaccata da tutto e, dentro di lei, una vita di ricordi stava prendendo forma, attingendo a recessi apparentemente perduti e irraggiungibili. Ogni cosa si ricollegava: un giorno conduceva all'altro, un'ora a quella successiva, mescolandosi senza soluzione di continuità. Il suo passato tornava a vivere, e non in maniera frammentaria, ma nella sua piena estensione e nella sua visuale complessiva.

E lei riusciva a ricordare tutto come se fosse un unico momento; dall'urto nel suo cranio quando era stata espulsa dal ventre materno... al battito del suo cuore in quell'istante. Sentiva l'aria sulla pelle nuda, incisa nella memoria, indelebile.

Ogni cosa era racchiusa in una bolla sospesa e luccicante.

E oltre quella sottile superficie... c'era dell'altro.

Ma non era ancora pronta ad avventurarsi laggiù.

Sapeva che c'erano ancora alcuni passi da compiere.

Sotto.

Il panico dentro di lei si ridusse fino a diventare un bagliore opaco.

Fluttuando tra passato e presente, aggiungendo altri istanti a ogni respiro, parole nuove caddero lentamente in quella pozza che era la sua vita, ascoltate da un passo di distanza.

È bastato piazzare la trave al largo della costa e osservare cosa succedeva... Stavamo monitorando e raccogliendo dei campioni, quando è entrata in scena Susan, la nostra paziente. Anzi quando sono entrate in scena lei e la sua comitiva. Le prime cavie umane...

No.

Quell'unica parola risuonò dentro di lei.

Sospesa in quell'infinito istante racchiuso tra un respiro e l'altro, Susan si ritrovò sott'acqua, priva di peso. Vide spuntare dalla sabbia il dito di legno annerito dal tempo. Le tornarono in mente i pensieri di allora, come se fosse ancora in quelle acque. All'epoca, aveva ipotizzato che fossero stati i terremoti a liberare la trave della chiglia o che, forse, il recente tsunami avesse spazzato via la sabbia.

Adesso sapeva la verità.

La trave sommersa era stata piazzata.

Deliberatamente.

Per uccidere.

Ricordava quanto fosse emozionata al pensiero di dirlo al marito, che amava andare in cerca di relitti. Il semplice ricordo di lui pervase i suoi sensi.

Gregg.

Adesso lei sapeva la verità.

Sapeva il motivo per cui era morto.

E la verità ardeva come un fuoco.

Ore 11.12

Lisa si appoggiò a Gray, cingendogli le spalle con il braccio, quindi alzò lo sguardo sui fucili. Nasser stava dicendo qualcosa, ma lei non lo sentiva, perduta nel proprio senso di colpa.

D'improvviso, Gray trasalì.

Anche se non si era mossa, Lisa tornò di colpo al presente.

Sull'orlo del pozzo, Susan alzò lentamente la testa, i capelli biondi che incorniciavano un volto quasi deformato dall'ira. L'attenzione delle guardie restava concentrata su Nasser, che rivolgeva le spalle a Susan. Lisa osservò il lieve bagliore della pelle della donna farsi più intenso.

Gli occhi ardevano di un fuoco interiore.

Nasser percepì qualcosa e fece per voltarsi.

Lisa non vide il movimento di Susan.

Un istante prima, la donna era sul frammento crollato dell'altare... Un istante dopo, era avvinghiata a Nasser, avvinta a lui, guancia a guancia in un intimo abbraccio.

L'uomo gridò... un ululato che gli morì in gola.

In mezzo a loro si levò un pennacchio di fumo.

Una delle guardie reagì, colpendo alle spalle Susan con un bastone.

Lei cadde.

Sempre urlando, Nasser la spinse via.

Oltre il bordo del pozzo.

«Susan!» gridò Lisa.

La donna cadde, impigliandosi in una corda di carico e, d'istinto, tese una mano. Ma era priva di forze. Scivolò lungo la corda, troppo velocemente. L'acido caustico della pelle divampò nel fascio di luce, innescando una reazione chimica sulla corda sintetica. La corda fumava e si liquefaceva, mentre Susan continuava a scivolare, girando su se stessa, quasi in caduta libera.

Nessuno osò slanciarsi in avanti per afferrarla.

Però Gray afferrò il telone che aveva gettato sul volto di pietra e ne lanciò un lembo a Kowalski, che intuì all'istante cosa fare.

Sopra di loro, la corda schioccò.

Susan era ormai priva di sensi. E continuava a cadere.

Gray e Kowalski tesero il telone, ma la violenza dell'urto lo strappò dalle mani di entrambi. Tuttavia Gray lo usò per portare Susan al riparo; dall'alto se ne scorgevano solo le gambe.

Nasser non aveva ancora smesso di gridare. Era carponi e la guancia annerita continuava a fumare. Le braccia erano coperte di sangue. «Voglio quella maledetta!»

«Si è rotta il collo! È morta!» strillò Gray.

Sul volto di Nasser passò una ridda di emozioni, che poi si fusero in un'ira incontenibile. «Allora brucerete tutti!» Rotolò via. «Fate saltare tutto!»

Gray rivolse un cenno al gruppo. «Indietro... Allontanatevi!»

Lisa obbedì, insinuandosi di slancio tra le ombre.

Sfrecciò qualche proiettile.

Lisa alzò lo sguardo sulle cariche esplosive. Il detonatore era oltre la loro portata. Se avessero osato avvicinarsi sarebbero stati uccisi dalle guardie.

Gray trasse a sé il telone, trascinando il corpo inerte di Susan. «Dietro le colonne delle fondamenta! Accucciatevi, usate qualsiasi cosa per coprirvi le mani e il volto!»

Si dispersero.

Le colonne erano quattro, loro erano sei.

Gray portò Susan con sé.

Lisa si accucciò dietro una colonna di arenaria. Vittorio la spinse giù, schermandola con il proprio corpo.

La colonna aveva un diametro di una decina di metri. Lisa non aveva idea della forza dell'esplosione imminente. Si rivolse a Vittorio. «Padre, questa ci proteggerà?»

Lui la fissò, ma non rispose.

Per una volta, Lisa desiderò che un sacerdote le mentisse.

18

LA PORTA DELL'INFERNO

Angkor Thom, Cambogia,
7 luglio, ore 11.17

Gray teneva stretta Susan, avvolta nel telone.

La donna gemeva e si agitava. Nella caduta aveva battuto la testa, ma non si era rotta il collo come Gray aveva detto a Nasser. Nella sua agonia, quel bastardo forse l'aveva persino sperato.

Invece Gray aveva sperato di usare Susan come merce di scambio.

Ma le cose non si mettevano bene.

Nasser sembrava impazzito dal dolore. A giudicare dalla pelle annerita, doveva avere ustioni di terzo grado su gran parte del corpo. E adesso voleva che loro soffrissero nello stesso modo. Occhio per occhio. Però i membri della squadra di demolizione non erano ancora pronti ad agire.

Approfittando di quella tregua, Gray spostò Susan, cercando di ripararla dietro il pilastro. Se quella era la potenziale cura, allora doveva essere protetta. Le coprì la testa con il telone, che si scostò un poco, rivelando la vaga luminescenza della pelle nuda. Lontano dalla luce del sole, il bagliore aveva cominciato ad affievolirsi. Gray esitò, stupefatto da quello strano fenomeno. Poi, mentre scostava di nuovo il telone, notò la parete dinanzi a lui.

Colpite dal debole chiarore di Susan, le spirali di scrittura angelica emanavano una straordinaria fluorescenza. La luce sprigionata dai cianobatteri della sua pelle doveva avere la stessa lunghezza d'onda di quella ultravioletta, rivelando così una sostanza fluorescente presente nell'incisione. A Gray venne subito in mente l'obelisco egizio su cui brillava la scrittura angelica, una rudimentale versione in miniatura di quel fenomeno. Durante le sue meditazioni, Johannes Trithemius aveva forse avuto rivelazioni più profonde? Una visione di tutto ciò?

Aprì di più il telone, allargando il fascio del bagliore di Susan. La parte illuminata dell'incisione si estese e le spirali presero a brillare nell'oscurità.

L'uomo si raddrizzò a sedere. All'estrema sinistra notò una macchia buia, a malapena percettibile, una roccia nera nel flusso luminescente dell'incisione.

Possibile che...

Si girò Susan fra le braccia, lasciando cadere il telone, ma usandolo come schermo tra la pelle della donna e la propria. Il bagliore non era ancora abbastanza intenso da arrivare così lontano. Doveva avvicinarsi. Lottò con il peso della donna, impigliandosi nel telone.

I secondi passavano.

Aveva bisogno di aiuto.

« Kowalski! Dove sei? »

Dalla colonna alla sua destra giunse una voce. « Mi sto nascondendo! Come hai detto tu! »

« Ho bisogno di te! »

« E la bomba? »

« Lascia perdere la bomba! Porta qui le chiappe! »

Kowalski imprecò aspramente, quindi s'incamminò. « Ma c'è sempre una stramaledetta bomba che... » grugnì, scivolando dietro la colonna, quasi stesse rubando la terza base in una partita di baseball.

Gray indicò a sinistra. « Aiutami a spostare Susan da quella parte. »

Kowalski trasse un sospiro. Usando il telone come barella, i due sollevarono il corpo e corsero lungo la parete. Mentre procedevano spediti, la scrittura al loro fianco brillava, illuminandosi quando si avvicinavano e tornando a spegnersi dopo il loro passaggio.

Seichan era nascosta dietro la colonna successiva. Li raggiunse, attratta dal fenomeno luminoso e dal loro movimento frenetico. « Che cosa state... oh, mio Dio! »

Gray abbassò Susan a terra e la scoprì. Il bagliore colpì la parete, illuminando l'incisione. Tutta, a parte una riconoscibile macchia scura.

«Vittorio!» gridò Gray.

«Arrivo!» Evidentemente anche lui aveva notato qualcosa. Gli si avvicinò, seguito da Lisa.

Si fermarono di fronte alla parete, fissandola a bocca aperta. Non erano sorpresi da ciò che stava brillando... ma da quello che *non* brillava.

«Frate Agreer», mormorò Vittorio. «Dev'essere stato lui a lasciare questa indicazione, scrostando la parete. Ripulendo questa macchia come segnale.»

«Un segnale per cosa?» domandò Seichan.

«Un indizio per una porta nascosta», spiegò Gray. «C'è un'altra strada per scendere nella caverna.»

«Ma che significa quell'indizio?» chiese Vittorio.

Gray scosse la testa. Ormai non c'era quasi più tempo. Se non avessero trovato l'ingresso, portando Susan in un luogo sicuro e lontano dalla Gilda, non ci sarebbe stata soltanto la loro vita in gioco. Secondo Lisa, si stava già diffondendo una pandemia.

Dall'alto, Nasser gridò: «Dite le vostre ultime preghiere!»

« Gesù Cristo », sbottò Kowalski. Oltrepassò Gray e Vittorio, raggiunse la parete e spinse con forza il centro della croce.

La porta di pietra ruotò su un perno centrale, rivelando un passaggio sottostante. « Non si tratta sempre dei massimi sistemi », disse. « A volte una porta è solo una porta. »

Gray e Kowalski sollevarono di nuovo Susan. Una volta superata la porta, Seichan e Lisa la richiusero con una spallata.

Davanti a loro scendeva una scala, scavata nel sostrato di pietra calcarea.

Non c'erano dubbi su dove conducesse.

Mentre abbassavano lo sguardo, riecheggiò un'esplosione soffocata, un solitario rombo di tuono. Gray inviò una preghiera silenziosa di ringraziamento a frate Agreer.

In passato, aveva salvato Marco.

E adesso aveva salvato la loro vita.

Benché sollevato, Gray non riusciva a fugare un orribile timore. Lui era libero, ma i suoi genitori non lo erano. Quando Nasser avesse scoperto la fuga dei prigionieri, sapeva a chi l'avrebbe fatta pagare.

Washington, ore 00.18

Seduta sul tetto del magazzino, Harriet si era assopita tra le braccia del marito. La serata era calda e la luna si spostava in maniera impercettibile nel cielo notturno. Nonostante il terrore, la stanchezza aveva preso il sopravvento. Nella prima ora, aveva ascoltato l'incessante succedersi di grida e latrati. Poi aveva smesso di badarci. Il tempo si era come dilatato... Quando, dall'altra parte del tetto, si levò il primo grido, Harriet si rese conto con enorme stupore di essersi addormentata.

« Sono arrivati », disse Jack, in tono quasi sollevato. Si spostò e fece cenno a Harriet di infilarsi nel vano di ventilazione scavato dietro di loro. C'era a malapena spazio per due persone.

Harriet obbedì, poi tese la mano verso il marito.

Lui invece raccolse la grata di chiusura e la alzò.

« No... » gemette lei. E, mentre Jack rimetteva a posto la grata, vi appoggiò sopra le labbra.

«Per favore, Harriet, lasciamelo fare. Posso distrarli. Farti guadagnare altro tempo. Concedimi almeno questo.»

I loro sguardi si incrociarono.

Lei comprese. Per troppo tempo, Jack si era creduto un uomo a metà. Non voleva morire così. Ma, per Harriet, lui non era mai stato un uomo a metà.

Eppure non poteva negargli quella possibilità.

Era l'ultimo dono che lui poteva farle.

Tese le dita attraverso le lamelle, piangendo calde lacrime. Le dita del marito toccarono le sue, ringraziandola, amandola.

Le grida si fecero più vicine.

Non c'era più tempo.

Jack si voltò e, con la pistola in pugno, prese a strisciare verso la parete rialzata del tetto. Quando la raggiunse, usò il supporto della parete per procedere verso sinistra.

Harriet cercò di seguirlo con lo sguardo, ma ben presto lui scomparve.

Si coprì il volto.

Colse un grido di sorpresa.

Udì il rinculo di un colpo di pistola provenire da più vicino, verso sinistra.

Jack...

Contò gli spari, sapendo che aveva in tutto tre colpi.

Il fuoco di risposta si abbatté su qualcosa che tintinnò. Jack doveva aver trovato una copertura. Dalla sua postazione fu sparato un altro colpo.

Rimaneva soltanto un proiettile.

«Non troverete mai mia moglie. L'ho nascosta, maledizione», gridò Jack.

Una voce ringhiò in risposta, a qualche passo soltanto dal nascondiglio di Harriet, spaventandola.

Annishen.

«Se non la troveranno i cani, farò in modo che la snidino le tue grida», replicò Annishen.

Oltre la grata comparvero le gambe della donna. Stava parlando alla radio, ordinando ai suoi uomini d'inchiodare Jack.

Giunse un altro rumore.

Sembrava una forte raffica di vento.

Dalla parte opposta del tetto si profilò la sagoma inclinata di un elicottero militare. Una gragnuola di colpi divorò il tetto. Si alzarono grida. Un uomo corse accanto alla grata, ma venne falciato da una raffica alle gambe.

Dalle strade buie che conducevano al magazzino si levò l'ululato delle sirene.

Dall'elicottero, una voce amplificata dal megafono ordinò di gettare le armi.

Annishen si accucciò accanto alla grata, preparandosi alla breve corsa per raggiungere l'uscita dal tetto. D'istinto, Harriet si allontanò da lei, urtando con il gomito la parete del vano e producendo un tonfo sordo.

Annishen trasalì... poi chinò la testa, sbirciando all'interno. « Ah, signora Pierce. » Si spostò per infilare la pistola nella grata. « È ora di dire add... »

Lo sparo fece sobbalzare Harriet.

Annishen cadde contro la grata, quindi si accasciò sulla carta catramata.

Harriet vide di sfuggita un'orbita oculare esplosa.

Jack apparve nel riquadro e gettò via la pistola fumante.

Il suo ultimo colpo.

Harriet spinse la grata per aprirla. Strisciò sulle gambe di Annishen, quindi sul tetto e si lanciò fra le braccia di Jack, singhiozzando. I due caddero in ginocchio. « Non lasciarmi mai più, Jack. »

Lui la strinse forte. « Mai. »

Numerosi uomini in divisa saltarono dall'elicottero al tetto. In basso, le sirene si fermarono e dal magazzino giunsero altri spari e grida.

Una figura si avvicinò a Jack e Harriet.

La donna alzò lo sguardo, sorpresa. « Direttore Crowe? »

« Quando si deciderà a chiamarmi Painter, signora Pierce? » domandò lui.

« Come avete fatto a trovarci? »

« Qualcuno ha fatto un po' di baccano sulla strada esterna alla macelleria », spiegò lui con un sorriso stanco.

Harriet strinse la mano al marito, ringraziandolo per quella messinscena.

« Setacciavamo la strada da questa mattina e poi, tre quarti d'ora fa, un agente di pattuglia ha trovato un gentile signore con un carrello della spesa », proseguì Painter. « Ha riconosciuto la vostra foto ed era stato così sospettoso – o forse così paranoico – da appuntarsi il numero di targa dell'auto, assieme alla marca e al modello. Non ci è voluto molto per rintracciare il GPS del furgone. Scusate se non siamo arrivati prima. »

Tenendo il viso girato per nascondere le lacrime, Jack si asciugò gli occhi. « Al contrario, un tempismo perfetto. Le devo una bella bottiglia di quel raffinato whisky di malto che le piace tanto. »

Harriet abbracciò di nuovo il marito. Jack poteva anche non ricordare i nomi delle persone, però non dimenticava mai cosa bevevano.

Painter si alzò. « Un giorno o l'altro ne approfitterò, ma adesso ho un'importante chiamata da fare. » Si voltò e mormorando tra sé: « Se non è troppo tardi ».

Ma Harriet lo aveva sentito.

Angkor Thom, ore 11.22

Vacillando, Lisa scendeva le scale buie, seguita da Vittorio. Era costretta a restare accucciata e faceva scorrere una mano lungo la parete umida. L'aria aveva un odore di foglie marce, ma non era sgradevole. Provocava soltanto un leggero bruciore alle narici.

Una debole luce si diffondeva dal basso.

La loro meta.

Le scale terminarono in un'ampia caverna. La volta era irta di stalattiti smussate. Era uno spazio ovoidale, del diametro di una settantina di metri nella parte più ampia. Nel punto da cui erano entrati, il tetto si espandeva in un arco calcareo naturale. Dalla parte opposta della caverna, s'intravedeva un arco corrispondente.

« Ricorda l'estremità anteriore e posteriore del guscio di una tartaruga », mormorò Vittorio, e la sua voce generò una sorda eco. « Persino in questa svasatura qui e dall'altra parte. »

Kowalski grugnì, tirando dentro Susan con l'aiuto di Gray. « Allora: stiamo scendendo dal collo o dal cūlo di una tartaruga? » chiese. Poi, però, mentre si raddrizzava, si lasciò sfuggire un fischio.

Lisa comprese la sua reazione.

Davanti a loro, c'era un lago circolare d'acqua scura, immobile come uno specchio, circondato da un bordo di pietra. Due fasci di luce, provenienti dagli occhi dell'idolo di pietra, ne colpivano il centro. E lì, nel punto in cui la luce del sole toccava l'acqua scura, si estendeva una pozza lattiginosa luminescente, quasi che il sole si fosse liquefatto e sgocciolasse dall'alto.

Il bagliore luccicava e rifluiva, si alzava e si abbassava.

Sembrava vivo.

E lo era.

« La luce del sole sta energizzando i cianobatteri nell'acqua », spiegò Lisa.

Sempre incanalati dagli occhi del bodhisattva, nel lago scendevano anche alcuni rivoletti di liquido che, a contatto con l'acqua, sfrigolavano leggermente. In quei punti, il bagliore lattiginoso si faceva più scuro.

« È l'acido della bomba », chiarì Gray, ricordando a tutti il pericolo sopra di loro. « Sta colando dagli occhi della statua. Non so per quanto, ma, al momento, il blocco di pietra sembra reggere. Però poi scenderanno qui con le mazze e i martelli pneumatici. »

« Allora che facciamo? » domandò Seichan.

Kowalski fece una smorfia. « Ce la battiamo. »

Gray si voltò verso Lisa. « Puoi andare avanti, a controllare l'arco opposto? Per vedere se c'è un'altra via d'uscita. Il guscio di una tartaruga dispone di un'apertura per la testa e di un'altra per la coda, no? È la nostra unica speranza. »

Lisa era riluttante. « Gray, credo che dovrei restare con Susan. La mia esperienza medica... »

Dal telone si levò un grugnito e un braccio si alzò debolmente.

Lisa si affiancò a Susan, attenta a non toccarla. « Lei è sempre l'unica speranza per una cura. »

« Posso andarci io », si offrì Seichan.

Lisa notò un lampo di diffidenza sul volto di Gray. Ma, subito dopo, lui disse: « Trova una via d'uscita ».

Senza dire una parola, Seichan si allontanò.

Il gruppo s'incamminò sulla sponda di pietra.

« Sembra un *cenote* messicano. Il blocco di arenaria doveva ostruire il foro originario, un tempo aperto. »

Lisa si chinò e raccolse qualcosa che le si sbriciolò tra le dita. « Guano di pipistrello essiccato », spiegò, confermando la valutazione di Gray. « Una volta, questa caverna doveva essere esposta all'aria. »

« Gli antichi khmer devono essersi imbattuti in questa specie d'inghiottitoio e, notando che brillava, probabilmente lo hanno considerato la dimora di qualche divinità, tentando poi di incorporarlo nel tempio. »

« Ma non sapevano cosa stavano facendo », aggiunse Lisa. « Hanno oltrepassato una soglia proibita. Hanno interferito con un biosistema fragilissimo, liberando il virus. Quando gli esseri umani danno una spinta, la natura la ricambia. »

Continuarono a costeggiare il lago.

Una piccola lingua di roccia si allungava sull'acqua, quasi invisibile nell'oscurità. Solo la marea dilagante di acqua lattiginosa rivelava la piccola penisola.

Assieme a qualcos'altro.

« Quelle sono ossa? » domandò Kowalski, abbassando lo sguardo.

Il gruppo si fermò.

Lisa raggiunse il bordo della pozza. La luce soffusa s'inoltrava nelle profondità dell'acqua cristallina. La sponda di pietra s'inclinava leggermente nell'acqua, per poi svanire in un bordo ripido a una decina di metri.

Dall'altra parte del basso fondale, si scorgevano vari monticelli e alcune pile di ossa: fragili teschi di uccelli, minuscole casse toraciche di scimmie, una creatura con le corna ricurve e, non lontano dalla sponda, l'imponente teschio di un elefante, che giaceva a terra come un masso bianco, con una zanna frantumata. Ma c'era altro: femori spezzati, tibie più lunghe, casse toraciche più ampie e, simili a una manciata di ghiande, numerosi teschi.

Tutti umani.

Il lago era un imponente ossario.

Stupefatto, il gruppo avanzò in silenzio.

Mentre percorrevano la sponda di pietra, il bagliore nel lago divenne più intenso e il bruciore alle narici aumentò. Lisa ricordò l'Isola di Natale, la pozza di cadaveri sul lato esposto al vento.

Biotossine.

Kowalski fece una smorfia.

Alla fine, il bruciore riscosse anche Susan, come se le avessero fatto annusare dei sali. Con un fremito delle palpebre, la donna aprì gli occhi. E, benché fosse ancora stordita, riconobbe Lisa.

Poi cercò di alzarsi a sedere.

Grati per quella pausa, Gray e Kowalski abbassarono la barella improvvisata sul pavimento, massaggiandosi le spalle.

Lisa si mise accanto a Susan e, mentre la aiutava a sedersi, cercò di coprirla pudicamente con il telone.

Kowalski si avvicinò e Susan ebbe un sussulto.

« Va tutto bene », la assicurò Lisa. « Sono tutti amici. » E presentò gli altri.

A poco a poco, lo stordimento di Susan si dissipò e lei parve riprendersi... finché non scorse il lago luminescente. Allora si allontanò di scatto, urtando la parete con la schiena e accucciandosi, tutta tremante. « Voi non dovreste essere qui », riuscì a dire.

« Ma non mi dire... » grugnì Kowalski.

Susan lo ignorò, gli occhi fissi sul lago. « Sarà come sull'Isola di Natale. Ma cento volte peggio... Siamo intrappolati nella caverna. E voi sarete tutti esposti. »

Lisa non ne dubitava. Sentiva già un vago pizzicore sulla pelle.

« Dovete andarvene. » Appoggiò una mano alla parete e riuscì ad alzarsi. « Soltanto io posso stare qui. *Devo* stare qui. » Nei suoi occhi c'era paura, ma anche un'assoluta decisione.

« Per la cura? » disse Lisa.

« Sì. Devo espormi ancora una volta, alla sorgente in questa caverna. Non so perché ne sono certa, ma è così. È come se vivessi con un piede nel passato e un piede qui. È difficile restare in questo posto. Ogni cosa mi pervade, ogni pensiero, ogni sensazione. Non posso impedirlo. E... lo sento espandersi.»

È come se fosse affetta da autismo, pensò Lisa. Cercò di immaginare la patofisiologia del cervello di Susan, immerso in quelle strane biotossine, energizzate dai batteri che le producevano. Lisa riusciva quasi a vedere l'elettroencefalogramma della donna: acceso, come pervaso di energia...

Susan vacillò sino al bordo dell'acqua. «Abbiamo solo questa possibilità.»

«Perché?» domandò Gray.

«Dopo che il lago raggiungerà la massa critica ed esploderà con il suo pieno carico tossico, si esaurirà. Ci vorranno tre anni prima che sia di nuovo pronto.»

«E tu come lo sai?»

Susan guardò Lisa, in cerca di aiuto.

«Lo sa e basta», rispose Lisa. «In un modo o nell'altro, è legata a questo posto. Susan, è per questo che hai insistito per venire qui?»

«Già. Una volta esposto alla luce del sole, il lago crescerà fino a esplodere. Se dovesse sfuggirmi...»

«Allora il mondo sarà privo di difese per tre anni. Senza una cura. La pandemia si diffonderà.» Lisa immaginò il microcosmo sulla nave da crociera esteso al mondo intero.

L'orrore fu interrotto dal ritorno di Seichan, che correva ansimando verso di loro. «Ho trovato una porta!»

«Allora andatevene», li incalzò Susan. «Subito.»

Seichan scosse la testa. «Non sono riuscita ad aprirla.»

«Hai provato a dare una bella spinta?» chiese Kowalski.

«Sì, ho provato a spingere», sbuffò Seichan.

Lui alzò le braccia al cielo. «Be', io non ho altre idee.»

«Però sull'arco di pietra sono incise una croce e un'iscrizione», continuò Seichan. «È troppo buio per leggerla, tuttavia potrebbe darci qualche indizio.»

«Ho ancora la torcia elettrica», disse Vittorio a Gray. «Andrò con lei.»

«Fate presto.»

L'aria stava già diventando irrespirabile. Il bagliore del lago si era esteso.

Si diressero verso la penisola rocciosa.

« Prima hai accennato alla violazione di un biosistema », disse Gray a Lisa. « Ti dispiace dirmi cosa pensi che stia succedendo qui? »

« Non so proprio tutto, ma di certo conosco i protagonisti della vicenda. » Indicò il bagliore. « Tutto è partito da qui, dall'organismo più antico di tutti: i cianobatteri, i precursori delle piante moderne. Si sono infiltrati in qualsiasi nicchia ecologica: roccia, sabbia, acqua, persino in altri organismi... Ma stiamo andando troppo avanti. Partiamo da qui. »

« Da questa caverna? »

« Sì. I cianobatteri l'hanno invasa. Come ricorderete, però, hanno bisogno della luce del sole, e la caverna è quasi completamente buia. In origine, la cavità sovrastante era probabilmente più stretta. Per prosperare qui dentro, i cianobatteri avevano bisogno di un'altra sorgente di energia, di una sorgente alimentare. Sopra, in mezzo alla giungla, ne avevano una pronta... dovevano solo trovare il modo di arrivarci. E la natura è assai ingegnosa, se si tratta di creare strane relazioni. » Riferì quello che aveva esposto al dottor Devesh Patanjali in merito al *Dicrocoelium dendriticum*, al fatto che esso, nel suo ciclo vitale, sfruttava tre ospiti: buoi, lumache e formiche. « A un certo punto, il parassita arriva persino a 'dirottare' la formica ospite. Costringe cioè la formica a salire su un filo d'erba, le fa serrare le mandibole e la spinge ad attendere di essere ingerita da una mucca al pascolo. Ecco com'è strana la natura. E ciò che avviene qui non è meno strano. » Parlò quindi dell'asserzione del dottor Henri Barnhardt in merito al Ceppo di Giuda, al fatto che lui classificava il virus nella famiglia dei *Bunyavirus*. Ricordava il diagramma di Henri, che definiva una relazione lineare uomo-artropode-uomo.

Uomo → Insetto (artropode) → Uomo

« Ma ci sbagliavamo », proseguì. « Il virus ha strappato una pagina dal manuale del *Dicrocoelium dendriticum*. Qui entrano in gioco *tre* ospiti. »

«Se i cianobatteri sono i primi ospiti, quale sarebbe il secondo?» chiese Gray.

Lisa scrutò l'apertura del tetto e diede un calcio al guano di pipistrello essiccato. «I cianobatteri dovevano trovare il modo di tagliare la corda. E, siccome condividevano già questa caverna con alcuni pipistrelli, hanno sfruttato le loro ali.»

«Aspetta. Come fai a sapere che hanno sfruttato i pipistrelli?»

«I *Bunyavirus* adorano gli artropodi. Ma alcuni ceppi di *Bunyavirus* possono anche trovarsi nei topi e nei pipistrelli.»

«Quindi tu credi che il Ceppo di Giuda sia un virus dei pipistrelli mutato?»

«Sì. Mutato dalle neurotossine dei cianobatteri.»

«Ma perché?»

«Per far impazzire i pipistrelli, per farli disperdere nel mondo, trasportando un virus che invade la biosfera locale attraverso i suoi batteri. Trasformando fondamentalmente ogni pipistrello in una piccola bomba biologica, che rilascia scorie ovunque atterri. Se Susan ha ragione, la pozza spargeva queste bombe biologiche ogni *tre* anni, permettendo nel frattempo all'ambiente di reintegrarsi.»

«Ma cosa ci guadagnano i cianobatteri se il morbo uccide uccelli e animali *fuori* dalla caverna?»

«Ah, ci guadagnano perché utilizzano un terzo ospite, un altro complice. Gli *artropodi*. Ricorda, gli artropodi sono già l'ospite preferito dei *Bunyavirus*. Insetti e crostacei. Si dà il caso che siano anche i migliori sciacalli della natura. Si cibano di carogne. Ed è ciò che li costringe a fare il virus. Prima instillandogli un appetito vorace...» S'interruppe, ricordando gli episodi di cannibalismo a bordo della nave. Poi riprese, cercando di mantenere un tono asettico: «Dopo aver stimolato questo appetito, e assicurato un completo repulisti, il virus riprogrammava gli ospiti perché tornassero qui, in questa caverna, trascinando le prede per nutrire la pozza batterica. Non avevano scelta. In maniera analoga al *Dicrocoelium dendriticum* e alla formica. Un comportamento neurologico compulsivo, un'impellenza migratoria».

«Come Susan», disse Gray.

A quel paragone, Lisa s'incupì. Ripensò al ciclo vitale che aveva appena descritto. Triangolare anziché lineare: cianobatteri, pipistrelli e artropodi. Tutti unificati dal Ceppo di Giuda.

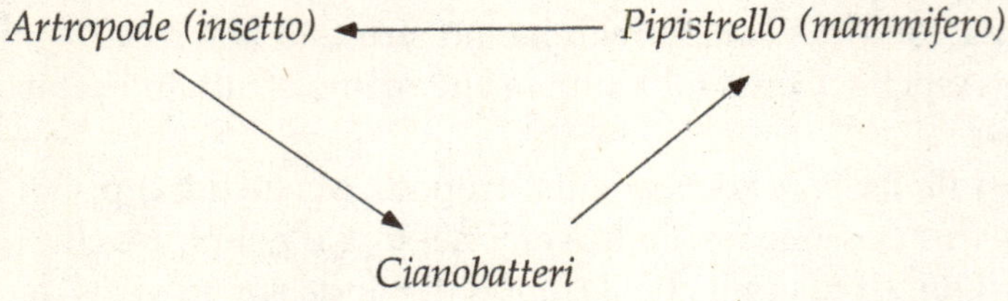

«Susan è diversa», mormorò. «Non era previsto che l'uomo entrasse a far parte di questo ciclo vitale. Ma, essendo noi mammiferi, come i pipistrelli, siamo ugualmente vulnerabili alle tossine, ai virus. Così, quando i khmer hanno scoperto questa caverna, siamo entrati inavvertitamente a far parte di questo ciclo vitale, prendendo il posto dei pipistrelli. Diffondendolo con le nostre gambe anziché con le ali. Facendo ammalare la popolazione ogni tre anni e innescando epidemie di varia gravità.»

«Ma... e Susan? Perché è sopravvissuta?»

«Non conosco tutte le risposte, l'ho già detto.» Ricordò le discussioni in merito ai sopravvissuti della peste, al codice virale nel DNA umano. «I nostri sistemi neurologici sono cento volte più complessi di quelli dei pipistrelli o dei granchi. E, al pari dei cianobatteri, anche gli esseri umani possiedono grandi capacità di adattamento. Infila queste tossine nel nostro sistema neurologico più avanzato e chissà quale fenomeno ne risulta.»

Avevano raggiunto la lingua di terra.

Nel voltarsi, Lisa notò qualcosa sopra di lei. Dalle due cavità oculari dell'idolo filtravano nuvole di fumo, illuminate dalla luce del sole.

«La polvere neutralizzante», disse Gray, che aveva notato la stessa cosa. «Probabilmente Nasser sta ultimando la decontaminazione della volta superiore. Non abbiamo più tempo.»

Ore 11.39

In cima alle scale, Vittorio era inginocchiato accanto alla bassa porta di pietra. Seichan reggeva la torcia elettrica dietro di lui. Un arco di pietra calcarea incorniciava una lastra di arenaria, sbozzata in parte dalla natura e in parte dall'uomo.

Al di sopra della porta, nell'architrave di pietra calcarea, era incassato un medaglione di bronzo, su cui era impresso un crocefisso. Vittorio l'aveva esaminato, percependo la mano di frate Agreer.

E, sotto, c'era la conferma.

Sulla solida lastra c'era un'iscrizione. Non in lingua angelica. In italiano. Era il testamento di frate Agreer.

Ne l'anno de l'incarnazione de' Figliuolo di Nostro Signore 1296, su pietra sculpii codesta prece. Or quando qui giunsi dapprincipio su me ricadde maledizione orribil che provocommi sofferenza grande. Poi, siccome Lazzaro, risorsi da sonno di morte. Vittima fui de lo diabolo eppur serbato infine, marchiato in singolar guisa, di rovente febbre acceso il corpo mio. Scudo essa fece a la mortifera pestilenza et a adiuvar gl'infelici a essa scampati mi sostenne. Eppur rimorso grande or mi consuma. Già l'aqua ribolle d'infernal foco e morte m'attende. A gran fatica attesi et dispuosi che tal sigillo quivi si ponesse. Unica prece è la mia avanti la morte et non per la salute de l'anima mia. Prego che tal uscio eternalmente serrato sia co' la Croce de Nostro Signore. Et uno individuo il qual solo disponga di fortitudo de' divino spirto lo possa aperire.

In calce, c'era la firma.

Frate Antonio Agreer.

«Così, dopo la partenza di Marco, hanno esposto il frate al morbo, ma, anziché morire, lui è sopravvissuto», commentò Seichan. «Come quella donna...»

«Forse gli altri indigeni luminescenti che avevano offerto la cura alla comitiva di Marco avevano intuito che frate Agreer sarebbe sopravvissuto. Ecco perché l'hanno scelto. Ma la data è il 1296. Ha vissuto qui per tre anni. Lo stesso periodo di tempo che ha indicato Susan, quello compreso fra un'eruzione e l'altra.»

«Sotto il nome c'è scritto qualcos'altro.»

«È dal Vangelo di Matteo, capitolo 28 e riguarda la resurrezione di Gesù. *Ed ecco che vi fu un gran terremoto: un angelo del Signore, sceso dal cielo, si accostò, rotolò la pietra e si pose a sedere su di essa...*»

«È di grande aiuto.»

Lo era.

Vittorio alzò lo sguardo sul crocefisso intagliato nel medaglione di bronzo sulla porta. Poi mormorò una preghiera e si fece il segno della croce.

D'un tratto la terra prese a tremare. Dietro di lui riecheggiò un fragoroso schianto di rocce, come se la caverna fosse crollata.

Seichan si ritrasse, brandendo la torcia e allontanandosi per indagare. «Resti qui!»

L'oscurità circondò Vittorio, raggelandolo. Non riusciva più a leggere le parole, ma era come se le vedesse.

«*Ed ecco che vi fu un gran terremoto...*»

Ore 11.52

Mentre lo schianto rimbombante squassava la caverna, Gray s'inginocchiò per coprire Lisa. Kowalski la proteggeva sull'altro lato. Una delle stalattiti si spezzò e cadde nella pozza. Sul tetto di pietra calcarea, dal punto di rottura della stalattite, s'irradiò una serie di crepe profonde.

Susan si accucciò a metà della lingua di roccia che si gettava nel lago luminescente. Quel sommovimento fece ribollire altra melma acida e l'aria divenne ancor più soffocante.

Ricca del Ceppo di Giuda.

Altri rimbombi, un po' attutiti, sferzarono il tetto della caverna.

«Che succede?» gridò Lisa.

«È la bomba di Nasser», disse Gray boccheggiando. Poco prima aveva esaminato i pilastri delle fondamenta di Bayon, trovando le colonne segnate da fratture di pressione, dovute al tempo e ai periodici spostamenti terrestri. Di certo, la bomba aveva allargato ulteriormente quelle fessure. E poi la melma acida – che sprizzava verso l'esterno e che rifluiva in tutte quelle crepe – aveva dissolto il nucleo dei piloni. « Uno dei pilastri delle fondamenta dev'essere crollato, portando con sé una parte di tempio », urlò.

Alzò lo sguardo.

La caduta dei blocchi di pietra si era arrestata... ma per quanto tempo?

Susan si alzò e si guardò alle spalle, apparentemente intenzionata a tornare a riva. Invece si girò, continuando ad avanzare. Con il sole di mezzogiorno che dardeggiava sulle rovine, i due fasci di luce alle sue spalle erano ancora più luminosi.

« Reggerà? » domandò Lisa, lanciando uno sguardo a Susan.

« Deve. »

Se fosse caduto un altro pilastro delle fondamenta, il peso del tempio avrebbe schiacciato quella bolla di pietra calcarea come una frittella, pensò Gray. Fece alzare Lisa; non potevano restare lì. Anche se i pilastri avessero retto, il lago era sul punto di eruttare.

Ormai tutta la pozza brillava. Nel punto in cui cadevano i due fasci di luce, le acque avevano cominciato a ribollire, spargendo nell'aria altre tossine.

Dovevano andarsene.

Intanto Susan aveva raggiunto l'estremità dello sperone di roccia e si era seduta. Rivolgeva loro la schiena, forse temendo che, vedendoli, avrebbe perduto il coraggio e sarebbe tornata indietro di corsa. Sembrava così sola, così spaventata...

Gray era scosso da una tosse atroce. Gli arti gli bruciavano. Non potevano attendere oltre.

Anche Lisa lo sapeva. Aveva gli occhi iniettati di sangue, che lacrimavano copiosamente.

Susan non aveva scelta. E non l'avevano neanche loro.

Si diressero verso l'arco opposto. A metà strada, una luce tremolante rivelò Seichan che avanzava di corsa. Sola. Dov'era Vittorio?

Sopra di loro, esplose un altro schianto di rocce.

Gray si fermò, atterrito, temendo un'altra frana.

La realtà fu anche peggiore.

Il tappo di pietra sul tetto si frantumò, scatenando una pioggia di frammenti di roccia. Un'ampia lastra cadde in acqua con un tonfo spaventoso, sommergendo Susan.

Dall'alto giunsero voci trionfanti.

«Devono essere là sotto!» gridò Nasser.

Ma, al momento, non era lui il pericolo peggiore per il gruppetto in riva al lago.

Non più filtrata, la luce del sole sembrava incendiare l'acqua. Già carica, vicina alla massa critica, la spuma prese a ribollire all'istante, sputando una pioggia di gas e acqua.

La pozza stava per saltare in aria.

Non ce l'avrebbero mai fatta a raggiungere le scale.

Gray tornò sui propri passi, afferrò il telone usato per trasportare Susan e lo tirò sopra Kowalski, Lisa e se stesso, cercando di immagazzinare quanta più aria possibile. «Tenete inchiodato il vostro bordo del telone alla pietra!» ordinò.

Il crepitio dell'acqua bollente era diventato prima uno sfrigolio minaccioso... e poi un fragoroso e profondo ululato, come se di colpo l'intero lago fosse salito di una trentina di centimetri. L'acqua sommerse le caviglie dei tre, quindi si ritirò.

L'aria sotto il telone si trasformò in fuoco liquido.

I tre si abbracciarono, boccheggiando, tossendo, soffocando.

«Susan...» gracchiò Lisa.

Ore 12.00

Susan gridava.

Non gridava a pieni polmoni, attraverso la vibrazione delle corde vocali. Urlava dal profondo del suo essere.

Non riusciva a sfuggire all'agonia. La sua mente, ancora sensibilizzata dalla luce del sole, continuava a registrare minuziosamente ogni percezione. Inaccessibile all'oblio, il suo essere annotava ogni dettaglio: il bruciore nei polmoni, il fuoco negli occhi, l'escoriazione della pelle. Bruciava da dentro, lanciando il suo grido verso il cielo.

Ma c'era qualcuno ad ascoltarla?

Infine trovò uno sfogo.
Ricadde sulla pietra.
Il cuore si strinse per l'ultima volta, spremendo ciò che restava di lei.
Poi il nulla.

Ore 12.01

«Che cos'è successo a Susan?» ansimò Lisa.
Gray si arrischiò a sbirciare da sotto il telone. Il lago ribolliva ancora, bruciando sotto il sole cocente. L'aria sopra il lago luccicava di miasmi oleosi.
Ma l'esalazione di gas più minacciosa si levava a spirale, attraversava l'apertura e percorreva il cunicolo della guglia centrale di Bayon, trasformando la torre in un comignolo.
Gray sapeva che quella era l'unica ragione per cui erano ancora vivi.
Se la caverna fosse stata sigillata...
Sulla lingua di roccia, Susan era sdraiata sulla schiena, immobile come una statua. Stava respirando? Impossibile dirlo. In verità, era già difficile vederla, sotto quella luce così intensa.
Fu a quel punto che Gray se ne accorse.
Il sole non illuminava per intero la lingua di roccia.
Susan era in ombra... ma non brillava più. Il suo bagliore si era spento, come quello di una candela improvvisamente investita da una raffica di vento.
Cosa significava?
Sopra di loro, riecheggiavano le grida provenienti dal tempio, ormai invaso dall'esalazione tossica della pozza. Poi altri massi si abbatterono sul tetto della caverna. Il gas caustico aveva ulteriormente compromesso il già precario equilibrio della pietra.
«Dobbiamo uscire dalla caverna», disse Gray.
«E Susan?» chiese Lisa.
«Speriamo che sia stata esposta a sufficienza. Quello che doveva essere è stato.» Rotolò sulle ginocchia, tossendo forte.

Ormai avevano tutti bisogno della cura. Lanciò un'occhiata a Kowalski. « Porta Lisa alle scale. »

« Non c'è bisogno di ripeterlo. »

Mentre si alzava, Lisa strinse il polso di Gray. « E tu cosa farai? »

« Devo andare a prendere Susan. »

Lisa sbirciò da sotto il telone... poi si coprì la bocca, atterrita. Il lago crepitava ancora. « Gray, non ce la farai mai. »

« Devo. »

« Ma non si muove. Credo che l'esplosione sia stata troppo per lei. »

Gray rammentò la storia di Marco, costretto al cannibalismo, a bere il sangue e mangiare la carne di un altro uomo per sopravvivere. « Non credo che importi se è viva o morta. Abbiamo solo bisogno del suo corpo. »

Quell'affermazione così distaccata turbò non poco Lisa, che tuttavia non obiettò.

« Mi servirà il telone », disse Gray.

Kowalski annuì, stringendo un braccio di Lisa. « Per me va bene, io mi prendo la ragazza. »

Gray si scostò dai due, avvolgendosi nel telone. Si coprì la testa, lasciando solo una fessura per sbirciare all'esterno. Udì Kowalski e Lisa correre lungo la striscia di roccia.

Sul tetto della caverna si schiantò un altro masso.

Come segnale di partenza, era perfetto.

Tenendo la testa bassa, Gray scattò sul sentiero.

Trenta metri.

Tutto lì.

Andata e ritorno.

A qualche passo dalla riva, Gray trattenne il respiro. Ma fu come schiantarsi contro un muro di fuoco. Gli occhi gli bruciarono immediatamente e la vista si annebbiò. Lui serrò le palpebre, richiuse la fessura del telone e prese a correre alla cieca, contando i passi.

Arrivato a trenta, arrischiò una rapida sbirciata. Davanti a lui, c'era l'inferno.

Eppure scorse un braccio teso. A un passo di distanza. Fece quel passo, si chinò e lo afferrò. Fortunatamente non brillava più e neppure bruciava. Tirò Susan, ma invano. Allora si ritrasse, cercando di trascinarla. I piedi s'impigliarono nel telone, rallentandolo. Lo scostò, facendo prima un respiro.

Cadde su un ginocchio.

Il petto si strinse, la gola si serrò, come per protesta.

Ingoiò fiamme.

Si spinse in avanti, trascinandosi alla cieca, incespicando, affrettandosi.

La sua pelle era di fuoco, quasi fosse sferzata da spine d'acciaio.

Non ce la faremo.

Fuoco.

Fiamme.

Bruciore.

Inciampò e cadde.

No.

Poi tornò ad alzarsi... ma non da solo.

« Ti ho preso », gli disse lei all'orecchio.

Seichan.

La donna lo cinse con un braccio, trascinandolo di peso. Gray strisciò sulle pietre con la punta delle scarpe.

Le disse qualcosa gracchiando, tossendo.

Lei capì.

« L'ha presa Kowalski. »

« Sono qui, capo », disse l'uomo dietro di lui. « È stata una gran bella corsa. Sono arrivato a tre passi dalla linea di meta. Niente touchdown, ma solo perché hai una squadra formidabile. »

Mentre giravano di corsa intorno al lago, allontanandosi dalla tempesta, la vista di Gray si schiarì. Infine lui si rialzò.

Seichan lo reggeva ancora per metà.

« Grazie », le sussurrò all'orecchio in tono brusco.

Aveva la guancia coperta di vesciche, e un occhio chiuso, gonfio.

« Usciamo di qui a gambe levate », sibilò Seichan.

« Parole sante, sorella », ribatté Kowalski.

Gray tornò a guardare la pozza. Qualcosa calò dalla cavità

nel tetto, appeso a una corda come un'esca all'amo. Dondolava leggermente.

Un sacco gonfio e pesante.

« Una bomba... » sussurrò Gray.

« Come? » fece Kowalski, incredulo.

« Una bomba », ripeté lui a voce più alta.

Nasser non aveva ancora finito con loro.

« Oh, no... » Sempre con Susan in spalla, Kowalski affrettò il passo, con il chiaro intento di superarli. « Perché vogliono sempre farmi saltare in aria? »

Ore 12.10

Le grida eruppero dal basso, riversandosi sulle scale dalla caverna.

Lisa avrebbe voluto scendere. Detestava l'idea di aver abbandonato gli altri, ma Vittorio aveva bisogno del suo aiuto.

« Continua a ruotare! » disse Vittorio, il sudore che gli colava ai lati del viso. Lanciò un'occhiata alle scale... poi di nuovo a Lisa. « Da come gridano, credo sia meglio affrettarsi. »

Stavano svitando un grosso bullone di bronzo. Sulla testa, grande come un piatto, campeggiava un crocefisso, che adesso sporgeva di mezzo metro dalla cima arcuata della porta.

Quanto dovevano ancora girarlo?

Aumentarono la velocità.

« *Un angelo del Signore, sceso dal cielo, si accostò, rotolò la pietra e si pose a sedere su di essa...* » recitò Vittorio, sbuffando per la fatica. « All'inizio ho cercato di far rotolare la porta io stesso, ma ho subito lasciato perdere. Poi mi sono ricordato l'ultima riga del testamento di frate Agreer: *Et uno individuo il qual solo disponga di fortitudo de' divino spirto lo possa aperire.* Un chiaro accenno al crocefisso. Avrei dovuto capirlo subito. »

Dalle scale inferiori giunse un trepestio. Qualcuno stava salendo.

Kowalski gridò: « Bomba... porta... presto! »

« È un uomo di poche parole, il nostro Kowalski. »

D'un tratto, grazie a un'ultima torsione, il bullone di bronzo cadde a terra e rotolò lungo le scale.

Kowalski sopraggiunse a rotta di collo, reggendo tra le braccia il corpo inerte di Susan. Quando vide la porta ancora chiusa, esclamò: «Ma che avete fatto?»

«Aspettavamo voi», disse Vittorio, e spinse la lastra.

La porta cadde in avanti, schiantandosi sulla pietra. La luce del sole quasi li accecò. Vacillando, Lisa uscì assieme a Vittorio, seguiti da Kowalski e Susan.

Nel chinarsi per varcare la porta, Kowalski borbottò: «Mi pareva che Seichan avesse detto di aver provato a spingere. Maledizione a quelle sue braccine striminzite...»

Raddrizzandosi, Lisa si rese conto di trovarsi in fondo a un pozzo di pietra largo più o meno tre metri. Le pareti lisce erano alte all'incirca come un palazzo di due piani. Non c'era modo di salire.

Kowalski posò Susan a terra, a lato della porta. «Credo che non respiri, dottoressa.»

Lisa accorse a fianco dell'uomo. Per quel giorno ne aveva abbastanza di morti. Si lasciò cadere accanto a Susan e ne controllò le pulsazioni. Non sentiva nulla. Eppure rifiutava di gettare la spugna. «Qualcuno mi aiuti», gridò.

Subito dopo Gray e Seichan varcarono la porta, zoppicando.

«Lisa... è inutile. Susan è morta», mormorò Gray.

«No. Non senza lottare.»

«Ti aiuterò io», mormorò Seichan.

Mentre la donna zoppicava sopra di lei, Lisa notò che aveva la camicetta e i pantaloni inzuppati di sangue.

Seichan si accorse di quell'occhiata. «Sto bene», affermò.

Gray li avvertì di rimanere in silenzio, in caso qualcuno degli uomini di Nasser fosse nelle vicinanze. Fece anche cenno a tutti di scostarsi dalla porta. Aveva il volto e le braccia escoriati e pieni di vesciche. Gli occhi erano iniettati di sangue.

Lisa cominciò a praticare il massaggio cardiaco, mentre Seichan effettuava la respirazione bocca a bocca. Vittorio si inginocchiò e si mise a pregare.

«Mi auguro che non sia l'estrema unzione», sussurrò Lisa.

Vittorio scosse la testa. «È solo una preghiera per...»

La bomba esplose con un rombo di tuono, squassando la terra sotto i loro piedi. Dal basso si sprigionò una vampata d'aria sporca, un'esalazione pregna di miasmi caustici e calore.

Lisa si protese sopra Susan.

Il grosso dell'esalazione salì dal cunicolo e se ne andò.

« Non era poi tanto male », disse Kowalski.

Ma Gray continuava a guardare in alto. « Reggetevi! » sibilò.

Senza smettere di praticare il massaggio cardiaco, Lisa sollevò lo sguardo.

A sinistra, s'intravedeva la metà superiore della torre centrale di Bayon. I volti di pietra sembravano fissarli. Tremavano tutti.

« Sta crollando! » disse Gray.

Ore 12.16

Accompagnato da sei uomini, Nasser stava correndo nel cortile del secondo livello. Ogni passo era una tortura. Si sentiva il corpo in fiamme, come se quella donna infernale fosse ancora avvinghiata a lui. Ma aveva una preoccupazione più immediata.

Mentre si chinava dietro la parete di una galleria, si voltò.

La torre di Bayon prese a tremare... poi, con una strana lentezza, collassò su se stessa, riducendo la propria altezza di un quarto. Il rantolo mortale di cento bodhisattva. Intorno alle rovine si sollevò una nuvola di polvere. Altri massi continuarono a rimbalzare e rotolare, scendendo con un crepitio dalla montagna.

Il suo esperto in demolizioni l'aveva messo in guardia sulla portata della carica, gli aveva spiegato che tutto ciò sarebbe potuto avvenire. Ma Nasser non poteva rischiare che il comandante Pierce fuggisse con il tesoro.

Poi Nasser scorse una seconda piuma di fumo polveroso.

Socchiuse le palpebre.

Segnalava forse un'altra uscita della caverna?

Ore 12.17

In mezzo alla polvere, Gray tossiva, riuscendo a malapena a scorgere gli altri nello spazio angusto del pozzo. La torre si era schiantata al suolo, crollando sulle fondamenta e schiacciando la caverna sottostante. Una zaffata acida di fumo si sprigionava verso l'esterno, alzandosi a spirale dalla gola del pozzo.

Gray si asciugò gli occhi e vide che le scale ripide erano ostruite dai massi e che il soffitto era crollato.

Appoggiò la schiena alla parete e alzò lo sguardo. La parete settentrionale del pozzo sporgeva precariamente verso l'esterno. Erano stati fortunati che non fosse crollata, investendoli. Alcuni grossi blocchi sembravano denti sporgenti in una bocca mostruosa.

Riecheggiarono dei colpi di tosse.

La polvere si diradò un poco.

Lisa stava aiutando Susan a sedersi. La donna si coprì la bocca con un pugno e continuò a tossire in maniera atroce.

Bentornata nel mondo.

Forse la fortuna stava girando.

Una voce dall'alto scacciò quella possibilità.

«Che cos'abbiamo qui?» gridò Nasser. «Direi che abbiamo scovato un bel po' di pesci.»

L'intero pozzo era circondato di fucili, puntati contro di loro.

Gray scivolò lungo la parete, imbattendosi in Kowalski.

«E adesso, capo?» chiese lui.

Prima che Gray potesse rispondere, un cellulare squillò. La suoneria proveniva da sopra, ma era familiare. Nasser infilò la mano in tasca e ne estrasse il telefono di Vittorio. Gliel'aveva confiscato in albergo, dopo averli catturati. Prima di sedersi all'Elephant Bar, erano stati tutti perquisiti con cura.

Nasser lesse il nome del chiamante. «Sara Veroni.» Allungò il telefono sopra il pozzo, protendendosi in avanti. «Sua nipote, monsignor Veroni. Vuole dirle addio?»

Il telefono fece un terzo squillo, poi tacque.

«Credo di no», ridacchiò Nasser. «Che peccato.»

Gray chiuse gli occhi e trattenne il respiro.

« O magari, comandante Pierce, gradiresti chiamare la mia collega Annishen », continuò Nasser. « Prima di ucciderti, avevo promesso di farti sentire le urla dei tuoi genitori. »

Gray lo ignorò. Le mani scivolarono dietro la schiena di Kowalski, insinuandosi sotto il lungo spolverino. La telefonata della nipote di Vittorio era un segnale convenuto, per far sapere a Gray che sua madre e suo padre erano in salvo.

Oppure morti.

In entrambi i casi... non erano più sotto il controllo di Nasser.

Gray strinse le dita intorno al calcio della pistola, nascosta alla base della schiena di Kowalski. In precedenza, spaventato da una scimmia, l'omone aveva quasi estratto l'arma. Fortunatamente Gray l'aveva fermato.

Liberò la pistola e la abbassò lungo il fianco.

« O forse lascerò il destino dei tuoi genitori avvolto nel mistero... » stava dicendo Nasser. « Spingendoti per sempre a domandarti che fine abbiano fatto. E ti porterai questo interrogativo nella tomba. »

« Perché non ci vai prima tu? » Gray avanzò di un passo, alzò di scatto la pistola e sparò due volte.

Colpì l'uomo alla spalla e al petto. Nasser ruotò su un fianco e poi cadde nel pozzo, mulinando le braccia e schizzando di sangue i muri di pietra.

Gray girò su se stesso, crivellando di colpi il bordo del pozzo. Tre uomini si accasciarono e gli altri indietreggiarono di scatto. Poi Nasser piombò sul pavimento di pietra, con uno scricchiolio d'ossa e un grido.

Sempre con la pistola spianata, Gray puntava il suo sguardo verso l'alto. La Metal Storm 9 mm era un'arma australiana all'avanguardia, in grado di sparare più colpi in una frazione di secondo. Un'arma priva di parti mobili, completamente elettronica. « Lisa, perquisisci Nasser e cerca il telefono di Vittorio! Mettiti in contatto con Painter! »

Lei obbedì.

Mentre si voltava lentamente, sorvegliando il pozzo, Gray vide che Nasser giaceva supino, un braccio contorto dietro di lui, rotto all'altezza della spalla. Il sangue gli sgorgava dalle labbra. Aveva le costole spezzate. Ma era ancora vivo. Con gli occhi seguiva Gray e nel suo sguardo si leggevano costernazione e perplessità.

Muori con il dubbio, bastardo.

E Nasser, come se obbedisse a quel silenzioso comando, esalò l'ultimo respiro.

Fu Seichan a chiedere: « Ma dove avete preso la pistola? »

« Mi sono messo d'accordo con Painter, a Hormuz. Non volevo che mobilitasse una squadra sul posto. Ma gli ho chiesto una piccola concessione. Una pistola, introdotta furtivamente nel bagno dell'Elephant Bar prima che lo raggiungessimo, attaccata con il nastro adesivo dietro un water. Sapevo che Nasser avrebbe sempre nutrito sospetti nei miei confronti, mi ha addirittura fatto perquisire più volte. Mentre Kowalski... » Gray scrollò le spalle.

« Al bar, ricordo », mormorò Seichan. « Prima di partire. Kowalski ha detto che doveva 'fare un goccio d'acqua'. »

« Sapevo che saremmo stati perquisiti prima dell'incontro al bar. Era la maniera più semplice per portare con noi una pistola e tenerla a portata di mano finché i miei genitori non fossero stati in salvo. »

« Quello stramaledetto somaro avrebbe dovuto ripassarsi *Il padrino* », grugnì Kowalski.

« Sono in linea con Painter », gridò Lisa.

Le dita di Gray si strinsero sulla pistola. « I miei genitori? Sono...? »

« Sono salvi. E illesi. »

Gray si lasciò sfuggire un sospiro di sollievo. *Grazie a Dio.* « Meglio che tu dica a Painter di allestire una zona di quarantena, almeno a un raggio di quindici chilometri dalle rovine. »

Gray ripensò alla nuvola di gas tossico, sicuramente densa di Ceppo di Giuda. La porta era rimasta aperta soltanto per dodici minuti, e poi chiusa con forza e sterilizzata dalla bomba di Nasser. Una piccola fortuna, in quel caso. Ma quanto Ceppo di Giuda era stato liberato?

Gli occhi di Gray si posarono prima su Susan - sempre immobile e sorvegliata da Kowalski - e poi sui suoi compagni di sventura. Susan era riuscita nel suo intento? E gli altri? Quale sorte li attendeva? Ciascuno di loro aveva contribuito non poco ad arrivare fin lì. Era forse stato tutto inutile?

« La quarantena è già in corso », annunciò Lisa.

Gray scrutò la cima del pozzo, alzando l'arma. C'erano ancora alcuni uomini della Gilda. « Allora di' a Painter che avremo bisogno anche di un po' d'aiuto. »

Lisa riferì il messaggio, poi abbassò il telefono. « Dice che sta già arrivando. Ha detto: 'Alzate lo sguardo'. »

Gray obbedì. Nel limpido azzurro del cielo pomeridiano, ruotavano falchi alteri, con le ali spiegate. Ce n'erano a profusione. Ma quei falchi erano armati di fucili d'assalto.

Tendendo una mano, Gray chiese il telefono.

Lisa glielo diede.

« Mi pareva che fossimo d'accordo di *non* mobilitare una squadra locale », disse Gray.

« Comandante Pierce, per me un'altitudine di quarantamila piedi non è esattamente *locale*. Inoltre sono io il tuo capo. Non viceversa. »

La squadra d'assalto piombava verso le rovine, schierandosi in formazione d'attacco. Ciascun soldato aveva imbracato sulla schiena un aliante ad ali fisse, simili ad ali in miniatura di un aereo da caccia, che permetteva lo schieramento ad alta quota.

Si gettavano in picchiata verso il basso.

Scendevano a spirale.

Poi, a un segnale, ogni uomo strattonò una corda e, all'unisono, tutti si liberarono delle ali. I paracadute degli alianti si aprirono di scatto, per l'ultimo tratto di discesa. Calarono da ogni direzione, come se seguissero una coreografia.

Il gruppo nel pozzo non fu il solo a notarli. Si udì un trepestio di stivali sulla pietra... Non era difficile immaginare i mercenari della Gilda che fuggivano a gambe levate.

Ma non tutti erano così pavidi.

Riecheggiarono alcune raffiche di fucile. Lente all'inizio, poi sempre più furiose. Per un intero minuto, infuriò un conflitto a fuoco. Sopra di loro passò il paracadute di un aliante, con il pilota che sparava in volo. Poi un altro, che si preparava ad atterrare sulle rovine. I corpi toccarono terra con uno schianto, atterrando intorno al pozzo, probabilmente convergendo sul telefono in mano a Gray.

D'improvviso, un uomo si allungò oltre il muretto del pozzo, con gesto un po' troppo repentino.

Gray stava quasi per spararegli finché non riconobbe la tuta.

Aeronautica americana.

«State tutti bene, ragazzi?» gridò l'uomo con accento australiano, sganciandosi il paracadute.

Lisa superò Vittorio, la voce piena di meraviglia. «Ryder?»

«Il tuo uomo... Painter... è un fenomeno!» rise lui. «Ha lasciato venire anche me. Non è come arrampicarsi su una rete elettrificata assieme ai cannibali... ma cosa si può desiderare di più?»

Qualcuno gridò.

Ryder alzò un braccio per rispondere, quindi abbassò di nuovo lo sguardo. «Reggetevi forte! Stanno arrivando le scale!» Si allontanò e scomparve.

Gray stringeva ancora la pistola, pronto a far fuoco.

Era tutto ciò che poteva fare.

No, c'era un'altra cosa. Un'ultima cosa.

Si portò di nuovo il telefono all'orecchio. «Direttore?»

«Sì?»

«Grazie di non avermi ascoltato.»

«Sono qui per questo.»

19

TRADITRICE

Bangkok, Thailandia,
14 luglio, ore 10.34

Una settimana più tardi, Lisa era alla finestra della sua camera, in una clinica privata alla periferia di Bangkok. Alte mura circondavano il piccolo edificio a due piani e i lussureggianti giardini, ornati da fontane sprizzanti e da qualche Buddha, avvolto dai fili di fumo dei bastoncini della preghiera mattutina.

All'alba di quella mattina, anche lei aveva detto le sue preghiere.

Sola.

Per Monk.

La finestra era aperta, le persiane scostate per la prima volta in una settimana. La quarantena era finita. Lisa trasse un respiro profondo, inalando la fragranza del gelsomino. Oltre la parete, udiva i rumori della vita del villaggio: la lenta andatura dei buoi, le chiacchiere di un paio di anziane donne che varcavano i cancelli, il passo pesante di un elefante che trascinava un tronco d'albero e, cosa più bella di tutte, quasi impercettibile ma intensa come la luce del sole, la risata dei bambini.

La vita.

Quanto erano andati vicini a perdere tutto ciò?

« Lo sapevi che, se stai alla finestra, la tua vestaglia diventa trasparente? » disse una voce dietro di lei. « Non che me ne lamenti, eh? »

Lei si voltò, raggiante di gioia.

Painter era appoggiato alla porta, con in mano un fascio di rose gialle – le preferite di Lisa – avvolte nella carta di giornale. Indossava un completo elegante, senza cravatta, ed era lindo e rasato. Era leggermente abbronzato dopo una settimana ai tropici, fuori dalla tana sotterranea della Sigma, e ciò faceva risaltare gli occhi azzurri e i capelli neri.

«Pensavo che saresti tornato solo a tarda notte», disse lei.

Painter entrò nella stanza. A differenza dell'asetticità di parecchie strutture ospedaliere, quella clinica disponeva di camere lussuosamente arredate con mobili in tek. Ed era anche stata abbellita con vasi di fiori e persino con un paio di acquari, in cui nuotavano pesciolini arancioni e cremisi.

«L'incontro con il primo ministro cambogiano è stato rimandato alla settimana prossima. E probabilmente non sarà necessario. Anche lì la quarantena terminerà nei prossimi giorni.»

Lisa annuì. Gli aerei avevano sparso una debole soluzione di disinfettante sulle zone limitrofe. Le rovine di Angkor Thom erano state irrorate con cura. Nei campi profughi in quarantena si erano riscontrati alcuni casi, che però rispondevano al trattamento.

La cura aveva funzionato.

Susan si trovava in un altro reparto dell'ospedale, sotto strettissima sorveglianza, ma anche quella si era rivelata un'inutile misura precauzionale. Era effettivamente riuscita a produrre la cura, attraversando il fuoco per ottenerla. Dopodiché, dentro di lei, del virus - *cis* o *trans* - non era rimasta traccia. Era scomparso del tutto.

A parte la cura.

Non si era rivelata un anticorpo o un enzima e neppure una piastrina. Era un batterio. Lo stesso cianobatterio che la faceva brillare.

La seconda esposizione tossica aveva alterato di nuovo i batteri, ribaltandone completamente il ciclo vitale. Come gli innocui lattobacilli contenuti nello yogurt, i batteri, se ingeriti o iniettati, producevano sostanze benefiche, che distruggevano qualunque batterio tossico generato dal Ceppo di Giuda e fagocitavano ogni traccia del virus stesso, assimilandolo.

La cura dava origine a sintomi equivalenti a una lieve influenza, dopodiché si restava immuni. A quanto pareva, i batteri agivano anche da vaccino nei soggetti sani, garantendo immunità all'esposizione, in maniera analoga al vaccino di Salk contro la polio. E, cosa più importante di tutte, i batteri si rivelavano anche facili alla coltura. I campioni erano stati inviati ai laboratori di tutto il mondo. Ne erano già state prodotte enormi quantità, un magazzino globale per distruggere le prime pandemie e proteggere il mondo da ogni futura ricorrenza.

Le organizzazioni sanitarie continuavano a restare all'erta per contrastare un tale evento.

« E l'Isola di Natale, da dove è partito tutto? » domandò Lisa, sedendosi sul bordo del letto.

Painter sostituì un mazzo di fiori quasi avvizziti con le sue rose. « Tutto bene, almeno pare. A proposito, ho letto alcuni documenti che il tuo amico Jessie ha rubato dalla nave da crociera prima che colasse a picco. Quelli della Gilda hanno lasciato l'Isola di Natale e hanno scaricato una cisterna colma di sterilizzante lungo la costa, nel lato esposto al vento. Non per altruismo, bada. Stavano solo cercando di far piazza pulita della fioritura più estesa, per impedire a qualche loro avversario di mettere le mani sulla loro scoperta. »

« Credi che questo impedirà la ricomparsa della fioritura? »

Painter scrollò le spalle e si sedette sul letto. Le prese la mano... Ma non per uno scopo preciso, solo per riflesso. Era uno dei motivi per cui lei lo amava tanto. « Difficile a dirsi », rispose. « Il tifone ha spazzato l'isola. Le squadre internazionali di scienziati marini stanno tenendo sotto controllo le acque... guidati dal dottor Richard Graff. Dopo il suo aiuto con la situazione dei granchi, mi sembrava che meritasse quell'incarico. »

Lisa strinse la mano di Painter. Il nome di Graff servì soltanto a ricordarle Monk. Sospirò, osservando le capriole dei pesciolini nell'acquario accanto al letto.

Painter liberò la mano, le cinse la spalla con il braccio e la trasse a sé. Tornò a cercarla con l'altra mano. Sapeva dov'era il cuore di Lisa in quel momento. La voce dell'uomo si ridusse a un mormorio. « Hai saputo che abbiamo interrogato tutti i sopravvissuti della *Mistress of the Seas*? »

Lei si limitò a fargli scivolare la mano intorno alla vita. Sapeva che erano in serbo cattive notizie.

L'isola era ancora in quarantena, un'operazione congiunta fra l'Australia e gli Stati Uniti. I commando australiani erano riusciti a orchestrare una massiccia evacuazione della nave mentre questa bruciava e affondava. Gran parte del lavoro della Gilda giaceva a trecento metri sott'acqua, una nuova aggiunta alla casa sottomarina dei calamari predatori. Tutto ciò rendeva estremamente pericolose le immersioni in cerca del relitto. I calamari erano stati classificati come una nuova specie di Taningia, e si erano guadagnati il nome di *Taningia tunis*, in memoria del marito di Susan.

Il giorno precedente, Lisa aveva parlato al telefono con Henri e Jessie al campo profughi di Pusat. Erano sopravvissuti, riuscendo a proteggere gran parte dei pazienti e dello staff dell'Organizzazione Mondiale della Sanità, anche grazie all'aiuto dei cannibali. Adesso erano tutti in terapia e, finora, se la cavavano bene. Facevano eccezione i pochi sprofondati in uno stato di follia delirante: il loro danno cerebrale sembrava permanente. Ma quasi tutti coloro che ne erano affetti erano morti nell'affondamento della nave. Dall'imbarcazione non era uscito vivo un solo membro della squadra della Gilda.

Eccetto uno. Forse.

Jessie aveva raccontato a Lisa che, durante l'evacuazione, si era imbattuto in una stiva chiusa con un lucchetto. C'erano dei bambini all'interno; li aveva sentiti piangere. Era riuscito a entrare giusto in tempo per salvarli e loro gli avevano detto che uno strano angelo li aveva chiusi lì per proteggerli dal pericolo. Poi quell'angelo aveva fatto uscire dalla stiva un gruppo di pazienti impazziti, usando se stesso come esca.

I bambini avevano descritto l'angelo.

Capelli neri, vestito di seta, silenzioso come una tomba.

Surina.

Era svanita.

« Abbiamo interrogato tutti nel campo », continuò Painter.

« E Monk? » sussurrò lei.

« Uno dei medici dell'Organizzazione Mondiale della Sanità si è nascosto sul ponte della nave. Aveva il binocolo. Ha osservato la vostra fuga sulla *Sea Dart*. Ha visto Monk che cadeva e la rete che gli crollava addosso, trascinandolo sott'acqua. » Sospirò. « Non è mai riemerso in superficie. »

Lisa chiuse gli occhi. Sentiva qualcosa bruciare dentro di sé, diffonderle nelle vene una specie di acido, che la indeboliva.

Una parte di lei aveva ancora sperato... una flebile possibilità... Ecco perché si era inginocchiata di fronte a uno dei Buddha.

Aveva pregato che Monk fosse ancora vivo.

« Non c'è più », mormorò. Ormai doveva ammetterlo anche con se stessa.

Oh, Monk...

Lisa si strinse forte a Painter. Le lacrime colarono sulla camicia dell'uomo. Gli serrò le dita nelle sue, lasciandosi confortare dal suo forte abbraccio. « L'hai già detto a Kat? » mormorò, posandogli la guancia sul petto.

Painter restò in silenzio.

Lisa lo sentì tremare.

Gliel'aveva detto.

Le tolse la mano dalla spalla e le baciò il palmo.

Parlò in un sussurro, brusco e profondo. « Non lasciarmi mai. »

A Lisa venne in mente il motivo per cui aveva scelto di partecipare a quella missione. Per valutare la propria vita lontano dall'ombra di Painter. Per raggiungere un verdetto, mentre le loro esistenze diventavano una sola dal punto di vista professionale e privato.

Aveva avuto la sua risposta.

Dagli attacchi cannibali alle torture orchestrate da folli.

Sapeva di essere abbastanza forte per restare sola.

Ma...

Si tese, baciandolo sulle labbra e sussurrando: « Il mio posto è qui ».

Ore 12.02

Gray attraversava il sentiero del giardino dell'ospedale. Si era cambiato d'abito, infilandosi jeans, stivali e una camicia fantasia. Era bello indossare vestiti normali, abbandonando le vestaglie ospedaliere. Ed era anche bello starsene all'aria aperta, sotto il sole, benché lui si sentisse ancora i polmoni pesanti e la luce intensa gli irritasse gli occhi sensibili. Era ancora convalescente ma, dopo una settimana al chiuso, la sua febbrile energia si era trasformata in smaniosa irritazione.

Affrettò il passo, allungando la falcata. Aveva fatto il giro completo del giardino, dell'intero edificio. Non voleva sorprese.

Da tre giorni aveva in mente quel progetto e adesso la sua tabella di marcia aveva subito un'accelerazione. Di fronte a lui comparve il cancello dell'ospedale.

Aveva il permesso di lasciare la struttura, ma solo per raggiungere il villaggio circostante.

Girando l'angolo di un'alta siepe, Gray raggiunse una piccola nicchia, un altare privato con un grasso Buddha avvolto nella seta rossa. A terra c'era qualche bastoncino d'incenso, ma il fumo proveniva da un'altra sorgente.

Kowalski era chino sul Buddha, il palmo di una mano posato sulla testa di pietra. Si sfilò il sigaro di bocca, esalando una lunga e densa nuvola di fumo.

« Eh, sì... » gemette con riluttante soddisfazione.

« Dove hai preso quel... Oh, non importa. » Gray tese una mano. « Sei riuscito a trovare quello che ho chiesto? »

Kowalski spense il sigaro sulla spalla del Buddha.

Persino Gray trasalì leggermente per quel gesto sacrilego.

« Sì, ma che cosa vuoi farci con tutta questa roba? » domandò Kowalski, sollevando da dietro la schiena un pacchetto avvolto nella carta di giornale. « Ho corrotto chi mi stava facendo le spugnature. E naturalmente era un uomo. Non c'è stato un briciolo di divertimento. Però mi ha procurato ciò che volevi. »

Gray prese il pacchetto e fece per andarsene.

Kowalski incrociò le braccia, si aggrottò e si lasciò persino sfuggire un sospiro irritato.

« Che succede? » chiese Gray.

Kowalski aprì la bocca... poi la chiuse.

« Ma cos'hai? »

L'uomo alzò le braccia. « Per prima cosa... insomma, in tutto questo tempo, non ho usato neanche un'arma, maledizione. Né un fucile, né una pistola, niente! Voglio dire, sarei potuto benissimo restare di guardia a casa. Tutto ciò che ho ricevuto in cambio del mio lavoro è stato un nugolo di aghi infilati nel sedere. »

Gray lo fissò. Era il discorso più lungo che Kowalski avesse mai fatto. La questione gli stava davvero a cuore.

«Sto solo dicendo...» sbottò Kowalski, un po' contrito.

Gray sospirò. «Vieni con me.» S'incamminò verso il cancello. Glielo doveva.

«Dove stiamo andando?»

Le guardie al cancello rivolsero ai due un cenno del capo. Gray s'infilò il pacchetto sotto braccio e pescò qualcosa dal portafoglio. Estrasse una banconota e la passò a Kowalski.

«Che cosa dovrei farci con dieci dollari?» domandò lui.

L'altro indicò un punto della strada in cui stava lavorando una squadra di operai. Quattro uomini e due animali da fatica. «Guarda... degli elefanti», disse Gray.

Kowalski fissò la strada sterrata, posò lo sguardo sulla banconota, poi di nuovo sugli elefanti. Sul suo volto si disegnò un sogghigno gigantesco. Partì ad ampie falcate, si voltò, tentò di esprimere la propria gratitudine, non ci riuscì e riprese a camminare. «Eh, sì, non vedevo l'ora di farmi questo giro a dorso d'elefante...» Alzò il braccio. «Ehi, tu, Gunga Din!»

Gray si voltò e tornò dentro.

Povero elefante.

Ore 12.15

Vittorio era sdraiato sul letto, con un paio di occhiali da lettura inforcati sul naso. Sul comodino, intorno alla vasca del pesciolino rosso, c'erano cataste di libri. Sull'altro lato del letto campeggiavano pile e pile di articoli fotocopiati: sulla scrittura angelica, su Marco Polo, sulla storia dei khmer, sulle rovine di Angkor.

Al momento, stava leggendo per la quarta volta il resoconto scientifico che gli aveva dato Gray, un articolo comparso nel 1994 sulla rivista *Science,* in merito allo studio del linguaggio umano applicato al codice del DNA.

Affascinante...

Un movimento di fronte alla porta aperta distolse la sua attenzione dalla rivista. Individuò Gray. « Comandante Pierce! » gridò.

Gray si fermò, controllò l'orologio, quindi fece capolino. « Sì, monsignor Veroni... »

Vittorio era sorpreso di quell'atteggiamento formale. Qualcosa aveva messo Gray sul chi vive. Gli fece cenno di entrare. « Vieni qui. »

« Non ho molto tempo. » Entrò. « Come ti senti? »

« Benissimo. Ho letto questo articolo. Non sapevo che solo il tre per cento del nostro genoma è attivo. Che il *novantasette per cento* consiste di spazzatura e codici privi di significato. Eppure, quando tale spazzatura viene sottoposta a un programma crittografico di verifica del linguaggio, persino un'accozzaglia tanto casuale rivela la presenza di un linguaggio. Straordinario. » Si sfilò gli occhiali. « E se riuscissimo a comprendere quel linguaggio? »

« Alcune cose potrebbero trascendere la nostra comprensione. »

Vittorio si accigliò. « Non sono d'accordo. Dio non ci ha dato questi grandi cervelli perché giacessero lì, inutilizzati. Siamo nati per dubitare, studiare, arrovellarci per giungere a una comprensione sempre più completa dell'universo, sia esteriore sia interiore. »

Cercando di non dare nell'occhio, Gray controllò di nuovo l'orologio.

Vittorio decise di porre fine alla sua tortura. Evidentemente Gray era occupato. « Arrivo al punto. Ricorderai che, nella cripta cilindrica sotto Bayon, ho accennato al fatto che la scrittura angelica – l'eventuale forma scritta di questo sconosciuto codice genetico – potrebbe essere la Parola di Dio che descrive qualcosa di più grande in noi, forse ritenuto sepolto in quel novantasette per cento del nostro codice genetico considerato *spazzatura*. E se non si trattasse di spazzatura? Forse abbiamo addirittura intravisto uno scorcio di quella parte più grande di noi. »

« E come, secondo te? »

« Quella donna, Susan. E se il suo mutamento fosse stato un fuggevole sguardo alla vera traduzione dell'iscrizione angelica?» Vittorio scorse l'incredulità nel volto di Gray e alzò una mano. «Stamani ho parlato con Lisa. Mi ha accennato che, a suo parere, durante l'esposizione alla luce solare, il cervello di Susan era completamente stimolato dalle energie batteriche, che risvegliavano quelle parti del cervello umano altrimenti addormentate. Trovo interessante che solo una minuscola frazione del nostro codice genetico sia attiva e che, nello stesso tempo, utilizziamo soltanto una parte del nostro cervello. Tu non lo trovi strano?»

Gray scrollò le spalle. «Credo di sì.»

«E se tutta quell'iscrizione angelica descrivesse il nostro *pieno* potenziale, quello ancora latente in tutti noi, in attesa di essere risvegliato? Secondo il libro della Genesi, Dio ci ha creato a sua immagine. E se quell'immagine dovesse ancora realizzarsi completamente, se fosse sepolta in qualche parte addormentata del nostro cervello, nascosta nel linguaggio angelico del nostro DNA? Forse, per quanto riguarda l'iscrizione sulle pareti sotto Bayon, quella che balenava nel buio, anche il suo antico scrittore stava cercando di comprendere un simile potenziale. Tu stesso hai accennato al fatto che era incompleta, che c'erano delle parti mancanti.»

«Questo è vero», ammise Gray. «E le tue sono interessanti congetture che varrebbe la pena di esplorare, ma non so se scopriremo mai la verità. Susan è tornata normale, e da Painter ho saputo che una squadra di scavatori è riuscita a irrompere nella cripta delle fondamenta sotto Bayon. Alcune pareti sono intatte, ma la bomba acida di Nasser le ha scrostate. Dell'iscrizione non resta nulla.»

Vittorio sentì il cuore mancare un colpo. «Peccato. Eppure continuo a pensare a una cosa che non abbiamo trovato nella caverna.»

«A che cosa?»

«Alla tua tartaruga. Tu pensavi che la cripta potesse custodire un mistero più profondo, qualcosa che rappresentava l'incarnazione di Vishnu.»

«Forse si trattava solo del Ceppo di Giuda. La pozza luminescente. Anche tu hai accennato al fatto che, con ogni probabilità, gli antichi khmer si sono imbattuti nella caverna luminosa e l'hanno ritenuta la dimora di una divinità. Forse quella di Vishnu.»

«O forse Susan era un frammento di quel mistero più grande, uno sguardo fugace sul potenziale divino o angelico nascosto in tutti noi.»

Gray scrollò le spalle, in apparenza indifferente. Tuttavia nei suoi occhi passò anche un guizzo che a Vittorio non sfuggì. Probabilmente avrebbe voluto saperne di più... ma non in quel momento. Stava pensando ad altro. Così gli fece cenno di andare.

Mentre Gray si avviava, Vittorio disse: «Porta i miei saluti a Seichan».

L'altro trasalì leggermente e si allontanò.

Vittorio tornò a inforcare gli occhiali da lettura.

Ah, beata gioventù...

Ore 12.20

Gray porse la tazza di caffè alla guardia davanti alla porta di Seichan. «È sveglia?»

L'uomo, un giovane guardiamarina di Peoria, con i capelli biondo cenere, scrollò le spalle. «Non lo so.»

Gray entrò. Era un incarico monotono per il guardiamarina. La donna era stata sottoposta a una seconda operazione per la ferita d'arma da fuoco e, da allora, era rimasta sedata. Aveva aggravato la ferita, scatenando un'emorragia interna.

Tutto perché aveva salvato la vita di Gray.

L'uomo ricordava come lei lo aveva trasportato. Poteva quasi avvertire il dolore al volto escoriato, l'occhio gonfio... Ma non sapeva che, quando lei era tornata a prenderlo, era quasi morta.

Entrò nella stanza.

La donna era ammanettata al letto, le braccia distese ai lati.

Indossava una vestaglia ospedaliera ed era coperta da un lenzuolo.

La stanza, destinata ai malati di mente, era sterile e fredda.

Gli unici mobili erano il letto e un divisorio. La finestra alta e stretta era schermata da persiane d'acciaio.

Seichan si riscosse e il suo volto s'irrigidì, per la vergogna di essere immobilizzata. Poi divampò la rabbia, consumando tutto il resto. Strattonò uno dei polsi ammanettati.

Gray andò a sedersi sul letto.

« Anche se i miei genitori sono vivi, non significa che ti ho perdonato », esordì. « E neppure che ti perdonerò mai. Ma ho un debito con te. Non ti lascerò morire. Non così. » Prese dalla tasca le chiavi delle manette e sollevò il polso della donna. Le pulsazioni di lei aumentarono. « Domani mattina ti spediranno a Guantánamo », disse.

« Lo so. »

E, come lui, Seichan sapeva pure che era una sentenza di morte. Se non fosse stata subito giustiziata, l'avrebbe assassinata la Gilda per farla tacere o un'altra agenzia di servizi segreti. Il Mossad aveva ancora l'ordine di ucciderla.

La manetta si aprì di scatto.

Benché ancora sospettosa, Seichan si alzò a sedere e tese il palmo della mano per prendere la chiave, mettendolo alla prova.

Lui gliela diede. Mentre la donna sbloccava la seconda manetta, Gray posò sul letto il pacco ricevuto da Kowalski. « Qui ci sono una divisa da infermiera, un abito locale e qualcosa di mimetico. C'è anche un po' di valuta. Con un preavviso così breve, non ho potuto fare granché per i documenti. »

L'altra manetta si aprì. Voltandosi, Seichan si strofinò i polsi.

Accanto alla porta risuonò il rumore di un corpo che si accasciava al suolo.

« Ah, già. Ho drogato la guardia. »

Lei lanciò uno sguardo alla porta, quindi tornò a fissarlo. Gli occhi luccicarono. Prima che lui si potesse muovere, lei lo prese per il colletto e lo tirò a sé. Lo baciò appassionatamente, a bocca aperta.

D'istinto Gray si ritrasse. Non era venuto lì per...

Oh, chissenefrega...

Rispose al bacio.

Senza staccare le labbra, Seichan abbassò i piedi sul pavimento e fece ruotare Gray, stendendolo sul letto. Poi si scostò leggermente.

Lui udì il *clic* delle manette.

Il suo polso destro era stato ammanettato al letto.

Alzò lo sguardo in tempo per vedere il gomito della donna scattare verso il suo viso.

La testa si piegò di scatto all'indietro e Gray sentì il sapore del sangue sulle labbra.

Seichan saltò su di lui e sedette sul torace, inchiodandolo al letto. Poi alzò il pugno. Lui sollevò il braccio libero per bloccarla.

« Deve sembrare convincente, o sarai tu a finire a Guantánamo per alto tradimento. »

Aveva ragione.

Gray abbassò il braccio.

Lei lo colpì duramente, spaccandogli il labbro, scosse la mano per lenire il bruciore... quindi alzò di nuovo il pugno.

« E questo per non esserti fidato di me », sibilò.

Il sangue sprizzò dal naso di Gray. Lui si sentì scivolare alla deriva.

Seichan si chinò accanto all'orecchio di Gray. « Ricordi quella piccola promessa che ti ho fatto quando tutto è cominciato? »

« Che stai dicendo? »

« Ti ho detto che, alla fine, ti avrei rivelato chi era la talpa. »

« Ma non c'è nessuna talpa. »

« Ne sei sicuro? »

Lui la fissò. Di colpo non ne era più tanto sicuro.

Lei indietreggiò e scattò con il gomito, colpendolo di traverso all'occhio.

« Cristo! »

« Sarà gonfio a meraviglia. » Si strofinò le labbra, studiandolo, come un artista di fronte a un ritratto in corso d'opera. Poi disse: « La talpa sono io, Gray ».

« Come...? »

« Una talpa piazzata in seno alla Gilda. » Gli sferrò un pugno all'altro occhio. « Sto dalla parte dei buoni. Non l'hai ancora capito? »

Gray non poteva far altro che giacere lì, stordito dalle sue parole, dai suoi colpi. « Un'agente doppiogiochista? Due anni fa mi hai sparato a bruciapelo! »

Lei strinse di nuovo il pugno. « Sapevo che indossavi l'armatura liquida. Non ti sei mai chiesto perché la indossavo anch'io? » Il colpo di Seichan gli fece dondolare la testa all'indietro. Quindi lei gli prese tra due dita il ponte del naso: probabilmente si stava chiedendo se fosse il caso di rompergielo.

« E la bomba all'antrace? » disse lui. « A Fort Detrick? »

« Già sterilizzata. Difettosa. Avevo intenzione di scaricare la colpa su chi aveva progettato la bomba. »

« Ma... il curatore a Venezia? » sbottò. « L'hai assassinato a sangue freddo. »

Lei infilò le unghie nella sua guancia sinistra, scavando profondi solchi di fuoco. « Se non l'avessi fatto, tutta la sua famiglia sarebbe stata massacrata. Moglie e figlia comprese. »

Gray cercò di guardarla. Quella donna aveva una risposta per tutto.

« E non mi fermerò... non dopo cinque anni, non quando sono stramaledettamente vicina a scoprire chi è al comando della Gilda. » Vibrò un colpo verso il basso, ma stavolta Gray le afferrò il polso. Lei oppose resistenza.

« Seichan... »

La donna lo fissò, sforzando i muscoli, con un lampo negli occhi, un lampo quasi di dolore. I loro sguardi si incrociarono. Lei lo scrutò, in cerca di qualcosa. Parve non trovarlo. Per un fuggevole istante, un'espressione delusa si dipinse sul volto di Seichan. Delusione, rimorso... forse solitudine. Ma scomparve subito.

Lo colpì con l'altro gomito, all'orecchio, facendogli vedere le stelle. Gray la lasciò andare. Lei ricadde all'indietro, scostandosi.

« Così può andare », mormorò Seichan, voltandosi.

Prese gli abiti, si sfilò la vestaglia dell'ospedale e indossò in tutta fretta la divisa da infermiera, compreso un foulard di seta per nascondere il volto segnato. Gli voltava le spalle.

« Seichan? »

La donna aveva ormai raggiunto la porta. Non si degnò neanche di girarsi. Ma in un sussurro, come se volesse gettargli un'ancora di salvezza, disse: «Fidati di me, Gray. Anche solo un poco. Me lo sono meritata».

Prima che lui potesse replicare, se ne andò. La porta si chiuse alle sue spalle.

Fidati di me...

Accidenti, lui si fidava.

Si sollevò sul letto, la faccia pulsante, l'occhio gonfio.

Passò un quarto d'ora. Un lasso di tempo abbastanza lungo da assicurarle un discreto vantaggio.

Infine Painter aprì la porta.

«Avete registrato tutto?» domandò Gray.

«La cimice non ha perso una parola.»

«Possibile che dicesse la verità?»

Painter si accigliò. «È una bugiarda patentata.»

«Forse è stata costretta a diventarlo. Per sopravvivere in seno alla Gilda.»

L'altro lo liberò dalle manette. «In ogni modo, il rintracciatore che le abbiamo impiantato nel ventre durante l'operazione ci permetterà di seguirla.»

«E se la Gilda dovesse scoprirlo?»

«Si tratta di un polimero plastico, invisibile ai raggi X. Non lo individueranno mai.»

A meno che non la dissezionino.

Gray si alzò. «Tutto questo è sbagliato. Lo sai.»

«Era l'unico modo con cui il governo ci avrebbe permesso di lasciarla libera.»

Gray ricordava gli occhi di Seichan abbassarsi su di lui.

Lui conosceva due verità.

Lei non aveva mentito.

E, in quel momento, era ben lontana dall'essere libera.

EPILOGO

Tahoma Park, Maryland,
11 agosto, ore 08.32

« Il lavoro di restauro mi pare grandioso », disse Gray.

Il padre fece scivolare un panno impregnato di cera per metalli Turtle Wax sul cofano della Thunderbird. Avevano recuperato la decappottabile dal deposito della polizia, rimorchiandola sul pianale di un autocarro. Painter aveva fatto in modo che la T-Bird venisse riparata nella migliore officina specializzata di tutta Washington. Era stata restituita al padre la settimana precedente, ma era la prima volta che Gray la vedeva.

Il padre indietreggiò, le mani sui fianchi. Indossava una canottiera macchiata d'olio e i bermuda, che scoprivano la sua nuova gamba, ottenuta grazie alla Sigma, un progetto della DARPA straordinariamente realistico. Ma non era la gamba a preoccuparlo. « Gray, che ne dici di questi cerchioni? Non sono belli come le mie vecchie ruote a raggi Kelsey. »

Gray si spostò per affiancarsi al padre. Gli sembravano identici. « Hai ragione », disse comunque. « Questi cerchioni fanno schifo. »

« Mmm... Però sono gratis. Quel Painter è stato proprio generoso. »

Gray intuì dove stava andando a parare. « Papà... »

« Tua madre e io ne abbiamo parlato », mormorò, fissando sempre le ruote. « Siamo del parere che dovresti restare nella Sigma. »

Gray si grattò la testa. Aveva già la lettera di dimissioni in tasca. Quando era tornato dalla Cambogia, aveva trovato il padre in ospedale, il petto escoriato dai colpi di pistola elettrica. La madre aveva il braccio al collo per una frattura al polso. La cosa più grave era il suo occhio nero.

Tutto a causa sua.

In ospedale aveva quasi perso la testa.

Che sicurezza avrebbe offerto ai suoi genitori se avesse continuato? La Gilda sapeva chi era lui e dove trovare loro. L'unico modo per non metterli a rischio era dimettersi. Painter aveva cercato di rassicurarlo, sostenendo che la Gilda si sarebbe tenuta alla larga e che comunque, prima di ogni missione, avrebbe trasferito i suoi genitori in un posto sicuro.

Ma certe missioni gli piombavano addosso come un motociclista ubriaco.

Era impossibile pianificarle.

« Ciò che fai è importante », riprese il padre. « Non puoi farti bloccare dalla preoccupazione per noi. »

« Papà... »

« Io ti ho dato la mia benedizione. Sta a te decidere. Io devo capire se mi piacciono questi cerchioni oppure no. »

Gray fece per andarsene.

Suo padre tese la mano, lo afferrò per la spalla e lo cinse con un braccio. Gli diede una stretta... poi lo scostò. « Va' a vedere cosa sta bruciando tua madre per colazione. »

Gray raggiunse la porta posteriore e incontrò la madre che usciva. « Oh, Gray, ho appena parlato al telefono con Kat. Ha detto che stamattina saresti passato da lei. »

« Sì, prima di andare in ufficio. Ho un po' di roba di Monk. Papà mi presta la T-Bird, così oggi pomeriggio posso anche sbrigare qualche commissione per Kat. »

« So che il funerale sarà solo tra due giorni, ma ho qualche torta. Puoi portarle anche quelle? »

« Torte? » domandò Gray in tono dubbioso.

« Non temere, le ho comprate. E ho pure qualche giocattolo per Penelope. Ho trovato questo grazioso maglione con gli elefanti e... »

Lui si limitava ad annuire, sapendo che prima o poi lei avrebbe smesso.

« Come sta Kat? » chiese infine la donna.

Gray scosse la testa. « Giornate belle e giornate brutte. » *Soprattutto brutte.*

La madre sospirò. « Fammi andare a prendere quelle torte.

L'ultima volta che ho visto Kat era magra come un chiodo, poveretta.»

Gray si ritrovò in mano una borsa di plastica piena di torte confezionate. Poi uscì di casa e si avvicinò a una pila di scatoloni. Contenevano tutti gli effetti personali prelevati dall'armadietto di Monk e qualche oggetto custodito nell'appartamento di Gray.

Aveva anche una cassa da portare all'agenzia di pompe funebri. Ryder Blunt, il miliardario, aveva restituito la mano artificiale di Monk; per liberarla, era stato costretto a segare il puntello dell'ala del suo idrovolante. Kat si era rifiutata di guardarla e Gray non la biasimava. Ma la donna aveva chiesto che la mano fosse messa nella bara vuota che sarebbe stata interrata nel cimitero di Arlington. Sia Gray sia lei avrebbero portato qualcosa da sistemare nel feretro.

Gray aveva trovato una copia del film preferito di Monk. L'aveva lasciato nell'appartamento di Gray dopo una serata a base di pizza e popcorn. *Tutti insieme appassionatamente.* Monk lo conosceva a memoria e cantava sempre a squarciagola mentre faceva saltellare Penelope sulle ginocchia. Nessuno aveva un cuore più grande di quello di Monk.

Sarebbe stato un padre formidabile.

Gray raggiunse il dondolo sul portico. Prese di tasca la lettera di dimissioni piegata in tre, leggermente stropicciata, e la lisciò. Come avrebbe desiderato parlarne con Monk.

Poi sentì qualcosa grattare in mezzo agli scatoloni.

Gli scoiattoli del quartiere non avevano paura di nulla.

Oh, maledizione, le torte...

Si avvicinò al sacchetto. Ma il rumore non proveniva da lì. Trasalì. Frugò sino a trovare la cassa giusta.

Che accidenti?

Rimosse il coperchio.

Painter aveva ordinato di riparare la gamba del padre e la T-Bird danneggiata. Ma c'era dell'altro. Non voleva interrare la mano di Monk tutta carbonizzata. Così aveva fatto restaurare meticolosamente la protesi, che era poi stata avvolta in una protezione di gommapiuma.

E adesso un dito stava scavando nella gommapiuma.

Gray alzò la mano, guardando l'indice che si contorceva. Gli venne un brivido. E se l'avesse visto Kat?

Doveva trattarsi di un corto circuito nel cablaggio.

Posò la protesi sulla sedia del portico. Il dito continuava a muoversi, tamburellando sulla sedia di legno. Gray distolse lo sguardo, disgustato. Prese di tasca il cellulare, pronto a mangiarsi vivo chiunque avesse combinato quel casino alla Sigma.

Tuttavia, mentre digitava il numero, si rese conto che l'indice non si muoveva a caso. Il suo era un picchiettio ritmico, scandito.

Un messaggio in alfabeto Morse.

La ben nota richiesta di soccorso.

S.O.S.

Gray abbassò lo sguardo sulla mano.

Non poteva essere.

« Monk...? »

Cardamom Mountains, Cambogia,
ore 14.45

Susan Tunis risalì il ripido versante montuoso nel folto della giungla, seguendo la luccicante cascata. Nell'aria aleggiava una nebbiolina sottile. Al suo passaggio, un gibbone dal berretto, appeso a una liana, il muso nero incorniciato dal pelo grigio, schiamazzò per protesta.

Lei continuò ad avanzare, attraversando risoluta la foresta pluviale. Le Cardamom Mountains sorgevano al confine tra la Cambogia e la Thailandia, una terra inospitale di fitte foreste e colline inaccessibili. Qualche giorno prima, mentre riposava su un'amaca sotto una zanzariera, aveva visto passare una tigre indocinese - un animale a rischio di estinzione - e ne aveva ammirato il corpo possente e le strisce ravvicinate. La tigre era sgusciata via nella foresta, emettendo un basso grugnito.

Per il resto, non aveva visto nulla di più grosso di quel gibbone schiamazzante.

E sicuramente nessun essere umano.

In passato, quelle aspre montagne erano state l'ultimo rifugio dei Khmer Rossi. Le mine costituivano ancora un enorme rischio.

Ma Susan sospettava di essere molto lontana dalla zona in cui avevano osato avventurarsi i guerriglieri. Raggiunse la sommità di un pendio e seguì il torrente dalla parte opposta di un altopiano denso di foreste. Alcuni animaletti sgusciavano nell'acqua, scendendo dai loro trespoli posti sui ceppi d'albero.

Batagur baska.

Tartarughe di fiume asiatiche. Una delle specie più a rischio del pianeta.

Note anche come « tartarughe reali », venerate come guardiane degli dei.

Di quel luogo avevano fatto la propria casa.

Non appena superati i loro nidi di fango e le tane per il letargo, Susan raggiunse la sponda del fiume e una serie di giare, vasi cilindrici di creta alti una decina di metri, avvolti dai licheni e intagliati con elaborate raffigurazioni. Antiche urne funerarie. Contenevano le ossa di re e regine. Siti simili erano disseminati per tutte le montagne e ritenuti molto sacri.

Ma nessuno visitava quel particolare sito, il più antico di tutti.

Susan lasciò il fiume e attraversò il cimitero. Le urne funerarie si diradarono, mentre la foresta costeggiava un versante roccioso ricco di fenditure.

Lei sapeva dove andare, lo sapeva dall'istante in cui era stata rianimata dalla dottoressa Cummings. Aveva ottenuto qualcosa in più della cura... ma non l'aveva detto a nessuno.

Non era il momento.

Susan si avvicinò al versante e raggiunse una fenditura a forma di saetta, che si allargava di circa mezzo metro alla base. Si sfilò lo zaino e attraversò la fessura. Procedette a piccoli passi.

Ben presto si ritrovò nell'oscurità totale.

Tese una mano. Una fiamma ardente, scaturita dall'interno, si accese sui suoi polpastrelli, diffondendosi fino alla spalla. Alzò il braccio, come se fosse una lampada.

Ecco un altro segreto che aveva mantenuto.

Ma non quello più grande.

Illuminando il proprio cammino, proseguì.

Non sapeva per quanto fosse andata avanti. Aveva perso la nozione del tempo. Ma era sicuramente notte inoltrata.

Alla fine, comparve un bagliore, che si riversò nella sua direzione.

Che le diede il benvenuto.

Un bagliore identico al suo.

Susan continuò alla stessa andatura, non sentendo nessun bisogno di affrettarsi.

Entrò in un'enorme caverna. La sorgente di luce si fece nitida. Piccoli fuochi lontani ardevano, splendendo come una manciata di stelle sul pavimento concavo. Centinaia e centinaia. Susan avanzò, passando accanto ai fuochi.

Ciascuno era una presenza, sdraiata sul pavimento come un'aquila ad ali spiegate, e ardeva di un fuoco interiore, che bruciava la pelle sino a renderla traslucida e cristallina. Guardò dentro uno di essi. L'unica cosa visibile era il sistema nervoso: cervello, spina dorsale e il vasto intrico di nervi periferici. Le braccia aperte, che rifluivano di fibre filamentose, sembravano ali ripiegate, piumate di ciuffi di finissimi fasci nervosi.

Angeli nell'oscurità.

Susan continuò ad avanzare. Raggiunse una presenza meno consunta, che mostrava il battito del cuore e il flusso sanguigno, e le cui ossa possedevano ancora una forma e una funzione.

Trovò uno spazio a fianco della presenza e si sdraiò. Tese le braccia. I polpastrelli sfiorarono quelli del vicino.

Le parole le giunsero in un antico idioma, ma lei capì.

È fatta?

Lei sospirò. *Sì. Sono l'ultima. La sorgente è stata distrutta.*

Allora riposati, bambina.

Per quanto tempo? Quando sarà pronto il mondo?

Lui le rispose. Sarebbe stato un lunghissimo sonno.

Che devo fare?

Va' a casa, bambina... Per adesso, va' a casa.

Susan chiuse gli occhi e si lasciò vincere dal sonno. Dimentica di tutto, scivolò nella bolla che costituiva l'integrità della sua vita e la attraversò, in direzione di ciò che giaceva al di là.

Fissò la luce accecante del sole. Poi abbassò lo sguardo, sbattendo le palpebre per proteggersi da quel bagliore. Intorno a lei, il mondo tornò a colmarsi. Il delicato dondolio della barca sotto i suoi piedi nudi. Lo strepito di un gabbiano solitario, la risacca delle onde contro lo scafo e una raffica di vento sulla pelle.

Era un sogno, un ricordo... o qualcosa di più?

Inalò l'aria salmastra. Una giornata bellissima.

Raggiunse la battagliola della barca e scrutò la distesa azzurra. In lontananza s'intravedevano le isole. Qualche nuvola sembrava andare alla deriva. Udì il trepestio dei passi che salivano dalla cabina.

Mentre Susan si voltava, lui si profilò alla vista, tirandosi su con le braccia, con indosso i pantaloncini e una maglietta dell'Ocean Pacific. La notò e sul suo viso apparve un'espressione sbigottita. Poi sorrise. « Ah, eccoti qui. »

Susan raggiunse di corsa Gregg, gettandogli le braccia al collo.

Al piano di sotto, Oscar abbaiò. Una voce scontrosa gridò qualcosa in risposta al vecchio cane.

Susan si rincantucciò contro il marito, ascoltando il battito del suo cuore.

Lui ricambiò l'abbraccio. « Che cos'hai, Susan? »

Lei lo guardò, sfiorandogli la barba di tre giorni. Poi si alzò in punta di piedi per raggiungere le sue labbra.

Lui si chinò per andarle incontro.

E lei seppe di essere a casa.

NOTA DELL'AUTORE

VERITÀ O FINZIONE

Ancora una volta, grazie di avermi accompagnato in questo viaggio! Come al solito, ho pensato di utilizzare queste ultime pagine per «eseguire un'autopsia» del romanzo, per separare la verità dalla finzione. Ho diviso l'autopsia per argomenti generali.

Marco Polo Nell'introduzione al romanzo si evoca l'enigma del destino riservato alla flotta di Marco Polo durante il viaggio di ritorno a Venezia. Cosa sia accaduto alle navi e agli uomini rimane un mistero. Quanto al rapporto amoroso di Marco con la principessa Kocacin, è difficile smentire le dicerie, soprattutto perché il copricapo della principessa rimase in possesso dell'esploratore fino alla sua morte. Ed è vero che le spoglie di Marco Polo sono scomparse dalla chiesa di San Lorenzo. Ancor oggi non si sa dove siano.

Scrittura angelica e altre questioni linguistiche La scrittura angelica fu sviluppata da Johannes Trithemius e Heinrich Agrippa, i quali sostenevano che, studiando quei simboli, era possibile comunicare con gli angeli. La scrittura derivava dagli antichi caratteri ebraici. In maniera analoga, gli adepti della Kabalah ritengono che si possano aprire le strade della conoscenza interiore studiando le forme e le curve dei caratteri ebraici. Infine, tornando ai giorni nostri, è giusto chiedersi: esiste un linguaggio nascosto, sepolto nel nostro codice genetico? Secondo un articolo della rivista *Science* (1994), la risposta è un deciso sì. Ma tale linguaggio resta sconosciuto.

Pestilenze Strano ma vero, il villaggio di Eyam, in Inghilterra, fu effettivamente caratterizzato da un insolito tasso di sopravvivenza durante l'epidemia di peste del XVII secolo, un fatto dovuto all'anomalia genetica di metà della popolazione. Quanto all'antrace, l'unica differenza tra la forma letale di quel batterio e il suo pacifico cugino che abita i giardini sono due anelli di codice genetico definiti «plasmidi». Il che solleva un interrogativo: da dove vengono questi plasmidi?

Fauna È vero che i granchi rossi dell'Isola di Natale - enormi animali le cui chele possono lacerare persino gli pneumatici - migrano ogni anno verso il mare. Quanto alle moleste fasciole epatiche, bisogna dire che il loro strano e inquietante ciclo di vita è descritto qui con assoluta precisione. Per parlare dei calamari predatori, mi sono basato sulla specie *Taningia danae*, che raggiunge quasi due metri di lunghezza, caccia in branco, dà luogo a fenomeni di spiccata luminosità e presenta artigli sulle ventose. Calamari decisamente tosti, insomma.

Cannibali e pirati La pirateria indonesiana è a tutt'oggi un'attività in fortissima crescita. Quanto ai cannibali, nelle isole indonesiane è possibile trovare ancora qualche tribù (ma il condimento dovrete portarlo voi). In merito alla malattia genetica nota come sindrome di Prader-Willi (che sfocia in un appetito insaziabile), si tratta di una condizione reale e atroce, ma non è legata al cannibalismo. Un tempo eravamo tutti cannibali? Un'attuale ricerca in campo genetico rivela che gli esseri umani dispongono di un apparato specifico di geni contro le malattie, geni che possono essere stati acquisiti solo tramite l'ingestione di carne umana.

Angkor Tutti i dettagli riguardanti le rovine - a partire dal mito della Zangolatura del Latte fino ai duecento volti di pietra del bodhisattva - sono precisi, compresa la disposizione dei templi ispirata alla posizione delle stelle, in maniera specifica alla costellazione del Drago. Per maggiori ragguagli in merito, date un'occhiata a Graham Hancock, *Lo specchio del cielo*, Milano, Corbaccio, 1998.

Tutto ciò che riguarda i batteri Esistono effettivamente mari lattei dovuti alla fioritura periodica di alghe luminescenti. E, secondo una serie di inquietanti articoli apparsi sul *Los Angeles*

Times, i nostri mari sono sempre più minacciati dalla recrudescenza di antiche mucillagini, meduse velenose, alghe urticanti e nubi tossiche sprigionate dalle fioriture delle alghe. Quanto alla bizzarra affermazione secondo cui solo il dieci per cento delle cellule nel nostro corpo è umano (e il resto è costituito da batteri e parassiti)... è vera! Se siete incuriositi dall'argomento, consiglio un bellissimo libro, tanto inquietante quanto spassoso: Robert Buckman, *Human Wildlife*, Baltimora, Johns Hopkins University Press, 2003. L'unica avvertenza è di non leggerlo prima dei pasti.

RINGRAZIAMENTI

Troppa gente, troppo poco spazio.

In primo luogo, a tutto lo staff della HarperCollins, devo un ringraziamento per gli ultimi dieci anni di consigli, lavoro duro e competenza.

Ai pezzi grossi Michael Morrison e Lisa Gallagher, grazie per tutto il sostegno e la fiducia. In passato, nel presente e in futuro.

Agli art director Richard Aquan e Thomas Egner, grazie per la straordinaria veste grafica dei libri. Non potrei essere più orgoglioso.

Alle direttrici marketing Adrienne DiPietro e Tavia Kowalchuk, grazie per l'indiscussa autorità con cui fate uscire i libri in tutto il mondo... facendoli notare!

Alla migliore squadra PR del pianeta, Pam Spengler-Jaffee e Buzzy Porter, grazie perché non mi fate buttar giù da un aereo sgangherato in Alaska.

A un trio di donne che mi mette sempre sulla strada giusta e nelle librerie - Lynn Grady, Liate Stehlik e Debbie Stier - un grazie enorme (e lo sto scrivendo in ginocchio).

Alla forza inarrestabile dietro le vendite e la distribuzione - Carla Parker, Brian Grogan, Brian McSherry e Mark Gustafson - grazie per tutti i vostri sforzi e le vostre sgomitate per esporre i romanzi nelle librerie e sugli scaffali.

A Mike Spradlin, grazie per le vendite e per gli zombie (non necessariamente in questo ordine).

E ai centouno altri che non ho citato, ma che non apprezzo meno... Grazie!

Spostandoci più vicini a casa, è giusto citare l'oscura congrega che disseziona minuziosamente ogni mio capitolo per ricomporlo in qualcosa di meglio: Penny Hill, Steve e Judy Prey, Chris Crowe, Lee Garrett, Michael Gallowglas, Leonard Little, Kathy L'Ecluse, Debbie Nelson, Rita Tippetoe, Dave Murray,

Dennis Grayson, Jane O'Riva, e Caroline Williams. E gradirei rivolgere una menzione speciale a Steve Prey per la mappa del libro e a Penny Hill per tutti i pranzi di lavoro. A Cherei McCarter per la grandiosa serie di articoli sugli armamenti avanzati. E a David Sylvian, perché mi ascolta fino alla nausea mentre leggo dei brani ad alta voce (le orecchie smetteranno di sanguinarti).

E, ancora una volta, alle quattro persone fondamentali in ciascun livello produttivo: la mia fantastica editor Lyssa Keusch e la sua fedele collaboratrice May Chen, e i miei indomabili agenti Russ Galen e Danny Baror. Siete tutti fortissimi... alla stragrande!

E, per concludere, tengo a sottolineare che ogni errore storico e qualsiasi imprecisione sono da imputare alla mia esclusiva responsabilità.

INDICE

Fotocomposizione Editype S.r.l.
Agrate Brianza (MB)

Finito di stampare
nel mese di ottobre 2021
per conto della TEA S.r.l.
da Elcograf S.p.A.
Stabilimento di Cles (TN)
Printed in Italy